W0283417

Das Buch
Die Schwester Haramis, die Zauberin, Anigel, die Königin, und Kadiya, die Kriegerin, wachen seit Jahren über den Frieden ihrer Welt. Alle drei tragen ein Stück des mystischen Amuletts von Ruwenda, das ihnen Kraft und Stärke verleiht – bis eines Tages Kadiyas Talisman seinen Zauber verliert. Plötzlich erheben sich überall neue Gefahren: Anigels Sohn, Prinz Tolivar, befreit den Talisman des dreiköpfigen Monsters, der seit Jahren verschüttet war, und auch Orogastus, dunkler Meister der Magie und Erzfeind der Schwestern, taucht wieder auf, um die Herrschaft über Ruwenda endgültig an sich zu reißen.

Die Autorinnen
Marion Zimmer Bradley, geboren 1930, gilt durch ihren SF-Zyklus um den Planeten Darkover und ihren epochalen Fantasy-Erfolg »Die Nebel von Avalon« als eine der Königinnen der fantastischen Literatur.

Julian May, geboren 1931, schrieb über 300 Sachbücher für Kinder, bevor sie in der SF- und Fantasy-Szene eine rasante Karriere startete.

Drei weitere Romane aus dem großen Zyklus um das magische Ruwenda sind ebenfalls im Wilhelm Heyne Verlag erschienen: »Die Zauberin von Ruwenda« (01/9698), »Der Fluch der schwarzen Lilie« (01/10104) und »Der Herr der Träume« (01/10340).

Für Pat Brockmeyer

N
W
E
S
Iriane
Immerwäh
Eisdeck
Hohle Inseln
Grenze der Eisdecke
Land der gefederten Barbaren
Westliches Meer
Schloß Konflagrant
Sobrania
Brandoba
Galanar
Sobranisches Meer

ende
Nördliches Meer
Tuzamen
Merika
Flammen-
inseln
Inseln
des Rauchs
Kimilon
Raktum
Frangine
Laboruvenda
Zitadelle von Ruwenda
Derorguila
Var
Inseln
von Engi
Zinora
Mutavari
Taloazin
Südliches
Meer
Okamis
Imlit
Inseln unter
dem verlorenen
Wind
Meer
der Untiefen
0
1500
3000
4500
6000
7500
Meilen

# Prolog

Schließlich war der verrückte Alte besinnungslos zusammengebrochen. Er lag bäuchlings auf dem Eßzimmertisch, zwischen den Resten ihrer Mahlzeit. Der Gefangene senkte die funkelnde Glasklinge, bis ihre Spitze die dunkle, runzlige Haut im Nacken des Erzzauberers berührte.

Nur ein Stoß. Eine einzige Bewegung seines Armes, und es wäre zu Ende.

*Tu es!*

Aber der Gefangene zögerte. Er verwünschte sich dafür, ein sentimentaler Feigling zu sein, während in seinen Gedanken ein Sturm aus widersprüchlichen Gefühlen tobte. Der Becher mit dem vergifteten Wein war umgekippt und lag neben Denbys schlaffer brauner Hand. Ein kleiner Rest davon war auf die glänzende Tischplatte aus Gondaholz geflossen und färbte die Firnis darunter langsam weiß. Der prächtige Tisch, der mehr als zwölftausend Jahre gesehen hatte, war vermutlich ruiniert, aber sein wahnsinniger Eigentümer würde überleben. Als sich der Gefangene jetzt mit dem rasiermesserscharfen Obstmesser in der Hand über die hilflose Gestalt des Erzzauberers des Himmels beugte, stellte er fest, daß er es nicht über sich brachte, seinen Wärter zu töten.

Warum zögere ich? fragte er sich. Wegen der brummigen Gutmütigkeit des alten Mannes oder wegen seines hohen Amtes, das er auf so schändliche Weise vernachlässigt? Vermag ich es nicht zu tun, weil Denby Varcour mein Leben gerettet hat, obwohl er mich dadurch verurteilte, sein bizarres Exil mit ihm zu teilen? Oder wird der Alte, der sich in alles einmischen muß, von einem Zauber geschützt, obwohl er so verwundbar wie ein schlafendes Kind vor mir liegt?

Kümmere dich nicht darum. *Tu es.* Töte ihn! Das Gift hat ihn nur besinnungslos gemacht. Töte ihn, jetzt, bevor es zu spät ist!

Aber er brachte es nicht fertig. Nicht einmal die Macht seines Sterns reichte aus, um die Klinge in das Fleisch zu treiben. Leise schnarchend lag Denby da, ein Lächeln auf den Lippen, wohlbehalten und unverletzt, während sein Möchtegern-Mörder vor Wut kochte. Der Grund für sein Versagen war unklar, und doch blieb es ein Ding der Unmöglichkeit.

Angewidert von sich selbst schüttelte der Gefangene den Kopf, dann legte er das Obstmesser wieder auf den Teller mit den saftigen Ladufrüchten, die sie als Nachtisch hatten zu sich nehmen wollen. Er warf noch einen letzten nervösen Blick auf den besinnungslosen Verrückten, dann eilte er aus dem Zimmer.

Er brauchte nur einen Augenblick, um den Sack mit warmer Kleidung und gestohlenen Zaubergeräten zu holen, den er in einem Schrank im Vorraum zum Salon versteckt hatte. Dann stahl er sich davon und rannte durch die schwach beleuchteten, stillen Flure, zu der Kammer der toten Frau, die beinahe sechs Meilen entfernt in einem anderen Quadranten auf dem Stern des Schwarzen Mannes lag.

Der Gefangene wußte, daß er keine Zeit verlieren durfte. Die Boten und Träger der Sindona hatten sich wie gewöhnlich in den Gartenstern zurückgezogen, aber man wußte nie, ob es der einen oder anderen der furchtbaren, lebenden Statuen nicht plötzlich einfiel, herüberzukommen und aus irgendeinem rätselhaften Grund ihren wahnsinnigen Herrn aufzusuchen. Wenn einer der Sindona den betäubten Denby fand, würde er sofort wissen, was geschehen war, und die Wächter herbeirufen.

Und wenn *diese* schön anzusehenden Dämonen den Gefangenen einholten, würde er sterben. Die Wächter würden sicher entdecken, daß sein Stern wieder neue Kraft besaß, und dann würde es nicht einmal Denby und dessen senilen Schrullen gelingen, sein Leben zu retten.

Der flüchtende Mann blieb einen Moment lang stehen. Er griff nach dem schweren Medaillon aus Platin, das um seinen Hals hing und einen vielstrahligen Stern zeigte, und rief dessen magische Kräfte an, um sein Gefängnis zu durchsuchen. Der Stern berichtete, daß der alte Zauberer immer noch besinnungslos und keine Sindona unterwegs waren. Das einzige, was sich in dem Stern des Schwarzen Mannes bewegte, waren die Helfer, jene sonderbaren, mechanischen Apparate, die auf ihren mit Gelenken versehenen Beinen wie große Lingits aus Metall herumkrochen und Hausarbeiten verrichteten.

Eine dieser Maschinen stand jetzt vor dem Gefangenen, nachdem sie um eine scharfe Kurve des Korridors gekommen war. Sie trug einen Korb mit flammenlosen Kugellampen und bewegte sich geduldig vorwärts, wobei sie mit einem ihrer armähnlichen Fortsätze nach ausgebrannten Deckenleuchten »schnüffelte«, die vielleicht ersetzt werden mußten.

»Geh mir aus dem Weg!« Der Gefangene drängte sich an der unförmigen Maschine vorbei und stieß sie beinahe um. Die leuchtenden Kugeln rollten auf den Boden. Er trat mit dem Fuß auf eine der Lampen, verlor das Gleichgewicht und fiel auf die Knie.

»Herr, ich bitte um Verzeihung«, sagte der Lampenhelfer zerknirscht. »Seid Ihr verletzt? Soll ich einen der Tröster holen, damit er Euch behandelt?«

»Nein! Tu das nicht! Ich verbiete es dir!« Dem Gefangenen brach der kalte Schweiß aus. Mühsam richtete er sich auf, dann gelang es ihm, in ruhigerem Ton weiterzusprechen. »Ich bin nicht verletzt. Ich befehle dir, dich deinen üblichen Pflichten zu widmen. Du sollst *keine* Hilfe holen. Ist das klar?«

Vier nichtmenschliche Augen sahen ihn prüfend an. Denbys seltsame Kreaturen waren überaus eifrige Dienstboten und durchaus in der Lage, ihm die Dienste eines Sindona-Trösters auch gegen seinen Willen aufzuzwingen, falls er ihrer bedurfte.

Mächte der Finsternis! betete er leise. Laßt nicht zu, daß er einen Sindona ruft. Laßt nicht zu, daß mein schöner Plan wegen einer dummen Maschine zunichte gemacht wird und mein Leben verwirkt ist!

»Es ist wahr, daß Ihr nicht verletzt seid«, sagte der Lampenhelfer schließlich. »Ich werde meine Arbeit wieder aufnehmen. Ich bedauere, Euch Unannehmlichkeiten bereitet zu haben.« Er zwinkerte grüßend mit den Augen und fing an, seine zerstreute Ladung aufzusammeln.

Der Gefangene ging davon, wobei er sich den Anschein von Lässigkeit gab. Als der Lampenhelfer nicht mehr zu sehen war, fing er wieder an zu rennen. Die Angst stieg in ihm auf. Was, wenn die verfluchte Maschine trotzdem einen Sindona rief? Was, wenn ihn die Wächter bereits verfolgten?

Er jagte durch die Gänge. Die langen Gewänder, die er zum Essen getragen hatte, flatterten hinter ihm her, und die Stiefel an seinen Füßen dröhnten auf dem elastischen Boden des Korridors. Sein Magen krampfte sich zusammen und jeder Atemzug fühlte sich an, als würde ihm jemand einen Hieb mit dem Schwert versetzen. Zwei Jahre an diesem verdammten Ort hatten ihm seine körperlichen Kräfte genommen und seine Entschlußkraft verkümmern lassen. Aber er würde sich schon wieder erholen, wenn er nur den Sindona entkommen und endlich das zweite Geschenk der toten Frau nutzen konnte ...

Er befand sich jetzt in dem nicht genutzten Teil im Stern des Schwarzen Mannes, einem stillen Labyrinth aus leeren Galerien und Salons, unbewohnten Schlafzimmern und verlassenen Werkstätten und Bibliotheken. Hier hatte vor zwölfmal zehn Jahrhunderten die Nachhut des Versunkenen Volkes gelebt und einen hoffnungslosen Kampf gegen das vordringende Eis geführt.

Denby hatte ihm bereitwillig die Erlaubnis gegeben, die gespenstisch aussehenden Räume zu erkunden, und offensichtlich nicht daran gedacht, daß dort vielleicht etwas zu finden war. Bereits zu Beginn seiner Haft hatte der Gefangene die Kammer der toten Frau entdeckt und das erste kostbare Geschenk von ihr erhalten. Mit seiner Hilfe hatte er ein kleines Arsenal von Zaubergeräten zusammengesammelt, aber diese waren natürlich nutzlos, solange er Denbys Gefangener war. Der Schwarze Mann war gegen gewöhnliche Zauberei gefeit.

Viel später erst, nachdem er die Wahrheit über sich selbst und das gestörte Gleichgewicht der Welt erfahren hatte, hatte der Gefangene das zweite Geschenk der toten Frau gefunden: eine Möglichkeit, diesem sonderbaren Gefängnis und seinem verrückten Gefängniswärter zu entkommen. Ihr drittes und letztes Geschenk, ohne das die beiden anderen wertlos waren, hatte er erst vor zwei Tagen entdeckt. Dieses Geschenk hatte nichts mit Magie zu tun, und das war auch der Grund dafür, weshalb es bei Denby gewirkt hatte. Der alte Mann war zwar nicht gestorben, so wie der Gefangene gehofft hatte, aber wenn die tiefe Ohnmacht nur noch kurze Zeit anhielt ...

*Sternenmann, wohin wollt Ihr?*

Mächte der Finsternis, seid mir gnädig! Die Wächter hatten ihn gefunden! Ihre Stimmen hallten in seinem Kopf wie große Messingglocken.

*Was habt Ihr dem Erzzauberer des Himmels angetan? Welches Diebesgut tragt Ihr in jenem Sack bei Euch? Antwortet uns, Sternenmann!*

Die Wächter konnten jeden Moment in dem Korridor neben ihm auftauchen. Sie würden anklagend mit dem Finger auf ihn weisen – und sein Leben würde in einer Rauchwolke enden, während sein kahler Schädel über den Boden rollte.

*Sternenmann, das ist unsere letzte Warnung. Bleibt stehen und erklärt Euch!*

Aber er floh weiter. Plötzlich tauchten sie wie aus dem Nichts auf, vier von ihnen, weniger als zehn Ellen hinter ihm. Mit großen Schritten kamen sie auf ihn zu. Die Sindona, die »Wächter des Todesurteils« genannt wurden, sahen aus wie lebende Elfenbeinstatuen. Sie waren größer als ein Mann und schöner, als je ein Mensch gewesen war. Über der Brust trugen sie lediglich gekreuzte Gurte mit blauen und grünen Plättchen und schimmernde Kronhelme. In den Händen hielten sie goldene Totenköpfe, die das Symbol ihrer tödlichen Aufgabe waren. Die Wächter marschierten schwerfällig und zielstrebig auf ihn zu, und er war ihnen ein gutes Stück voraus, aber schon fast am Ende seiner Kräfte. Das Herz schien ihm zerspringen zu wollen, die Beine versagten unter ihm und wollten ihn nicht mehr weitertragen.

Wo war ihre Kammer? Er hätte sie schon vor langer Zeit erreichen müssen! Aber der unheimliche Korridor schien kein Ende zu nehmen, und die Wächter kamen jeden Moment näher. Dem Gefangenen wurde rot vor Augen, dann schwanden ihm die Sinne.

Ich bin am Ende, sagte er zu sich, dann fiel er nach vorn in die Schwärze. Der Sack entglitt seinen Fingern. Im Fallen griff er mit einer letzten Geste vergeblichen Flehens nach seinem Medaillon. Der Stern schien ihm neue Kraft zu verleihen. Als er am Boden lag, konnte er den Kopf heben und die Augen öffnen.

Er sah, wie die vier bleichen Sindona mit den goldenen Schädeln in der linken Armbeuge auf ihn zumarschierten. Aber er sah auch, daß ein Wunder geschehen war. Er lag vor einer wuchtigen Tür aus massivem Metall, auf der sich ein riesiges, glanzlos gewordenes Abbild jenes vielstrahligen silbernen Sterns befand, den er um den Hals trug. Das Tor hatte weder einen Riegel noch ein Schlüsselloch. Es war nur wenige Schritte von ihm entfernt.

Wie ein Sterbender kroch er qualvoll langsam vorwärts, dann hob er das Medaillon an der Kette und berührte damit die Tür.

*Nein!* riefen die Wächter. Sie rissen alle gleichzeitig den rechten Arm hoch und wiesen mit dem Finger auf den Gefangenen, um ihn auszulöschen.

Die Tür flog auf. In dem Raum dahinter war die tote Frau, die den Kopf zu wenden und ihn anzulächeln schien, ihm schweigend Zuflucht gewährte.

Irgend etwas zog ihn hinein. Mit einem lauten Dröhnen schloß sich die Tür hinter ihm. Nacht hüllte ihn ein – eine Nacht, die mit toten Sternen übersät war. Der Raum war so kalt, daß sein Atem in einer Wolke aus Frost aus den gemarterten Lungen gerissen und der Schweiß, der ihm über das Gesicht lief, in knisterndes Eis verwandelt wurde. Unwillkürlich entschlüpfte ein Stöhnen seinen starr werdenden Lippen. Er hatte vergessen, daß man die tote Frau nur zu ihren Bedingungen besuchte.

Nahezu gelähmt vor Schmerz und der durchdringenden Kälte, nahm er einen Umhang aus seinem Sack, warf ihn sich über und zog die Kapuze hoch, mit der er sein Gesicht bis auf die Augen einhüllte. Dann versuchte er mühsam, pelzgefütterte Handschuhe überzustreifen. Der Gefangene erhob sich schwankend und lehnte sich mit dem Rücken an die verschlossene Tür, kämpfte darum, die Kontrolle über seinen Geist und seinen Körper wiederzuerlangen.

Würde es den Sindona gelingen, hier einzudringen und ihn zu fassen?

Die tote Frau lächelte gelassen und schien zu sagen, *Nein. Nicht ohne den ausdrücklichen Befehl des Schwarzen Mannes, und dieser ist immer noch seiner Sinne beraubt.*

Sie saß auf einem thronähnlichen Sessel und sah ihn eigentlich gar nicht an. Eine Wand ihrer Kammer bestand aus einem riesigen Fenster, und ihre weit aufgerissenen, glasigen Augen schienen in den Anblick dessen versunken zu sein, was sich dort draußen befand. Inmitten von Millionen kalten Sternen hing eine leuchtende blauweiße Kugel. Der Gartenstern und der Todesstern waren nicht zu sehen, da sie ihre Bahnen ein Stück hinter dem Wohnsitz des Schwarzen Mannes über den Himmel zogen, so daß nichts von der herzzerreißenden Schönheit des Anblicks ablenken konnte. Unzählige Meilen weit weg schwebte die Welt des Dreigestirns wie ein riesiger, von Wolken umgebener Aquamarin im Nichts.

Die Welt, die in Gefahr war. Die Welt, die seine Heimat war, und die nur er allein retten konnte. Die Welt, die gewiß auch ihre Heimat gewesen war, vor zwölftausend Jahren.

Sie war gestorben, während sie sehnsüchtig auf jene blaue Kugel starrte, die eine Hand um einen Stern geklammert, der an einer juwelenbesetzten Kette auf ihrer Brust lag, in der anderen eine sonderbar geformte kleine Glasphiole, die noch einige gefrorene Tropfen enthielt. Ihr Körper war in der Eiseskälte vollständig erhalten geblieben, gekleidet in prächtige Gewänder in düsterem Schwarz. Ihr Haar war dunkel mit silbernen Strähnen. Sie war mittleren Alters gewesen, aber von unvergleichlicher Schönheit, eine Gefangene wie er. Die Archive des Schwarzen Mannes hatten ihm einiges von ihrer tragischen Geschichte erzählt:

Sie hieß Nerenyi Daral und war die Gründerin der mächtigen Sternengilde gewesen. Jemand, der sie gegen jede Vernunft und Loyalität liebte, hatte sie vor einem Schicksal »gerettet«, dem fast alle ihrer Gruppe anheimgefallen waren, nur um dann zu sehen, wie sie aus freien Stücken aus dem Leben schied, statt in seiner ihr verhaßten Gesellschaft dem vordringenden Eis zu entkommen. Der Tod von Nerenyi hatte Denby

Varcour, den größten Helden des Versunkenen Volkes und Erzzauberer des Himmels, in den Wahnsinn getrieben.

Der Gefangene verbeugte sich tief vor ihrem Leichnam und versuchte, sein Zittern zu unterdrücken. An diesem unfreundlichen Ort würde er nicht lange überleben. Wenn sich das zweite Geschenk der toten Frau nach so langer Zeit als nicht funktionsfähig erweisen sollte, würde er längst erfroren sein, bevor Denby erwachte und den Wächtern befehlen konnte, ihn zu ergreifen.

»Ich habe ihn nicht töten können, Herrin des Sterns«, bekannte er. »Vielleicht wird er durch einen Zauber geschützt. Aber ich glaube, es war meine Seele, die sich widersetzte und ihm auf solch feige Art nicht das Leben nehmen konnte, als er mit einem Lächeln auf den Lippen besinnungslos dalag, gesättigt vom guten Essen und dem Wein. Sollte der Tag kommen, an dem wir in ehrlichem Zauberkampf aufeinandertreffen, von Mann zu Mann, werde ich nicht zögern, ihn zu vernichten. Wird das genügen?«

Die Stimme, die ihre hätte sein können, erwiderte: *Es wird genügen. Hast du die Zaubergeräte gefunden – jene Apparate, die es dir erlauben, deine Arbeit fortzusetzen?*

»Das habe ich.« Er hob den Sack hoch. »Mein Stern hat mich zu ihnen geführt, obwohl es einige Zeit gedauert hat. Ich bin jetzt bereit, auf die Welt zurückzukehren, wieder in den Besitz der drei Teile des Zepters der Macht zu gelangen und die Welt zu retten, so wie Ihr es befohlen habt.«

*Die Drei werden alles tun, um dich daran zu hindern.*

»Herrin, kein Mensch wird mich davon abhalten können – nicht einmal die Frau, der meine Liebe gehört. Ich schwöre es auf den Stern.«

Als er Nerenyi Daral gefunden hatte, brachte ihn eine plötzlich Eingebung dazu, sein Medaillon auf das ihre zu legen ... und der uralte Zauber ihrer Gilde wirkte und gewährte ihm endlich die volle Macht über den Stern. Das war das erste Geschenk der toten Frau.

Das zweite Geschenk war ein Viadukt, einer jener geheimnisvollen Durchgänge, die von dem Schwarzen Mann und den Sindona benutzt wurden, um damit in Windeseile von einem Ort zum anderen in den hohlen Sternen zu gelangen. Aber dieses Viadukt – jetzt unsichtbar wie alle seiner Art, bis es mit dem richtigen Befehl geöffnet wurde – führte vom Stern des Schwarzen Mannes zu der Welt dort unten. Dies war dem Gefangenen bei einem seiner späteren Besuche offenbart worden.

Nerenyi Daral hatte ihn davor gewarnt, daß der Erzzauberer des Himmels es sofort erfahren würde, wenn jemand versuchte, sich des Viaduktes zu bedienen. Und dann würde Denby es entweder verschließen oder ihm befehlen, den Gefangenen an einen anderen, ebenso grauenhaften Ort der Gefangenschaft zu bringen. Nur wenn der Schwarze Mann getötet oder überwältigt wurde, sei es der Weg in die Freiheit.

Ein winziger Glasbehälter in Nerenyis Hand war ihr drittes Geschenk gewesen. Durch reinen Zufall war ihm der Gegenstand vor zwei Tagen ins Auge gefallen, was ihn veranlaßt hatte zu fragen, was er enthalte. Als er von dem Gift erfuhr, hatte er sofort begonnen, seine Flucht zu planen.

»Ich bin bereit zu gehen«, sagte er jetzt zu ihr. »Herrin des Sterns, ich bitte Euch, das Viadukt für mich zu öffnen.«

*Schwörst du auf den Stern, meine Gilde wiedererstehen zu lassen, ihre große Aufgabe zu Ende zu bringen und das Gleichgewicht der Welt wiederherzustellen?*

Er griff nach seinem Medaillon. Seine Finger in dem Pelzhandschuh verloren allmählich das Gefühl, und die tödliche Kälte drang auch durch den Umhang hindurch. »Ich schwöre es«, erwiderte er.

*Dann, mein geliebter Adoptivsohn und Erbe, nimm meinen Stern und gib ihn an den weiter, in den du das größte Vertrauen setzt. Mit der Hilfe der wiedergeborenen Gilde wirst du das Zepter der Macht zurückbekommen. Es ist immer noch in der Lage, das vordringende Eis aufzuhalten. Lerne, seine gefährlichen Eigenschaften zu beherrschen, und laß die Himmelslilie wieder scheinen.*

Ehrfürchtig löste er ihre steifen Finger von dem Medaillon, hob die juwelenbesetzte Kette mit dem Anhänger über ihren Kopf und steckte sie in den Sack. »Ich werde tun, was Ihr befehlt ... Aber jetzt, Herrin, bitte ich Euch, mich gehen zu lassen, denn sonst werde ich so kurz vor der Freiheit sicher noch erfrieren.«

*Geh. Viaduktsystem aktivieren!*

Eine kristallklare Melodie ertönte, und links von dem Sessel der toten Frau erschien eine aufrecht stehende Scheibe aus Licht, die etwa zwei Ellen im Durchmesser maß. In ihrem Inneren war eine undefinierbare, schwarze Fläche zu sehen, aus der ein modriger, warmer Wind herausströmte.

»Ist das Viadukt bereit, mich zu befördern?«

*Ja. Du brauchst nur einzutreten. Früher hat es nur in das Vorrückende Eis geführt, daher besaß es für mich keinen Nutzen. Ich kam durch dieses Viadukt hierher, aber ich konnte es nicht für meine Flucht benutzen. Aber heute, da die Immerwährende Eisdecke vorübergehend kleiner geworden ist, endet das Viadukt an einem sicheren Ort.*

Er zögerte. »Darf ich fragen, wo in der Welt ich herauskommen werde«?

Die Sternenstimme klang streng. *Du wirst gehen, wohin du geschickt wirst, und dort wirst du sofort mit der Erfüllung deines Auftrages beginnen. Rasch jetzt! Denby erwacht gerade. Er wird gleich an der Tür sein.*

»Dann lebt wohl, Herrin!«

Der Gefangene packte seinen Sack, stieg in den leuchtenden Kreis und verschwand. Wieder erklang ein glockenähnlicher Ton, und die Scheibe zog sich zusammen. Sein letzter Atemzug, eine Wolke aus winzigen Eiskristallen, wirbelte in der kalten Luft um den Leichnam auf dem Thron herum.

Die Tür der Kammer wurde aufgestoßen. Die vier Wächter der Sindona marschierten herein, ihre goldenen Schädel kampfbereit. Hinter ihnen schlurfte ein sehr alter Man mit dunkler Haut und krausem, schneeweißem Haar herein. Er war in einen Umhang aus goldfarbenem Wurrempelz gehüllt.

»Orogastus!« rief er. Seine Stimme klang voll und kräftig wie die eines viel jüngeren Mannes. »Seid Ihr noch da?«

*Er ist weg*, sagte einer der Wächter.

»Da bin ich aber froh«, sagte Denby Varcour. »Jetzt können wir damit fortfahren, die Welt zu retten – wenn sie denn überhaupt gerettet werden kann! Ein Jammer, daß er mich nicht getötet hat. Aber ich hätte mir ja denken können, daß mir nichts anderes übrigbleiben wird, als diese Sache zu Ende zu bringen.« Er winkte den Sindona und befahl ihnen, wieder auf den Korridor hinauszugehen, dann stellte er sich vor den gefrorenen Leichnam hin.

»Vergib mir, meine geliebte Nerenyi. So eine gute Gelegenheit konnte ich einfach nicht verpassen. Weißt du, ich durfte es ihm doch nicht zu leicht machen.«

Wie immer lag ein Lächeln auf ihren stillen Gesichtszügen.

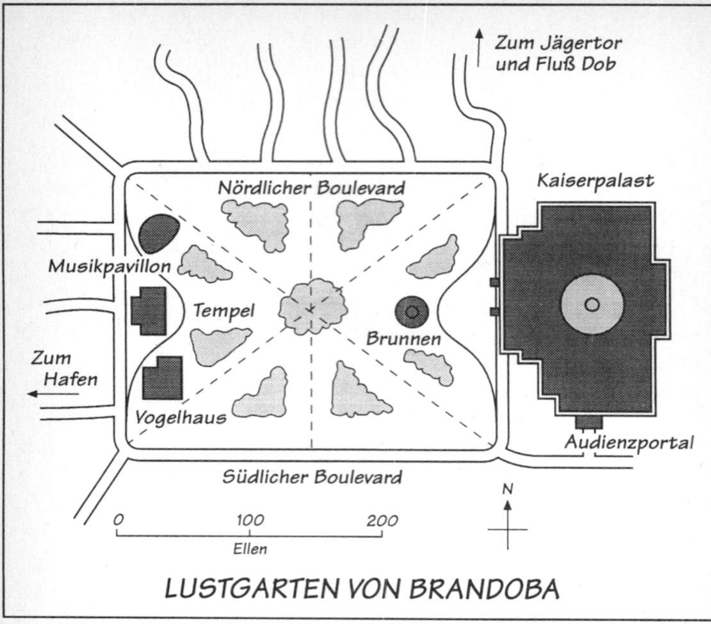
Zum Jägertor
und Fluß Dob
Nördlicher Boulevard
Kaiserpalast
Musikpavillon
Tempel
Brunnen
Zum
Hafen
Vogelhaus
Audienzportal
Südlicher Boulevard
N
0
100
200
Ellen
LUSTGARTEN VON BRANDOBA

# 1

Prinz Tolivar lag in der Dunkelheit da, bis auf seine Stiefel vollständig angezogen, und versuchte verzweifelt, nicht einzuschlafen.

Er hatte es nicht gewagt, die silbernen Öllampen oder auch nur eine Kerze anzuzünden, aus Angst davor, daß jemand das Licht unter der Tür durchscheinen sah. Die einzigen Lichtquellen in der Kammer waren die Blitze, die vereinzelt vor dem Fenster zuckten, und die Uhr auf dem Nachttisch neben seinem Bett, ein Gerät des Versunkenen Volkes, dessen Vorderseite in einem sanften Grün leuchtete. Er hatte sie von seiner Tante Kadiya, der Herrin der Augen, zu seinem letzten Namenstag als Geschenk bekommen. Sie war die einzige auf der Welt – von dem guten alten Ralabun einmal abgesehen –, die ihn nicht verachtete.

Eines Tages würde er es allen zeigen, ganz besonders seinen älteren Geschwistern, Kronprinz Nikalon und Prinzessin Janeel, die er zutiefst verabscheute. Irgendwann einmal würden sie ihn nicht mehr hänseln und ihn nicht länger einen nutzlosen zweiten Prinzen nennen. Sie würden ihn fürchten und ihm den Respekt erweisen, den er verdient hatte!

Falls er seinen Schatz zurückbekam ...

Tolivar lag da und biß die Zähne zusammen, während er sich vorstellte, daß die langsam dahinkriechenden Minuten immer schneller vergingen. Ralabun würde erst zwei Stunden nach Mitternacht kommen – wenn er überhaupt kam.

»Er muß einfach kommen!« flüsterte der Prinz leise. Aber er hatte nicht gewagt, Ralabun zu sagen, warum er ihn brauchte, und der Alte hatte die ungewöhnliche Bitte vielleicht als jungenhafte Laune abgetan. Vielleicht hatte er vergessen zu kommen oder war eingeschlafen, während er wartete. Tolivar selbst hatte große Mühe, die Augen offenzuhalten.

»Heilige Blume, laß mich nicht einschlafen«, betete er. Er hatte schon jetzt große Angst vor dem, was vor ihm lag. Wenn er einschlief – und wieder diesen furchtbaren Traum hatte –, würde er vielleicht versucht sein aufzugeben.

Es war vermutlich dumm von ihm gewesen, den Schatz draußen in den Irrsümpfen zu verstecken, aber diese List schien notwendig gewesen zu sein. Die uralten Mauern der Zitadelle von Ruwenda waren von einem Zauber durchdrungen, und überall auf den Hügeln blühten jetzt im Schein des Dreigestirns die heiligen Schwarzen Drillingslilien. Und das Schlimmste war, daß seine andere Tante – die eindrucksvolle Erzzauberin Haramis – es sich angewöhnt hatte, seine Mutter viel zu oft hier in der Sommerhauptstadt zu besuchen, dem Ort, an dem sie beide aufgewachsen waren. Tolivar konnte nicht riskieren, daß die Weiße Frau sein Geheimnis entdeckte, und so hatte er weit weg im Sumpf einen Ort gesucht, an dem er die kostbaren Gegenstände verstecken konnte.

Niemand würde sie ihm wieder wegnehmen. Niemals.

»Sie gehören mir, denn ich habe sie gefunden«, versicherte er sich. »Auch wenn ich erst zwölf Jahre alt bin und ihr Gebrauch mir immer noch nicht richtig geläufig ist, werde ich lieber sterben, als sie wieder herzugeben.«

Wieder stahl sich die unerfreuliche Vorstellung in seine Gedanken, daß er heute nacht vielleicht sterben, in dem wogenden schwarzen Fluß ertrinken würde. »Dann soll es eben so sein«, murmelte er, »denn wenn ich den Schatz während der Regenzeit in Ruwenda zurücklasse, wird er vielleicht von einem heftigen Sturm mitgerissen. Oder vielleicht versinkt er im Schlamm, bevor wir im nächsten Frühjahr zurückkehren, oder wird sogar von einem herumstreifenden Seltling gefunden und der Weißen Frau übergeben. Dann hätte ich nichts mehr, wofür es sich zu leben lohnte.«

Wenn doch nur die Regenzeit in diesem Jahr nicht so früh begonnen hätte! Aber Tante Haramis hatte gesagt, daß die Welt aus dem Gleichgewicht geraten und das schlechte Wetter ein Zeichen dafür sei, so wie die unruhigen Vulkane und die immer öfter auftretenden Erdbeben.

Der Fluß Mutar, der am Großen Burgfried vorbeifloß, führte ganz plötzlich und fast ohne Vorwarnung Hochwasser. König Antar und Königin Anigel hatten beschlossen, daß der Hof der Zwei Königreiche nicht bis zum Ende des Monats warten konnte, um die Reise zur Winterhauptstadt Derorguila in Labornok anzutreten. Die königliche Entourage sollte innerhalb von sechs Tagen aufbrechen, bevor die Flüsse in den Sümpfen zuviel Wasser führten.

Prinz Tolivar, der Jüngste der königlichen Familie, hatte auf diese Entscheidung mit Panik reagiert. Solange die heftigen Stürme andauerten, würde die Strömung des Mutar zu stark sein und es ihm unmöglich machen, in dem kleinen Boot, das er für seine geheimen Streifzüge versteckt hatte, stromaufwärts zu paddeln. Er hatte gebetet, sowohl zu der Heiligen Blume als auch zu den Mächten der Finsternis, die den Hexenmeistern behilflich waren, und diese angefleht, für ein paar trockene Tage und ein Nachlassen des Hochwassers zu sorgen. Aber sein Flehen war vergebens gewesen. Der Zeitpunkt, zu dem das königliche Gefolge aufbrechen sollte, rückte näher und näher, bis nur noch zwei Tage blieben. Morgen würde die Karawane zusammengestellt werden. Im Licht des Tages würde er sich nicht unbemerkt aus der Zitadelle schleichen können. Er mußte den Schatz heute nacht holen oder ihn zurücklassen.

Tolivar versuchte, seine Verzweiflung zu überwinden, während er auf den Regen lauschte, der gegen das Fenster seiner Schlafkammer schlug. Das Geräusch lullte ihn in den Schlaf. Mehrere Male bemerkte er, wie ihm die Augen zufielen, aber es gelang ihm, wieder aufzuwachen. Doch die Zeit verging so langsam, und das Trommeln der Regentropfen war so monoton, daß er schließlich einnickte.

Und wieder hatte er den nun schon vertrauten Alptraum.

Er quälte ihn mittlerweile seit zwei Jahren: das schreckliche Grollen des großen Erdbebens, Rauch, der aus brennenden Gebäuden aufstieg, er selbst ein Gefangener, ein heulendes Häufchen Elend, dessen jungenhaftes Gesicht neben Angst auch die Schuld seines Verrates zeigte. Und dann wie durch ein Wunder die Flucht! Plötzlicher Mut in seinem Herzen, der ihn dazu gebracht hatte, den großen Schatz an sich zu nehmen! In seinem Traum schwor er, sich seiner zu bedienen und ein Held zu werden. Er würde die Stadt Derorguila vor der angreifenden Armee retten, seine königlichen Eltern und alle an der Schlacht beteiligten Menschen. Obwohl er erst acht Jahre alt war, würde es ihm gelingen, indem er über den Zauber gebot ...

In seinem Traum benutzte er das Zaubergerät, und alle starben.

Alle. Treue Verteidiger und böse Angreifer, der König, die Königin, sein Bruder und seine Schwester, selbst die Herrin der Augen und die Erzzauberin Haramis. Alle tot, durch den Zauber, den er herbeigeführt hatte! Die Leichen stapelten sich in dem blutigen Schnee des Schloßhofes vor dem Großen Burgfried, nur er war noch am Leben.

Aber wie hatte das geschehen können? War es wirklich seine Schuld?

Er flüchtete von dem Ort des Grauens und rannte durch die verwüstete Stadt. Aus dem dunklen Himmel fielen dicke Schneeflocken herab, und der Sturmwind, der sie vor sich hertrieb, sprach mit der Stimme eines Mannes:

*Tolo! Tolo, hör mir zu! Ich weiß, daß du meinen Talisman hast. Ich habe gesehen, wie du ihn vor vier Jahren an dich genommen hast. Sieh dich vor, du törichter Prinz! Der Zauber des Talismans kann dich ebenso töten, wie er die anderen getötet hat. Du wirst niemals lernen, wie man ihn gefahrlos benutzt. Gib ihn mir zurück! Tolo, hörst du mich? Laß ihn dort draußen in den Irrsümpfen. Ich werde ihn mir holen. Tolo, hör mir zu! Tolo ...*

»Nein! Er gehört mir! Mir!«

Der Prinz schreckte aus dem Schlaf hoch. Er war in Sicherheit und lag in seinem Schlafzimmer in der Zitadelle von Ruwenda. Durch die dicken Steinmauern hörte er leises Donnern, und das Echo seines angstvollen Schreis hallte ihm in den Ohren. Er warf einen Blick auf die Uhr neben seinem Bett, stellte fest, daß es immer noch zu früh war, und ließ sich, leise fluchend, wieder ins Kissen sinken.

Dieser Alptraum war so dumm! Er hatte niemanden mit seinem Zauber getötet. Seine Familie lebte, war wohlauf und ahnte nichts. Der Zauberer war tot, aber das war seine eigene Schuld gewesen. Jeder wußte das.

»Ich werde meinen Schatz trotz der Regenzeit holen«, sagte

er zu sich. »Ich werde ihn mit nach Derorguila nehmen und mich weiter in seinem Gebrauch üben. Und eines Tages werde ich genauso mächtig sein, wie *er* es gewesen ist.«

Endlich schlug die kleine Uhr zwei. Prinz Tolivar seufzte, setzte sich auf und fing an, sich das dickste Paar Stiefel anzuziehen, das er besaß. Sein zarter Körper war müde, nachdem er den ganzen Tag über die Sachen zusammengesucht und eingepackt hatte, die er mit nach Labornok nehmen wollte. Die Dienstboten hatten sich um seine Kleidung gekümmert, aber alles andere hatte er selbst packen müssen. Jetzt standen sechs große, messingbeschlagene Holztruhen in dem dunklen Wohnzimmer nebenan. Vier enthielten fast ausschließlich seine geliebten Bücher. Und dann gab es eine kleinere Kassette aus Eisen mit einem dicken Schloß, die der Prinz zwischen den anderen Sachen verstecken wollte, nachdem er sie gefüllt hatte.

Wenn sich Ralabun doch nur beeilen würde!

Die Uhr zeigte jetzt eine Viertelstunde nach der vereinbarten Stunde. Tolivar zog seinen Regenmantel an. Er hatte sowohl ein Kurzschwert als auch ein Jagdmesser bei sich. Als er das Flügelfenster öffnete und hinauslugte, sah er, daß der Regen etwas nachgelassen hatte, obwohl im Westen immer noch Blitze über den Himmel zuckten. Von dieser Seite der Zitadelle aus war der Fluß nicht zu sehen, aber er wußte, daß er reißend dahinschoß.

Endlich hörte er ein leises Kratzen an der Tür. Tolivar eilte durch das Zimmer und ließ einen stämmigen alten Nyssomu ein, der dunkelbraune Wetterkleidung mit prächtigen Silberstickereien trug. Ralabun, der pensionierte Königliche Tierhüter, war Tolivars Freund und Vertrauter. Gewöhnlich blickte er recht verschlafen und freundlich drein, aber heute war sein breites, runzliges Gesicht ganz grau vor Angst, und seine hervorstehenden gelben Augen schienen ihm fast aus dem Schädel zu fallen.

»Ich bin bereit, Kleines Herz. Aber ich bitte Euch, mir zu sagen, warum wir bei solch einem Wetter nach draußen müssen.«

»Es muß sein«, erwiderte der Prinz kurz angebunden. Er

hatte es schon lange aufgegeben, Ralabun dazu zu bringen, ihm einen eindrucksvoller klingenden Sumpfnamen zu geben.

»Die Nacht ist zu schrecklich, um sich in die Irrsümpfe zu wagen«, protestierte der Alte. »Dieses geheimnisvolle Unterfangen kann doch gewiß bis morgen warten.«

»Das kann es nicht«, entgegnete der Prinz, »denn bei Tag würde man uns sehen. Und morgen früh wird der Haushofmeister das ganze Gepäck der königlichen Familie einsammeln und anfangen, den Zug mit den Planwagen zu bilden. Nein, wir müssen heute nacht gehen. Rasch jetzt!«

Der Junge und der Eingeborene eilten eine Hintertreppe hinunter, die gewöhnlich nur von Zimmermädchen und anderen Lakaien der königlichen Gemächer benutzt wurde. Ein Stockwerk weiter unten, im Zwischengeschoß, das auf die große Halle hinausging, lagen die Kapelle und die kleinen Empfangszimmer des Königs und der Königin, daneben die Büros der königlichen Minister. Hier patrouillierten Posten der Nachtwache, aber Tolivar und Ralabun wichen ihnen ohne Mühe aus und schlüpften in einen kleinen Erker neben den Räumen des Kanzlers, in dem drei hohe Regale mit Kisten voll alter königlicher Korrespondenz standen.

»Der Geheimgang ist hier«, sagte Tolivar leise. Während Ralabun vor Erstaunen der Mund offen blieb, nahm der Prinz eine Kiste mit Briefen heraus und griff dahinter. Dann stellte er die Kiste an ihren Platz zurück. Plötzlich schwang das gesamte mittlere Regal wie eine Tür geräuschlos nach außen und ließ eine dunkle Öffnung erkennen. »Hast du eine Dunkellaterne mitgebracht, so wie ich dir befohlen hatte?«

Ralabun zog sie unter seinem Umhang hervor und öffnete die Blende, so daß das Licht der glühenden Sumpfwürmchen im Inneren der Laterne als dünner Strahl nach draußen drang. Die beiden betraten den Geheimgang. Tolivar schloß den Eingang, nahm die Laterne an sich und ging in den engen, staubigen Korridor hinein. Er bedeutete Nyssomu, ihm zu folgen.

»Immu, die Amme der Königin, hat mir schon von den Geheimgängen in der Zitadelle erzählt«, sagte Ralabun, »aber ich bin noch nie in einem dieser Gänge gewesen. Immu sagt, daß sie und Jagun vor langer Zeit, als die drei Lebenden Blütenblätter der Schwarzen Drillingslilie noch junge Prinzessinnen waren, die Königin und ihre Schwester, die Herrin Kadiya, durch einen solchen Gang aus der Zitadelle herausbrachten, als der böse König Voltrik sie töten wollte. Hat Euch Eure königliche Mutter diesen Geheimgang gezeigt?«

Tolivar lachte bitter. »Nein. Davon habe ich durch einen freundlicheren Lehrer erfahren. Gib acht! Wir müssen diese steile Treppe hier hinunter. Die Stufen sind feucht und rutschig.«

»Wer hat Euch dann von dem Gang erzählt? War es Immu?«

»Nein.«

»Habt Ihr aus einem der alten Bücher davon erfahren, die Ihr so gern lest?«

»Nein! Hör jetzt endlich auf zu fragen!«

Ralabun schwieg gekränkt, während sie mit größter Vorsicht hinunterstiegen. Die Wände der schmalen Treppe waren sehr naß. In den Ritzen wuchsen Unmengen von farblosen Pilzen, in denen schwach glühende Kreaturen hausten, die Schleimkriecher genannt wurden. Die kleinen Tiere krochen wie leuchtende Schnecken über die Stufen. Sie waren tückische Fußfallen und sandten einen üblen Geruch aus, wenn sie zertreten wurden.

»Es ist nicht mehr sehr weit«, sagte Tolivar. »Wir sind schon fast auf Höhe des Flusses.«

Nach wenigen Minuten erreichten sie eine zweite Geheimtür, deren hölzerne Mechanik knarrte, als sie von dem Prinzen in Gang gesetzt wurde. Sie kamen in einem nicht mehr benutzten Schuppen heraus, in dem verwitterte Taurollen, geborstene Fässer und zerbrochene Kisten herumlagen. Einige Gurpse quiekten verschreckt und wuselten davon, als Tolivar und Ralabun zur Außentür des Schuppens gingen. Der Prinz schloß die Laterne und lugte vorsichtig hinaus. Es fiel nur ein leichter Nieselregen und war sehr dunkel. Wachen waren nicht zu sehen, da dieses Kai schon vor vielen Jahren nach dem Krieg zwischen Ruwenda und Labornok aufgegeben worden war. Den Eingang zur Zitadelle hatte man versiegelt.

Vorsichtig suchten sie sich ihren Weg über die modrigen Planken des Piers. Jetzt ging Ralabun voraus. Der Nyssomu konnte nachts viel besser sehen als ein Mensch, und sie wagten es nicht, die Lampe zu benutzen, deren Licht die Wachen auf den Zinnen über ihnen vielleicht bemerkt hätten.

»Mein Boot ist dort drüben«, sagte Tolivar, »ich habe es unter dem zerbrochenen Poller versteckt.«

Ralabun musterte das Boot mit zweifelhaftem Blick. »Es ist nicht sehr groß, Kleines Herz, und die Strömung des Mutar wird mit jeder Stunde reißender. Müssen wir sehr weit stromaufwärts?«

»Nur etwa neun Meilen. Das Boot ist stabil genug. Ich werde mich an die Hauptruder stellen, während du achtern das lange Ruder ergreifst. Zusammen werden wir die Strömung schon beherrschen und den Fluß überqueren. Auf der anderen Seite wird das Wasser nicht mehr so aufgewühlt sein, und wir werden viel leichter vorwärtskommen.«

Ralabun grinste. »Ich wußte gar nicht, daß Ihr in der Fährkunst so bewandert seid.«

»Ich bin noch in vielem anderen bewandert, von dem du keine Ahnung hast«, sagte der Junge kurz angebunden. »Gehen wir.«

Sie kletterten an Bord und stießen ab. Tolivar ruderte mit aller Kraft, wenn er auch nicht gerade viel davon besaß. Aber obwohl Ralabun schon recht alt war, hatte er nach Jahren schwerer Arbeit in den Ställen muskulöse Arme, und so bewegte sich das Boot langsam über den breiten Fluß. Sie wichen auf dem Wasser treibenden Trümmern aus, darunter ganzen Bäumen, die im Schwarzsumpf stromaufwärts entwurzelt worden waren. Einmal schwamm sogar ein Baumstamm mit einem großen, gefährlichen Reffinchen darauf an ihnen vorbei, so selbstverständlich wie ein Handelsschiff aus Trevista. Das Tier fauchte sie an, als es kaum drei Ellen von ihnen entfernt vorbeitrieb, aber es machte keinerlei Anstalten, seinen schwankenden Zufluchtsort zu verlassen und sie anzugreifen.

Genau wie der Prinz vorhergesagt hatte, war die Strömung entlang des schlammigen, unbewohnten Flußufers, das dem

Großen Burgfried gegenüberlag, nicht mehr ganz so stark. Müde legte er jetzt die Ruder aus der Hand und überließ es Ralabun, das Boot zu rudern. Sie kamen gut voran und konnten sich über das Rauschen des dahinfließenden Wassers hinweg miteinander unterhalten.

»Es gibt einen seichten Nebenarm, der am Nordufer in den Fluß mündet, in dem verwilderten Bereich genau oberhalb des Marktteiches. Dort müssen wir hin«, sagte Tolivar.

Ralabun nickte. »Ich weiß, was Ihr meint – einen namenlosen Kanal, der mit Futterfarn und Lanzenkraut zugewachsen ist. Aber er ist nicht schiffbar ...«

»Doch, ist er, wenn man vorsichtig fährt. In der Trockenzeit war ich dort schon oft heimlich unterwegs, verkleidet als gemeiner Bootsjunge.«

Ralabun gab ein mißbilligendes Grunzen von sich. »Das war höchst unklug von Euch, Kleines Herz! Die Irrsümpfe sind selbst so nah beim Großen Burgfried kein sicherer Ort für einen Menschenjungen. Wenn Ihr mich gefragt hättet, hätte ich Euch gern auf einer Wanderung durch die Sümpfe begleitet.«

»Ich war nicht in Gefahr«, sagte der Prinz hochmütig. »Und meine Angelegenheiten im Sumpf waren sowohl ernsthafter als auch persönlicher Natur. Es hatte nichts mit jenem vergnüglichen Müßiggang zu tun, dem wir zusammen nachgegangen sind.«

»Hm. Und welches große Geheimnis verbirgt dann dieser Nebenfluß?«

»Das geht nur mich etwas an«, schnappte Tolivar.

Dieses Mal nahm ihm der Nyssomu seine Worte wirklich übel. »Nun, dann bitte ich Euer Gnaden in aller Bescheidenheit um Verzeihung für meine Neugier.«

Die Stimme des Jungen wurde weicher. »Sei nicht gekränkt, Ralabun. Selbst die engsten Vertrauten haben zuweilen einmal Geheimnisse voreinander. Wegen der starken Strömung des Flusses war ich gezwungen, dich um deine Hilfe zu bitten, um an diesen geheimen Ort zu gelangen. Ich konnte keinem anderen trauen.«

»Und ich werde Euch gern dorthin begleiten! Aber ich muß

zugeben, es macht mich traurig, daß Ihr Euch mir nicht anvertrauen wollt. Ihr wißt doch, daß ich keines Eurer Geheimnisse weitererzählen würde.«

Tolivar zögerte. Er hatte nicht vorgehabt, seinem Freund zu verraten, welcher Art der Schatz war. Aber jetzt war er zutiefst versucht, einem anderen von den wundersamen Dingen, die sich in seinem Besitz befanden, zu erzählen. Und wer war dazu wohl besser geeignet als Ralabun? »Schwörst du, daß du weder dem König noch der Königin von meinem Geheimnis erzählen wirst? Und auch nicht der Erzzauberin Haramis, selbst wenn sie es dir befehlen sollte?« fragte Tolivar.

»Ich schwöre es auf das Dreigestirn und die Blume!« erwiderte Ralabun mit fester Stimme. »Was auch immer Ihr mir anvertrauen werdet, ich werde es voller Treue hüten, bis mich die Herrscher der Lüfte mit sich ins Jenseits nehmen.«

Der Prinz nickte feierlich. »Nun gut. Du sollst meinen großen Schatz sehen, wenn ich ihn heute nacht aus dem Versteck im Sumpf hole. Aber wenn du auch nur einer Seele etwas davon erzählst, ist nicht nur dein Leben verwirkt, sondern auch das meine.«

Ralabuns große runde Augen funkelten in der Dunkelheit, als er mit einer Hand das Zeichen der Schwarzen Drillingslilie in die Luft malte. »Was ist das für ein wundersamer Gegenstand, nach dem wir suchen, Kleines Herz?«

»Etwas, das ich dir besser zeige, statt es dir zu beschreiben«, sagte der Prinz. Trotz des Drängens des Nyssomu wollte er kein Wort mehr darüber sagen.

Nachdem eine weitere Stunde vergangen war, hörte der Nieselregen auf, und ein frischer Wind erhob sich, der dunkle Wolken über ein kleines Stück des Himmels trieb, an dem die Sterne zu sehen waren. Am gegenüberliegenden Flußufer waren die Fackeln des Marktes von Ruwenda auf der Westseite des Großen Burgfrieds kaum noch zu sehen, denn der Mutar war hier über drei Meilen breit. Und dann hatten sie den Teil des Flusses erreicht, in dem während der Trockenzeit viele mit Bäumen bewachsene Inseln zu finden waren. Die meisten von ihnen standen jetzt unter Wasser. Die großen Gonda- und Kalabäume, die auf ihnen wuchsen, streckten ihre Äste aus dem wirbelnden, schwarzen Wasser heraus. Man konnte sich leicht verirren, und mehrere Male mußte der Prinz Ralabuns Kurs berichtigen. Bedauerlicherweise kannte sich der alte Stallmeister doch nicht so gut in den Sümpfen aus, wie er vorgegeben hatte.

»Hier ist der Seitenarm«, sagte Tolivar schließlich.

»Seid Ihr sicher?« Ralabun sah verwirrt aus. »Mir scheint, als müßten wir noch etwas weiter ...«

»Nein. Es ist hier. Ich bin ganz sicher. Fahr hier hinein.«

Der Nyssomu murmelte etwas vor sich hin und beugte sich über sein Ruder. »Der Urwald hier steht bereits unter Wasser, und überall treiben Trümmer herum. Man sieht überhaupt nichts von einem Kanal. Ich glaube wirklich ...«

»Genug jetzt!« Der Prinz richtete sich im Bug des Bootes auf. Die wenigen Sterne am Himmel gaben kaum genug Licht, um etwas erkennen zu können. Das Wasser wurde schon bald sehr seicht, und zwischen den hoch aufragenden Bäumen wuchs ein schier undurchdringliches Dickicht aus Schilfrohr, Lanzenkraut und Rotfarn. Nachdem der Regen aufgehört hatte, waren jetzt auch wieder die Wildtiere der Irrsümpfe zu hören. Insekten zirpten und summten und gaben melodisch klingende Laute von sich. Pelriks kreischten, Nachtkarolen trällerten, Karuwoks planschten und zischten, und in der Ferne stieß ein Gulbard seinen heiseren Jagdschrei aus.

Als Ralabun sein Ruder wegen des seichten Wassers und des vielen Treibholzes nicht mehr gebrauchen konnte, rief er: »Kleines Herz, das kann unmöglich der rechte Weg sein!«

Der Junge konnte seinen Unmut nur mit Mühe verbergen. »Ich werde uns führen, während du mit der Stange das Boot voranbringst. Wir müssen zwischen den beiden großen Wilundabäumen dort hindurch. Ich kenne den Weg.«

Widerwillig gehorchte Ralabun. Obwohl der Kanal zuweilen völlig mit Gestrüpp und Schlingpflanzen zugewachsen schien, blieb doch immer so viel Wasser vor ihnen frei, daß das Boot gerade noch hindurchgleiten konnte. Sie kamen nur sehr langsam voran, aber nach einer weiteren Stunde hatten sie ein Stück trockenes Land erreicht. Auf dem felsigen

Ufer wuchsen Dornenfarn, Trauerwideln und hoch aufragende Kalabäume. Tolivar deutete auf einen Anlegeplatz, und Ralabun brachte das Boot ans Ufer.

»Das ist es?« murmelte er überrascht. »Ich hätte schwören können, daß wir uns verirrt haben.«

Der Prinz sprang auf die Uferböschung, die mit vom Regen niedergedrücktem Sägegras bewachsen war, und band das Bugseil an einem Baumstumpf fest. Dann nahm er die Laterne, öffnete die Blende und bedeutete dem Nyssomu, ihm auf dem beinahe unsichtbaren Pfad zu folgen, der sich zwischen den Felsen und den nassen Pflanzen dahinschlängelte.

Sie gelangten auf eine Lichtung, auf der eine kleine Hütte aus zerhackten Pfählen und Grasbüscheln mit einem Dach aus dichtem Futterfarn stand.

»Ich habe sie selbst gebaut«, sagte der Prinz voller Stolz. »Ich komme hierher, um die Zauberkunst zu erlernen.«

Ralabun fiel vor Erstaunen die breite Kinnlade herunter, so daß seine kurzen, gelben Fangzähne zu sehen waren. »Zauberkunst? Ein junger Bursche wie Ihr? Der Dreieinige stehe uns bei!«

Tolivar öffnete die einfache Tür aus Weidengeflecht und verbeugte sich übertrieben tief vor Ralabun. »Tritt ein in meine Zauberwerkstatt.«

Im Inneren war es vollkommen trocken. Der Prinz zündete eine Spiegellampe mit drei Kerzen an, die auf einem roh gezimmerten Tisch stand. In der Hütte gab es außer einem Hocker, einer Korbflasche mit Trinkwasser und ein paar Hängeregalen, auf denen einige Krüge und Holzfäßchen mit eingeweckten Lebensmitteln standen, kaum noch anderes Mobiliar. Ganz gewiß keine Apparaturen, Bücher oder andere magische Objekte, wie man sie im Versteck eines Zauberers erwartete.

Tolivar ließ sich auf die Knie fallen, schob die Farnwedel und Schilfrohre beiseite, mit denen der Lehmboden bedeckt war, und wuchtete eine große, dünne Steinplatte in die Höhe. In dem Hohlraum darunter lagen zwei Säcke aus grobem Wollstoff – ein großer und ein kleiner. Tolivar legte beide auf den Tisch.

»Dies hier sind die kostbaren Gegenstände, wegen denen wir gekommen sind«, sagte er zu Ralabun. »Ich hielt es nicht für klug, sie in der Zitadelle zu verstecken.«

Der alte Eingeborene beäugte die Säcke mit wachsenden Zweifeln. »Und was habt Ihr damit vor, wenn Ihr den Winter über in Derorguila weilt?«

»In den Ruinen vor dem Palast, in die sich niemand hineinwagt, kenne ich ein sicheres Versteck. Ich habe es vor vier Jahren entdeckt, während der Schlacht von Derorguila, als mir das Glück hold war und ich diesen großen Schatz gefunden habe.« Der Junge öffnete den größeren der beiden Säcke und zog eine schmale, nicht sehr tiefe Truhe daraus hervor, die etwa so lang wie der Arm eines Mannes war und in der Breite drei Handspannen maß. Sie war aus einem dunklen, glasartigen Material gefertigt. Auf ihrem Deckel befand sich ein Relief mit einem vielstrahligen Stern aus Silber.

»Herrscher der Lüfte! Das kann nicht sein!« rief Ralabun aus.

Tolivar sagte kein Wort und öffnete den kleineren Sack. Im Licht der Lampe blitzte etwas in strahlendem Silber auf – eine sonderbar geformte Krone, die sechs kleine und drei größere Zacken besaß. Sie war mit seltsamen Ornamenten verziert, die Blumen, Muscheln und drei bizarre Gesichter darstellten – einen scheußlich aussehenden Skritek, das verzerrte Antlitz eines Menschen und als drittes Gesicht in der Mitte eine wilde Fratze, deren Haar aus den Strahlen eines Sterns gebildet war und die vor Schmerz zu schreien schien. Unterhalb des mittleren Gesichts war ein winziges Ebenbild von Prinz Tolivars königlichem Wappen.

»Das Dreihäuptige Ungeheuer«, krächzte Ralabun, der vor ehrfürchtiger Scheu fast außer sich war. »Königin Anigels magischer Talisman, den sie dem schändlichen Zauberer Orogastus als Lösegeld übergeben hat!«

»Jetzt gehört er weder meiner Mutter noch ihm«, erklärte Tolivar. Er setzte sich die Krone aufs Haupt, und plötzlich schienen sein zarter Körper und sein unscheinbares kleines Gesicht wie verwandelt zu sein. »Der Talisman ist durch die Sternentruhe an mich gebunden, und jeder, der ihn ohne meine Erlaubnis berührt, wird zu Asche verbrannt. Ich vermag die Macht des Dreihäuptigen Ungeheuers noch nicht ganz zu beherrschen, aber eines Tages wird es mir gelingen. Und dann werde ich ein noch viel mächtigerer Zauberer sein, als Orogastus es jemals gewesen ist.«

»O Kleines Herz!« jammerte Ralabun.

Aber bevor er weitersprechen konnte, sagte der Junge: »Denk an deinen Schwur, alter Freund.« Dann nahm er die Krone vom Kopf und steckte sie wieder in den Sack. Auch die Sternentruhe packte er wieder ein. »Jetzt komm. Vielleicht sind wir ja zu Hause, bevor es wieder zu regnen beginnt.«

# 2

»Jetzt« rief Kadiya aus. »Fangt sie!«

Das riesige Netz aus Schlingpflanzen fiel herunter, als die hoch oben in den Kalabäumen versteckten Nyssomu gleichzeitig die vielen Seile durchschnitten, an denen es hing. Es war mitten in der Nacht, aber als das Netz auf dem Boden des Sumpfwaldes auftraf, zuckte ein gleißender heller Blitz durch die Dunkelheit und ließ die orangerot glühenden Augen der verwirrten Skritek-Truppe matt werden.

Der Hinterhalt war erfolgreich gewesen. Mehr als vierzig der schrecklich aussehenden Wasserscheusale waren plötzlich in den festen, klebrigen Maschen des Netzes gefangen und brüllten und kreischten inmitten des grollenden Donners. Ohne Erfolg rissen sie mit ihren Fangzähnen und Klauen an dem Netz. Ihre Schwänze peitschten hin und her, während sie sich auf dem schlammigen Boden wälzten und immer mehr im Netz verfingen. In einer übelriechenden Wolke stieg Moschus von ihrer schuppigen Haut auf. Aber dies konnte die Nyssomu nicht davon abhalten, lange, mit Widerhaken versehene Speere in den durchweichten Boden zu treiben, um auf diese Weise den Rand des Netzes zu sichern. Jene Nyssomu, die dazu nicht gebraucht wurden, sprangen um ihre alten Feinde herum und ließen ihre Augen aus dem Kopf fallen, um sie zu verspotten. Sie jubelten und schwenkten ihre Blasrohre und Speere in der Luft.

»Ergebe dich mir, Roragat!« verlangte Kadiya. »Jetzt ist Schluß mit deinen Überfällen und Räubereien. Nun wirst du die Strafe dafür bekommen, daß du den Frieden der Irrsümpfe gebrochen hast.«

*Niemals!* entgegnete der Anführer der Skritek in der Sprache ohne Worte. Er war riesenhaft, beinahe zweimal so groß wie Kadiya, und stand immer noch aufrecht da, trotz der dicken Schlingpflanzen, die sich an seinen Körper klammerten. *Der Frieden der Irrsümpfe gilt für uns nicht mehr. Und selbst wenn, würden wir uns niemals einer schwächlichen Menschenfrau ergeben. Bevor wir uns ergeben, kämpfen wir lieber bis zum Tod!*

»So erkennst du mich also nicht, du verräterisches Wasserscheusal«, murmelte Kadiya. Sie drehte sich zu einem stämmigen kleinen Eingeborenen um, der direkt hinter ihr stand. »Jagun. Anscheinend sind die Augen dieser Wirrköpfe von Friedensbrechern genauso unterentwickelt wie ihr Gehirn. Laß Fackeln bringen, um sie zu erleuchten.«

Inzwischen fiel wieder heftiger Regen. Aber auf Jaguns Befehl hin schlugen mehrere Angehörige der Nyssomu-Truppe Feuermuscheln aneinander und entzündeten damit in Pech getauchte Bündel aus Schilfrohren, die sie zuvor aus ihren Rucksäcken genommen und auf lange Stangen gesteckt hatten. Die gefangenen Skritek-Krieger zischten und brüllten herausfordernd, als eine Flamme nach der anderen in die Höhe schoß und die turbulente Szene auf der Lichtung in ihren Schein tauchte. Aber dann, als die Fackelträger einen Kreis um Kadiya bildeten und diese trotz des strömenden Regens die Kapuze ihres Umhang abstreifte, verstummten die Ungeheuer plötzlich.

Sie war mittelgroß, aber inmitten ihrer Begleiter, der kleinwüchsigen Nyssomu, wirkte sie groß. Ihr rostbraunes Haar war zu Zöpfen geflochten und dann zu einer Krone aufgesteckt worden. Sie trug einen Brustharnisch aus goldenem Kettenpanzer, darunter Lederkleidung, die der ihrer Gefährten sehr ähnlich sah. Auf ihrer Brust strahlte das Emblem der Schwarzen Drillingslilie. Auf jedem Blütenblatt der Heiligen Blume saß ein strahlendes Auge – eines war golden wie die Augen der Eingeborenen, eines von einem tiefen Dunkelbraun wie ihre Augen, und eines leuchtete in einem matten Silberblau, während in der dunklen Pupille sonderbare Fünkchen aufblitzten. Dieses letzte Auge gehörte dem Versunkenen Volk.

*Jetzt wissen wir, wer Ihr seid,* gab der Anführer der Wasserscheusale widerwillig zu. *Ihr seid die Herrin der Augen.*

»Und ich bin auch die Große Fürsprecherin aller Eingeborenen, zu denen auch ihr törichten Skritek aus den Sümpfen im

Süden gehört. Wie könnt ihr es wagen, trotz meines Erlasses in das Land der Nyssomu einzufallen und hier zu plündern? Antworte mir, Roragat!«

*Wir erkennen Eure Macht nicht an! Und außerdem hat uns einer, der größer ist als Ihr, die Wahrheit über Euren falschen Frieden enthüllt. Er hat uns gesagt, daß schon bald das Versunkene Volk zurückkehren und die Himmelslilie wieder am Firmament erstrahlen wird. Und dann werden die Menschen mitsamt ihrer unterwürfigen Seltlingsklaven vernichtet werden. Die Welt des Dreigestirns wird wieder das sein, was sie zu Anfang war – das alleinige Reich der Skritek.*

*Ja! Ja!* brüllten die anderen Ungeheuer. Sie fingen an, noch heftiger mit dem Netz zu kämpfen als zuvor, und warfen sich wie wild herum.

»Wer hat dir diese abscheuliche Lüge erzählt?« verlangte Kadiya zu wissen. Als der Anführer der Skritek nicht antwortete, zog sie ein sonderbar aussehendes, schwarzes Schwert mit einem dreigeteilten Knauf aus der Scheide an ihrer Seite. Sie drehte es um und streckte es hoch in die Luft empor. Als die gefangenen Sumpfteufel es erblickten, fingen sie vor Angst zu winseln an. »Ihr wißt, daß ich das Dreilappige Brennende Auge in Händen halte.« Kadiyas Stimme klang völlig ruhig. Die Regentropfen liefen ihr über das Gesicht und funkelten auf ihrem Panzer wie Edelsteine. »Ich bin die Wächterin dieses Talismans, der mir vom Versunkenen Volk übergeben wurde. Ich kann in einem einzigen Augenblick feststellen, ob ihr wirklich das Recht habt, meine Worte zu mißachten. Aber bedenkt, ihr Wasserscheusale aus den Sümpfen im Süden: Wenn ihr als Aufwiegler erkannt werdet, wird euch das Auge in magisches Feuer hüllen, und ihr werdet jämmerlich zugrundegehen.«

Unter den Ungeheuern erhob sich Stimmengemurmel.

Schließlich begann Roragat zu sprechen: *Wir haben geglaubt, was der Sternenmann uns sagte, obwohl er uns keinen Beweis dafür gab bis auf die Wunder, die er vollbrachte, um seine Zauberkunst zu zeigen. Vielleicht … haben wir uns geirrt.*

»Ein Sternenmann?« rief Jagun bestürzt aus. Aber Kadiya bedeutete ihm zu schweigen.

»Einem üblen Mundwerk fällt es leicht, Lügen zu verbreiten«, sagte sie zu Roragat, »und Dummköpfe, die ihre alte, gewalttätige Lebensweise nicht aufgeben wollen, sind nur allzu erpicht darauf, Lügnern und Scharlatanen zu glauben. Ich weiß, daß sich dein Volk dem Frieden widersetzt hat. Weil du mit deinem Volk in einem abgelegenen Teil des Sumpfes lebst, hast du geglaubt, dich der Herrschaft der Weißen Frau entziehen zu können – und mir, die ihren Willen durchsetzt. Du hast dich geirrt.«

Der riesige Skritek brüllte vor wütender Verzweiflung. *Kadiya von den Augen, hört auf, uns wie dumme Kinder zu schelten! Euer Talisman soll uns richten und töten. Dann wird wenigstens unsere Schande ein Ende haben.*

Aber Kadiya ließ das sonderbare Schwert sinken und steckte es wieder in die Scheide. »Vielleicht wird das gar nicht notwendig sein. Bis jetzt, Roragat, hast du dich mit deiner Bande nur vereinzelter Überfälle und der Zerstörung von Asamuns Dorf schuldig gemacht. Es sind zwar einige Nyssomu verletzt worden, aber gestorben ist niemand – was jedoch nicht dir zu verdanken ist. Wiedergutmachung ist möglich. Wenn du für deine schändlichen Taten Buße tust und mir dein Wort gibst, wieder in dein eigenes Gebiet zurückzukehren und den Frieden einzuhalten, werde ich euer Leben verschonen.«

Der Skritek-Anführer hielt den Kopf mit der großen Schnauze noch einige Herzschläge lang stolz erhoben, ließ ihn dann aber unterwürfig sinken und fiel auf die Knie. *Ich gelobe in meinem und im Namen meiner Gefährten, Euren Befehlen zu folgen, Herrin der Augen. Das schwöre ich beim Dreigestirn.*

Kadiya nickte. »Schneidet sie los«, sagte sie zu den Nyssomu. »Und dann sollen Asamun und seine Berater die Wiedergutmachung aushandeln.« Sie wandte sich noch einmal an den Anführer der Skritek, wobei sie die Hand auf das Augenemblem auf ihrer Brust legte. »Roragat von den Wasserscheusalen, laß dir nicht einfallen, noch einem Verrat zu begehen. Denk immer daran, daß meine Schwester Haramis, die Weiße Frau und Erzzauberin des Landes, dich sehen kann, wo immer du auch hingehst. Sie wird es mir sagen, falls du es wagen solltest, den Frieden der Irrsümpfe noch einmal zu verletzen. Wenn du es trotzdem tust, werde ich kommen und euch ohne Erbarmen bestrafen.«

*Wir haben verstanden,* sagte Roragat. *Ist es uns gestattet, an jenem Lügner Rache zu nehmen, der uns so getäuscht hat? Er ist nur ein einziges Mal zu uns gekommen und dann nach Westen in die Berge weitergezogen, aus Ruwenda hinaus in Richtung Zinora. Aber wir könnten seine Spur aufnehmen und ...*

»Nein«, sagte Kadiya. »Ich befehle dir, diesen Unruhestifter nicht zu verfolgen. Die Weiße Frau und ich werden ihn uns vornehmen, wenn die Zeit dafür gekommen ist. Aber warne die anderen Skritek, damit sie seinen Lügen keinen Glauben schenken.« Sie hob ihren Mantel auf und hüllte sich darin ein, um sich vor dem unablässig fallenden Regen zu schützen, dann winkte sie Jagun, damit er eine Fackel brachte und sich zu ihr gesellte. Seite an Seite betraten die Herrin der Augen und ihr engster Vertrauter den breiten Pfad, der zum Fluß Vispar führte.

Nachdem Haramis, die Weiße Frau, von den randalierenden Ungeheuern im weit entfernten Süden erfahren und mit Hilfe ihres Talismans zu ihrer Drillingsschwester Kadiya gesprochen hatte, waren mehr als zehn Tage vergangen, in denen diese die kleine Armee aus Nyssomu mobilisiert und den Hinterhalt für die räuberischen Skritek geplant hatte. Jetzt, nachdem ihr Feldzug ein erfolgreiches Ende genommen hatte, war Kadiya völlig erschöpft. Die Worte des Skritek-Anführers waren rätselhaft und beunruhigend gewesen, aber sie befand sich jetzt nicht in der Stimmung, mit der Erzzauberin darüber zu diskutieren.

Außerdem wollte sie der Strafpredigt aus dem Weg gehen, die sie von ihrer Schwester zu hören bekommen würde, wenn die Weiße Frau erfuhr, wie Kadiya ihren Talisman eingesetzt hatte.

Während sie sich durch den tiefen Schlamm quälte, von Kopf bis Fuß durchnäßt und jeden Muskel in ihrem Körper spürend, griff die Herrin der Augen nach einer dünnen Kordel um ihren Hals und zog ein Amulett hervor, das in ihrer

Kleidung verborgen war. Es war ein Tropfen aus Honigbernstein, in dem eine winzige Blüte der Schwarzen Drillingslilie eingeschlossen war. Er leuchtete golden und fühlte sich warm und tröstlich an.

Ich danke dir, betete sie. Dreieiniger Gott der Blume, ich danke dir dafür, daß meine List wieder einmal gelungen ist, und dafür, daß du mir Kraft gegeben hast. Vergib mir die Täuschung, die ich damit begangen habe ... Wenn ich einen anderen Weg wüßte, würde ich ihn gehen.

Wegen der Sturmwinde, die heulend durch die Zweige der Bäume über ihnen fuhren und eine verfrühte Regenzeit ankündigten, sprachen Kadiya und Jagun kaum ein Wort miteinander, bis sie den Überlauf des Hochwasser führenden Flusses erreichten, wo sie ihr Boot zurückgelassen hatten. Die Nyssomu waren in der Regel mit Kähnen aus ausgehöhlten Baumstämmen und schwerfälligen Flachbooten unterwegs, die mühsam mit einer Stange vorwärtsbewegt oder gerudert werden mußten. Aber Kadiyas Boot war wie die der Wyvilo gefertigt, aus gegerbtem Fell, das über einen leichten Holzrahmen gespannt war. Es war zwischen den Stelzwurzeln eines riesigen Kalabaums festgebunden. Als sie und Jagun hineinkletterten und es von seinem Anlegeplatz wegschoben, tauchten in der Nähe zwei große, schmale Köpfe aus dem vom Regen aufgewühlten Wasser auf und starrten sie erwartungsvoll an.

Es waren Rimoriks, gewaltige Wassertiere, die zwar nicht zahm waren, aber eine besondere Beziehung zu den Uisgu hatten, jenen scheuen Cousins, die im Goldsumpf nördlich des Vispar lebten. Da Kadiya die Fürsprecherin aller Eingeborenen war, zu denen die Uisgu gehörten, genoß sie auch die Gunst der Rimoriks. Viele dieser Tiere, die ihr dienen wollten, hatten ihr angestammtes Gebiet verlassen und lebten nun in der Nähe von Kadiyas Wohnsitz, dem Haus der Augen am Fluß Golobar, das fast zweihundert Meilen weiter im Osten lag.

Im flackernden Licht von Jaguns Fackel leuchteten die Augen der Wassertiere wie schwarzer Bernstein. Die Rimoriks besaßen ein grüngeflecktes Fell, borstige Schnurrhaare und gewaltige Zähne, die sie jetzt bleckten, was für sie ein Ausdruck ihrer Freundschaft war.

*Herrin, trinkt Miton mit uns. Wir haben schon viel zu lange auf Eure Rückkehr gewartet.*

»Aber gewiß, meine lieben Freunde.« Kadiya holte eine kleine, scharlachrote Kürbisflasche aus dem Beutel an ihrem Gürtel hervor. Sie entkorkte die Flasche, trank einen Schluck und reichte sie an Jagun weiter, der ebenfalls daran nippte. Dann kippte sie etwas von der geheiligten Flüssigkeit in ihre linke Hand. Die Tiere schwammen zu ihr hin und leckten das Miton mit ihren furchterregenden Zungen auf, peitschenartigen Auswüchsen mit einer speerartigen Spitze, mit der sie sonst ihre Beute aufspießten.

Als das Miton seine wohltuende Wirkung zeigte, spürten die vier ungleichen Freunde eine große Zufriedenheit in sich, die ihre Sinne schärfte und die Müdigkeit vertrieb. Als es vorüber war, seufzte Kadiya tief auf. Jagun legte den Rimoriks das Zuggeschirr an. Ohne einen Laut tauchten die mächtigen Tiere unter. Das Boot schoß über den breiten, schwarzen Fluß auf die geheime Abkürzung zu, die sie in weniger als sechs Stunden nach Hause bringen würde.

Als sie unterwegs waren, verkrochen sich Kadiya und Jagun unter einer gewachsten Plane und nahmen ein kärgliches Mahl aus getrockneten Adopwurzeln und Reisebrot zu sich.

»Ich glaube, es ist alles gutgegangen. Deine Idee, ein Fallnetz aus Schlingpflanzen zu knüpfen, war einfach großartig, Jagun. Das hat uns einen offenen Kampf mit den Sumpfungeheuern erspart«, sagte Kadiya.

Das breite, bleiche Gesicht des alten Eingeborenen wirkte wie eine Maske. Er sah sie mit seinen leuchtenden gelben Augen von der Seite her an. Es war offensichtlich, daß er sich sorgte. Kadiya stöhnte innerlich auf, weil sie den Grund dafür kannte. Sie konnte zwar die Vorwürfe ihrer Schwester Hara aufschieben, aber nicht die ihres alten Freundes.

Lange Zeit sagte Jagun kein Wort. Kadiya wartete und aß weiter, obwohl sie jetzt keinen Appetit mehr hatte. Der Regen hämmerte auf die Plane über ihren Köpfen, und das Boot zischte und vibrierte, während sie sich mit großer Geschwindigkeit vorwärtsbewegten.

Schließlich begann Jagun zu sprechen. »Weitsichtige, Ihr übt Eure selbstgewählte Aufgabe nun schon seit vier Jahren mit großem Erfolg aus, obwohl Euer Talisman nicht mehr länger an Euch gebunden ist und keinen Zauber mehr ausüben kann. Niemand außer mir und Euren beiden Schwestern weiß, daß das Dreilappige Brennende Auge seine Macht verloren hat.«

»Bis jetzt ist unser Geheimnis nicht entdeckt worden«, sagte sie mit ruhiger Stimme.

»Aber ich habe Angst vor dem, was geschehen könnte, wenn Ihr den Talisman weiter für Euer Amt als Fürsprecherin einsetzt, so wie heute abend. Wenn die Wahrheit herauskommt, werden die Eingeborenen zutiefst entrüstet sein. Eure Ehre wird befleckt sein und Eure Autorität Schaden erleiden. Würde es denn nicht von mehr Weisheit zeugen, wenn Ihr den Rat der Weißen Frau befolgt und ihr das Brennende Auge übergebt, bis es wieder seine volle Macht besitzt?«

»Der Talisman gehört mir«, erklärte Kadiya. »Ich werde ihn niemandem überlassen – nicht einmal Haramis.«

»Wenn Ihr ihn einfach nicht mehr tragen würdet, würde niemand es wagen, Euch darüber zu befragen.«

Sie seufzte. »Vielleicht hast du recht. Ich habe lange darüber nachgedacht und gebetet, aber die Entscheidung fällt mir schwer. Du hast selbst gesehen, wie sehr sich die Skritek heute abend vor dem Auge fürchteten.«

Ihre Hand glitt zu dem Knauf des schwarzen Schwertes. Sie umfaßte die drei miteinander verbundenen Kugeln an seinem Ende. Einst waren sie voller Wärme gewesen, doch nun fühlten sie sich kalt an. Das Dreilappige Brennende Auge, das vor vielen Jahrhunderten vom Versunkenen Volk zu einem geheimnisvollen Zweck geschaffen worden war, war eines gefürchteten Zaubers mächtig gewesen, denn es gehörte zu den drei Elementen, aus denen das große Zepter der Macht gebildet wurde.

Früher war der Talisman mit Kadiyas Seele verbunden gewesen, und die drei Kugeln hatten sich auf ihren Befehl hin geöffnet und drei Augen freigegeben, lebende Ebenbilder der Augen auf ihrem Harnisch. Sie hatte über die Macht des Talismans gebieten können, und jeder, der es gewagt hatte, das Schwert ohne ihre Erlaubnis zu berühren, war auf der Stelle getötet worden.

Aber vor vier Jahren stahl der Zauberer Orogastus, der letzte Erbe der Sternengilde, Kadiyas Talisman und beschaffte sich durch Erpressung einen zweiten, der der Königin Anigel gehörte. Er band beide Talismane an sich und wagte zu hoffen, daß ihm die Erzzauberin Haramis aus Liebe zu ihm den dritten Talisman überlassen würde. Aber dann kam Orogastus der Talisman von Anigel durch ein Mißgeschick abhanden, und später wurde er nach einer dramatischen Schlacht durch die Zauberkraft der drei Schwestern vernichtet.

Das herrenlose Schwert gelangte wieder in Kadiyas Besitz. Aber der Talisman wollte sich nicht mehr mit ihrem magischen Drillingsbernstein vereinen und gehorchte ihrem Willen nicht mehr. Das Dreilappige Brennende Auge schien so tot zu sein wie Orogastus.

Trotzdem hatte Kadiya es weiter getragen.

»Was die Kräfte meines Talismans anbelangt, so habe ich den Eingeborenen nie eine Lüge erzählt«, sagte sie jetzt zu Jagun. »Sein symbolischer Wert bleibt, selbst wenn er keine Zauberkräfte mehr besitzt. Du hast selbst gesehen, wieviel Gutes er heute abend vollbracht hat. Wenn ich nicht damit gedroht hätte, hätten die Skritek sicher bis zum Tod gekämpft. So konnte ich sie verschonen und verhindern, daß viele der Nyssomu zu Tode kamen.«

»Das ist wahr«, gab Jagun zu.

»Die Wasserscheusale werden in den südlichen Sumpf zurückkehren und den anderen ihres Stammes erzählen, wie sie von der Herrin der Augen und ihrem Talisman besiegt wurden und ihnen Gnade gewährt wurde.« Sie zuckte mit den Schultern. »Und der Frieden der Irrsümpfe wird eingehalten werden, bis die nächste Krise kommt ... Außerdem besteht immer noch die Möglichkeit, daß Haramis endlich herausfindet, wie der Talisman wieder an mich gebunden werden kann, so daß er wieder all seine Kräfte besitzt.«

Der kleine Mann schüttelte den Kopf. Er war immer noch beunruhigt. Wie alle seiner Rasse sah er fast menschlich aus, mit kleinen Nasenschlitzen, einem breiten Mund, der vorn mit kleinen, spitzen Zähnen bewehrt war, und schmalen, hochstehenden Ohren, die zu beiden Seiten seiner Jägermütze emporragten. Vor vielen Jahren war er der Königliche Tierhüter und Erste Jäger des Königs Krain von Ruwenda gewesen, Kadiyas verstorbenem Vater. Als sie noch ein kleines Mädchen gewesen war, hatte Jagun sie mit in die Irrsümpfe genommen, die fast das ganze kleine Königreich auf dem Hochplateau umgaben. Er hatte ihr viele Geheimnisse des Sumpfes offenbart und ihr den Sumpfnamen Weitsichtige gegeben, da sie scharfe Augen besaß. Der Spitzname hatte sich als Prophezeiung erwiesen, als Kadiya zur Hüterin des Dreilappigen Brennenden Auges und Beschützerin der Eingeborenen wurde, die die Welt des Dreigestirns gemeinsam mit den Menschen bewohnten.

Viele Jahre später war Jagun immer noch der engste Freund und Berater von Kadiya. Zu ihrem Verdruß schien er manchmal zu vergessen, daß sie kein Kind mehr war. Er tadelte sie wegen ihres aufbrausenden Temperaments und ihrer Starrköpfigkeit, die zuweilen an die eines Woths heranreichte. Am meisten ärgerte sie an dieser Gewohnheit von ihm die Tatsache, daß er oft recht hatte.

»Weitsichtige, Ihr müßt Euch darüber bewußt sein, daß die Auseinandersetzung mit den Skritek kein gewöhnlicher Vorfall war«, sagte Jagun jetzt mit ernster Stimme. »Roragats Geschichte über einen Lügen verbreitenden Sternenmann muß für Euch ein ebenso großer Schock gewesen sein wie für mich.«

»Die Vorstellung, daß das Versunkene Volk zurückkommen könnte, ist völliger Unsinn«, sagte sie spöttisch. »Und nur die Herrscher der Lüfte wissen, was für ein Wunderding diese ›Himmelslilie‹ sein soll. Was den angeblichen Sternenmann betrifft, so ...«

»Was wäre, wenn das Schlimmste eingetreten ist«, wagte Jagun zu sagen, »und dieser verwünschte Zauberer wieder einmal von den Toten auferstanden ist?«

»Unmöglich! Haramis hat von ihrem eigenen Talisman erfahren, daß Orogastus gestorben ist.« Kadiyas Gesicht verzog sich zu einer Grimasse der Abscheu. »Und seitdem weint meine dumme Schwester insgeheim um seine verdammte Seele.«

»Spottet nicht über die Gefühle der Weißen Frau«, sagte Jagun streng, »insbesondere, da ihr niemals erfahren habt, wie mächtig die Liebe sein kann. Man kann es sich eben nicht aussuchen, wen man liebt – das habe ich zu meinem Kummer am eigenen Leib erfahren müssen.«

Kadiya sah ihn überrascht an. In der ganzen Zeit, die sie Jagun nun schon kannte, hatte er nie eine Gefährtin gehabt. Aber jetzt war nicht der richtige Zeitpunkt, um ihn zu einem solch delikaten Thema zu befragen. »Hältst du es für möglich, daß Orogastus andere zurückgelassen hat, die seine gottlose Arbeit fortsetzen? Die sechs Gehilfen, von denen wir wissen – jene Männer, die er seine Stimmen nannte –, sind mit Sicherheit tot. Und als mein Schwager die Schlupfwinkel des Orogastus in Tuzamen durchsuchte, fand er keine weiteren Zauberlehrlinge.«

»Vielleicht sind sie vor der Rache König Antars geflohen, als die Nachricht vom Untergang ihres Herrn zu ihnen drang«, sagte Jagun. »Und wenn sie klug waren und sich ihrer Zauberkräfte nicht zu auffällig bedient haben, sind sie vielleicht auch dem prüfenden Blick Weißen Frau entgangen. Nicht einmal ihr Dreiflügelreif kann jeden Teil der Welt zu jeder Stunde des Tages und der Nacht beobachten.«

Kadiya hatte ihr Brot und die Adopwurzeln aufgegessen und fing jetzt an, mit ihrem kleinen Dolch Bloknüsse aufzubrechen und für sie beide die Kerne herauszulösen. »Ich halte es für wahrscheinlicher, daß dieser sogenannte Sternenmann nur ein Hochstapler ist, ein Agent, der von einem Feind Laboruwendas aus politischen Gründen damit beauftragt wurde, Unruhe zu stiften. Es war sehr klug, die Skritek gerade jetzt aufzuhetzen, zu Beginn der Regenzeit. Der Hof von Anigel und Antar wird sich für den Winter in die Ebene von Labornok zurückziehen und in Ruwenda nur eine kleine Garnison zurücklassen. Dieser niederträchtige Schurke, der junge König Yondrimel von Zinora, würde es gern sehen, wenn die Zwei Königreiche während der Regenzeit in ruinöse Kämpfe mit den Sumpfungeheuern verwickelt werden würden. Dann könnte sein Land die westlichen Handelsrouten von Laboruwenda übernehmen.«

»Das klingt plausibel«, räumte Jagun ein. »Roragat sagte, daß der Sternenmann in jene Richtung davongegangen sei.«

»Wenn Yondrimel Böses im Schilde führt, müssen König Antar und Königin Anigel seinem Treiben schnellstens ein Ende bereiten. Er kann es sich nicht leisten, dabei erwischt zu werden, wie er die Stabilität der Zwei Königreiche so unverfroren untergräbt. Die anderen zivilisierten Nationen werden ihn ächten, und dann wird ihm mit Ausnahme der gefederten Barbaren niemand mehr seine Perlen abkaufen.«

Jagun hatte in ihrem Beutel mit dem Reiseproviant nach einem Korkenzieher gekramt. Als er ihn gefunden hatte, öffnete er eine Flasche mit Halabeerenwein und füllte zwei hölzerne Becher damit.

»Die Herrscher der Lüfte mögen dafür sorgen, daß diese Angelegenheit rasch ihr Ende findet«, sagte er und brachte einen frommen Trinkspruch aus. Kadiya hob ihren Becher, und beide tranken von dem Wein. Als Jagun wieder sprach, lag ein warnender Ton in seiner Stimme. »Aber wenn diese Sternengilde wirklich wieder existiert, dann steht vielleicht nicht nur Laboruwenda, sondern auch der Rest der Welt kurz vor einer Katastrophe. Da Euer Talisman machtlos und jener Königin Anigels verschollen ist, gibt es keine Möglichkeit, das Dreiteilige Zepter der Macht zusammenzusetzen. Und das wäre die einzige wirkungsvolle Waffe gegen die uralte Magie der Sternengilde.«

Kadiya sah ihn über den Rand ihres Bechers hinweg an und lächelte. »Sei guten Mutes, alter Freund. Meine Schwestern und ich werden schon herausfinden, was an dieser Situation Wahres ist. Morgen, nachdem ich in meinem Bett geschlafen habe und sich mein erschöpftes Hirn wieder erholt hat, werde ich mit Haramis reden. Aber jetzt laß uns Wein trinken und nicht mehr davon sprechen.«

Doch als Kadiya am nächsten Tag von Jagun in der Sprache ohne Worte den Ruf an die Erzzauberin des Landes aussenden ließ, erhielt sie keine Antwort.

# 3

»Iriane!« rief Haramis leise in ihren Talisman hinein. »Iriane, hört Ihr mich? Ich muß Euch eine schlimme Botschaft überbringen und brauche dringend Euren Rat. Antwortet mir bitte.«

Aber der Teil des Dreiflügelreifs in ihrer Hand, in den sie hineinsah, als würde sie sich in einem Handspiegel betrachten, blieb ein formloser Strudel aus perlmuttfarbenem Leuchten. Das pausbäckige, azurblau schimmernde Gesicht der Erzzauberin des Meeres zeigte sich einfach nicht.

Haramis runzelte verwirrt die Stirn. »Talisman, kannst du mir sagen, warum Iriane nicht antwortet?«

*Sie ist von einem Zauber umgeben.*

»Befindet sie sich in ihrer Wohnung?«

*Nein. Sie ist in den Hohlen Inseln, unter dem Seevolk des fernen Westens.*

»Warum will sie nicht mit mir sprechen?« fragte Haramis den Reif ungeduldig.

*Die Frage ist unzulässig.*

»Verflixt! Soll das etwa heißen, daß ich sie selbst suchen muß?« Sie griff nach ihrer Harfe, die auf dem Teppich neben ihr stand, und strich über die Saiten, um sich zu beruhigen und klar denken zu können. In einem großen Keramiktopf neben dem Vorhang am Fenster wuchs eine hohe Pflanze mit dreiblättrigen Blüten, die so schwarz waren wie die Nacht. Als Haramis die Pflanze ansah, fühlte sie sich sofort getröstet.

Den ganzen Abend lang hatte sich Haramis, die Erzzauberin des Landes, in ihrem Arbeitszimmer aufgehalten und mit dem Dreiflügelreif den Zusammenstoß zwischen ihrer Schwester und den Skritek beobachtet. Haramis war überrascht und tief besorgt gewesen, als sie die Worte des Anführers der Ungeheuer gehört hatte. Kaum hatte Kadiya den Sieg errungen, blendete Haramis die Szene auch schon aus, weil sie sich mit ihrer Kollegin und mütterlichen Freundin, der Blauen Frau des Meeres, beraten wollte.

Nicht einen Moment lang hatte die junge Erzzauberin des Landes daran gedacht, sich ganz allein um diese Situation zu kümmern. Wenn es wirklich noch einen Sternenmann gab, der die dunklen Pläne seines toten Herrn ausführte, befand sich die Welt wieder einmal in einer furchtbaren Gefahr. Und die Vorstellung, das Versunkene Volk könnte zurückkehren, war so unglaublich, daß Haramis es kaum wagte, auch nur darüber nachzudenken ...

»O Iriane!« rief sie jetzt aus. »Wieso müßt Ihr Euch denn ausgerechnet jetzt vor mir verstecken?«

Nur mit Mühe konnte Haramis ihre Aufregung wieder bezwingen, indem sie auf ihrer Harfe spielte und die Blume betrachtete. Sie durfte sich nicht von ihren wilden Fantasien hinreißen lassen. Bevor Sie sich daran machte, der launischen Erzzauberin des Meeres nachzujagen, sollte sie zuerst einmal herausfinden, wer die Unruhe unter den Sumpfungeheuern geschürt hatte. Die Skritek waren bekannt für ihre Leichtgläubigkeit, und jener, der sie aufgewiegelt hatte, war vielleicht nur ein ganz gewöhnlicher menschlicher Schurke.

Sie setzte die Harfe ab und streckte ihren Talisman wieder in die Höhe. »Zeig mir jenen, der zu den Skritek sagte, er sei ein Mitglied der Sternengilde.«

Der Talisman gehorchte und ließ ein unscharfes Bild entstehen, das eine von Felsen umgebene Landschaft bei Nacht zeigte. Die Dunkelheit wurde von den Resten eines rotglühenden Lagerfeuers erhellt. Auf dem Boden lag jemand. Er schlief.

Auf Befehl der Erzzauberin erweiterte sich das Bild, bis es den Eindruck erweckte, als stünde sie mitten darin. Sie konnte umhergehen und alles genau untersuchen, wobei sie so gut sah wie am hellichten Tag. Auf allen Seiten ragten hohe Berge empor, von denen viele von Gletschern gekrönt waren. Auf der Erde im Lager war kein Schnee zu sehen, aber es wehte ein kalter Wind, der das Feuer aufflackern und dann fast erlöschen ließ.

»Wo ist dieser Ort?« fragte sie den Talisman.

*Im Ohoganmassiv hoch über Zinora, etwa zweitausendsiebenhundert Meilen von Eurem Turm entfernt.*

In der Dunkelheit, die der Reif durch seine Zauberkräfte erhellte, konnte Haramis einen großen, gut gepflegten Fronler sehen, dessen Geweih mit Silber herausgeputzt war. Das Tier war in der Nähe eines rauschenden Flusses festgepflockt und schnappte träge nach den Blättern der Büsche, die zwischen den Felsen wuchsen. Sattel und anderes Zaumzeug, das in einem ordentlichen Stapel neben dem Feuer lag, waren von guter Qualität und nach Art der Zinorianer gefertigt, mit perlenbesetzten Silberbeschlägen. Auf der anderen Seite des Feuers lag der Schläfer, der sich so tief in seine Decken aus Zuckwolle verkrochen hatte, daß nur noch seine Nase zu sehen war. Neben ihm befand sich etwas, das wie ein Paar große Satteltaschen aussah – aber sie waren nicht aus Leder, sondern aus der Haut eines exotischen Vogels, die an einigen Stellen noch rote und schwarze Federn aufwies. Die Taschen konnten nur von den Sobraniern gefertigt worden sein, jenen wohlhabenden, aber reichlich unzivilisierten Menschen, die am westlichen Rand der bekannten Welt lebten, noch hinter dem Volk von Galanar.

An den Taschen lehnte ein kompliziert aussehender Gegenstand aus dunklem Metall. Als Haramis seiner ansichtig wurde, spürte sie ein ungeheures Entsetzen in sich aufsteigen und vermochte einen Aufschrei nicht zu unterdrücken. Aber der Schläfer konnte ihre Gegenwart nicht wahrnehmen, und daher rührte er sich auch nicht, als sie jetzt neben dem Gerät niederkniete, um es sich genauer anzusehen.

Es war etwa eine halbe Elle lang, flach und an einem Ende dreieckig, fast wie der Rumpf einer Armbrust. Daraus ragten drei schmale Zylinder oder Stäbe heraus, die mit Hilfe von Ringen fest zusammengebunden waren und in einer durchlöcherten Metallkugel endeten. An der Stelle, an der der Rumpf in die Stäbe überging, befanden sich eine Art Manschette und dahinter verschiedene Knöpfe, Stifte und anderes Zubehör, dessen Funktionsweise ihr unbekannt war.

Dieses Gerät hier kannte sie nicht. Aber die Erzzauberin hatte schon andere gesehen, die ihm ähnelten – in der Höhle des Schwarzen Eises hinter ihrem Turm auf dem Mount Brom, und vier Jahre vorher während der Belagerung von Derorguila durch den Zauberer Orogastus. Der Gegenstand im Besitz des angeblichen Sternenmannes war eine antike Waffe, eines jener Artefakte des Versunkenen Volkes, die von Zeit zu Zeit in den Ruinen ihrer zerfallenden Städte gefunden wurden. Sowohl den Eingeborenen als auch den Menschen war es schon seit langem verboten, diese furchterregenden Waffen zu besitzen. Aber Orogastus hatte viele davon in seinen Besitz gebracht, da er das geheime Waffenlager eines früheren Errzauberers des Landes ausgehoben hatte. Seine tuzamenischen und raktumianischen Krieger hatten die Waffen mit verheerender Wirkung eingesetzt, als er mit König Antar und Königin Anigel im Krieg gelegen hatte.

Nachdem die Truppen des Zauberers besiegt waren, hatte Haramis angeordnet, alle altertümlichen Waffen zu sammeln und zu vernichten. Darüber hinaus hatte sie alle Waffen und fragwürdigen Gerätschaften des Versunkenen Volkes unbrauchbar gemacht, die sie in ihrem Turm verwahrte, und auch jene in dem alten Lager im Unerreichbaren Kimilon, das von dem Zauberer fast gänzlich geplündert worden war. Systematisch hatte sie über viele Monate hinweg die Zauberkräfte ihres Talismans dazu eingesetzt, um nahezu jede Ruine und andere verlassene Orte auf dem Weltkontinent in Augenschein zu nehmen. Am Ende hatte sie es geschafft und alle Waffen zerstört. Der Talisman bestätigte ihr das.

Aber woher kam dann die Waffe zu ihren Füßen?

*Aus dem Meer,* sagte ihr Talisman. Die Erzzauberin wunderte sich über ihre eigene Dummheit. Natürlich! Der Talisman nahm ihre Worte immer wörtlich, und sie hatte ihm nur befohlen, das Land zu durchsuchen.

Die Waffe sah etwas mitgenommen aus, war aber sehr sauber und offensichtlich funktionsfähig. Wenn sie bei einer Demonstration eingesetzt wurde, würde sie ihrem Besitzer unter den Eingeborenen wie auch unter den Menschen in jedem Teil der Welt Respekt verschaffen und Angst hervorrufen, egal, ob ihr Träger wirklich ein Mitglied der Sternengilde war oder nicht. Es war gut möglich, daß inzwischen noch andere Waffen aus ihren Verstecken unter dem Meer hervorgeholt worden waren, um für einen ruchlosen Zweck eingesetzt zu werden.

Haramis erhob sich und stand jetzt vor der verhüllten Gestalt des Schläfers. »Talisman, er soll sich umdrehen, damit ich ihn besser sehen kann.«

Aus den Decken drang ein ersticktes Grunzen. Der Mann rollte sich herum und enthüllte dabei sein Gesicht und seinen Oberkörper. Er war jung und kräftig gebaut, etwa zwanzig und zwei Jahre alt, mit nußbraunem Haar und einem kärglich aussehenden Bart, den er sich vielleicht hatte wachsen lassen, um seine eher weichen Züge reifer erscheinen zu lassen. Sein Hemd aus schwerer grauer Seide war zerlumpt und verschmutzt, aber mit kostbarem Pelz verbrämt. Um den Hals trug er eine kunstvoll gearbeitete Kette, an der eine Scheibe mit einem vielstrahligen Stern hing.

Als sie den Blick darauf vergrößerte, sah Haramis, daß das Medaillon keine Fälschung war. Es sah genauso aus wie jenes, das Orogastus getragen hatte, aber da sie nur das Bild davon sah, konnte sie nicht feststellen, ob es seinem Träger eine magische Aura verlieh.

»Wer ist dieser Mann?« fragte Haramis den Reif. »Wo kommt er her?«

*Die Fragen sind unzulässig.*

»Ist er der einzige seiner Art?«

*Die Frage ist unzulässig.*

»Was hat er vor?«

*Die Frage ist unzulässig.*

»Wo hat er die Waffe her? Kann er sich noch andere beschaffen?«

*Die Fragen sind unzulässig.*

»Warum hast du mir sein Bild gezeigt, obwohl er den Stern trägt?«

*Weil er ein Novize ist und noch nicht über die Kräfte eines vollwertigen Mitglieds der Gilde verfügt.*

Haramis lachte erbittert. Das waren nun wirklich nützliche Informationen! Sie wußte jetzt mit Gewißheit, daß der schlafende Mann kein Betrüger war, sondern wirklich jener schrecklichen Vereinigung von Zauberern angehörte. Und daß es ihm zwar an Erfahrung fehlte, um sich vollständig vor ihren Blicken zu verbergen, wie dies sein verstorbener Herr und Meister getan hatte, er aber geschickt genug war, um seine Identität und seine Pläne zu verschleiern. Die Weigerung des Talismans, bestimmte Fragen zu beantworten, bestärkte die Erzzauberin in ihrem Verdacht, daß der junge Sternenmann noch Gefährten hatte, die weitaus mächtiger und gefährlicher waren als er.

Haramis hatte weder vor, ihn zu ihrem Gefangenen zu machen, noch trachtete sie danach, seine Waffe zu zerstören. Statt dessen wollte sie ihn mit ihrem Talisman überwachen, weil sie hoffte, daß er ihr wichtige Informationen über die Gilde verschaffen würde. Sie würde sich erst später um ihn und seine möglichen Gefährten oder Verbündeten kümmern können.

»Ich habe genug von diesem Bild gesehen«, sagte sie.

Im nächsten Moment befand sie sich wieder in ihrem Arbeitszimmer, in ihrem Stuhl neben dem warmen Feuer, vor der Schwarzen Drillingslilie, die in der Fensternische blühte. Sie ließ den Dreiflügelreif sinken und lehnte sich zurück, um nachzudenken.

Dann kamen die Waffen also aus dem Meer! Sie war nie auf den Gedanken gekommen, daß das Versunkene Volk nicht nur auf dem Land, sondern auch im Meer gelebt hatte, und auch die Blaue Frau hatte nie etwas davon erwähnt. Iriane war von heiterer und argloser Natur und regierte ihre unbedarften Untertanen mit leichter Hand. Vermutlich hatte sie nicht einmal bemerkt, daß die Sternengilde insgeheim nach verbotenen Waffen suchte. Leider wußte die herzensgute Erzzauberin des Meeres nur wenig von der Heimtücke der Menschen.

Irianes verschwiegenes Meeresvolk, das für lange Zeit unter Wasser bleiben konnte, würde Haramis bei der Bergung und der Zerstörung jener gefährlichen Artefakte helfen müssen, die noch im Meer verborgen waren. Weitaus wichtiger war ihre Mitarbeit bei der Suche nach dem Versteck der Sternenmänner. Es war mehr als wahrscheinlich, daß die Übeltäter sich in den abgelegenen, unerforschten Regionen im Westen des Weltkontinents oder vielleicht sogar auf einer Insel einen Stützpunkt errichtet hatten.

In diesem Moment fiel Haramis etwas Beunruhigendes ein. Sie hob den Talisman. »Zeig mir die Hohlen Inseln im Reich der Blauen Frau aus der Perspektive eines Lämmergeiers.«

Wieder verschwand der Raum. Es war, als würde Haramis in großer Höhe auf den Schwingen eines riesigen Lämmergeiers fliegen, jenen mit scharfen Zähnen bewehrten Vögeln von hoher Intelligenz, die ihre Freunde und Helfer waren. Sie sah eine Halbinsel unter sich, die aus dem südwestlichen Rand der Welt ins Meer hinausragte. Vor der Küste lagen mehrere Inseln, von denen einige kahl und öde, andere wiederum mit ihr unbekannten Pflanzen bewachsen waren. Auf einigen waren aktive Vulkane zu sehen, aus denen Rauch drang. In der Projektion flog sie über die von der Brandung umtosten Landmassen, wobei ihr die Eingänge zu vielen Höhlen auffielen. Für einen Menschen war dies hier ein freudloser und einsamer Ort, an dem sich die riesigen Wellen des endlosen Westlichen Meeres brachen, die der Wind, ungehindert von Landmassen, Tausende von Meilen vor sich hertrieb. Es gab einige verstreut liegende Siedlungen des Meeresvolkes, aber sie konnte keine Spur von Menschen entdecken.

»Verweilt die Sternengilde hier?« fragte sie.

*Nein*, sagte der Dreiflügelreif.

Nun, das war eine Erleichterung.

Sie sah sich das Bild etwas genauer an. Diese Region kannte sie nicht, denn hier hatten sich keine Menschen niedergelassen – und soweit sie wußte, war bis jetzt noch nie ein Mensch bis hierher vorgedrungen. Jene ihrer eigenen Rasse, die beschlossen hatten, diese Welt nicht zu verlassen, sondern hierzubleiben und gegen das vordringende Eis anzukämpfen, hatten weniger unwirtliche Gebiete weiter im Süden und Osten bewohnt. Wenn sich jemals eine tapfere Seele in die fremdartige Gegend gewagt hatte, die von der Erzzauberin der See regiert wurde, so war sie jedenfalls nicht in zivilisierte Regionen zurückgekehrt, um davon zu erzählen. Haramis war so mit den Angelegenheiten ihres eigenen Reiches beschäftigt gewesen, daß sie Iriane nicht danach gefragt hatte.

»Wie weit sind diese Inseln von meinem Turm entfernt?« fragte Haramis ihren Talisman.

*Über zwanzigtausend Meilen, wenn man mit einem Lämmergeier fliegt. Und über das Meer, so wie die Menschen reisen würden, fast vierundzwanzigtausend Meilen.*

»Heilige Blume!« murmelte die Erzzauberin. »Welch ein Segen, daß ich weder ein Schiff noch einen Vogel brauche, um dorthin zu gelangen.« Sie schaltete das Bild aus und kehrte in ihre gewohnte Umgebung zurück.

Ihr Talisman brachte sie im Handumdrehen an jenen Ort, so einfach wie eine Projektion. Diese ausgesprochen nützliche Art der Beförderung hatte sie der lieben Iriane zu verdanken. Die Blaue Frau hatte Haramis gelehrt, ihre eigene Zauberkraft geschickt einzusetzen, und es ihrer jungen Kollegin dadurch ermöglicht, mit den vielfältigen Kräften des Dreiflügelreifs Dinge zu vollbringen, die Kadiya und Anigel mit ihren Talismanen nie gelungen waren. Haramis wußte, daß sie tief in Irianes Schuld stand.

»Ich hoffe nur, daß ich sie recht bald finden kann.« Sie starrte in den Reif, der jetzt leer war.

Haramis' Talisman war nicht sehr groß. Der silberne Stab war an einem Ende mit einem Ring für die Kette versehen, an der sie ihn um den Hals trug. Das andere Ende war wie ein Reif geformt, der im Durchmesser kaum mehr als eine Handspanne maß. Auf diesem saßen drei winzig kleine Flügel, zwischen denen ein Tropfen aus Bernstein mit einer winzigen Schwarzen Drillingslilie in seinem Inneren leuchtete. Er sah genauso aus wie die Bernsteinamulette ihrer beiden Schwestern. Diese Amulette hatten die Drillingsprinzessinnen von Ruwenda bei ihrer Geburt von der verstorbenen Erzzauberin Binah bekommen, die sie die Blütenblätter der Lebenden Drillingslilie genannt und ihnen ein furchtbares Schicksal und schwere Prüfungen prophezeit hatte.

Als sich diese Prophezeiung für Haramis, Kadiya und Anigel erfüllte, hatten die drei viele ihrer persönlichen Schwächen überwinden müssen. Jede der drei Schwestern hatte schwierige und verantwortungsvolle Aufgaben übernommen. Würde das, was sich jetzt ereignete, sie vor eine Herausforderung stellen, die womöglich größer war als alles, was sie bis jetzt erlebt hatten? So wie die Heilige Blume waren auch sie Drei und gleichzeitig Eins. Die Zukunft der Erzzauberin war mit jener der Herrin der Augen und jener der Königin untrennbar miteinander verbunden, egal, ob die Drillinge es wollten oder nicht …

Daher mußte der Kampf gegen die Sternengilde von Kadiya, Anigel und ihr geführt werden – dessen war sich Haramis sicher. Sie beschloß, zuerst mit der Blauen Frau zu sprechen und sich dann sofort zum Haus ihrer Schwester befördern zu lassen. Dann sollte der Dreiflügelreif sie und ihre Schwester zu Königin Anigel bringen, die gerade in der Zitadelle von Ruwenda weilte. Die Königin war im vierten Monat schwanger, aber das würde sie nicht davon abhalten, zusammen mit ihrem Mann Antar und den Regierenden der anderen Länder gegen die Sternengilde zu kämpfen, die eine Bedrohung für das bereits gestörte Gleichgewicht der Welt darstellte. Dann würde Kadiya die verschiedenen Stämme zusammenrufen müssen. Da sich diese in der Sprache ohne Worte über große Entfernungen hinweg miteinander verständigen konnten und sowohl das Land als auch das Meer sehr gut kannten, würden die Eingeborenen im Kampf gegen die Sternengilde eine unschätzbare Hilfe sein.

Ich werde auch darauf bestehen, beschloß Haramis, daß mir Kadi ihren unbrauchbar gewordenen Talisman endlich in Verwahrung gibt. Das hätte sie schon vor langer Zeit tun sollen. Da er nicht mehr an sie gebunden war, konnte er von jedem Gauner gestohlen werden – oder sogar von den Sternenmännern!

Es war schon schlimm genug, daß Königin Anigels Talisman – die Krone, welche das Dreihäuptige Ungeheuer genannt wurde – im Krieg gegen Orogastus verschwunden war. Wenn sie auch noch ein zweites Stück des Zepters der Macht verlören, wäre das unerträglich.

Orogastus … Seit seinem Tod vor vier Jahren hatte sie es kaum gewagt, auch nur seinen Namen auszusprechen. Welche Verbindung gab es zwischen dem Sternenmeister, den sie gegen ihren Willen geliebt hatte, und dem Wiederaufleben der Gilde?

Haramis erhob sich und ging vor dem Fenster auf und ab. Es war eine stürmische Nacht in den hohen Bergen, wo ihr Turm stand. Dicke Schneeflocken fielen vom Himmel, und vor den Fensterflügeln heulte ein kalter Wind von der Eisdecke im Nordwesten wie ein dämonischer Chor aus den zehn Höllen. Sie spielte mit ihrem Talisman herum, während sie über die Ereignisse der Vergangenheit nachdachte.

Als Orogastus seinen letzten Angriff auf Derorguila begonnen hatte, die Hauptstadt der Zwei Königreiche im Norden, war er nicht nur im Besitz des Dreihäuptigen Ungeheuers und des Dreilappigen Brennenden Auges gewesen, sondern hatte auch einen Glaskasten mit dem Emblem des Sterns auf dem Deckel mit sich geführt, mit dem man die Talismane an eine bestimmte Person binden und diese Bindung auch wieder auflösen konnte. Er hatte die Sternentruhe, die von entscheidender Bedeutung war, dazu benutzt, um die Herrschaft über das Ungeheuer und das Auge von Anigel und Kadiya auf sich selbst zu übertragen.

Die Truhe und die Zauberkrone der Königin verschwanden im Schlachtgetümmel.

Einige Zeit lang war Haramis sicher, daß ein Unbekannter beide Zaubergeräte gefunden und das Dreihäuptige Ungeheuer an sich gebunden hatte. Ihr eigener Talisman, der bereitwillig die Position von Kadiyas totem Auge angegeben und sie ohne Widerspruch zu dem jungen Sternenmann geführt hatte, weigerte sich beharrlich, irgend etwas über die verschwundene Krone oder die Truhe zu enthüllen, mit der man den Talisman an jemanden binden konnte.

Wie Haramis war auch Iriane der Meinung gewesen, daß dies nur eines bedeuten konnte – die Macht des Dreihäuptigen Ungeheuers war aktiviert. Es hatte einen neuen Besitzer gefunden.

Und doch war kein mächtiger neuer Zauberer in der Welt des Dreigestirns erschienen. Der Meister der Krone hielt sie verborgen und benutzte sie nicht. Den Grund dafür konnte sich Haramis einfach nicht vorstellen – es sei denn, dieser Jemand wartete, bis er auch Kadiyas Talisman in seinen Besitz bringen und mit der Sternentruhe an sich binden konnte. Wenn der unbekannte Zauberer zwei Teile des Zepters der Macht besaß, würden seine Zauberkräfte fast stärker sein als jene von Haramis. Und wenn er wirklich der wiedergeborenen Sternengilde angehörte und mit den fantastischen Geräten des Versunkenen Volkes ausgestattet war, wäre die Welt mit Sicherheit verloren.

»Herrscher der Lüfte«, betete Haramis, »wir haben jetzt seit vier Jahren Frieden, und doch ist klar, daß die Welt niemals wieder ihr Gleichgewicht erreicht hat, nachdem es von Orogastus gestört worden war. Ist das meine Schuld? Hat uns meine Liebe zu dem toten Zauberer – die, wie ich zugeben muß, heute noch so stark ist wie damals –, verwundbar gemacht?«

Oder ist das Undenkbare geschehen wie schon einmal?

Nein, dem Dreieinigen sei gedankt! *Das* war unmöglich.

Niemals würde Haramis den Tag vergessen, an dem sie und ihre tapferen Schwestern die Kräfte, mit denen er sie vernichten wollte, gegen ihn gerichtet hatten. Die Blume hatte den Stern besiegt. Es war ein überraschender Sieg für die Lebende Drillingslilie gewesen – und für Orogastus hatte er den Tod bedeutet, obgleich Haramis gehofft hatte, ihn zu verschonen.

Der Moment, in dem sie das Schicksal ihres Geliebten in Erfahrung gebracht und die mitleidslose Antwort des Talismans gehört hatte, war für immer in ihr Herz gebrannt. Sie stand vor der Fensternische neben der Schwarzen Drillingslilie und fing an zu weinen. Auf dem von Eis bedeckten Fenster war noch eine kleine Fläche frei. Vom Wind aufgewirbelte Schneeflocken flogen auf sie zu. Sie schienen von dem Licht im Zimmer angezogen zu werden und lösten sich in nichts auf, als sie auf das in Blei gefaßte Fensterglas trafen.

So wie er von etwas angezogen worden war.

Haramis hatte Orogastus die Todesstrafe ersparen wollen. Vor ihrer letzten Begegnung hatte sie das schwarze Sechseck, den Polarstern der Sternengilde, in ein uraltes Gefängnis des Versunkenen Volkes gebracht. Dieser Ort, eine tiefe Schlucht, die aus den Felsen gehauen war und tief unter der Erde lag, hätte den Zauberer gefangengehalten, egal, welche Zauberkräfte er benutzt hätte. Der Polarstern sollte Orogastus in dem Moment wie ein Magnet anziehen, in dem er seine Zauberkräfte im Namen des Bösen einsetzte. Einmal in Gefangenschaft, bekehrt durch sanfte Überzeugung und ihre gegenseitige Liebe, würde er vielleicht seine Gesinnung ändern, was es ihr letztendlich ermöglicht hätte, ihn zu befreien.

Aber diese Region der Welt war von einem gewaltigen Erdbeben heimgesucht worden, das die Schlucht, in der der Polarstern lag, zum Einsturz gebracht hatte. Das Sechseck hatte seinen Zauber trotzdem ausgeübt und Orogastus im Augenblick seiner Niederlage in ein luftloses, instabiles Chaos gezogen.

Sie hatte ihren Talisman gefragt, was aus ihm geworden war. *Er ist den Weg des Versunkenen Volkes gegangen. Er weilt nicht mehr länger auf dieser Welt,* hatte er geantwortet.

»Tot.« Haramis trat vom Fenster zurück und strich sich mit ihrer eiskalten Hand die Tränen aus dem Gesicht. »Du bist tot, mein armer, irregeleiteter Liebling. Und ich habe nur noch meine schwere Aufgabe, die mich dazu gezwungen hat, den einzigen Mann, den ich je geliebt habe, zu vernichten.«

Doch jetzt durfte sie die Pflichten ihres Amtes nicht länger vernachlässigen. Es war an der Zeit, nach Iriane zu suchen und sich dann mit ihren Schwestern zu vereinen. Aber zuerst ...

Sie hob den Talisman und sah hinein. »Dreiflügelreif, zeig mir das, was ich bis jetzt nicht zu sehen wagte – zeig mir das Gesicht meiner toten Liebe. Ich bedarf jetzt dringend des Trostes, und das Auffrischen meiner Erinnerung an ihn ist das einzige, was mir helfen kann.«

Der Talisman erwachte zum Leben. Sein Ring füllte sich mit blassen, leuchtenden Farben. *Die Frage ist unzulässig*, sagte er.

»Was?« rief sie bestürzt. »Du grausamer, launischer Talisman, wie kannst du mir so etwas Leichtes verweigern?«

*Die Frage ist unzulässig.*

»Willst du mich etwa in den Wahnsinn treiben und mir das Herz brechen? Zeig ihn mir!«

*Nein*, erwiderte der Talisman ungerührt. *Ich kann Euch das tote Gesicht von Orogastus nicht zeigen, weil es nicht existiert.*

»Was soll das heißen?« fragte sie mit schneidender Stimme. »Ich weiß, daß er zu Asche geworden ist, die unter der Erde zwischen rotglühenden Felsen verstreut ist. Ich bitte dich lediglich, meine Erinnerung an seine Gesichtszüge wieder aufzufrischen. Wenn die Welt wirklich aus dem Gleichgewicht geraten ist, dann erwarten mich jetzt neue, gefährliche Abenteuer. Ich ... ich wollte mir ein Porträt von ihm fertigen, als Trost für mich. Und vielleicht auch als Warnung. Das kann doch nichts schaden. Ich befehle dir, mir sein Gesicht zu zeigen, und zwar so, wie es in den letzten Tagen, in denen er auf dieser Welt weilte, ausgesehen hat.«

*Diesen Befehl kann ich erfüllen.*

Die unruhigen Wirbel aus perlmuttfarbenem Licht leuchteten auf und standen plötzlich still. Einen kurzen Augenblick lang sah sie einen Kopf, der einen furchterregend aussehenden silbernen Kopfputz trug, umrahmt von spitzen Strahlen und mit zwei schrecklich anzusehenden weißen Sternen als Augen.

»Nein! So möchte ich ihn nicht in Erinnerung behalten. Zeig mir das Gesicht des Mannes, den ich geliebt habe.«

Das Bild verschwand, dann formte es sich erneut. Aus dem Inneren des Reifs schien sie das Ebenbild eines weißhaarigen Mannes anzusehen, der ausgezehrt und vom Alter gezeichnet, aber auf seltsame Weise schön war. Er besaß ein starkes, markantes Kinn, und um seinen Mund spielte ein ironisches Lächeln. Seine Augen hatten die gleiche Farbe wie die ihren – ein äußerst helles Blau, mit großen schwarzen Pupillen, in denen kleine Fünkchen aus Gold aufblitzten.

Während sie sein Bild in sich aufnahm, setzte Haramis ihre eigenen Zauberkräfte ein. In der rechten Hand hielt sie den Talisman. In ihrer Linken tauchte plötzlich ein kristallartiger Gegenstand auf, flach und etwas kleiner als der Reif, der wie ein unwirklicher Edelstein funkelte.

»Ein Porträt«, befahl sie.

Der kristallartige Nebel wurde trübe und verwandelte sich in ein Bildnis, das genauso aussah wie jenes, welches der

Talisman erzeugt hatte. Es war auf Horikelfenbein gemalt und in Gold gerahmt. Die Projektion im Dreiflügelreif verschwand, aber das Bild des Zauberers war wirklich. Haramis steckte es in die Tasche ihrer Robe, dann verließ sie das Arbeitszimmer, um die Vorbereitungen für ihre magische Reise zu treffen.

# 4

Nachdem sie Magira, ihrer Verwalterin aus dem Volk der Vispi, und ihrem Haushofmeister Shiki dem Dorok einige Anweisungen gegeben hatte, zog die Erzzauberin wärmere Kleidung an und hüllte sich in den langen Mantel ihres hohen Amtes. Er war aus weißem Stoff gefertigt und schien sich bei jeder Bewegung in jenes zarte Blau zu verwandeln, das auf schattigem Schnee lag. Der Mantel war mit Bändern aus Platin eingefaßt und trug auf dem Rücken das Emblem der Schwarzen Drillingslilie. Sie zog die Kapuze über ihr langes, schwarzes Haar, dann legte sie Handschuhe an.

In der Stille ihres Zimmers betete sie um Kraft und Erfolg. Dann nahm sie wieder ihren Talisman zur Hand.

»Bringe mich mitsamt meinem Körper zu jenem Ort in den Hohlen Inseln, an dem die Erzzauberin des Meeres weilt.«

Ihr Schlafzimmer löste sich auf. Sie schien in einer Fantasiewelt zu sein – einer Höhle, die aus unwirklich aussehenden Diamanten gehauen war und in unzähligen Regenbogenfarben glitzerte.

Einen Augenblick später war das Trugbild verschwunden. Sie stand im Inneren einer künstlichen Höhle, die feucht und außerordentlich kalt war. Stalaktiten hingen von der Decke herab wie die Stoßzähne eines riesigen, geifernden Raubtieres. Darunter hatten sich pechschwarze Seen gebildet, in die das Wasser tropfte. Auf allen Seiten ragten Säulen aus Felsgestein, vom Wasser geschaffene Formen, die aussahen wie halbgeschmolzene Statuen, und andere bizarr aussehende Gebilde in die Höhe. Von der zerklüfteten Decke der Höhle hingen dicke Klumpen einer leuchtenden Substanz herab, bei der es sich um einen Pilz oder auch um Schleimkriecherkolonien handeln konnte. Sie tauchten den unheimlich anmutenden Ort in ein schwaches Licht.

»Iriane!« rief Haramis aus. Aber niemand antwortete ihr. »Wo ist die Erzzauberin des Meeres?« wollte sie wissen.

Wie zur Antwort hörte sie plötzlich ein Platschen aus einem der größeren Seen. Drei Eingeborene kletterten heraus, schüttelten sich und stellten sich in einer Reihe auf. Sie sahen Haramis mit großen goldenen Augen an.

Sie waren von kleiner Statur wie die Nyssomu und die Uisgu, wiesen aber die schuppige Haut der größer gewachsenen Waldstämme auf. Wie jene der Wyvilo und Glismak liefen auch ihre Gesichter schnauzenförmig zu, aber ansonsten sahen sie fast menschlich aus. Hände und Füße waren mit Schwimmhäuten ausgestattet, die sich zwischen den drei mit kräftigen Krallen ausgestatteten Fingern und Zehen der Gliedmaßen spannten. An den Oberarmen trugen sie mehrere goldene Armreifen, die mit bunten Scheiben aus Fischschuppen geschmückt waren. Statt Haaren wuchsen auf ihren runden Köpfen parallel verlaufende Knochenkämme, die sich von den Augenbrauen bis tief in den Nacken zogen. Diese und die großen Ohren wiesen Rippen auf – wie die Schwimmflossen von Fischen –, zwischen denen eine durchsichtige Membran gespannt war. Sie trugen keine Kleidung, aber die Schuppen auf ihren Körpern erweckten den Anschein, als trügen sie eine flexible Rüstung aus einem grünen und dunkelblauen Material, was ihnen ein schmuckes, ansprechendes Äußeres verlieh.

»Ich entbiete Euch meinen Gruß«, sagte Haramis. »Ich bin die Erzzauberin des Landes und suche nach meiner Freundin, der Blauen Frau des Meeres.«

»Wir werden Euch zu ihr bringen«, erwiderten die Meeresbewohner wie aus einem Mund. Ihre Sprache war Haramis unbekannt, aber wie immer sorgte ihr Talisman dafür, daß sie den Sinn der Worte verstand.

»Darf ich fragen, wie ihr heißt, und welcher Rasse der Eingeborenen ihr angehört?«

Der Eingeborene in der Mitte, der ein Halsband aus den bunten Scheiben trug, deutete auf sein Herz und sagte: »Dies hier ist Ansebado, Erster der Lerkomi, und dies hier sind der Zweite und der Dritte, Milimi und Terano. Wir sind treue Untertanen der Blauen Frau. Wenn Ihr einen Blick auf sie werfen wollt, dann folgt uns jetzt.«

Einen Blick auf sie werfen?

Eine dunkle Ahnung erfüllte Haramis. War Iriane etwa krank – oder war gar etwas noch Schlimmeres geschehen?

Schnellen Schrittes gingen die drei Lerkomi davon. Die Klauen an ihren Füßen kratzten über den nassen Stein. Je weiter sie kamen, desto kälter wurde die Luft in der Höhle. Da die Temperatur fiel, reduzierte sich die Zahl der Leuchttierchen immer mehr. Nachdem sie in der zunehmenden Dunkelheit einige Male gestolpert war, hielt Haramis ihren Talisman in die Höhe und befahl dem Drillingsbernstein, zwischen den kleinen Flügeln heller zu leuchten und ihr den Weg zu zeigen.

Was für ein trostloser Ort, dachte sie. Mit Ausnahme der glühenden Klumpen schien diese Hohle Insel unfruchtbar und ohne jedes Leben zu sein, und nichts wies darauf hin, daß hier einmal denkende Wesen ihre Spuren hinterlassen hatten. Es gab keine Hinweise auf Erze oder irgend etwas anderes von Wert, und im Gegensatz zu den Menschen erforschten die Eingeborenen solche Stätten nicht zu ihrem Vergnügen. Was in aller Welt hatte Iriane hier zu suchen?

Haramis hatte ihre Freundin schon seit einiger Zeit nicht mehr gesehen. Jetzt erst wurde ihr bewußt, wie sehr sie die unerschütterliche gute Laune und den gesunden Menschenverstand der Blauen Frau vermißte. Iriane liebte gutes Essen und schöne Kleider (sie neckte Haramis immer, weil diese weder für das eine noch für das andere Interesse zeigte), und war die einzige gewesen, die echtes Mitgefühl für ihre junge Kollegin empfunden hatte, als diese sich zu ihrer von Anfang an zum Scheitern verurteilten Liebe zu Orogastus bekannte.

Iriane wird auch verstehen, warum ich sein Porträt bei mir trage. Meine Schwestern hätten dafür kein Verständnis, dachte Haramis.

Aufgrund ihres hohen Alters und ihrer reichen Erfahrung würde die Blaue Frau auch wissen, ob tatsächlich die Möglichkeit bestand, daß das Versunkene Volk zurückkehrte – wie es der junge Sternenmann den Skritek erzählt hatte –, und was die sogenannte Himmelslilie zu bedeuten hatte. Und vielleicht gelang es Iriane sogar, sich mit dem geheimnisvollen Erzzauberer des Himmels über die wiederauferstandene Sternengilde zu beraten. Der rätselhafte Schwarze Mann hatte ihnen im letzten Krieg nur widerwillig geholfen und seitdem jeden Versuch von Haramis, mit ihm Verbindung aufzunehmen, ignoriert.

Die unterirdische Reise in der Hohlen Insel schien Stunden zu dauern. Es ging von einer Höhle zur anderen, immer tiefer in die eiskalte Dunkelheit hinein. Aber schließlich, nachdem sie einen engen, mit Stalaktiten übersäten Tunnel durchquert hatten, führten die Lerkomi die Erzzauberin in eine Höhle, die anders war als die anderen. Sie war von einem eisigen Nebel erfüllt, durch den ein kräftiges, blaues Leuchten drang, das sich wie ein Vorhang im Wind aufblähte und das Innere der Höhle vor ihren Blicken verbarg.

»Dort«, sagte der Sprecher der Eingeborenen und deutete auf die verschwommene Leuchtquelle. »Die Herrin ist dort.«

»Iriane?« rief Haramis zögernd. Der Felsboden war mit Eis überzogen, und so ging sie mit vorsichtigen Schritten auf das von Dunst umgebene Licht zu. Plötzlich lichtete sich der Nebel, und was sie jetzt vor sich sah, ließ sie erstarren. Überrascht schrie sie auf.

Schweigend und mit gesenktem Kopf standen die Lerkomi vor etwas, das Haramis zuerst für einen riesigen, leuchtenden Saphir hielt. Es war doppelt so groß wie sie und wurde zur Mitte hin etwas dunkler. Als sie näher kam, stellte sie fest, daß es gar kein Edelstein war.

Im Inneren des blauen Leuchtens war die füllige Gestalt einer Frau zu sehen, die aufrecht dastand. Sie trug ein indigoblaues Kleid, besetzt mit winzigen Edelsteinen, die in anmutigen Mustern die Meeresflora darstellten. Von ihren Schultern hing ein dünner, mitternachtsblauer Umhang herab, der von zwei Perlenbroschen gehalten wurde. Ihr dunkles Haar war zu einer kunstvollen, gelockten Frisur aufgesteckt, die von reich verzierten Muschelkämmen und Haarnadeln mit Perlen an ihrem Ende zusammengehalten wurde.

Die Erzzauberin des Meeres hatte ihre rundlichen Arme in einer Geste vergeblichen Protests ausgestreckt. Ihr offener Mund schien mitten in einem Schrei eingefroren zu sein, in ihren Augen stand Entsetzen.

»O Dreieiniger Gott, nein«, flüsterte Haramis.

»Doch, doch!« jammerte das Volk der Lerkomi verzweifelt.

Haramis stürzte auf das zu, was sie für einen Käfig aus Glas hielt, in dem ihre Freundin gefangen war. Als sie es berührte, wurde ihr klar, was es wirklich war.

Die Augen der Blauen Frau bewegten sich kaum merklich.

Sie war in einem großen Block aus blauem Eis eingeschlossen. Und sie lebte.

»Wer hat das getan?« fragte Haramis Ansebado, nachdem sie einige Zeit lang ohne Erfolg versucht hatte, Iriane zu befreien.

»Eines Tages kamen vier Menschen in einem kleinen Segelboot zu unserem Dorf auf der Sonnenuntergangsinsel«, erklärte der Erste der Lerkomi, »die von hier eine halbe Tagesreise auf dem Wasser entfernt ist. Drei Männer und eine Frau, und sie verlangten von uns, die Blaue Frau zu holen.«

»Wann ist das passiert?«

»Vor beinahe zwölf Monden. Wir waren höchst erstaunt, denn die einzigen Eurer Art, die wir zu Gesicht bekommen, sind die Gefederten Barbaren – und diese kommen nur sehr selten, um Feuermuscheln, Gold und kostbare Fischschuppen zu kaufen, und nie während der stürmischen Zeit des Jahres.

Diese Menschen waren hochmütig in ihrem Auftreten und höchst unverschämt. Jeder von ihnen trug eine Kette mit einem Stern. Als wir fragten, warum sie eine Audienz bei der Herrin wünschten, antworteten sie gar nicht, sondern töteten mit einem furchterregenden Zauber einige unserer Alten. Sie wiederholten ihr Begehr und drohten damit, als nächstes unsere Kinder zu töten und dann alle Angehörigen des Stammes, wenn wir nicht sofort ihre Forderung erfüllten. Wir hatten keine andere Wahl als nachzugeben. Wir hatten keine Wahl! Versteht Ihr das, Weiße Frau?«

Haramis antwortete nicht.

Der Meeresbewohner fuhrt fort: »Wir erklärten ihnen, daß sich das Zaubertor der Blauen Frau hier befindet, in der

Fluginsel. Die Fremden zwangen uns drei, sie hierher in die Höhle zu bringen. Und dann … Dieser hier beging Verrat und sandte den Ruf aus. Als Erster der Lerkomi war es meine traurige Pflicht. Aber wenn ich gewußt hätte, was geschehen würde, hätte ich diese brutalen Menschen statt dessen gebeten, uns alle abzuschlachten.«

Er fing an zu weinen. Der Zweite und der Dritte taten es ihm gleich, und bald schluchzten und heulten alle in der blauen, nebligen Höhle versammelten Eingeborenen voller Reue und schlugen ihre Köpfe gegen den Felsboden. Haramis beruhigte sie und befahl ihnen, den Rest der Geschichte zu erzählen.

Ansebado sagte: »Kaum war die Erzzauberin der Meeres aus dem geheimen Tor getreten – das sich auch jetzt noch hinter ihr befindet –, ereignete sich die schändliche Tat. Die Fremde, eine Frau mit feuerrotem Haar, setzte ein Zaubergerät ein und besprengte unsere arme Herrin mit einer eiskalten Flüssigkeit, die aus vielen kleinen Sternen bestand. Sie ist auf der Stelle eingefroren. Dann setzte die Frau ihr Zaubergerät erneut ein und schuf damit den blauen Eisblock, den Ihr vor Euch seht. Kein Feuer kann ihn schmelzen. Kein Gebet kann ihn verbannen. Nicht einmal Euer Zauber kommt gegen ihn an! Im Reich des Meeres wird der Name der Lerkomi für immer verflucht sein, denn wir sind schuld daran, daß unsere liebe Blaue Frau zu einer lebenden Toten geworden ist.«

»So weit wird es vielleicht nicht kommen«, sagte Haramis nicht allzu freundlich und griff nach ihrem Talisman, um dem nächsten Ausbruch der Trauer zuvorzukommen. »Dieses Eis ist keine echte Magie, sondern etwas anderes, das mit dem Versunkenen Volk und dessen Wissenschaften zu tun hat. Ich vermag die Blaue Frau jetzt nicht zu befreien, aber vielleicht finde ich einen Weg.«

Ansebado und sein Volk fielen auf die Knie, um ihr zu danken, aber sie befahl ihnen aufzustehen, sich zusammenzureißen und weitere Fragen zu beantworten.

Haramis fand heraus, daß die menschlichen Übeltäter in die silbernen und schwarzen Gewänder der Sternengilde gekleidet gewesen waren. Keiner von ihnen war mehr als dreißig Jahre alt, sie waren alle von unterschiedlicher Statur, und bis auf die rothaarige Frau hatten alle ergrautes oder schmutzigweißes Haar. Die Mitglieder der Sternengilde führten verschiedene altertümliche Waffen mit sich – eine tötete, indem sie das Blut zum Kochen brachte, aus einer anderen schoß ein tödlicher kleiner Blitz heraus, die dritte rief tödliche Zuckungen hervor, und die vierte, die viel größer war als die anderen und auch komplizierter aussah, hatte die Blaue Frau verzaubert.

»Die Missetäter blieben mehrere Tage bei uns«, sagte Ansebado, »und befragten uns über die Unterwassergegenden hier, wo einst das Versunkene Volk gelebt hatte. Dann kam noch ein Segelboot mit zwei weiteren Sternenmännern. Einer von ihnen war jung und abgesehen von seiner lauten und unverschämten Ausdrucksweise ohne besondere Merkmale. Aber der andere Mensch war ganz anders als die übrigen. Er war viel älter und trug einen Kopfputz in Form eines vielstrahligen Sterns, der aus silberüberzogenem Leder gefertigt war und den oberen Teil seines Gesichts verdeckte, den Hinterkopf jedoch frei ließ. Sein langes Haar war so fahl wie das Platin seines Sterns.«

Haramis stieß einen leisen Schrei aus. Das Blut in ihren Adern schien zu Eis zu gefrieren. Das konnte nicht sein. Durfte nicht sein! »War ... war er groß?« fragte sie mit stockender Stimme.

»Größer als die anderen, die ihm gegenüber Ehrerbietung zeigten und ihn Meister nannten. Er kam in diese Höhle, ging durch das Tor der Blauen Frau und verschwand. Die anderen warteten einige Stunden, bis er wieder auftauchte. Dann stiegen sie alle in die Boote und segelten davon.«

»O Herrscher der Lüfte«, flüsterte Haramis. Ihre Finger, die trotz der Handschuhe steifgefroren waren, zogen das kleine, goldgerahmte Bildnis aus ihrem Gewand. Nur mit Mühe gelang es ihr, die letzte Frage zu stellen. »War das hier der Sternenmeister?«

Der kleine Eingeborene runzelte die Stirn, als er das Porträt sah, aber dann antwortete er. »Sein Gesicht war durch den Sternenkopfputz teilweise verdeckt. Aber – ja, er war es. Er hatte dieselben Augen wie auf dem Bild. Augen wie die Euren, Weiße Frau.«

Der Schmerz begann in ihrem Herzen und breitete sich wie geschmolzenes Metall im ganzen Körper der Erzzauberin des Landes aus. Es war ein jubelnder Schmerz, in den sich nackte Angst mischte. Als Haramis sprach, zitterte ihre Stimme vor Bewegung. »Haben die Lerkomi seit der Gefangennahme der Blauen Frau auf Geheiß der Sternenmänner Ruinen des Versunkenen Volkes am Meeresboden aufgesucht?«

»Nein«, sagte Ansebado, »aber wir haben von anderen Meeresstämmen gehört, die dazu gezwungen wurden. Sie haben bestimmte altertümliche Artefakte zusammengetragen, die die Sternenmänner in ihren Besitz bringen wollten, aber keiner von ihnen weiß, welchem Zweck diese Dinge dienen könnten. Auch wir wissen es nicht.«

Aber Haramis wußte es. »Ich werde wiederkommen, Ansebado. Bis dahin müßt Ihr und Euer Volk bei der eingesperrten Blauen Frau wachen. Wenn jemand aus dem Zaubertor kommt, sendet sofort den Ruf an mich aus, selbst wenn Ihr deswegen alle Euer Leben lassen müßt. Und jetzt lebt wohl.«

Haramis umklammerte ihren Talisman und befahl ihm, sie zu Kadiya zu bringen.

# 5

Königin Anigel starrte auf ihren Teller, auf dem ein gegrilltes Garsungfilet und eine Portion glasierter Dorunknollen lagen, und ließ ihr Besteck sinken. »Ich muß gestehen, daß mir Haras schrecklicher Bericht über die arme Blaue Frau den Appetit verdorben hat. Es macht mich ganz krank zu wissen, daß wir überhaupt nichts tun können, um sie von diesem teuflischen Zauber zu befreien.«

»Wenn Iriane steifgefroren ist«, sagte Kadiya, »kann sie nicht leiden. Was nützt es ihr also, wenn du vor Gram vergehst und hungerst?«

»Du denkst wie immer sehr praktisch«, sagte Anigel mit einem Seufzer, »aber herzlos.«

»Unsinn«, widersprach die Herrin der Augen und nahm sich eine große Portion von dem Salat aus Bitterkresse, die sie mit einer dicken Käsesoße übergoß. »Es ist schon richtig, Mitgefühl für die Schwierigkeiten anderer zu zeigen, aber das darf nicht so weit gehen, daß man dabei die eigene Gesundheit aufs Spiel setzt – besonders dann nicht, wenn man sich um Staatsangelegenheiten zu kümmern hat. Bist du nicht auch dieser Meinung, Hara?«

Die Erzzauberin nickte. »Mein Talisman will mir meine Vermutungen nicht bestätigen, aber ich glaube, daß Irianes Gefangennahme nur der Anfang einer neuen, gefahrvollen Zeit für uns alle ist. Die Rückkehr der Sternengilde und die Möglichkeit, daß Orogastus Waffen des Versunkenen Volkes sammelt, stellt eine große Gefahr für den Frieden und das Gleichgewicht der Welt dar. Es könnte sein, daß wir drei erneut gefordert werden, und sollte dies der Fall sein, brauchen wir alle körperlichen und geistigen Kräfte, die wir aufbringen können. Und du, kleine Schwester, hast darüber hinaus auch noch wichtige persönliche Verpflichtungen.«

Königin Anigel nahm die Ermahnung mit eisigem Schweigen entgegen.

Die Drillinge waren gerade beim Abendessen in der Zitadelle von Ruwenda und hatten an dem erhöhten Tisch Platz genommen, an dem die Königin den Ehrenplatz einnahm. Die übrigen Mitglieder des Hofes speisten an niedrigeren Tischen in der von Fackeln erhellten großen Halle. Es waren nicht viele Personen anwesend – auch König Antar und seine Militärberater fehlten –, und von der fröhlichen Geselligkeit, die das Abendessen sonst begleitete, war nichts zu spüren. Vor weniger als einer Stunde hatte Haramis sich und Kadiya in die Zitadelle gezaubert, wo sie dem laboruwendianischen Rat nicht nur vom Schicksal der Erzzauberin des Meeres, sondern auch von dem offensichtlichen Wiederaufleben der Sternengilde unter der Führung von Orogastus berichtet hatte.

Diese Neuigkeit hatte große Bestürzung ausgelöst, da die königliche Entourage am nächsten Tag zu der langen Reise nach Labornok aufbrechen sollte. König Antar, Marschall Lakanilo und General Gorkain hatten sich zurückgezogen, um in aller Eile einen Plan aufzustellen, mit dem die Sicherheitsvorkehrungen verstärkt werden sollten, so daß die Königin und ihre beiden Schwestern jetzt ohne ihn Vermutungen darüber anstellten, welch furchtbare Ereignisse ihnen wohl bevorstanden.

»Zum jetzigen Zeitpunkt«, sagte die Erzzauberin, »wissen nur die Herrscher der Lüfte, was Orogastus auf lange Sicht plant. Aber ihr könnt sicher sein, daß es dabei um die Eroberung der Welt geht – und zwar sowohl mit realen Waffen als auch mit schwarzer Magie.«

Anigel löffelte noch etwas kristallisierten Honig in ihre Tasse mit Darcitee und rührte mißmutig darin herum. »Ich kann kaum glauben, daß dieser schlechte Mensch dem Tod schon wieder entkommen ist. Wer hätte gedacht, daß so etwas überhaupt möglich ist? Hara, wie konnte dich dein Talisman nur so über sein Schicksal täuschen?«

Es war Kadiya, die die bittere Erkenntnis aussprach. »Der Talisman hat die Wahrheit gesagt – aber die Erzzauberin hat seine Worte falsch ausgelegt.«

Haramis nahm den Vorwurf mit einem traurigen Nicken

entgegen. Sie zog das Porträt von Orogastus hervor und legte es auf den Tisch. »Als ich sein totes Gesicht sehen wollte, konnte der Talisman meinen Befehl nicht erfüllen. Erst als ich ihn anders formulierte und dabei das Wort Tod nicht erwähnte, hat er mir sein Bild gezeigt, so daß ich dieses Porträt hier anfertigen konnte.«

»Dieser verfluchte Zauberer! Wahrscheinlich hat er die Sternentruhe bereits gefunden und Anis Dreihäuptiges Ungeheuer an sich gebunden!« rief die Herrin der Augen jetzt wütend aus.

»Nein«, erklärte Haramis mit fester Stimme. »Mein Talisman sagt, daß ihm das nicht gelungen ist. Jemand anderes hat die Krone und die Truhe – aber der Reif will mir einfach nicht sagen, wer es ist.«

Kadiya nahm ihr Tafelmesser und säbelte sich damit eine Keule aus der saftigen gebratenen Togense, die vor ihr auf einem Holzbrett lag. »Du kannst Platinkronen gegen Plargruben wetten, daß Orogastus diesen schüchternen kleinen Zauberer finden und ein Bündnis mit ihm anstreben wird.«

»Du hast vermutlich recht, Kadi«, sagte Anigel. »Und das ist noch ein weiterer Grund dafür, daß du Haras Rat befolgen und deinen nutzlosen Talisman Hara zur sicheren Verwahrung geben solltest – damit keiner dieser Schurken ihn in seinen Besitz bringen kann.«

»Niemals!« sagte Kadiya mit vollem Mund. »Das werde ich selbst dann nicht tun, wenn das Dreigestirn vom Himmel stürzt!«

»O Kadi«, rief die Königin verärgert. »Es ist der einzig sichere Weg, und das weißt du auch.«

»Du hast gut reden«, murmelte die Herrin der Augen und deutete anklagend mit dem Hühnerknochen auf ihre Schwester, »nachdem du deinen Talisman als Lösegeld an Orogastus übergeben hast ...«

» ... und dadurch das Leben meines königlichen Gemahls gerettet habe!« rief Anigel empört aus. »Sollte ich Antar etwa in der Gefangenschaft sterben lassen?«

»Du hast Hara und mir ja keine Zeit gelassen, ihn zu retten«, entgegnete Kadiya, »sondern mit ungebührlicher Hast vor seinen Entführern kapituliert und damit den Weg freigemacht für die Invasion des Feindes in dein Königreich.«

Die Königin fing an zu weinen, ganz leise, damit die anderen Höflinge bei Tisch nichts davon bemerkten. »Du hast recht. Die Schuld trifft mich – aber dich auch. Früher oder später wird das Dreilappige Brennende Auge von Orogastus oder diesem unbekannten Zauberer gestohlen werden. Meine Dummheit und deine starrköpfige Prahlerei werden vielleicht unser aller Untergang sein.«

»Du solltest dich schämen, Kadi«, sagte die Erzzauberin und nahm ihre jüngste Schwester in den Arm. »Hast du vergessen, daß Ani guter Hoffnung ist und sich nicht aufregen darf?«

»Sie ist so zäh wie ein Zugvolumner, der wie jedes Jahr sein Kalb wirft, obwohl sie so zerbrechlich aussieht«, bemerkte Kadiya ungerührt. »Und glaubt bloß nicht, daß ihr mich durch dieses sentimentale Theater dazu überreden könnt, meinen Talisman herzugeben.«

Anigel hörte auf zu weinen. Sie richtete sich auf, trocknete mit einer Serviette ihre Tränen und zuckte mit den Schultern. »Es war einen Versuch wert«, sagte sie mit einem Lächeln auf den Lippen.

»Bei der Heiligen Blume!« sagte die Erzzauberin, die sich sowohl über die raffinierte Täuschung der Königin als auch über Kadiyas Unnachgiebigkeit ärgerte. »Ihr zwei treibt mich noch zum Wahnsinn.«

»Nein, liebste Hara«, sagte Anigel, dieses Mal in vollem Ernst. »Wir werden tun, was immer auch notwendig ist, um dir beim Kampf gegen die Sternenmänner zu helfen und das Gleichgewicht der Welt wiederherzustellen, egal, *welche* persönlichen Opfer wir dafür bringen müssen.« Sie wandte sich an ihre andere Schwester und warf dieser einen stahlharten Blick zu. »Nicht wahr, Kadi?«

»Oh ... Lossok-Mist!« rief die Herrin der Augen und ließ die Togensekeule auf ihren Teller fallen. »Ich muß wohl nachgeben. Du sollst das Brennende Auge haben, Hara. Was macht es schon, wenn mein Stolz baden geht und mein Selbstvertrauen zugrunde gerichtet wird?«

»Es ist nur zum Guten«, sagte die Erzzauberin mit offensichtlicher Erleichterung.

»Kann ich den Talisman wenigstens noch so lange bei mir tragen, bis wir wieder auseinandergehen?« fragte Kadiya.

»Aber sicher. Hier in der Zitadelle droht keine Gefahr. Ich weiß mit Sicherheit, daß es hier keine Viadukte gibt, durch die Orogastus oder seine Helfer hereinkommen und das Auge stehlen könnten.«

»Diese dreimal verdammten magischen Schlupflöcher!« rief Kadiya aus. »Du solltest Ani besser davon erzählen, damit sie vorgewarnt ist.«

»Viadukte?« fragte die Königin mit einem Stirnrunzeln. »Meinst du jenen Zauber, durch den Hara aus dem Land des Feuers und des Eises in die Wohnstatt der Erzzauberin Iriane gelangt ist, damals, als die Blutrote Drillingslilie uns einander entfremdet hat?«

»Ja«, sagte Haramis. Sie schob Teller und Tafelgeschirr zur Seite, breitete eine große, saubere Serviette aus und berührte diese mit ihrem Talisman. Ein leichter Geruch nach versengtem Leinen stieg ihnen in die Nase, und unmittelbar darauf verwandelte sich der Stoff in eine bemerkenswert genaue Landkarte des Weltkontinents. »Die Viadukte sind eigentlich kein Zauber, obwohl es für uns, die wir so wenig über ihre Funktionsweise wissen, so aussehen mag. Seht, hier sind die Eingänge zu den Viadukten.«

Anigel stieß einen leisen Schrei der Verwunderung aus, denn auf der Karte erschienen jetzt unzählige kleine Punkte von scharlachroter Farbe. »So viele!«

»Und jetzt«, sagte die Erzzauberin, »sind sie auch für den Zauberer und seine Sternengilde zugänglich, da Orogastus von Iriane ein Buch gestohlen hat, in dem ihre Funktionsweise erklärt wird.«

»Diese Schurken können aus jedem dieser Punkte herausspringen wie Ziklu aus ihrem Bau, und sie können darin auch spurlos verschwinden und sich so ihren Verfolgern entziehen. Bis jetzt ist es Hara nicht gelungen, die Viadukte zu zerstören oder mit einem Zauber zu verschließen«, sagte Kadiya.

»Es sieht so aus, als hätte das Versunkene Volk diese Gänge

benutzt, um damit ganz normal durch die Welt zu reisen«, erklärte die Weiße Frau. »Für gewöhnliche Leute sind die Öffnungen der Viadukte unsichtbar und nicht wahrnehmbar. Aber wenn man ungefähr weiß, wo sich der Eingang befindet, muß man nur einen sonderbar klingenden Befehl aussprechen – ›Viaduktsystem aktivieren‹ –, und schon wird das Viadukt sichtbar. Einige Viadukte wurden in dem großen Kampf zwischen dem Versunkenen Volk und der Sterngilde zerstört, aber die hier auf der Karte existieren noch immer. Bis jetzt sind sie nur von den Erzzauberern längst vergangener Zeiten und von den Sindona benutzt worden, wenn diese den Ort der Erkenntnis verlassen mußten.«

»Es dürfte dich vielleicht interessieren, Ani, daß *dieses* Viadukt hier« – Kadiya legte den Finger auf einen der Punkte – »genau in den Großen Burgfried des Winterpalastes von Labornok führt! Durch diesen Gang sind Iriane und die Sindona am Ende der Schlacht von Derorguila in den Burgfried gelangt.«

»Heilige Blume!« rief die Königin bestürzt aus. »Gibt es denn gar keine Möglichkeit, diese fürchterlichen Tunnel zu zerstören?«

»Mein Talisman sagt, daß es einen Weg gibt«, erwiderte Haramis. »Aber er teilt mir die Anweisungen in einem altertümlichen wissenschaftlichen Kauderwelsch mit, das bis jetzt keinen Sinn für mich ergibt. Wenn ich wieder in meinem Turm bin, werde ich mich weiter mit der Angelegenheit beschäftigen, wie die Viadukte vernichtet werden können, aber jetzt werden wir sie statt dessen erst einmal verbarrikadieren. Alle Eingänge an besonders kritischen Stellen müssen mit stabilen Käfigen oder Erdhügeln verschlossen und obendrein bewacht werden.«

Anigel musterte die Karte aufmerksam. »In den Irrsümpfen gibt es nicht so viele Eingänge wie anderswo, aber hier ist einer, der gar nicht weit von der Großen Straße der Königin entfernt liegt. Mir kommt da ein Gedanke ... Angesichts der frühen Regenfälle wird die Reise in die Winterhauptstadt lang und mühsam sein. Wenn, wie du sagst, ein Viadukt direkt in den Großen Burgfried führt ...«

»Denk nicht einmal daran!« sagte Haramis entsetzt. »Nur jene, die in den Wissenschaften des Versunkenen Volkes erfahren sind, wagen es, diese Gänge zu benutzen. Manchmal ist ihr Verlauf festgelegt, und man hat keinen Einfluß darauf, wo man ans Ziel gelangt. Ein anderes Mal jedoch trägt das Viadukt den Reisenden zu einem bestimmten Ort, wenn dieser vor dem Eintritt einen komplizierten Zauberspruch ausspricht. Aber wenn dieser Spruch nicht richtig vorgetragen wird, läuft diese Person Gefahr, im Inneren der Immerwährenden Eisdecke oder sogar tief unter dem Meer herauszukommen.«

Sie deutete wieder auf die Karte. Und wirklich – einige der scharlachroten Punkte lagen an gefährlichen Orten.

»Verflixt«, sagte die Königin, die von zierlicher Gestalt war. Ihr blondes Haar war mit Bändern hochgebunden, deren Gold so dunkel war, daß es fast braun aussah. Sie trug ein weites Satinkleid in der gleichen Farbe, das mit Wurrempelz verbrämt und mit einem Kragen aus Drillingsbernstein geschmückt war. Daß sie im vierten Monat schwanger war, war ihr noch nicht anzumerken. »Ich hätte mich und den Hof so gern durch ein Viadukt von hier nach Derorguila gezaubert, um uns allen die lange Reise im Regen zu ersparen.«

»Ich könnte dich, Antar und die Kinder hinbringen«, schlug Haramis ein wenig zögerlich vor, »obwohl es für meine Zauberkräfte sehr anstrengend ist, andere mit mir zu nehmen.«

Aber die Königin schüttelte den Kopf. »Das war nur ein Scherz, Hara. Ich würde dich nicht einmal im Traum daran bitten, dich so zu erschöpfen. Nein, wir müssen mit den übrigen Mitgliedern der königlichen Entourage nach Labornok reisen, so wie es sich geziemt.«

»Ich werde euch Kopien dieser Karte geben, die ihr behalten könnt«, sagte die Erzzauberin. »Ani, du mußt dafür sorgen, daß Soldaten – vorzugsweise zusammen mit eingeborenen Helfern – die Viadukteingänge an den kritischen Stellen in Labornok und Ruwenda bewachen. Ich werde Kadis Eingeborenen befehlen, die Öffnungen in den abgelegeneren Gebieten zu beobachten – in den Irrsümpfen, dem Ohoganmassiv und dem Tassalejo-Wald. Wenn Mitglieder der Sternengilde auftauchen, werden die Eingeborenen in der Sprache ohne Worte Alarm schlagen.«

»Was ist mit den Viadukten in anderen Ländern?« fragte die Königin.

»Ich habe bereits eine Warnung ausgesandt«, sagte Haramis. »In Kürze wird jede zivilisierte Nation nach verdächtigen Personen suchen, die Sternamulette tragen.«

»Diese Schurken können ohne ihre Medaillons nicht zaubern«, sagte Kadiya zu Anigel. »Leider trifft das nicht auch für den Gebrauch der Waffen zu, die vom Versunkenen Volk stammen. Das sind keine richtigen Zauberwaffen, sondern sie bedienen sich derselben uralten Wissenschaft wie die Viadukte und jene Artefakte, die man von einigen Händlern kaufen kann.«

»Wie sollen wir uns gegen die Sternenmänner verteidigen, wenn diese mit solch furchtbaren Waffen ausgerüstet sind?« fragte die Königin besorgt. »Wenn Hara nur nicht jene Waffen zerstört hätte, die von den Truppen aus Tuzamen und Raktum in der Schlacht von Derorguila eingesetzt wurden! Jetzt könnten wir sie selbst gut gebrauchen.«

»Wir haben immer noch unsere Zauberkräfte«, sagte die Erzzauberin. »Und wenn der Dreieinige es will, werden wir auch bald ein Bündnis mit jeder Nation im Schein des Dreigestirns haben, um gegen die sehr viel kleineren Truppen jener anzukämpfen, die dem Stern die Treue halten. Nachdem ich die anderen Länder gewarnt hatte, bat ich sie, Sonderbotschafter in schnellen Schiffen nach Derorguila zu schicken. Die Delegationen dürften bereits angekommen sein, wenn das königliche Gefolge von Laboruwenda das Ziel seiner Reise ins Flachland erreicht. In vierzig Tagen werden wir alle in deiner Hauptstadt zusammenkommen, um unsere Verteidigung vorzubereiten.«

»Ich werde dir und meinem königlichen Gemahl gern dabei behilflich sein, alle Nationen zu sammeln«, sagte Königin Anigel. »Ich nehme an, Kadi wird dasselbe mit den Eingeborenen tun.«

»Erst in einiger Zeit«, sagte die Herrin der Augen, »denn mir wurde eine schwierigere Aufgabe zugewiesen. Nur ein

Staat hat sich Haras Plan für ein Bündnis widersetzt – Sobrania.«

Die Königin sah enttäuscht aus. »Ich hätte es mir denken können. Die Gefederten Barbaren haben so viel Angst vor Komplotten seitens Galanars oder der Republiken Imlit und Okamis, daß sie sich jedem Pakt widersetzen, der ihre vielgepriesene Unabhängigkeit beschneiden könnte. Kaiser Denombo von Sobrania ist auf seine Weise ein ehrenwerter Mann, aber ungestüm und kurzsichtig. Er hat keine Lust, sich mit anderen Nationen abzugeben, und kümmert sich nur um die zahlreichen aufsässigen Stämme in seinem Reich. Wirst du zu ihm gehen, Kadi, und versuchen, ihn umzustimmen?«

»Ja. Möge die Blume mir beistehen. Hara hat es befohlen, und ich werde gehorchen.«

»Kadi wird noch eine weitere Aufgabe haben.« Die Erzzauberin sprach jetzt leiser, obwohl die Musiker inzwischen begonnen hatten, das erste Stück zur abendlichen Belustigung des Hofes zu spielen und so viel Lärm machten, daß ihr Gespräch unmöglich belauscht werden konnte. »Ich habe dir doch erzählt, daß ich in den Bergen oberhalb von Zinora einen jungen Sternenmann beobachtet habe. Er führte gefederte Satteltaschen mit sich, die von sobranischer Machart waren. Das könnte ein bedeutungsloses Detail sein ... oder ein wertvoller Hinweis.«

»Darauf, wo sich das Hauptquartier der Sternengilde befindet!« Königin Anigels Augen, die so blau waren wie der Himmel in der Trockenzeit, funkelten vor Aufregung. »Deutet noch etwas anderes auf Sobrania hin?«

»Bis jetzt noch nicht«, mußte Haramis zugeben, »denn mein Talisman kann keine Mitglieder der Gilde beobachten, die volle Kontrolle über die Zauberkraft des Sterns haben. Es war lediglich Glück – oder das Wohlwollen der Herrscher der Lüfte –, daß ich jenen jungen Sternenmann entdecken und mit dem Talisman beobachten konnte, der die Skritek aufgehetzt hat. Er war ein Novize, der es noch nicht vermochte, den Schutz des Sterns für sich zu befehlen, und führte vielleicht eine Mission geringerer Bedeutung aus, während sich seine Gefährten mit wichtigeren Verschwörungen beschäftigen.«

Sie unterbrachen ihre Unterhaltung für einen Moment, während Pagen die Reste der vorangegangenen Gänge abräumten, Kuchen und frische Früchte hereinbrachten und die Weinpokale auffüllten. Dann ertönte ein Fanfarenstoß. Unter viel Beifall kam eine Truppe tuzamenischer Akrobaten in die Halle gerannt.

»Aber wie«, fragte die Königin im Schutz des neuerlichen Lärms, »will Kadi es anstellen, die Sternenmänner in Sobrania auszuspionieren, wenn unsere eigenen mächtigen Zauberkräfte es nicht können?«

»Augen«, erwiderte Kadiya lakonisch. »Nicht die des Dreilappigen Brennenden Auges, sondern die beiden, die Gott mir in den Kopf gesetzt hat. Wo immer sich die Sternenmänner auch verkriechen – und das könnte sehr gut in einem solch unterentwickelten Land sein –, die Schurken müssen essen und schlafen. Und wenn sie nicht als zerlumpte Wanderer in der Wildnis herumziehen, brauchen sie einen festen Wohnsitz von angemessener Größe, etwas zum Essen, saubere Kleidung und Tiere zum Reiten, wenn sie nicht ständig durch die Zauberviadukte hin und her sausen, und eine ganze Herde von Dienstboten, um all diese Dinge in Ordnung zu halten. Und außerdem werden sie nicht die ganze Zeit über unsichtbar sein, denn das erfordert sehr viel Kraft. Wenn sie sich in Sobrania befinden, werde ich sie finden. Wenn nicht, werde ich mich anderswo umschauen, wenn Hara mir den Auftrag dazu erteilt.«

»Die Sternenmänner werden herausfinden, daß du nach ihnen suchst«, sagte Anigel offen. »Sie werden dich mit einem Zauber suchen und Jagd auf dich machen.«

»Hast du vergessen«, sagte Kadiya lächelnd, die so tat, als würde sie den Künstlern zusehen, »wie wir drei als junge Prinzessinnen vor Orogastus, seinen Stimmen und dem bösen König Voltrik um unser Leben gerannt sind? Keiner dieser Bösewichte konnte uns damals durch einen Zauber finden, weil wir beschützt wurden ... so wie wir auch jetzt beschützt werden.«

Aus ihrem Hemd unter dem Lederwams zog sie einen schwach glühenden Bernsteinanhänger an einer goldenen Kette hervor, in dem eine winzige Schwarze Drillingslilie eingeschlossen war. »Nur die drei Talismane des Zepters der Macht konnte den Zauber der Blume brechen.«

»Ah«, seufzte die Königin. Sie lächelte vor Erleichterung. »Natürlich. Ich fürchte, daß ich seine Zauberkräfte zu sehr als selbstverständlich betrachte.« Sie legte kurz die Hand auf ihr Mieder, unter dem ihr eigenes Amulett verborgen war.

Haramis lächelte. Ihr Drillingsbernstein saß zwischen den silbernen Flügeln des Reifs, den sie an einer Kette um den Hals trug. »Kadi wird vor den Blicken jener geschützt sein, die ihr mit einem Zauber schaden wollen. Der Bernstein vermag noch vieles andere, aber dies ist vielleicht seine wertvollste Eigenschaft.«

»Die Sternenmänner oder ihre Anhänger könnten mich allerdings erkennen, wenn sie mir begegnen«, gab Kadiya zu, »so wie ich sie vermutlich an ihren Sternamuletten erkennen werde. Aber ich werde mich und meine Reisegefährten gut verkleiden. Wenn ich den Bernstein dazu überreden kann, werde ich vielleicht sogar unsichtbar sein!«

»Wenn du jemanden aus dem Sumpfvolk mit dir nach Sobrania nimmst, wird das auffallen«, warnte Anigel. »Die Eingeborenen dort sollen sich in ihrer äußeren Erscheinung sehr von jenen der Halbinsel unterscheiden.«

»Ich muß Jagun mitnehmen, denn sein Rat ist mir unentbehrlich, und auch seine Fähigkeit, sich über große Entfernung in der Sprache ohne Worte zu verständigen und die Verbindung zu Haramis aufrechzuerhalten. Meine anderen Gefährten für die Reise werden menschlich sein ... Ani, ich bitte dich darum, mir sechs deiner tapfersten Lehnsmänner zu gebe, die mich als Freiwillige begleiten sollen. Die Wyvilo werden uns über den Großen Mutar nach Var bis ans Meer bringen. Ich habe Freunde in der varonischen Hauptstadt, die uns ein Schiff und alles andere, was sonst noch für die Reise nach Sobrania erforderlich ist, besorgen werden.«

Die Akrobaten vollführten gerade ein besonders spektakuläres Kunststück, und die Königin klatschte pflichtbewußt.

»Du scheinst an alles gedacht zu haben. Es ist doch selbstverständlich, daß ich sechs kühne Ritter für dich aussuche. Wenn du willst, auch noch mehr.«

»Ich will mit leichtem Gepäck reisen und schnell vorwärtskommen. Sechs genügen.«

»Es gibt noch eine große Gefahr bei diesem Unterfangen«, merkte Haramis an. »Wie ihr bereits sagtet, kann nicht einmal Drillingsbernstein verhindern, daß Orogastus uns alle beobachtet und belauscht, wenn er erst einmal in Besitz eines funktionierenden Talismans ist. Mit einem Talisman könnte er dich sofort finden, Kadi. Ich weiß nicht, ob es ihm gelingen würde, dich zu töten, solange du deinen Bernstein trägst, aber du würdest unserer Sache keinen Dienst erweisen, wenn du wie die arme Iriane in einem Block aus blauem Eis eingeschlossen wärst.«

Kadiya lächelte die Erzzauberin an. »Dann mußt du eben dafür sorgen, daß so etwas nicht passiert. Überwache mich, so gut es geht, und warne mich vor Gefahren, wenn du kannst. Ich werde das Nest der Sternenmänner finden und es ausräuchern wie ...«

»Du wirst genau das tun, was wir vereinbart haben!« ermahnte die Erzzauberin sie. »Du darfst Orogastus oder die Sternengilde auf keinen Fall allein angreifen!«

Kadiya verbeugte sich übertrieben ehrerbietig. »Natürlich nicht, Weiße Frau.«

»Verzeih meine harschen Worte«, entschuldigte sich Haramis. »Aber um Gottes willen, Kadi – versprich mir, keine Dummheiten zu machen.«

»Du mußt große Vorsicht walten lassen«, fügte Anigel hinzu. »Ich habe ein schlechtes Gewissen – meine Aufgabe ist so viel leichter und ungefährlicher als deine. Liebste Kadi, ich würde dich begleiten, zusammen mit allen Rittern der Lehnsherren, wenn ich nur ein Kind und nicht Drillinge unter dem Herzen tragen würde.«

»Drillinge!« Kadiya und die Erzzauberin waren höchst erstaunt.

»Immu ist sich erst seit kurzer Zeit sicher«, sagte die Königin. Sie sprach von der kleinen alten Nyssomu, die die Hebamme von Königin Kalanthe, ihrer unglücklichen Mutter, gewesen war, und später Kindermädchen und vertraute Freundin der Schwestern.

»Kann diese Schwangerschaft ein weiteres Omen sein?« fragte sich Haramis. »Vielleicht ist auch diesen Kindern vom Schicksal eine wichtige und schwierige Aufgabe bestimmt, so wie es bei uns Drein war?«

Anigel legte beruhigend ihre Hand auf jene der Erzzauberin. »Es ist wohl eher etwas ganz Natürliches. Immu sagt, daß alle meine ungeborenen Kinder Jungen sind. Die Blütenblätter der Lebenden Drillingsblume brauchen sich also keine Sorgen darüber zu machen, daß ihre Nachfolger schon unterwegs sind.«

»Blödsinn!« lachte Kadiya. Sie drehte sich zu Anigel um und herzte und küßte sie. »Möge die Blume dich und deine ungeborenen Söhne schützen. Antar ist bestimmt furchtbar stolz.«

»Das ist er«, bestätigte die Königin, »und meine beiden ältesten Kinder auch. Nur Tolivar scheint überhaupt nicht begeistert zu sein. Zwölf ist ein schwieriges Alter. Aus dem Jungen wird langsam ein Mann, und er wird von unbekannten Gefühlen zerrissen. Der arme Tolivar wurde schon immer von Zweifeln an sich selbst geplagt und beneidet seinen älteren Bruder und seine Schwester sehr. Und jetzt hat es den Anschein, als wäre er verstimmt über die bevorstehende Geburt der Kinder. Aber wenn er sie sieht, wird er sie sicher liebgewinnen.«

Haramis und Kadiya warfen sich über den Kopf ihrer Schwester hinweg besorgte Blicke zu. Der junge Prinz Tolivar war ein verschlossener, eifersüchtiger Junge, der noch bis vor wenigen Jahren ein verzogener kleiner Balg gewesen war. Er ärgerte sich furchtbar darüber, daß er nach seinem Bruder eine zweitrangige Stellung einnnahm. Kronprinz Nikalon war mit seinen fünfzehn Jahren nicht nur größer und stattlicher anzusehen, sondern bei den Höflingen und dem gemeinen Volk auch viel beliebter. Prinzessin Janeel, ein Jahr jünger als Niki und schlau wie ein weiblicher Fytox, versäumte keine Gelegenheit, ihren kleinen Bruder zu necken, den sie für charakterlos hielt. Tolo haßte sie dafür aus ganzem Herzen.

Im Laufe der Jahre hatte Kadiya sich besondere Mühe gegeben, nett zu dem unglücklichen jungen Prinzen zu sein, aber sie befürchtete, daß er es nur für Mitleid hielt. Tolivar schien keiner seiner berühmten Tanten echte Zuneigung entgegenzubringen und war nicht sehr höflich gewesen, als er sie heute abend vor dem Essen begrüßt hatte.

Kadiya musterte den Knaben, der zusammen mit den anderen königlichen und adligen Jugendlichen an einem Tisch saß, nicht weit entfernt von dem der Drillingsschwestern. Kronprinz Nikalon und Prinzessin Janeel lachten und warfen mit den anderen zusammen Münzen unter die Akrobaten, die ihren Auftritt beendet haben, aber Tolivar hatte die Ellbogen auf den Tisch gestützt und starrte mit einem unergründlichen Ausdruck auf dem Gesicht vor sich hin.

Der Sumpfname des Jungen war Kleines Herz. Kadiya dachte, daß er nur zu gut zu ihm paßte. »Tolo braucht etwas Sinnvolles zu tun«, sagte sie. »Ani, hast du jemals daran gedacht, ihn aus deiner mütterlichen Obhut zu entlassen? Wenn er den Hof für eine Weile verlassen könnte, würde er sich nicht mehr ständig mit Niki vergleichen oder sich von Jan herabgesetzt fühlen.«

»Er ist immer mein kleiner Junge gewesen«, gab Anigel zu, »und seit er mir vor vier Jahren zurückgegeben wurde, habe ich ihn immer in meiner Nähe gehabt, weil ich hoffte, daß meine Liebe genügen würde, um seine angeschlagene Selbstachtung zu stärken. Aber vielleicht hast du recht. Meine neugeborenen Söhne werden für einige Zeit meine ganze Aufmerksamkeit in Anspruch nehmen, und Tolo leidet dann vielleicht noch viel mehr.«

»Laß den Jungen mit mir kommen«, sagte Kadiya spontan. »Vielleicht nicht bis nach Sobrania, aber zumindest auf den ersten Teil meiner Reise. Jagun und ich werden ihn schon beschäftigen, so daß er keine Zeit haben wird, zu schmollen oder sich selbst zu bemitleiden.«

»Er ist noch so jung«, sagte Anigel unsicher, »und nicht sehr kräftig.«

Kadiyas Gesichtsausdruck konnte man nur als sardonisch bezeichnen. »Er hat eine Entführung durch die Piraten und die Gefangenschaft bei Orogastus überlebt. Obwohl er vielleicht etwas klein von Statur ist, so ist er doch robust genug. Behüte den Jungen nicht zu sehr, Ani. Auch Kinder haben ein Recht darauf, sich großen Herausforderungen zu stellen und diese zu überwinden. Und manchmal wird dann sogar eine scheue oder verstockte Seele zum Helden.«

»Wie ich selbst nur zu gut weiß«, räumte die Königin lächelnd ein. »Was meinst du dazu, Hara?«

»An der Idee ist etwas dran«, sagte die Erzzauberin, »vorausgesetzt, der Junge wird ständig beaufsichtigt. Ist nicht der ehemalige Stallmeister Ralabun sein enger Freund? Ralabun ist verantwortungsbewußt, wenngleich nicht übermäßig gescheit. Vielleicht könnte er Tolo begleiten.«

»Laßt uns den Jungen selbst fragen«, schlug Kadiya vor. »Wenn er nicht will, werde ich ihn nicht mitnehmen.«

»Nun gut.« Königin Anigel willigte zögernd ein. »Aber wenn er deinen Vorschlag annimmt, mußt du mir versprechen, ihn nach Hause zu schicken, bevor du dich über die Halbinsel hinauswagst.«

»Er und Ralabun können von Mutavari aus einen schnellen engianischen Kutter nach Labornok nehmen«, sagte Kadiya, »und bei gutem Wind werden sie nur kurze Zeit nach der königlichen Entourage in Derorguila ankommen. Was haltet ihr davon, wenn wir ihn jetzt gleich fragen?«

»Es spricht nichts dagegen.« Die Königin winkte einem Pagen und befahl ihm, Prinz Tolivar an den königlichen Tisch zu holen.

# 6

Tolos Mund verzog sich zu einem schmalen Strich, als ihm die Botschaft überbracht wurde.

»Was für einen Ärger hast du dir denn jetzt wieder eingehandelt?« wollte Prinzessin Janeel wissen. »Hast du etwa zu viele Karren mit Kisten deiner ach so wertvollen Bücher gefüllt?«

»Vielleicht«, schlug Kronprinz Nikalon vor, »hat er so viele eingepackt, daß er jetzt keinen Platz mehr für seine Stiefel oder seine Leibwäsche hat.«

Die jungen Leute am Tisch fingen an zu lachen. Tolo wurde rot und senkte den Kopf, um seinen Ärger zu verbergen, während er dem Pagen zum königlichen Tisch folgte und dann eine tiefe Verbeugung machte.

»Wie kann ich dir dienen, Große Königin und Mutter?« fragte er. Sein Gesicht war jetzt eine ausdruckslose Maske. Tolo war ein dünner Junge mit blonden Haaren und einer bleichen Haut, als würde er zuviel Zeit mit seinen Büchern verbringen.

»Deine Tante Kadiya hat dir einen Vorschlag zu machen«, sagte Anigel.

Die Herrin der Augen erklärte ihm alles ausführlich und verschwieg auch die Mühen der Reise nicht, denn sie würden stromabwärts über den Hochwasser führenden Großen Mutar fahren, und bei seiner Rückfahrt von Var aus würde das Meer sicher von Stürmen heimgesucht werden.

Zu Anigels Überraschung fiel die Teilnahmslosigkeit von Prinz Tolivar ab wie der Kokon von einem jungen Naskäfer. Seine Augen funkelten vor Aufregung. »O ja, Tante Kadi! Nimm mich und Ralabun mit! Ich verspreche dir, immer folgsam zu sein und mich nicht zu beklagen und niemals meine Pflichten zu vernachlässigen«, rief er aus.

»Dann ist alles klar«, sagte die Herrin der Augen und klopfte dem Jungen auf die Schulter.

»Ich wünschte nur, du würdest mich beim Kampf gegen die Sternenmänner helfen lassen«, sagte Tolivar beherzt.

Die drei Frauen lachten.

»Du bist zwar tapfer, aber noch zu jung dazu«, sagte die Erzzauberin.

»Die Welt muß vor Orogastus gerettet werden«, sagte der Junge mit leiser Stimme. »Ich weiß viel über seine üblen und verräterischen Methoden. Und wenn es sein muß, werde ich mein Leben hingeben, um ihn zu vernichten.«

»Es wird genügen, wenn du deiner Tante gehorchst«, sagte die Königin. »Überlasse ernstere Dinge jenen, die älter und klüger sind.«

»Gut, Mutter.« Das Auftreten des Prinzen hätte gar nicht respektvoller und gehorsamer sein können. Er verbeugte sich und verließ die Große Halle, nachdem er gesagt hatte, daß er Ralabun die großartige Neuigkeit erzählen wolle.

»Armer Tolo.« Anigels besorgter Blick folgte ihrem Sohn. »Die Gefangenschaft bei Orogastus hat ihn sehr mitgenommen. Er hat immer noch ein schlechtes Gewissen, weil er dem Zauberer geglaubt hat, als dieser ihm sagte, er würde ihn zu seinem Erben und Zauberlehrling machen.«

»Er war damals noch zu jung, um zu wissen, welche Auswirkungen sein Verhalten haben würde«, sagte die Erzzauberin mit gütiger Stimme.

Aber die Königin schüttelte den Kopf. »Er war acht Jahre alt und konnte Gut von Böse unterscheiden. Wieder und wieder hat er Antar und mich angefleht, ihm dafür zu vergeben, daß er sich damals von uns abgewandt hat, und wir haben mit aller Kraft versucht, ihm ein Gefühl der Sicherheit zu geben. Aber er hat immer noch Schuldgefühle. Kadi ... sei nett zu ihm. Versuche, seine aufgewühlte Seele zu beruhigen.«

»Ich werde tun, was ich kann«, sagte die Herrin der Augen, »aber ich glaube, daß Tolos Wunden erst mit der Zeit heilen werden. Und erst dann, wenn er mit einer tapferen Tat für sie gebüßt hat.«

»Wir leben in einer gefährlichen Zeit«, sagte Haramis mit einem Seufzer. »Es wird für uns alle Gefahren und Herausforderungen genug geben, um heldenhaft zu handeln, selbst für den jungen Prinzen. Schwestern, laßt uns beten, daß wir sie meistern werden. Betet aus ganzem Herzen und mit aller Kraft, denn ich werde das Gefühl nicht los, daß wir schon sehr bald vor einer neuerlichen Katastrophe stehen.«

Lange nach Mitternacht wagte er es endlich, die eiserne Kassette zu öffnen. Er hatte den Dienstboten befohlen, sie erst kurz vor dem Aufbruch der Karawane zu holen. Tolo nahm den kleineren Beutel heraus, wickelte das Dreihäuptige Ungeheuer aus und hielt es in seinen zitternden Händen. Die silberne Krone funkelte im Licht der flackernden Kerze auf dem Nachttisch neben dem Bett, und die gräßlichen Fratzen darauf schienen im Spiel der Schatten lebendig zu werden.

Sollte er es wagen? Und bestand überhaupt Aussicht auf Erfolg?

Die unerwartete Gelegenheit war wie durch ein Wunder gekommen, aber sie würde nicht lange andauern. Er setzte sich die Krone auf den Kopf, holte tief Luft und bemühte sich, flüssig zu sprechen.

»Dreihäuptiges Ungeheuer«, flüsterte er, »du gehörst mir! Sag mir die Wahrheit – wenn ich mir von meiner Tante Kadiya das tote Dreilappige Brennende Auge verschaffe und es in die Sternentruhe lege, wird es dann an mich gebunden sein?«

Einen Augenblick lang geschah überhaupt nichts. Dann erwiderte eine geheimnisvolle Stimme in seinem Kopf: *Ja. Wenn Ihr nacheinander die bunten Edelsteine in der Truhe drückt, wird das Auge Euch allein gehören und jeden anderen vernichten, der es ohne Eure Erlaubnis zu berühren wagt.*

»Wird das Auge meinen Befehlen gehorchen?«

*Das wird es, wenn die Befehle angemessen sind.*

Tolivar jubelte fast vor Begeisterung. »Kannst ... kannst du mich unsichtbar machen, so daß ich das Zimmer meiner Tante betreten kann, ohne daß sie mich sieht?«

*Die Frage ist unzulässig.*

Der Prinz brach vor Enttäuschung fast in Tränen aus. Nicht schon wieder! Nicht ausgerechnet jetzt! »Mach mich unsichtbar! Ich befehle es dir!«

*Der Befehl ist unzulässig.*

Manchmal gehorchte der Talisman seinen Befehlen – besonders dann, wenn er einfache Fragen stellte oder eine weit entfernte Person oder einen fremden Ort sehen wollte –, aber meistens antwortete es nur mit diesem dummen Satz und weigerte sich einfach. Tolivars erste Versuche in der Zauberkunst, die er in der Hütte im Sumpf oder in seinem anderen Versteck in den Ruinen von Derorguila unternommen hatte, waren immer schüchtern und zögerlich gewesen und nicht oft von Erfolg gekrönt worden. Er hatte guten Grund dazu, Angst vor seinem Talisman zu haben. Niemand wußte, warum, aber manchmal stellte sich die Macht gegen jenen, der sie ausübte. Dies war Orogastus passiert, als er Tolivar gefangengehalten hatte. Doch der Zauberer war dabei nicht ernsthaft verletzt worden.

Doch obwohl ein gewisses Risiko bestand, konnte Tolivar solch eine gute Gelegenheit einfach nicht ungenutzt verstreichen lassen.

»Ich werde jetzt nicht den Mut verlieren«, sagte der Prinz zu sich selbst. »Schließlich hat mich das Ungeheuer schon einmal unsichtbar gemacht, damals, als ich es zum ersten Mal in Händen hielt.« Er machte die Augen zu, atmete langsam ein und aus, bis er sich ruhiger fühlte, und sprach dann erneut mit dem Talisman. Dieses Mal wählte er seine Worte mit Bedacht.

»Zeig mir, wie ich unsichtbar werden kann.«

*Stellt Euch im Geiste vor, die Tat sei vollbracht, und gebt dann den Befehl dazu.*

War es wirklich so einfach? Wurde der Talisman durch seine Gedanken in Betrieb gesetzt und nicht durch das gesprochene Wort? War das das große Geheimnis eines erfolgreichen Zauberers? Der Junge hatte nie zuvor darüber nachgedacht. Hatte er es vielleicht vorher schon aus Versehen getan, als er magische Befehle ausgesprochen hatte, die dann auch ausgeführt wurden?

Laß es so sein! Bitte, laß es so sein!

Tolivar, dessen Augen immer noch geschlossen waren, stellte sich in Gedanken vor, wie er auf dem Bett in seinem Zimmer saß und die Krone trug. Er behielt das Bild vor seinem inneren Auge und ließ seinen Körper wie aufsteigenden Rauch verblassen. Erst als das imaginäre Schlafzimmer leer war, fing er wieder an zu sprechen.

»Talisman«, sagte er, »mach mich unsichtbar.« Er wartete einige Herzschläge lang, dann öffnete er die Augen. Langsam hob er die Hand vors Gesicht.

Er sah nur das Zimmer und die Möbel darin.

An der Wand neben dem Waschtisch hing ein kleiner Spiegel. Er stürzte darauf zu. Als er in den Spiegel blickte, sah er kein Gesicht. Der Talisman hatte ihm gehorcht.

Er setzte sich auf einen Schemel, zog seine Stiefel aus – die sofort sichtbar wurden, als sie ihm aus den Händen glitten – und lief auf Zehenspitzen zur Tür. Dort hielt er inne, als ihm ein Gedanke durch den Kopf schoß, den die wieder sichtbar gewordenen Stiefel ausgelöst hatten. Würde das Brennende Auge verschwinden, wenn er es in die Hand nahm? Falls nicht, und falls Tante Kadiya aufwachte und sah, wie das Schwert von einer geheimnisvollen Macht weggetragen wurde, würde sie vielleicht mit ihrem Dolch auf ihn einstechen. Unsichtbar oder nicht, wenn das passierte, konnte er verletzt oder sogar getötet werden.

Er hob einen silbernen Krug aus dem Becken auf dem Waschtisch und stöhnte vor Enttäuschung laut auf. O Graus! Der Gegenstand blieb *tatsächlich* sichtbar und schien mitten in der Luft zu schweben. Aber dann sammelte er sich, schloß wieder die Augen und stellte sich vor, daß der Krug verschwand. Dieses Mal sprach er den Befehl nicht laut aus, sondern formulierte ihn in seinen Gedanken:

Talisman, laß den Krug unsichtbar werden.

Er öffnete die Augen. Seine Finger lagen noch immer um den glatten Griff aus Metall, und seine Armmuskeln spürten das Gewicht, das er trug, aber er konnte nichts sehen. Vorsichtig stellte er den unsichtbaren Krug wieder in das Becken zurück. Er hörte ein leises Klirren, zog kurz seine Hand zurück und stieß dann mit dem Finger gegen das unsichtbare Gefäß. Es war wirklich da.

Er mußte ein triumphierendes Lachen unterdrücken. Langsam bekam er den Dreh heraus! Man brauchte nicht einmal etwas zu sagen. Bei der Ausübung der Zauberkunst zählte nur der Gedanke.

»Ist das wahr?« fragte er den Talisman.

Und die Stimme in seinem Kopf sagte: *Ja*.

Er wurde wieder ernst und ließ den Krug sichtbar werden. Dann schlüpfte er in den Korridor und ging zu Tante Kadiyas Zimmer.

Sie hatte es wie immer neben sich im Bett gehabt, aber als sie am nächsten Morgen aufwachte, war das Dreilappige Brennende Auge verschwunden. Nur die leere Scheide lag noch da. Jagun schwor, daß niemand ihr Zimmer betreten hatte, denn er hatte genau vor ihrer Tür geschlafen. Die Dienstboten und Wachen der Zitadelle hatten nichts Ungewöhnliches bemerkt. Trotzdem war das Brennende Auge gestohlen worden.

Was noch schlimmer war: Haramis Dreiflügelreif wollte nichts zum Verbleib des Zauberschwertes ohne Spitze sagen und ihnen auch nicht verraten, wer der Dieb war.

»Das kann nur heißen«, sagte die Weiße Frau zu ihren beiden Schwestern, die äußerst mitgenommen waren, »daß Kadis Talisman inzwischen an jemand anderen gebunden ist und seine Kraft wiedergefunden hat. Es hat gar keinen Zweck, die Zitadelle von Ruwenda zu durchsuchen. Sie ist viel zu weitläufig, mit zahllosen möglichen Verstecken. Außerdem ist der Dieb mit seiner Beute sicher schon über alle Berge. Eine Suchaktion wäre vergebens, darüber hinaus würde sie die Kunde vom Diebstahl des zweiten Talismans verbreiten und dafür sorgen, daß das Volk den Mut verliert. Nur wir Drei und Jagun dürfen davon wissen.«

»Jetzt sind wir mit Sicherheit verloren«, sagte die Königin, deren Stimme völlig verzweifelt klang. »Die ganze Zeit über hatte einer meiner eigenen Höflinge die Sternentruhe und das gestohlene Krone in seinem Besitz! Und nun hat er auch das Brennende Auge. Dieser Schuft ist vermutlich schon auf dem Weg zu einem Treffen mit Orogastus! Die Lage ist völlig hoffnungslos.«

»Rede nicht wie eine Närrin daher, Ani«, fuhr Kadiya sie

an. »Wir werden weitermachen – so wie schon einmal, als der Zauberer selbst zwei Talismane in Händen hatte. *Damals* schien es wirklich keine Hoffnung mehr zu geben – und doch waren wir überlegen. Wenn der Dreieinige es will, werden wir auch dieses Mal wieder siegen.«

Am nächsten Tag verabschiedeten sich die Schwestern voneinander und verließen die Zitadelle von Ruwenda.

Die Erzzauberin Haramis beförderte sich mit Hilfe ihrer Zauberkräfte im Handumdrehen in ihren Turm auf dem Mount Brom. Dort begann sie sofort damit, Vorschläge für die Beratungen in Derorguila auszuarbeiten und Anweisungen für jene Eingeborenen zu formulieren, die mit der Blockade der Viadukte betraut werden sollten. Danach wollte sie ihre Archive und auch die der Blauen Frau durchsuchen, da sie hoffte, dort einen Weg zu finden, mit dem sie die unsichtbaren Eingänge kontrollieren oder vernichten konnte. Aber sie glaubte nicht daran, daß ihr das so schnell gelingen würde.

Kadiya, Prinz Tolivar, Ralabun und sechs tapfere Lehnsmänner der Königin machten sich auf die erste Etappe ihrer Reise ins ferne Sobrania. Dem Prinzen wurde gestattet, eine verschlossene Eisenkassette mitzunehmen, die nicht sehr groß war und von der er sagte, sie enthalte seine wertvollsten Bücher.

Leichte Boote, die von Rimoriks gezogen wurden, würden sie durch den Wunsee bringen. Nachdem sie die Tassfälle umgangen hatten, wollten sie auf dem Großen Mutar stromabwärts durch den riesigen Tassalejo-Wald reisen, bis zu der Wyvilo-Stadt Let, wo ein Handelsschiff der Eingeborenen auf sie warten und sie in Richtung des Königreichs Var und des Südlichen Meeres bringen würde.

Die Karawane mit Königin Anigel, König Antar und dem gesamten Hof brach zu der langen Reise in Richtung Norden nach Labornok auf, von der man erwartete, daß sie mindestens dreißig Tage dauern würde. Die Regenzeit hatte inzwischen wirklich eingesetzt und der strömende Regen ergoß sich ohne Unterlaß auf den langen Zug aus Kutschen, Karren, Reitern und Fußreisenden, als hätte der Himmel alle Schleusen geöffnet.

Trotz des schlechten Wetters wurde der Weg der langsam dahinschleichenden königlichen Entourage durch den Sumpf von so manchem versteckten Auge verfolgt.

# 7

Zehn Tage, nachdem der Hof die Zitadelle verlassen hatte, war Anigel es leid, immer nur in ihrer rumpelnden großen Kutsche mit Immu und ihren vier Hofdamen herumzusitzen. Die neue Große Straße der Königin, die erst im vorigen Jahr eröffnet worden war, wurde ihrem Ruf als großes Wunder der Welt gerecht. Sie war so stabil wie eine Straße auf festem Boden, selbst bei den außergewöhnlich heftigen Regenfällen, mit denen sie dieses Jahr auf ihrer Reise zu kämpfen hatten. So sah Anigel keinen Grund, warum sie nicht entlang des Zuges auf- und abreiten sollte, um die anderen Reisenden zu besuchen und sich die Gegend anzusehen, wie der König, die königlichen Kinder und die männlichen Adligen es zu tun pflegten.

Die Frauen waren bestürzt angesichts ihres Wagemutes und versuchten, es ihr auszureden, aber die Königin fegte all ihre Einwände beiseite. Schließlich war es *ihre* Straße. Beinahe sechs Jahre lang hatte sie die Bauarbeiten dafür überwacht und Geld aus einem äußerst knappen Haushalt abgezweigt. Sie war mit rebellierenden Straßenbanden der Glismak und anderen Problemen in Zusammenhang mit den Eingeborenen fertig geworden und hatte den Baumeistern Mut gemacht, die der festen Überzeugung waren, daß es völlig unmöglich sei, bestimmte Teilstrecken der Straße zu bauen.

Anigel machte das Fenster der Kutsche auf und rief einen in der Nähe reitenden Pagen zu sich. »Ruf den Königlichen Fronlermeister herbei.« Sie lächelte die beunruhigten Edelfrauen in der Kutsche an. »Ich weigere mich, wie eine Kranke in einer stickigen Kutsche zu reisen, nur weil ich guter Hoffnung bin. Es wird meinen ungeborenen Kindern nicht schaden, wenn ich mich bei ehrlichem ruwendianischem Regen in den Sattel schwinge.«

»Aber eine schwangere Königin tut so etwas nicht!« rief

Lady Belineel aus. Sie stammte aus einer alten labornikischen Familie und war immer darauf erpicht, ihrer Mißbilligung der nicht so strengen ruwendianischen Sitten Ausdruck zu verleihen.

Erstaunlicherweise meldete sich jetzt die alte Nyssomu-Amme Immu zu Wort, die Belineel den Rücken stärkte. »Diese Straße ist keine Promenade in Derorguila, meine Königin. Sie führt durch einige der gefährlichsten Landstriche der Halbinsel, besonders in dieser Gegend hier, und der Gestank von Skritek-Brut liegt in der Luft. Ich bitte Euch, bleibt in der Kutsche.«

»Unsinn«, sagte Anigel. »Ich rieche nur Dung und nasse Blätter und harmlose Tarenler – und das schwere Parfüm einer Dame, von dem ich Kopfschmerzen bekomme.« Sie beugte sich aus dem Fenster der Kutsche und rief dem Höfling mittleren Alters, der auf ihren Befehl hin herbeigerufen worden war, zu: »Lord Karagil, holt mir bitte sofort ein Reittier, und sorgt dafür, daß meine Lehnsherren mich begleiten. Ich werden den Rest des Tages reiten.«

»Das ist höchst unklug«, sagte Immu mürrisch. »Man sollte kein Risiko eingehen, wenn in der Nähe Brut der Skritek ist.«

Der Fronlermeister war gleichermaßen bestürzt über Anigels Vorhaben. »Die Seltlingamme hat recht, was die Skritek anbelangt, meine Königin, denn unsere Kundschafter haben frische Spuren entdeckt. Es ist recht ungewöhnlich, daß die Sumpfungeheuer ihre gräßlichen Jungen so weit östlich gebären, aber ...«

»Führt meinen Befehl aus«, sagte die Königin. Ihre Stimme klang leise und freundlich, aber es war klar, daß sie nicht von ihrem Entschluß abzubringen war. »Wenn meine Lehnsherren mich nicht vor der Skritek-Brut schützen können, ist es an der Zeit, daß sie ihre Schwerter abgeben und sich fortan mit Handarbeiten beschäftigen. Ich werde zuerst meinen königlichen Gemahl besuchen, der in der Vorhut reitet.«

»Störrisch, störrisch, störrisch!« sagte Immu, die als alte Dienerin der Familie einen solch vertrauten Ton anschlagen konnte. »Es ziemt sich einfach nicht für eine schwangere Königin, inmitten einer Kavalkade aus Soldaten und Fuhrmännern davonzugaloppieren – selbst dann nicht, wenn es keine Gefahr von seiten der Skritek-Brut gäbe.«

»Ich werde es trotzdem tun«, sagte Anigel unbekümmert.

Immu wandte sich beschwörend an die Edelfrauen. »Will denn keine von Euch mit der Königin reiten?«

Aber die Damen brachten nur lauter Ausflüchte vor und fuhren dann fort, Einwände zu erheben. Schließlich sagte Immu resigniert: »Dann werde ich eben selbst gehen.«

Anigel sah die Nyssomu-Amme an. Sie hatte Bedenken. »Wenn du darauf bestehst, liebste Freundin, kannst du gern hinter mir auf dem Sattel reiten. Aber ich fürchte, daß es für eine so kleine Person wie dich höchst unbequem sein wird, hinter meinem Rücken durchgeschüttelt zu werden.«

Plötzlich hellte sich Lord Karagils Miene auf. »Ich habe eine Idee, die vielleicht jedem gerecht wird«, erklärte er. Dann ritt er davon. Bald darauf kam er mit zwei Reitknechten zurück. Einer führte einen prächtig herausgeputzten weißen Fronler für die Königin hinter sich am Zügel, der andere brachte das sanftmütige, halb ausgewachsene Kalb der Stute herbei, das mit einem improvisierten Sattel und Zaumzeug für Immu ausgestattet war.

Vergnügt zog Anigel Stiefel und einen Umhang an. Begleitet von zwanzig Rittern aus den Reihen ihrer Lehnsherren und von Immu, die ihr resigniert auf dem langbeinigen Fohlen folgte, ritt die Königin an die Spitze des Zuges, bis sie die Vorhut erreicht hatte. Dort stieß sie auf König Antar und seinen Oberbefehlshaber, General Gorkain. Die Männer waren an einer der neuen Brücken abgestiegen, die sich über einen Hochwasser führenden Nebenfluß des Virkar spannte. Sie unterhielten sich mit zwei eingeborenen Kundschaftern, welche die Livree der Zwei Königreiche trugen. Hofmarschall Lakanilo und einige andere adlige Offiziere befanden sich mit ihren Reittieren in der Nähe und warteten auf die Befehle des Königs. Sie trugen nur leichte Helme und Brustharnische unter ihren Regenumhängen, gleich den Lehnsherren, dem König und dem General. Eine Truppe schwerbewaffneter Reiter und ein Ritter in voller Rüstung waren zum Flußufer hinuntergegangen, wo sie sich gerade daranmachten, ein großes

Floß zu besteigen, das mit zwei menschlichen Bootsmännern und einem eingeborenen Führer besetzt war.

König Antar begrüßte seine Gemahlin und die anderen Ankömmlinge höflich, dann zeigte er Anigel die Landkarte, die er, Gorkain und die Kundschafter studiert hatten.

»Eines jener teuflischen Viadukte, vor denen Haramis uns gewarnt hat, liegt etwa achtzehn Meilen stromabwärts von hier«, erklärte Antar. »Einige Soldaten haben sich freiwillig gemeldet, um den Eingang unter Sir Oleviks Kommando zu bewachen, während der Troß vorbeizieht. Sie werden auf jenem Floß dort reisen.«

»Aber was können unsere tapferen Männer tun«, fragte die Königin leise, »wenn die Bösewichte aus der magischen Tür herausspringen, während sie Wache stehen? Soldaten haben Zauberkräften nichts entgegenzusetzen, und sicher wird keine Zeit sein, um das Viadukt erfolgreich zu verbarrikadieren.«

»Nein, meine Königin«, gab General Gorkain zu. »In Wahrheit können Sir Olevik und seine Truppe nur hoffen, etwaige Eindringlinge für kurze Zeit aufzuhalten, indem sie ihr Leben so teuer wie möglich verkaufen, während uns ihre eingeborenen Kameraden in der Sprache ohne Worte eine Warnung senden.«

»Was für tapfere Männer«, murmelte Anigel.

»Es besteht wenig Aussicht darauf, daß die Sternenmänner schon so bald angreifen«, versicherte ihr Antar. »Und Orogastus wird wohl kaum so eine große, gutbewaffnete Truppe wie die unsere aufbieten können. Wir treffen lediglich Vorsichtsmaßnahmen.«

»Innerhalb von zweimal zehn Nächten«, sagte einer der kleinen Nyssomu-Kundschafter, »wird unser Volk, das in diesem Teil der Irrsümpfe lebt, das Viadukt gesichert haben, so wie es die Weiße Frau und die Herrin der Augen befohlen haben. Wir werden einen großen Hügel aus Erde und Steinen über der Stelle aufhäufen und eine Wache aufstellen.«

»Für die Sternenmänner wird es nicht leicht sein, unbemerkt aus dem Viadukt herauszukommen, wenn dies vollbracht ist«, sagte der andere Kundschafter. »Sie werden einen mächtigen Zauber ausüben müssen, um sich ihren Weg ins Freie zu graben. Dies werden wir mit Sicherheit bemerken, und dann werden wir in der Sprache ohne Worte Alarm schlagen.«

Anigel sah sich noch einmal die Karte an. »Es sieht so aus, als gäbe es keine weiteren Viadukte mehr in der Nähe der Straße, bis wir die Berge erreicht haben. Wir können wirklich von Glück reden.«

Unter den Lehnsherren erhob sich nun lauter Jubel, da das Floß mit Sir Olevik und seinen Mannen vom Ufer ablegte.

»Möge die Blume euch segnen«, rief die Königin und malte an der Brüstung der Brücke das Zeichen der Drillingslilie in die Luft, »und euch sicher wieder zu uns zurückbringen.«

Die Männer auf dem Floß antworteten, indem sie in Hochrufe ausbrachen und ihre Arme siegessicher in die Luft reckten. Dann verschwand das Floß hinter einer Biegung des Flusses und war hinter dem dichten Baumbestand nicht mehr zu sehen.

Die Reiter der Vorhut setzten ihre langsame Reise durch den Regen fort. Anigel und Antar ritten Seite an Seite inmitten ihrer Ritter, während Immu auf ihrem Reittier ein Stück hinter der Königin hertrottete. In einiger Entfernung hinter ihnen zog sich ein über sechs Meilen langer Troß dahin: fronlergezogene Karren, die mit dem Gepäck des Hofes beladen waren, weitere Karren, die Proviant und andere Vorräte mit sich führten, feine Kutschen mit den Adligen und den Hofbeamten, königliche Offiziere und Ritter zu Fronler und fast eintausend weitere Dienstboten, die beritten waren oder zu Fuß gingen. Zu beiden Seiten des Zuges schritten Doppelreihen aus Soldaten einher, deren Gesang durch den Sumpf schallte und noch von jenen gehört werden konnte, die vorausritten.

Die Königin, höchst zufrieden jetzt, besah sich stolz ihre Straße. Aus dem seit undenklichen Zeiten kaum zu erkennenden und gefährlichen Pfad, der nur in der Trockenzeit begehbar gewesen war (und nur von jenen, die die Gegend gut kannten oder im Besitz der geheimen Handelskarten waren), war jetzt eine richtige feste Straße geworden. Das

Fundament, das abwechselnd aus Schichten zermahlenen Felsgesteins und massiver Baumstämme aus dem Tassalejo-Wald bestand, erhob sich drei Ellen und höher über dem Sumpf und war mit einem Belag aus Pflastersteinen versehen. Hölzerne Brücken spannten sich jetzt über die alten Furten der Bäche und Flüsse, mit Ausnahme des breiten Virkar am Rande des Dylex-Landes, wo es eine Fähre gab. Herbergen mit Wachposten, die eine Tagesreise voneinander entfernt lagen, gewährten kleineren Reisegesellschaften oder Handelskarawanen einen sicheren Ort zum Rasten, aber der gewaltige königliche Troß mußte zwangsläufig auf der Straße campieren, während lediglich die königliche Familie und ältere oder kranke Adlige die Nacht unter dem Dach der nächsten Herberge verbrachten.

Der mittlere Abschnitt der Großen Straße, über den sich die königliche Entourage jetzt vorwärtsbewegte, war etwas schmaler als der Rest, da der Bau hier mit großen Schwierigkeiten verbunden gewesen war. Dieser Teil der Straße schlängelte sich fast dreihundert Meilen zwischen dem Schloß Bonar und der Stadt Virk im Dylex-Land dahin und führte durch eine Wildnis, die bar jeder menschlichen Zivilisation war. Riesige Bäume und ein dichtes Geflecht aus Dornenfarn, Schlingpflanzen und beinahe undurchdringlicher Vegetation umgaben die Straße und hingen auf manchen Teilstrecken sogar über ihr, so daß es Königin Anigel manchmal vorkam, als ritten sie durch einen grünen Tunnel mit einer Wand aus Nebelregen.

In der Mittagszeit legte die Vorhut eine Rast ein und stärkte sich mit einem kalten Essen. Sie rasteten eine Weile, während kurz die Sonne hinter den Wolken hervorbrach und den Straßenbelag zum Dampfen brachte. Aber als die Reiter wieder aufstiegen, waren die Sturmwolken schon wieder zurück, begleitet von einem immer stärker werdenden Wind. Trotzdem nickte Anigel immer wieder im Sattel ein, während die geduldigen Fronler langsam vorwärtstrotteten. Die Köpfe mit den großen Geweihen bewegten sich ruckartig auf und ab, während die gewaltigen Muskeln in ihren Beinen ächzten und das Klipp-Klapp ihrer gespaltenen Hufe auf den moosbewachsenen Steinen zu hören war. Der bleifarbene Himmel über ihnen wirkte immer bedrohlicher, obwohl der starke Regen noch auf sich warten ließ.

Die Königin war plötzlich wieder hellwach, als der Wind immer öfter einen Übelkeit erregenden Gestank zu ihnen trug. Niemand war überrascht, als General Gorkain zwischen den Rittern auftauchte und vor dem König und der Königin salutierte, bevor er die schlechten Nachrichten überbrachte.

»Ein Kundschafter berichtet, daß er frisch abgenagte Reffinchenknochen auf der Straße vor uns gefunden hat, und auf den Pflastersteinen sind Spuren von Skritek-Brut zu sehen. Wir werden hier haltmachen, um die Lücke zwischen unserer Vorhut und dem Troß der Karawane zu schließen. Der Hofmarschall und die Lehnsherren werden Euren Majestäten Geleitschutz geben, und die Fußsoldaten kommen nach vorn, bis die Gefahr vorbei ist. Darüber hinaus habe ich einen Boten zu Kronprinz Nikalon und Prinzessin Janeel geschickt. Es ist nicht mehr länger sicher, wenn sie mit ihren jungen Freunden so ungezwungen am Zug entlang auf- und abreiten.«

»Nun gut«, sagte Antar. »Ihr könnt mit Eurer Arbeit fortfahren.«

Der General berührte salutierend das Visier seines Helmes und riß seinen Fronler herum. Aber bevor er davonreiten konnte, riefen die Ritter vor ihnen: »Brut! Brut auf der Straße!«

Gorkain fluchte und gab seinem Reittier die Sporen, während er gleichzeitig seinen Zweihänder zog. Marschall Lakanilo und ein Dutzend Lehnsherren umringten den König, die Königin und Immu mit angelegten Lanzen, während andere aus der Elitetruppe dem General folgten.

Ein entsetzlicher, fauliger Gestank breitete sich aus. Eine Weile sagte niemand ein Wort, und die einzigen Geräusche waren die Hufschläge, die aus der Ferne zu ihnen drangen, das Knarren der Rüstungen und das Trommeln der Regentropfen.

Dann flüsterte Immu: »Seht nur, dort!« Sie zeigte auf ein

dunkles Sumpfloch rechts von der Straße. Es war durch dornenlosen Futterfarn, der zweimal so groß war wie ein Mann, beinahe gänzlich vor ihren Blicken verborgen.

Aus dem brackigen Wasser stiegen Dutzende von glänzenden, weißen Gestalten, von denen einige fast so groß wie ein menschlicher Körper, andere wiederum viel kleiner waren. Sie ähnelten abstoßenden dicken Würmern oder Larven ohne deutlich ausgeprägten Kopf, waren aber mit stummelartigen Gliedmaßen ausgestattet, die in rasiermesserscharfen Klauen endeten. Der vordere Teil dieser Kreaturen hob sich in die Höhe, als sie den schmalen Randstreifen neben dem Straßenfundament erreicht hatten, so daß weit aufgerissene Münder mit grünen Zähnen zu sehen waren, aus denen giftiger Geifer troff. Die blinden Ungeheuer schwankten hin und her. Sie waren auf der Suche nach Beutetieren, welche sie mit ihrem gut ausgeprägten Gehör aufspürten.

Einen Augenblick lang waren alle starr vor Entsetzen. Dann rief ein junger Ritter aus: »Bei den Gedärmen von Zoto, was für abscheuliche Viecher. Wie riesige Leichenmaden!«

Als sie seine Stimme hörte, fing die Skritek-Brut an, die Böschung hinauf auf die Straße zu kriechen.

König Antar zog sein Langschwert aus der Scheide. »Folgt mir, Lehnsherren!«

Er trieb seinen Fronler den steilen Abhang hinunter, während der Hofmarschall und die Ritter ihm auf den Fersen folgten. Mit einem einzigen Hieb schlug er einen der vordersten Skritek in zwei Stücke. Dieser löste sich auf und bespritzte mit seinem widerlichen, gallertähnlichen Blut den König. Die Lehnsherren spießten die blutrünstigen Skritek-Jungen mit ihren Lanzen auf oder fällten sie mit dem Schwert, wobei sie vor Wut und Ekel laut aufschrien, da auch sie den übelriechenden Körperflüssigkeiten der getöteten Skritek-Brut nicht entkommen konnten.

Lakanilos Fronler stürzte auf den schlammigen Boden und brüllte in Todesangst, während sein Vorderbein von giftigen Klauen festgehalten wurde. Aber die Lehnsherren eilten dem Hofmarschall zu Hilfe und zogen ihn von dem Fronler herunter in Sicherheit. Dann hieben sie den Skritek in Stücke, der sich immer noch hartnäckig festklammerte, und gaben dem rettungslos verlorenen Fronler den Gnadenstoß.

Es dauerte nicht lange, bis alle Larven entweder tot waren oder flüchteten und Antar und die Ritter von Kopf bis Fuß mit Schleim beschmiert zurückließen. Triumphierende Schreie auf der Straße vor ihnen verkündeten, daß Gorkain und seine Mannen die zweite Herde aus unreifen Skritek in die Flucht geschlagen hatten.

»Gut gemacht«, rief Königin Anigel mit warmer Stimme.

Aber der König sah mit angewidertem Gesichtsausdruck an sich herunter. »Nur der Dreieinige weiß, wie wir dieses üble Zeug wieder von uns herunterbekommen, es sei denn, wir springen mit dem Kopf zuerst in den Sumpf und nehmen statt des Schleims den Schlamm in Kauf.«

Wie zur Antwort donnerte es, und ein Regenguß brach über sie herein. Antar setzte seinen Helm ab, legte den Kopf in den Nacken, so daß ihm der Regen über das Gesicht lief, und lachte. »Ich danke Euch, Ihr gütigen Herrscher der Lüfte! Bis der Troß uns erreicht hat, werden wir beinahe wieder soweit sein, daß wir uns in zivilisierter Gesellschaft sehen lassen können.«

»Vielleicht solltet Ihr wieder in Eurer Kutsche Platz nehmen, meine Königin«, sagte Hofmarschall Lakanilo zu Anigel. Lakanilo war ein großer, hagerer Mann und trotz seiner beschmutzten Kleidung immer noch von ernster und würdevoller Art. Er war nach dem Heldentod von Hofmarschall Owanon in der Schlacht von Derorguila in sein Amt berufen worden.

Die Königin schüttelte den Kopf und lehnte den Vorschlag, daß sie sich zurückziehen sollte, vehement ab. »Gütiger Himmel, nein, Lako! Da es jetzt so durchdringend nach Skritek stinkt, werden meine Damen ihre Gesichter in parfümgetränkte Schleier hüllen. Ehrlich gesagt, meiner Nase ist der Gestank der Ungeheuer lieber.«

Zusammen mit einer Gruppe von adligen Begleitern kamen jetzt Prinzessin Janeel und Kronprinz Nikalon herangaloppiert. Sie begrüßten ihre Eltern und die Lehnsherren geräuschvoll.

»Puh!« rief die Prinzessin und hielt sich die Nase zu. »Hier stinkt es ja noch viel stärker nach Skritek-Brut – oh!« Sie schrie auf, als sie die niedergemetzelten Kreaturen sah.

»Sie sind tot, Prinzessin«, sagte der Hofmarschall. »Habt keine Angst.«

Prinz Nikalon hatte sein Schwert gezogen. Seine Augen funkelten, während er sich die widerlichen Überreste ansah. »Seid Ihr ganz sicher, Lako? Vielleicht sollten wir besser den Sumpf durchsuchen. Ich bin bereit!« Mit seinen fünfzehn Jahren hatte er schon fast die Statur eines Mannes und trug Helm, Brustharnisch und Soldatenumhang.

»Bereit, bereit, bereit!« rief Immu verstimmt. »Eure königlichen Eltern und die Lehnsherren sind gewiß sehr erleichtert, daß sie nun einen solch großen Helden unter sich haben.«

»O Immu«, stöhnte der Prinz. Die Ritter lachten, aber es war ein gutmütiges Lachen, denn der draufgängerische Niki war bei allen sehr beliebt.

»Wir haben keinen Grund dafür, die Straße zu verlassen«, sagte Antar. »Im Gegenteil, es wäre töricht von uns, dies zu tun, da das Wasser immer weiter ansteigt.«

»Schade, daß ich den Kampf versäumt habe. Ich habe noch nie zuvor Skritek-Brut gesehen.« Der Junge steckte sein Schwert wieder ein und fing an, die Ritter über den Angriff zu befragen, während der Hofmarschall ein anderes Reittier für sich bringen ließ.

Janeel ritt näher zu ihren Eltern und der kleinen alten Amme heran und war erleichtert, als sie hörte, daß es außer einem Fronler keine Verluste gegeben hatte. »Was sind sie doch für ekelhafte Kreaturen! Ist es wahr, daß das Muttertier bei der Geburt von ihnen getötet wird?«

»Sehr oft sogar«, sagte Immu. »Erwachsene Skritek besitzen ein gewisses Maß an Verstand – mehr oder weniger! –, aber die Jungen sind gefräßig und dumm. Wenn die Mutter Glück hat, kann sie sich in Sicherheit bringen, nachdem ihre Jungen als Larven ihren Leib verlassen haben. Und dann wird die Brut über das Fleisch herfallen, daß sie für ihre Nachkommen ausgelegt hat. Aber weitaus häufiger ist es so, daß die Jungen vor der Geburt aufwachen und sich auf ihrem Weg nach draußen durch die Bauchwand ihrer Mutter fressen.«

»Igitt!« sagte Janeel. Ihr Gesicht unter der Kapuze des Regenumhangs war ganz bleich geworden, und gern hätte sie sich von dem schrecklichen Schauplatz des Geschehens entfernt. Königin Anigel schien das alles überhaupt nichts auszumachen. »Kein Wunder, daß Skritek weder Liebe noch Freundlichkeit zeigen.«

»Und doch«, warf Prinz Nikalon, der sich inzwischen seinen Eltern und seiner Schwester angeschlossen hatte, mit offensichtlicher Faszination ein, »sind die Skritek die älteste Rasse der Welt, und der Legende nach stammen alle Eingeborenen von ihnen ab. Selbst du, Immu!«

»Ich dachte immer, die Menschen wären die älteste Rasse«, sagte die Prinzessin.

»Wir stammen nicht von dieser Welt«, sagte die Königin. »Deine Tante Haramis, die Erzzauberin, hat erfahren, daß die Menschen vor ewigen Zeiten aus dem äußeren Himmel hierherkamen. Die Angehörigen des Versunkenen Volkes sind unsere Vorfahren.«

»Und noch erstaunlicher ist«, sagte König Antar mit gedämpfter Stimme, »daß das Versunkene Volk das Blut der Skritek und der Menschen dazu benutzt hat, um eine Rasse von Eingeborenen zu erschaffen, die dem vordringenden Eis trotzen konnte.«

»Aber ... warum?« Im Gegensatz zu ihrem älteren Bruder hatte die Prinzessin noch nie von dieser Geschichte gehört, und auch die meisten anderen nicht, denn die Erzzauberin hatte entschieden, daß alles geheimgehalten werden mußte und nur die königliche Familie und deren engste Vertraute davon erfahren durften.

»Die Menschen von damals hatten ein schlechtes Gewissen, weil sie eine Welt zurückließen, die nach ihren vielen Kriegen zum größten Teil zerstört war«, sagte Antar. »Weißt du, Jan, das Versunkene Volk glaubte, daß das Eis, welches es, ohne es zu wissen, vor zwölfmal zehn Jahrhunderten geschaffen hatte, schließlich alles Land bedecken würde, bis auf die Randgebiete auf den Kontinenten und einige Inseln. Es ging davon aus, daß die Skritek aussterben würden und die Welt schließlich bar jeglicher vernunftbegabter Wesen sein würde. Aber so kam es nicht. Dem Eis gelang es nicht, überallhin vorzudringen, und sowohl die Skritek als auch die neugeschaffene, robuste Eingeborenenrasse lebten weiter. Und auch ein paar eigensinnige Menschen, die zurückgeblieben sind, als die übrigen ihres Volkes in den äußeren Himmel entschwanden.«

»Jene Eingeborenen, die wir die Vispi nennen«, sagte die Königin, »die hoch oben in den Bergen leben und deiner Tante Haramis dabei geholfen haben, ihren Talisman zu bekommen und ihr jetzt freundschaftlich zugetan sind, sind das Ergebnis dieses Experimentes aus uralter Zeit. Sie sind die wahren Erstgeborenen und vereinen Merkmale der Skritek und der Menschen in sich. Die Vispi gebären natürlich auf menschliche Art, so wie andere hochentwickelte Rassen der Eingeborenen.«

»Aber die Vispi sind so schön«, sagte Jan, »während die anderen Rassen der Eingeboren ...« Sie hörte auf zu sprechen, weil ihr bewußt wurde, wie ungebührlich es war, in Gegenwart der alten Nyssomu-Amme so zu sprechen. »O Immu, verzeih mir. Ich wollte dich nicht beleidigen.«

»Ich nehme Euch das nicht übel, Schätzchen«, sagte Immu gelassen. »Für die Nyssomu und Uisgu erscheinen die Vispi wenig reizvoll. Ihr nennt sie nur deshalb schön, weil sie Euch am meisten ähneln.«

»Aber wie sind dann die anderen Rassen der Eingeborenen entstanden?« wollte Janeel jetzt wissen.

»Einige wurden durch weitere Infusionen von Skritek-Blut erzeugt«, sagte die Königin mit düsterer Stimme.

Die Prinzessin dachte über die schrecklichen Auswirkungen nach, und sie und ihr Bruder schwiegen eine Weile.

Dann fügte Immu hinzu: »Als sich die Rassen im Laufe der Jahrhunderte vermischten, kam auch immer mehr menschliches Blut dazu. Früher haben sich die Menschen häufig mit den Eingeborenen gepaart. Erst in den letzten sechs Jahrhunderten haben Eure Leute begonnen, die meinen Seltlinge zu nennen und darauf zu beharren, daß wir unterlegene Geschöpfe seien. In anderen Königreichen der Menschen werden wir bis heute verachtet. Nur in Laboruwenda geht man davon aus, daß auch die Eingeborenen eine Seele haben, und einige von uns haben auch die Bürgerrechte erhalten.«

»Ich werde dafür sorgen, daß die Nation von Raktum ebenso verfährt«, warf Prinzessin Janeel leichthin ein, »wenn ich Ledavardis heirate und Königin dieses Landes bin.«

»O Jan!« rief Anigel verärgert aus. »Du weißt genau, daß ich dir verboten habe, in Gegenwart deines königlichen Vaters davon zu sprechen.«

»Was höre ich da?« Antar warf seiner Tochter einen zornigen Blick zu. »Soll das etwa heißen, daß sie dem Koboldkönig immer noch zugetan ist?«

»Ledavardis von Raktum ist ein tapferer Mann«, sagte Janeel, »und genausowenig ein Kobold wie Niki. Selbst wenn er nicht schön anzusehen ist, so ist er doch von edlem Gemüt!«

»Das sagst du!« Der König, dessen blonder Bart sich sträubte, war so wütend, daß er sich nur mit Mühe beherrschen konnte. »Meiner Meinung nach sind die Raktumianer nichts als halbherzig bekehrte Piraten, und meine Tochter wird den mißgebildeten König dieses Volkes nicht heiraten! Hast du vergessen, daß Raktum sich mit Tuzamen und diesem widerwärtigen Orogastus verbündet hat, um gegen uns Krieg zu führen?«

»Ledo hat ehrenvoll gekämpft und ist unterlegen«, entgegnete Janeel. »Und seit damals hat er seinen Untertanen stets befohlen, ihre alte, gesetzlose Lebensweise zu ändern und sich zivilisiert zu benehmen.«

»Zivilisiert!« Der König lachte verächtlich. »Im Königreich der Piraten hat sich nichts geändert, mit Ausnahme der Tatsache, daß die raktumianischen Korsaren ihre Verbrechen jetzt heimlich begehen, während sie vorher so verwegen waren wie Vipern aus Viborn. Du wirst Ledavardis *nicht* heiraten.«

Die Prinzessin brach in Tränen aus. »Dir ist es völlig egal, ob ich glücklich bin oder nicht, Vater. Du weist Ledo doch nur zurück, weil du hoffst, daß ich König Yondrimel von Zinora heiraten werde, diesen ränkeschmiedenden Angeber! Aber du kannst mich nicht zwingen, ihn als Gemahl zu akzeptieren. Soll er doch eine von Königin Jiris Töchtern heiraten.«

»Jan, Liebling!« Königin Anigel beeilte sich, einzuschreiten. »Bitte hör auf damit. Das ist jetzt nicht der richtige Ort für eine solche Diskussion. Laß uns warten, bis wir die nächste Herberge erreicht haben und ...«

Ihre Worte gingen in einem gewaltigen Donnerschlag unter. Gleichzeitig bebte die Große Straße wie bei einem Erdbeben, und ein Blitzschlag blendete alle Anwesenden. Es goß wie aus Kübeln. Von den entsetzten Rittern, die sich etwas zurückgezogen hatten, um die königliche Familie bei ihrem Gespräch nicht zu stören, drangen laute Rufe herüber. Angesichts des plötzlichen Lärms scheuten die Fronler in panischer Angst, und der König vergaß seinen Zorn, während er zu verhindern suchte, daß das aufgeregte Reittier seiner Tochter von der Straße abrutschte und in die wirbelnden Fluten stürzte.

Prinz Nikalon, der mit dem völlig durchgedrehten Reittier seiner Mutter kämpfte, hatte ebenfalls alle Hände voll zu tun. Anigels weißer Fronler, der den Kopf mit dem riesigen Geweih wild hin und her warf, hatte sich aufgerichtet und schlug mit den gespaltenen Vorderhufen nach dem Platzregen. Die Königin brachte ihn erst dann wieder unter Kontrolle, als Niki abstieg und sich an das Zaumzeug klammerte. Einige Ellen von ihnen entfernt lag der junge Fronler, auf dem Immu ritt, bäuchlings auf der Straße und zitterte vor Angst, während seine Reiterin sich vergeblich abmühte, ihn wieder auf die Beine zu bringen. Da riß sich Prinzessin Janeels Tier aus Antars festem Griff los und trampelte das Fohlen und Immu beinahe nieder, als es die Straße hinunter in Richtung des Zuges galoppierte.

»Lehnsherren!« schrie die Königin. »Folgt der Prinzessin!« Und zu ihrem Sohn: »Rette Immu! Sieh nur – der Straßenrand neben ihr bricht gleich zusammen.«

Prinz Nikalon schwang sich wieder auf sein Reittier und galoppierte die regengepeitschte Straße hinunter. Er beugte sich aus dem Sattel und zog die kleine Nyssomu genau in dem Moment zu sich herauf, als das Fronlerfohlen über die

Böschung stürzte und ohne einen Laut in dem aufgewühlten, schlammigen Wasser versank.

»Bring Immu zu mir, Niki«, rief die Königin, »und dann hilf deinem Vater und deiner Schwester!«

Anigel konnte nicht verstehen, warum die Lehnsherren ihnen nicht zu Hilfe gekommen waren. Angesichts des strömenden Regens und der zunehmenden Finsternis konnte sie die Ritter zwar nur undeutlich sehen, aber sie hörte ihre Schreie inmitten weiterer Donnerschläge und einem sonderbaren, gurgelnden Geräusch. Als Immu sicher hinter ihr im Sattel saß und der Prinz zu Antar geritten war, der Janeels durchgegangenes Reittier in einiger Entfernung aufgehalten hatte, gab die Königin ihrem Fronler die Sporen, um die Lehnsherren zu holen. Aber nach wenigen Ellen hielt das weiße Tier plötzlich wieder an.

»Großer Gott, die Straße!« schrie Anigel, als sie vom Sattel aus auf den Boden sah.

Die Straße zwischen der Königin und ihren Rittern war auf einer Länge von über fünf Ellen durch einen tiefen Graben unterbrochen. Es sah so aus, als wäre sie durch einen Blitz in zwei Stücke gespalten worden. Das Hochwasser, das zuvor auf der einen Seite des Dammes eingeschlossen gewesen war, strömte jetzt durch die Bresche und führte umgestürzte Bäume und anderes Treibgut mit sich. Bevor sich Anigel von ihrer Überraschung erholt hatte, wurden die Irrsümpfe von einem weiteren grellen Blitz heimgesucht, der von einem Donnerschlag begleitet war und ihr Reittier straucheln ließ.

»Halt dich fest, Immu!« schrie Anigel. Sie riß die Zügel nach rechts, so daß sich das Tier brüllend um sich selbst drehte. Aber dieses Mal geriet es nicht in Panik, und schließlich gelang es ihr, es soweit zu beruhigen, daß sie es zurück zum König und den Kindern treiben konnte.

Aber dann blieb der Fronler erneut stehen. Anigel stockte der Atem, als sie den zweiten Graben in der Straße sah, der zwar etwas schmaler war als der erste, aber mit jeder Sekunde breiter wurde, da das Fundament von den tosenden Fluten weggespült wurde.

Die Königin und Immu befanden sich auf einer kleinen Insel aus Pflastersteinen, die von wirbelnden Wassermassen umgeben war.

»Ani!« brüllte der König, während Nikalon und Janeel ebenfalls nach ihrer Mutter riefen.

Wie zum Spott antwortete ihnen Donnergrollen. Die Lehnsherren standen hilflos auf ihrer Seite der eingebrochenen Straße, aber inzwischen hatten mehrere Karren und einige Soldaten den König erreicht. Einer der Männer besaß soviel Geistesgegenwart, daß er mit einem aufgerollten Tau zu Antar lief, woraufhin Vater und Sohn aus dem Sattel sprangen und mithalfen, das Seil über das Wasser zu werfen.

Auch Anigel und Immu ließen sich aus dem Sattel fallen und kauerten sich am Rande des immer kleiner werdenden Straßenabschnittes nieder. Zweimal verfehlte sie das Seil, aber beim dritten Mal konnte Immu es ergreifen. Sie schrie triumphierend auf und wäre beinahe in die brodelnden Fluten gefallen.

»Rasch!« rief die Amme der Königin zu. »Knotet das Seil um Eure Mitte!«

Anigel versuchte es, aber genau in diesem Moment rissen die Fluten das Fundament der Straße weg, und das Pflaster unter ihren Füßen gaben nach. Sie fiel in ein Loch, das nicht sehr tief und mit Wasser gefüllt war, und verhedderte sich dabei in ihrem langen Regenumhang. Immu ließ das Seil fallen, stürzte zu Anigel hin und half ihr dabei, sich zu befreien. Königin und Amme krochen über den tückischen, schwankenden Straßenbelag, während der König das Seil aufrollte und es wieder und wieder über die breiter werdende Bresche warf.

Aber das Tau verfehlte sein Ziel immer wieder, und bald schon würde die Insel gänzlich von den Fluten weggespült sein.

»Euer Drillingsbernstein!« schrie Immu der Königin über das Tosen des Sturms zu. »Bittet ihn darum, uns zu retten!«

Sie klammerten sich aneinander fest. Anigel nahm ihr magisches Amulett in die eine Hand, während sie mit der anderen Immu festhielt. Der weiße Fronler hinter ihnen brüllte vor

Angst und scharrte mit den Hufen über die Straße. Dann gab der Boden unter ihm nach, und das Tier wurde von der Strömung weggerissen.

Ein Blitz zuckte über den Himmel, während gleichzeitig ein dritter gewaltiger Donnerschlag ertönte. Steine, abgebrochene Zweige, Klumpen aus schlammiger Erde und aufgewühlte Wassermassen schossen in die Luft. Die Reiter schrien entsetzt auf.

Königin Anigel spürte, daß sie fiel, spürte, daß Immu von ihr weggerissen wurde, spürte die seltsam schmerzlosen Schläge der Zweige, die um sie herum wirbelten, spürte, wie sie langsam in dunklem, schäumendem Wasser versank, das ihr in Mund und Nase drang und ihr Gebet an die Schwarze Drillingslilie erstickte.

Und dann spürte sie nichts mehr.

# 8

Das Viadukt zum Mount Brom endete in der Höhle des Schwarzen Eises.

Vor langer, langer Zeit hatte es den Angehörigen des Versunkenen Volkes Zugang zu ihrem geheimnisvollen Lager tief im Inneren des Ohoganmassivs gewährt. Und nun, so wie Haramis es erwartet hatte, gewährte das Viadukt dem Zauberer Orogastus den Zugang zu ihrem Turm. In ihrem magischen Dreiflügelreif sah sie, wie er aus dem Nichts auftauchte, durch eine dunkle Scheibe, die so dünn war wie Papier, und mit einem lauten Glockenläuten wieder verschwand, sobald er sie verlassen hatte. Er trug die silberschwarzen Insignien eines Sternenmeisters, einschließlich der Stulpenhandschuhe und des ehrfurchtgebietenden Kopfputzes in Form eines Sterns, der die obere Hälfte seines Gesichts verdeckte.

Gelassen stand er mitten in der Höhle auf dem mit Obsidian gefliesten Boden und besah sich das Gewölbe über seinem Kopf, das aus quartzgeädertem Granit bestand, und die unzähligen Nischen, Fächer und Kammern auf allen Seiten. Die sonderbare Beleuchtung des Ortes, die von verborgenen Quellen herrührte, ließ die von Eis bedeckten Felsvorsprünge wie polierten Onyx aufleuchten.

Der Zauberer wirkte gedankenverloren, als er langsam auf den Ausgang zuschritt. Vielleicht dachte er an die Zeit zurück, in der die Höhle des Schwarzen Eises mitsamt ihrem wunderlichen Inhalt ihm gehört hatte. Die glasartigen schwarzen Türen zu den Kammern und Nischen waren alle geöffnet. Übrig geblieben waren nur ein paar raffinierte Spielereien, die für seine Zwecke jedoch unbrauchbar waren. Alle Fächer, die Waffen oder sonstige Apparate enthalten hatten, mit denen man andere einschüchtern oder verletzen konnte, waren jetzt leer.

»Du hast sie also alle zerstört, nicht wahr?« Er sprach die

Worte aus, weil er wußte, daß sie ihn mit ihrem Talisman beobachtete. »Und doch hast du das tödlichste Instrument von allen behalten! Ist dir denn nie in den Sinn gekommen, daß die anderen beiden Teile des Zepters der Macht ihren größten und furchtbarsten Zweck nie erfüllen könnten, wenn es keinen Dreiflügelreif gäbe?«

Haramis sagte nichts. Sie hatte tatsächlich daran gedacht, hatte sogar in Erwägung gezogen, den Reif in einen der tätigen Vulkane auf den Flammeninseln zu werfen, als offenkundig geworden war, daß sich die anderen beiden Talismane in den Händen einer unbekannten Person befanden. Aber sie hatte jenen kleinen, silbernen Reif unter so großen persönlichen Opfern erworben, und die ursprüngliche Aufgabe des Dreiteiligen Zepters, die vor zwölftausend Jahren nicht zu Ende gebracht worden war, hatte für sie niemals an Faszination verloren. Sie hatte es nicht über sich gebracht, den Talisman zu vernichten.

Orogastus kam zu einer großen, hölzernen Tür, die mit Reif überzogen war. Erneut richtete er das Wort an sie. Dieses Mal spielte ein ironisches Lächeln um seinen Mund. »Habe ich deine Erlaubnis, den Turm zu betreten, Weiße Frau? Schließlich gehört er mir, obwohl du in den letzten sechzehn Jahren hier gewohnt hast.«

Haramis ließ die Tür aufschwingen. Sie würde ihm diesen einen Besuch gestatten und währenddessen tun, was getan werden mußte.

Der Zauberer verbeugte sich dankend und eilte den Korridor aus nacktem Felsgestein entlang, den er selbst mit einem der alten Apparate durch den Berg getrieben hatte. Die Erinnerungen kehrten zurück. Hier auf dem Mount Brom hatte er sich während der enttäuschenden Zusammenarbeit mit Voltrik, dem verstorbenen König von Labornok, die meiste Zeit über aufgehalten, und hier hatte er auch seine ersten Anhänger ausgebildet. Grünstimme, Blaustimme und Rotstimme (mögen ihnen die Mächte der Finsternis ewige Freude gewähren!) hatten ihm nicht nur treu bis in den Tod gedient, sondern ihm auch dabei geholfen, seine Zauberkräfte zu erweitern ... genau wie ihre nicht annähernd so verdienstvollen Nachfolger. Nun jedoch, dank dem Schwarzen Mann und Nerenyi Daral, bedurfte er nicht mehr der Hilfe anderer, um über die ganze Macht des Sterns zu gebieten.

Leider würde der Stern allein nicht genügen, um sein großes Ziel zu erreichen. Dazu brauchte er das Dreiteilige Zepter. Es würde verhältnismäßig leicht sein, zwei Teile davon in seinen Besitz zu bekommen, aber das dritte Stück gehörte Haramis, und es ihr gewaltsam zu entreißen war so gut wie unmöglich.

Aber es gab noch eine andere Möglichkeit. Und deshalb war er heute abend hierhergekommen ...

Am Ende des Tunnels befand er sich auf der untersten Ebene im Treppenhaus des Turmes. Er stand auf den Steinplatten vor dem Haupteingang und nahm die Aura seiner ehemaligen Wohnstatt in sich auf. Sie war ganz anders als früher, durchdrungen von dem fremdartigen Zauber der Schwarzen Drillingslilie. Jetzt war Haramis die alleinige Besitzerin des Turmes. Für einen Moment stieg ein Gefühl der Angst in ihm auf. Würde der Stern ihn ausreichend schützen können?

Er wußte es nicht. Aber er war trotzdem gekommen.

Zu beiden Seiten befanden sich Lagerhallen, die jetzt völlig leer waren, die Ställe, in denen er seine Reittiere gehalten hatte, und auch der kleine Raum, in dem das Räderwerk für die Brücke untergebracht war, die über die Schlucht vor dem Turm führte. Es überraschte ihn nicht, daß der Mechanismus, um den er sich mit großer Sorgfalt gekümmert hatte, nun rostig und vernachlässigt war. Heute benutzte niemand mehr seine erstaunliche Brücke. Die Weiße Frau setzte ihre übernatürlichen Kräfte ein, wenn sie auf Reisen ging, und ihre Diener, die Vispi-Eingeborenen, benutzten riesige Vögel, die auf den nahegelegenen Felsklippen lebten, um mit diesen überallhin zu fliegen.

Mit Ausnahme des heulenden Nachtwindes, der durch die dicken Mauern nur schwach zu hören war, lag der Turm in tiefem Schweigen. Nichts deutete auf ihre Gegenwart hin, aber er wußte, daß sie ihn erwartete. Und er wußte auch, wo er sie finden konnte. Als er die Wendeltreppe hinaufstieg, fragte er sich, ob sie angesichts ihrer bevorstehenden Begegnung genauso aufgewühlt war wie er. Er war hier, weil sie es duldete. Es wäre für sie ein leichtes gewesen, den Tunnel, der die Höhle und den Turm miteinander verband, zu zerstören und das Viadukt auf diese Weise zu einer Sackgasse zu machen. Aber sie hatte es nicht getan.

Als sie beide das letzte Mal zusammen in diesem Turm waren, war sie kaum mehr als ein Mädchen gewesen und gerade in den Besitz eines Talismans gekommen, von dessen Kräften sie keine Ahnung hatte, verwegen und leicht zu beeindrucken von einem gutaussehenden, älteren Mann. Er hätte eigentlich in der Lage sein sollen, sie ebenso leicht zu verzaubern wie einen neugeborenen Baumgurps.

Statt dessen hatte sie ihn verzaubert.

Er kam zu der Bibliothek, dem Ort, an dem sie sich zum ersten und letzten Mal geküßt hatten, und öffnete die Tür. Die Bibliothek war immer sein Lieblingsplatz gewesen, ein Zufluchtsort, der vollgestopft war mit den seltensten und wertvollsten Büchern der Welt. Sie hatte nicht viel daran verändert. Die schweren Vorhänge vor den großen Fenstern waren zugezogen, um die schneidende Nachtkälte auszuschließen. Vor das behagliche Kaminfeuer waren zwei Armsessel mit hoher Lehne gerückt worden, die mit schwerem rotem Damast bezogen waren. Zwischen ihnen stand ein kleiner Tisch mit einem Krug Weißwein, zwei Gläsern aus dickem Kristall, die von den Vispi gefertigt waren, und ein Teller mit kleinen Kuchen.

Sie saß in einem der beiden Sessel. Als sie sich erhob, war sie einen Augenblick lang nur eine dunkle Silhouette vor den orangefarbenen Flammen. Dann kam sie auf ihn zu, so daß das Licht der Bibliothekslampen, die noch vom Versunkenen Volk stammten, auf sie fiel. Er spürte, wie ihm der Atem stockte. Die glänzenden Locken ihres schwarzen Haares reichten ihr bis zur Taille. Sie trug ein Kleid aus weißem Samt, das an den weiten Ärmeln und am Saum mit silberblauem Pelz verbrämt war, und einen azurblauen, mit Mondsteinen besetzten Gürtel. Ihr Unterkleid war aus taubenblauem Chenille gefertigt und am Hals, wo der Dreiflügelreif an einer Kette hing, mit winzigen Schwarzen Drillingslilien bestickt.

»Ich wünsche dir einen guten Abend, Sternenmeister«, sagte Haramis. »Wie ich sehe, hast du dich für einen Kampf gekleidet. Was für ein Jammer! Ich hatte auf einen kurzen Waffenstillstand gehofft, während wir über das reden, was vor uns liegt.«

Das war eine Lüge. Zwar nur eine kleine, aber die erste, die Haramis ausgesprochen hatte, seit sie die Erzzauberin des Landes geworden war. Sie hatte es ganz bewußt getan, um ihn dazu zu bewegen, das zu tun, was er jetzt unweigerlich tun würde ...

Er sagte nichts, zog aber mit langsamen Bewegungen die silbernen Stulpen aus und ließ sie auf den Teppich fallen. Dann nahm er seinen Kopfputz und den schwarzen Mantel ab und warf auch diese Kleidungsstücke zu Boden. Nachdem er auch sein sonderbares Gewand aus Metallgeflecht mit den glänzenden schwarzen Lederstücken dazwischen abgelegt hatte, stand er in einer einfachen Tunika aus ungebleichter Wolle und einer Hose aus einem etwas dunkleren Stoff, die in hohen Stiefeln endete, vor ihr. An seinem Gürtel hing ein Beutel, in dem sich etwas Schweres befand.

»Ich grüße dich, Erzzauberin des Landes.« Seine Stimme, jetzt nicht durch den Zauber ihres Talismans verfremdet, war so wohlklingend und betörend wie damals. Aber sein Gesicht sah älter aus als auf dem Porträt, hager und wettergegerbt, mit tiefen Falten zwischen den hellen Augen zu beiden Seiten des Mundes. »Sieh her! Ich habe mein Zauberornat abgelegt und schlage damit einen Waffenstillstand vor.«

»Ich akzeptiere«, sagte sie und log ein zweites Mal. Mit einer Geste, die eindeutig eine Herausforderung war, griff sie nach der Kette mit dem Dreiflügelreif, streifte sie über den Kopf und legte sie auf den Tisch.

Danach herrschte eine Weile atemlose Stille. Er kam näher und streckte eine seiner wohlgeformten Hände aus, bis diese über dem Reif verharrte. Die drei winzigen Flügel auf dem Reif öffneten sich, und der leuchtende Drillingsbernstein zwischen ihnen sandte eine pulsierende Warnung aus.

»Würdest du wirklich zulassen, daß er mich umbringt?« fragte er schelmisch.

Sie zuckte mit den Schultern. »Wenn du meinen Talisman berühren willst, Sternenmeister, gewähre ich dir hiermit die Erlaubnis dazu. Er wird dir nichts tun, aber bei dir wird er so teilnahmslos sein wie eine gewöhnliche Gabel oder ein Löffel. Du weißt, daß der Talisman nur seinem Besitzer gehorcht – und selbst dann ist er zuweilen recht launenhaft.«

Er lachte und nahm statt dessen den Weinkrug vom Tisch, mit dem er die beiden Gläser füllte. »Launenhaft ist der richtige Ausdruck dafür. Laß uns beten, daß jener, der die beiden anderen Talismane jetzt besitzt, genausoviel Mühe hat, sie befehlen zu lernen wie wir beide.«

»So weißt du also, wer Kadiyas Auge gestohlen hat.«

»Ja.«

»War es einer deiner Helfer?«

Er lächelte geheimnisvoll. »Der Dieb ist kein Verbündeter von mir – noch nicht.

Sie ignorierte die Provokation und richtete ihren Blick auf seinen Stern. »Ich habe meinen Talisman abgenommen. Können wir wenigstens für eine Weile auf Magie verzichten und uns einfach als Mann und Frau unterhalten?«

Seine Augenlider senkten sich und verbargen seinen Blick. Sollte er es wagen, ihr ohne Schutz gegenüberzutreten? Aber er war sicher, daß sie niemals so niederträchtig sein würde, einen Waffenstillstand zu verletzen, so wie er auch sicher war, daß ihre Liebe zu ihm noch immer andauerte.

Er nahm das Sternenmedaillon ab und legte es neben ihren Talisman auf den Tisch. Dann setzten sie sich, sie recht steif, während er es sich bequem machte und die Stiefel am Feuer wärmte.

»Du hast also meinen Schwestern nachspioniert«, sagte Haramis.

»Du weißt genau, daß ich sie nicht sehen kann, weil sie von ihrem Drillingsbernstein geschützt werden. Aber ihre Gefährten haben mir unwissentlich verraten, was vorgefallen ist. Der Diebstahl des Brennenden Auges stellt eine höchst bedenkliche Entwicklung dar – die noch dazu sehr verwirrend ist. Man muß sich fragen, warum dieser geheimnisvolle Einbrecher keinen Gebrauch von seiner magischen Beute macht.

Ist er ein Ausbund an Besonnenheit, der sich damit zufrieden gibt, die beiden Talismane in einem sicheren Versteck zu verwahren? Hat der Dieb Angst davor, sie einzusetzen, weil er weiß, daß sich selbst das Versunkene Volk vor ihrer schrecklichen Macht gefürchtet hat? Oder ist unser verschlagener Einbrecher lediglich vorsichtig? Probiert er die Zaubergeräte unauffällig aus, bis er genügend Erfahrung und Zuversicht in deren Gebrauch gewonnen hat?«

»Ich glaube, das werden wir zu unserem Leidwesen bald herausfinden«, sagte Haramis mit düsterer Gewißheit.

»Erzzauberin«, sagte er leichthin, »vielleicht sollten wir über ein Bündnis gegen diese Gefahr für uns beide nachdenken.«

Ihr Lächeln war kalt. »Ich bin nicht mehr länger das Kind, das du für die Mächte der Finsternis gewinnen wolltest, Sternenmeister.«

»Dessen bin ich mir voll und ganz bewußt. Und du wirst noch feststellen, daß ich nicht mehr der Mann bin, der ich damals war, als ich mit den Blütenblättern der Lebenden Drillingslilie kämpfte und ... den Weg des Versunkenen Volkes gegangen bin.«

Einen Augenblick lang verklärte eine glühende Hoffnung ihr Gesicht. Aber dann wandte sie ihren Blick von ihm ab und preßte in unnachgiebiger Entschlossenheit die Lippen aufeinander. »Ich kann nur anhand deiner Taten urteilen, und diese sagen mir, daß du noch immer der gleiche bist – charmant, überzeugend und vollkommen skrupellos, wenn es darum geht, dein gottloses Ziel zu erreichen.«

Er warf den Kopf zurück und fing an zu lachen. Sein leuchtendes weißes Haar reflektierte die Flammen wie Wolken bei einem Sonnenuntergang. Seine Belustigung war echt und kam von Herzen, und von Verschlagenheit oder Zynismus war nichts zu spüren. »Du weißt doch gar nichts von dem Ziel, das ich heute habe, liebste Haramis, so wie du auch nicht wußtest, daß ich gefangen war, sondern mich für tot hieltest.« Seine Augen funkelten, als er sich über den Tisch beugte. »Willst du hören, was passiert ist?«

Sie nickte, weil sie es nicht wagte zu sprechen.

Er lehnte sich zurück und trank einen großen Schluck von dem Wein. »Es war natürlich der Große Polarstern, der mich gerettet hat – jene magische Vorrichtung meiner Gilde, die als Gegenmaßnahme für das Zepter der Macht ersonnen wurde und jeden Träger des Sterns zu sich zieht, den der Zauber des Zepters trifft. Er hat mir bereits zweimal das Leben gerettet. Das erste Mal, als noch niemand von der Existenz des Polarsterns wußte, wurde ich in das Kimilon in der Eisdecke gezogen, wo ich zwölf Jahre lang gestrandet war. Ich wußte damals nicht, wie ich in das Land des Feuers und des Eises gekommen war. Die Erzzauberin Iriane nahm den Polarstern an sich, nachdem er seine Arbeit getan hatte, und gab ihn dann dir. Grausame Haramis! Du wolltest ihn dazu benutzen, um mich für immer in der Schlucht der Gefangenen einzusperren, die unter dem Ort der Erkenntnis liegt. Der Tod wäre barmherziger gewesen.«

»Ich ... ich hoffte, du würdest dich ändern. Ich konnte es nicht ertragen, dich zu töten, nicht einmal indirekt.« Unverwandt starrte sie auf ihre Hände, die sich in ihrem Schoß zu Fäusten geballt hatten. Sie schämte sich, so wie er es erwartet hatte. Und wieder manipulierte er ihre Gefühle, wie schon einmal zuvor. Aber dieses Mal würde alles anders enden.

»Aber dein Plan«, fuhr er fort, »wurde von jemand anderem vereitelt. Er entfernte den Polarstern aus der Schlucht, bevor du und deine Schwestern mich zum zweiten Mal mit dem Zepter besiegten. Und so kam es, daß ich in einem weichen Bett aufwachte ... in einem der drei Sterne.«

»Bei der Heiligen Blume!« rief Haramis aus, der plötzlich alles klar war. »*Denby*! Und jetzt hat er dich vermutlich wieder zurückgeschickt, damit du dort weitermachst, wo du aufgehört hast. Oh, was für ein heimtückischer Wicht! Wie kann ein Erzzauberer nur so mit dem Gleichgewicht der Welt spielen?«

»Meiner Meinung nach ist der Schwarze Mann ein seniler Verrückter, aber trotzdem hat er mich vieles gelehrt. Weißt du, wer der Erzzauberer des Himmels wirklich ist?«

»Iriane hat mir einiges von seiner überheblichen Art und

seinen wunderlichen Grillen erzählt. Ich weiß, daß er sehr alt ist und sich herzlich wenig für die Ereignisse auf unserer Welt interessiert. Und doch hat er uns jene Sindona zu Hilfe geschickt, die die Wächter des Todesurteils genannt werden. Sie haben deine Armee besiegt und die Zwei Königreiche gerettet. Aber warum er dich gerettet hat ...« Sie schüttelte den Kopf.

»Bist du froh darüber, daß er es getan hat?« fragte Orogastus leise.

Sie erwiderte: »Ja ... Gott steh mir bei!« Und das war keine Lüge.

»Selbst jetzt«, fuhr der Zauberer fort, »weiß ich so gut wie nichts über die Beweggründe des Schwarzen Mannes. Aber ich weiß, wer er ist. Er ist jener strahlende Held des Versunkenen Volkes, der die Sternengilde besiegt und die Eingeborenen geschaffen hat. Er ist Denby Varcour, ein Mann von dunkler Hautfarbe, der über zwölftausend Jahre alt ist. Als das Versunkene Volk vor dem vordringenden Eis floh, blieb er zurück, zusammen mit einer kleinen Gruppe anderer, weil er hoffte, einiges von dem Schaden wiedergutmachen zu können, den die Menschen auf der Welt angerichtet hatten. Die Vispi und ihre telepathischen Vogelfreunde wurden in den Werkstätten in seinem Stern geschaffen.«

Haramis war bestürzt. »Der Stern ist hohl? Er lebt nicht auf der Oberfläche des Himmelskörpers, so wie wir hier auf der Welt?«

»Alle drei Sterne wurden durch einen alten Zauber geschaffen. Jener Stern, der auch der Stern des Schwarzen Mannes genannt wird, besitzt alle notwendigen Vorrichtungen, um zivilisiertes Leben in seinem Inneren zu ermöglichen, einschließlich verlassener Werkstätten mit wundersamen Werkzeugen und prächtig ausgestatteten Wohnungen, in denen niemand wohnt. Der zweite Himmelskörper wird der Gartenstern genannt. Obwohl mir nicht gestattet war, ihn zu besuchen, weiß ich, daß es sich dabei um eine Art Gewächshaus für Pflanzen und Tiere handelt, und auch einige der Lebensmittel stammten von dort. Außerdem halten sich auf diesem Stern noch unzählige dieser verdammten lebenden Statuen auf, die meine

Gefängniswärter und Denby noch auf andere, geheimnisvolle Art zu Diensten waren.«

»Die Sindona«, murmelte Haramis, die inzwischen ihre Fassung wiedergewonnen hatte. Sie trank einen Schluck Wein und probierte einen der kleinen Kuchen.

»Der dritte Himmelskörper wird Todesstern genannt. Den Grund dafür kenne ich nicht. Das Dreigestirn ist untereinander und mit dieser Welt durch Viadukte verbunden. Vor zwei Jahren bin ich durch einen dieser sonderbaren Gänge entkommen. Es spielt keine Rolle, wie mir das gelungen ist. Seltsamerweise hat der Erzzauberer des Himmels bis heute keinen Versuch unternommen, mich wieder einzufangen – aber schließlich ist er ja verrückt.«

»Warum sagst du das?«

»Weil er sich so verhält. Er führt Gespräche mit Toten und bezichtigt sich irgendwelcher Sünden. Ein anders Mal wieder scheint er nicht einmal zu wissen, wo er sich befindet, als ob er in Trance wäre. Während meiner Gefangenschaft war er fast die ganze Zeit über sehr aufmerksam, ja sogar herzlich, und gestattete mir, nach Belieben im ganzen Stern herumzustreifen und die bizarren Schätze darin zu untersuchen. Aber manchmal schrie er mir ohne ersichtlichen Grund üble Verwünschungen zu und drohte damit, mich auf den Todesstern zu verbannen. Bei solchen Gelegenheiten erklärte er, daß die Mitglieder der Sternengilde es nicht besser verdient hätten, als unter gräßlichen Qualen zugrunde zu gehen. Solche Anwandlungen wahnsinniger Wut waren um so erschreckender, als er noch wenige Augenblicke zuvor ein Muster an Freundlichkeit und Vernunft gewesen war.«

»Und so bist du entkommen«, sagte Haramis mit ausdrucksloser Stimme. »Und wo hast du dich in diesen zwei Jahren aufgehalten?«

Orogastus schüttelte nur den Kopf. »Ich weiß, daß du nach dem Hauptquartier meiner Sternengilde suchst, genauso wie deine Schwester Kadiya. Aber wenn ihr unseren Aufenthaltsort endlich gefunden habt, wird euch dieses Wissen nichts mehr nutzen. Die Gilde des Sterns ist wiedergeboren worden, um mir dabei zu helfen, mein Ziel zu erreichen.«

Sie sah ihn mit einem düsteren Ausdruck auf dem Gesicht an. »Dann kommen wir jetzt zum Kern der Sache, Sternenmeister. Was *genau* ist dein Ziel? Haben du und die Angehörigen deiner Gilde vor, die Welt für die Mächte der Finsternis zu erobern? Ist die Gefangennahme der armen Iriane eine Warnung, mit der du mir sagen willst, daß mich das gleiche Schicksal erwartet, wenn ich mich dir widersetze?«

Statt ihr zu antworten, goß er noch etwas Wein in sein Glas und trank einen Schluck. Dann sagte er: »Du trägst mein Porträt bei dir, Haramis. Warum?«

»Weil ich eine Närrin bin«, entgegnete sie. »Aber trotz meines Inneren bin ich an meine heilige Aufgabe als Erzzauberin des Landes und Blütenblatt der Lebenden Drillingslilie gebunden – egal, welche persönlichen Opfer dies für mich bedeutet. Und sollte meine Pflicht darin bestehen, dich zu vernichten, werde ich dieses Mal nicht zögern.«

Sie nahm sein Bild aus einer Tasche in ihrem Kleid und ließ ihn einen kurzen Blick darauf werfen. Dann erhob sie sich plötzlich, ging zur Feuerstelle und schleuderte das gerahmte Elfenbeinporträt in die Flammen.

Er ließ den Kopf sinken, und als er endlich etwas sagte, klang seine Stimme unsicher. »Ich liebe dich, Haramis. Das mußt du mir glauben. Und bitte glaube mir auch, wenn ich sage, daß meine Pläne in bezug auf unsere Welt weder gottlos noch selbstsüchtig sind.«

Sie drehte ihm den Rücken zu und starrte das Porträt an, das sich schwarz verfärbte. »Ich wünschte, ich könnte dir glauben.«

»Ich habe viel gelernt, als ich Denbys Gefangener war – über das gestörte Gleichgewicht der Welt, über mich selbst, über den Grund für mein Dasein und über dich. Du glaubst, daß deine Lebensaufgabe untrennbar mit der deiner Schwestern verbunden ist. *Ich* sage, daß dein Schicksal so weit von ihren armseligen Kümmernissen entfernt ist wie die Sonne von den Glühwürmchen in den Irrsümpfen.«

Er öffnete den Beutel an seinem Gürtel und holte daraus einen zweiten Stern hervor. Die juwelenbesetzte Kette glitzerte, als er ihr den Stern entgegenhielt. »Das ist für dich.«

Als sie sich umdrehte und das Medaillon erblickte, wurden ihre Züge starr vor Entsetzen. »Niemals!«

»Zusammen können wir die Welt retten. Liebste Haramis, du und ich besitzen übernatürliche Zauberkräfte. Wir sind uns ähnlicher, als es uns bis jetzt bewußt geworden ist. Wirf doch einen Blick in den Spiegel! Die Augen in deinem Gesicht verraten es. Denby Varcour hat die gleichen silbernen Augen, und auch die Frau, die er liebte, und deren tote Hand mir die Flucht ermöglichte. Wir sind die Nachkommen des Versunkenen Volkes! Verstehst du denn nicht, was das bedeutet?«

Einige Minuten verstrichen, bis Haramis antwortete. »Die Blaue Frau des Meeres, die meine liebste Freundin ist, war auch meine Lehrerin in der Zauberkunst. Sie hat mich alles gelehrt, was sie wußte, und *mich* mit der Aufgabe betraut, das verlorene Gleichgewicht der Welt wiederherzustellen – jenes Chaos, das du mit deinen Verbrechen herbeigeführt hast. Meine Schwestern sagten, daß sie mir helfen würden, aber ich war der Ansicht, daß der Großteil der Verantwortung bei mir läge. In meiner Ratlosigkeit, hin- und hergerissen zwischen meiner Liebe zu dir und meiner Pflicht, ging ich zu einer Sindona, die ›die Gelehrte‹ genannt wird. Sie hat mir einen wichtigen Rat mit auf den Weg gegeben: ›Liebe ist gestattet, Hingabe jedoch nicht.‹«

Er lächelte und bot ihr noch einmal den zweiten Stern an seiner juwelenbesetzten Kette an. »Ein interessantes Rätsel. Eines, das mir ein Quentchen Hoffnung gibt.«

Aber Haramis schüttelte den Kopf und sprach leise weiter. Ihre Stimme klang zögernd. »Ich hörte, wie Iriane diesen Satz in jenem furchtbaren Augenblick wiederholte, in dem die Blume dich besiegte und du von dem Polarstern aus dieser Welt gebracht wurdest. Während all dieser Jahre, in denen ich dich tot und verdammt glaubte, habe ich über diesen Spruch nachgedacht, aber ich konnte nicht herausfinden, was er bedeutet. Erst jetzt, da ich dich am Leben weiß, habe ich neue Einsichten und Stärke aus den Worten der Gelehrten gewonnen – aus jenem geheimnisvollen und schrecklichen Spruch, der mir keinen süßen Trost bringen kann, sondern nur die freudlose Gewißheit, meine Pflicht erfüllt zu haben.« Sie trat an den Tisch. Dann nahm sie ihm den Stern von Nerenyi Daral aus der Hand, ließ ihn auf den Teppich fallen und stieß ihn mit dem Fuß weg. »Weißt du jetzt, was das Rätsel bedeutet, Sternenmeister?«

Er sprang auf und packte sie mit einer Heftigkeit, die an Grausamkeit grenzte. »Ich weiß nur, daß ich dich liebe – und daß du mich auch liebst.«

»Ja«, sagte sie. »Ich liebe dich.« Die Pupillen ihrer Augen hatten sich geweitet, und in ihrer Mitte leuchteten zwei winzige weiße Punkte.

»Haramis!« stöhnte er. Auch in den Augen, die jetzt auf sie herabsahen, strahlten kleine Sterne. Seine Umarmung war so heftig, daß sie schmerzte, aber dann lockerten sich seine Arme, und sie spürte, wie seine Hände ihren Kopf umfaßten. Sein Gesicht kam näher, und ihre Lippen trafen sich.

Lange Zeit war das Knistern des Feuers in dem großen Kamin der einzige Laut im Raum. Aber schließlich war ihr Kuß zu Ende, und das unwirkliche Licht verblaßte, bis es gänzlich verschwunden war. In den Augen der beiden Menschen erschien wieder die Welt, so wie sie war. Er stieß einen tiefen Seufzer aus. Sie sprach zum ersten Mal seinen Namen aus. Ihr Kopf sank an seine Brust, er preßte seine Wange auf ihr weiches, schwarzes Haar, und so standen sie regungslos da, bis Haramis sich schließlich aus der Umarmung löste und einen Schritt zur Seite trat. Auf ihrem Gesicht lag ein ruhiger, beinahe wehmütiger Ausdruck.

»Liebe ist gestattet«, flüsterte sie. »Hingabe jedoch nicht.«

»Was bedeutet es?« Seine Stimme klang beunruhigt.

»Es bedeutet, daß das hier das Ende ist, Orogastus. Keine gegenseitigen Liebesschwüre. Keine Vereinigung mit dem Stern. Und vor allem: keine körperliche Vereinigung – denn dafür wäre Hingabe erforderlich.«

»Siehst du denn nicht, was für einen besonderen Zauber wir zusammen geschaffen haben?« rief er aus und ergriff ihre Hand. »Das ist erst der Anfang, Haramis! Du und ich ...«

» ... sind Feinde«, sagte sie. Sie entzog ihm ihre Hand und wandte sich ab. »Wir bekämpfen uns – so wie die toten Krieger des Versunkenen Volkes die alte Sternengilde bekämpft haben. Ich bin die Dienerin der Menschen und der Eingeborenen und dazu verpflichtet, ihnen durch meine Zauberkräfte Führung und Beistand zu geben. Du und deine Anhänger betet die Mächte der Finsternis an und schreckt vor keinem Verbrechen zurück, das euren Zwecken dienlich sein kann.«

»Du verstehst überhaupt nichts! Es hat sich alles geändert. Warum läßt du mich nicht erklären ...«

»Ich verstehe, daß Iriane jetzt eine lebende Tote ist. Ich verstehe, daß die Skritek durch deine Helfer aufgehetzt wurden, ich verstehe das Leid, das den harmlosen Nyssomu dadurch zugefügt wurde. Ich verstehe, daß du furchtbare Waffen in deinem Besitz hast, mit denen deine Gilde unschuldige Lerkomi brutal niedergemetzelt hat. Und ich bezweifle nicht, daß du und deine Handlanger noch anderer Verbrechen schuldig seid, von denen ich noch keine Kenntnis habe.« Sie drehte sich um und sah ihn an. »Oder irre ich mich?«

»Iriane wird bald freigelassen werden«, sagte er. »Ich bedauere, daß es Tote unter den Meeresbewohnern gab. Meine Anhänger gehören einer Nation an, die sie für seelenlose Tiere hält, und ich habe sie nicht ständig unter Kontrolle. Aber ich habe dafür gesorgt, daß die Sumpfungeheuer keine Nyssomu töten ...«

»Befreie die Blaue Frau – jetzt«, bat Haramis. »Zerstöre die alten Waffen, die du zusammengetragen hast. Laß ab von deinem Plan, die Welt zu erobern.«

»Das kann ich nicht«, sagte er, »denn das ist ein Teil meines großen Plans, mit dem ich die Welt am Ende retten werde! Iriane hätte sich mir aus Unwissenheit in den Weg gestellt, so wie die Herrscher der Nationen, wenn diese nicht meinen Befehlen Folge leisten müßten.«

»So wie sich dir jede rechtschaffene Person in den Weg stellen würde!« sagte Haramis mit donnernder Stimme. Sie hielt plötzlich den Talisman in der Hand. »Ich wußte, daß du hierherkommen würdest, Orogastus. Ich wußte, daß du wieder versuchen würdest, mich auf deine Seite zu ziehen wie schon einmal zuvor. Die Entscheidung darüber, was zu tun ist, hat mir das Herz aus dem Leib gerissen, und vielleicht wird meine Seele dafür in eine der zehn Höllen gehen.

Aber ich habe geschworen, daß du diesen Turm nicht wieder verlassen wirst. Du wirst dein gottloses Werk nicht fortführen. Nicht, solange es in meiner Macht steht, dich daran zu hindern.«

Mit einem Mal wurde ihre Gestalt von Rauschwaden verhüllt, die schwärzer waren als die Nacht. Der Zauberer wich zurück, überrascht von dem plötzlichen Wandel in ihrer Erscheinung. Die Dunkelheit wirbelte umher und verdichte sich dann zu drei großen Blütenblättern. Diese fügten sich zu einer drohend aufragenden, dreigeteilten Form zusammen, die bis an die hohe Decke der Bibliothek reichte.

Eine Schwarze Drillingslilie.

Sie kam aus der Mitte der Blume und schwebte hoch über dem Fußboden, eine Frau mit einem strahlendweißen Umhang, der auf sonderbare Art und Weise alle Farben des Regenbogens in sich zu vereinen schien. Der Dreiflügelreif in ihrer rechten Hand schloß eine schwarze Leere ein, von der der Zauberer den Blick nicht abwenden konnte. Plötzlich wurde diese Leere größer, als wäre sie ein großes rundes Fenster, das auf eine Nacht ohne Mond und Sterne hinausging und die leuchtende Gestalt der Erzzauberin verbarg. Aber ihr strahlender Glanz drang immer noch durch den brodelnden Rauch.

Sie sagte kein Wort, und doch verspürte er den Drang, in den Kreis zu treten, als wäre er ein Viadukt, das in die Ewigkeit führte.

»Nein!« schrie er. Er wollte einfach nicht glauben, daß sie ihn wirklich mit dem Tod bedrohte, wo er sich ihr doch aus Liebe und Vertrauen schutzlos preisgegeben hatte. »Haramis, das kannst du nicht tun!«

Der Kreis wurde immer größer und nahm ihm die Sicht auf die Regale in der Bibliothek, die Möbel, den großen Kamin und schluckte alles Licht im Raum. Er schwebte drohend inmitten des leuchtenden Rauches, nur eine Armlänge von ihm entfernt, fesselnd und furchtbar, und zwang ihn dazu, in eine ewige Nacht einzutreten.

Er hatte Angst. Todesangst. Aber als der tödliche Kreis auf ihn zukam, betete er nicht zu den Mächten der Finsternis, sondern zu ihr. »Haramis, liebste Haramis! Du kannst kein falsches Spiel mit unserem Waffenstillstand treiben, mit deinem Eid als Erzzauberin – mit unserer Liebe. Laß mich gehen!«

*Ich weiß, daß es unmoralisch ist, dich auf diese Weise zu töten, Orogastus. Ich weiß, daß ich dich angelogen und meinen Schwur gebrochen habe. Aber dadurch kann ich unserer Welt großes Leid ersparen – und vielleicht sogar ihre Zerstörung verhindern. Ohne dich wird die Sternengilde untergehen. Und dann wird es endlich Frieden und ein Gleichgewicht geben.*

»Meine Liebste, willst wirklich du diesen ungeheuerlichen Verrat begehen – oder ist es dieser heimtückische Talisman? Hat er dich dazu verleitet, Schicksal zu spielen? Denby Varcour hat gewußt, welche Gefahr im Zepter der Macht wohnt! Er hat sich mit Binah und Iriane gestritten, weil er nicht wollte, daß du und deine Schwestern die Teile jenes schrecklichen Instrumentes besitzt, obwohl dieses gar nicht zu einem Ganzen zusammengefügt war. Weißt du, warum? Weil die Talismane Besitz von ihren Besitzern ergreifen können!«

Haramis, die immer noch verborgen war, sagte kein Wort. Der riesige Kreis kam näher, bis er nur noch die Länge eines Fingers von ihm entfernt war und über seinem gelähmten Körper schwebte. Dahinter lag das Nichts. Der Tod. Gleich würde es vorbei sein. Sie würde ihn in eine ewige Leere verbannen, weil sie dachte, einem wichtigeren Wohl zu dienen, wenn sie ihr eigenes Gewissen mit Füßen trat.

In seiner Verzweiflung rief er ihr zu: »Trau weder dir selbst noch dem Talisman! Frage deine Blume, ob du es tun sollst. Frage die Schwarze Drillingslilie, ob es richtig ist, daß ich auf diese Weise sterbe! Frage die Blume, ob du auf diese Weise das Gleichgewicht der Welt wiederherstellen kannst!«

Plötzlich war er blind.

Der Kreis hat mich verschluckt, dachte er, und ich bin für immer mit mir allein in der Dunkelheit, mit nichts als meiner Seele, die mir wieder und wieder meine Sünden vorhalten wird. Warum hat sie mir nicht zugehört? Warum hat sie mich nicht erklären lassen ...

Er hörte sie weinen.

Spürte die Wärme des Feuers.

Roch Wein und den Staub von altem Papier und Pergament.

Er öffnete die Augen und sah sie vor sich, zusammengesunken auf dem Teppich vor dem Kamin. Der Reif an der Kette um ihren Hals war ein leerer Silberreifen, aber der Drillingsbernstein darauf leuchtete wie eine winzige, geflügelte Sonne.

Er war wie betäubt vor Erleichterung und konnte nur regungslos dastehen und auf sie hinabblicken. Nach einer Weile richtete sie sich auf und saß nun vor ihm, umgeben von den weißen Falten ihres Erzzauberinnenmantels.

»Wie konnte ich nur?« fragte sie ihn. Ihre Stimme klang eher wie die eines Kindes, das einem großen Schrecken begegnet war, und nicht wie die einer reuigen Frau. »Heilige Blume, wie konnte ich auch nur für einen Augenblick an so etwas Unehrenhaftes denken? Und dabei die ganze Zeit über nicht aufhören, dich zu lieben?«

»Die Antwort liegt in deiner Hand«, sagte er mit ernster Stimme.

Ihr Blick fiel auf den Talisman. »Ich glaube dir nicht.« Aber ihre Finger öffneten sich, so daß der Dreiflügelreif ihnen entglitt und an seiner Kette hin- und herschwang.

Er sagte: »Als ich Denbys Gefangener war, habe ich einiges über das Zepter herausgefunden – über die Zauberkräfte der drei Talismane –, mit dem du dich beschäftigen mußt, Haramis. Laß mich dir sagen ...«

»Geh!« sagte sie barsch. Ihre Augen schwammen in Tränen. »Du bist schon immer ein Lügner und Manipulator gewesen. Und jetzt bin ich so geworden wie du. Iriane und die Gelehrte haben sich geirrt. Unsere Liebe ist etwas Verabscheuungswürdiges, und ich werde sie aus meinem Herzen reißen oder bei dem Versuch sterben!«

Sie versuchte aufzustehen, aber ihre Beine hatten keine Kraft mehr. Er half ihr auf. Und dann, bevor sie protestieren konnte, küßte er flüchtig ihre Lippen.

»Wir werden wieder miteinander sprechen«, sagte er, »wenn du über diese Begegnung nachgedacht hast. Und wenn andere Ereignisse dazu beigetragen haben, deine Gedanken zu erhellen.«

»Geh!« rief sie und hielt mit zitternden Händen den Reif zwischen sich und ihn. Ihre Augen schlossen sich und hielten die Tränen zurück, die sie sonst vergossen hätte. *»Geh!«*

Er hob seine Kleidung und den zweiten Stern auf, legte sein Medaillon an und ging.

# 9

Lummomu-Ko, Sprecher von Let, Anführer der Wyvilo und ein treuer Freund der Herrin der Augen hatte für sie und ihre Gruppe bereitwillig Plätze auf einem Flachboot arrangiert, das seinem Cousin gehörte und den Großen Mutar stromabwärts fuhr. Trotz ihrer Proteste hatte er darauf bestanden, Kadiya bis zur Hauptstadt von Var zu begleiten, die an der Mündung des Flusses an der Südküste der Halbinsel lag.

Während ihrer Reise war Kadiya die ganze Zeit über nervös und niedergeschlagen gewesen. Und jetzt war die Erzzauberin als Bild zu ihr gekommen, und Lummomu hatte über eine Stunde vor dem vorderen Deckhaus gewartet, wo die beiden Schwestern sich berieten. Als die Herrin der Augen endlich wieder herauskam, verließ ihn der Mut. Ihr Körper bebte vor unterdrückter Wut, und in dem Schmutz auf ihrem Gesicht waren Spuren von Tränen zu sehen.

»Das Bild der Weißen Frau hat mir üble Kunde übermittelt«, sagte Kadiya. »Ich muß sofort mit Wikit-Aa sprechen.«

»Mein Cousin steht an der Ruderpinne«, sagte Lummomu. »Folgt mir, aber gebt acht, wo Ihr hintretet.«

Von hinten sah der Häuptling der Wyvilo wie ein hochgewachsener, kräftig gebauter Mann aus. Aber das Skritek-Blut in den Adern seiner Rasse verlieh ihm ein Gesicht, das wie bei einem Tier spitz zulief, mit furchteinflößenden weißen Zähnen und vorstehenden goldenen Augen, deren Pupillen senkrecht verliefen. Sein Hals und seine Handrücken waren zum Teil von Schuppen und zum Teil von kurzem rotem Haar bedeckt. Da er die Vorliebe der Waldvölker für menschliche Kleidung teilte, war der Sprecher von Let prächtig herausgeputzt. Sein Regenumhang bestand aus weichem kastanienbraunem Leder, das am Rand der Kapuze und am Saum mit einer eingeprägten goldenen Borte geschmückt war. Er trug Pantalons und eine Jacke aus ockerfarbenem Brokat unter einem ärmellosen Wams aus smaragdgrüner Milingalhaut. Die passenden Stulpenstiefel wiesen Plateausohlen und Sporen auf, obwohl er noch nie in seinem Leben auf einem Fronler gesessen hatte. Der Anzug wurde von einer glitzernden, juwelenbesetzten Schärpe und einer Schwertscheide von prächtiger zinorianischer Machart vervollständigt.

Für einen Außenstehenden schien die junge Frau, die dem gutgekleideten Eingeborenen folgte, nur eine Dienerin zu sein. Sie war in graubraunen Wollstoff und abgenutztes schwarzes Leder gekleidet, und nur ihr prächtiges Schwert und ihre stolze Haltung verrieten, daß sie das Sagen hatte.

Kadiya und Lummomu gingen vorsichtig zum Heck des großen Bootes, wobei sie der Ladung ausweichen mußten, die aus Ballen, Körben und Fässern bestand. Durch den ununterbrochen fallenden Regen war das Deck gefährlich glatt geworden. Nebel hing in der Luft und ließ die weit entfernten Ufer fast unsichtbar werden, so daß das Flachboot in der Flußmitte täuschend langsam voranzukommen schien. Aber der Große Mutar führte Hochwasser, und das Handelsschiff der Eingeborenen schoß so schnell durch das aufgewühlte braune Wasser, daß ein berittener Kurier in vollem Galopp gerade noch hätte mithalten können. Sie rechneten damit, die Mündung des Flusses und die varonische Hauptstadt Mutavari in neun Tagen zu erreichen.

Als sie an dem Deckhaus achtern vorbeikamen, das von einer Laterne erhellt wurde, erblickten sie durch das dicke, gewölbte Fensterglas den jungen Prinzen Tolivar und seinen Freund Ralabun. Die beiden sahen zu, wie die Lehnsherren und die Mitglieder der Wyvilo-Mannschaft, die gerade nicht im Dienst waren, ein Tanzknochenspiel nach dem anderen spielten, um sich die Langeweile zu vertreiben. Jagun hatte schon vor Jahren festgestellt, daß er und Ralabun nicht sehr viele Gemeinsamkeiten hatten, und daher verbrachte er fast seine gesamte freie Zeit mit Wikit-Aa, dem Wyvilo-Kapitän.

Kadiya und Lummomu fanden die beiden in dem kleinen Häuschen am Heck, das dem Steuermann ein wenig Schutz vor den Elementen bot. Sie drängten sich in dem Unterschlupf zusammen, so daß alle vier hineinpaßten.

Jagun bemerkte den niedergeschlagenen Ausdruck auf

dem Gesicht seiner Herrin und murmelte: »Dann habt Ihr also schlechte Nachrichten bekommen, Weitsichtige?«

»Eine furchtbare Katastrophe hat sich ereignet«, erwiderte Kadiya. Sie beschrieb ihnen, wie Königin Anigel nahe beim Fluß Virkar in den überfluteten Sumpf gerissen worden war. »Antars Krieger und die Nyssomu-Kundschafter, die die königliche Entourage begleiteten, haben zwei Tage lang nach ihr gesucht. Sie fanden Immu, die zur gleichen Zeit wie die Königin von den Fluten weggespült wurde, aber von meiner armen Schwester gibt es keine Spur.«

»Sicher kann doch der Talisman der Weißen Frau ...« warf Jagun ein.

Aber Kadiya schüttelte den Kopf. »Er will ihr nicht zeigen, wo sich Ani befindet, und auch nichts über ihr Befinden sagen, nicht einmal, ob sie lebt oder tot ist. Hier ist mit Sicherheit schwarze Magie im Spiel.«

Jagun, Lummomu und Wikit-Aa senkten den Kopf und beteten. »Mögen der Dreieinige und die Herrscher der Lüfte Erbarmen haben.«

Kadiya sprach weiter. »Da in der Großen Straße der Königin ein Riß entstanden ist – vielleicht durch Blitze, aber wahrscheinlicher durch einen Zauber der Sternenmänner –, mußte die königliche Karawane in die Zitadelle von Ruwenda zurückkehren. Die Straße kann erst nach Beginn der Trockenzeit repariert werden.«

»Wird die Suche nach der armen Königin fortgesetzt?« erkundigte sich Lummomu.

»Ja«, sagte Kadiya, »mit zusätzlicher Verstärkung aus dem Schloß Bonar und den nahegelegenen Dörfern der Nyssomu. Aber die Suche ist vielleicht vergeblich. Kurz bevor meine Schwester verschwunden ist, wurden einige Krieger aus dem königlichen Zug ausgeschickt, um ein Viadukt in der Nähe der Großen Straße zu bewachen. Auch diese Männer sind spurlos verschwunden.«

»Bei der Heiligen Blume!« rief Jagun aus. »Dann ist es so gut wie sicher, daß die Sternenmänner sie alle durch jenes Viadukt entführt haben!«

»So sicher, wie das Dreigestirn am Himmel aufgeht«, erwiderte Kadiya und verzog das Gesicht. »Und die allmächtige Weiße Frau sagt, daß sie nichts dagegen zu tun vermag. Nichts! Sie hat mit diesem Bastard Orogastus geschäkert, und dieser hat sie im Handumdrehen für sich eingenommen, und jetzt sagt sie, sie muß über alles *nachdenken*, bevor sie etwas unternimmt! Während sie unschlüssig herumsitzt, werden meine arme schwangere Schwester und die anderen vielleicht getötet – oder müssen unter der Folter Schmerzen erleiden. Und da Haramis dies nicht tun will, werde ich sie jetzt selbst retten. Wir müssen sofort umdrehen.«

»Herrin, nein!« rief der Wyvilo-Kapitän voller Bestürzung aus. »Ihr versteht nicht, wie schwierig ...«

»Ich habe meine Entscheidung getroffen, Wikit-Aa«, sagte Kadiya. »Du wirst für etwaige Verluste großzügig entschädigt werden.«

»Darum geht es nicht«, sagte Wikit. »Ich würde mit Freuden meine Ladung opfern, wenn es helfen würde, Eure Schwester, die Königin, zu retten. Aber um auf dem gleichen Weg nach Let zurückzukehren, müßten wir den Großen Mutar stromaufwärts fahren, und angesichts des Hochwassers würden wir dafür mindestens zweimal zehn Nächte brauchen. Wahrscheinlich sogar dreimal zehn.«

Lummomu-Ko fügte hinzu: »Und dann sind es noch neun Tage oder mehr, um von Let aus über die Tassfälle, den Wunsee und die Große Straße bis zum Schloß Bonar zu reisen. Wie könnt Ihr nach so langer Zeit hoffen, die Königin noch lebend zu finden, wenn dies selbst der Weißen Frau nicht gelungen ist?«

»Ich werde sie suchen, bis das vordringende Eis in den zehn Höllen gefriert!« erklärte Kadiya. »Was das Wie anbelangt ... Die Antwort ist mir eingefallen, nachdem das Bild der Erzzauberin zu Ende war. Ich werde mit einer Truppe tapferer Krieger zu jenem Viadukt gehen und ihm befehlen, sich zu öffnen, mit Worten, welche die Weiße Frau mich gelehrt hat. Wo immer das Viadukt auch hinführen mag, meine Kameraden und ich werden ihm folgen – und am anderen Ende werden wir das Versteck der Sternenmänner finden, wo die Königin und die anderen gefangengehalten werden.«

»Eure königliche Schwester ist vielleicht schon tot«, sagte Jagun leise.

»Anigel lebt!« beharrte Kadiya. »Wir sind die Töchter des Dreifaltigen – die Blütenblätter der Lebenden Drillingslilie. Ich würde es wissen, wenn eines davon nicht mehr am Leben wäre. Wikit-Aa, ich befehle dir umzukehren.«

Der Wyvilo-Kapitän sagte: »Herrin der Augen, Ihr müßt wissen, daß dieses Boot nicht dazu geeignet ist, um den Fluß gegen eine starke Strömung hinaufzufahren. Es ist kaum mehr als ein stabiles Floß mit zwei Deckhäusern, so gebaut, daß es den Unbillen tückischer Stromschnellen und dem Treibgut standhalten kann, während es gleichzeitig eine große Menge an Ladung aufnimmt. Es ist bei uns so Brauch, daß wir, nachdem wir den Fluß hinunter bis zur Hauptstadt von Var gefahren sind und die Ladung gelöscht haben, das Holz des Bootes verkaufen. Für die Rückreise bedienen wir uns kleiner varonischer Kanus, mit denen wir durch das flache Wasser paddeln.«

»Dann mußt du mich und meine Ritter beim nächsten Dorf absetzen«, sagte Kadiya. »Ich werde uns ein kleineres Boot besorgen und Männer anheuern, die uns nach Ruwenda zurückbringen. Prinz Tolivar und Ralabun bleiben bei dir und nehmen wie geplant das Schiff von Mutavari aus.«

»Es gibt keine Dörfer der Menschen in dieser Gegend«, sagte Wikit. »Bis zum Frieden der Irrsümpfe hatte das Volk von Var solche Angst vor den wilden Glismak hier in der Gegend, daß sie nicht einmal daran dachten, den Großen Mutar als Handelsweg zu benutzen. Selbst wir Wyvilo haben den Unterlauf des Flusses gemieden, der durch das Stammesgebiet der Glismak führt. Dies verhinderte den Handel zwischen den Bewohnern von Var und uns. Heute heißen die Kaufleute von Mutavari unsere Boote natürlich willkommen. Aber es finden sich noch immer so gut wie keine menschlichen Ansiedlungen am Fluß, weil die Glismak ein gar zu unberechenbares Wesen haben. Hier draußen gibt es nur ab und zu einmal einen primitiven Außenposten, wo Kommissionäre der Gesellschaften in Mutavari mit den Goldsammlern und Trappern der Stämme Handel treiben.« Er deutete auf das rechte Flußufer, das vom Nebel fast völlig verdeckt wurde. »Einer dieser Außenposten liegt ganz in der Nähe, aber es ist ein Ort von zweifelhaftem Ruf ...«

»Leg dort an«, befahl Kadiya, »und dann reden wir weiter.«

Das Flachboot legte zur Mittagszeit an. Der für den trostlosen Außenposten zuständige varonische Kommissionär war ein untersetzter, bärtiger Bursche namens Turmalai Yonz. Er trug eine schmierige Lederhose und zeigte sich verdächtig freundlich. Als Kadiya und ihre Gefährten an Land gingen, begrüßte er sie auf das herzlichste und brachte Krüge mit Salka herbei, dem bitteren Apfelwein, in Var das Nationalgetränk. Dann verschwand er, nachdem er versprochen hatte, herauszufinden, ob kleine bemannte Boote verfügbar waren.

Der Tag blieb so dunkel und düster, wie er begonnen hatte, und auch der Regen ließ keinen Augenblick lang nach. Er tropfte durch das undichte Strohdach des Anbaus, welcher der verwahrlosten Behausung des Kommissionärs hinzugefügt worden war. Kadiya, Lummomu, Jagun, Wikit und Lord Zondain, der älteste Ritter der sechs Lehnsherren, saßen auf grob gezimmerten Hockern an einem wackligen Tisch und warteten.

»Wenigstens schien der Kommissionär zuversichtlich zu sein, daß er uns helfen kann«, sagte Lord Zondain hoffnungsvoll. »Allerdings muß ich zugeben, daß mir der Kerl nicht sonderlich gefällt.« Der Ritter war ein stämmiger Mann von dreißig-und-zwei Jahren, dessen spärliches Haar bereits grau wurde. Er stammte aus dem Dylex-Land im Nordosten von Ruwenda. Seine jüngeren Brüder, Melpotis und Kalepo, die ebenfalls zu Kadiyas Gruppe gehörten, waren mit den anderen drei Rittern an Bord geblieben.

»Dieser Turmalai lächelt wie ein Straßenräuber«, sagte der kleine Jagun mit finsterem Gesicht. »Menschen wie er haben sich immer im Hafenviertel von Derorguila und auf den Märkten von Trevista herumgedrückt. Sie versprechen einem alles, aber ob sie es auch halten können, ist eine ganz andere Frage – vor allem dann, wenn man im voraus bezahlt hat.«

»Ich glaube nicht, daß es in diesem erbärmlichen Pelrikloch auch nur ein ordentliches Boot gibt«, brummte Lummomu-Ko. Mit zunehmendem Unbehagen hatte er das Treiben unten am Dock beobachtet, wo ein paar finstere Gestalten zu sehen waren, die um das Boot der Wyvilo schlichen. »Die Menschen in dieser Gegend sind arm und gesetzlos. Die ehrlichen Kaufleute von Mutavari verachten sie.«

»Das ist wahr«, bekräftigte Wikit-Aa. »Außerdem werden die Wyvilo von diesen Flußleuten gehaßt, weil wir mehr arbeiten als sie und wohlhabender sind. Wir halten an diesen armseligen Außenposten nur an, wenn es unbedingt sein muß. Und ich sage Euch ganz offen, daß es klüger wäre, so schnell wie möglich von hier wegzukommen.« Er berührte mit dem Klauenfinger seine Schnauze. »Meine Nase juckt – unter den Wyvilo ist das ein untrügliches Zeichen dafür, daß es bald Ärger gibt.«

»Ich muß einen Weg finden, um nach Ruwenda zurückzukommen!« Kadiya ließ sich nicht abschrecken. »Ich brauche keine königliche Triere, nur drei oder vier Einbäume, die mich und Jagun und die Ritter von hier wegbringen ...«

»Und mich«, fügte Lummomu hinzu. »Ihr braucht einen vertrauenswürdigen Führer, der Euch durch das Gebiet der Glismak bringt, und hier werdet Ihr wohl kaum einen finden.«

Wikit-Aa kippte sich geübt Salka in die Kehle. »Selbst mit deiner gewaltigen Hilfe, Cousin, wird das Ganze für die Herrin und ihre Gefährten eine riskante Sache sein. Wäre es nicht klüger, flußabwärts bis nach Mutavari zu fahren und dort zusammen mit dem jungen Prinzen an Bord eines Schiffes zu gehen, das um die Halbinsel herum nach Labornok segelt?«

»Die Seereise würde noch viel länger dauern als die Fahrt flußaufwärts«, sagte Lummomu, »wegen der größeren Strecke und den widrigen Winden, die zu dieser Jahreszeit herrschen.«

»Und dann müßten wir auf dem Landweg von Derorguila nach Ruwenda reisen, um das Viadukt zu erreichen«, sagte Kadiya, »und dabei den Vispir-Paß überqueren. Da der Monsun zu früh eingesetzt hat, wird der Paß eingeschneit sein, wenn wir ihn erreichten. Nein ... Ich bin fest entschlossen, flußaufwärts über den Mutar zurückzugehen.«

Mit einem lauten Knarren öffnete sich die durchhängende Tür der Behausung. Im Eingang stand der strahlende Kommissionär mit einem Tablett, auf dem ein dampfender Topf, ein Stapel angeschlagener Schalen und einige Holzlöffel lagen. »Edle Gäste! Euer ergebener Diener bittet Euch, von diesem schönen frischen Karuwokeintopf zu kosten. Auch wenn die Zutaten nichts Besonderes sind, so werdet Ihr das Essen an einem so trüben Tag doch wärmend und wohlschmeckend finden.«

Kadiya runzelte die Stirn. »Das ist sehr aufmerksam von Euch, Kommissionär Turmalai, aber wir haben nichts zu essen bestellt.«

Der bärtige Mann gluckste vor Vergnügen und fing an, die Schalen auf den Tisch zu stellen. Er nickte zwei großgewachsenen, ärmlich gekleideten Jugendlichen zu, die aus irgendeiner Hintertür gekommen waren und jetzt einen zugedeckten Kessel und eine große Korbflasche mit Salka über den schlammigen Pfad zum Fluß trugen. »Ich habe mir erlaubt, meine Söhne mit Erfrischungen zu Euren Gefährten auf dem Boot zu schicken. Es wird nicht viel kosten, das versichere ich Euch. Während Ihr eßt, werden sich meine Freunde um Euren Wunsch nach kleinen Booten mit Paddlern kümmern.«

»Das Zeug riecht eßbar«, gab Lord Zondain zu. Er schnupperte an einer Portion Eintopf, die in seine Schale gehäuft worden war, »und ich für meinen Teil bin am Verhungern.«

»Großartig!« Der Kommissionär rieb sich die Hände und grinste. »Ich werde noch mehr Salka holen.« Er eilte in sein Haus.

Kadiya starrte mißmutig auf die gefüllte Schale vor sich, aber Zondain langte bereits kräftig zu.

»Eßt!« forderte sie der Lehnsherr auf. »Es schmeckt ganz gut.«

Jagun hob seinen Löffel und berührte mit seiner langen Zunge den Inhalt. Seine gelben Augen fielen ihm an den Stielen aus dem Kopf, und er spuckte alles wieder aus. Dann sprang er auf und kippte den Tisch um, so daß die Schüsseln, die Becher mit Salka und der Topf mit dem Essen auf die morschen Planken des Anbaus fielen. »Heilige Blume – der Eintopf ist mit Yistokwurzel versetzt! Eßt ihn nicht!«

Kadiya, Lummomu-Ko und Wikit-Aa ließen ihre Löffel fallen, sprangen auf und griffen nach ihren Waffen. Nur Lord Zondain saß noch auf seinem Hocker. Jetzt fiel ihm sein Kopf auf die Brust.

»Vergiftet!« rief die Herrin der Augen. »Oh, dieses verräterische Wurrempack! Lummomu, sieh zu, was du für den armen Zondain tun kannst, und dann kümmere dich um Turmalai. Ihr anderen – mir nach zum Boot!«

Sie rannte den Pfad hinunter. Das große Schwert aus Stahl glänzte im Regen, während der Wyvilo-Kapitän und Jagun ihr folgten. Die Hafenanlagen bestanden aus einer unordentlichen Ansammlung windschiefer Schuppen, in Ballen verpackten Fellen und Häuten, unordentlich gestapelten Baumstämmen und gestrandeten Booten. Die Söhne des Kommissionärs waren offensichtlich an Bord von Wikits Flachboot. Drei zerlumpte Varonier bewachten das Fallreep. Einer von ihnen schwang einen rostigen Säbel, während die anderen beiden lange Messer in den Händen hielten.

Kadiya schrie den an Bord Zurückgebliebenen zu: »Gift! Gift! Eßt nicht von dem Eintopf!« Gleichzeitig hieb sie mit ihrem Schwert auf den Säbelträger ein. Er wehrte den Hieb unbeholfen ab, dann stürmte er auf sie zu, um sie vom Dock in den reißenden Fluß zu stoßen. Sie wich ihm aus und versetzte ihm einen Tritt mit dem Stiefel. Als der Varonier aufheulte und das Gleichgewicht verlor, schlug sie ihm den schweren Schwertgriff ins Genick. Mit einem lauten Platschen fiel er in das braune Wasser und wurde vom Fluß mitgerissen.

Wikit-Aa hatte mit seinem menschlichen Feind bereits kurzen Prozeß gemacht und ihn mit einer scharfen Klinge aus zinorianischem Stahl durchbohrt. Seine Schnauze öffnete sich zu einem triumphierenden Grinsen. »Ich werde sehen, was an Bord vor sich geht!« schrie er. Dann sprang er auf das Boot und rannte zu dem hinteren Deckhaus, aus dem Kampfgeräusche drangen.

Kadiya wirbelte herum, um Jagun zu helfen. Er hatte seinen Angreifer mit dem Messer am linken Bein verletzt, so daß dieser jetzt blutete, aber der Verbrecher hatte den kleinen Nyssomu in eine Sackgasse aus zwei großen Ballen mit Tarenlerhäuten gedrängt. Er kicherte vor Erwartung und hatte den Arm erhoben, um Jagun das Messer in die Kehle zu stoßen, als ihm Kadiya den Arm unterhalb des Ellbogens abhackte. Schreiend brach der Varonier in einer Blutlache zusammen.

In diesem Moment wurde eine menschliche Gestalt durch das Fenster des Deckhauses an Steuerbord geschleudert. Es war einer der Söhne des verräterischen Kommissionärs. Er prallte auf die Reling des Schiffes und hielt sich für kurze Zeit an ihr fest, aber dann beugte sich einer der Ritter aus dem Fensterrahmen und hieb mit einem blutigen Schwert auf ihn ein, bis er schreiend in den Fluß fiel. Aus dem Inneren des Deckhauses drangen triumphierende Schreie heraus.

Sir Bafrik, einer der Lehnsherren, kam zur Tür des Deckhauses und rief ihr zu: »Wir haben die Bastarde erledigt, Prinzessin! Wie ist es Euch ergangen?«

»Nehmt einige der Ritter mit Euch und geht zum Haus hinauf. Seht nach, ob Lummomu Hilfe braucht.« Als mehrere Ritter von Bord stürmten, drehte sie sich zu dem verletzten Varonier um, der auf dem Boden saß und mit aschfahlem Gesicht die Hand auf seinen Armstumpf preßte. »Willst du sterben, Bursche, oder soll ich mich um deine Wunde kümmern?«

»Oh – oh, bitte, gnädige Herrin ...«

Der Regen hatte aufgehört, und inzwischen war es fast dunkel. Sir Bafrik und Sir Sainlat brachten einen blutverschmierten Jüngling von Bord und warfen ihn unsanft auf das Dock neben den toten Mann, wo er halb besinnungslos liegenblieb. Jetzt wagte sich auch der junge Prinz Tolivar zusammen mit dem Nyssomu Ralabun aus dem Deckhaus. Beide schienen wie betäubt vor Entsetzen zu sein und ließen ihre Blicke über die Szene vor sich schweifen. Wikit-Aa gab seiner Mannschaft einige Befehle, dann ging er von Bord, stellte sich neben Jagun und sah teilnahmslos zu, wie Kadiya den verwundeten Mann verarztete.

Sie benutzte seinen Gürtel, um daraus eine Aderpresse

zu machen, mit der sie den tödlichen Blutstrahl zum Versiegen brachte. Ihr beinahe sauberes Taschentuch diente dazu, um den Stumpf abzubinden. »Hast du Halakaharz vorrätig?« fragte sie den Patienten, als sie fertig war. »Das ist das einzige, womit man eine solche Wunde behandeln kann.«

»Ich ... ich weiß es nicht«, flüsterte er. »Kommissionär Turmalai hält alle diese Heilmittel unter Verschluß.«

»Wenn keines da ist, werde ich den Stumpf mit Feuer ausbrennen müssen«, warnte ihn Kadiya, »andernfalls stirbst du an Wundfäule. Hoch mit dir. Der Kapitän und ich werden dir bis zum Haus helfen.«

Sie und Wikit stützten den einarmigen Varonier, der kurz vor dem Zusammenbrechen stand, und schleppten ihn zu der Bruchbude des Kommissionärs. Jagun folgte ihnen. Turmalai, der abwechselnd fluchte und schluchzte, war auf einem stabilen Holzstuhl festgebunden und wurde von Lummomu und Sir Edinar bewacht. Kadiya befahl den beiden anderen Wyvilo, den verletzten Mann in einen anderen Raum zu bringen und so gut es ging für ihn zu sorgen. Dann bemerkte sie, daß Sir Melpotis und Sir Kalepo an einer improvisierten Bahre in einer Ecke des Raumes knieten. Dort lag Lord Zondain, regungslos und das Gesicht so bleich wie Wachs.

»Wie geht es ihm?« fragte Kadiya.

Der junge Melpotis schüttelte den Kopf. Seine Wangen waren tränenfeucht.

»Herrin, unser edler Bruder Zondain ist von uns gegangen und von den Herrschern der Lüfte in die Ewigkeit getragen worden«, sagte Kalepo.

»Möge der Dreieinige Gott ihm gnädig sein«, flüsterte Kadiya. Ihr Blick ruhte für eine Weile auf dem toten Ritter. Dann wandte sie langsam die funkelnden braunen Augen ab und sah den gefangenen Kommissionär an, der sein lautes Wehklagen fortgesetzt hatte.

»Du madenbefallenes Aas«, sagte sie und stellte sich vor ihn hin. »Besteht Gastfreundschaft für dich darin, deine Gäste zu vergiften?«

Turmalai Yonz gab ihr keine Antwort, sondern fuhr fort, über den Verlust seiner Söhne zu jammern. Er hatte den

Kampf auf dem Dock mitangesehen, bevor Lummomu ihn ergriffen und gefesselt hatte.

»Tschaa!« rief Wikit-Aa verächtlich aus. »Das eine dieser mörderischen Bürschchen wurde lediglich besinnungslos geschlagen, nachdem es ein paar kleine Wunden eingesteckt hat, während gesehen wurde, wie das andere, das in den Fluß gefallen ist, keine fünfzig Ellen stromabwärts wieder an Land gekrochen ist.«

»Meine lieben Jungen sind am Leben?« rief der Kommissionär. »Dank sei Tesdor dem Gütigen, dem Lebensspender.«

Kadiya packte eine Handvoll von dem schmutzigen Haar des Kommissionärs und riß seinen Kopf hoch. In der anderen Hand hielt sie einen Dolch. »Du hast wirklich Glück gehabt, du Sack voll Wothscheiße«, sagte sie im Plauderton zu ihm. »Deine mißratenen Bälger sind dem Tod entronnen, den sie zu Recht verdient hatten.« Die Spitze der Klinge ritzte Turmalais Kehle. »Aber *du* wirst in zwei Minuten vor deinem Gott stehen, wenn du mir nicht sofort einige Fragen beantwortest.«

Der Kommissionär krümmte sich und stieß einen erstickten Schrei aus.

»Warum hast du das Essen vergiftet?« verlangte Kadiya zu wissen. »War es nur so zum Spaß, um uns auszurauben ... oder hattest du noch einen anderen Grund dafür?«

Turmalai verdrehte verzweifelt die Augen. Der scharfe Stahl an seiner Kehle hinterließ eine dünne Blutspur.

»Es gab ... ein Angebot«, krächzte er. »An alle, die am Fluß wohnten. Wenn wir Euch fangen, tot oder lebendig, und Euch vor dem nächsten Vollmond zu einer bestimmten Stelle bringen, bekommen wir eine Belohnung von eintausend Platinkronen.«

»Bei den heiligen Sporen von Zoto!« rief Sir Kalepo aus, denn der Betrag stellte ein Vermögen dar. Er und sein Bruder Melpotis gaben die Totenwache neben ihrem Bruder auf und stellten sich neben die Herrin der Augen.

»Wer ist so ausgesprochen großzügig?« Kadiya ließ den Kommissionär los und steckte ihren Dolch ein.

»Es wurde kein Name genannt«, erwiderte Turmalai Yonz

mürrisch. »Nur der Ort, zu dem Ihr gebracht werden solltet, neben dem Doppelwasserfall am Fluß Oda, der sich etwa sechzig Meilen flußabwärts von hier mit dem Mutar vereint. Ich konnte mein Glück nicht glauben, als Ihr hier angelegt habt.«

Kadiya griff unter ihren Umhang und zog ein gefaltetes Stück Stoff hervor, das sie vor sich ausbreitete. »Kannst du eine Karte lesen, Kubardung?«

»Ja, Herrin.«

Sie deutete auf einen Fluß, der auf der Serviette verzeichnet war. »Hier ist der Oda. Ist dieser rote Punkt hier die Stelle, an der die Belohnung für uns gezahlt werden soll?«

Er schielte auf das Tuch, das ihm vor die Nase gehalten wurde. »J-ja. Das ist die Stelle. Ihr solltest bei Tagesanbruch dorthin gebracht werden, an einem beliebigen Tag in dieser Mondphase. Jene, die die Belohnung ausgesetzt haben, sollten dort warten.«

»Bei Tagesanbruch ...« Kadiya nickte kurz mit dem Kopf, dann steckte sie die Karte mit der Lage der Viadukte wieder ein und wandte sich an ihre Leute. »Ritter, bringt Lord Zondains Leiche zum Dock hinunter. Wir werden den Scheiterhaufen für sein Begräbnis mit den Handelswaren seiner erbärmlichen Mörder bauen.«

»Nein!« rief Turmalai Yonz. »Das wird mein Ruin sein!«

»Du solltest lieber dankbar sein«, entgegnete Sir Kalepo, »daß wir dich und deine Kumpane nicht als Brennstoff für die Flammen hernehmen.« Er, Edinar und Melpotis trugen die Leiche fort.

Lummomu und Wikit kamen aus dem anderen Zimmer. »Wir haben die Heilmittel gefunden«, sagte Lummomu, »und damit die Wunde des Schurken versorgt. Es war auch noch eine Flasche mit ausgezeichnetem Branntwein aus Galanar da, die er ausgetrunken hat, um seine Schmerzen zu lindern. Jetzt liegt er besinnungslos auf dem Bett.«

»Ihr habt ihm doch nicht die letzte Flasche von dem guten Branntwein gegeben?« heulte der Kommissionär. Melpotis versetzte ihm eine Ohrfeige, so daß er wimmernd Ruhe gab.

»Was sollen wir mit dieser jämmerlichen Kreatur hier machen, Herrin?« wollte Lummomu von Kadiya wissen.

»Laßt ihn hier an den Stuhl gebunden sitzen, bis jemand kommt, um ihn zu befreien. Wenn der Verwundete nicht stirbt, wird er morgen irgendwann am späten Vormittag aus seinem Suff aufwachen.«

»Und was ist mit Eurem Wunsch, die Reise flußaufwärts fortzusetzen?« fragte Wikit. »Es sind einige Kanus hier, die unseren Zwecken vielleicht dienen können.«

»Ich habe meine Meinung geändert. Geht bitte an Bord des Flachbootes und bereitet alles zum Ablegen vor. Jagun und ich werden in Kürze nachkommen.«

Kadiya winkte ihrem Nyssomu-Freund, der ihr nach draußen in die Dunkelheit folgte. Sie gingen seitlich am Haus vorbei und stellten sich unter die tropfenden Zweige eines großen Ombakobaums.

»Ich würde gern mit meiner Schwester, der Weißen Frau, sprechen«, sagte sie zu dem Eingeborenen, »und bitte sie auch, mir ihr Bild zu senden.«

»Sehr wohl«, sagte Jagun. Seine leuchtenden Augen schlossen sich, und sein kleiner Körper wurde so starr wie ein Holzscheit, als er den Ruf in der Sprache ohne Worte aussandte.

Einen Augenblick später stand Haramis vor ihnen, so geisterhaft und unwirklich, daß man sie in fünf Schritten Entfernung kaum noch wahrgenommen hätte.

*Was gibt es, Kadi?*

»Hast du beobachtet, was hier vorgefallen ist?«

*Nein*, sagte die Erzzauberin. *Ich war mit anderen Dingen beschäftigt.*

Kadiya erzählte es ihr rasch, woraufhin die Weiße Frau sehr aufgeregt wurde. *Das hätte ich ahnen sollen! Was bin ich doch für eine Närrin gewesen. Natürlich würden sie versuchen, dich zu ergreifen, nachdem sie nun schon die arme Ani in ihrer Gewalt haben!*

»Um dich unter Druck zu setzen?« fragte Kadiya mit grimmiger Miene.

*Ohne Zweifel.*

»Und würdest du deinen Talisman abtreten, wenn Orogastus mich und Ani in blauem Eis einschließen und dir dieses Bild zeigen würde?«

*Nein*, sagte die Erzzauberin.

Kadiya lächelte. »Gut! Jetzt, da mir jeder gemeine Schlammkriecher am Großen Mutar auflauert und sich die Finger nach mir leckt, kann ich wohl nicht mehr versuchen, flußaufwärts zurückzukehren. Ich werde unserem ursprünglichen Plan folgen und nach Sobrania gehen müssen.«

*Vor kurzer Zeit habe ich beobachtet, wie der junge Sternenmann, der die Skritek aufgewiegelt hat, im Hafen von Taloazin in Zinora an Bord eines Schiffes gegangen ist. Auch er will nach Sobrania. Egal, ob sich das Hauptquartier der Sternengilde nun dort befindet oder nicht, es ist zumindest der richtige Ort, um mit unserer Suche zu beginnen.*

»Was wirst du wegen Ani unternehmen? Ich hatte bereits beschlossen, jenes Viadukt in den Irrsümpfen zu betreten, um nach ihr zu suchen, egal, ob du mein Vorhaben billigst oder nicht.«

*Das wird nicht notwendig sein. Ich werde selbst hindurchgehen. Bete für mich, liebste Kadi.*

Das Bild verschwand, aber Kadiya starrte noch eine Weile auf die Stelle inmitten der dunklen Blätter, wo Haramis erschienen war. Schließlich legte ihr Jagun die Hand auf die Schulter.

»Weitsichtige, Lord Zondains Scheiterhaufen wird gerade entzündet. Wir sollten dort sein.«

»Ja«, seufzte sie. Sie gingen zusammen zum Dock hinunter. Nach einer Weile sagte sie: »Jagun, bist du bereit, mit mir auf eine Reise zu gehen, die weitaus gefährlicher werden könnte als eine Seereise nach Sobrania?«

»Ihr wißt, daß ich dazu bereit bin. Und die fünf Ritter werden Euch sicherlich dasselbe ebenso antworten. Wohin gehen wir?«

»Darüber werden wir sprechen«, sagte die Herrin der Augen, »nachdem wir Zondain Lebewohl gesagt haben.«

# 10

Nach Königin Anigels Kampf in dem kalten Wasser und ihrem Sturz durch eine hallende Leere herrschte eine Weile vollkommene Stille. Dann kam sie langsam wieder zur Besinnung. Sie lag in einer Art Gefährt, das sich holpernd vorwärtsbewegte, und verspürte heftige Schmerzen am ganzen Körper, die kamen und gingen. Sie löschten das Zeitgefühl in ihr aus und ließen keinerlei rationale Gedanken zu. Anigel nahm grünes Dämmerlicht wahr, als sie einmal kurz die Augenlider öffnete, roch den würzigen Geruch eines Waldes und hörte das Singen ihr unbekannter Vögel. Jemand sprach mit ihr, aber sie verstand die Worte nicht. Sie versank wieder in Besinnungslosigkeit.

Dann war es Nacht, und in der Finsternis hörte sie das Klappern von Hufen auf Felsgestein. Der Karren wankte heftig hin und her und steigerte so ihre Schmerzen ins Unerträgliche. Sie weinte in ihrer Qual, bis sie schließlich anhielten. Rauhe Männerstimmen mischten sich mit dem nervösen Schnauben von Reit- und Zugtieren und ihrem leisen Schluchzen, das durch die Decken gedämpft wurde. Jeder Atemzug war wie ein Messerstich. Sie konnte ihr rechtes Bein und ihren linken Arm nicht bewegen. Plötzlich ereignete sich eine gewaltige Explosion, und ihr verwundeter Körper wurde durchgerüttelt, als kleinere Erschütterungen folgten. Die Tiere kreischten vor Angst.

Jemand brüllte einen Befehl. Der Karren machte einen Satz nach vorn und nahm seine holprige Fahrt wieder auf. Aber jetzt schien es ihrem verwirrten Gehirn, als hätten sie die reale Welt verlassen und würden statt dessen durch die innerste der zehn Höllen reisen, denn sie sah durch ihre geschwollenen Augen lodernde Feuersäulen, die sich orangefarben vom Nachthimmel abhoben. Sie sandten eine so gewaltige Hitze aus, daß sie sich in panischer Angst auf ihrem Lager im Karren herumwarf und nach ihrem Gemahl rief.

König Antar antwortete ihr nicht. Sie hörte nur eine heisere Stimme, die rief: »Schneller, verflucht noch mal! Schwingt die Peitschen. Es kann jeden Moment anfangen zu regnen, und das würde für uns alle den Tod bedeuten!«

Daraufhin wurde der Karren so heftig hin und her geworfen, daß der schmerzgepeinigten Königin die Sinne schwanden und sie wieder in einer Welt aus wirren Träumen versank. Dieser Zustand dauerte an, bis ein Licht, das so hell und strahlend war, daß es sogar durch ihre geschlossenen Augenlider drang, über ihr Gesicht huschte und bunte Sterne zurückließ. Sie hörte eine Stimme wie aus weiter Ferne. Die Hitze hatte aufgehört. Sie war nicht mehr länger in dem Karren unterwegs, sondern lag in einem Bett und konnte sich nicht bewegen. Dann spürte sie etwas Hartes, Stechendes an ihrem Hals, woraufhin sie erneut die Besinnung verlor.

Als sie wieder zu sich kam, war es Tag und sehr ruhig. Unschlüssig darüber, ob sie wachte oder schlief, wußte sie zunächst nicht, ob das, was sie wahrnahm, die Wirklichkeit war.

Ich bin Anigel, sagte sie zu sich selbst. Ich bin Königin von Laboruwenda. Ich bin ertrunken und war schwer verletzt, aber jetzt lebe ich und bin wieder gesund.

Sie wußte nicht genau, woher sie das wußte, und sie konnte sich auch nicht daran erinnern, wie sie ertrunken war. Sie lag flach auf dem Rücken unter einer dünnen Decke. Zwei harte Kissen, die so fest waren wie Sandsäcke, machten es ihr unmöglich, den etwas erhöht liegenden Kopf zu bewegen. Auch ihre Hände und Füße waren gefesselt, aber es war beileibe nicht unangenehm. Sie spürte, wie sich tief in ihrem Unterleib etwas regte, und lächelte. Auch ihre Kinder waren noch am Leben.

Anigel konnte eine niedrige Decke mit einem Fachwerk aus altem Holz sehen, und den oberen Teil von Mauern aus Stein. Zu ihrer Rechten befand sich ein offenes, von grob gewebten Vorhängen eingerahmtes Flügelfenster, vor dem ein grauer Himmel lag. Der Wind trug einen leicht stechenden Geruch herein, den sie nicht sofort identifizieren konnte.

Auf der linken Seite hing ein großer Gobelin in bunten Farben. Das Stück, das sie sehen konnte, stellte eine kühne Heldin mit langem rotem Haar dar, die vom Hals abwärts in eine fremdartige Rüstung gehüllt war und den Arm erhoben hatte, um ihrer am Boden liegenden Gegner einen Stoß mit dem Schwert zu versetzen. Aus den Felsen zu beiden Seiten der Kämpfenden loderten riesige Flammen, die nahezu die gleiche Farbe hatten wie die Haare der Frau. Im Hintergrund bildeten die verkohlten Überreste eines verwüsteten Waldes ein skelettartiges schwarzes Muster vor dem gespenstisch leuchtenden Himmel, der mit Sturmwolken bedeckt war.

Ja. In der Luft lag der Geruch nach verbranntem Holz, der durch einen kurz zuvor niedergegangenen Regen noch verstärkt wurde ...

Anigel war verwirrt und betrachtete den Wandbehang eine Weile. Er war nicht aus gewebtem Tuch gefertigt. Aber was für ein Material war es dann? Welches Land war darauf abgebildet? Und welchen Gegner wollte die tapfere Frau auf dem Bild gerade töten? Es schien für sie von ungeheurer Wichtigkeit zu sein, dies zu wissen, obwohl sie nicht sagen konnte, aus welchem Grund. Sie zermarterte sich das Gehirn, bis die Antworten kamen.

Federn. Der leuchtende Gobelin war aus kunstvoll miteinander verwobenen Federn gefertigt, und die siegreiche Frau wollte gerade einen vor ihr auf den Knien liegenden Mann mit einem roten Bart töten, der Anigel merkwürdig vertraut vorkam. Er trug einen auffällig bunten Umhang und hielt eine reich verzierte Streitaxt in der Hand.

Federn ...

Sobrania.

Plötzlich wußte sie ohne jeden Zweifel, daß sie sich in jenem Land im äußersten Westen befand, wo das Wetter nahezu das ganze Jahr über sehr mild war und unzählige Vögel die immergrünen Wälder bevölkerten. Das Land der Gefederten Barbaren war eine Ansammlung verstreuter kleiner Königreiche und Stämme, über die der selbsternannte ›Kaiser‹ Denombo herrschte, die er aber aufgrund seiner aufsässigen Untertanen nicht beherrschte. Aber Sobrania lag Tausende von Meilen von den Irrsümpfen entfernt. Die einzige

Möglichkeit, wie sie hierhergekommen sein könnte, bestand darin, daß ...

»Nein!« schrie die Königin. Sie fing an, mit aller Kraft gegen ihre Fesseln anzukämpfen, aber vergebens. Sie war so hilflos wie eine zusammengeschnürte Togense, die auf dem Tisch eines Geflügelhändlers lag.

Doch warum, fragte sie sich, hat mich mein Drillingsbernstein nicht geschützt, als ich in die Fluten stürzte?

Lag es daran, daß sie ihr Gebet nicht rechtzeitig gesprochen hatte – oder gab es einen anderen Grund dafür? *Hatte sie das Amulett verloren*? War es ihr von irgendeinem Schurken abgenommen worden? Es gab keine Möglichkeit, das herauszufinden, denn die Decke reichte ihr bis zum Kinn, und trotz ihrer Anstrengungen gelang es ihr nicht, sie wegzuziehen.

Schließlich ließ sie sich erschöpft in die Kissen sinken und schloß die Augen. Sie bemühte sich, nicht zu weinen. Niedergeschlagenheit und Angst brachen über sie herein, aber sie wollte ihnen nicht nachgeben und holte tief Luft, um sich zu beruhigen. Sie versuchte, darüber nachzudenken, wer sie entführt haben könnte und aus welchem Grund, aber ihr verwirrter Verstand wollte ihr keine Antwort geben, und allein der Versuch zu denken ließ ihren Kopf schmerzen.

Schwarze Drillingslilie, betete sie verzweifelt, hilf mir! Hilf mir!

Einen Augenblick lang schien die dreigeteilte Blume hinter ihren gesenkten Augenlidern zu leuchten. Dann versank Königin Anigel wieder in einen traumlosen Schlaf.

# 11

»Weiße Frau, alle im Haus flehen Euch an – laßt ab von Eurem schrecklichen Unterfangen!«

Magira, der Vispi-Verwalterin im Turm der Erzzauberin, standen Tränen in den riesigen, nichtmenschlichen Augen. Einen Moment lang schien der Körper der großen, schlanken Eingeborenen zu flimmern, dann verschwand er völlig. In dem halbdunklen Zimmer der Erzzauberin waren nur noch ihre leuchtenden, eisgrünen Augen zu sehen, in denen Kummer und Leid stand. Dann blinzelten die Augen, und Magira in ihrer dünnen, scharlachroten Robe mit dem juwelenbesetzten Kragen wurde wieder sichtbar. Mit Ausnahme der übergroßen Augen und der anmutigen, hochstehenden Ohren, die in ihrem hellen Haar fast nicht zu erkennen waren, wirkte ihr Gesicht beinahe menschlich. Sie und andere Angehörige ihrer Rasse hatten Haramis treu gedient, seit diese den weißen Mantel ihres hohen Amtes umgelegt hatte.

Obwohl die Vispi Warmblütler waren, zitterte Magira angesichts ihres Gefühlsausbruches so heftig, daß sie die Arme um ihren Körper geschlungen hatte, als müßte sie eine tödliche Kälte abwehren. »Vergebt mir!« wimmerte sie. Für kurze Zeit wurde sie wieder unsichtbar, wie alle Wesen ihrer Art dies zu tun pflegten, wenn sie sich aufregten. Als sie wieder auftauchte, wirkte sie gefaßter. »Ich bitte Euch inständig, überlegt es Euch noch einmal. Geht nicht in das Viadukt, das Eure Schwester, die Königin, geschluckt hat.«

Haramis saß an einem kleinen Tisch in ihrem privaten Wohnzimmer, wo sie auf ihrer Zaubertafel einige letzte Anweisungen notiert hatte, nach denen die Meeresbewohner im Meer nach alten Waffen suchen sollten. Es war kurz vor Mitternacht, der Zeitpunkt, den sie für ihre Abreise gewählt hatte. Der Schneesturm, der über das Ohoganmassiv hinweggefegt war, hatte sich gelegt, und das Licht des Dreigestirns schien durch das Fenster herein. Die Nacht war bitterkalt, und auf den Blättern und Blüten der großen Schwarzen Drillingslilie im Topf lag eine silbern glänzende Eisschicht.

»Magira, liebe Freundin, mein Entschluß steht fest«, sagte die Erzzauberin freundlich, aber entschieden. »Du mußt die anderen beruhigen und ihnen sagen, daß ich dies nur deshalb tue, weil ich keine andere Wahl habe. Es tut mir leid, daß es dich so mit Sorge erfüllt ...«

Magira unterbrach sie. Ihre Stimme zitterte und war kaum mehr als ein Flüstern. »Weiße Frau, in all den Jahren, die ich Euch gedient habe, habe ich mir nie erlaubt, Eure Weisheit in Frage zu stellen. Aber diese Reise, die ihr mit Hilfe des Viaduktes unternehmen wollt, ist etwas ganz anderes. Ihr wißt, daß wir Vispi die älteste Rasse unter den Eingeborenen sind, und daß wir von unseren Schöpfern, dem Versunkenen Volk, mit besonderen Aufgaben betraut wurden. Nach Tausenden von Jahren ist die Erinnerung an unsere Pflichten verblaßt, und vieles ist vergessen oder zur Legende geworden. Aber unsere Aufgaben hinsichtlich der Viadukte sind uns noch sehr gut im Gedächtnis: Uns wurde befohlen, die Viadukte zu meiden, weil sie lebensgefährlich sind, und dafür zu sorgen, daß keine anderen Wesen aus Versehen hineingeraten. Wenn Ihr einen der geheimen Eingänge betretet, sehen wir Euch vielleicht nie wieder! Nur das Versunkene Volk wußte, wie die Viadukte funktionieren. Andere, die es gewagt haben, in sie einzutreten, sind nie wieder zurückgekehrt. Man sagt, das Schrecklichste an den Viadukten sei, daß sie einen Eindringling nicht sofort töten, sondern ihn in ein Reich ewigen Schreckens bringen, wo die Seele weiterlebt, unter nicht enden wollenden Qualen und ohne Hoffnung auf Rettung.«

»Ich kann nicht einfach hierbleiben und darauf warten, daß etwas passiert«, sagte Haramis entschlossen. »Jeden Tag entdecke ich neue Untaten, die von den Helfern des Orogastus begangen wurden. Von seiner letzten Ungeheuerlichkeit, die ich erst heute morgen erfuhr, habe ich dir noch gar nicht erzählt. Außer meiner Schwester Anigel sind noch sieben weitere Herrscher auf geheimnisvolle Weise verschwunden: Widd und Raviya von Engi, die Königin von Ganalar, der

König von Raktum und die gewählten Präsidenten von Imlit und Okamis. Sie alle verschwanden, kurze Zeit nachdem Königin Anigel entführt wurde. Niemand in den betroffenen Ländern wollte mir gegenüber zugeben, daß es sich so zugetragen hat – zweifellos aus Angst davor, daß die vermißten Herrscher getötet werden. Ich habe ihr Verschwinden durch den Zauber meines Talismans herausgefunden, nachdem es mir sonderbarerweise nicht gelungen war, mit Hilfe meines Talismans zu ihnen zu sprechen. In der Zwischenzeit habe ich den Staatsoberhäuptern von Var, Zinora und Tuzamen mitgeteilt, was geschehen ist, und auch König Antar habe ich gewarnt. Sie werden strenge Sicherheitsvorkehrungen treffen, um nicht auch noch entführt zu werden.«

»Glaubt Ihr, daß die gefangenen menschlichen Herrscher durch die Viadukte weggezaubert wurden, auf die gleiche Art wie Königin Anigel?«

»Ohne Zweifel. Und deshalb ist es noch viel wichtiger, daß ich das Hauptquartier der Sternengilde finde, und zwar so schnell wie möglich. Ich kann nicht länger warten, während sich Kadiya auf die lange Seereise nach Sobrania begibt. Wenn ich jetzt nichts unternehme, verschaffe ich Orogastus dadurch einen Vorteil. Du brauchst dir um mich keine Sorgen zu machen, Magira. Ich werde das Viadukt, das Königin Anigel verschlungen hat, unsichtbar betreten, angetan mit meinem stärksten Zauber.«

»Aber wenn etwas schiefgeht ...«

»Ich bin sicher, daß der Dreiflügelreif und das Amulett mit dem Drillingsbernstein darin mich beschützen werden.« Haramis stand auf, ging zu Magira und legte ihrer Verwalterin die Hand auf die Schulter. »Ich habe keine andere Wahl, liebe Freundin. Kadiya hatte recht, als sie mich darauf hinwies, daß das Viadukt, durch das Anigel entführt wurde, unser einziger wichtiger Hinweis auf den Aufenthaltsort dieser niederträchtigen Sternenmänner ist. Es führt sicher in ein Gebiet, das nicht allzu weit vom Stützpunkt der Gilde entfernt ist – oder vielleicht sogar direkt in ihr Hauptquartier. Ich habe nicht vor, die Sternenmänner schon jetzt anzugreifen, und ich werde auch keine unbesonnen Begegnungen mit ihnen riskieren. Ich werde sie einfach nur beobachten. Wenn alles gutgeht, bin ich vor dem Morgengrauen wieder zurück.«

Magira verneigte sich vor ihr. »Sehr wohl, Herrin. Mögen die Herrscher der Lüfte Euch verteidigen.« Dann verließ sie das Zimmer.

Haramis ging in ihr Schlafzimmer und zog eine Art Schutzanzug an, den sie sich vom Turmschneider hatte anfertigen lassen – eine Tunika mit einer Kapuze und eine Hose aus wasserabweisendem weißem Tuch. Dazu trug sie Handschuhe und Stiefel aus Leder, und an ihrem Gürtel hing ein Beutel, der Wasser, einige Lebensmittel und außerdem ein kleines Klappmesser enthielt. Dann hüllte sie sich ihren weißen Erzzauberinnenmantel. Nachdem sie zu einem kurzen Gebet niedergekniet war, griff sie nach dem Dreiflügelreif.

»Talisman, ich befehle dir, mich für aller Augen unsichtbar zu machen.« Als dies geschehen war, beförderte sie sich zu jenem Viadukt in den Irrsümpfen, durch das man ihre Schwester entführt hatte.

Als das übliche glitzernde Bild ihres Zieles eine feste Form annahm, stand Haramis inmitten des überfluteten Sumpfes auf einer kleinen Insel aus festem Boden. Es war Nacht und regnete in Strömen, aber mit Hilfe ihrer Zauberkräfte konnte sie die Umgebung klar und deutlich sehen. Sie war natürlich schon einmal hiergewesen, als sie nach Hinweisen auf Anigels Entführung gesucht hatte. Der Schlamm in der Nähe des Viaduktes, der damals völlig zertrampelt gewesen war, war inzwischen von dem strömenden Regen wieder geglättet worden. Das einzige, was ihr auffiel, war eine kaum wahrnehmbare gerade Linie, die etwa eine Elle lang war und sich in regelmäßigen Abständen in der feuchten Erde eingegraben hatte. Zwar hätte ihr Talisman das Viadukt für sie angerufen, wenn sie es ihm befohlen hätte, aber es war höchste Zeit, daß sie es mit anderen Mitteln als der Zauberei versuchte.

Haramis stellte sich in Gedanken das geheimnisvolle Portal vor, während sie gleichzeitig mit leiser Stimme sagte: »Viaduktsystem aktivieren«.

Und da war es, begleitet von dem üblichen Glockenton, eine große Scheibe – schwärzer als die Nacht –, die mit dem unteren Rand auf der Erde stand und von einem schwachen, perlmuttfarbenen Licht umgeben war. Die Scheibe war so dünn wie Papier, und ihre Oberfläche sah sowohl auf der Vorder- als auch auf der Rückseite gleich aus. Es spielte keine Rolle, auf welcher Seite der Reisende das Viadukt betrat.

Haramis wußte aus der flüchtigen Untersuchung von Irianes Buch, daß die Viadukte im wesentlichen zwei Funktionsarten kannten. Man konnte einfach eintreten und wurde dann automatisch zu einem vorherbestimmten Ziel gebracht, so wie sie einmal vom Kimilon zu Irianes Wohnung im Aurorameer gereist war. Oder man trat ein und gab dabei in Gedanken einen ziemlich komplizierten Befehl, woraufhin man zu dem gewünschten Ort befördert wurde. Die zweite Beförderungsart wollte Haramis erst dann riskieren, wenn sie mehr über die Viadukte wußte.

Der einzige Hinweis darauf, daß dieser wundersame Apparat des Versunkenen Volkes mehr war als ein undurchdringlicher schwarzer Ausschnitt, bestand aus einer leichten Brise, die ihm entströmte. Als Haramis bei ihrem Besuch das Viadukt aktiviert, aber nicht gewagt hatte einzutreten, hatte der leichte Wind einen angenehmen Geruch nach Wald zu ihr getragen. Jetzt roch es unverkennbar nach frischem Brot!

Sie fragte ihren Talisman: »Wohin führt dieses Viadukt?«

*Die Frage ist unzulässig,* erwiderte der Dreiflügelreif.

Sie seufzte. Genau das hatte sie erwartet. Es gab nur eine Möglichkeit, dem Viadukt sein Geheimnis zu entreißen. Sie ging hinein.

Wie damals, als sie in das Reich der Blauen Frau im Norden gereist war, glaubte sie auch jetzt wieder zu ersticken und hatte das Gefühl, im Nichts zu schweben, während ihr Kopf beim Klang einer lauten, hämmernden Musik explodierte.

Die Reise zu Irianes künstlichem Eisberg hatte nicht einmal einen Augenblick in Anspruch genommen. Aber jetzt dauerte alles viel länger, so daß Haramis beinahe in Panik geriet, als das Donnern immer weiterging und jede Faser ihres Körpers zu zerreißen schien, um sie unwiederbringlich in alle Himmelsrichtungen zu zerstreuen und ihre Seele in einer dröhnenden Leere treibend zurückzulassen.

O lieber Gott, dachte sie. Hast du mich jetzt verlassen? Bin ich jetzt für alle Zeit in dieser Finsternis gefangen?

»Willkommen.«

Sie hörte eine heisere Stimme, roch den wundervollen Geruch von frischgebackenem Brot noch viel stärker, spürte plötzliche Wärme und festen Boden unter ihren Füßen, und sah ...

Ein sehr alter Mann mit dunkelbrauner Haut und silbernen Augen mit großen, schwarzen Pupillen nickte ihr zu. Er strahlte vor Freude. Offenbar war sie für *seine* Augen nicht unsichtbar. Sein weißes, lockiges Haar stand ihm wie dünne Fäden vom Kopf ab. Er trug ein bodenlanges Gewand aus staubigem Schwarz mit einer Borte aus matt gewordenen Diamanten am Saum und darüber eine gewöhnliche Küchenschürze, die dringend einmal gewaschen werden mußte.

Haramis starrte ihn an, sprachlos vor Erstaunen. Sie befanden sich in einer Art Foyer, mit der aufrecht stehenden schwarzen Scheibe des Viadukts in der Mitte und vier Korridoren, die wie die Speichen eines Rades davon wegstrebten, bis sie im Halbdunkel verschwanden. Der alte Mann bedeutete ihr, ihm zu folgen, und ging dann einen der Korridore ein kurzes Stück hinunter, bis er zu einer offenen Tür kam. Der Raum war hell erleuchtet, in ziemlicher Unordnung und sehr seltsam – aber es war zu erkennen, daß es sich um eine Art Küche handelte. An einer der glänzenden, grünlichen Wände stand ein Tisch aus Metall, auf dem Körbe voll frischer Früchte und Gemüse, durchsichtige Honigkrüge, bunte Gefäße mit Marmelade und Eingemachtem und kleine Glasfläschchen mit getrockneten Gewürzen zusammengedrängt waren. Töpfe und Pfannen aus Kupfer hingen von Haken an der Decke herab, und auf den Regalen standen kleine, fremdartige Maschinen und erstaunlich viele Gefäße aus Keramik, die alle in einem ihr unbekannten Alphabet beschriftet waren.

In der Mitte des Raumes war ein sonderbar geformter Tisch mit einem Hocker davor. Darauf befanden sich eine große Glaskugel, die von einem rotkarierten Tuch bedeckt war, ein gefettetes Backblech mit grob gemahlenem Mehl, ein gemehltes Brett, eine Schale mit einer hellen, sprudelnden Flüssigkeit, in der ein Pinsel steckte, ein Teller mit einem Stück Butter und ein großes, gezacktes Messer. An einer anderen Wand sah Haramis Schränke, die offensichtlich zur Lagerung dienten, und auch einige Türen, in denen kleine Fenster ausgeschnitten waren. Eines dieser Fenster wurde von innen beleuchtet. Darüber blinkte ein leuchtender, roter Edelstein.

»Und auch noch genau zur rechten Zeit!« sagte der alte Mann kichernd. »Ich weiß, ich sollte es eigentlich auskühlen lassen, aber frisch aus dem Ofen schmeckt es am besten.«

Er nahm ein Paar Topflappen und öffnete die mit Edelsteinen besetzte Tür in der Wand, aus der er ein Backblech mit drei langen, goldbraunen Brotlaiben holte. Er machte die Ofentür wieder zu (woraufhin das rote Licht ausging) und legte die Brote auf ein Drahtgestell. Dann zog er die Schürze aus und fing an, sich an einem Zauberbecken ohne Pumpe, aus dem offenbar allein durch die Kraft von Gedanken heißes und kaltes Wasser herauskam, die Hände zu waschen.

»Wir sind uns noch nicht vorgestellt worden«, fuhr der ältere Mann fort und sah sie über die Schulter hinweg an, während er das Wasser von den Händen schüttelte und nach einem zweiten rotkarierten Tuch griff. »Ich bin Denby Varcour, Euer himmlischer Kollege.« Er fuhr herum, stellte sich in Positur und deutete mit dem rechten Zeigefinger auf das dampfende Brot. »Ich kann einfach nicht warten. Und ... *Puff*!« Er kicherte, als einer der länglichen Laibe eine Art Sprung vollführte, wobei er sich ein winziges Stück hob und dann wieder auf das Gestell zurückfiel. »Ja! Das hat es etwas abgekühlt.«

Jetzt holte er ein schön gearbeitetes Holztablett von einer Anrichte, öffnete einen Schrank nach dem anderen und stellte zwei Teller aus Glas mit dazu passenden Bechern und zwei kleinen, silbernen Streichmessern auf das Tablett. Aus einem Schrank neben dem Becken, der wohl ein magisches Kühlhaus war, holte er einen Glaskrug mit einer weißen Flüssigkeit, dann nahm er den Teller mit Butter vom Tisch, das große Sägemesser und den Brotlaib, den er gerade verzaubert hatte.

»Wollt Ihr Marmelade oder Wurst?«

Haramis konnte nur stumm den Kopf schütteln.

»Ah, das gefällt mir. Das Einfache ist das Beste, sage ich immer! Kommt mit mir.«

Er trat gegen eine Schwingtür, die zu einem großen, bemerkenswert unordentlichen Raum führte, offensichtlich ein Arbeitszimmer oder eine Bibliothek. Die Regale enthielten nicht nur Bücher, sondern auch durchsichtige Töpfe mit den Zaubertafeln, von denen sie wußte, daß sie vom Versunkenen Volk als Nachschlagewerke benutzt worden war. Denby, der vor ihr ging, setzte das Tablett auf einem hölzernen Tisch ab. Er stand vor einer langen Wand mit zugezogenen, blauen Samtvorhängen. Neben den Vorhängen befand sich eine große, runde Tür, die anstelle einer Klinke oder eines Knaufs eine reich mit Edelsteinen besetzte Plakette aufwies.

Ein Fingerschnippen von Denby zauberte Bücher, Papier und geheimnisvolle schwarze Apparate vom Tisch auf den Teppich, so daß sie Platz zum Essen hatten. Er zog einen Ledersessel herbei und bat sie, sich zu setzen. Dann ließ er sich ihr gegenüber in einen zweiten Sessel fallen.

»Ich habe die Servietten vergessen«, stellte er augenzwinkernd fest. »Macht nichts. Einer der Helfer soll sich darum kümmern.« Er schnippte mit den Fingern. Gleich darauf kam eine erstaunliche kleine Maschine mit einer offenen Kiste als Körper wie ein mechanischer Lingit durch die Küchentür. Sie kroch am Tisch hinauf, nahm mit einem ihrer vielen Gliedmaßen zwei gefaltete Leinenservietten aus einem Fach auf ihrem Rücken und legte sie ordentlich neben die Teller.

»Habt Ihr sonst noch einen Wunsch, Herr?« fragte das Ding mit einer dünnen, summenden Stimme.

»Vielleicht eine Tasse Tee?« wollte Denby von Haramis wissen.

Sie schüttelte den Kopf, immer noch zu verwirrt, um zu sprechen.

Denby sagte zu der Maschine: »Heb das Zeug vom Boden auf und lege es auf den Schreibtisch dort drüben.« Dann faltete er die knotigen Hände und senkte den Kopf. »Dank sei der Quelle des Ewigen Lichts für dieses gute Essen.« Er griff nach dem Brot und säbelte es vergnügt mit dem Messer in

Scheiben. Es war immer noch heiß genug, um leicht zu dampfen. Er schmierte Butter auf beide Scheiben und füllte die Becher aus dem Krug. »Das ist schöne kalte Volumnermilch. Das trinkt Ihr doch noch immer dort unten, nicht wahr?«

»Ja ...« Haramis nahm das Stück Brot in die Hand und starrte es einen Moment lang an. Dann hob sie den Blick und sah ihren Gastgeber an. »Ihr seid es. Der Erzzauberer des Himmels.«

Der alte Mann, der sich den Mund vollgestopft hatte, nickte voller Wonne mit dem Kopf.

»Dann habt *Ihr* also meine Schwester, die Königin, und auch die anderen menschlichen Herrscher entführt?«

Denby schüttelte den Kopf. Er kaute immer noch. »Nu' Euch. No'wendig.« Er trank einen Schluck Milch, dann wischte er sich die fettigen Finger an seiner Serviette ab. »Ich habe Oros Programmierung des Viadukts für kurze Zeit geändert, um Euch zu mir zu bringen. Ich kann natürlich auch die Transportanweisungen von jemand anderem widerrufen.«

»Dann ... sind Anigel und die anderen gar nicht hier?«

»Nein. Aber *Ihr*! Und Ihr werdet auch hier bleiben – zumindest für eine Weile.« Er brach in schallendes Gelächter aus und wiegte sich hin und her, wobei er Brotkrumen in alle Richtungen verstreute. Geduldig machte sich die kleine Helfermaschine daran, die Unordnung zu beseitigen.

Haramis versuchte, sich zu beherrschen. »Was meint Ihr damit?«

»Oh, mein liebes Kind! Ihr und ich, wir werden wunderbare Gespräche miteinander führen. Ihr müßt mir alles über Euch erzählen – und über Eure Schwestern. Diese Welt dort unten erfüllt mich mit soviel Abscheu. Sie ist in trauriger Verzweiflung versunken. Was soll man da nur tun, was soll man da nur tun? Ich habe dafür gesorgt, daß Orogastus geboren wurde, lange bevor Binah den neuen Plan erdachte, und von Anfang an habe ich ihn für dumm und aussichtslos gehalten. Aber der gefühlsduseligen Iriane hat er gefallen, und dann haben mich die beiden so lange gepiesackt, bis ich einverstanden war, es damit zu versuchen. Ich konnte einfach nicht glauben, daß es drei jungen Mädchen gelingen würde, alles wieder in Ordnung zu bringen, wo *wir* es doch versucht hatten und kläglich gescheitert waren. Aber die Drillinge haben die Teile des Zepters wirklich gefunden. Es schien, als wäre an euch Drei doch etwas Magisches dran – es hatte wohl etwas damit zu tun, wie ihr den Gang des weltlichen Schicksal beeinflußt habt. Die Blütenblätter der Lebenden Drillingslilie verbündet mit dem wiedererstandenen Stern! Magische Wissenschaft gegen wissenschaftliche Magie! Ich habe nie herausgefunden, ob etwas Wahres dran ist, und jetzt spielt es keine Rolle mehr. Im Grunde genommen habt ihr doch versagt, so wie ich es vorausgesagt habe. Aber ich werde dafür sorgen, daß am Ende alles wieder in Ordnung kommt. Ihr werdet schon sehen.«

»Ich habe keine Ahnung, wovon Ihr sprecht«, sagte Haramis völlig verwirrt.

Er blinzelte ihr verstohlen zu. »Dieser Drillingsbernstein von Euch birgt echte Magie in sich – die weitaus mächtiger ist als die magische Wissenschaft des Sterns und der Schule der Erzzauberer! Sehr interessant – aber auch gefährlich! Ich hatte schon Angst, der Drillingsbernstein würde verhindern, daß ich Euch hierherbringe, und damit alles verderben, aber dann hat es ganz großartig geklappt!«

Haramis kam zu dem Entschluß, daß Denby in der Tat verrückt war, wie Orogastus gesagt hatte. Trotzdem antwortete sie ihm mit ruhiger Stimme. »Es tut mir leid, daß ich Eure freundliche Einladung, noch ein wenig zu bleiben, leider nicht annehmen kann, Erzzauberer des Himmels. Genaugenommen habe ich vor, Euch sogleich zu verlassen. Ich muß mich um andere wichtige Angelegenheiten kümmern.« Sie griff nach dem Dreiflügelreif, stellte sich in Gedanken ihren Turm auf dem Mount Brom vor und erwartete, das glitzernde Bild wahrzunehmen, das sie vor einem magischen Transport immer sah.

Aber nichts geschah.

Die gute Laune in Denbys Gesicht verschwand so plötzlich wie ein Fußabdruck im Sand, der durch eine Welle aus dem Meer ausgelöscht wird. Jetzt stand ihm grimmiger Triumph im Gesicht geschrieben. Er stand auf und stützte sich mit den Fingern auf dem Tisch ab. Seine Stimme, die soeben noch brüchig und schwach gewirkt hatte, klang jetzt metallisch und voll. »Die Magie, die Ihr von Iriane gelernt habt, Haramis, zeigt hier keine Wirkung. Sie bezieht ihre Kraft aus dem Land, das Euer persönliches Erzzauberergebiet ist. Auch Euer Talisman wird Euch nicht gehorchen, denn seine Kräfte stammen aus planetarischen Quellen, von denen Ihr jetzt viel zu weit weg seid, als daß sie noch einen Einfluß haben könnten. Der einzige Weg hier heraus führt durch die Viadukte, die unter meiner Kontrolle stehen – oder durch *diesen* Weg dort.« Er gluckste vor Vergnügen und deutete auf die runde Tür neben den Vorhängen. Sie war aus einem metallischen, schwarzen Material gefertigt und wies nur eine einzige, gewaltige Angel auf. »Aber diese Tür führt in die Ewigkeit, und nur ich selbst werde durch sie hindurchgehen.«

Haramis Gesicht glühte vor Wut. »Denby, ich warne Euch ...«

»Gebt es auf, Erzzauberin.« Er lächelte wieder gönnerhaft. »Ihr werdet so lange bei mir bleiben, bis es für Euch an der Zeit ist zu gehen.«

»Da irrt Ihr Euch! Denn ich kann immer noch eine dritte Quelle magischer Kraft benutzen, die mir von Geburt an gehört.« Haramis berührte die silbernen Flügel, die ihren Drillingsbernstein umschlossen. Sie öffneten sich und enthüllten ein winziges, helles Licht, das wie ein goldener Stern strahlte. Denby erhob lautes Protestgeschrei, als sie aufstand und zu der runden Tür hinüberging. »Ihr hattet ganz recht, was die Zauberkräfte meines Amuletts angeht«, fuhr Haramis fort. »Es ist unabhängig vom Talisman und kann mir in so mancher Hinsicht behilflich sein. Ich bedauere, daß ich nicht in der Lage sein werde, dieses Thema mit Euch zu erörtern. Es genügt wohl, wenn ich sage, daß der Bernstein jedes Schloß in Eurer Behausung aufschließen kann – einschließlich diesem hier.«

Denby sprang auf. Sein dunkles, faltiges Gesicht sah höchst beunruhigt aus. »Haramis – wartet!« rief er. »Ihr habt ja keine Ahnung! Ihr könnt das nicht öffnen! Es würde Euren Tod bedeuten!« Er stürzte zu dem verhüllten Fenster neben der runden, schwarzen Tür und zog die blauen Samtvorhänge zurück.

Haramis war so bestürzt, daß sie einen kleinen Schrei ausstieß. Sie mußte sich an einem Stuhl festhalten, während sie auf das Bild starrte, das sich ihr draußen bot. Es war ein Nachthimmel, übersät mit bunten Sternen, die viel zu zahlreich waren, als daß man sie hätte zählen können. Zwischen den unzähligen funkelnden Punkten schwebten drei von der Seite beleuchtete Himmelskörper – einer von ihnen recht klein und von blauer und weißer Färbung, die beiden anderen, viel größer und silberfarben, ohne besondere Merkmale.

»Heilige Blume!« flüsterte Haramis. »Ihr habt mich auf Euren Stern geholt!«

»Ja«, sagte Denby fast entschuldigend. »Ihr könnt wirklich erst gehen, wenn ich es will. Ich sage Euch, es ist *notwendig*, daß Ihr bleibt – so wie es notwendig ist, daß Iriane erst einmal für eine Weile aus dem Spiel bleibt.«

»Was? Ihr wißt von ihrer grauenhaften Gefangenschaft und wollt nichts unternehmen, um ihr zu helfen?« Mit blitzenden Augen ging Haramis zu dem Schwarzen Mann hinüber und packte ihn an den mageren Schultern. »Ihr seid ein alter Tattergreis und wahnsinnig noch dazu! Was für ein dummes Spiel spielt Ihr da eigentlich?«

»Kein Spiel! Kein Spiel!« jammerte er. »Autsch! Das tut weh! Laßt ab, junge Erzzauberin! Ich bin zwölftausend Jahre alt. Meine Knochen sind brüchig, und mein armes Herz ist schwach. Vielleicht falle ich einfach um und bin tot, wenn Ihr mich so grob behandelt. Und dann werdet Ihr nie wieder nach Hause kommen.«

Haramis ließ ihn los und sagte mit eisiger Verachtung: »Dann möchte ich jetzt eine Erklärung hören. Wo ist meine Schwester Anigel, wenn sie nicht hier ist – und warum habt Ihr es gewagt, mich bei der Ausübung meiner heiligen Pflichten zu behindern?«

Er hob beschwichtigend die Hände. »Der Königin geht es gut, und den anderen Herrschern auch. Orogastus hält sie in seinem Schloß in Sobrania gefangen. Das gehört alles zu meinem Plan.«

Der Bernsteintropfen auf dem Dreiflügelreif begann wie eine winzige Sonne zu strahlen, als ein Ausdruck wilder Entschlossenheit auf Haramis' Gesicht erschien. »Denby Varcour«, sagte sie, »Ich befehle Euch, als Erzzauberin und Euch Ebenbürtige, schickt mich sofort auf meine Welt zurück – sonst wird das schlimme Folgen für Euch haben.«

Seinen zerrütteten Nerven schien es schon wieder besser zu gehen. Er legte den Kopf schief und verzog die Lippen zu einem spöttischen Grinsen. »Was für Folgen? Habt Ihr etwa vor, mir die Zähne aus meinem alten Schädel zu schütteln, wenn ich Euch nicht gehorche? Oder wollt Ihr Euren heiligen Eid brechen und mich töten – einen schwachen, verschrobenen Alten, der es doch nur gut mit der Welt meint? Das würde Euch auch mit bloßen Händen gelingen. Aber ich bitte Euch, noch ein wenig damit zu warten, meine reizende junge Haramis. Ich habe Euch nämlich aus einem sehr guten Grund hierhergebracht.« Er sah sie gespielt vorwurfsvoll an. »Und außerdem war ich ganz sicher, daß Euch das frische Brot munden würde.«

*»Was wollt Ihr?«* rief sie ungeduldig.

Mit einem Mal war er wieder ernst und völlig normal. »Erzzauberin, Ihr wißt, daß die Welt des Dreigestirns, die Ihr so sehr liebt, aus dem Gleichgewicht geraten ist und kurz vor einer Katastrophe steht.«

»Das ... das weiß ich. Meine Schwestern und ich haben versucht, das Gleichgewicht wiederherzustellen, so wie es unsere Bestimmung ist. Als wir Orogastus besiegt hatten, dachten wir, alles wäre wieder in Ordnung, aber wir haben uns geirrt. Inzwischen glaube ich, daß die bevorstehende Gefahr nur abgewendet werden kann, wenn wir das Zepter der Macht wieder zusammensetzen.«

»Ja!« bestätigte der Erzzauberer des Himmels. »Es stimmt, daß dies der Schlüssel ist. Das Zepter, dieses verfluchte Ding, das die Welt retten, aber sie auch vernichten kann. Ihr besitzt einen Teil davon, und die beiden anderen sind ...« Der alte Mann verstummte und schüttelte den Kopf. »Aber es gibt noch so vieles, das wichtig ist.«

»Dann erklärt es mir«, verlangte Haramis.

Denby versuchte ein zaghaftes, kleines Lächeln. »Ich glaube, Euch würde einiges klar werden, wenn Ihr mir gestattet, Euch etwas zu zeigen. Würdet Ihr mich zu dem Stern dort drüben begleiten? In der Nische neben dem mittleren Bücherregal befindet sich ein Viadukt.«

Sie runzelte die Stirn. »Orogastus sagte etwas von einem Gartenstern und einem Todesstern.«

»Unser Ziel ist der letztgenannte.« Denby machte eine Handbewegung und öffnete das Viadukt. Der vertraute Glockenton erklang, und eine dunkle Scheibe wurde sichtbar. »Das ist keine List von mir, Mädchen. Wenn Ihr wollt, gehe ich zuerst.«

Er verschwand. Haramis zögerte einen Moment lang. »Der Todesstern! Ich muß genauso verrückt sein wie Denby.« Sie griff nach ihrem Talisman, murmelte ein kurzes Gebet und folgte ihm.

Sie kamen wieder zum Vorschein und standen nebeneinander auf einer runden, durchsichtigen Plattform, die in einem düsteren, blutroten Halbdunkel schwebte. Über ihnen, unter ihnen und auf allen Seiten, soweit das Auge sehen konnte, schwebten unzählige goldene Kugeln, die etwa drei Ellen im Durchmesser maßen und miteinander durch nahezu unsichtbare, hauchdünne Fäden verbunden waren, als wären sie in einem riesigen, kunstvoll gesponnenen Lingitnetz gefangen, auf dem große Tautropfen leuchteten. Als sich ihre Augen an das gedämpfte Licht gewöhnt hatten, sah Haramis, daß die Kugeln durchsichtig und mit einer Art leuchtendem Nebel gefüllt waren. In jeder von ihnen steckte eine regungslose menschliche Gestalt, die mit einem sonderbar aussehenden Gewand bekleidet war.

»Gütige Herrscher der Lüfte«, rief Haramis verwundert. »Es müssen Tausende und Abertausende sein! Wer sind sie?«

»Die Mitglieder des Versunkenen Volkes, die nicht mehr gehen konnten«, erwiderte Denby Varcour.

# 12

»Sind sie wirklich tot?« fragte Haramis, die angesichts der zahllosen leuchtenden Kugeln und der Körper in ihrem Inneren – Männer, Frauen und Kinder – von Mitleid und Entsetzen nahezu überwältigt war.

»Nein«, sagte Denby. »Sie schlafen, und das werden sie auch in Zukunft tun, vergessen von allen, mit Ausnahme von mir und den noch lebenden Sindona.«

»Aber warum könnt Ihr sie nicht befreien?« rief sie aus. »Die armen Seelen – weder tot noch lebendig! Das ist ja furchtbar!«

»Ich habe zwölftausend Jahre gewartet und darauf gehofft, daß der richtige Zeitpunkt kommen würde. Aber er kam nie. Wenn ich diese Menschen jetzt wiederbeleben würde ...« Er brach ab und schüttelte den Kopf.

»Was würde dann geschehen?« wollte Haramis wissen.

»Mädchen, ich werde Euch alles erzählen«, sagte Denby, der sie am Arm faßte und zu der schwarzen Scheibe des Viaduktes zurückführte, »die wahre Geschichte – nicht die Halbwahrheiten, die Euch Iriane während Eurer Lehrzeit erzählt hat. Aber hier können wir nicht reden. Nicht in diesem verfluchten Todesstern. Kommt mit mir.«

Trotz ihres Widerstandes zog er sie wieder in die klingende Finsternis. Als sie sie verließen, befanden sie sich an einem anderen Ort, der zunächst völlig normal aussah – eine gepflasterte, sechseckige Erhebung, etwa zwölf Ellen im Durchmesser und von einer Brüstung aus durchlöcherten Steinen begrenzt. Über ihren Köpfen schien die Sonne, und einen Moment lang empfand Haramis große Freude und Erleichterung, weil sie glaubte, daß sie in die Welt zurückgekehrt waren, in der sie geboren worden war.

»Kommt und seht es Euch an«, sagte Denby, der zum Rand der Plattform ging und ihr einladend einen Arm entgegenstreckte.

Als Haramis neben ihm stand, schrie sie überrascht auf. Sie und der Erzzauberer des Himmels standen auf der Spitze einer riesigen Pyramide, die aus übereinandergetürmten Terrassen gebildet war. Auf der Ebene direkt unter ihnen waren geometrische Beete mit blauen und orangefarbenen Blumen bepflanzt, die sich mit Obstbäumen der verschiedensten Arten abwechselten. Die dritte Terrasse von oben enthielt Wäldchen aus größeren Bäumen, wiesenartige Flächen, auf denen Tiere weideten, und unregelmäßig geformte Wasserflächen, die im Licht der Sonne glitzerten. Weiter unten lagen noch mehr grüne Terrassen, die sich bis weit in die nebelverhangene Tiefe erstreckten. Als Haramis den Blick hob und in die Ferne sah, stellte sie überrascht fest, daß auf allen Seiten noch mehr dieser riesigen Pyramiden standen, die kaum zu erkennen waren. Es gab keinen Horizont, nur eine Wölbung, die sich bis in schwindelerregende Höhe nach oben erstreckte und zahllose geheimnisvolle Ausbuchtungen aufwies. Was sie zuerst für sonderbar geformte, dunkle Wolken am blauen Himmel gehalten hatte, waren in Wirklichkeit noch mehr der sechseckigen Bauwerke, die eng beieinander standen und deren kleinste direkt über ihr von der »Sonne« verdeckt wurden.

Sie standen in einer riesigen Kugel, die mit Pyramidengärten übersät war und in deren Mitte eine gleißend helle Lichtquelle schwebte.

»Früher gab es hier auch Wohnungen, Vergnügungsparks und Spielstätten«, sagte der Schwarze Mann. »Aber es machte mich traurig, daß alles so leer war, daher habe ich den Sindona befohlen, alles bis auf die Pflanzen in die Grotte der Erinnerung zu bringen.« Wieder nahm er ihren Arm. »Wir werden jetzt in die Grotte gehen. Aber ich wollte, daß Ihr den Gartenstern zuerst von diesem Aussichtspunkt aus seht.«

Das Viadukt war zu einem schwarzen, runden Loch geworden, das genau in der Mitte der Plattform gähnte. Bevor sie etwas sagen konnte, ließ sich Denby unbekümmert hineinfallen und verschwand.

»Daran werde ich mich nie gewöhnen«, murmelte Haramis verärgert. Sie griff nach ihrem Talisman und folgte dem alten

Mann. Einen Augenblick später stand sie auf einer sonnendurchfluteten Waldlichtung neben ihrem lächelnden Gastgeber. In einiger Entfernung schimmerte ein kleiner Teich. Haramis sah sich die Pflanzen zu ihren Füßen an, die ihr merkwürdig vertraut vorkamen. Die Grashalme waren sehr dünn und wiesen glatte Kanten auf, statt wie sonst gezahnt zu sein, und an einigen Stellen wuchsen bizarre Wildblumen mit dicken, gelben Köpfen. »Am Ort der Erkenntnis wuchsen ebenso sonderbare Pflanzen wie hier«, bemerkte sie.

»Ja. Das war das Pflanzenarchiv unserer Universität auf dem Land. Aber meines ist viel hübscher, findet Ihr nicht auch?« Der alte Mann bückte sich und pflückte eine kugelförmige Samenkapsel. »Es sind Pflanzen unserer ursprünglichen Heimatwelt, die wir aus sentimentalen Gründen und auch wegen ihres einzigartigen Genoms an diesen beiden Orten erhalten.« Er blies auf die Kapsel, und die Samen, die an winzigen Schirmchen hingen, flogen davon. »Vor langer, langer Zeit dienten diese Pflanzen als Zuchtmaterial für die Hybriden, die unten die wertvollsten Feldfrüchte sind. Es gab natürlich eine größere Vielfalt, bevor das vordringende Eis kam und das ökologische und geophysikalische Gleichgewicht zerstörte.«

»Ich verstehe nicht.«

»Ihr könnt es auch gar nicht verstehen! Das ist einer der Gründe, weshalb Ihr hier seid.« Er drehte sich um und ging auf den Teich zu, so daß sie gezwungen war, hinter ihm herzulaufen. »Die Grotte der Erinnerung ist dort drüben, zwischen den Felsen auf der anderen Seite des Teiches. Es gibt da etwas Interessantes, das ich Euch gern zeigen würde, und außerdem können wir uns dort hinsetzen und ein Weilchen ausruhen.«

Während sie am Rande des Teiches entlanggingen, bewunderte Haramis die fremdartigen rosafarbenen und weißen Blüten, welche im Wasser wuchsen und von runden, flachen Blättern umgeben waren, die wie Flöße auf der Wasseroberfläche schwammen. Auf den Blättern kauerten sonderbare kleine Tiere mit einer grünen Haut, die sie aus hervorstehenden goldenen Augen ansahen, und dicht über dem Wasser flog ein Insekt mit vier Flügeln hin und her, das einen sicheren Abstand zu den Tieren auf den Blättern einhielt.

»Es ist Zeit, daß Ihr die Geschichte der Welt des Dreigestirns erfahrt«, sagte Denby, als sie den Eingang der Höhle erreicht hatten. Er war recht breit, aber nur wenig höher als ihre Köpfe. »Ich weiß, daß Iriane Euch ein wenig davon erzählt hat, als Ihr bei ihr gelernt habt, aber es gibt noch vieles zu sagen. Bitte kommt herein.«

Die Höhle war fast gemütlich, etwa von der Größe eines kleinen Wohnzimmers. Aus den Schatten drang das Plätschern eines Wasserfalls zu ihnen. An den Wänden wuchsen prächtige Farne, und Decke und Fußboden waren mit Moos bedeckt. In der Mitte stand ein kleines Podest mit einer Kugel aus Stein, die etwa eine Elle im Durchmesser maß. Dahinter befand sich eine Bank aus Holz.

Denby berührte den Ball. Unmittelbar darauf fing er an, von innen heraus zu leuchten und wurde tiefblau. Auf dem Blau erschien eine unregelmäßig geformte, ockergelbe und dunkelbraune Fläche, die mit azurblauen Flecken übersät war.

»Aber das ist ja eine Darstellung unserer Welt!« rief Haramis aus. »Ich erkenne den Einzelkontinent wieder, da ich ihn auf Karten in der Bibliothek meines Turmes bereits gesehen habe, obwohl er auf dieser Kugel eine etwas andere Form zu haben scheint. Aber wo ist die Immerwährende Eisdecke?«

»Ah!« krähte Denby fröhlich. »So sah der Planet aus, *bevor* die Menschen kamen – als die abscheulichen Skritek eine Vorrangstellung einnahmen und der Gipfel der tierischen Evolution waren.« Er deutete mit dem Zeigefinger auf den braunen Flecken. »Ihr habt recht damit, daß der Kontinent hier etwas anders dargestellt wird. Das Meer reichte höher, aber das Land auch, weil es noch nicht von dem dicken Eismantel belastet war, der später über die Hälfte seiner Oberfläche bedecken sollte.«

Er bedeutete ihr, sich auf die Bank zu setzen. Jetzt erschien eine der allgegenwärtigen Hausmaschinen, die Helfer genannt wurden. Sie kroch diskret durch das grünliche Dämmerlicht. In dem Kasten auf ihrem breiten Rücken trug sie zwei Glaspokale mit einer rötlichen Flüssigkeit.

»Die Erfrischung, die Ihr verlangt habt, Meister«, sagte sie mit ihrer summenden Stimme. »Habt Ihr sonst noch einen Wunsch?«

»Bring mir eine schematische Darstellung des Dreiteiligen Zepters der Macht«, sagte Denby, der eines der Gläser Haramis reichte und das zweite selbst nahm. Der Helfer verschwand in den Tiefen der Höhle.

Haramis starrte in ihr Glas, als wäre es eine Wahrsageschüssel. Der berauschende Geruch kam ihr bekannt vor. Es war Branntwein aus Nebelbeeren, eines der beliebtesten Getränke in ihrer Heimat Ruwenda. »Das Zepter ... dann ist das also der Kern der Sache?«

»O ja, Mädchen. Seit die Welt immer mehr aus dem Gleichgewicht gerät, ist es zu unserer einzigen Hoffnung und einer ungeheuren Bedrohung geworden. Aber laßt mich Euch die ganze Geschichte der Reihe nach erzählen, auf meine Art.«

»Ich nehme an, Ihr habt diese Geschichte auch Orogastus während seines Aufenthaltes hier erzählt.«

Der alte Mann kicherte. »Die Drei Blütenblätter der Lebenden Drillingslilie und der letzte Sternenmeister ... Natürlich habe ich es ihm erzählt! Und er hat noch mehr darüber erfahren, als er in meinen Archiven stöberte und dabei entdeckte, wie das gestörte Gleichgewicht vielleicht wiederhergestellt werden kann. Deshalb wurde er ja geboren. Deshalb wurdet *Ihr* geboren!« Dann fing er an zu singen:

*»Eins, zwei, drei: drei in einem.*
*Eins, die Krone der Gemeinen, Geschenk der Weisheit,*
*Förderer des Geistes.*
*Zwei, das Augenschwert, Gerechtigkeit und Gnade*
*bringend.*
*Drei, der Flügelstab, Schlüssel und Vereiniger.*
*Drei, zwei, eins: eins in drei.*
*Komm, Drilling. Komm, Allmacht.*

Das ist der Reim! Das ist das Geheimnis! So muß die Himmelslilie angerufen werden, damit sie die uralten Wunden der Welt heilt! Binah und Iriane dachten, daß es euch drei

Mädchen gelingen würde, aber ich setzte meine Hoffnungen auf Orogastus. Es ist unmöglich, all diese grundverschiedenen Nationen und Stämme mit Freundlichkeit und Milde zu vereinen. Das ist gegen die menschliche Natur – und auch gegen die Natur der Eingeborenen. Gewalt! Das ist die einzige Möglichkeit, um etwas zu erreichen. Man muß jeglichen Widerstand vernichten! In den Zauberkriegen haben wir es mit Überredung und Diskussionen versucht, und was hat es uns gebracht? Zerstörung – das hat es gebracht! Und am Ende einen Todesmond. Ich könnte sie niemals in solch einer primitiven Umgebung aufwachen lassen. Sie würden Eure einfache Kultur mit ihrer Wissenschaft und ihren Zauberkräften zerstören – und dann würde alles wieder von vorn anfangen.«

Während seiner flammenden Rede war er aufgesprungen. Seine Augen waren weit aufgerissen, und aus dem Mund lief ihm Speichel.

Haramis wich entsetzt zurück. Er ist *wirklich* verrückt, dachte sie. Genauso aus dem Gleichgewicht geraten wie die Welt selbst ...

»Ich weiß, was Ihr denkt«, krähte er fröhlich. Seine Aufregung legte sich, und er setzte sich wieder. Nachdem er einen Schluck Branntwein getrunken hatte, starrte er auf die leuchtende Weltkugel und stieß einen tiefen Seufzer aus. »Ja, ich weiß, was Ihr denkt, und Ihr habt recht. Ich bin verrückt. Und deshalb ist es mir auch nicht gelungen, alles wieder allein in Ordnung zu bringen.« Zwei große Tränen rollten ihm über die faltigen Wangen.

Haramis sagte leise: »Ihr wolltet mir eine Geschichte erzählen. Bitte fangt an.«

Also gut (sagte Denby Varcour). Der ganze Ärger ging vor zwölfmal zehn Jahrhunderten los.

Damals sah die Welt genauso aus wie auf der Kugel dort. Der Kontinent war übersät mit unzähligen Seen, auf denen sich kleine Inseln befanden, und dort bauten wir auch die meisten unserer Städte. Ihr habt einige der Ruinen gesehen, die tief in den Irrsümpfen verborgen sind – prachtvolle Städte wie Trevista, von Kanälen durchzogen und geschmückt mit grünen Parks und Gärten. Wir veränderten die ursprüngliche Pflanzenwelt des Planeten, bis sie unseren Wünschen entsprach, und einige der Tiere haben wir in gleicher Weise überarbeitet – obwohl sie im Grunde genommen mit unserer Biologie bereits kompatibel waren.

Die Besiedlung verlief viele Jahrhunderte lang erfolgreich. Aber dann waren wir plötzlich auf uns allein gestellt, als die politische Ultrastruktur der Außenwelt zu bröckeln begann und es gefährlich wurde, durch den Himmel zu reisen. Für andere Welten bedeutete das den Untergang, aber nicht für uns! O nein! Unser Planet war zwar klein, aber vollkommen autark, und unsere Bevölkerung stabil, gebildet und zufrieden. Wir lebten solange wir wollten, und wenn die Zeit dafür gekommen war, schieden wir dahin, um auf eine andere Ebene der Existenz zu wechseln. Die meisten von uns waren Arbeiterphilosophen, aber es gab auch viele Künstler und einen Kader aus hauptberuflichen Wissenschaftlern und Ingenieuren, die die notwendigen Maschinen in Ordnung hielten.

Ich war einer von ihnen – bis die Rastlose Zeit begann.

Es ist nicht einfach für mich, unsere Rastlose Zeit einer solch unbedarften Person wie Euch zu erklären. Ihr seid an ein verhältnismäßig rauhes Leben in einer vorindustriellen Kultur gewohnt. (Seht mich nicht so an! Ihr seid eine Barbarin – eine intelligente Primitive ... Also gut. Ich entschuldige mich dafür, Euch beleidigt zu haben. Aber so ist es nun mal.)

Euch würde die Welt, in der wir lebten, wie das Paradies vorkommen: Niemand war hungrig, krank, unwissend oder unterdrückt. Es gab so gut wie keine Verbrechen. Jeder hatte eine erfüllende Aufgabe und viel Freizeit, in der er anderen Interessen nachgehen konnte. Trotzdem entstand nach Jahren der Ruhe wie aus heiterem Himmel eine sonderbare Unzufriedenheit. Ganz plötzlich fingen die Leute an, alte Sitten und Gebräuche in Frage zu stellen und unser Wertesystem anzuzweifeln. Wir führten heftige Diskussionen über Themen wie das Wesen des Universums und unseren Platz darin oder den tieferen Sinn des Lebens und des Geistes und der Liebe und des freien Willens.

Zuerst waren die Streitgespräche zivilisiert und vernünftig, aber im Laufe der Zeit wurden die unterschiedlichen philosophischen Gruppen immer intoleranter und fanatischer. Es kam vor, daß Diskussionen in physischer Gewalt endeten. Das hätte uns warnen sollen vor dem, was uns noch erwartete, aber wir achteten nicht darauf. Es hatte so lange Frieden geherrscht, daß wir keine richtigen Waffen besaßen. Die Gewalttätigkeiten schienen zu dem Spaß und der Aufregung dazuzugehören, die über die Welt hinwegfegten.

Nicht alles, was sich während der Rastlosen Zeit ereignete, war durch und durch schlecht. Es wurden unzählige wissenschaftliche Erfindungen gemacht – darunter die wundervollen Viadukte, die es vermochten, eine Person im Handumdrehen an jeden Ort der Welt zu bringen. Neue Formen der Unterhaltung und auch neue Kunstrichtungen wurden entwickelt. Das Dreigestirn wurde gebaut – die drei Sterne waren ursprünglich als Urlaubskolonien und Vergnügungsparks für jene gedacht, denen die traditionellen Belustigungen nicht mehr genügten. Es war eine faszinierende Zeit, die uns gleichzeitig Angst einjagte. Die Klügsten unter uns glaubten, daß unsere einst so friedliche Gesellschaft nie wieder dieselbe sein würde.

Keiner unserer Historiker ist sich sicher, wann die alte Kunst der Menschen wiedererweckt wurde, die manche Magie nennen – aber mit einem Mal war sie da, wie aus dem Nichts. Faszinierend, nicht wahr?

Die Magie war mehr als nur eine vorübergehende Modeerscheinung. Ihre Anhänger lernten, die inneren Kräfte des menschlichen Geistes wie auch jene geheimnisvollen Quellen der Natur, die der Geist beeinflussen kann, zu manipulieren. Echte Zauberer streben immer nach noch mehr Macht – und insbesondere nach der Möglichkeit, andere Menschen zu kontrollieren. Wir übten uns in dieser Kunst, und interessanterweise erwiesen sich jene von uns, die Wissenschaftler gewesen waren (so wie ich selbst), als die besten Zauberer. Natürlich konnte nicht jeder zaubern. Und die, die es nicht konnten, fingen an, jene zu hassen und zu fürchten, die über Zauberkräfte verfügten.

Als die Zauberer immer mehr Einfluß gewannen, spalteten sie sich in zwei Lager auf – in die Weißen Zauberer, die ungeheuer selbstgerecht waren und ihre magischen Kräfte nur zum sogenannten Wohl der Menschheit einsetzen wollten, und in die Schwarzen Zauberer, die auf Menschen ohne Zauberkräfte herabsahen und der Meinung waren, daß Gott ihnen das Recht gegeben habe, die Gesellschaft zu beherrschen.

Eine Frau namens Nerenyi Daral war der Funke, der unser gefährliches soziales Pulverfaß schließlich entzündete. Seit unzähligen Jahrhunderten hatte es unter uns nicht mehr soviel Charme und Anziehungskraft gegeben. Sie war von außerordentlicher Schönheit und gewinnendem Wesen – nicht wegen ihrer körperlichen Vollkommenheit, sondern aufgrund ihres brillanten Verstandes, ihrer Willensstärke und ihrer Fähigkeit, Loyalität und tiefe Ergebenheit in anderen hervorzurufen.

Sie gründete die Organisation der Schwarzen Zauberer, die die Sternengilde genannt wird. Die Besten der Schwarzen Zauberer strömten herbei, um ihr zu folgen. Das vorrangige Ziel der Gilde bestand darin, die Welt durch magische Wissenschaft mit Gewalt zu verbessern und die Reisen durch den Himmel wiederaufzunehmen. Die mächtigsten der Weißen Zauberer gehörten einer Oppositionsgruppe an, die Schule der Erzzauberer genannt wurde. Diese vertraten eine eher konservative Auffassung von der Gesellschaft und waren der Meinung, daß niemand durch Magie unterdrückt werden dürfe – nicht einmal dann, wenn es um das Wohl der Gemeinschaft gehe. Ich war der Leiter dieser Schule, und niemand beneidete mich um meinen Posten.

Aus dem Streit zwischen den beiden Gruppen entwickelte sich schließlich ein Krieg, der über zweihundert Jahre wüten sollte. Er wurde mit den raffiniertesten Waffen und den stärksten Zauberkräften geführt, die wir aufbringen konnten. Über vier Fünftel der Bevölkerung fand dabei den Tod, und am Ende schien der Planet selbst uns loswerden zu wollen – obwohl wir Weißen Zauberer genau wußten, daß die Menschen die Natur aus dem Gleichgewicht gebracht hatten.

Von Beginn des Zauberkrieges an erschütterten gewaltige Erdbeben die Regionen, in denen die schlimmsten Kämpfe wüteten. An Stellen, an denen vorher keine gewesen waren, brachen Vulkane aus, die durch mißlungene Zauberei geweckt worden waren. Sie erfüllten den Himmel mit ihrem Rauch und machten den Tag zur Nacht. Pflanzen und Tiere wurden von geheimnisvollen Krankheiten dahingerafft. Verheerende Feuer, die im Verlauf von magischen Auseinandersetzungen entfacht worden waren, zerstörten Wälder und Grasland. Wenn das Dreigestirn am Himmel aufging, leuchtete es in einer grauenhaften Farbe, die aussah wie geronnenes Blut – ein böses Omen für die Katastrophe, die uns bevorstand.

Und dann veränderte sich das Klima.

Glaubt jetzt nicht, daß die Temperatur auf unserer Welt mit einem Mal unter den Gefrierpunkt fiel. So war es beileibe nicht! Die Winter wurden strenger, aber was uns ins Verderben trieb, war eine Beschleunigung des natürlichen Niederschlagszyklus. Es hatte etwas mit dem Staub in der Luft zu tun, der von den vielen Vulkanen in die Luft geschleudert wurde, und auch mit dem Rauch von den brennenden Wäldern und Weideflächen. Im Flachland hörte es gar nicht mehr auf zu regnen, und in den Bergen und auf den Hochebenen im Landesinneren fielen riesige Mengen Schnee, die nicht mehr schmolzen. Statt dessen türmten sich die Schneemassen immer höher und höher und verwandelten sich dann zu Eis, weil sie von ihrem Eigengewicht zusammengedrückt wurden. Nach zweihundert Jahren des magischen Kampfes war die Immerwährende Eisdecke entstanden, die zum Beginn einer Eiszeit führte.

Sogar dann, als die meisten von uns endlich wieder zur Besinnung kamen, weigerte sich die Sternengilde, ihren ursprünglichen Plan aufzugeben und die Feindseligkeiten einzustellen. Nicht einmal die Sindona – unsere fantastischen mechanischen Diener – vermochten es, den Stern zu besiegen. In ihrer Verzweiflung schufen die überlebenden Mitglieder der Schule der Erzzauberer jenes dreiteilige Instrument, welches das Zepter der Macht genannt wird. Es sollte der furchtbaren Magie der Sternengilde entgegenwirken und das natürliche Gleichgewicht der Welt wiederherstellen.

Das Zepter wurde den drei führenden Erzzauberern übergeben, zu denen auch ich gehörte. Wir machten uns daran, daß Hauptquartier der Gilde zu zerstören, das im Ohoganmassiv im westlichen Teil der Welt lag. Jeder Erzzauberer führte einen Teil des Zepters mit sich – jene Geräte, die ihr Blütenblätter der Lebenden Drillingslilie eure Talismane nennt. Aber wir beteten zu Gott, daß wir niemals gezwungen sein würden, die drei Teile zusammenzusetzen und die ganze Macht des Zepters freizusetzen

Wir hatten nämlich große Angst davor.

Wenn die Talismane einzeln eingesetzt wurden, waren sie ganz vorzügliche Kanäle für magische Kräfte. Soviel hatten wir bereits herausgefunden. Aber das zusammengesetzte Zepter würde theoretisch unendlich viel mehr Zauber beherrschen. Es war in der Lage, die Lebenskraft des gesamten Planeten und aller lebenden Wesen auf ihm anzuzapfen und nicht nur den Stern zu besiegen, sondern auch den ökologischen Schaden wiedergutzumachen, der von der Eiszeit angerichtet worden war.

Doch es bestand auch die Gefahr, daß die Kraft des Dreiteiligen Zepters die aus dem Gleichgewicht geratene Welt in Stücke riß.

Am Ende brachten wir es dann doch nicht fertig, das Zepter einzusetzen, nicht einmal, um damit den Krieg zu beenden, der unsere Zivilisation zerstört hatte. Statt dessen führte jeder der drei Erzzauberer einen Teil des Zepters mit sich, als wir die Festung der Sternengilde angriffen. Wir wurden durch eine Armee jener Sindona unterstützt, die die Wächter des Todesurteils genannt werden und töten können.

Meine beiden Amtskollegen kämpften heldenhaft gegen die Zauberer, aber sie fanden in der großen Schlacht den Tod. Ich selbst trug das Dreilappige Brennende Auge und setzte es ein, um die Sternenmänner in einem mörderischen Kampf Magie gegen Magie zu besiegen. Danach übergab ich die drei Teile des Zepters den Sindona und befahl ihnen, sie so zu verstecken, daß niemand sie je finden würde.

Einer Handvoll überlebender Zauberer der Sternengilde gelang die Flucht. Sie versteckten sich in den Gletscherregionen der Hochebene im Zentrum des Weltkontinents. Unter den Mitgliedern der Sternengilde, die von uns gefangengenommen und in der Schlucht der Gefangenen eingeschlossen wurden, war auch Nerenyi Daral. Die meisten meiner Kollegen verlangten, daß sie getötet wurde, aber ich wollte es nicht zulassen, denn als ich die Herrin des Sterns erblickte, liebte ich sie aus ganzem Herzen. Der Himmel möge mir beistehen – ich tue es immer noch.

Als der große Zauberkrieg schließlich vorbei war, lag unsere schöne Welt des Dreigestirns in Trümmern.

Weniger als eine Million Menschen hatten überlebt. Die gewaltige Eisdecke existierte immer noch, trotz der Kombination aus Wissenschaft und Magie, die von der Schule der Erzzauberer eingesetzt worden war, und es schien fast sicher zu sein, daß sie weiter wachsen und schließlich das gesamte Festland mit Ausnahme der Küstenregionen und der Inseln in den Randzonen verschlingen würde. Nicht einmal unsere Kolonien auf dem Meeresboden, die auf verhältnismäßig warmes Wasser angewiesen waren, um sich ihre Nahrung zu beschaffen, würden in der Lage sein zu überleben, wenn die Eisberge die Meere beherrschten.

Wir wußten, was zu tun war. Wir mußten diese Welt verlassen und versuchen, jenseits des Himmels eine andere Heimat zu finden. Die meisten Menschen bereiteten sich auf die Emigration vor, während wir Erzzauber uns an eine andere Aufgabe machten. Da wir mitschuldig an dem Krieg waren, schworen wir, einen Teil des Schadens zu lindern, den die Menschheit dem Planeten zugefügt hatte. Unsere eigene Rasse würde hier nicht überleben können, aber einer anderen, widerstandsfähigeren könnte dies vielleicht gelingen. Und dann, wenn nach unendlich langer Zeit die Gletscher anfingen zu schmelzen, würde die Welt des Dreigestirns vielleicht wieder von denkenden Wesen bewohnt sein.

Unsere Schule schuf eine neue Rasse, welche die Erbanlagen der Menschen und die der wilden Skritek in sich vereinte, da die Skritek die einzigen Eingeborenen mit einem Bewußtsein waren, die immer noch auf der von Sümpfen durchzogenen Hochebene von Ruwenda lebten, wo das Klima noch nicht gar so rauh war. Unsere Laboratorien befanden sich an dem unterirdischen Ort der Erkenntnis, der ebenfalls in den Irrsümpfen lag, wo auch unsere größte Universität gewesen war. Die neue Rasse, die wir dann entwickelten, waren die Vispi – gutaussehende, intelligente Geschöpfe, die ein beschränktes Maß an Zauberkraft für ihr tägliches Leben einsetzen konnten. Wir züchteten auch eine Spezies, die wir ihnen als Gefährte und Freund zugedacht hatten – jene riesigen, telepathischen Vögel, die Ihr Lämmergeier nennt. Sie sollten den Vispi als Transportmittel dienen, damit diese zu ihren verstreut in Eis und Schnee liegenden Siedlungen reisen konnten.

Inzwischen war es für die Menschen Zeit geworden, sich auf die Suche nach einer neuen Heimat zu machen.

Wir hatten sechs riesige Transportschiffe gebaut, die in der Nähe des Dreigestirns warteten. Da die Reise unzählige Jahre dauern würde, wurde jeder an Bord in einen Zauberschlaf versetzt, aus dem er an einem geeigneten Ort automatisch geweckt werden würde. Einer der Sterne wurde zu einer Art Zwischenlager für die Passagiere umgebaut, da es einige Zeit in Anspruch nahm, um sie für den Schlaf vorzubereiten und in die Spezialbehälter einzuschließen.

Die ersten fünf Schiffe wurden mit den Schläfern beladen und erfolgreich in den Himmel geschossen. Dann wurde es Zeit, das sechste zu starten.

Wie Ihr wißt, meine liebe Haramis, haben einige der Menschen in letzter Minute beschlossen zurückzubleiben. Einige von ihnen waren starrsinnige Dickschädel, die ihre Häuser nicht verlassen wollten, aber andere hatten ernstere Gründe für ihr Bleiben.

Es hatte sich nämlich eine neuerliche Katastrophe ereignet.

Nerenyi Daral und einige andere hochrangige Mitglieder der Sternengilde waren aus der Schlucht der Gefangenen entkommen. Wir hatten gedacht, das Gefängnis wäre ausbruchsicher, weil wir nichts von der magischen Sicherheitsvorkehrung der Sternenmänner wußten, die Polarstern genannt wird. Dieses Gerät – eben jenes, das Orogastus nun schon zweimal vor dem sicheren Tod bewahrt hat – war von den Schwarzen Zauberern, die der Gefangennahme entkommen waren, vom Schauplatz der letzten großen Schlacht entfernt worden. Die Flüchtlinge fanden schließlich im Kimilon einen Zufluchtsort, wo sie den Polarstern aktivierten und auf diese Weise Nerenyi und einige ihrer Oberleutnants zu sich holten.

Wir von der Schule der Erzzauberer hatten keinen Erfolg, als wir versuchten, die entkommenen Sternenmänner aufzuspüren. Als es für uns an der Zeit war, an Bord des letzten Himmelsschiffes zu gehen, zögerten wir, weil wir befürchteten, daß die mächtigen Zauberer des Sterns einen Weg finden würden, um die naiven Vispi zu versklaven und unseren schönen Plan zu durchkreuzen, für den wir so hart gearbeitet hatten.

Weil wir hofften, das verhindern zu können, blieben auch wir Erzzauberer zurück.

Die letzte Gruppe von Emigranten, die bereits besinnungslos in ihren Lagerkugeln eingeschlossen war, wartete in einem der Sterne, um durch ein Viadukt in das Schiff gebracht zu werden. Die Welt unten befand sich im eisigen Griff des Winters, und über Land und Meer fegten gewaltige Stürme. Unter großen Schwierigkeiten hatten wir alle Viadukte auf dem Land deaktiviert, die nicht bereits vom Eis unter sich begraben worden waren, damit sie nicht von den geflüchteten Sternenmännern benutzt werden konnten. Keiner von uns ahnte, daß die erste Gruppe der Flüchtlinge ein Viadukt im Kimilon vom Eis befreit hatte.

Wir waren gerade dabei, das Schiff in die richtige Position zu manövrieren, um dann die Passagiere an Bord zu bringen, als es geschah.

Nerenyi Daral und ihr Trupp kamen durch das Viadukt an Bord und versuchten, es unter ihre Kontrolle zu bringen. Es gab einen kurzen, aber heftigen Kampf. Neunzehn der achtundzwanzig überlebenden Mitglieder der Sternengilde und fast alle Angehörigen unserer Schule wurden getötet. Nur sechs Erzzauberer blieben unverletzt, während elf mit schweren Verletzungen überlebten. Ich nahm Nerenyi Daral gefangen, aber den acht Schwarzen Zauberer, die noch lebten, gelang durch das umprogrammierte Viadukt die Flucht zurück zur Oberfläche der Welt.

Wir schickten unsere Verwundeten zum Ort der Erkenntnis zurück, damit sich die Tröster der Sindona ihrer annehmen konnten, während der Rest versuchte, mit dem Beladen des Himmelsschiffes weiterzumachen. Aber es hatte sich noch eine Katastrophe ereignet: das große Schiff war durch die künstlichen Blitze aus den Waffen der Sternenmänner erheblich beschädigt worden. Da es mit einer Art Bewußtsein ausgestattet war, warnte uns das Schiff davor, daß es sich in zwei Tagen selbst zerstören würde, und zeigte uns auch, wie wir es in voller Fahrt vom Dreigestirn wegschicken konnten, damit dieses keinen Schaden nahm, wenn das Schiff explodierte.

Wir sandten es auf die andere Seite des Planeten, wo es in einem Feuerball vernichtet wurde, der heller schien als die Sonne.

Meine Erzzaubererkollegen zogen sich an den Ort der Erkenntnis zurück, um zu trauern. Ich blieb in dem Stern, der jetzt meinen Namen trägt, als Wächter jener, die den Weg des Versunkenen Volkes nicht mehr gehen konnten, zusammen mit Nerenyi Daral, der Herrin des Sterns, deren Leiche Ihr gesehen habt. Mein Plan war, sie durch meine Liebe zu bekehren, aber statt dessen ersann sie den Plan für ihre letzte, endgültige Flucht und ließ mich mit jenen armen Schläfern allein, die ihre Augen niemals in einer neuen Welt öffnen würden.

Ich bin hier bei ihnen geblieben und denke seitdem darüber nach, wie ich ihr trauriges Schicksal und das der Welt lindern kann.

Über elftausend Jahre vergingen. Die Eiszeit schien sich ihrem Ende zu nähern. Die wenigen Gebiete mit menschlicher Besiedlung machten schlimme, primitive Zeiten durch, aber die Menschen überlebten. So wie die Nachfahren der entkommenen Zauberer der Sternengilde, die ihre Kräfte verborgen hielten und versuchten, sich mit den gewöhnlichen Menschen zu mischen.

Die Vispi hatten ein besseres Leben, dank der überlebenden Mitglieder der Schule der Erzzauberer und ihren Sindona-Assistenten, die ihnen voller Güte zur Seite standen. Aber unsere zärtlich geliebten Geschöpfe vermehrten sich nicht so rasch, wie wir gehofft hatten. Da die Vispi sehr schön sind, paarten sich die zurückgebliebenen Menschen zuweilen mit ihnen. Die Nachkommen (die sich als weitaus fruchtbarer erwiesen) hatten oftmals keine Ähnlichkeit mit ihren Eltern. Einige dieser Seltlingkinder wurden von ihren menschlichen Eltern nach ihrer Geburt einfach ausgesetzt, während andere die Gesellschaft der Menschen oder der Vispi freiwillig verließen, um bei ihrer eigenen Art zu leben, wenn sie ein gewisses Alter erreicht hatten. Im Laufe der Zeit entwickelten sich aus den Seltlingstämmen richtige Rassen – Nyssomu und Uisgu und Dorok und Lerkomi und Kadun, die Seltlinge des Sumpfes und des Meeres und der Berge und des Urwaldes. Auch die wilden Skritek überlebten, und ihr Blut mischte sich zwangsläufig mit jenem der Eingeborenen, so daß größere Eingeborene von weniger menschlichem Aussehen entstanden – die Wyvilo, die Glismak und die Aliansa.

Aber die fruchtbarste Rasse von allen waren paradoxerweise die zurückgebliebenen Menschen! Es gelang ihnen, sich trotz des Eises zahlreich zu vermehren, und nach Tausenden von Jahren waren sie den Eingeborenen zahlenmäßig weit überlegen und nahmen die besten Landstriche für sich in Anspruch. Eine neue menschliche Zivilisation war geboren, die sehr viel primitiver war als die des Versunkenen Volkes, und die alte Geschichte der Welt des Dreigestirns hatte man fast völlig vergessen.

Was die Fortpflanzung betrifft, waren wir Erzzauberer weitaus weniger erfolgreich. Die überlebenden Mitglieder der Schule genossen zwar ein langes Leben, aber im Laufe der Zeit schieden alle dahin – bis auf mich. Unsere adoptierten Nachfolger verließen schließlich den Ort der Erkenntnis und ließen sich in verschiedenen Teilen der Welt nieder, wo sie als Hüter und Quellen der Weisheit dienten.

Und jetzt sind nur noch drei von uns übrig.

Und der Stern.

Und die Welt, von der es anfangs schien, daß sie ihr Gleichgewicht wiederfinden würde, steht wieder einmal am Rande des Abgrunds. Vor neunhundert Jahren erlebte ich mit, wie die langsame Degeneration begann, und auch Iriane und Eure Vorgängerin, die Erzzauberin Binah, waren zugegen. Ich sorgte dafür, daß Orogastus geboren wurde – der letzte der echten Sternenmänner – , während Iriane und Binah die Geburt von euch Drillingen ausheckten, weil sie hofften, daß ihr ihn besiegen würdet. Die Blaue Frau und die Weiße Frau haben sich nicht geirrt – Euch und Euren Schwestern Anigel und Kadiya gelang es, die verlorenen Teile des Zepters der Macht zu finden.

Ihr Drei und der Sternenmeister habt seitdem viele Schicksalsschläge hinnehmen müssen. Was euer gemeinsames Schicksal und die Zukunft der Welt anbelangt, so ist meine Vision undeutlich und lückenhaft. Ich bin so alt, so müde – und vermutlich nicht mehr bei Verstand.

Wie dem auch sein mag, ich weiß, daß es zwei Möglichkeiten gibt, um das große Gleichgewicht der Welt wiederherzustellen. Beide sind abhängig vom Zepter der Macht und außerordentlich gefährlich. Orogastus ist sicherlich in der Lage, die Rekonstruktion durchzuführen. Wenn er zum Herrscher der Welt wird, kann er das, was getan werden muß, mit roher Gewalt und der dunklen Magie des Sterns tun.

Die Blume – und ihr Drei als ihre menschliche Verkörperung – könnte das Gleichgewicht vielleicht auch wiederherstellen. Euer Sieg wäre gewiß versöhnlicher und eleganter als jener des Sterns. Aber ich verstehe die Schwarze Drillingslilie nicht. Sie ist Teil des ursprünglichen magischen Erbes dieser Welt, noch viel älter als die Schule der Erzzauberer und der Stern, und aus diesem Grund traue ich ihr nicht. Die Logik sagt, daß die Drei Blütenblätter der Lebenden Drillingsblume scheitern werden.

Aber ich könnte mich ja irren …

Und deshalb seid Ihr hier, meine liebe Haramis! Vielleicht können wir uns zusammen eine elegante Lösung ausdenken – vielleicht auch nicht.

Aber ich werde nicht zulassen, daß Ihr meinen Stern verlaßt und Orogastus' Pläne durchkreuzt. Ich habe euch zwei zusammen gesehen, als Ihr bereit wart, ihn trotz Eurer Liebe und Eures heiligen Eides zu töten. Närrin! Er ist die wahre Hoffnung der Welt – nicht Ihr und Eure unbedeutenden Schwestern.

Nein, wagt es nicht, mir zu widersprechen, Erzzauberin des Landes! Ihr werdet so lange hierbleiben, bis Orogastus die Welt erobert und das Zepter einsetzt, um sie zu retten.

Oder sie ein für allemal zerstört.

# 13

Kapitän Wikit-Aa führte den Befehl der Herrin der Augen aus und brachte das Flachboot an die Stelle, an der der Oda in den Fluß mündete. Die Wyvilo-Mannschaft stellte sich an die Ruder und bewegte das Schiff ein Stück den Fluß hinauf. Dann legten sie an einer geschützten Stelle an, von wo aus es einen leichten Zugang zum linken Ufer gab. In einer Stunde würde die Sonne aufgehen. Der Regen hatte inzwischen aufgehört.

»Schick jetzt deine Kundschafter an Land«, sagte Kadiya zu Wikit, »sie sollen herausfinden, ob es einen gangbaren Weg gibt, der parallel zum Oda verläuft. Ich werde in der Zwischenzeit mit meinen Leuten sprechen.«

Sie ging zum Deckhaus am Heck, wo die Lehnsherren, Lummomu-Ko, Jagun, Prinz Tolivar und Ralabun auf sie warteten. Nach dem Kampf mit den Männern des Kommissionärs war die Kajüte zwar ein wenig aufgeräumt worden, aber eines der beiden Fenster war mit Brettern vernagelt, so daß sie eine Lampe anzünden mußten, und der Geruch nach vergiftetem Karuwokeintopf und verschüttetem Salka lag immer noch in der Luft.

»Ich habe meinen Plan erneut geändert«, sagte Kadiya, nachdem sich die anderen auf Schlafkojen, Hockern und Reisetruhen niedergelassen hatten. »Mein neuer Plan hängt davon ob, ob Wikits Kundschafter einen guten Pfad den Oda hinauf finden können. Er glaubt, daß es ihnen gelingen wird.«

»Ihr habt vor, an Land weiterzugehen, Herrin?« Der junge Ritter Edinar war überaus erstaunt. »Aber warum?«

Sie erklärte es ihm geduldig. »Wie die meisten von euch wissen, wurde dieser niederträchtige Turmalai Yonz von der Sternengilde dazu angestiftet, uns anzugreifen. Ich war das Ziel. Man bot eine große Belohnung für mich an, tot oder lebendig. Sie sollte gezahlt werden, wenn man mich an eine bestimmte Stelle an eben diesem Fluß Oda bringt, in der Nähe des sogenannten Doppelwasserfalls etwa siebzig Meilen flußaufwärts von unserem jetzigen Ankerplatz entfernt.« Sie unterbrach sich und ließ den Blick über die Anwesenden schweifen. »Die Stelle, an der die Belohnung ausgezahlt werden soll, ist genau die Stelle, an der sich der Eingang eines Viaduktes befindet.«

»Bei den heiligen Gedärmen von Zoto!« rief Sir Bafrik aus. Er war der neue Anführer der Ritter, ein stämmiger Mann mit einem schwarzen Bart, der mit seinem dreißig Jahren jetzt der älteste der Ritter war. »Können wir davon ausgehen, daß der Zaubergang zu dem Ort führt, an dem die Sternenmänner sich aufhalten?«

»Ich habe den gleichen Schluß gezogen«, sagte Kadiya. Die anderen fingen an, aufgeregt miteinander zu sprechen, aber sie hob die Hand und gebot Ruhe. »Ritter, ihr könnt euch sicher denken, was ich als nächstes plane. Ich habe vor, das Viadukt zu betreten und es als Abkürzung zum Aufenthaltsort unserer Feinde zu benutzen. Jagun hat sich bereit gefunden, sich mir anzuschließen, und ich würde mir sehr wünschen, daß auch ihr fünf uns begleitet.«

»Ich spreche für uns alle«, sagte Bafrik. »Wir werden Euch mit Freuden begleiten.« Die anderen stimmten ihm zu.

»Und auch ich«, sagte der Wyvilo Lummomu-Ko, »denn ich glaube, daß ich von großem Nutzen sein kann.«

Kadiya machte eine Geste des Bedauerns. »Mein Freund, die Lage ist noch genauso wie vorher. Deine nichtmenschliche Erscheinung und deine Größe würden uns eine Verkleidung unmöglich machen, wenn wir unter dem Feind sind. Ich bitte dich, auf Prinz Tolivar und Ralabun zu achten, während diese ihre Reise auf dem Großen Mutar zu Ende bringen, und dafür zu sorgen, daß sie wohlbehalten nach Derorguila gelangen.«

Der Eingeborene nickte. »Ich werde sie mit meinem Leben beschützen.«

Dann wandte sich Kadiya an den Prinzen. »Tolo, mein Junge, es ist etwas Schreckliches geschehen, das dazu geführt hat, daß ich meine Pläne geändert habe.« Sie erzählte ihm, daß Königin Anigel vermutlich durch ein Viadukt in den Irrsümpfen entführt worden war und die Erzzauberin entdeckt hatte, daß auch andere Herrscher verschleppt worden waren.

»Kann die Weiße Frau denn gar nichts tun, um meine arme Mutter zu retten?« fragte der Junge.

»Sie sagte mir, daß sie jenen Ort, an dem die Königin und die anderen gefangengehalten werden, nicht einmal mit Hilfe ihres Talismans sehen kann. Der Talisman schweigt dazu. Wir glauben beide, daß die Gefangenen in den Händen der Sternenmänner sind und durch schwarze Magie vor einer Beobachtung geschützt werden. Es gibt nur eine Möglichkeit, um herauszufinden, ob sich das Hauptquartier der Gilde wie vermutet in Sobrania befindet. Wir müssen durch das Viadukt am Doppelwasserfall gehen«, sagte Kadiya.

Die Ritter berieten sich untereinander, dann richtete Sir Kalepo das Wort an Kadiya. »Herrin, Ihr sagtet, daß die Zaubergänge für das nackte Auge unsichtbar sind und nur mit einem Zauber benutzt werden können. Aber Ihr habt Euren Talisman, das Dreilappige Brennende Auge, nicht mehr. Wie sollen wir dann den Eingang finden?«

»Die Viadukte können von jedem geöffnet werden, der bestimmte Worte der Macht ausspricht«, sagte Kadiya. »Es ist wahr, daß die Gänge normalerweise unsichtbar sind, aber in der Umgebung der Wasserfälle gibt es sicher Hinweise darauf, an welcher Stelle die Belohnung für mich ausgezahlt werden sollte. Das Viadukt wird nicht weit davon entfernt sein.«

»Wenn wir es nicht finden können«, merkte Jagun an, »werden wir mindestens vier Tage vergeudet haben.«

»In diesem Teil des Waldes lebt eine besonders wilde Glismak-Gruppe. Trotz des Edikts der Weißen Frau ist unter ihnen noch immer Kannibalismus üblich. Wäre es nicht besser, wenn Wikits Mannschaft und ich Euch zu diesem Doppelwasserfall begleiten?« fügte Lummomu hinzu.

»Ich werde nicht zulassen, daß unschuldige Wyvilo sich wegen uns noch weiter in Gefahr bringen«, sagte Kadiya. »Es dürfte genügen, wenn du und der Kapitän fünf Tage lang hier an Bord des Schiffes auf uns wartet. Wenn wir bis dahin nicht zurückgekommen sind, könnt ihr davon ausgehen, daß wir das Viadukt gefunden und unsere neue Mission begonnen haben.«

»Oder daß Euch ein Unglück zugestoßen ist«, murmelte Lummomu, »und Ihr diese Welt verlassen habt.«

»Du wirst beten müssen, daß alles ein gutes Ende nimmt«, sagte Kadiya. »Aber ich versichere dir, daß meine Ritter und ich uns kein zweites Mal überraschen lassen. Wir werden schwerbewaffnet und auf der Hut sein.«

»Herrin.« Der unerschütterlichste und kräftigste der jungen Ritter, Sir Sainlat, fing zögernd an zu sprechen. »Bitte denkt jetzt nicht, ich würde zögern, Eurem Befehl zu folgen. Aber wie sollen wir wissen, was uns am anderen Ende des Zauberganges erwartet? Wir könnten auf den schändlichen Zauberer Orogastus selbst treffen oder auf eine zahlenmäßig weit überlegene Truppe seiner Sternengilde ...«

»Glaubt nicht, daß ich vorhabe, wie ein ungestümer Shangar mit dem Kopf voran in die Falle des Jägers zu laufen und einfach so aus diesem Viadukt herauszupurzeln«, erwiderte Kadiya. »Ich habe mir ein kluges Vorgehen überlegt – zu dem ich jetzt noch nichts sagen will –, so daß ich die Situation am anderen Ende des Viadukts im voraus auskundschaften kann.«

Melpotis unterbrach sie. »Ihr werdet Euch mit der Weißen Frau in Verbindung setzen!«

»Wohl kaum«, sagte Kadiya ausweichend. »Die Weiße Frau muß sich um ihre eigenen Angelegenheiten kümmern. Wenn es uns gelingt, das Land der Sternenmänner zu erreichen, wird noch genug Zeit sein, um mich mit ihr zu beraten.«

»Und was geschieht, wenn Ihr feststellt, daß wir durch das Viadukt keine Chance haben?« sagte Jagun.

»Wenn das der Fall sein sollte, werden wir unser Vorhaben aufgeben, zum Flachboot zurückkehren und auf unseren ursprünglichen Plan, auf dem Seeweg nach Sobrania zu reisen, zurückgreifen.«

»Das wäre ein Jammer«, brummte Sir Bafrik. »Der Gedanke, daß wir sehr bald schon den Schurken gegenüberstehen, die unsere Königin entführt haben, erfüllt mein Herz mit einem glühendem Eifer.«

Die anderen stimmten ihm zu. Kadiya gab noch einige Anweisungen und befahl ihnen, sich für ihren Aufbruch morgen bei Sonnenaufgang bereit zu machen, dann ging sie, um das weitere Vorgehen mit Wikit-Aa zu besprechen. Aber kaum hatte sie die Tür der Kajüte geöffnet und war auf das regennasse Deck getreten, kam auch schon Prinz Tolivar hinter ihr hergerannt, auf dessen blassem Gesicht ein Ausdruck höchster Aufregung lag.

»Tante Kadi, ich bitte dich inständig, deinen Entschluß noch einmal zu überdenken. Laß mich mit dir gehen und dir bei der Rettung meiner Mutter helfen. Ich ... ich weiß, daß ich nicht sehr stark bin, aber dafür gibt es viele andere Sachen, bei denen ich dir helfen könnte.

Kadiya sah ihn voller Ungeduld an. »Ich wüßte nicht, wobei. Nein – du wärest nur ein Klotz am Bein, Tolo. Und wenn du auch nur soviel Verstand wie ein Kubar hättest, würdest du das einsehen und damit aufhören, meine Zeit zu verschwenden. Wenn ich es nicht einmal riskieren kann, meine Gruppe von einem tapferen Krieger wie Lummomu-Ko begleiten zu lassen, warum sollte ich dann auf die Idee kommen, ein Kind von zwölf Jahren mit mir zu nehmen?«

»Weil ... weil ...« Aber der Junge brachte es nicht über sich, es ihr zu sagen.

Kadiya drängte sich an ihm vorbei und ging eilig auf die andere Kajüte zu. Tolivar stand eine Weile allein an der Reling des Flachbootes und tat so, als würde er sich den dichten Urwald auf dem Land ansehen, obwohl ihm die Tränen in den Augen standen. Als Ralabun schließlich nach draußen kam und sich ihm anschließen wollte, befahl ihm der Prinz mit groben Worten, ihn in Ruhe zu lassen.

Aber der alte Nyssomu hatte die Tränen des Zorns bereits gesehen.

Der Alptraum kehrte zurück, als der Prinz an der Schwelle zu einem der größten Abenteuer in seinem Leben stand. Dieses Mal war er ausgesprochen deutlich und ohne die unwirklichen Momente, die zuvor seine Erinnerung an jene Zeit verzerrt hatten.

Er war vier Jahre jünger und trug eine billige Kopie der königlichen Insignien von Laboruwenda. An seinem Gürtel hing ein winziges Schwert, und auf dem Kopf trug er eine Krone mit Glassteinen. Eine Armee aus Tuzamen und dem Piratenkönigreich Raktum war in die nördliche Hauptstadt der Zwei Königreiche eingefallen, und die Stadt stand kurz vor der Kapitulation.

Im Traum wurde Tolivar von Purpurstimme, dem niederträchtigen Handlanger des Orogastus, und einer Truppe aus sechs tuzamenischen Wachen durch den Aufruhr und das Gemetzel im umkämpften Derorguila geführt. Der Junge hatte entdeckt, daß Orogastus nur vorgegeben hatte, sein Freund zu sein, und gelogen hatte, als er versprach, daß der kleine Prinz sein Adoptivsohn und Erbe seiner Zauberkunst werde. Statt dessen hatte der verängstigte Junge erfahren, daß er nach dem Fall von Laboruwenda als dessen Marionettenkönig ausgerufen werden sollte. Schlimmer noch, er sollte zum unfreiwilligen Komplizen bei der Ermordung seines Vaters, seiner Mutter, seines älteren Bruders und seiner Schwester werden.

Sie alle würden sterben müssen, bevor Prinz Tolivar den Thron der Zwei Königreiche erben konnte.

In seinem Traum weinte er vor Wut und Scham, während er hilflos durch die verwüsteten Straßen der Hauptstadt gezerrt wurde. Der außergewöhnlich strenge Winter, der ein Zeichen für das gestörte Gleichgewicht der Welt war, hatte Derorguila fest in seinem eisigen Griff. Überall lagen tote und verwundete Soldaten und Zivilisten herum. Ihr Blut färbte den Schnee rot. Der Rauch aus den brennenden Gebäuden und der schauderhafte Geruch nach Tod ließen den Jungen husten und würgen. Die vereisten Pflastersteine waren zu glatt für ihn, um darauf laufen zu können, und er fiel immer wieder hin.

Purpurstimme, die sich heftig darüber beklagte, aufgehalten zu werden, nahm den taumelnden Prinzen schließlich auf die Schultern und befahl ihm, die wertvolle Sternentruhe des Zauberers festzuhalten. Die Stimme brachte die Truhe zu seinem Herrn, der den Angriff auf den Palast führte.

Mühsam kämpften sie sich vorwärts, durch kleine Gruppen von Verteidigern hindurch, die einen letzten, hoffnungslosen Kampf führten. Überall liefen lärmende Gruppen raktumianischer Piraten und tuzamenischer Stammesmitglieder herum, die die brennenden Häuser geplündert hatten und nun ihre Beute wegtrugen.

Und dann begann das Erdbeben.

Eine riesige Steinmauer stürzte auf Purpurstimme und die sechs Wachen, die auf der Stelle tot waren. Wie durch ein Wunder wurde Tolivar weggeschleudert. Er hatte Kratzer und Prellungen, war aber ansonsten unversehrt.

Auch die Sternentruhe hatte keinen Schaden genommen.

Der Prinz handelte schnell, obwohl er vor Angst fast ohnmächtig wurde. Er hatte nur sein kleines Schwert, um sich zu verteidigen, und wußte, daß ihn der Kältetod oder ein noch schlimmeres Schicksal in den Händen der Eindringlinge erwartete, wenn er versuchte, sich in den Ruinen der Stadt zu verstecken. Nachdem er die Spielzeugkrone und einige Kleidungsstücke zwischen den Trümmern verteilt hatte, um Orogastus glauben zu machen, daß auch er umgekommen war, falls dieser mit einem Zauber nach ihm suchte, eilte er durch kleine Seitengassen am zugefrorenen Fluß Guila entlang zum Palast. Schließlich gelang es ihm, die königlichen Ställe durch eine Geheimtür in der Festungsmauer zu betreten, die ihm sein Freund Ralabun einmal gezeigt hatte.

Um den Großen Burgfried, den letzten Zufluchtsort der weit unterlegenen Laboruwendianer, tobte eine gewaltige Schlacht. Tausende von raktumianischen und tuzamenischen Angreifern strömten über den Hof des Palastes. Orogastus bombardierte die Tore der Festung mit Kugelblitzen, die er aus dem Dreilappigen Brennenden Auge schleuderte.

Der kleine Prinz, der auf dem Weg zu Ralabuns Kammer durch die dunklen Gänge der Ställe schlich, machte eine grauenhafte Entdeckung. In einer Blutlache vor der Wohnung des Stallmeisters lag die Leiche eines Piraten. In seiner Kehle steckte eine Mistgabel, und auf ihm lag Ralabun … mit einem raktumianischen Dolch im Rücken. Er hielt immer noch den Stiel der Heugabel umklammert.

»O nein!« rief der Prinz und beugte sich über seinen Freund.

Der Nyssomu stöhnte leise. Er öffnete eines seiner gelben Augen. »Geht rasch in meine Kammer, Tolo. Versteckt Euch dort, bis ich Euch hole.« Dann schloß sich das Auge, und Ralabun sagte kein Wort mehr.

In Wirklichkeit war Ralabun nicht gestorben, sondern hatte ob seiner schweren Verletzungen das Bewußtsein verloren, aber im Traum – wie auch im Leben – fühlte sich Tolivar seiner letzten Hoffnung beraubt. Als er hörte, daß jemand kam, floh der Prinz in die gemütliche kleine Kammer des Nyssomu-Stallmeisters, wo er sich in einer der Ecken unter einem Umhang versteckte.

Ein Mann, der verstohlen herumschlich und keuchend nach Luft rang, als wäre auch er um sein Leben gerannt, betrat den Raum und schloß die Tür hinter sich. Die Hand des Prinzen umklammerte den Knauf seines kleinen Schwertes. Im schwachen Schein von Ralabuns Feuerstelle war zu erkennen, daß der Eindringling ein schmutziges, goldfarbenes Gewand trug. Es war jener Gehilfe, den Orogastus Gelbstimme nannte. Ihm hatte der Zauberer befohlen, während der Invasion dem jungen König Ledavardis von Raktum zur Seite zu stehen.

Unter der Kapuze der Stimme drang ein silbernes Leuchten hervor, und Tolivar hätte vor Überraschung beinahe laut aufgeschrien. Der Mann trug den Talisman, der das Dreihäuptige Ungeheuer genannt wurde! Orogastus hatte es seinem Lakaien geliehen, damit die Stimme ihrem Herrn Neuigkeiten über die Schlacht mitteilen konnte, die um ihn herum tobte.

Für Tolivar war klar, daß die feige Gelbstimme davongerannt war und ihre Pflichten vernachlässigt hatte, als die Kämpfe immer heftiger wurden. Im Traum handelte der Prinz tapfer und entschlossen. (In Wirklichkeit hatte er kaum gewußt, was er tat.) Mit Ausnahme der Feuerstelle, wo die Stimme jetzt stand und sich Ralabuns zurückgelassenes Abendessen ansah, lag der Raum im Dunklen. Tolivar kroch hinter den Gehilfen des Orogastus, als dieser gerade heißen Eintopf aus einem Kessel auf dem Feuer in eine Schale löffelte. Der Junge stieß dem Mann die scharfe Spitze seines kleinen Schwertes ins Genick und zerschnitt dabei den Stoff der Kapuze.

»Bewegt Euch nicht!« zischte der Prinz. »Laßt alles fallen.«

»Ich wollte doch nichts Böses tun«, stammelte die Stimme. »Ich bin nur ein unbewaffneter Stadtbewohner, der durch Zufall in die Schlacht verwickelt wurde ...«

»Schweigt – oder Ihr seid des Todes! Und rührt Euch nicht von der Stelle.«

»Ich werde ganz ruhig stehenbleiben«, wimmerte Gelbstimme. »Ich werde mich nicht rühren.« Das Schwert wurde zurückgezogen, und schneller als ein Blitz zog es seine Kapuze herunter und riß ihm die Zauberkrone vom geschorenen Kopf. Das Dreihäuptige Ungeheuer wirbelte durch die Luft, fiel mit einem Klirren auf den Fußboden und rollte in das Dunkel.

»Großer Gott, nicht den Talisman!« kreischte der Gehilfe. *»Meister! Helft mir ...«*

Erst jetzt wurde Prinz Tolivar klar, wie töricht er gehandelt hatte, denn Gelbstimme wirbelte herum und stürzte sich auf ihn, wobei er einen lauten Schrei ausstieß. Beide fielen zu Boden. Dem Jungen gelang es, unter Gelbstimme hervorzukriechen, aber er hatte sein Schwert verloren. Der Gehilfe kämpfte sich mühsam auf die Knie. Er schwankte hin und her und hielt die Hände vor die Brust, auf der sich ein großer, dunkler Fleck ausbreitete. Seine Augen hatten sich in leuchtende weiße Sterne verwandelt, und Tolivar wußte, daß Orogastus selbst ihn durch diese Augen ansah.

Während Gelbstimme sich vor Schmerzen krümmte und vergeblich versuchte, die kleine Klinge herauszuziehen, die sich durch Zufall in sein Herz gebohrt hatte, drehte er langsam den Kopf. Einen Augenblick lang fielen die Strahlen aus seinen Augen, die wie zwei Signalfeuer in der Finsternis leuchteten, auf Prinz Tolivar. Der Junge kauerte in einer Ecke, den Mund vor stummem Entsetzen weit aufgerissen.

Dann erloschen die strahlenden Kugeln, und Gelbstimme sank tot zu Boden.

In seinem Traum stand der kleine Prinz auf, zog sein Schwert aus der Leiche heraus und wischte es am Gewand des Gehilfen sauber. Dann ging er ruhig zu Ralabuns Bett, fuhr mit der Klinge darunter und zog damit die Zauberkrone hervor. Er starrte das Dreihäuptige Ungeheuer eine Weile an, weil er aufgrund des Sternenemblems, das unter dem mittleren Gesicht eingesetzt war, wußte, daß es immer noch an Orogastus gebunden war und ihn töten würde, wenn er es mit der bloßen Hand berührte. Der silberne Reif, der ein Teil des großen Zepters der Macht war, hatte seiner Mutter, der Königin, gehört, bis sie Orogastus die Krone als Lösegeld für ihren Gemahl, König Antar, übergeben hatte – und auch für ihren jüngsten Sohn Tolivar.

Aber der Prinz hatte sich damals geweigert, den Zauberer zu verlassen, weil er geblendet war und glaubte, daß Orogastus ihn liebte und seine Macht eines Tages auf ihn übergehen würde.

»Ihr habt mich angelogen«, flüsterte der Junge, der eine sonderbare Aufregung verspürte. »Aber ich werde trotzdem Macht besitzen.«

Er holte die Sternentruhe, deren Funktionsweise er genau kannte, und öffnete sie. Der Boden des flachen Kastens bestand aus Drahtgeflecht, und in einer Ecke leuchtete eine Gruppe kleiner, flacher Edelsteine.

Tolivar benutzte das Schwert, um die Krone in die Truhe zu bringen. Ein heller Blitz schien anzudeuten, daß sie jetzt nicht mehr an Orogastus gebunden war. Der Prinz preßte nacheinander die bunten Edelsteine, die alle aufleuchteten. Schließlich drückte er auf den weißen Edelstein. Eine Melodie ertönte, und dann erloschen die kleinen Lichter. Der Junge starrte zögernd auf das Dreihäuptige Ungeheuer. Hatte die Sternentruhe ihre Arbeit getan? War der Talisman jetzt an ihn gebunden? Wenn nicht, war es mehr als wahrscheinlich, daß er getötet wurde, wenn er die Krone berührte.

Im gleichen Moment drangen laute Schreie und krachende Geräusche von draußen herein. Die Piraten kamen!

Seine Hand zitterte, als er in die Sternentruhe griff. Das Metall der Krone fühlte sich warm an, als er sie in die Hand nahm. Unter der mittleren Fratze, wo einst der Platz des vielstrahligen Emblems der Sternengilde gewesen war, leuchtete jetzt eine winzige Nachbildung von Tolivars Prinzenwappen.

»Du gehörst *wirklich* mir!« staunte er und setzte sich den Talisman auf den Kopf. Die lauten Stimmen waren jetzt genau vor der Tür der Kammer. »Mach mich unsichtbar, Talisman, und die Sternentruhe auch«, befahl er.

Es mußte gelungen sein, denn als die Tür aufging und drei Schurken mit blutigen Schwertern hereinsahen, machten sie eine verächtliche Bemerkung über die tote Gelbstimme und gingen dann wieder. Der Prinz spürte, wie eine wundervolle Zuversicht sein Herz erfüllte.

»Ich werde ein noch größerer Zauberer sein als Ihr, Orogastus!« verkündete er in der leeren Kammer. »Es wird Euch noch leid tun, daß Ihr mich so getäuscht habt.«

An dieser Stelle endete der Traum, und der schauerliche Wachtraum des Prinzen begann.

*Tolivar! Tolivar, Prinz von Laboruwenda! Hörst du mich?*

»Nein ... verschwindet.« Noch halb im Schlaf zog sich der Junge das rauhe Kissen über den Kopf und verkroch sich tiefer in die Decke des Kojenbettes.

*Ich werde nicht verschwinden, Tolo. Erst wenn du einwilligst, mein Verbündeter zu sein.*

»Nein!« flüsterte Tolivar. »Ich bilde mir das nur ein, Orogastus. Ihr redet nicht wirklich mit mir. Ihr wißt ja nicht einmal, wo ich bin.«

*Das stimmt nicht. Du liegst im Bett auf einem Flachboot der Wyvilo. Das Boot hat für die Nacht am Fluß Oda festgemacht, an einer Stelle, die nicht weit von seinem Zusammenfluß mit dem Großen Mutar entfernt ist.*

Das könnt Ihr nicht wissen, sagte der Junge zu der Stimme in seinem Kopf.

*Aber ich weiß es. Und weißt du auch warum, Tolo? Weil du tief in deinem Herzen willst, daß ich es weiß! Wenn es anders wäre, würden dich deine beiden Talismane vor mir abschirmen.*

Nein. Ihr seid nur ein Traum. Ich habe Schuldgefühle – weil ich Euch einst meinen Eltern vorgezogen habe. Damals, als ich sie gehaßt habe ...

*Du warst noch zu jung, um zu verstehen, was du getan hast. Dein Haß war nicht echt. Dein Vater und deine Mutter wissen das. Du hast doch schon lange für diese Jugendsünden gebüßt. Jetzt, da du fast ein Mann bist, spielt das alles gar keine Rolle mehr. Auf jeden Fall hat keine dieser jugendlichen Unartigkeiten etwas mit meinem feierlichen Schwur dir gegenüber zu tun, den ich jetzt erfüllen will.*

Ich will Eure Lügen nicht hören. Laßt mich allein!

*Natürlich willst du es hören. Wie könnte es anders sein, da du so furchtbar klug bist? Mehr als alles andere in der Welt sehnst du dich danach, die volle Macht zu spüren, die in jenen wundersamen Dingen in deinem Besitz wohnt.*

Geht weg. Laßt mich in Ruhe. Verschwindet aus meinen Träumen. Ich hasse Euch! Eines Tages werde ich Euch töten, um für meine Sünden zu büßen.

*Unsinn. Sei doch ehrlich zu dir selbst, Tolo! Du weißt, daß ich der einzige bin, der dir beibringen kann, wie man die Talismane richtig benutzt. Allein wirst du das nie lernen. Komm zu mir nach Sobrania, mein lieber Junge. Du brauchst nur das Viadukt zu betreten –*

Niemals! Ihr wollt mich überlisten.

*Dem Besitzer des Dreihäuptigen Ungeheuers und des Dreilappigen Brennenden Auges kann niemand einen Schaden zufügen. Das weißt du.*

Ich habe sie nicht.

*Doch, du hast sie. Ich habe dich im Stall gesehen, als meine Gelbstimme starb. Du bist der einzige, dem es möglich gewesen wäre, die Krone und die Sternentruhe an sich zu nehmen. Und wer außer dem Besitzer dieser beiden Gegenstände hätte mit dem Brennenden Auge entkommen können?*

Ich nicht. Ich nicht ...

*Lieber Tolo, du weißt, was deine Tante Kadiya morgen tun will. Folge ihr! Wenn du das Viadukt betrittst und in Sobrania wieder auftauchst, werden dich Krieger meiner Armee erwarten und zu mir bringen. Ich werde ein großes Fest veranstalten, um die Rückkehr meines verlorenen Adoptivsohns und Erben zu feiern. Du wirst sofort in die Gilde aufgenommen werden, so wie ich es dir vor vier Jahren versprochen habe.*

Ich ... ich vertraue Euch nicht.

*Das mußt du aber. Ich bin der einzige, der dir dabei helfen kann, dein Schicksal zu erfüllen.*

Nein!

*Tolo! Komm zu mir!*

Nein nein nein!

*Du weißt, daß du zu mir kommen mußt. Tolo ... Tolo ... Tolo ...*

Der Prinz stöhnte laut, und dann spürte er eine Hand auf seiner Schulter. »Nein! Geht weg ...«

»Tolo! Wach auf, Junge. Ich bin es, Tante Kadi. Du hast einen bösen Traum.«

Der Prinz kroch unter der Decke hervor. Neben ihm in der Dunkelheit kniete seine Tante, auf deren Gesicht das schwache Licht des glühenden Bernsteintropfens fiel, den sie an einer Kordel um den Hals trug. Es herrschte immer noch tiefe Nacht. Der Regen trommelte auf das Dach der Kajüte, und die schweren Atemzüge der schlafenden Ritter, Jaguns und Ralabuns mischten sich mit den Lauten der Waldtiere draußen.

»Es tut mir leid«, flüsterte Tolivar zerknirscht. »Der Traum schien so echt zu sein.«

Kadiya küßte ihn auf die Stirn. »Jetzt ist er vorbei. Schlaf weiter.«

Er drehte sich um und starrte die Wand der Kajüte an. »Ich werde es versuchen.«

Sie gab ihm noch einen aufmunternden Klaps und ging dann wieder in ihre eigene Koje. Der Prinz rührte sich nicht, bis er sicher war, daß sie schlief. Dann schob er eine Hand unter der Decke hervor und tastete nach der verschlossenen Eisenkassette, die er unter die Koje geschoben hatte. Sie war immer noch da. Seine Schätze waren sicher.

Mit weit aufgerissenen Augen wartete Prinz Tolivar auf die Morgendämmerung.

# 14

Nachdem sie sich von Tolivar und Ralabun verabschiedet hatte, legte sich Kadiya ihren Umhang über die Schultern und kam in der kühlen Luft des Morgens auf das Deck des Flachbootes.

Es war kalt und sehr ruhig. Dicker Nebel lag auf dem Fluß und dem Land, aber wenigstens regnete es nicht. Lummomu-Ko und Wikit-Aa standen neben dem Fallreep und halfen den fünf Lehnsherren dabei, dicke Bündel zu schultern, die Ersatzwaffen, Kleidung, Reisebedarf und Proviant enthielten. Jagun war bereits an Land gegangen, um sich mit den Wyvilo-Kundschaftern zu beraten.

»Wir sind fast fertig, Herrin«, sagte Sir Bafrik. »Der Kapitän meint, daß wir uns auf dem Weg zum Viadukt vor menschenfressenden Pokalbäumen und giftigen Sunikäfern in acht nehmen müssen.«

»Und aufgrund des Nebels besteht erhöhte Gefahr von umherziehenden Namps, fürchterlichen Kreaturen, die es nur in dieser Gegend hier gibt. Sie lauern auf dem Grund geschickt getarnter Gruben und warten darauf, daß ihre ahnungslose Beute hineinfällt«, fügte Sir Edinar mit morbider Begeisterung hinzu.

»Ich habe von diesen Namps gehört, Edi. Sie sind gefährlich, aber kein ernstzunehmender Gegner für einen wohlbewaffneten Ritter wie Euch.« Kadiya wandte sich an Wikit-Aa. »Wie sieht der Pfad aus? Glauben deine Kundschafter, daß wir die Wasserfälle und das Viadukt bis morgen Mittag erreichen können?«

»Der Weg ist hier in der Ebene streckenweise überflutet«, berichtete der Kapitän des Flachbootes. »Meine Männer haben eine kurze Umgehung markiert. Wenn das Land weiter im Westen ansteigt, werdet Ihr den ursprünglichen Pfad bald erkennen können. Falls Euch kein Mißgeschick passiert, dürftet Ihr die Entfernung ohne Mühe in einem und einem halben

Tag schaffen. Aber ich bin immer noch beunruhigt wegen der Glismak-Kannibalen in dieser Gegend.«

Kadiya berührte das Emblem mit dem Auge und der Drillingslilie, das auf ihrem Brustharnisch aus Milingalschuppen eingraviert war. »Selbst hier in der südlichen Wildnis von Var wird das Waldvolk doch wohl von der Herrin der Augen gehört haben.«

»Ich fürchte«, sagte Wikit-Aa mit ahnungsvoller Stimme, »daß es außerdem von den tausend Kronen gehört hat, die die Sternenmänner für Eure Gefangennahme ausgesetzt haben.«

Kadiya lachte nur. »Ich werde diesen Schurken klarmachen, welche Belohnung sie *mir* zahlen müssen, wenn wir erst einmal dieses Viadukt hinter uns haben.«

»Wir werden fünf Tage warten«, versprach der Kapitän. »Herrin, lebt wohl.«

Sie nickte ihm zu, nahm Lummomu kurz in die Arme und drehte sich dann zu den Rittern um, die mit kaum verhohlener Ungeduld auf sie warteten. Unter ihren Regenumhängen aus Leder trugen sie Stahlhelme und Panzerhemden. »Freunde«, sagte sie. »Es ist an der Zeit, von Bord zu gehen.«

Während sie das Fallreep hinunterschritten, reichte Jagun jedem von ihnen einen frisch gehauenen Wanderstock. Er ging als erster in den nebelverschleierten Urwald, dicht gefolgt von den Männern. Kadiya bildete die Nachhut und winkte Prinz Tolivar noch einmal zu, der ihnen aus einem offenen Fenster des Deckhauses am Heck nachsah. Bereits nach wenigen Augenblicken war die Gruppe außer Sicht.

»Cousin, das gefällt mir gar nicht.« Lummomu folgte Wikit-Aa, als der Kapitän mit einer Inspektion des Schiffes begann und persönlich die Seile überprüfte, mit denen die Stämme des großen Floßes zusammengehalten wurden. Ein leichter Nieselregen hatte eingesetzt. »Meine Nase juckt ganz fürchterlich, seit wir den Mutar verlassen und in diesen Nebenfluß gefahren sind. Ich hätte darauf bestehen sollen, sie zu begleiten – zumindest bis zu dem Doppelwasserfall. Ich kann mir nicht helfen, aber ich habe das Gefühl, daß ein großes Unglück bevorsteht. Aber ob es uns oder die Herrin der Augen treffen wird, kann ich nicht sagen.«

Wikit-Aa zuckte mit den Schultern und verdrehte seine großen Augen. »Cousin, auch meine Nase juckt, aber mir fällt nur ein Mißgeschick ein, das uns zur Zeit droht – daß wir die Vertäuung verlieren. Das linke Ufer ist viel zu niedrig, um einen guten Anlegeplatz abzugeben. Bald wird der Regen wieder mit aller Kraft einsetzen, und wenn der Oda steigt, wird das Ufer hier überflutet. Wenn wir nicht riskieren wollen, flußabwärts in den Großen Mutar getrieben zu werden, müssen wir das Boot auf die andere Seite des Flusses in die kleine Bucht da drüben bringen und es dort an dickeren Bäumen vertäuen. Wenn du wirklich eine Katastrophe abwenden willst, gehst du jetzt zum Bug und machst die Bootsstange bereit.«

Es erforderte über drei Stunden harter Arbeit, um das schwerfällige Floß in eine sichere Position zu bringen. Als dies getan war, gesellte sich Lummomu-Ko zum Kapitän und dem Rest der Mannschaft im vorderen Deckhaus, wo ihnen der Koch ein deftiges Essen servierte. Als sich der Nieselregen in einen kräftigen Platzregen verwandelte, legten sich alle Wyvilo zu einem willkommenen Nickerchen nieder. Seine Vorahnungen hatte der Sprecher inzwischen vergessen.

Als er am Nachmittag erwachte, juckte seine Nase noch viel stärker als zuvor. Einer plötzlichen Eingebung folgend ging er zum Deckhaus am Heck, wohin sich Prinz Tolivar und Ralabun nach dem Aufbruch von Kadiyas Gruppe zurückgezogen hatten. Zu seinem Entsetzen stellte Lummomu fest, daß der Junge und sein Nyssomu-Freund verschwunden waren. Sie hatten nur eine leere Eisenkassette unter der Koje des Prinzen zurückgelassen.

»Ich muß ihnen nach!« sagte der bestürzte Sprecher von Let zum Kapitän, der ihm nach achtern gefolgt war. Beide Wyvilo standen im strömendem Regen an Deck und starrten zum anderen Ufer hinüber. Der reißende, schmutzigbraune Fluß war mindestens fünfzig Ellen breit. »Wir müssen das Boot sofort wieder an das andere Ufer bringen!«

Aber Wikit-Aa dachte praktischer. »Cousin, die Mannschaft ist erschöpft. Wir würden es vor Anbruch der Nacht nicht schaffen. Und sobald wir dich an Land abgesetzt hätten, hätten wir keine andere Wahl, als uns von der Strömung den Großen Mutar flußabwärts treiben zu lassen, denn nachdem der Fluß derart angestiegen ist, gibt es dort drüben keinen sicheren Anlegeplatz mehr.«

»Ich habe versprochen, Tolivar mit meinem Leben zu beschützen! Wenn du mich nicht ans andere Ufer bringst, werde ich eben schwimmen!«

Wikit-Aa legte dem Sprecher beschwichtigend die Hände auf die Schultern. »Cousin, halt einen Moment inne und denk nach! Dem Prinzen und Ralabun muß es gelungen sein, heimlich von Bord zu gehen, bevor wir vom linken Flußufer abgestoßen haben. Das bedeutet, daß sie vor über sechs Stunden gegangen sind, kurze Zeit nachdem die Herrin der Augen aufgebrochen ist. Meiner Meinung nach hat der Junge spontan den Entschluß gefaßt, seine Tante zu begleiten. Sicher, es war unüberlegt, aber wenn die Gruppe der Herrin für die Nacht haltmacht, wird der Prinz sie bestimmt einholen. Du selbst könntest ihn nicht vorher erreichen.«

Lummomu schlug sich wütend auf die schuppige Stirn. »Wie konnte der Junge nur so töricht sein? Und warum hat Ralabun einfach mitgemacht, statt ihn dazu zu bringen, vernünftig zu sein? Ah, wenn ich doch nur mit Jagun sprechen und ihn warnen könnte!« Aber im Gegensatz zu den kleinen Eingeborenen der Irrsümpfe waren die Wyvilo nicht in der Lage, die Sprache ohne Worte über größere Entfernungen zu benutzen.

»Es ist sinnlos, wenn du ihnen jetzt nachgehst«, beharrte Wikit-Aa.

»Meine Ehre verlangt, daß ich gehe!«

»Die Logik verlangt, daß du bleibst.«

Lummomu-Ko hob die Klauenhände gen Himmel und brüllte vor Wut und Schmach. Der Kapitän dagegen verschränkte die Arme vor der Brust, schüttelte den Kopf und wartete darauf, daß der gesunde Wyviloverstand seines Cousins wieder die Oberhand gewinnen würde. Als dies schließlich eingetreten war, gingen die beiden Eingeborenen zusammen ins Deckhaus und trösteten sich mit Salka aus der großen Korbflasche, die Turmalai Yonz an Bord gebracht hatte. Die Mannschaft hatte schon längst festgestellt, daß er nicht vergiftet war.

Kadiyas Gruppe machte gegen Mittag unter einem riesigen Bruddockbaum Halt, um ein kurzes Mittagessen zu sich zu nehmen, das aus Käse und Reisebrot bestand. Sie setzten sich dazu auf Felsen, die trocken waren, nachdem sie die Schicht Kripmoos auf ihnen abgekratzt hatten. Jagun versuchte, ein Feuer für das Teewasser zu machen, aber die Luft war so feucht, daß es selbst ihm nicht gelang, eine Flamme zu entfachen. Die Reisenden mußten sich mit kaltem Wasser begnügen. Ihre Laune besserte sich etwas, als dem kleinen Nyssomu ein Busch ins Auge fiel, an dem dicke Trauben weißer Beeren hingen.

»Das sind Sifani«, sagte Jagun begeistert. »Sie sind lecker und durstlöschend und werden einen köstlichen Nachtisch abgeben, selbst wenn der Rest unseres Essen nur bescheiden ist.«

»Den Nachtisch esse ich sowieso immer am liebsten«, sagte Sir Edinar. Der junge Ritter fing an, sich ohne weitere Umstände die saftigen Früchte in den Mund zu stecken, dann brach er einige Zweige ab, die er den anderen zuwarf.

Der Regen hatte etwas nachgelassen, aber die Sicht war immer noch sehr schlecht. Sie hatten das dichtbewaldete Tiefland hinter sich gelassen und waren jetzt in einer höhergelegenen Region, in der sie zwar leichter vorankamen, die aber recht steil anstieg. An einigen Stellen war der Pfad von Erdrutschen verschüttet, die aber leicht zu umgehen waren, so daß sie ein scharfes Tempo anschlagen konnten. Von Zeit zu Zeit fielen ihnen die tödlichen Kelchbäume auf – trügerisch schöne Gebilde aus fleischigen Stämmen und einer kelchförmigen Baumkrone mit bunten Blättern, hinter der sich Tentakel verbargen, die einen ausgewachsenen Mann in die Luft heben konnten, wo ihn sein Schicksal ereilte –, aber bis jetzt hatte die Gruppe noch keine giftigen Schlangen oder große Raubtiere zu Gesicht bekommen.

»Ich schätze, daß wir fast vierundzwanzig Meilen geschafft haben«, sagte Jagun, der auf einem Stück Brot herumkaute. »Wir können sicher noch drei oder vier Stunden ohne Gefahr weitergehen, aber dann müssen wir einen sicheren Rastplatz abseits des Pfades finden, wo uns die nachts umherstreichenden Glismak nicht so leicht finden können. Die großen Felsen entlang des Flusses werden uns vielleicht Schutz vor dem Regen gewähren. Leider können wir es nicht riskieren, nach Einbruch der Dunkelheit ein Feuer zu entzünden.«

»Ein Jammer«, seufzte Melpotis. Er und Kalepo waren die Brüder des ermordeten Lord Zondain. Beide hatten lange, schmale Gesichter, blonde Bärte und scharfe dunkle Augen. »Feuer würde uns helfen, wilde Tiere abzuhalten.«

»Unsere Hauptsorge sind die Glismak«, sagte Kadiya, »und vielleicht noch marodierende Sternenmänner, die sich durch das Viadukt wagen. Sollte mein Leben in Gefahr sein, so wird mich mein Drillingsbernstein warnen, daher müssen wir nach Einbruch der Dunkelheit dicht beieinander bleiben und unsere Waffen bereithalten.«

»Glaubt Ihr«, fragte Sir Bafrik nervös, »daß das Viadukt bei den Wasserfällen von einer Truppe Zauberer bewacht wird?«

»Der Schurke Turmalai Yonz sagte, daß die Belohnung für mich bei Tagesanbruch gezahlt werden würde. Es sieht so aus, als würden die Sternenmänner jeden Tag immer nur zu dieser Zeit erscheinen, um nachzusehen, ob meine wertvolle Haut feilgeboten wird. Wenn wir um die Mittagszeit am Ort des Viaduktes ankommen, so wie ich das geplant habe, wird es vermutlich unbewacht sein. Aber wir werden natürlich die Umgebung erkunden, bevor wir uns nähern«, sagte Kadiya.

»Es wäre doch sicher klug, bis nach Einbruch der Dunkelheit zu warten, bevor wir das Viadukt betreten«, sagte Bafrik.

»Wenn der Gang direkt in das Versteck des Orogastus führt«, entgegnete der große Sainlat mißmutig, »spielt es keine Rolle, ob wir bei Tag oder bei Nacht hindurchgehen. Dann werden wir gezwungen sein, um unser Leben zu kämpfen.«

»Ich bin zu allem bereit!« rief der junge Edinar aus. Er

wischte sich den Sifanisaft vom Mund. Auch Kalepo und Melpotis erklärten ihre Bereitschaft zum Kampf.

Aber Kadiya sagte: »Ritter, ich muß Eure blutrünstigen Hoffnungen leider zunichte machen – zumindest fürs erste. Wenn wir das Viadukt erreichen, werde ich als erste hindurchgehen, und zwar allein.«

»Nein!« riefen die Männer sofort aus, aber sie sprach unbeirrt weiter:

»Mein Bernsteinamulett wird mich vor den Augen des Feindes verbergen. Wenn auf der anderen Seite des magischen Portals alles in Ordnung ist und es sich dabei um einen sicheren Weg in das Reich des Zauberers handelt, werde ich sofort zurückkommen und euch holen.«

Jagun protestierte energisch. »Und was wird geschehen, wenn Ihr das Viadukt verlaßt und an einem tödlichen Ort auftaucht, Weitsichtige?«

»Wie ihr alle wißt, hat mir mein Drillingsbernstein schon viele Male das Leben gerettet. Er wird mich auch jetzt nicht im Stich lassen.«

Die fünf Ritter saßen einige Minuten lang da und dachten über Kadiyas Worte nach, ohne etwas zu sagen. Sie alle hatten schwere Bedenken, wollten aber nichts gegen ihren Plan vorbringen, aus Furcht davor, für treulos gehalten zu werden.

»Und was sollen wir tun, Weitsichtige, wenn Ihr im Viadukt verschwunden seid und nicht mehr zurückkommt?« fragte Jagun schließlich.

»Dann wirst du der Weißen Frau in der Sprache ohne Worte Kunde über mein Schicksal geben«, sagte sie zu ihm, »und ihre Befehle befolgen.«

»Wäre es denn nicht klüger, wenn Ihr Euch vorher mit ihr beraten würdet?«

»Nein«, sagte Kadiya entschieden.

Jagun senkte vorwurfsvoll den Kopf und schwieg.

Kadiya stand auf und griff nach ihrem Bündel. »Wir haben uns hier lange genug aufgehalten. Laßt uns weitergehen.«

Der Oda-Stamm der Glismak bestand nur aus einem einzigen Dorf mit weniger als vierzig Seelen, das drei Tagesreisen vom

Doppelwasserfall entfernt lag. Die meisten Mitglieder dieser Rasse verdienten sich ihren kärglichen Lebensunterhalt als einfache Jäger und Sammler. Jene, die weiter im Norden lebten, nahe des Wyvilo-Gebietes, verrichteten gelegentlich grobe Arbeiten für ihre eingeborenen Verwandten oder sogar für die Menschen. Dem Oda-Stamm, der mehr Glück hatte als die meisten anderen, war vom Kommissionär Turmalai Yonz beigebracht worden, wie man dem begehrten blauen Diksu Fallen stellte und ihm das Fell abzog. Nachdem sie auf diese Weise mit dem Handel Bekanntschaft gemacht hatten, waren sie weitaus ehrgeiziger als die anderen ihrer Rasse. Darüber hinaus hatten sie sich an gewisse Luxusartikel wie Branntwein, Perlenornamente aus Zinora und Stahlmesser gewöhnt. Kommissionär Turmalai kaufte ihre Felle zu Beginn jeder Regenzeit, und die Glismak hatten ihn erst vor kurzem gesehen. Ein Ballen mit Fellen so hoch wie die Hütte des Häuptlings im Oda-Dorf hatte ihnen eine einzige varonische Goldkrone eingebracht, obwohl der Stamm fast ein halbes Jahr gebraucht hatte, um die Felle zusammenzutragen.

Die Eingeborenen von Oda waren sehr erstaunt, als Turmalai Yonz ihnen von der sagenhaften Belohnung erzählte, die die Sternenmänner für die Gefangennahme der Herrin der Augen anboten. Die Summe von eintausend Platinkronen überstieg das Vorstellungsvermögen der Glismak. (Da sie nur drei Finger an jeder Hand hatten, hatten sie auch nie gelernt, weiter als bis sechs zu zählen, aber trotzdem wußten sie, daß eintausend *sehr* viel mehr sein mußte als diese Zahl.) Verlogen versprachen sie, die Belohnung mit Turmalai zu teilen, wenn sie die Herrin fänden. Dann kehrten die Oda-Glismak zu ihren Fallen in der Wildnis zurück.

Während ihrer Arbeit hielten sie die großen, roten Augen offen und suchten nach der kostbaren menschlichen Beute. Und gestern hatten sie sie gefunden.

Das Flachboot der Wyvilo war kurz vor Einbruch der Dämmerung in den unteren Teil des Oda gekommen. Es war neblig gewesen, aber am Ufer herumschleichende Glismak hatten ganz deutlich eine kleine Menschenfrau mit rostbraunen Zöpfen an der Reling des für die Nacht vertäuten Bootes stehen sehen. Doch sie hatten es nicht gewagt anzugreifen. Die Wyvilo-Bootsmänner, ihre engen Verwandten, waren ein ernstzunehmender, starker Gegner, mit dem sie sich nicht anlegen wollten. Sie konnten nur warten und sehnsüchtig zu dem Boot hinüberblicken, wobei sie zu ihrem dreiköpfigen Gott beteten, damit dieser die Herrin der Augen ohne ihre eingeborenen Begleiter an Land schickte.

Und dann wurden ihre Gebete erhört.

Die Glismak vom Fluß Oda waren zwar eine primitive Eingeborenenrasse, aber keineswegs dumm. Sie beschlossen, mit dem Angriff zu warten, bis ihre Beute und die bewaffneten Männer in ihrer Begleitung das Zaubertor erreicht hatten, damit sie ihre Leiche nicht so weit tragen mußten.

Am nächsten Morgen sah das Wetter viel besser aus. Regen und Nebel waren vollständig verschwunden, und als Kadiya und ihre Begleiter das Lager am Fluß verließen, um auf den Pfad zurückzukehren, schien sogar die Sonne. Sie marschierten vier Stunden durch das Gelände. Dabei sahen sie nichts Ungewöhnliches und hörten nur das Rauschen des Flusses zwischen den Felsen, ein gelegentliches Vogelzwitschern und zuweilen den Schrei eines Raubtieres in einiger Entfernung.

»Der Doppelwasserfall kann jetzt nicht mehr weit sein«, sagte Jagun, als die Sonne fast senkrecht über ihren Köpfen stand.

»Es wird auch langsam Zeit«, entgegnete Sir Sainlat, »denn ich bin es leid, diesen felsigen Pfad emporzusteigen. Ich würde meine Seele für einen gesattelten Fronler verkaufen.«

Die anderen lachten und fingen an, ihn zu necken, aber in Wahrheit waren sie alle erschöpft, da keiner von ihnen es gewohnt war, angetan mit einer Rüstung zu Fuß zu gehen und dabei ein schweres Bündel auf dem Rücken zu tragen.

Kadiya, die immer noch die Nachhut bildete, wie fast den ganzen Marsch über, blieb stehen und sah auf den Weg zurück, den sie gekommen waren. Das Tal des Oda hatte sich verengt, und der Wald sah jetzt ganz anders aus. Sie hatten das feuchte Tassalejo-Tiefland hinter sich gelassen und befanden sich in den Ausläufern des südlichen Ohoganmassivs. Hoch oben in dem Baldachin aus Bäumen, von dem der Pfad beschattet wurde, fiel ihr etwas Scharlachrotes ins Auge. Es war ein großer Schleierflügler, breiter als zwei Handspannen, der flügelschlagend nach Nektar suchte. Kadiya lächelte, als sie das prachtvolle Tier sah, dann drehte sie sich um und ging weiter. Die anderen standen bereits oben auf dem steilen Abhang, den sie noch vor sich hatte.

Sie sah, wie Jagun ihr zuwinkte und erstarrte. Ihre Hand fuhr automatisch zum Schwertknauf. Aber er schien nicht beunruhigt zu sein, daher beeilte sie sich, den Abhang hinaufzuklettern, und stand nach wenigen Augenblicken neben ihm und den anderen. Vor ihnen lag das Ziel ihrer Reise – zwei schmale Wasserläufe, die im Licht der Sonne glitzerten, während sie fast achtzig Ellen über eine Felswand in die Tiefe stürzten. Am Fuß des Doppelwasserfalles lag ein Teich, dessen Wasser an der Stelle, an der die Fälle auftrafen, weiß schäumte und im äußeren Bereich von einem klaren Blaugrün war. Die Lichtung um den Teich schien vollkommen leer zu sein.

Sie näherten sich den Fällen vorsichtig, begegneten jedoch niemandem. Schließlich standen sie am Fuße der Zwillingsfälle in einem dichten Gehölz aus sonderbaren Bäumen. Die Stämme dieser Bäume wiesen senkrechte Öffnungen auf, die über eine Elle hoch waren und sich beständig öffneten und schlossen, wobei sie eine Art Schlund enthüllten. Dieser war mit glänzenden grünen Dornen gespickt, die wie große Reißzähne aussahen. Einige der Bäume hatten ihren »Mund« geschlossen, und von den hölzernen Lippen tropften Blut und andere Flüssigkeiten herunter.

»Diese Bäume werden von den Wyvilo Lopa genannt«, erklärte Kadiya den Rittern, die sich um ein Exemplar versammelt hatten und es voller Entsetzen anstarrten. »Sie sehen recht abstoßend aus, aber für Menschen sind sie nicht gefährlich, es sei denn, man ist so töricht und steckt seine Hand in die gezähnte Öffnung. Als meine Schwester Anigel damals auf der Suche nach ihrem Talisman war, dem Dreihäuptigen Ungeheuer, fand sie die Krone im Inneren eines riesigen

Lopabaums verborgen. Nur durch großen Mut und Einfallsreichtum konnte sie ihm den Talisman entreißen.«

Jagun hatte die Gruppe verlassen, um das Gelände in der Nähe des Teiches zu untersuchen. »Weitsichtige! Ich glaube, ich habe den Ort des Viaduktes gefunden«, rief er jetzt aus.

Die anderen rannten zu ihm. Zwischen zwei außerordentlich großen Lopas am Ufer des Teiches lag eine Steinplatte, auf der sonderbarerweise keine Spur von Moos oder anderen Pflanzen des Waldes zu sehen war. In die Platte war eine vollkommen gerade Furche eingeritzt, und an einen Baumstamm in der Nähe war ein Brett mit einem aufgemalten vielstrahligen Stern genagelt worden.

»Wir werden bald wissen, ob du recht hast«, sagte Kadiya zu Jagun. Nachdem sie die anderen gebeten hatte, etwas zurückzutreten, befahl sie: »Viaduktsystem aktivieren!«

Geheimnisvolles Glockengeläut erklang, und plötzlich erschien vor ihnen eine große schwarze Scheibe, die so dünn war wie Papier. Die Ritter schrien erstaunt auf. Kadiya nickte zufrieden und streifte die Riemen ihres Bündels ab. Bevor die anderen etwas sagen konnten, zog sie unter ihrem Wams das leuchtende Bernsteinamulett hervor, das an einer Kordel um ihren Hals hing, und hielt es mit der linken Hand fest. Die rechte ruhte auf dem Griff ihres Schwertes.

»Schwarze Drillingslilie«, sagte sie, »bitte schütze mich vor dem Blick feindseliger Augen und laß mir auch sonst kein Leid geschehen.« Sie trat in das schwarze Loch des Viaduktes und verschwand.

Danach herrschte eine Weile vollkommene Stille, doch plötzlich ertönte ein schauerliches Gebrüll der Wut und Enttäuschung aus zahlreichen Kehlen.

Jagun und die Ritter fuhren herum. Über zwanzig große Eingeborenenkrieger kamen mit entblößten Fangzähnen und blitzenden Augen den mit Bäumen bewachsenen Abhang heruntergerannt. In den Händen hielten sie Speere mit Stahlspitzen.

»Glismak!« schrie Jagun. Kaum hatte er das gesagt, schleuderten die Kreaturen auch schon ihre Waffen von sich. Die Speere, die auf die Herrin der Augen gerichtet waren, schossen auf das Viadukt zu, aber die schwarze Scheibe verschwand, und die meisten Wurfgeschosse flogen über den Teich der Wasserfälle und richteten keinen Schaden an. Durch Zufall traf einer der Speere Sir Bafrik in die ungeschützte Kehle. Blut ergoß sich auf seine Brust. Er taumelte nach hinten und fiel die Böschung hinunter in das Wasser, das sich sofort rot färbte.

Die Kannibalen blieben einen Augenblick lang stehen und brüllten laut auf, aus Enttäuschung darüber, daß sie ihre Beute so unvermutet verloren hatten. Dann zückten einige von ihnen varonische Kurzschwerter, während ihre Gefährten Steinkeulen und andere Waffen schwangen. Sie kamen auf Jagun und die vier noch lebenden Ritter zu, mit denen sie nicht viel Federlesens machen wollten.

Danach würden sie sich mit einem Festmahl trösten.

# 15

Unsichtbar sein bringt so manches Problem.

Nachdem Prinz Tolivar und Ralabun das Flachboot verlassen hatten und Kadiya und den anderen im dichten Nebel durch das Tiefland des Flusses gefolgt waren, stellten sie recht bald fest, daß der Dunst den Raum, der von ihren unsichtbaren Körpern in Anspruch genommen wurde, einfach nicht durchdringen wollte. Wenn man genau hinsah, konnte man eine menschliche Form erkennen, die von Nebelwirbeln umgeben war. Der Prinz war verblüfft. Keiner der Befehle, die er den beiden Talismanen gab, konnte ihre mißliche Lage beheben. Schließlich blieben er und Ralabun einfach ein Stück hinter den anderen zurück und hofften, daß niemand sie bemerkte.

Als der Nebel sich dann endlich ein wenig lichtete und die beiden ganz und gar unsichtbar waren, hatten sie mit einem anderen Problem zu kämpfen. Weder der Prinz noch Ralabun wußten, wo der andere genau war. Einmal, als der Junge stehenblieb, um einem dringenden Bedürfnis nachzukommen, lief der Nyssomu einfach weiter – nur um dann in Panik zu geraten, als er feststellte, daß seine Schritte die einzigen waren, die er hörte. Völlig außer sich eilte Ralabun den Weg wieder zurück, wobei er immer wieder den Namen des Prinzen rief.

Tolivar hielt dem alten Stallmeister eine ordentliche Standpauke. »Einfältiger Dummkopf! Was für einen Sinn hat es, unsichtbar zu sein, wenn du meine Gegenwart mit deinem großen Mundwerk verrätst. Ich hätte dich niemals mit mir nehmen sollen!«

»Dann, Kleines Herz, hättet Ihr die Sternentruhe selbst tragen müssen«, entgegnete Ralabun eingeschnappt, »und auch unser Essen und den anderen Proviant. Außerdem würde sich ein junger Bursche wie Ihr ohne meine Kenntnisse der wilden Natur mit Sicherheit verlaufen oder ein tödliches

Mißgeschick erleiden, bevor er auch nur eine Meile weit gekommen ist.«

Aber das stimmte nicht. Der Prinz hatte bei seinen heimlichen Ausflügen in die Irrsümpfe eine ganze Menge gelernt, während Ralabun in den letzten vierzig Jahren fast alle seine Tage in den königlichen Ställen verbracht und dabei die Bequemlichkeiten der menschlichen Zivilisation genossen hatte. Von dem, was er in seiner Jugend über den Sumpf gelernt hatte, hatte er das meiste schon vergessen. Und als Führer war er schlichtweg eine Katastrophe.

Er machte ungeheuer viel Aufhebens darum, den Prinz davor zu warnen, Pokalbäume, Schlingpflanzen und andere, offensichtlich gefährliche Pflanzen zu berühren, deren Gefährlichkeit einem sofort ins Auge sprang, während er es versäumte, auf geschickter getarnte Gefahren hinzuweisen, wie beispielsweise die tödlichen Sunikäfer, die zwischen den Büschen an einem Schleimfaden baumelten, oder die Schnafen, die am Boden liegenden Blättern ähnelten, in Wirklichkeit aber kleine Tiere waren, die auf zahllosen, mit Fransen versehenen Beinen herumkrochen und ein tödliches Gift verspritzten, wenn sie in die Kleidung gerieten und bloße Haut berührten. Ralabun verärgerte Tolivar auch dadurch, daß er immer wieder stehenblieb, um seinen Blick über den Wald schweifen zu lassen, wobei er die langen, hochstehenden Ohren drehte, mit der Nase in der regenfeuchten Luft herumschnüffelte und vor sich anschleichenden mörderischen Bestien warnte, die dann doch nicht kamen.

Schließlich verlor der Prinz die Geduld und übernahm selbst die Führung, woraufhin sie schneller vorankamen. Danach war es immer der Junge, der entschied, an welcher Stelle sie durch einen Fluß wateten oder über die Felsbrocken im Wasser an das andere Ufer gelangten. Tolivar bestimmte auch, wie sie von Erdrutschen verschüttete Abschnitte des Pfades umgingen, wobei er ihren Weg mit Bedacht wählte, um die feuchte Erde nicht erneut ins Rutschen zu bringen. Und wenn der Pfad zuweilen zwischen umgekippten Bäumen und triefendnassem Unterholz zu verschwinden schien, war es immer Tolivar, der ihn wiederfand, obwohl Ralabun damit prahlte, die ganze Zeit über gewußt zu haben, wohin sie gingen.

Sie marschierten weiter durch den Regen und erreichten schließlich die Stelle, an der Kadiya und die Lehnsherren ihr Mittagsmahl verzehrt hatten. Dort wartete eine böse Überraschung auf sie. Der Prinz deutete auf zahlreiche Abdrücke im feuchten Schlamm, die drei Klauen aufwiesen.

»Diese Spuren hier stammen nicht von Tieren«, sagte er und versuchte, ruhig zu bleiben. »Es müssen Glismak sein. Siehst du, daß ihre Abdrücke über jenen liegen, die Tante Kadi und ihre Gefährten hinterlassen haben? Die Bestien verfolgen sie.«

»O Heilige Blume, hilf!« stöhnte Ralabun. »Wir müssen einen Weg finden, um die Gruppe der Herrin vor den Kannibalen zu warnen!«

»Vielleicht kann ich es ihr ins Ohr flüstern, dann wird sie denken, daß ihr Drillingsamulett zu ihr spricht. Oder sogar einer der Herrscher der Lüfte.« Der Prinz lachte nervös. Ihm gefiel die Idee, irrtümlich für einen himmlischen Sendboten gehalten zu werden. Er legte die Finger auf beide Seiten der Krone, schloß die Augen und befahl dem Talisman, ihm Kadiya zu zeigen. Dies war ein Zauber, dessen er sich oft bediente, und daher war er inzwischen auch recht geschickt darin.

»Seht Ihr die Herrin?« flüsterte Ralabun besorgt.

»Ja.« Vor seinem inneren Auge sah Tolivar ein klares Bild von ihr und den anderen. Sie liefen bei leichtem Nebel über einen steil ansteigenden Pfad.

Er hörte Ralabuns Stimme, die sagte: »Erzählt Ihr von der Gefahr, Kleines Herz. Rasch!«

»Tante! Kannst du mich hören?« Aber Kadiya lief achtlos weiter, obwohl Tolivar immer wieder nach ihr rief. Die Augen hielt er dabei geschlossen, um ihr Bild nicht zu verlieren. »Es nützt nichts«, sagte der Junge schließlich. »Es muß irgendein Kniff dahinterstecken, von dem ich noch nichts weiß.«

»Sehr wahrscheinlich. Ihr solltet jetzt besser herausfinden, was die Kannibalen vorhaben.«

Tolivar befahl der Krone, ein Bild der Glismak zu zeigen. Sie gehorchte prompt, und der Prinz sah einige gräßlich anzusehende Eingeborene, die hintereinander auf einem schmalen Pfad gingen, der mit hohen Farnen und anderem Gestrüpp fast zugewachsen war. »Wo sind die Glismak von mir aus gesehen?« flüsterte der Junge dem Talisman zu.

*Sie sind etwa drei Meilen südlich des Flußpfades und bewegen sich von Euch fort.*

»Verfolgen sie meine Tante Kadiya?«

*Sie bewegen sich auch von ihr fort. Es ist unmöglich, ihre Absichten festzustellen, da sie nicht darüber sprechen und Geschöpfe mit eigenem Willen sind.*

Tolivar erzählte Ralabun, was der Talisman gesagt hatte. Für den Nyssomu klang es vielversprechend. »Vielleicht sind die Kannibalen zu dem Schluß gekommen, daß die Gruppe der Herrin ein zu starker Gegner für sie ist. Schließlich sind sie nur Wilde von schlichtem Gemüt. Ihr müßt von Zeit zu Zeit mit Eurem Talisman nach den Scheusalen sehen, um sicher zu sein, daß sie nicht zurückkommen. Aber jetzt sollten wir besser weiterziehen. Es wäre unklug, wenn wir zu weit hinter der Herrin der Augen zurückbleiben, da wir doch unmittelbar nach ihr in das Viadukt treten wollen.«

Sie machten sich so schnell sie konnten wieder auf den Weg, aber keiner von ihnen hatte sehr lange Beine. Dazu kam noch, daß der Pfad jetzt fast die ganze Zeit über anstieg und sie oft mit Stichen in der Seite anhalten mußten, um keuchend nach Luft zu ringen.

Und dann wurde es dunkel.

Tolivar machte sie beide wieder sichtbar, weil er befürchtete, sie könnten einander in der zunehmenden Finsternis verlieren. »Es ist sowieso an der Zeit, daß wir für die Nacht haltmachen. Soll ich das Dreihäuptige Ungeheuer bitten, eine trockene Höhle oder einen hohlen Baum für uns zu finden? Oder soll ich versuchen, mit dem Zauber des Brennenden Auges Holz für eine kleine Hütte zu fällen?«

»Das ist mir egal«, antwortete der alte Nyssomu niedergeschlagen. »Ich würde alles für ein Paar trockene Stiefel geben – und dafür, daß die Blase an meiner rechten Ferse nicht mehr so weh tut.«

»Ich will versuchen, dir zu helfen«, sagte Tolivar. Er zog das schwarze Schwert ohne Spitze aus seinem Gürtel und hielt es an der Klinge, so wie er dies bei Orogastus gesehen hatte. »Dreilappiges Brennendes Auge! Ich befehle dir, Ralabuns Füße gesund und seine Stiefel trocken zu machen.« Während er die Worte sprach, stellte sich der Prinz gleichzeitig vor, was er erreichen wollte.

Die Kugeln am Knauf des Schwertes öffneten sich. Drei magische Augen starrten auf Ralabuns Füße.

»Oh! Oh! Das ist heiß! Das ist heiß!« Plötzlich stiegen Dampfwolken aus den Stiefeln auf, und Ralabun hüpfte wie ein Wilder in der Gegend herum und stammelte Eingeborenenflüche.

Der Prinz entschuldigte sich hastig. »Verzeih mir! Ich wußte doch nicht, was geschehen würde. Vielleicht hätte ich lieber die Krone nehmen sollen. Ich hatte vergessen, daß Tante Kadis Schwert eher eine Waffe als ein Zauberstab ist. Äh ... ist die Blase geheilt?«

»Wie soll ich das wissen«, heulte der alte Mann, »wenn meine Füße in Flammen stehen? Das nächste Mal laßt mich wenigstens die Stiefel ausziehen, bevor Ihr Experimente macht. Oder probiert Eure Amateurzauberei an jemand anderem aus – beispielsweise den Glismak-Kannibalen!«

»Ich hoffe, daß es nicht soweit kommen wird«, sagte der Junge leise, »und du solltest das besser auch hoffen.«

Ralabun seufzte. Seine Füße hatten sich inzwischen wieder abgekühlt, und die Blase war in der Tat verheilt. »Es tut mir leid, Kleines Herz. Ich weiß, daß Ihr mir nur helfen wolltet. Aber ich bin so müde und naß ...«

Tolivar preßte die Finger auf die Krone. »Talisman – kannst du uns zu einem trockenen Ort führen, an dem wir gefahrlos die Nacht verbringen können?«

*Ja. Zwischen den Felsen am Hang rechts von Euch gibt es eine ziemlich große Nische. Folgt dem grünen Funken.*

Aus dem aufgerissenen Mund der mittleren Fratze auf der Krone kam ein winziges, smaragdgrünes Licht, das langsam vom Pfad abwich. Tolivar nahm Ralabuns Hand.

»Komm. Es wird Zeit, daß wir uns ausruhen und etwas essen. Mit ein wenig Glück werde ich auch noch einen Zauber finden, mit dem ich den Rest unserer Sachen trocknen kann. Aber keine Angst, alter Freund. Dieses Mal werde ich es zuerst an mir selbst ausprobieren.«

Am nächsten Morgen erwachten sie frisch und ausgeruht, und Tolivar vergewisserte sich rasch, daß Kadiya und ihre Gruppe kaum mehr als eine halbe Meile vor ihnen waren und am Ufer des Flusses Oda gerade ihr Frühstück verspeisten.

»Verfolgen die Glismak sie oder uns?« wollte der Junge von der Krone wissen.

*Nein.*

Zufrieden darüber, daß sein kühner Plan so wunderbar klappte, machte der Prinz sich und Ralabun wieder unsichtbar. Sie brachen zur gleichen Zeit wie Kadiya und ihre Gefährten auf und marschierten mehrere Stunden lang. Als die Sonne immer höher stieg, wurden sie zunehmend müde, aber es gelang ihnen, ziemlich dicht hinter den anderen zu bleiben.

Und dann entdeckten sie die frischen Glismak-Spuren, die über den Pfad nach rechts verliefen.

Tolivar blieb stehen und starrte bestürzt auf das unheilvolle Zeichen.

»Wie sonderbar. Ich dachte, Eure Krone hätte gesagt, daß die Kannibalen weder sie noch uns verfolgen«, sagte Ralabun.

Plötzlich begriff der Prinz. »Nein – sie haben sich im Kreis um uns herumbewegt, um einen Hinterhalt vorzubereiten! Ich war so dumm und habe den Talisman nicht nach dieser Möglichkeit gefragt, und er beantwortet Fragen immer wörtlich. Rasch! Wir müssen versuchen, sie zu warnen!« Er fing an zu rennen. Manchmal stürzte er, dann wieder mußte er auf allen vieren weiterklettern, weil der Pfad an dieser Stelle äußerst steil anstieg.

»Ich kann nicht mit Euch mithalten, Kleines Herz«, keuchte der Stallmeister. »Geht ohne mich voraus und ...«

Plötzlich erhob sich in einiger Entfernung ein bestialisches Gebrüll, gefolgt von dem gequälten Aufschrei eines Mannes.

Entsetzt krochen die unsichtbaren Freunde bis oben auf den Hügel. Unter sich sahen sie zwei Wasserfälle mit einer kleinen Lichtung in der Nähe, die von riesigen Bäumen umgeben war. Auf dieser tummelten sich riesige Geschöpfe, die mit Schwertern, Steinkeulen und rostigen varonischen Äxten um sich schlugen und die ganze Zeit über ein schreckliches Gebrüll von sich gaben. Sie trugen keine Kleidung, waren aber auf Rücken, Schultern und Oberarmen mit einem Panzer aus glänzender Haut versehen. An den anderen Stellen war ihre Haut von hellbraunem Haar bedeckt, das auf dem Kopf länger war und eine Mähne bildete. Ihre Gesichter hatten wie jene ihrer Wyvilo-Verwandtschaft eine Schnauze, aber ihre Augen waren nicht gelb, sondern grellrot. In ihrem Maul blitzten große, weiße Zähne auf, und Hände und Füße waren mit Klauen versehen.

Die Glismak waren in einen heftigen Kampf mit vier der Lehnsherren verwickelt, die zahlenmäßig weit unterlegen waren. Weder der fünfte Ritter noch Jagun oder die Herrin der Augen waren zu sehen.

»Was sollen wir nur tun?« heulte der alte Ralabun. »Seht nur! Einer der Ritter ist gestürzt. O nein! Die Wilden hacken ihn in Stücke!«

»Du mußt genau das tun, was ich dir jetzt sage.« Der Prinz handelte plötzlich mit ruhiger Entschlossenheit. »Verlasse den Pfad und halte dich links, klettere den Hügel hinunter und schleiche bis zu dem Felsen neben den Wasserfällen. Stell dich auf den Felsen und fang dann an, mit aller Kraft Steine auf die Glismak zu werfen. Kreische, als wärst du ein Dämon aus der Dornenhölle. Das wird die Unholde ablenken und vielleicht dazu beitragen, sie in die Flucht zu schlagen. Unterdessen werde ich sehen, was ich mit den Talismanen tun kann.«

»Aber ...«

»Beeil dich!« zischte der Prinz. Er rannte den Pfad hinunter und zog das Dreilappige Brennende Auge hervor. Als er die Lichtung erreicht hatte und die Kämpfenden deutlich sehen konnte, blieb er stehen und ließ sich auf ein Knie fallen. Er hielt den Talisman an seiner stumpfen Klinge und richtete den Knauf auf den größten der drei Glismak, die über den gestürzten Ritter hergefallen waren.

In Gedanken stellte sich der Junge vor, wie die widerwärtige Kreatur zu Asche verbrannte. Er sagte: »Brennendes Auge, töte ihn.«

Die drei Kugeln, die den Knauf des Schwertes bildeten, öffneten sich und enthüllten Augen, die den riesigen Glismak anstarrten. Aus dem Auge des Menschen schoß ein goldener Strahl hervor, aus dem Auge des Eingeborenen ein grüner, und aus dem silbernen Auge des Versunkenen Volkes ein weißglühender. Der Körper des Kriegers war plötzlich in ein dreifarbiges Leuchten gehüllt. Im Nu war das Fleisch verbrannt, und dann verschwanden auch die glühenden Knochen. Auf dem schlammigen Boden blieb nur ein grauer Fleck übrig, der aussah wie nasse Asche. Die übrigen Angreifer wichen verblüfft zurück. Ihr Opfer lebte noch, denn der Ritter richtete sich mühsam zu einer sitzenden Stellung auf und starrte verwundert auf die Asche.

Auch der Prinz war erstaunt, daß ihm der neue Talisman so bereitwillig gehorcht hatte. Sein Herz jubelte vor Freude. Er wies mit dem Brennenden Auge auf die beiden anderen Glismak, die immer noch wie erstarrt neben dem gestürzten Ritter standen, und äscherte auch diese mit dem magischen Feuer ein.

Die übrigen Kannibalen brachen in wildes Geschrei aus und riefen sich in ihrer gutturalen Sprache etwas zu. Sie flüchteten, und innerhalb von wenigen Augenblicken waren alle im Wald verschwunden. Tolivar, der unsichtbar am Rand der Lichtung stand, konnte nicht umhin, einen triumphierenden Schrei auszustoßen.

»Wer ist da?« rief Sir Edinar. Er und die Brüder Kalepo und Melpotis waren noch auf den Beinen. Die drei hatten viele Wunden erlitten, von denen jedoch keine tödlich war.

»Es ist ein Zauberer, der uns zu Hilfe gekommen ist«, sagte der Ritter, der am Boden lag. Dann stöhnte er vor Schmerzen und verlor die Sinne. Aufgrund der Stimme wußte der Prinz, daß es Sir Sainlat war, der aus einem Dutzend Wunden blutete. Eine Axt der Glismak hatte ihm einen Fuß abgehackt, und aus dem Stumpf sprudelte das Blut hervor wie aus einem kleinen, scharlachroten Brunnen.

Tolivar eilte zu ihm. Mit zwei Fingern berührte er die Krone auf dem Kopf, dann schloß er die Augen und stellte sich Sainlat in Gedanken vor, wie er ihn heute morgen gesehen hatte, als er das Flachboot verlassen hatte, groß und stark. »Talisman«, flüsterte er, »so soll er sein.«

Sainlats Körper wurde in ein weiches, grünes Licht gehüllt. Der stämmige Ritter erwachte und setzte sich auf. Auf seinem Gesicht war kein Tropfen Blut zu sehen. Vor Überraschung stand ihm der Mund offen, denn alle Spuren seiner Verletzungen waren verschwunden. Selbst Rüstung und Kleidung waren sauber und unversehrt.

»Heilige Blume!« rief Edinar aus. Er rannte zu dem so plötzlich gesundeten Ritter, gefolgt von Melpotis und Kalepo, und zu dritt halfen sie Sainlat auf und fingen an zu lachen und ihm auf den Rücken zu schlagen. Währenddessen befahl der Prinz dem Dreihäuptigen Ungeheuer, auch die anderen zu heilen. Ein dreifaches Aufleuchten des smaragdfarbenen Lichts kündete von dem Zauber und ließ die geheilten Ritter starr vor Schreck und Freude zurück.

»O Zauberer, zeigt Euch, damit wir Euch danken können!« konnte Kalepo gerade noch stammeln.

Tolivar sprach mit verstellter Stimme. »Wo sind die anderen? Wo ist die Herrin der Augen?«

»Habt ihr das gehört?« rief Sainlat aus. »Er ist irgendwo in der Nähe!«

Die Ritter fingen alle auf einmal an zu sprechen, bis Tolivar ausrief: »Edinar, antworte mir!«

Der junge Ritter riß sich zusammen. »Unsichtbarer Zauberer, die Herrin der Augen ist durch ein Viadukt entschwunden – wir hoffen, in das Land der Sternenmänner – und hat versprochen, sogleich zu uns zurückzukehren. Sir Bafrik ist schwer verwundet in den Teich dort gefallen, und ich fürchte, er ist tot. Was den Nyssomu Jagun anbetrifft, so weiß ich nicht, wo er stecken könnte. Ich habe ihn nicht gesehen, seit die Glismak uns angegriffen haben. Aber wer seid Ihr? Seid Ihr einer der Vispi-Diener der Weißen Frau?«

Der Prinz fragte die Krone in Gedanken: Ist Bafrik noch am Leben?

*Nein*, sagte die Stimme in seinem Kopf. *Er hat diese Welt verlassen. Seine Leiche ist den Fluß hinunter getrieben worden.*

Wo ist Jagun?«

*In diesem Moment steht er am Rande der Grube eines Namp, etwa auf halbem Wege den Hügel zu Eurer Linken hinauf, und fragt sich, wen das Tier wohl gerade verschlungen hat.*

»Ein Namp« jammerte der Prinz laut. »Nein! O nein!« Er rannte davon, wobei er Gestrüpp niedertrampelte und über verborgene Felsen stolperte. Die vier Ritter sahen, wie sich plötzlich die Vegetation bewegte, und folgten der Spur, nachdem sie ihrer Verwunderung Ausdruck verliehen hatten.

Innerhalb weniger Minuten konnte Tolivar den Nyssomu Jagun sehen, der traurig in eine Grube im Boden starrte, die etwa zwei Ellen im Durchmesser maß. Offensichtlich war sie einmal mit dünnen Sprößlingen, toten Blättern und anderem Abfall vom Waldboden bedeckt gewesen, um ihre Existenz zu verbergen. Etwas – oder jemand – war durch den dünnen Belag gebrochen und hineingestürzt.

»Brennendes Auge, hol ihn dort heraus!« kreischte der Prinz. »O bitte! Rette Ralabun!«

*Der Befehl ist unzulässig.*

Der unsichtbare Junge fiel Jagun gegenüber am Rande des Lochs auf die Knie und sah hinunter. Die Grube lag in tiefem Dunkel, aber halb vergraben in Erde und Blättern konnte er eine gewaltige Kreatur sehen, die den Boden fast gänzlich ausfüllte. Sie ähnelte einem aufgedunsenen Glatzkopf und hatte zwei tellergroße, leuchtendblaue Augen, die unter faltigen Augenlidern zu ihm hinaufsahen. Der Namp wälzte sich herum und schien zu lächeln, wobei er einen riesigen Schlund enthüllte, der von einer Seite des Kopfes bis zur anderen reichte. Kurze Gliedmaßen mit zweigähnlichen Fingern ragten an der Stelle hervor, an der vielleicht die Ohren der Kreatur saßen.

»Hat – hat dieses abscheuliche Vieh Ralabun gefressen?« wollte der Prinz mit zitternder Stimme von seinem Talisman wissen.

*Ja.*

Tolivar brach in Tränen aus. »O nein! Mein armer alter Freund! Wenn du doch nur ein wenig mehr von der wilden Natur gewußt hättest … wenn ich dich doch nur nicht vom Pfad heruntergeschickt hätte! Jetzt bist du tot, und kein Zauber kann dich wieder zurückbringen.«

Jagun runzelte die Stirn. Er starrte auf die Stelle, wo das Gewicht des unsichtbaren Jungen die Pflanzen auf dem Waldboden zusammengedrückt hatte. Inzwischen waren auch die Lehnsherren den Hügel heraufgekommen, die jetzt entsetzte Blicke in die Grube warfen. Als der Namp sie sah, leckte er sich die purpurroten Lippen und scharrte mit seinen winzigen Händchen in der Erde herum.

»Prinz Tolo?« sagte der alte Nyssomu-Jäger. »Seid Ihr das?«

Genau in diesem Moment bekam der Namp Schluckauf, schüttelte sich und blinzelte heftig mit den Augen. Tolivar, Jagun und die Ritter beeilten sich, vom Rande des Lochs wegzukommen, als die Kreatur noch einmal von Schluckauf geplagt wurde und dabei zahllose Reihen fleckiger, spitzer Zähne zeigte. Jetzt wurde der Namp von heftigen Zuckungen geschüttelt, die von würgenden Geräuschen begleitet waren. Plötzlich öffnete sich sein Schlund wie die Öffnung eines riesigen, mit Reißzähnen besetzten Sacks, und der Namp gab einen gewaltigen Rülpser von sich.

Begleitet von einer großen Menge Schleim flog ein länglicher, silbern glänzender Behälter durch die Luft und landete vor Jaguns Füßen. Dergestalt erleichtert stieß der Namp einen tiefen Seufzer aus, schüttelte sich und vergrub sich dann in der Erde, bis nur noch seine halbgeschlossenen Augen über dem Boden zu sehen waren, die im Halbdunkel der Grube schwach leuchteten.

Im Gestrüpp raschelte es, und dann tauchte plötzlich Kadiya auf.

»Ihr seid unversehrt wieder zurückgekommen!« rief Jagun. »Dem Dreieinigen sei Dank!«

»So ist es«, erwiderte sie, »und ich war auch recht erfolgreich. Aber bevor ich euch davon erzähle, möchte ich euch erst noch einen Zauberer vorstellen.« Mit schnellen Schritten ging sie um das Loch des Namp herum bis zu der Stelle, an der zwei Fußabdrücke im weichen Boden zu sehen waren. Dort griff sie scheinbar ins Leere. »Du machst dich jetzt besser wieder sichtbar, Tolo.«

Der Prinz erschien, gekrönt von dem Dreihäuptigen Ungeheuer, das Dreilappige Brennende Auge in der schmutzigen Hand. Sein Gesicht war tränenüberströmt. Kadiya hatte ihn hinten an seinem Wams gepackt, und obwohl die beiden fast gleich groß waren, schien Tolivar in ihrem Griff so hilflos zu sein wie das Beutetier im Maul eines Lossok, das sich wie erstarrt in sein Schicksal fügt.

»*Das* ist der Zauberer, der uns das Leben gerettet hat?« sagte Sir Edinar, dem es fast den Atem verschlug.

»Unmöglich!« sagte Sainlat.

»Er trägt die Zauberkrone«, bemerkte Melpotis, »und auch den Talisman, der der Herrin der Augen gestohlen wurde.«

»Aber das ist doch nur ein Kind«, spottete Kalepo.

»Ich habe die Glismak getötet und eure Wunden geheilt«, sagte Tolivar mit matter Stimme. »Ich bin *wirklich* ein Zauberer, und daran wird auch eure Verachtung nichts ändern.«

»Und du bist auch ein Dieb«, sagte Kadiya mit ruhiger Stimme, »das nur nebenbei bemerkt.« Entschlossen führte sie den Prinzen zu der schleimbedeckten Sternentruhe. »Mach sie auf!«

Tolivar, der sich bewegte, als wäre eine große Müdigkeit über ihn gekommen, gehorchte. Als sie ihm befahl, das Dreilappige Brennende Auge hineinzulegen, gehorchte er ohne ein Wort. Dann berührte die Herrin der Augen die Edelsteine in der Truhe. Ein Lichtblitz zuckte auf, und eine Melodie erklang. Einen Moment später griff Kadiya mit einem triumphierenden Lächeln nach dem Zauberschwert und hielt es mit beiden Händen an der stumpfen Klinge mit dem Griff nach oben in die Luft.

»Talisman«, fragte sie, »gehörst du jetzt wieder mir? Ist deine Kraft wiederhergestellt?«

Zwischen den Kugeln auf dem Schwertgriff saß Kadiyas Drillingsbernstein, der in der hereinbrechenden Dämmerung wie eine winzige Flamme aufleuchtete. Die schwarzen Kugeln öffneten sich, und drei funkelnde Augen, die so aussahen wie jene auf ihrem goldenen Brustharnisch, blickten sie an.

*Ich bin an Euch gebunden, Herrin, und verfüge über meine ganze Kraft.*

»Gut«, sagte sie. »Dann schütze jetzt mich und meine Gefährten vor den Blicken des Orogastus und der Sternengilde.«

*Es ist geschehen.*

Die Augen schlossen sich wieder. Kadiya steckte das Schwert in ihren Gürtel und drehte sich zu den anderen. »Jagun, nimm bitte die Sternentruhe an dich.«

»Gewiß, Weitsichtige.«

»Wir können nicht länger hierbleiben«, sagte sie. »Die Sonne geht bald unter, und wir müssen durch das Viadukt. Am anderen Ende wartet jemand auf uns, der versprochen hat, uns in die Stadt Brandoba zu bringen, wo sich die Residenz des Kaisers Denombo befindet, aber er wird nicht mehr sehr lange warten.«

»Dann führt der Gang also in das Land Sobrania«, rief Edinar aus.

»Ja.«

»Und die Sternenmänner?« fragte Melpotis. »Haben sie das Land erobert?«

»Noch nicht«, sagte Kadiya. Sie drehte sich zu Prinz Tolivar um. »Bevor wir aufbrechen, möchte ich, daß du mir das Dreihäuptige Ungeheuer gibst, damit ich es in sichere Verwahrung nehmen kann. Jagun! Öffne die Sternentruhe.«

Der Junge wich einen Schritt zurück. In seinem Gesicht war plötzlich wieder Leben. Mit vor Angst weit aufgerissenen Augen hob er die Hände, um die Krone auf seinem Kopf festzuhalten. Seine Stimme war nur ein gebrochenes Flüstern. »Nein! Ich ... ich werde meinen Talisman niemals hergeben. Nicht, solange ich lebe!«

»Er gehört dir nicht«, sagte Kadiya. »Er gehört deiner Mutter, so wie der Dreiflügelreif der Erzzauberin Haramis und das Dreilappige Brennende Auge mir gehören.«

»Mutter hat den Talisman aus freien Stücken an Orogastus übergeben«, entgegnete der Prinz eigensinnig.

»Als Lösegeld für sie und deinen königlichen Vater!« rief Kadiya mit einer furchtbaren Stimme. Sie riß Jagun die Sternentruhe aus der Hand und streckte sie Tolivar entgegen. »Leg die Krone in die Truhe.«

»Nein«, flüsterte der Junge.

Sie zog das schwarze Schwert ohne Spitze aus dem Gürtel und hielt es Tolivar an die Stirn, wo es weniger als einen Fingerbreit vom Rand der Krone entfernt verharrte. Die drei Augen öffneten sich. »Tolo, du wirst jetzt tun, was ich dir sage. Händige mir den Talisman aus.«

»Faß ihn nicht an!« warnte der Junge. Die Verzweiflung stand ihm in die Augen geschrieben. »Du weißt, daß er dich töten wird, wenn du versuchst, ihn seinem Besitzer zu entreißen. Ich konnte ihn damals nur deshalb in meinen Besitz bringen, weil Orogastus ihn seiner Gelbstimme geliehen hatte, die nicht auf diese Weise geschützt war.«

Kadiya starrte ihn eine Weile an, aber seine Willenskraft war zu stark. »Dann behalte ihn. Wir werden schon sehen, wie er dir nützen wird.« Sie ließ das Schwert sinken und steckte es wieder in ihren Gürtel. »Sainlat, Melpotis – bringt Tolo zurück zum Boot.«

»Nein!« rief der Prinz. »Ich habe geschworen, meine Mutter zu retten! Wenn du versuchst, mich wegzuschicken, werde ich das mit einem Zauber verhindern.«

»Weitsichtige«, wandte sich Jagun mit drängender Stimme an Kadiya. »Es wäre vielleicht am besten, wenn der Prinz doch mit uns geht. Möglicherweise kann er uns bei der Rettung von Königin Anigel helfen, da er seinen Talisman offensichtlich recht gut beherrscht.«

»Es war eigentlich recht beeindruckend, als er unsichtbar war«, bemerkte Sir Edinar.

»Und unsere Heilung«, fügte Sainlat aufmunternd hinzu, »war noch viel beeindruckender. Ich selbst stand bereits an der Schwelle des Todes, aber jetzt bin ich nicht nur geheilt, sondern fühle mich sogar außerordentlich frisch.«

Die anderen Ritter nickten zustimmend.

Kadiya starrte den Jungen nachdenklich an.

Jagun sprach weiter. »Wenn seine Mutter wieder bei uns

ist, kann er ihr den Talisman ja geben.« Der kleine alte Nyssomu drehte sich zu dem Prinzen: »Wirst du das tun, Kleines Herz?«

Als er seinen Sumpfnamen hörte, der ihm von dem toten Ralabun gegeben worden war, zuckte Tolivar zusammen, gab aber keine Antwort.

Kadiya sagte ein wenig ruhiger: »Tolo, wenn ich dir erlaube, mit uns zu gehen, wirst du dann versprechen, alles zu tun, was ich dir sage, und keinen Zauber mit der Krone ausüben, es sei denn, du hast meine ausdrückliche Erlaubnis dafür?«

Der Prinz zögerte und preßte die Lippen zusammen. Aber schließlich antwortete er: »Ich verspreche es.«

Kadiya wollte schon verlangen, daß er auch versprach, den Talisman an Anigel zurückzugeben. Aber sie befürchtete, daß der Junge sich wieder weigerte und vielleicht sogar wegzulaufen versuchte – unsichtbar –, wenn sie noch weiter darauf bestand. Außerdem würde er die Krone wahrscheinlich eher aufgeben, wenn die Königin selbst ihn darum bat. Sie seufzte. »Nun gut. Wir sollten uns jetzt bereitmachen, durch das Viadukt zu gehen. Am anderen Ende erwarten uns keine Sternenmänner oder andere Bösewichte. Der Eingeborene, der auf uns wartet und sich bereit erklärt hat, uns zu führen, ist jedoch von unsicherem und ängstlichem Gemüt und wird vielleicht wieder gehen, wenn wir uns jetzt nicht beeilen.«

»Warte!« rief da der Prinz. Er ging zum Rand der Grube, in der der Namp saß. »Tante, diese elende Kreatur hier hat meinen armen Freund Ralabun ermordet. Ich weiß nicht, ob meine Zauberkrone ihn töten wird, aber ich bitte dich, laß es mich wenigstens versuchen.«

»Aber der Namp hat ihn nicht ermordet«, sagte die Herrin der Augen. »Er ist nur ein wildes Tier, das keine Vernunft kennt. Es hat auf die ihm eigene Art und Weise nach Futter gesucht, ohne dabei böse Absichten zu haben. Es wäre nicht recht, den Namp kaltblütig zu töten. Verstehst du das nicht, Tolo?«

»Nein.« Der Junge wich Kadiyas Blick aus.

Ihre Stimme wurde schärfer. »Dann laß die Kreatur am Leben, weil ich es dir befehle.« Sie drehte ihm den Rücken zu und machte sich daran, mit Jagun und den Rittern zusammen den Hügel hinunterzugehen.

»Aber ich muß ihn töten!« rief der Prinz verzweifelt. »Ich muß!«

Kadiya drehte sich kurz um und warf ihm einen Blick zu. »Du wirst nicht, und du *darfst* nicht, denn den Namp trifft keine Schuld an Ralabuns Tod. Jemand anderes ist dafür verantwortlich, und tief in deinem Herzen weißt du das auch.«

Tolivar wurde leichenblaß. Er sagte kein Wort mehr, sondern folgte den anderen den Hügel hinunter.

# 16

Das leise Geräusch einer Tür, die von jemand geöffnet wurde, ließ Königin Anigel schließlich ganz zu Bewußtsein kommen, aber sie hielt die Augen geschlossen. Schritte näherten sich ihrem Lager. Die Stimme einer Frau, kraftvoll und gebieterisch.

»Sie müßte jetzt wieder völlig gesund sein, Sternenmeister.«

Ein Mann murmelte etwas Zustimmendes.

»Es gab allerdings keine Möglichkeit, ihr die Schwarze Drillingslilie abzunehmen. Nicht einmal die Macht des Sterns reichte aus. Sowohl Amulett als auch Kette schienen bei der geringsten Berührung weißglühend zu werden. *Ihr* Fleisch haben sie jedoch nicht verbrannt, nur das der Person, die versuchte, sie zu berühren. Wir haben sogar Zangen und andere Instrumente benutzt, aber sie gingen entweder in Flammen auf oder glühten, so daß man sie nicht festhalten konnte.«

»Das macht nichts. Ich glaube nicht, daß der Bernstein uns verletzen kann. Er schützt sie nur. Jetzt gebt mir das Diagnosegerät.«

»Ja, Meister.«

»Königin Anigel!« Sie kannte die Stimme dieses Mannes nur zu gut. »Wacht auf.«

Sie öffnete die Augen.

Zwei in die schwarzsilbernen Gewänder der Sternengilde gekleidete Menschen standen vor ihrem Lager und blickten auf sie herab. Eine hochgewachsene Frau, die der schönen, rothaarigen Kriegerin aus dem Federgobelin an der Wand des Schlafzimmers hinter ihr wie aus dem Gesicht geschnitten war.

Und neben ihr Orogastus.

»Jetzt verstehe ich alles!« sagte Anigel zu ihm, ihre Wut nur mühsam unterdrückend. »Ihr wolltet mich ertränken, aber als dieser Plan fehlschlug, habt Ihr mich durch dieses verdammte Viadukt entführt.«

»Guten Tag, Majestät«, sagte der Zauberer höflich. Er hielt ein kleines Gerät aus Metall in der Hand, welches er kurz auf ihre Stirn preßte. Es piepste leise, woraufhin er nickte und das Ding auf ihren von einer Decke verhüllten Unterleib drückte. Sie protestierte verärgert, aber er achtete nicht darauf, sondern steckte die Maschine in seine Robe und lächelte.

»Es dürfte Euch vielleicht interessieren, daß Ihr Euch von Euren Verletzungen wieder völlig erholt habt. Auch Eure ungeborenen Söhne sind bei bester Gesundheit. Was Euer Ertrinken anbelangt, so hatte ich das beileibe nicht geplant, und der dumme Tölpel, der ob seiner Unbeholfenheit daran schuld war, ist bereits gerügt worden.«

»Wo ist meine Nyssomu-Amme, Immu?« verlangte Anigel zu wissen. »Sie wurde mit mir in die Fluten gerissen. Haltet Ihr auch sie gefangen?«

Der Zauberer schüttelte den Kopf. »Ich weiß nichts von ihr. In den Irrsümpfen waren nur ein einzelner ruwendianischer Ritter und einige Soldaten, von denen meine Diener angegriffen wurden, als sie Euch durch das Viadukt trugen.«

»Sir Olevik! Was ist mit ihm geschehen?«

Orogastus zuckte mit den Schultern. »Er und seine Männer wurden bei dem Kampf getötet, zu Asche verbrannt von unseren unbesiegbaren Waffen.«

Die Gleichgültigkeit des Zauberers erfüllte die Königin mit neuerlicher Empörung. »Bindet mich los!« rief sie, wobei sie an ihren Fesseln zerrte. »Wie könnt Ihr es wagen, mich wie eine Verbrecherin ans Bett zu fesseln?«

»Die Fesseln sollten Euch während der sechs Tage ruhigstellen, in denen Ihr ohne Besinnung darnieder lagt und gesundet seid. Wir konnten doch nicht zulassen, daß Eure kostbaren Knochen schief zusammenwachsen.«

»Warum habt Ihr mich entführt? Ich warne Euch – weder mein königlicher Gemahl noch die Erzzauberin Haramis werden sich Euch unterwerfen, um mein Leben und das meiner ungeborenen Kinder zu schonen. Ich bin nicht mehr länger der Feigling, der Euch vor vier Jahren den Talisman übergeben hat! Heute bin ich bereit zu sterben, wenn dadurch Eure üblen Pläne zunichte gemacht werden.«

Orogastus lächelte und strich sich sein langes weißes Haar mit der schlanken Hand zurück. »Ich würde es viel lieber sehen, wenn Ihr lebt, Königin Anigel, aber die Entscheidung liegt ganz bei Euch. Wir werden uns später noch darüber unterhalten.« Er wandte sich an die weibliche Angehörige der Sterngilde. »Naelore – bindet die Königin los und helft Ihr, sich anzukleiden, dann begleitet sie in die Halle. Ich werde dort mit den anderen warten.« Er verließ das Zimmer und schloß die Tür hinter sich.

Die Sternenfrau, die keinen Hehl aus ihrer Verachtung machte, schlug die Decke zurück, mit der Anigels Körper verhüllt war. »Ich werde Euch nur dieses eine Mal als Zofe dienen, Königin. Wenn es nach mir gegangen wäre, hättet Ihr Euch im Kerker wieder erholen müssen, zusammen mit Euren arroganten Kollegen.«

»Was? Ihr haltet hier noch andere Monarchen gefangen? Wen?«

Naelore beugte sich über Anigels Fußknöchel und befreite sie, dann löste sie die gepolsterten Fesseln an ihren Handgelenken. »Das werdet Ihr noch früh genug herausfinden.« Die Sternenfrau half der Königin nicht eben sanft dabei, sich aufzusetzen.

Anigel stellte fest, daß sie um die Hüften herum wie ein Säugling gewindelt und ansonsten bis auf ihr Amulett mit der Schwarzen Drillingslilie unbekleidet war. Ein sonderbares, gelbliches Material, zart und runzlig wie die Haut eines gekochten Jarkil, fiel in Fetzen von ihrem rechten Schienbein, ihrem linken Unterarm und der linken Seite ihres Brustkorbes ab, als sie langsam ihre Füße auf den Fußboden setzte. Ein anderes großes Stück des Materials rutschte von ihrer linken Schulter und löste sich in kleinen Flocken auf, als es zwischen die Bettwäsche fiel.

»Was ist das?« fragte Anigel und wischte es sich vom Körper.

»Knochenheiler«, sagte die rothaarige Frau kurz angebunden. »Das gehört zum Zauberwerkzeug des Meisters.« Sie suchte in einem Schrank herum und holte Leibwäsche daraus hervor, dann öffnete sie eine Truhe und entnahm ihr ein seltsam gearbeitetes Kleid aus grasgrünem Brokat. Es war sehr leicht und mit einer Myriade kleiner gelber Federrosetten geschmückt, die auf dem Stoff aufgestickt waren.

Anigel reckte sich und fuhr sich mit den Fingern durch ihr lose herabhängendes blondes Haar. Es schien ziemlich sauber zu sein. »Ich nehme an, daß meine Kleidung zerstört wurde.«

»Genau wie Euer königlicher Körper, bis der Meister ihn mit einem Heilzauber wieder gesunden ließ.« Naelore verzog das Gesicht. »In der Nische dort findet Ihr eine Schüssel und einen Wasserkrug, und hinter der kleinen Tür einen Abtritt. Trödelt nicht herum.«

Anigel ließ sich nicht dazu herab, ihr zu antworten, verrichtete ihre Toilette aber so schnell sie konnte. Sie zog die Leibwäsche und das Kleid an, dann drehte sie ihr Haar im Nacken zusammen und steckte es mit zwei vergoldeten Holznadeln zusammen. Naelore hatte ihr auch einen Gürtel aus gelben und grünen Federn für ihre Taille und einen ockerfarbenen Umhang hingelegt. Dazu kamen Schuhe aus weichem, braunem Leder mit smaragdgrünen Federbäuschen.

Anigel musterte sich zufrieden und rückte das Bernsteinamulett mit der eingeschlossenen Schwarzen Drillingslilie zurecht, so daß es auf ihrer Brust lag. »Ich danke Euch dafür, daß Ihr mich mit angemessener Kleidung ausgestattet habt, Naelore.«

»Das war nicht ich«, erwiderte die Sternenfrau schroff. »Unser Meister hat die Kleidungsstücke ausgewählt. Und hier haben wir noch ein Schmuckstück für Euch.« Sie hielt Anigel ein Paar goldene Handfesseln hin, die durch einen Kette miteinander verbunden waren. Ohne ein Wort ließ Anigel sich fesseln.

»Jetzt kommt«, befahl Naelore. »Die anderen werden bereits auf uns warten.«

»Eine Frage«, sagte Anigel, die vor dem Federgobelin stehenblieb, auf dem die Kriegerin zwischen den lodernden Flammensäulen zu sehen war. »Seid Ihr das?«

»Nein«, sagte die Sternenfrau. Zum ersten Mal erschien auf ihrem Gesicht ein Lächeln, das nicht von Unhöflichkeit verzerrt war. »Es ist meine Ahnfrau, nach der ich genannt wurde.

Sie hat auch dieses Schloß hier erbaut. Man hat sie um ihr Reich betrogen. Aber sie hat es sich zurückgeholt – so wie auch ich das tun werde, und zwar schon sehr bald.«

Anigel folgte Naelore durch Korridore mit Steinmauern und sah sich interessiert um. War dies vielleicht das Hauptquartier der Sternengilde, nach dem Haramis bis jetzt vergeblich gesucht hatte? Wenn sie wirklich in Sobrania war und nicht in einem der gottverlassenen Unterkönigreiche, würde ihr mit Hilfe ihrer Schwarzen Drillingslilie vielleicht die Flucht gelingen, so daß sie Kaiser Denombo um Gnade anflehen konnte. Er wollte mit keinem Land ein Bündnis eingehen, war aber sehr ritterlich und würde ihr sicher Zuflucht gewähren, bis Haramis oder ein anderer Retter eingetroffen war ...

»Hier hinein«, sagte Naelore und wies auf eine offene Tür. Dahinter lag eine kleine Halle, eine Art Salon, der lediglich schmale Schlitze als Fenster hatte. Silberne Öllampen, die an den Wänden hingen, sorgten für zusätzliches Licht. Trotzdem dauerte es einige Sekunden, bevor Anigel erkennen konnte, wer die anderen in dem Gemach waren.

Um einen großen, runden Tisch in der Mitte des Raumes standen neun Stühle. Auf einem saß Orogastus. Der leere Stuhl neben ihm war vermutlich für sie bestimmt. Auf den anderen Plätzen saßen fünf Männer und zwei Frauen, die wie Anigel goldene Handfesseln trugen. Hinter jedem Gefangenen stand ein Mann der Sternengilde, der eine der seltsamen Waffen des Versunkenen Volkes in der Hand hielt.

»Willkommen, Königin von Laboruwenda«, sagte Orogastus und neigte höflich den Kopf. »Ich glaube, Ihr kennt alle hier am Tisch.«

So war es. Entsetzt ließ Anigel den Blick über ihre Mitgefangenen schweifen, deren Gesichtsausdruck von düsterer Wut bis zu heiterer Gelassenheit reichte.

Zur Rechten des Zauberers saß ein unbekümmert aussehendes älteres Paar, das in altmodische Staatsroben gekleidet war: der Ewige Fürst Widd und die Ewige Fürstin Raviya von den Engi-Inseln. Die drei schlicht gekleideten Männer an der gegenüberliegenden Seite des Tisches waren Präsident Hakit Botal von Okamis und die Duumvirs Prigo und Ga-Bondies, die gemeinsam die Republik Imlit regierten. Die in Scharlachrot gekleidete, mütterlich wirkende Frau mit dem gequälten Lächeln war Königin Jiri von Galanar. Zwischen ihr und dem Stuhl, der für Anigel vorgesehen war, kauerte wie ein gefangener Gradoling Ledavardis von Raktum, ein Mann von zwanzig Jahren, dessen mißgebildeter, stämmiger Körper und wenig einnehmende Erscheinung ihm den Spitznamen Koboldkönig eingebracht hatten.

Anigel hatte ihn zuletzt vor drei Monaten gesehen, als er in die Zitadelle von Ruwenda gekommen und um die Hand ihrer Tochter Janeel angehalten hatte. König Antar hatte ihn abgewiesen und erklärt, daß keine Prinzessin von Laboruwenda jemals einen Piraten heiraten werde – selbst dann nicht, wenn dieser öffentlich bekannte, sich gebessert zu haben. Janeel war verzweifelt gewesen. Sie beteuerte, Ledavardis über alles zu lieben, der sehr freundlich zu ihr gewesen war, als sie auf seinem raktumianischen Schiff gefangengehalten worden war. Wider bessere Einsicht mochte auch Anigel den Koboldkönig. Obgleich sein Körper mißgestaltet war, verfügte er doch über große Kraft und besaß eine imponierende Wirkung und ein würdevolles Auftreten. Ledavardis hatte Janeel geschworen, Antars Meinung über ihn irgendwie zu ändern und sie bald als Braut in sein Reich zu führen.

Der prächtig gekleidete junge Monarch, der als Freier in der Zitadelle von Ruwenda erschienen war, war jetzt kaum mehr wiederzuerkennen. Das Gewand von Ledavardis war zerrissen und schmutzig, als wäre seine Gefangennahme nicht gerade einfach gewesen. Sein linkes Auge war mit einem schmutzigen Verband bedeckt, das rechte blutunterlaufen und die Haut darum grün und blau. Die Ketten an seinen Handfesseln waren doppelt so dick wie die der anderen.

»O meine armen Freunde«, murmelte Anigel. »Was für ein trauriges Zusammentreffen.«

»Tut mir leid, daß sie Euch auch geschnappt haben, Schätzchen«, piepste die Ewige Fürstin Raviya. »Schöne Bescherung, nicht wahr?«

Der Ewige Fürst Widd grinste gut gelaunt. »Vor sieben Tagen spielten wir mit unseren Urenkeln gerade Kricket auf dem Rasen im Park, als plötzlich wie aus heiterem Himmel ein paar dieser Sternenkerle hier beim blauen Tor auftauchten und uns wegschleppten. Die Schurken sagten zu den Kindern, daß wir getötet werden würden, falls sie jemanden von unserer Entführung informierten.«

»Die Sternenmänner drohten, alle meine Töchter zu verstümmeln, wenn auch nur ein Wort von meiner Entführung nach außen dringe«, erzählte Königin Jiri.

Die gewählten Führer von Okamis und Imlit nickten. Sie waren durch Heirat mit dem Königshaus von Galanar verbunden, nachdem sie sich mit dreien von Jiris Brut aus neun Prinzessinnen vermählt hatten. Präsident Botal sagte: »Wir sind alle durch diese sonderbaren magischen Falltüren weggeschleppt worden – oder wie immer sie genannt werden.«

»Wir nennen sie Viadukte«, erläuterte Orogastus freundlich. »Bitte setzt Euch, Königin Anigel, dann werden wir mit unserer Beratung beginnen.«

Naelore führte Anigel zu dem leeren Stuhl. Dann zog die Sternenfrau die Kapuze ihrer silbernen Robe über das feuerrote Haar, nahm einen kleinen Gegenstand aus einer Tasche in ihrem Gewand und stellte sich hinter die Königin.

»Erbärmlicher Schwindler!« rief König Ledavardis aus, der aufsprang und mit gefesselten Fäusten drohte. »Es wird Euch nichts nützen, mich gefangenzuhalten. Glaubt Ihr denn, das unabhängige Land Raktum wird Euch jemals als seinen Herrscher akzeptieren? Eher verwandelt sich das Dreigestirn in stachlige Melonen!«

Er hätte seine Tirade fortgesetzt, aber Orogastus runzelte die Stirn und machte eine ungeduldige Geste. Naelore verließ ihren Platz hinter Anigels Stuhl, hob das schmale Metallgerät und berührte den König damit an der Schulter.

Ledavardis Schrei ließ die Dachsparren erzittern. Die anderen Gefangen zuckten vor Entsetzen zusammen, aber dann beschimpften sie die Sternenfrau wütend, die mit unbewegtem Gesicht dastand. Der junge König fiel in seinen Stuhl zurück und rang keuchend nach Luft.

»Wir werden jetzt nicht darüber sprechen, ob Raktum mich

als seinen Lehnsherrn anerkennen wird oder nicht«, sagte Orogastus, als sich die Aufregung wieder etwas gelegt hatte. »Es genügt, daß sein Herrscher und Ihr anderen meine Gefangenen sind. Ihr werdet so lange hier in Schloß Konflagrant bleiben und für die gute Führung Eurer Länder sorgen, bis mein Plan etwas weiter ausgereift ist.«

»Was ist das für ein Plan?« erkundigte sich Königin Jiri in aller Unschuld.

»Majestät, darüber werden wir uns später noch in aller Ruhe unterhalten, wenn wir uns alle etwas besser kennengelernt haben«, sagte Orogastus.

»Ha!« schnaubte der Duumvir Prigo. Prigo war ein magerer Mann mit listigen braunen Augen und dem steifen Gebaren eines Gelehrten. »Wie lange wollt Ihr uns hier festhalten, Zauberer?«

»Es könnte schon etwas länger dauern, Exzellenz«, gab Orogastus zu.

»Bis die Herrscher der anderen Länder ebenfalls gefangen sind?« beharrte Hakit Botal. »Und die Regierungen der Welt im Chaos versinken?«

Das Lächeln auf Orogastus Gesicht verschwand. »Bedauerlicherweise hat die Erzzauberin Haramis eine Warnung verbreitet und mitgeteilt, wo sich die Viadukte befinden. Ich glaube, daß jene Herrscher, die sich noch in Freiheit befinden, sich jetzt besser vor einer Entführung schützen werden. Aber das spielt keine Rolle. Ich habe die wichtigsten von Euch in meiner Gewalt.«

Ja, dachte Anigel. Mit Ausnahme eines Staatsoberhauptes – meines Gemahls, König Antar! Die anderen Herrscher, die noch nicht gefangen waren, waren entweder Schwächlinge wie der alte König Fiomadek von Var – oder wie Yondrimel von Zinora und Emiling von Tuzamen sowieso geneigt, sich mit dem Zauberer zu verbünden ...

Die hellen Augen von Orogastus funkelten unversöhnlich und furchteinflößend. »Ihr werdet alle als meine Geiseln hierbleiben und so dafür sorgen, daß Eure Untertanen meine Pläne nicht behindern, bis die Himmelslilie der ganzen Welt meinen Sieg verkündet.«

Die Gefangenen starrten ihn schweigend an. Schließlich zeigte der Ewige Fürst mit einem knochigen Finger auf den Zauberer. »Jetzt paßt mal auf, junger Mann! Ich kann mich ja mit einem Leben in einem dumpfen Kerker abfinden, und ich wage zu behaupten, daß es den anderen Männern genauso geht. Aber meine arme Frau Raviya wird in ihrer feuchten Zelle die ganze Zeit über von Ischias geplagt. Wenn Ihr auch nur einen Funken Anstand im Leib habt, müßt Ihr den Frauen ein besseres Quartier geben.«

»Das ließe sich einrichten«, sagte Orogastus gleichmütig. »Bis heute wurde Euch allen mit Ausnahme von Königin Anigel, die sich von ihren Verletzungen erholt hat, der Aufenthalt so beschwerlich wie nur möglich gemacht, damit Ihr den Ernst der Lage erkennt. Aber von jetzt an – vorausgesetzt, daß Ihr Euch mit einigen einfachen Bedingungen einverstanden erklärt – werden Euch allen freundlichere Räume zugewiesen werden. Ihr sollt wie Ehrengäste behandelt werden, nicht wie gewöhnliche Gefangene. Es liegt an Euch, ob Ihr Euren Aufenthalt hier in prächtigen Gemächern verbringt, wie es Eurer Stellung zukommt, oder in fensterlosen Zellen und in Gesellschaft gewöhnlicher Verbrecher.«

Zögernd berieten sich die Staatsoberhäupter untereinander. Ledavardis richtete sich mühsam auf und sagte kein Wort.

»Wenn Ihr einigen Bedingungen zustimmt«, sagte der Zauberer, »werdet Ihr Euch frei in Schloß Konflagrant bewegen können. Aber Ihr könnt mir glauben, wenn ich Euch sage, daß es nicht nur ausbruchsicher, sondern unmöglich zu erstürmen ist. Keine Macht unter dem Dreigestirn kann Euch retten.«

Anigel griff nach dem Bernsteinanhänger an der dünnen Goldkette. Er fühlte sich warm an und schien ihr Trost zu geben. »Was sollen wir versprechen?«

»Schwört, daß Ihr niemanden an diesem Ort verletzen und Euch würdevoll verhalten werdet, so lange Ihr hier seid.«

»Nun gut.« Anigels Worte waren kaum zu hören. »Ich schwöre es, auf diese heilige Schwarze Drillingslilie.«

Orogastus stellte jedem von ihnen diese Frage. Alle gaben ihr feierliches Ehrenwort, bis auf den Piratenkönig, der sein verwüstetes Gesicht hob und den ungerührt dasitzenden Zauberer anspuckte.

Die Sternenfrau zog ein weiteres Zaubergerät aus ihrem Gewand, das anders aussah als das Folterinstrument. Dieses Mal drückte sie es Ledavardis ins Genick. Er stieß einen tiefen Seufzer aus und brach besinnungslos auf dem Tisch zusammen.

»Laßt ihn liegen. Die Gefängniswärter sollen ihn mitnehmen«, sagte Orogastus und erhob sich. »Naelore, bitte begleite unsere anderen Gäste in ihre neuen Gemächer. Der Rest der Gilde kommt mit mir in das Observatorium.«

»Hier entlang«, befahl Naelore. Ihre Persönlichkeit war so gebieterisch, daß die gefesselten Herrscher ohne ein Wort hinter ihr herliefen. Sie begaben sich in eines der oberen Stockwerk des Hauptturmes, wo gut ausgestattete Suiten von einem zentralen Korridor abgingen, der sein Licht aus Fensterschächten erhielt. Als jedem Gefangenen eine Zimmerflucht zugewiesen wurde (Widd und Raviya teilten sich die größte), nahm ihnen Naelore die goldenen Ketten ab.

»Ihr werdet Dienerschaft erhalten«, sagte sie unfreundlich, »und über unsere häuslichen Gepflogenheiten unterrichtet werden. Ihr könnt Euch überall im Schloß Konflagrant frei bewegen, mit Ausnahme jener Bereiche, an deren Betreten Euch die Wachen hindern. Nachts werdet Ihr in Euren Gemächern eingeschlossen. Wenn Ihr versucht zu fliehen oder Euer Wort in sonst einer Weise brecht, werdet Ihr unverzüglich wieder in den Kerker gebracht.«

Anigel bekam ihr Gemach als letzte zugewiesen. Als ihr die Fesseln abgenommen wurden, sagte sie freundlich und wie beiläufig: »Ihr sagtet, daß man Euch um Euer Reich betrogen hat. Wie ist es zu diesem Unrecht gekommen?«

Naelore antwortete ihr nur widerwillig. »Ich war die Älteste, aber unser verstorbener Vater, Kaiser Agalibo, hat meinen jüngeren Bruder Denombo zum Erben seines Reiches bestimmt, und mein anderer Bruder, Gyorgibo, soll ihm nachfolgen, wenn Deno ohne Nachkommen stirbt. Vater hat dies getan, obwohl ich klüger und tapferer bin, und gesagt, daß die

Vasallenkönige von Sobrania mich niemals anerkennen würden, weil ich eine Frau bin.«

»Ich verstehe. Aber in einigen Nationen ist dies eben fester Brauch.«

»Es war nicht immer so!« rief die Sternenfrau erbittert. »Vor mehr als zweihundert Jahren wurde Sobrania von einer Kaiserin regiert – eben jene Naelore die Mächtige, nach der ich genannt wurde –, und ihre Herrschaft war eine Zeit beispiellosen Wohlstandes. Sobranias Vorherrschaft erstreckte sich über das gesamte Südliche Meer! Galanar war damals nur eine Provinz von uns, und die feigen Häuptlinge von Imlit und Okamis knieten vor dem Thron der Kaiserin Naelore. Selbst das stolze Zinora zahlte uns jährlich eine Schiffsladung der schönsten Perlen als Tribut.«

»Dann hofft Ihr also, daß Orogastus und die Sternengilde Euch dabei helfen werden, Euren Bruder Denombo zu stürzen?«

Naelores Augen funkelten. »Ich hoffe es nicht, ich *erwarte* es – und zwar innerhalb von drei kurzen Tagen!« Ohne noch etwas zu sagen stürmte sie davon und schlug die Tür hinter sich zu.

Die Königin blieb noch einen Moment stehen, tief in Gedanken versunken. Dann rieb sie sich zerstreut die Handgelenke und ging im Zimmer herum, bis sie schließlich vor dem offenen Fenster des kleinen Wohnzimmers stehenblieb und ihren Blick über die bizarr aussehende Landschaft schweifen ließ. Die Sonne war gerade untergegangen und hatte einen bedrohlich anzusehenden Himmel hinterlassen, an dem sich graue, an der Unterseite karmesinrot gefärbte Wolken türmten.

Die Aussicht war fantastisch. Das Schloß der Sternengilde thronte auf einem steil aufragenden, über vierhundert Ellen hohen Hügel, der sich mitten aus einer riesigen, wie eine Schale geformten Senke erhob. Weit entfernt waren hohe Felsen zu sehen, die den zerklüfteten Rand des Beckens bildeten. Der Boden war fast eben, übersät mit schwarzen Felsen und braungrünen Flecken, die wie Sumpflöcher aussahen. Ein Wald zog sich am Rande der Anhöhe hinauf, auf der das

Schloß stand, aber es schien, als hätte in dessen unteren Ausläufern ein verheerendes Feuer gewütet und nur verkohlte Baumstämme und verbrannte Vegetation zurückgelassen. Vom Fuß des Hügels schlängelte sich ein gewundener Pfad durch die Ebene, der wohl bis hin zu dem Felswall in einigen Meilen Entfernung führte.

»Wie trostlos!« sagte Anigel zu sich. Ein Schauer lief ihr über den Rücken, und sie nahm das Amulett mit dem Drillingsbernstein in die Hand. »Herrscher der Lüfte – laßt nicht zu, daß ich meine Drillingssöhne an diesem furchtbaren Ort zur Welt bringen muß! Helft mir, einen Weg in die Freiheit zu finden.«

Sie hörte ein Geräusch hinter sich. Als sie sich umdrehte, sah sie Königin Jiri von Galanar in der offenen Tür stehen. »Armes Schätzchen«, murmelte die gütige Monarchin. »Ich fürchte, daß es dafür nur eine geringe Chance gibt. Der Zauberer hat sich den Ort seines Stützpunktes mit Bedacht ausgesucht.«

»Dann wird dieses Schloß also wirklich von schwarzer Magie bewacht?«

Jiri kam herein und stellte sich neben Anigel an das Fenster. »Oh, im Reich der Sternengilde gibt es zwar genug Zauberei – aber um Schloß Konflagrant unangreifbar zu machen, braucht es keinen Zauber. Als ich im Kerker war, hat mir mein sobranischer Wächter – er hieß Vann – im Tausch gegen meine Ringe und andere Wertsachen alles über diesen Ort hier erzählt.« Sie streckte Anigel einen ihrer dicken Zeigefinger hin. »Seht Ihr? Ich habe nur noch diesen Rubin. Außerdem habe ich einiges von einem Mann namens Gyor erfahren, der in der Zelle neben mir saß.«

»Gyor? War sein Name wirklich Gyor? Was für ein Mann war das?«

»Ich konnte sein Gesicht nicht sehen, da er nebenan war, und er hat auch nicht über sich gesprochen oder darüber, warum er in den Kerker geworfen wurde. Aber er hat mich mit vielen Schauergeschichten über die Geister unterhalten, die dieses alte Schloß hier bewohnen, und wußte auch, wie Orogastus es vor zwei Jahren in Besitz genommen hat.«

»Aber wie kann das Schloß ausbruchsicher sein«, fragte Anigel, »wenn keine Zauberei im Spiel ist?«

»Seht Euch die Gegend da unten an. Seht oder hört Ihr auch nur ein einziges lebendes Wesen?«

Aufmerksam musterte Anigel die Landschaft. Es herrschte völlige Stille. Keiner der berühmten Vögel von Sobrania sang sein Lied, keine Vars, Loorus oder andere fliegende Raubtiere schwebten am Himmel, keine Insekten oder Tiere verkündeten den ausklingenden Tag. Das einzige, was sich bewegte, war ein leichter Dunst, der über den Sumpflöchern schwebte und sich langsam ausbreitete, bis er den Fuß des Abhangs erreicht hatte, wo die schwarzen Skelettbäume standen. Er kam an der Stelle zum Stillstand, an der der Wald noch unversehrt war.

»Ich kann kein einziges Tier sehen«, sagte Anigel.

»Weil dort unten nichts und niemand leben kann«, sagte Jiri. »Aus dem Untergrund dringt giftiges Miasma heraus. Nicht der Dunst, welcher harmlos ist, sondern ein unsichtbares Gas mit nur leichtem Geruch. Es breitet sich über dem Boden des Beckens aus, bis in Höhe der verbrannten Bäume dort. Starken Winden gelingt es zuweilen, das Gas wegzublasen, aber es kehrt immer wieder zurück, unsichtbar und tödlich.«

»Aber es gibt doch eine Straße«, warf Anigel ein. »Und ich kann mich daran erinnern, daß ich in einer Art Karren hierhergebracht wurde ...«

»Könnt Ihr Euch auch an Feuer erinnern?«

Anigel runzelte die Stirn. »Ja.«

»Das ist die einzige Möglichkeit, um die giftigen Dämpfe zu vernichten. Sie sind nämlich leicht entzündbar. Wenn der Sternenmeister oder seine Anhänger die Ebene durchqueren wollen, zünden sie das Gas an. Geysire aus Flammen erscheinen, und nachdem sie einige Minuten gebrannt haben, verwandelt sich das giftige Gas in reine Luft. Dann kann man die Straße ohne Gefahr benutzen. Aber es ist von größter Wichtigkeit, sich dabei zu beeilen, denn Gott helfe allen, die den Schloßhügel oder den äußeren Felswall noch nicht erreicht haben, wenn die Feuergeysire verlöschen! Das unterirdische

Gas fließt recht unregelmäßig und kann innerhalb weniger Augenblicke versiegen, woraufhin die Feuer ausgehen. Wenn dann das unsichtbare Gas wieder von unten herausströmt, wird das Becken von neuem gefüllt. Auch starker Regen kann die Feuer auslöschen. Das gemeine Volk fürchtet sich zutiefst vor Schloß Konflagrant, das einst das geheime Versteck einer vor langer Zeit gestorbenen sobranischen Kaiserin war. Bis auf die Schergen des Orogastus wagt es niemand, auch nur einen Fuß ins Schloß zu setzen. Sieht man von der nur zu realen Gefahr der Geysire ab, soll dieser Ort von den Geistern jener heimgesucht werden, die die Kaiserin einst bei lebendigem Leibe verbrennen ließ.«

»Seht einmal dort hinunter«, sagte Anigel. »Das große Tor des Schlosses wird geöffnet! Es muß sich jemand hinauswagen.«

»Dann wollen wir zusehen«, sagte Jiri.

Seite an Seite standen die beiden Königinnen am offenen Fenster. Die Dämmerung war weiter fortgeschritten und füllte das dunstige Becken mit schwarzen Schatten, während sich die Wolken im Westen violett färbten. Aufgrund der Schloßmauer und der unversehrten Waldstücke, die ihnen die Sicht versperrten, konnten sie nicht genau erkennen, wie die Gruppe den Hügel hinunterging.

Und so war es für beide eine gewaltige Überraschung, als das Gas entzündet wurde.

Plötzlich erschien am Fuße des Hügels eine abgeflachte Kugel aus trübem, zinnoberrotem Licht. Einen Augenblick später hörten die Frauen eine laute Explosion und dann ein länger anhaltendes Zischen wie bei einem Feuerwerk. Aus dem ersten Feuerball entwichen blaue, waagrecht verlaufende Tentakel, die sich zu zahllosen Ästen verzweigten und in alle Richtungen davonschossen, wobei sie dicht über dem Boden blieben. Eine zweite Explosion war zu hören, auf die noch andere folgten, und es donnerte und knisterte immer weiter, bis das blaue Feuernetz immer heller wurde und sich schließlich in ein golden leuchtendes Feuer verwandelte, von dem der gesamte Boden der Senke bedeckt war. Kaum war das Leuchten weißglühend geworden, erlosch es auch schon wieder. An seiner Stelle waren jetzt Hunderte von brennenden Geysiren zu sehen, hoch emporragende, rotgoldene Fontänen, die wie lebende Wesen um den Hügel des Schlosses Konflagrant tanzten, die skelettartigen verkohlten Bäume zu Silhouetten werden ließen und sich im schwarzen Wasser der Sumpflöcher spiegelten.

»Da sind sie«, sagte Königin Jiri und deutete auf sie. »Große Göttin – das ist ja eine kleine Armee!«

»Und Orogastus und die Sternenfrau Naelore führen sie an«, stellte Anigel fest.

Zwischen den stillstehenden Feuern der Geysire bewegten sich kleine Lichtpunkte vorwärts – Fackeln einer Reitertruppe, die ihre Tiere zu vollem Galopp antrieb. Anigel sah gebannt zu, bis Orogastus am Horizont verschwunden war. Er schien von mehreren hundert Reitern zu Fronler und auch einigen Fuhrwerken begleitet worden zu sein.

»Jetzt wißt Ihr«, sagte Königin Jiri, »warum eine Flucht unmöglich ist. Selbst wenn es uns gelänge, aus dem Schloß herauszukommen, so würden wir doch nie die Ebene durchqueren können. Wir würden entweder ersticken oder unsere Flucht verraten, wenn wir das Gas anzünden. Mein Zellengenosse Gyor hat mir versichert, daß es völlig aussichtslos ist.«

»Vielleicht nicht.« Anigel sprach so leise, daß ihre Stimme kaum zu hören war. Sie griff nach dem Drillingsamulett, dessen Leuchten sich verstärkte, als sich ihre Finger darum schlossen. »Seht Ihr dieses Amulett hier? Es ist ein magischer Gegenstand, der uns vielleicht bei unserer Flucht behilflich sein kann.«

»Warum hat Orogastus Euch dann erlaubt, es zu behalten?« fragte die ältere Königin frei heraus.

»Zum einen vermochten seine Leute nicht, es mir abzunehmen. Aber was noch wichtiger ist, er hat keine Ahnung von seiner Macht, die so gänzlich anders ist als seine eigene Magie. Seit unserer Geburt haben meine Drillingsschwestern Haramis und Kadiya und ich diese Bernsteintropfen getragen, in denen eine fossile Blüte der heiligen Schwarzen Drillingslilie eingeschlossen ist. Unsere Amulette sind ein Symbol für unser Schicksal und darüber hinaus auch ein Schutz für uns. Sie führen uns auf dem Pfad unseres Lebens, und sollten wir davon abkommen, zeigen sie uns den Weg. Wenn unser Leben durch einen Zauber gefährdet ist, findet der Bernstein eine Möglichkeit, uns zu retten. Ich selbst bin mit seiner Hilfe schon unsichtbar gewesen, und außerdem wird es jedes Schloß öffnen, wenn ich es damit berühre.«

»Nein!« flüsterte die Königin von Galanar entzückt.

»Doch«, sagte Anigel. »Von uns Dreien, die wir den Drillingsbernstein tragen, bin ich diejenige, die am wenigsten Mut besitzt. Aber ich werde mein Möglichstes tun, und wenn die Herrscher der Lüfte es zulassen, wird mein Zauber unsere Flucht aus der Gefangenschaft herbeiführen.«

»Haltet Euch nicht damit auf, die Engel um Erlaubnis zu bitten«, empfahl Jiri. »Wir sollten das mit unseren Mitgefangenen besprechen.«

»Gewiß. Aber wir müssen es bald tun, denn ich glaube, es bietet sich uns zur Zeit eine einzigartige Gelegenheit zur Flucht, da so viele aus der Truppe der Sternengilde das Schloß verlassen haben.«

Jiri faßte im Handumdrehen einen Entschluß. »Wir werden uns nach dem Abendessen darüber beraten. Ich werde sogleich mit den anderen reden, damit alle kommen.«

»Aber sagt ihnen nichts davon, daß Ihr Euch mit dem Gefangen in der Zelle neben Euch unterhalten habt. Gehe ich recht in der Annahme, daß die anderen nicht wissen, wie er heißt?«

»So ist es.« Jiri warf ihr einen verwirrten, aber gleichzeitig erwartungsvollen Blick zu. »Sie waren alle viel zu sehr mit ihren eigenen Problemen beschäftigt, als daß sie sich um ihn gekümmert hätten.«

»Ich glaube, ich weiß, wer dieser Mann ist und warum er eingesperrt wurde. Es könnte sein, daß er uns eine Hilfe ist.« Anigel erklärte es ihr. Dann erläuterte sie den Fluchtplan, der ihr wie aus heiterem Himmel in den Sinn gekommen war. Jiri hörte ihr aufmerksam zu.

»Magie«, murmelte die Königin von Galanar, als Anigel geendet hatte. »Und noch dazu recht unzuverlässige Magie! Nun, Schätzchen, ich bin bereit, es zu versuchen. Aber es dürfte ein schönes Stück Arbeit werden, die anderen zu überreden.«

Nachdem Königin Jiri gegangen war, stand Anigel noch lange Zeit am Fenster und sah zu, wie die Feuer allmählich zu flackern begannen und immer kleiner wurden. Ein brennender Geysir nach dem anderen erlosch, und schließlich war nur noch eine einzige blaugoldene Flamme übrig, die sich wie ein Geistertänzer im Wind wiegte.

Als ein Dienstbote an ihrer Tür klopfte, um ihr zu sagen, daß das Abendessen auf sie warte, war auch der letzte Geysir erloschen und die Gegend um den Schloßhügel in tödliche Finsternis versunken.

# 17

»Aber warum müssen wir es denn gleich heute nacht versuchen?« beschwerte sich Präsident Hakit Botal von Okamis. »Wir haben uns noch nicht von unserem Aufenthalt im Kerker erholt! Wir hatten noch keine Zeit, das Schloß zu erkunden und die beste Fluchtmöglichkeit herauszufinden.«

»Es gibt nur einen Weg hinaus, Schwiegersohn«, fuhr Königin Jiri ihn an. »So wie wir hineingekommen sind – durch das große Tor.«

»Wir müssen es heute nacht versuchen, weil das genau der Zeitpunkt ist, zu dem eine Flucht am wenigsten erwartet wird – Ihr seid soeben dem Kerker entronnen, und ich bin gerade aus meinem Zauberschlaf aufgewacht ... Darüber hinaus hat Orogastus mit seiner Truppe vor kurzem das Schloß verlassen, um gegen Zauberer Denombo Krieg zu führen«, fügte Anigel hinzu.

Die sieben gefangenen Herrscher verließen wie zufällig den Speisesaal, wo sie gerade das Abendessen zu sich genommen hatten. Jeder von ihnen hatte einen Zinnbecher und eine volle Flasche des starken Weins bei sich, den man ihnen zum Essen serviert hatte. Sie folgten dem Plan, den Anigel ihnen während des Essens dargelegt hatte, und gaben vor, vergnügt zu lachen und zu trinken, während sie mit viel Brimborium die aus Federn gefertigten Wandbehänge und die fremdartig anmutenden Statuen musterten, die flankiert von brennenden Kohlepfannen in den Wandnischen hingen. Währenddessen bewegten sie sich langsam den breiten Korridor hinunter auf die große Treppe zu, die in die unteren Stockwerke des Schlosses führte. Nur eine Handvoll Wachen stand auf ihren Posten, die den umherwandernden Gefangenen jedoch keine besondere Beachtung schenkten. Von den Angehörigen der Sternengilde waren nur wenige anwesend. Die meisten anderen Gäste waren im Saal geblieben, um zu trinken und zu feiern.

»Ich weiß nicht, ob ich ein solches Abenteuer wagen soll«, flüsterte Ga-Bondies. »Ihr werdet vielleicht ohne mich gehen müssen.« Der Duumvir, der sich das höchste gewählte Amt von Imlit mit seinem Kollegen Prigo teilte, sah recht blaß um die Nase aus. Er war ein wohlbeleibter Mann in mittleren Jahren mit schütterem sandfarbenem Haar, der ständig nörgelte.

»Kopf hoch, alter Junge«, sagte Prigo aufmunternd. Um ihre Maskerade weiterzuspielen, lachte er laut und gab vor, aus der Weinflasche zu trinken. »Wenn eine werdende Mutter wie Königin Anigel das schafft, schaffst du es auch.«

»Was für ein erbärmliches Mahl!« stöhnte Ga-Bondies. »Fette Würste, ekelhaftes gekochtes Gemüse, Brot so hart, daß man sich die Zähne daran ausbeißt, Nierenpudding und zum Trinken nur diesen grauenhaften Fusel hier! Die Adopwurzeln und das Wasser im Kerker waren wenigstens einfacher zu verdauen. Mir ist so furchtbar schlecht, daß ich mich auf der Stelle übergeben könnte.«

»Oh, armer Junge.« Fürstin Raviya blinzelte ihm schelmisch zu, während sie dem Leidenden mit ihrem leeren Becher zuprostete. »Vielleicht hättet Ihr die dritte Portion Würste doch nicht essen sollen.«

Jemand kicherte. Ga-Bondies zog ein Taschentuch hervor und wischte sich damit den Schweiß von der Stirn. »Madam, nach sechs Tagen schändlicher Einkerkerung war ich am Verhungern. Man könnte doch wohl erwarten, daß ein Zauberer, der die Welt erobern will, wenigstens ein anständiges Essen auftischt. Aber nein! Man hat uns mit einem Mahl abgespeist, das Bauern angemessen wäre.«

»Katz aus dem Haus, rührt sich die Maus«, zitierte Königin Jiri. »Ich könnte wetten, daß die Disziplin hier um einiges nachgelassen hat, seit Oro und die Armee das Schloß verlassen haben. Ist Euch aufgefallen, daß die beiden einzigen Sternenmänner im Speisesaal noch sehr jung waren?«

»Lehrlinge, die man zurückgelassen hat, damit sie mit den Dienstboten zusammen die Stellung halten«, urteilte Raviya, »und kaum drei Dutzend Krieger. Der Saal hätte leicht zehnmal mehr Leute gefaßt.«

»Anigel und ich haben etwa diese Zahl von Menschen das Schloß verlassen sehen«, sagte Jiri.

»Ich frage mich, wie der Zauberer mit solch einer kleinen Truppe den Sieg erringen kann?«

»Er hat es mit einer Herde abergläubischer Barbaren zu tun«, entgegnete Prigo mit düsterer Stimme. »Vielleicht hat er ganz gute Chancen.«

»Die Armee hat vermutlich das beste Essen mitgenommen«, beschwerte sich Duumvir Ga-Bondies erbittert. Er dachte immer noch an seine rumorenden Eingeweide. »Wahrscheinlich sollen die Kämpfenden bei Laune gehalten und die Zurückgebliebenen zermürbt werden.«

»Ich nehme eher an, daß der gute alte Oro seine liebe Mühe damit hat, die Versorgung mit Proviant sicherzustellen«, bemerkte Fürst Widd scharfsinnig. »Schließlich kann man einen guten Lebensmittelhändler nicht dazu zwingen, täglich Lieferungen durch ein miasmisches Inferno zu machen.«

»Zweifellos erhält der Zauberer seine Vorräte durch schwarze Magie«, sagte Präsident Hakit Botal, »auf die gleiche Art und Weise, wie er auch uns aus unseren Heimatländern entführt hat.«

»Als Ga-Bondies und ich entführt wurden«, bemerkte Prigo, »verließen wir und unsere Wächter das Zauberportal mitten in einem dichten Wald. Soldaten aus einem angrenzenden Lager warteten schon auf uns und brachten uns zum Schloß. Es dauerte einen Tag und eine Nacht, um hierherzukommen, und nirgendwo entlang des Weges habe ich ein Dorf oder auch nur die Hütte eines Fallenstellers gesehen. Der Pfad, dem wir folgten, war recht schmal und von Pflanzen überwuchert. Für regelmäßigen Proviantnachschub wurde er sicher nicht benutzt.«

Bis auf Anigel erzählten die anderen jetzt, daß sie Ähnliches erlebt hätten. Obwohl man sie alle an verschiedenen Orten entführt hatte, waren sie an derselben Stelle wieder aufgetaucht und von dort zum Schloß Konflagrant gebracht worden. Niemand außer Anigel wußte etwas darüber, wie das Viadukt arbeitete, und den anderen schien auch nicht klar zu sein, daß es mehr gab als nur das eine.

»Da ist noch etwas sehr Wichtiges und Entscheidendes, über das wir beim Essen nicht gesprochen haben«, sagte Hakit. Er war stehengeblieben und gab vor, sich für einen Wandbehang zu interessieren, auf dem ein stattliches Landhaus im zinorianischen Stil zu sehen war, den wohlhabende Sobranier bevorzugten – goldene Dachziegel und glänzende weiße Wände. »Angenommen, wir können fliehen und schaffen es, durch das Becken der brennenden Geysire zu kommen. Wohin sollen wir dann gehen?«

»Nach Brandoba, der Hauptstadt von Sobrania«, sagte Anigel. »Wir werden Kaiser Denombo bitten, uns Zuflucht zu gewähren – und falls das nicht gelingt, den Kapitän irgendeines Schiffes überreden, uns nach Galanar zu bringen, wo uns Königin Jiris Krieger verteidigen werden.«

»Aber wie sollen wir den Weg durch dieses uns unbekannte Land finden?« wollte Hakit Botal wissen. »Indem wir Orogastus folgen?«

Anigel nickte. »Außerdem wird uns die Zauberkraft meines Drillingsbernsteins führen. Vielleicht bekommen wir auch Hilfe von anderer Seite.«

»Wir wissen nicht einmal, wie weit die sobranische Hauptstadt von hier entfernt ist!«

»Etwa eintausend Meilen«, sagte Königin Jiri, »wenn mir mein gesprächiger Gefängniswärter im Tausch gegen meinen Schmuck die Wahrheit gesagt hat.«

Präsident Hakit blieb der Mund offenstehen. »*Eintausend*?«

»Du meine Güte«, sagte Fürstin Raviya mit zitternder Stimme. »So weit?«

»Gibt es denn keinen näher gelegenen Ort, zu dem wir fliehen könnten?« sagte Fürst Widd.

»Keinen, an dem wir wirklich sicher wären«, sagte Jiri. »Anscheinend hat die Sternengilde die Häuptlinge hier in der Gegend gründlich eingeschüchtert.«

Duumvir Prigo versuchte erst gar nicht, seine Bestürzung zu verbergen. »Aber das ist doch entsetzlich! Warum hat man uns das nicht vorher gesagt, als wir den Plan beim Abendessen besprochen haben? Ich nahm an . . .«

»Es würde über einen Monat dauern, um diese Strecke auf

einem Reittier zurückzulegen«, unterbrach ihn Ga-Bondies. »Das kann ich nicht. Ich bin kein gesunder Mann.«

Hakit starrte Anigel wütend an. »Königin, Ihr seid ganz und gar nicht ehrlich zu uns gewesen. Niemand von uns hat Erfahrung damit, durch die Wildnis zu reisen. Es ist heller Wahnsinn, auch nur daran zu denken, daß wir Kaiser Denombos Reich je erreichen können, wenn es so weit entfernt ist. Verfolger aus dem Schloß werden uns mit Sicherheit wieder einfangen.«

»Nicht, wenn mein Zauber uns hilft.« Anigel warf dem leichenblassen Ga-Bondies einen aufmunternden Blick zu. »Und außerdem werdet Ihr keine solch mühevolle Reise erdulden müssen, Duumvir. Es werden höchstens einige Tage sein.«

»Ihr habt doch wohl nicht im Sinn, wieder in dieses infernalische Zauberloch zu treten, das uns hierhergebracht hat!« rief Hakit aus.

»Nein«, sagte Anigel. »Dieses Viadukt wird vielleicht immer noch bewacht, und außerdem wissen wir nicht, wohin es uns bringen würde. Man hat mir gesagt, daß kundige Personen in der Lage sind, das Ziel bestimmter Viadukte zu ändern. Jenes, durch das wir entführt wurden, gehört offensichtlich zu der veränderbaren Art. Da wir selbst keine Zauberer sind, dürfte es uns aber nicht gelingen, es zu steuern.«

»Doch was sollen wir dann tun?« verlangte Hakit zu wissen. »Sagt es uns, Königin – sonst werde ich es ablehnen, Euch zu folgen.«

Der Präsident von Okamis war ein stattlicher Mann, glattrasiert und mit einem markanten Kinn ausgestattet, das er gern und oft nach vorn schob, um seinen Worten Nachdruck zu verleihen. Er war es gewohnt, in seinem wohlhabenden Heimatland fast unumschränkte Macht auszuüben. Vorhin, als Anigel beim Essen die erste Phase ihrer Flucht geschildert hatte, hatte Hakit Botal zunächst Bedenken geäußert und sich mit herablassendem Spott darüber lustig gemacht, daß sie ihrer aller Schicksal der angeblichen Kraft eines Bernsteinamuletts anvertrauen sollten. Dann, als er sah, daß die anderen nichts daran auszusetzen hatten, mit weißer Magie gegen die schwarze Magie des Orogastus anzugehen, verlangte er, bei ihrer Flucht der Anführer zu sein und nicht »einem zartbesaiteten Weib von solch vornehmer Erziehung wie Ihre Majestät, die doch sicher nur spärliche Erfahrung in solch gefahrvollen Unternehmungen hat« die Verantwortung dafür zu übertragen.

Königin Anigel lächelte den okamisischen Präsidenten freundlich an und sagte, daß es ihm selbstverständlich freistehe, einen anderen Plan vorzubringen und diesem vorzustehen, wenn die anderen ihm folgen wollten. Da Hakit jedoch rein gar nichts vorschlagen konnte, was Hand und Fuß hatte, willigte er schließlich murrend ein, als alle anderen Anigels Plan zustimmten.

Die Königin sagte jetzt zu ihm: »Ich weiß, daß Ihr Euch Sorgen macht, aber ich habe gute Gründe, den zweiten Teil meines Plans fürs erste geheimzuhalten. Es ist nur zu unserem Schutz, für den bedauernswerten Fall, daß einer von uns bei unserer Flucht in die Hände des Feindes fällt.«

Verlegene Stille herrschte, während die Gefangenen über ihre Worte nachdachten – denn es gab mehr als nur eine Folgerung. Im Gegensatz zu den gekrönten Häuptern, die während des Essens alle ihre persönliche Abneigung gegenüber Orogastus zum Ausdruck gebracht hatten, hatten die drei Obersten der Republiken mehr als einmal auf ihre Bereitwilligkeit hingewiesen, dem Zauberer und seiner Sternengilde zu Willen zu sein, wenn ihre Länder dadurch einen Vorteil hatten.

Sie gingen weiter. Niemand sah dem anderen in die Augen.

Schließlich wechselte Prigo das Thema. Gespielt gleichgültig sagte er: »Es liegt wohl auf der Hand, daß die Sternenmänner über ein magisches Transportmittel verfügen, wenn sie vorhaben, Denombo innerhalb von drei Tagen anzugreifen, wie Naelore zu Königin Anigel sagte.«

»Ich glaube, daß dem so ist«, stimmte Anigel ihm zu. »Und ich hoffe, daß wir die sobranische Hauptstadt am Ende auf die gleiche Weise erreichen werden.«

»Aber *wie*?«

»Es gibt nur einen, der uns das sagen kann, Duumvir, zusammen mit anderen, wertvollen Informationen. Königin Jiri und ich werden uns in Kürze in den Kerker begeben und diese Person befreien, damit sie uns bei unserem Fluchtversuch begleitet«, sagte Anigel.

»Doch nicht dieser Heißsporn Ledavardis!« rief Ga-Bondies entrüstet aus. »Nicht der Piratenkönig!«

»Wir können ihn doch hier nicht verrotten lassen«, sagte Anigel ausweichend.

Prigo rümpfte die Nase. »Ledo ist selbst schuld daran, daß er jetzt wieder im Kerker sitzt.«

»Habt Ihr vor, ihn zu befreien«, erkundigte sich Fürst Widd, »und mit Eurem Bernsteinamulett die Schlösser zu öffnen?«

»Ja«, erwiderte Anigel. »Genau das habe ich vor.«

»Soll uns dieses Zauberdings etwa auch im Handumdrehen nach Brandoba bringen?« fragte Hakit skeptisch.

»Ein solches Wunder vermag mein Drillingsbernstein leider nicht zu vollbringen«, antwortete sie nachsichtig. »Aber mit Hilfe des Dreieinigen werden seine Kräfte vielleicht ausreichen, um uns die Freiheit zu bringen.«

Hakit blickte sie finster an. »*Vielleicht*? Euer Plan ist *vielleicht* unser aller Tod!«

»Nichts ist gewiß«, sagte die Königin mit ernster Stimme, »bis auf die Tatsache, daß wir alle eines Tages dahinscheiden. Aber ich für meinen Teil bin noch nicht bereit zu sterben – und ich bin auch nicht bereit, mein Land und meine Königswürde einem niederträchtigen Zauberer zu opfern. Meine beiden Schwestern und ich kennen Orogastus schon seit geraumer Zeit, und der Zauber der Schwarzen Drillingslilie hat uns schon viele Male vor ihm gerettet. Wenn die Herrscher der Lüfte uns wohlgesinnt sind, wird uns die Blume vielleicht wieder helfen.«

»Diese Eskapade erscheint mir immer zweifelhafter«, sagte Hakit verdrießlich. »Ich habe schwere Bedenken, vor allem da Ihr Euch weigert, uns Euren Zauber zu demonstrieren.«

Anigel nickte, als würde sie in diesem Punkt nachgeben. »Es war mir nicht früher möglich, da das Amulett nur dann eingreift, wenn mein Leben bedroht ist, oder um mich in gefährlichen Situationen zu leiten. Daher soll als Prüfung für meinen Plan dienen, daß ich die Kerkertüren für die Befreiung von Ledavardis öffne. Wenn es dem Bernstein nicht gelingt, werden wir wissen, daß Orogastus das Schloß Konflagrant mit einem allmächtigen Zauber belegt hat, den die Schwarze Drillingslilie nicht brechen kann.«

»Und dann?« erkundigte sich Fürst Widd.

»Wenn sich die Türen des Kerkers nicht öffnen lassen, werde ich mich geläutert in meine Gemächer begeben, wo ich für unsere Rettung beten und geradewegs ins Bett gehen werde ... All jenen von Euch, die kein Vertrauen zu mir haben, rate ich, dies jetzt zu tun! Ich habe nicht vor, noch mehr Zeit mit Worten zu vergeuden. Wer auch immer jetzt mit mir geht, möge sein Schauspiel trunkener Fröhlichkeit wieder aufnehmen, denn wir sind in der Nähe der Treppe, und ich sehe dort zwei Wachposten.«

Nach einem Moment des Zögerns folgten ihr alle. Widd und Raviya hakten sich unter und fingen an, eine engianische Ballade zu singen, in der es um ein Mädchen ging, das sich in einen Seemann verliebt hatte. Prigo tanzte um sie herum, und Hakit tat, als würde er aus seiner Flasche trinken, hatte in Wirklichkeit aber den Daumen in deren Hals gesteckt. Ga-Bondies schwankte lediglich hin und her und wurde zunehmend grünlicher im Gesicht.

An der Treppe angekommen, entbot Königin Anigel den beiden Wachen kichernd einen guten Abend. Diese salutierten amüsiert vor ihr. »Gute Männer, wir sind auf dem Weg zu unserer Flucht«, sagte sie listig. »Gebt Alarm! Ruft Orogastus und seine Zaubertruppe herbei!«

Die gelangweilten Wachen machten keinerlei Anstalten, ihre hochwohlgeborenen Geiseln aufzuhalten, die jetzt unter fröhlichem Lachen und Singen die Treppe hinunterwankten.

Im Erdgeschoß des Burgfrieds befand sich ein großes Gewölbe mit einem Brunnen und Wassertrögen. Fronlerdung, ein aufgeplatzter Sack mit Getreide und anderer Unrat, der von der kleinen Armee des Zauberers zurückgelassen worden war, lagen auf dem Pflaster. Ein breiter Gang führte vom Fuß der Treppe geradewegs zu Vorwerk und Torhaus, während andere Gänge zur Linken und Rechten auf den inneren Hof gingen, der den Turm umgab und wo sich vermutlich

Baracken, Ställe, Küchen, ein Backhaus und andere in einem Schloß notwendige Räumlichkeiten befanden. Bis auf den Gang zum Vorwerk lag alles im Halbdunkel, nur schwach beleuchtet von Feuerkörben, die von der Decke herabhingen. Die einzigen Soldaten, die zu sehen waren, standen in vierzig Ellen Entfernung am Tor.

Anigel ging zu einem großen Waschtrog und setzte sich auf den breiten Rand. Dann tat sie so, als würde sie ihr Gesicht waschen. »Jetzt«, flüsterte sie, »sammelt Euch um mich, damit wir besprechen können, was als nächstes zu tun ist.«

»Mir ist nicht gut«, jammerte Ga-Bondies.

Die Königin lächelte ihn nur an. »Ihr, Fürstin Raviya, Hakit und Prigo geht hinunter zum Vorwerk. Dort müßt ihr herausfinden, wie viele Wachen in der Nähe Dienst tun, und wie oft sie ihre Runde machen. Prigo soll sich die Ausfalltür im großen Tor ansehen, durch die wir entkommen werden, und auf Riegel, Schlösser oder Sperren achten, die geöffnet werden müssen.«

»Die Wachen werden vielleicht mißtrauisch, wenn wir zu lange dort verweilen.«

»Gebt Euch weiterhin den Anschein ausgelassener Trunkenheit«, sagte Anigel zu ihm. »Sagt allen, die Euch begegnen, wie glücklich Ihr darüber seid, nicht mehr im Kerker sitzen zu müssen und Euch frei im Schloß bewegen zu können – obwohl Euch alles so unheimlich vorkäme. Denkt an unseren Plan! Fragt die Wachen, ob es in den Gängen spukt. Sagt, daß Ihr während Eures Saufgelages einen Geist gesehen habt. Fragt, ob sie sicher sind, daß der Sternenmeister alle Dämonen und bösen Geister vertrieben hat. Wenn Ihr die Wachen gehörig verunsichert habt, kommt zum Brunnen zurück, wo Widd auf Euch warten wird. Begleitet ihn und tut, was er Euch sagt.«

»So soll es geschehen«, sagte Fürstin Raviya entschlossen.

Anigel wandte sich an den Ewigen Fürsten, dessen Augen vor Aufregung funkelten. »Lieber Freund, denkt daran, daß Ihr den Stall finden müßt, der sich sicher in einem der angrenzenden Gebäude des inneren Hofes befindet. Macht die Stallburschen betrunken, die Ihr dort findet. Nötigt sie zum

Trinken.« Sie reichte ihm ihre Flasche und auch die Königin Jiris. »Denkt Euch etwas aus, um die Reittiere zu mustern, falls sich welche in den Ställen befinden. Durchsucht die Sattelkammer, wenn Ihr Gelegenheit dazu habt, und versucht, regensichere Reitkleidung für uns zu finden. Wir brauchen neun schnelle Fronler für unsere Flucht.«

»Neun?« fragte Widd überrascht. »Aber wir sind doch nur zu acht, den jungen König Ledavardis mitgezählt.«

»Neun«, sagte Anigel entschlossen. »Wenn Ihr Eure Nachforschungen beendet habt, sagt zu den Stallburschen, Ihr würdet Euch in ihrer Gesellschaft so wohl fühlen, daß Ihr jetzt kurz verschwinden und noch mehr Wein besorgen wollt. Kommt hierher zurück, holt die anderen und nehmt sie mit in die Ställe, als sollten sie die Tiere bewundern und Eure neuen Freunde kennenlernen. Verteilt die restlichen Flaschen Wein. Wenn die Stallburschen benebelt sind, überwältigt sie so leise wie möglich und fesselt und knebelt sie. Aber denkt daran, daß wir alle den Schwur geleistet haben, niemanden innerhalb des Schlosses zu verletzen! Sattelt die Tiere und füllt die Satteltaschen mit so viel Proviant und Wasser, wie Ihr findet. Wir werden auch Pechfackeln und eine Zunderbüchse brauchen. Jeder braucht einen weiten Umhang mit einer Kapuze, selbst wenn es nur eine Fronlerdecke ist. Ihr müßt alle im Stall verborgen bleiben, bis Jiri und ich zurückkehren.«

»Ich werde mich um alles kümmern«, versicherte ihr der Ewige Fürst.

»Es wäre besser«, warf Hakit eifrig ein, »wenn ich die Sache im Stall übernehmen würde. Ich bin viel kräftiger als Widd, und wenn es Ärger geben sollte, könnte ich mich besser verteidigen.«

»Aber der Ewige Prinz sieht harmloser aus als ihr«, argumentierte Anigel. »Und daher ist er auch am besten geeignet, das Vertrauen der Stallburschen zu gewinnen. Bis ihre Sinne vom Wein getrübt sind, würden sie bei einem solch stattlichen Mann wie Euch vielleicht Verdacht schöpfen.«

Hakit murmelte etwas, sagte dann aber nichts mehr.

Anigel musterte ihren Drillingsbernstein. »Ich werde jetzt mein Amulett fragen, in welcher Richtung die Ställe liegen.«

Sie hielt den Tropfen an der Kette hoch, so daß der Ewige Prinz und die anderen es sehen konnten, und flüsterte dann ihre Bitte. In dem sanft leuchtenden Anhänger erschien ein winziger Lichtstrahl. Die blinkende Spitze wies auf den rechten Gang.

»Allmächtiger!« sagte Raviya ehrfürchtig. »Es kann ja wirklich zaubern.«

»So sieht es aus«, sagte Prigo. Sein hageres Gesicht verzog sich zu einem zustimmenden Lächeln.

»Und nun, Schwarze Drillingslilie«, sagte Anigel, die den Bernstein ruhig in der Hand hielt und auf die winzige schwarze Blüte darin starrte, »zeig mir bitte den Weg zum Kerker.«

Der leuchtende Pfeil drehte sich, bis seine Spitze in die entgegengesetzte Richtung auf den Bereich hinter der großen Treppe wies, wo eine einzelne Kohlenpfanne brannte.

»Das ist der Weg«, sagte Jiri. »Wir kennen ihn nur zu gut. Dann kommt, Schätzchen. Laßt uns den Koboldkönig retten.«

»Zuerst müssen wir sehen, ob mein Bernstein die obere Tür zum Kerker aufschließen kann.«

»Der Test!« flüsterte Prigo.

Leise gingen sie alle hinter die Treppe. Die Tür bestand aus schwerem Gondaholz, das mit Eisen verstärkt war, und wies lediglich ein Schlüsselloch auf, das so hoch war wie der Zeigefinger eines Mannes. Anigel nahm den Bernstein in die Hand, der im Halbdunkel wie eine kleine Laterne leuchtete, und berührte damit das Schloßblech.

Die Kerkertür schwang auf geölten Angeln nach innen. Dahinter lag eine steile Treppe, beleuchtet von Fackeln, die in weitem Abstand voneinander in Wandnischen eingelassen waren.

»Es ist gelungen!« flüsterte Prigo. »Der Zauber ist wirklich gelungen! Jetzt gibt es kein Zurück mehr.«

Ga-Bondies stöhnte gequält auf.

»Möge uns das Glück auf all unseren Wegen begleiten«, sagte die Ewige Fürstin Raviya leise. »Kommt, Jungs.« Sie ging mit den drei Vorständen im Schlepptau in Richtung des Torhauses davon.

Fürst Widd küßte Anigel auf die Wange und schlenderte gemächlich davon, wobei er ein Seemannslied von den Engi-Inseln sang, zu dem die Weinflaschen in seinen Armen lustig klirrten.

»Seid Ihr bereit?« sagte Jiri zu Anigel.

»Nehmt meine Hand«, befahl die jüngere Königin. Mit der anderen hielt sie ihr Amulett fest und sprach laut zu ihm. »Schwarze Drillingslilie, vollbringe das, was du schon einmal in meiner Jugend vollbracht hast, als du mich vor dem Verderben gerettet hast. Verberge mich vor den Blicken aller.«

Die Königin von Galanar zuckte zusammen. Plötzlich hatte sie den Eindruck, als stünde sie allein in dem hohen Türrahmen.

Aber sie spürte eine warme Hand in der ihren.

»Und nun beginnt es wirklich«, sagte eine Stimme aus dem Nichts. Jiri spürte, wie sie von etwas vorwärtsgezogen wurde. Sie stieg die Treppe zum Kerker hinab.

# 18

»Es war klug von Euch«, sagte zu ihrer unsichtbaren Begleiterin, während sie tiefer in die Eingeweide des Schlosses vordrangen, »Hakit Botal oder den Duumvirs nicht zu sehr zu vertrauen. Meine drei Schwiegersöhne sind zwar recht gute Herrscher, aber auch kompromißlose Pragmatiker, die sich mit den Frostdämonen der Immerwährenden Eisdecke verbünden würden, wenn sie dadurch den wirtschaftlichen Wohlstand von Imlit und Okamis sichern könnten.«

»Das weiß ich«, sagte Anigel. »Und deshalb habe ich Raviya mit ihnen geschickt, um das Tor auszukundschaften – um die Versuchung zu einem Verrat in letzter Minute möglichst gering zu halten.«

»Oh, sie wollen ebenso gern von hier flüchten wie wir, Schätzchen. Aber sie haben Angst um ihre Haut. Wir gekrönten Häupter werden von unserem Volk geliebt. Ich weiß, daß meine Untertanen nichts unversucht lassen würden, um mich lebend und in einem Stück wiederzubekommen, und ich bin sicher, daß Euer Volk genauso empfindet. Aber gewählte Vorstände können sich auf solche Treue nicht verlassen. Die Armen! Sie sind ersetzbar, wie bei einem Kuchenrezept – wenn ein Grissei zufällig zerbrochen ist, nimmt man eben ein anderes dafür. Und was Hakit Botal anbelangt, so würden viele Bürger seines Landes einen Freudentanz auf der Straße veranstalten, wenn sie wüßten, daß er entführt worden ist.«

»Sicher nicht! Wenn nicht andere Gefühle, so würde sie der Nationalstolz davon abhalten.«

»Nun, das mag sein.« In Jiris Augen blitzte der Schalk auf. »Aber einen aufgeblasenen Woth wie Hakit dürfte es doch wohl bis ins Mark treffen, wenn er darauf vertrauen muß, sich von einer Frau retten zu lassen. Selbst wenn sie so kühn ist wie Ihr.«

Jiri hörte ein leises Lachen. »Er kennt meine beiden Schwestern noch nicht! Ich bin das am wenigsten beeindruckende Blütenblatt der Lebenden Drillingslilie und keineswegs so tapfer, wie es aussieht. Ich werde bei diesem Wagnis Eure Hilfe brauchen, Jiri. Ihr seid diejenige, die wirklich Mut besitzt.«

»Dummes Zeug«, sagte die Königin von Galanar verächtlich.

Die Stimme aus dem Nichts klang besorgt. »Mein Zauber wird uns vielleicht durch das Schloßtor bringen, aber es ist ein langer Weg bis nach Brandoba – wie die gute alte Raviya sehr richtig festgestellt hat. Innerhalb des Schlosses müssen wir uns an unseren Schwur halten und dürfen niemanden verletzen, aber er gilt nicht mehr, wenn wir erst einmal draußen sind und um unser Leben rennen. Einst, vor langer Zeit, habe ich einmal einen Mann getötet. Aber trotzdem weiß ich, daß ich es nicht über mich bringen könnte, ein menschliches Wesen ernsthaft zu verletzen, selbst dann nicht, wenn wir von unseren Verfolgern angegriffen werden. Und doch gibt es vielleicht keine andere Möglichkeit, als zu kämpfen, wenn unser Fluchtversuch gelingen soll.«

Jiri drückte ihrer unsichtbaren Gefährtin die Hand. »Überlaßt das nur mir und den anderen.«

Leise gingen die beiden Frauen weiter und gelangten schließlich an den Fuß der Treppe, wo sie auf eine Art Vestibül trafen. Auf einer Seite befand sich eine Tür mit der Aufschrift WAFFENKAMMER, auf der anderen ein Gitter aus Eisenstäben, das den Gang zu den Gefängniszellen und dem Wachraum der Gefängniswärter versperrte.

»Wir sollten rasch einen Blick in die Waffenkammer werfen«, schlug Jiri vor. »Vielleicht finden wir dort einige Waffen, die uns später von Nutzen sein können.«

Bei der Berührung mit Anigels Bernstein schwang die Tür der Waffenkammer, in der es stockdunkel war, nach innen auf. Die Königinnen eilten hinein und schlossen sie hinter sich. Sofort wurde Anigel sichtbar. Das Amulett um ihren Hals leuchtete so stark, daß es in dem Raum so hell war wie bei Tage. In der naßkalten Steinkammer, von deren Decke große, staubige Lingitnetze herabhingen, gab es nicht viel zu sehen. Die Armee des Orogastus hatte offensichtlich die besten Schwerter, Hellebarden und Keulen mitgenommen und nur stumpfe Klingen, schwere Streitäxte und Speere mit verbogenen Schäften zurückgelassen. In ein paar offenen Holztruhen entdeckten sie einige kleinere Kampfgeräte sowie verbeulte Helme und Hemden und Westen aus ramponiertem Kettenpanzer. Es gab keine der alten Zauberwaffen des Versunkenen Volkes, von denen Haramis gesprochen hatte.

»Seht Ihr irgend etwas, das Euch oder den anderen von Nutzen sein könnte?« fragte Anigel.

Königin Jiri wühlte in einer der Truhen. »Nun, ich bin natürlich kein Krieger. Mein verstorbener Gemahl, Collo, hat sich immer um diese Dinge gekümmert, wenn die sobranischen Stammeskönige gelegentlich in das westliche Grenzgebiet von Galanar einfielen. Aber das hier könnten wir vielleicht gebrauchen. Außerdem kann ich es ohne Mühe verstecken.«

Sie hielt ein einfaches Gerät hoch. Es bestand aus einem hölzernen Griff, der mit einer Kette an einem kurzen, dicken Stab aus Stahl befestigt war.

»Ein Kampfflegel. Als junges Mädchen habe ich oft beim Dreschen auf dem königlichen Bauernhof mitgeholfen, wo wir immer unsere Ferien verbracht und besondere Delikatessen für den königlichen Tisch angebaut haben. Ich benutzte ein ähnliches Gerät wie dieses hier, aber es war natürlich nicht so gefährlich, sondern diente dazu, die Spreu vom Weizen zu trennen.« Sie lächelte grimmig. »Damals konnte ich einem Stechbot den Flügel abhacken und ein Blütenblatt von einem Mädesüß herunterhauen. Vielleicht habe ich ja noch nicht alles verlernt.«

Anigel unterdrückte ein Schaudern. »Vergeßt nicht unseren Schwur, innerhalb der Schloßmauern niemanden zu verletzen.«

»Ein Schwur, der unter Zwang geleistet wird, ist nicht bindend. Das weiß jeder Winkeladvokat.« Jiri steckte den Flegel in eine Tasche ihres Gewandes.

»Bitte! Wir dürfen bei unserem Unterfangen keine Gewalt

anwenden! Ich kann meinen Schwur auf die Schwarze Drillingslilie nicht brechen!«

Jiri seufzte. »Also gut.«

»Ich werde jetzt Eure Hilfe beim Ankleiden benötigen«, sagte Anigel. »Ich habe beschlossen, für meine Maskerade nicht unsere Schleier zu verwenden, sondern einiges von den Sachen hier. Damit werde ich wohl mehr Erfolg haben.«

Jiri schmunzelte. »Ja, ich glaube, Ihr habt recht. Gibt es noch andere Änderungen in Eurem Plan?«

Anigel schüttelte den Kopf. »Nein. Spielt Eure Rolle gut, wenn Ihr den Wachraum erreicht, und bereitet alles für meinen großen Auftritt vor.«

Die drei Gefängniswärter saßen gerade beim Abendessen an einem grob gezimmerten Tisch. Es gab Brot, Käse und Bier. Die Zelleninsassen verhielten sich ruhig, da sie gerade ihr etwas kärglicheres Mahl verzehrten. Es waren nur noch wenige Gefangene übrig, jetzt, nachdem die meisten der hochrangigen Geiseln freigelassen worden waren.

»Ich vermisse sie fast ein wenig«, sagte der stämmige Sergeant, der Vann hieß. »Ohne sie wird es hier verdammt langweilig werden.«

»Du wirst mit Sicherheit die fette Königin von Galanar vermissen«, spottete einer der Wächter, ein drahtiger Mann mit einem von vielen Narben entstellten Gesicht, dem ein Ohr fehlte.

»Halt die Klappe, Ulo«, knurrte der Sergeant, »wenn du weißt, was gut für dich ist.«

»Die ganze Wachmannschaft weiß doch, daß du dich bei ihr eingeschmeichelt hast«, sagte der dritte Wächter, der sich gerade den Bierschaum vom Schnurrbart wischte. Er war mindestens sechzig Jahre alt, aber immer noch recht kräftig. »Und doch nicht eben deshalb, weil sie ein Ausbund an Schönheit war, oder?« Er kicherte, und sein Kamerad schloß sich ihm an.

Vann schlug mit der Faust auf den Tisch. »Verdammt, hört auf damit!«

»Oder was?« fragte Ulo überheblich. »Willst du uns etwa

eins auf die Nase geben? Kobit hat doch recht – du hast dich von Königin Jiri bestechen lassen. Sie hat dir ihren Schmuck gegeben und du hast ihr dafür Matuta weiß wie viele Geheimnisse verraten. Das ist Hochverrat. Wenn du uns auch nur ein Haar krümmst, werden wir uns ein wenig mit den beiden Sternenmännern oben unterhalten.«

»Ihr könnt nichts beweisen«, sagte Vann drohend. »Und wenn ihr versucht ...«

»Sch!« Der Wächter namens Kobit sprang mit weit aufgerissenen Augen von seinem Hocker. »Habt ihr das gehört?«

Vann stand auf und humpelte zu der Tür des Wachraumes. Eines seiner Beine fehlte vom Oberschenkel abwärts und war durch einen hölzernen Pflock ersetzt worden. »Heilige Mutter Matuta!« rief er aus, dann wich er erstaunt zurück. »Sie ist es wirklich!«

Mit einem Lächeln auf den Lippen kam Königin Jiri von Galanar in die Kammer, gekleidet in ein prächtiges, purpurrotes Samtkleid und einen Schleier aus weißer Seide. Auf dem Kopf trug sie ein Diadem aus emaillierten Blättern und Blüten. »Guten Abend, ihr Männer.«

Die Gefängniswärter murmelten eine Antwort und berührten ihre Stirn. Vann richtete besorgt das Wort an seine königliche Besucherin. »Madam, Ihr dürft eigentlich gar nicht hier unten sein.«

»Nein?« Königin Jiri schien überrascht zu sein. »Aber die Türen standen alle offen und es waren keine Wachen zu sehen, also dachte ich mir ...«

»Die Türen standen offen?« rief Vann aus. »Aber das ist unmöglich!«

»Auf dem Dienstplan fehlen einige Leute«, bemerkte Ulo grinsend. »Die meisten der gesunden Männer sind mit dem Meister und seiner Zaubermannschaft losgezogen.«

»Ich möchte König Ledavardis nur einige Worte des Trostes überbringen«, sagte Jiri mit sanfter Stimme. »Er wurde heute nachmittag von der Sternenfrau Naelore übel zugerichtet. Dagegen gibt es doch sicher nichts einzuwenden, Sergeant.« Sie tat so, als müßte sie ihren Schleier richten. Dabei fiel das Licht der Fackeln auf den Rubinring an ihrem Finger.

»Nun ...«

Die Königin berührte Vanns Arm. »Begleite mich doch, wenn du möchtest. Ich muß sagen, daß die Schatten heute nacht besonders bedrohlich wirken. Mich verließ beinahe der Mut, als ich die Stufen zum Kerker hinunterstieg. Jedesmal, wenn ich um eine Windung der Treppe bog, war mir, als würde mir eine fast unsichtbare Erscheinung vorangehen.« Sie lachte nervös. »Vielleicht war es ja einer der Geister, die angeblich dieses alte Gemäuer hier heimsuchen.« Sie verschwand in dem Korridor, der zu den fensterlosen Zellen führte. Vann folgte ihr.

»Hast du den Rubin gesehen?« sagte Ulo mürrisch. »Ich wette mit dir, daß ...«

Kobit legte den Kopf auf die Seite. »Hör nur.« Seine Stimme klang beunruhigt. Beide Männer starrten auf die Tür des Wachraums, die dem Gang, durch den Vann und die Königin verschwunden waren, genau gegenüber lag.

Plötzlich erloschen die Fackeln in dem langen Gang zur Treppe, eine nach der anderen, angefangen mit der Fackel, die am weitesten von ihnen entfernt war. Aus dem Halbdunkel drang ein heftiges Keuchen zu ihnen, das sich mit Wehklagen vermischte.

Ein gespenstisches Heulen hallte von den Steinwänden wider, als die letzte Fackel erlosch. Dann herrschte Stille. Die flackernde Kohlenpfanne im Wachraum und eine weitere Pfanne, die am Eingang zum Zellenblock in etwa fünfzehn Ellen Entfernung hing, waren die einzigen Lichtquellen.

»Bei den Tränen von Matuta!« krächzte Kobit. »Sieh doch nur!«

In den schwarzen Schatten stand eine abenteuerlich aussehende Gestalt. Sie trug ein zerlumptes Kettenhemd mit kurzen Ärmeln, einen altmodischen Topfhelm, gepanzerte Handschuhe und Beinschienen. Aber all das schien nicht von menschlichem Fleisch oder Knochen getragen zu werden und war nur deshalb sichtbar, weil aus dem alten Kettenhemd ein schwaches, goldenen Leuchten drang, das von der Stelle ausging, an der sich das Herz hätte befinden sollen. Das Gespenst hielt ein rostiges altes Schwert in die Höhe.

»Weh euch!« rief es mit schriller, krächzender Stimme. »Weh allen, die in diesem verfluchten Schloß weilen! Denn sie werden bald so tot sein wie ich.«

Der Geist setzte seinen Helm ab. Es war kein Kopf zu sehen. Dann kam er auf die beiden Wachen zu, die wie erstarrt dastanden.

Ulo und Kobit stießen beide gleichzeitig einen Schrei aus und flüchteten in Richtung der Kerkerzellen. Ihre Waffen ließen sie liegen.

Nachdem er den Rubinring in seinem Beutel verstaut hatte, machte es sich der Sergeant am anderen Ende des düsteren Zellenblocks bequem, wo unter einer Laterne eine Steinbank stand. Königin Jiri hatte sich für ihre Unterhaltung mit dem buckligen jungen König der Piraten völlige Ungestörtheit erkauft.

»Ledo, mein Lieber«, flüsterte sie hastig. »Macht Euch bereit. Wir sind gekommen, um Euch zu befreien. Wenn sich die Tür Eurer Zelle öffnet, müßt Ihr sogleich herauskommen. Es sind drei Wächter hier, und wir brauchen vielleicht Eure Hilfe, um sie in die leeren Zellen zu stoßen.«

König Ledavardis, dessen unverletztes Auge vor Freude strahlte, während sein anderes immer noch von dem schmutzigen Verband bedeckt war, stieß einen lautlosen Jubelschrei aus. Kaum hatte Jiri die gleiche Botschaft dem Mann in der nächsten Zelle überbracht, waren auch schon die Schreie der entsetzten Wächter zu hören. Vann sprang auf und humpelte zum Eingang des Zellenblocks, wo er auf Ulo und Kobit traf, die hereinstürmten und den Sergeanten beinahe zu Boden geworfen hätten.

»Ein Geist! Ein Geist!« schrie Kobit.

»Verriegelt die Tür!« rief Ulo. Aber Königin Jiri hatte sich zwischen sie gedrängt und stellte mit ihrer fülligen Gestalt ein beachtliches Hindernis dar.

»Weichköpfige Narren«, fuhr Vann die Männer an. »Madam! Tretet beiseite, damit ich sehen kann ...«

*»Wehe! Wehe allen an diesem verfluchten Ort! Wehe!«*

In der Tür erschien der kopflose Krieger, das Schwert erhoben, den Helm unter den Arm geklemmt. Er gab ein grauenhaftes Kreischen von sich. Vann taumelte nach hinten, wobei sein Holzbein in einer Spalte im Boden steckenblieb. Er stürzte hilflos zu Boden. Als die Riemen nachgaben, löste sich das Holzbein von dem Beinstumpf, und der Sergeant schrie vor Schmerz laut auf. Die beiden anderen Wächter flüchteten den Gang vor den Zellen hinunter, deren Insassen die Gitterstäbe umklammert hatten und staunend zusahen.

Der Geist warf seinen Helm weg und entledigte sich der steifen Panzerhandschuhe. Etwas, das wie ein kleiner, gelber Stern leuchtete und durch die Luft schwebte wie ein Feuerkäfer, berührte das Schloß von Ledavardis Zelle. Die verriegelte Tür schwang auf. So behend wie ein angreifender Rimorik schoß der König heraus, packte den am Boden liegenden Vann an den Schultern und zerrte ihn in die leere Zelle. Der Geist berührte wieder das Schloß, das sich mit einem Klicken zusperrte.

»Das hier ist Gyor«, sagte Königin Jiri und deutete auf einen vor Schmutz starrenden Mann mit verfilztem, kupferfarbenem Haar und einem langen Bart, der in der Zelle neben der des Piraten saß.

Die leise Stimme des Geistes war eindeutig die einer Frau. »Kommt heraus, mein Freund, denn auch Ihr werdet mit uns entkommen.« Das Schloß an der Tür öffnete sich.

»Aber wer seid Ihr?« fragte der erstaunte Gefangene. »*Was* seid Ihr?«

Der Geist, der jetzt aussah wie ein belebtes Kettenhemd und ein Paar an unsichtbare Waden geschnallte Beinschienen, geruhte nicht zu antworten. Statt dessen drehte er sich um und lief auf Kobit und Ulo zu, die in der am weitesten entfernten Ecke des Zellenblocks kauerten.

»Wehe! Macht euch bereit zu sterben!« heulte der Geist und schwang sein rostiges Schwert in großem Bogen hin und her. Die anderen Insassen des Kerkers bekamen solche Angst, daß ein lauter Tumult ausbrach.

Königin Jiri rief: »Ihr Wachen! Rettet euch vor dem Rachedämon! Geht in eine Zelle und schließ die Tür. Geister können nicht durch Gitterstäbe gehen.«

Daß ihre Worte jeglicher Logik entbehrten, blieb unbemerkt. Als sich der kopflose Geist ihnen näherte, stürzten Kobit und Ulo in eine der leeren Zellen und schlugen die Gittertür hinter sich zu. Die Erscheinung blieb stehen. Die beiden Männern hielten den Atem an, denn nun bildete sich in dem schwebenden Kettenhemd langsam ein Körper. Es war eine hübsche Frau mit Augen, die leuchteten wie Saphire, und zerzaustem Blondhaar. Unter dem zerrissenen Kettenhemd trug sie ein grünes Kleid, das sie bis über die Knie hochgerafft hatte. Sie ließ das Schwert sinken und warf es zu Boden.

In der anderen Hand hielt Königin Anigel ihren Drillingsbernstein. Sie berührte damit das Schloß der Zelle, in der sich die beiden Wachen befanden, woraufhin ein lautes Klicken ertönte. Dann ging sie wieder zu Jiri und den Männern, die sie befreit hatte. Aus den anderen Zellen waren leises Flüstern und ungläubiges Murmeln zu hören.

»Mein Amulett schließt Schlösser nicht nur auf, sondern verschließt sie auch wieder.« Anigel lächelte König Ledavardis an. »Würdet Ihr mir bitte dabei behilflich sein, diesen schweren Kettenpanzer abzunehmen? Wir werden ihn mit uns nehmen müssen, und auch die übrige Panzerung und das Schwert.«

Der raktumianische Monarch brach in lautes Gelächter aus. »Dann seid Ihr also der Geist gewesen! Meine zukünftige Schwiegermutter! Großartig!« Er half ihr dabei, das Kettenhemd auszuziehen, und dann schnallte er ihr die Beinschienen ab. Jiri war bereits dabei, die abgelegten Panzerhandschuhe und den Helm zu holen.

Der rothaarige Gefangene, der sich selbst Gyor nannte, fiel vor Anigel auf die Knie und küßte ihr die Hand. »Madam, ich stehe in Eurer Schuld. Obwohl ich nicht weiß, wer Ihr seid, noch warum Ihr beschlossen habt, mich zu retten.«

Anigel stellte sich ihm vor, dann sagte sie: »Ist Euer richtiger Name nicht Gyorgibo? Und seid Ihr nicht der jüngere Bruder von Denombo und der Sternenfrau Naelore?«

»Ich bin tatsächlich Gyorgibo, Erzherzog von Nambit«, sagte der Mann verwirrt, »und der Bruder des Kaisers. Aber Ihr habt meine Frage immer noch nicht beantwortet ...«

»He!« schrie einer der Männer, die noch in ihren Zellen eingesperrt waren. »Und was ist mit uns? Ihr könnt uns doch nicht einfach hier lassen!«

»Was für Männer sind das?« erkundigte sich Anigel leise bei Gyorgibo.

»Diebe, Raufbolde und drei, die gemeutert und sich geweigert haben, die Armee des Orogastus zu begleiten, als diese heute morgen zu ihrer ruchlosen Mission aufbrachen.«

»Wißt Ihr Genaueres über diese Mission?« fragte Königin Jiri aufgeregt.

»Gewiß, Majestät. Meine niederträchtige Schwester kam herunter, um mich zu verspotten, bevor sie und der Zauberer aufgebrochen sind. In drei Tagen hat der Kaiser Geburtstag, und dieser wird in der Hauptstadt immer zusammen mit dem großen Vogelfest gefeiert. Naelore und Orogastus haben vor, Brandoba anzugreifen, während seine Einwohner durch die Festlichkeiten abgelenkt sind. Sie wollen den Palast mit Hilfe der Zauberwaffen des Versunkenen Volkes erstürmen und Denombo töten. Da ich angeblich tot bin, wird meine Schwester anschließend den Thron für sich in Anspruch nehmen. Als Gegenleistung für die Hilfe der Sternengilde hat Naelore gelobt, jedes Mittel einzusetzen, das unser Reich zu bieten hat, um Orogastus bei der Eroberung der Welt zu helfen.«

Anigel näherte sich dem Bruder des Kaisers. Unter all dem Schmutz, dem ungepflegten, feuerroten Bart und dem verfilztem Haar verbarg sich ein hochgewachsener, gutaussehender Mann. »Hat Orogastus vor«, fragte sie ihn gespannt, »die tausend Meilen nach Brandoba mit seiner Armee zu fliegen, bevor er seinen Krieg beginnt?«

»Natürlich nicht. Nach einem Ritt von zwei Stunden gelangt man zu einem Zaubergang, der das Große Viadukt genannt wird. Es liegt jenseits des Geysirbeckens und führt zu einem Wald in den Bergen oberhalb der Hauptstadt.«

»Ein zweites Viadukt!« sagte Jiri. »Natürlich. Es mußte ja eines geben, um Proviant ins Schloß zu schaffen.« Sie zeigte mit dem Finger auf Anigel. »Und Ihr hattet das bereits vermutet ...«

Anigel hob die Hand, um ihrer Freundin Schweigen zu gebieten. »Es gibt viele Viadukte, die in der ganzen Welt verstreut liegen, und zweifellos auch mehrere in Sobrania. Ich besaß einst eine Karte, auf der die Eingänge aufgezeichnet waren, aber die Einzelheiten habe ich vergessen.« Sie wandte sich an Gyorgibo. »Sagt mir rasch, was Ihr von diesem Zaubergang wißt. Sind dort Wachen postiert?«

»Nein. Das wird nicht für notwendig erachtet. Das Große Viadukt besitzt einen Eingang von gewaltigen Ausmaßen, der ganze Planwagen und sogar Männer zu Fronler aufnehmen kann. Ich selbst wurde als Gefangener durch den Zaubergang gebracht, nachdem Naelore und ihre Häscher mich bei einem Jagdausflug in den Collumbergen vor acht Monden gefangengenommen hatten. Ich habe inzwischen erfahren, daß das Große Viadukt nicht nur dazu dient, Proviant ins Schloß zu bringen, sondern auch der normale Weg für die Spione der Sternengilde ist, die schon seit langem in Brandoba eingeschleust sind.«

»Wie nah an der Hauptstadt kommt es wieder zum Vorschein?« erkundigte sich Anigel.

»Da bin ich mir nicht sicher. Es liegt mitten im Forst von Lirda, einem weitläufigen kaiserlichen Jagdrevier am Fuße der Collumberge, das für das gemeine Volk verboten ist. Eine kleine Armee könnte sich leicht in diesem Wald verbergen, um dann bei Nacht Brandoba angreifen und sich die Feierlichkeiten zunutze machen.«

»Das sieht dem alten Oro ähnlich«, sagte Ledavardis langsam. »Mitten in die Geburtstagsfeier des Kaisers hineinzuplatzen! Erinnert Ihr Euch noch daran, wie er Yondrimels Krönung gestört hat?«

»Niemand«, sagte Anigel mit grimmiger Miene, »erinnert sich besser daran als ich. Denn damals habt Ihr Euch mit Orogastus verschworen und meinen Gemahl und meine Kinder entführen lassen.«

Der Piratenkönig sah beschämt aus. »Das war nicht ich, sondern meine böse Großmutter – möge Gott sie verrotten lassen. Und ich habe Euch bereits um Vergebung angefleht für meine ungewollte Teilnahme an dem Komplott.«

Anigel erwiderte nichts.

»Wie sollen wir dem Großen Viadukt befehlen, sich für uns zu öffnen? Als ich entführt wurde, war der Eingang unsichtbar, bis Naelore ihn mit einem Zauberspruch öffnete. Aber ich konnte nicht hören, was sie sagte«, meldete sich Gyorgibo jetzt voller Ungeduld zu Wort.

»Ich kenne die Worte«, versicherte ihm Anigel. »Aber jetzt müssen wir diesen Ort verlassen und einige Kampfgeräte aus der Waffenkammer für unsere Freunde mitnehmen.«

»Und die übrigen Gefangenen?« murmelte Jiri.

Anigel schüttelte den Kopf und bedeutete den anderen, ihr vorauszugehen. Das Gittertor am Eingang zu den Zellen, das geöffnet worden war, als der Sergeant die Königin von Galanar zu ihrem Besuch begleitete, schlug zu und verschloß sich, als Anigel es mit ihrem Amulett berührte. Sofort begannen die zurückgelassenen Gefangenen zu toben und zu fluchen. Bevor sie sich abwandte, um zu gehen, fiel ihr Blick auf Sergeant Vann. Er saß auf dem Boden der ersten Zelle und war ohne sein Holzbein nicht in der Lage, sich zu erheben. Ein boshaftes Grinsen stand in seinem Gesicht. »Gut gemacht, Madam«, sagte er. »Wirklich gut gemacht. Aber nehmt Euch vor der Teufelin Naelore in acht. Ihre Kaiserliche Hoheit glaubt nämlich nicht an Geister.«

Die Königin nickte. »Ich danke dir für die Warnung, Sergeant. Und ich hoffe, du hast noch viel Freude an dem Rubin.«

# 19

Sie kamen in vollem Galopp durch den breiten Gang auf das Vorwerk zu, angeführt von dem kopflosen Geist. Die übrigen acht Reiter trugen lange Umhänge mit Kapuzen, die sie über die Gesichter gezogen hatten. Sie schwangen brennende Fackeln und heulten wie verdammte Seelen, als sie das große Tor im Vorwerk erreichten, wo sie ihre mit Geweihen bewehrten Reittiere im Kreis drehten und soviel Aufruhr wie möglich verursachten. Als die verdutzten Soldaten aus dem Wachhaus stürzten, wichen sie entsetzt wieder zurück, da sie vor sich den Geist sahen, der inzwischen vom Fronler gestiegen war. Die körperlose Rüstung glühte von innen heraus wie eine Laterne in Menschengestalt. Er schwang ein altes Schwert, hüpfte umher und drohte allen Tod und Vernichtung an, während seine Gefährten auf dem Rücken der Fronler über den Vorhof tobten und Funken aus ihren Fackeln durch die Luft schossen.

Bevor der Wachoffizier sich fassen und einen zusammenhängenden Befehl geben konnte, hatte der tanzende Geist auch schon das Ausfalltor erreicht, eine kleine Tür auf der linken Seite des großen Tores, durch die jeweils ein einzelner Reiter nach draußen gelangen konnte. Ein Funke aus Licht huschte über die eisernen Schlösser und die beiden Holzbalken, mit denen das Ausfalltor versperrt war, und plötzlich schwang es auf. Der Geist stieß einen triumphierenden Schrei aus. Mit flatternden Umhängen donnerte die fackeltragende Truppe durch die Tür.

»Verderben!« schrie der Geist, während er nach den Zügeln seines Reittieres griff und sich in den Sattel schwang. »Flammendes Verderben all jenen, die uns folgen!« Dann ritt er davon, und das Ausfalltor schlug wie durch einen Zauber hinter ihm zu und verriegelte sich von selbst. Den Wachen gelang es trotz aller Anstrengungen nicht, es wieder zu öffnen, und auch das große Tor blieb verschlossen.

»Gebt Alarm!« rief der Wachoffizier. »Ruft die Sternenmänner!«

Er wußte immer noch nicht, was eigentlich geschehen war, aber er war ein erfahrener Offizier und hatte vor, genau das Richtige zu tun – er wollte die Verantwortung an eine höhere Autorität abgeben.

Die Menschen aus dem Schloß standen eine Weile aufgeregt vor dem großen Tor, das sich aus unerklärlichen Gründen einfach nicht öffnen ließ. Beide Sternenmänner wie auch der Schloßvogt, der Senneschall und die anderen Dienstboten, die man aus der Großen Halle geholt hatte, waren nach ihrem stundenlangen Saufgelage volltrunken. Äxte wurden herbeigeschafft, aber es war offenkundig, daß es Stunden dauern würde, um durch das dicke Holz zu dringen. Dann wurden die gefesselten Stallburschen in den Ställen entdeckt, und allen war klar, wer die geisterhaften Reiter gewesen waren (obwohl noch niemand daran gedacht hatte, einen Blick in den Kerker zu werfen).

Die verhängnisvolle Situation machte einen der jungen Sternenmänner wieder nüchtern, dem es schließlich einfiel, seine Zauberwaffe des Versunkenen Volkes zu holen. Diese sandte einen dünnen Strahl scharlachroten Lichts aus, der Metall oder Stein schmelzen konnte, und glitt durch das Ausfalltor wie ein Schwert durch geronnene Milch. Doch inzwischen hatten die Flüchtigen einen kostbaren Vorsprung von einer Viertelstunde gewonnen.

»Sollen ... sollen wir unsere Sterne benutzen, um den Meister zu verständigen?« sagte der eine der beiden Zauberer, dessen Gehirn immer noch vom Wein benebelt war, leise zu seinem Kollegen.

»Wir warten besser, bis wir die Geiseln wieder eingefangen haben«, sagte der zweite Angehörige der Gilde, nachdem er kurz nachgedacht hatte. »Wir wollen ihn doch nicht grundlos beunruhigen, nicht wahr?«

Sie stellten eine Truppe aus dreißig Kriegern zu Fronler zusammen und ritten los, um die Verfolgung aufzunehmen.

Der Wind roch nach Regen und dem Harz von Nadelbäumen, und die Wolken waren dichter geworden. Ohne eine Fackel konnte Anigel den steilen Pfad, der im Zickzack den Hügel hinunterführte, kaum erkennen.

»Heilige Blume, gib mir mehr Licht!«

Das Amulett an der Kette strahlte heller, und sie trieb ihren Fronler hinter den anderen her. Im Reiten riß sie sich den Helm vom Kopf und entledigte sich der gepanzerten Lederhandschuhe, mit denen sie sich bei ihrer Maskerade als Geist verkleidet hatte. Aber es gab keine Möglichkeit, das schwere Kettenhemd auszuziehen oder die Schnallen der Beinschienen zu lösen, die ihre Beine wund rieben. Dazu würde sie anhalten und aus dem Sattel steigen müssen, aber das war zur Zeit völlig unmöglich. Sie mußte trotz ihrer zunehmenden Beschwerden wie die anderen in gestrecktem Galopp weiterreiten und beten, daß der Zauber des Bernsteins das Schloßtor fest verriegelt hatte.

Ich bin frei! sagte sie zu sich selbst.

Seltsamerweise empfand sie kein Gefühl der Freude. Jetzt, da die anfängliche Hochstimmung über ihre Flucht nachgelassen hatte, wurde sie zunehmend benommener und teilnahmsloser. Ihr Selbstvertrauen schwand, und das Vertrauen in die Schwarze Drillingslilie, das ihr bis jetzt Kraft gegeben hatte, schien aus ihrer Seele zu weichen wie Wasser aus einem Küstensee bei Ebbe.

Anigel lag fast auf dem breiten Hals des Fronlers. Ihre Hände umklammerten die Zügel, und das schwere Gewicht des eisernen Kettenhemdes drückte durch den dünnen Stoff ihrer Robe auf ihre Schultern. Das Tier stolperte und rutschte auf dem felsigen Pfad, aber seine gespaltenen Hufe verloren nicht den Halt. Der Wald aus Nadelbäumen, der sich über den Abhang zog, war für sie nur ein verschwommener Fleck mit Baumstämmen, über denen sich in schwindelnder Höhe dünne Äste erhoben. Sie fröstelte und war furchtbar müde. Das war auch kein Wunder. Schließlich war sie erst heute morgen nach sechs Tagen im Zauberschlaf erwacht – zwar geheilt, aber dennoch nicht im Vollbesitz ihrer körperlichen Kräfte.

Es fing an zu nieseln.

Anigel schnalzte mit der Zunge und trieb den Fronler an, aber die Instinkte des Tieres waren stärker als ihr Befehl: Es wollte nur noch in vorsichtigem Trab weitergehen. Der Pfad war zu steil für eine schnelle Gangart geworden, da er ständig die Richtung wechselte und scharfe Biegungen aufwies.

Der Nieselregen wurde stärker und verwandelte sich in einen leichten, aber beständig fallenden Regen. In wenigen Minuten war Anigel völlig durchnäßt, da sie nicht daran gedacht hatte, den Soldatenumhang überzustreifen, der auf dem Sattel hinter ihr festgeschnallt war. Müde und zerschlagen ließ sie dem Tier die Zügel schießen.

Plötzlich kreischte der Fronler und blieb abrupt stehen. Sie stellte überrascht fest, daß sie sich inmitten der anderen Flüchtlinge befand, von denen einige abgestiegen waren und sich beunruhigt miteinander unterhielten. Sie hatten zwischen den verbrannten Baumstümpfen am Fuße des Hügels angehalten, genau oberhalb der mit tödlichem Gas gefüllten Senke.

Hakit Botal, der sich unter jenen befand, die abgestiegen waren, sagte gerade mit krächzender Stimme zu Gyorgibo: »Was soll das heißen, es besteht die Möglichkeit, daß es sich bei Regen nicht richtig entzündet?«

»Ich kann Euch nur sagen, was ich während meines monatelangen Aufenthaltes im Kerker erfahren habe«, sagte der Erzherzog. »Zuweilen führt der Regen dazu, daß das brennbare Gas explodiert, statt Feuer zu fangen. Dann gehen die Bäume in Flammen auf, und manchmal werden Menschen von der Wucht der Explosion erschlagen, obwohl sie weit weg vom Rand stehen.«

»Aber es gibt keinen anderen Weg hinaus!« jammerte Ga-Bondies.

»Ich wollte doch nur, daß Ihr Euch über das Risiko im klaren seid«, sagte der Sobranier.

»Ich bin nicht so weit gekommen, um jetzt einfach aufzugeben und in den Kerker zurückzukehren!« fuhr Hakit den Erzherzog an. »Seid Ihr etwa zu feige, um den Versuch zu wagen? Dann gebt mir die Fackel!«

»Aufgeblasener Schreiberling!« höhnte Gyorgibo. »Ihr wißt rein gar nichts über die Gefährlichkeit der Geysire!«

»Hört auf zu zanken, um der Göttin willen! Hier ist unsere Anführerin, und sie wird bestimmen, was zu tun ist. Helft dem armen Mädchen aus dem Sattel und nehmt ihr den Panzer ab. Sie ist ja naß bis auf die Haut«, sagte Jiri von Galanar.

Jiri und König Ledavardis halfen Anigel dabei, ein dickes, wollenes Gewand und einen Umhang mit Kapuze überzustreifen. Als sie warm eingepackt war, sahen sie alle erwartungsvoll an.

»Gyorgibo, seid Ihr bereit, das Gas zu entzünden, obwohl Gefahr besteht?« fragte sie mit schleppender Stimme.

»Ja«, erwiderte er. »Steigt alle auf und macht Euch bereit.«

Der Sobranier zog ein Kurzschwert, das er aus der Waffenkammer mitgenommen hatte, hackte einen der verkohlten jungen Bäume ab und befreite ihn von seinen Ästen. Schließlich hielt er einen Stab in der Hand, der zweimal so lang war wie ein ausgewachsener Mann. Dann schnürte Gyorgibo eine der Pechfackeln an das Ende des Stabes und ging zu Fuß auf dem Pfad weiter, wobei er die brennende Fackel vor sich hielt. »Folgt mir und bringt mein Reittier mit«, rief er aus, »aber bleibt mindestens einen Steinwurf hinter mir.«

Die Luft stand still und roch nur leicht nach Miasma. Die einzigen Geräusche waren das Klappern der Fronlerhufe, das Knirschen der Steine und das Raunen des nur mehr leichten Regens. Schließlich kamen sie zu einer offenen, ebenen Stelle, an der keine Pflanzen mehr wuchsen. Von dort aus ging es etwa zwanzig Ellen tief nach unten bis zum Boden der Senke.

Gyorgibo warnte die anderen, nicht näherzukommen. Dann kroch er auf Händen und Füßen zum Rand des Beckens und ließ die brennende Fackel nach unten fallen.

Ein ohrenbetäubender Knall ließ die Erde erzittern, gefolgt von einem langsamen, tiefen *Wuumm.*

Die erste Zündung war ein blauweißes Flackern. Es verwandelte sich in einen abgeflachten, glühenden Ball von greller, orangeroter Farbe, der sich an der Stelle ausbreitete, an der die Fackel gelandet war. Als der Erzherzog zu den anderen zurücklief, die ihre in Panik geratenen Reittiere nur mit Mühe festhalten konnten, war ein lautes Zischen zu hören, begleitet von vielen kleinen Explosionen. Etwa fünf Ellen über dem Boden zuckten dünne Adern aus azurblauem Feuer wie verzweigte Blitze in alle Richtungen über das Becken. Das Netz aus Feuer verstärkte sich und wurde zu einer golden leuchtenden Decke, die sich über der gesamten Senke ausbreitete. Einen Augenblick später erwachten zahllose brennende Geysire zum Leben, und der leuchtende Nebel löste sich langsam auf.

Der Ewige Fürst und die Ewige Fürstin klatschten begeistert.

»Wartet noch einige Minuten«, befahl Gyorgibo mit einem erleichterten Lächeln, »bis die giftigen Ausdünstungen durch reine Luft ersetzt sind. Dann können wir über die Böschung dort nach unten reiten.«

Fronler wie Reiter beruhigten sich wieder. Anigel bedankte sich mit zitternder Stimme bei König Ledavardis, der den Kopf ihres Reittieres festgehalten hatte, als es durchzugehen drohte.

»Mit Eurer Erlaubnis, zukünftige Schwiegermutter, werde ich neben Euch reiten und für Eure Sicherheit sorgen, während wir das Inferno durchqueren«, sagte er.

»Ich nehme Eure Hilfe gern an, denn ich muß gestehen, daß ich todmüde bin«, antwortete ihm Anigel. Von ihrer Schwangerschaft sagte sie nichts, aber sie fragte sich bang, wie es ihren drei Kindern wohl ging. Das letzte Mal hatte sie ihre Bewegungen vor dem Abendessen gespürt.

»Vorwärts!« schrie Gyorgibo jetzt und stürmte mit seinem Reittier über die Böschung nach unten in das Becken der Flammensäulen. Er und Anigel hatten keine Fackeln, aber die anderen hielten die ihren hoch und setzten ihnen nach. Als sie den flachen, mit Schlacke bedeckten Boden der Senke erreicht hatten, konnten sie in schnellem Trab weiterreiten.

Die Königin überließ sich der Fürsorge des Piraten und klammerte sich am Knauf ihres Sattels fest, während er ihre Zügel hielt. Zu beiden Seiten erhoben sich die Feuersäulen zwischen den Felsen, und ihre Flammen spiegelten sich in den vom Regen aufgewühlten Sumpflöchern – ein Bild von erschreckender Schönheit. Es gab sowohl große als auch kleine Geysire, die von kaum kniehoch bis über zehn Ellen in die Höhe ragten. Alle flackerten unregelmäßig und brachen zuweilen in einen Funkenregen aus, dann wurden sie wieder kleiner und brannten ruhiger. Zuweilen verringerte sich bei einem der Geysire die Gaszufuhr, und er wurde immer kleiner, bis er schließlich ganz erlosch, aber kurz danach gab es eine kleine Explosion, und der Geysir wurde von einem vereinzelten Funken wieder entzündet und stand erneut in Flammen.

Da sich Anigel nicht darauf konzentrieren mußte, einen nervösen Fronler zu bändigen, fiel ihr ein, einen Blick über die Schulter zu werfen, nachdem sie etwa eine Meile zurückgelegt hatten. Hinter ihr ritt Hakit Botal. Im Rücken des Präsidenten von Okamis ragten der bewaldete Hügel und Schloß Konflagrant auf, die von den Flammen in ein gespenstisches Licht getaucht wurden.

Und über den Pfad auf dem Hügel bewegte sich ein Zug blinkender, orangefarbener Funken.

»Oh, seht nur, seht doch nur!« rief die Königin. »Sie setzen uns nach!«

König Ledavardis stieß einen Piratenfluch aus.

»Treibt eure Reittiere an!« sagte Hakit.

Aber das war gar nicht so leicht. Bei Tag hätten sie den gewundenen Pfad ohne weiteres gesehen, aber jetzt, bei Nacht, da überall trügerische Schatten lauerten und sie von den Flammensäulen geblendet wurden, hätten sie den Weg einige Male beinahe verfehlt. Die Fronler prallten ständig gegeneinander, wenn die verwirrten Reiter wieder einmal an den Zügeln rissen.

»Es hat keinen Sinn! Wir müssen langsamer reiten, zumindest solange, bis wir aus diesem verdammten Becken heraus sind«, schrie Gyorgibo schließlich.

Der Zug ihrer Verfolger, die den Pfad vermutlich gut kannten, kam immer näher. Dann fiel der Regen immer stärker, und überall um sie herum wurden die brennenden Geysire kleiner, bis sie schließlich ganz erloschen.

»Was sollen wir tun?« kreischte Duumvir Ga-Bondies. »Die Dämpfe werden uns ersticken!«

Gyorgibo rief: »Sie sind schwerer als die Luft. Wir können gefahrlos noch eine Weile weiterreiten, solange sich die Köpfe unserer Fronler und die unseren oberhalb davon befinden. Löscht alle Fackeln! Wir dürfen nicht riskieren, das Gas erneut zu entzünden. Königin Anigel, reitet vor mir und laßt Euren Zauberbernstein leuchten, damit er uns führen kann ... Und jetzt weiter!«

Sie ritten so schnell sie konnten weiter und hielten die Augen auf das winzige Licht an der Spitze ihrer kleinen Kolonne gerichtet. Der strömende Regen und der Dunst, der sich allmählich über den Sumpflöchern bildete, machten es ihnen unmöglich, ihre Verfolger zu erkennen. Die Umrisse des Beckens versanken immer mehr in der Dunkelheit, als ein lodernder Geysir nach dem anderen erlosch. Schließlich waren noch zwei gelblich-blaue Flammen übrig, die nur noch schwach zwischen den hohen Felsen und dem wirbelnden Dunst glühten. Als auch diese erstarben, umgab die fliehenden Geiseln Finsternis, die nur von dem kleinen Strahl aus Königin Anigels Amulett durchdrungen wurde.

Als ob der Himmel sie verspotten wollte, hörte es jetzt zu regnen auf.

Ihr Reittier wurde von Erzherzog Gyorgibo weitergezerrt, aber Anigel war es inzwischen egal, ob sie leben oder sterben würde. Ihr Herz war zu niedergeschlagen und ihr Geist zu erschöpft, als daß sie noch hätte beten können. Man würde sie fassen. Sie wußte, daß die Schuld an ihrem Scheitern bei ihr lag, und der Tod ihrer Gefährten würde ihre Seele belasten, wenn sie selbst dahinschied. Dann stieg ihr ein teeriger Geruch in die Nase, der ein Gefühl der Übelkeit in ihr hervorrief. Die giftigen Dämpfe! Mit Mühe gelang es ihr, sich aufzurichten und die Augen zu öffnen. Das Leuchten des Bernsteins fiel auf eine Decke aus dichtem Nebel, der den Fronlern bereits bis an die Brust reichte. Es würde nicht mehr lange dauern ...

»Sie haben uns fast eingeholt!« rief Hakit Botal.

Anigel hörte das Stampfen von Hufen hinter sich, konnte

aber nichts sehen. Auch die Verfolger aus dem Schloß hatten ihre Fackeln gelöscht. »Herrscher der Lüfte, empfangt uns mit Gnade«, flüsterte sie.

»Wir sind fast auf der anderen Seite«, sagte Ledavardis. »Ich kann schon die Böschung sehen. Schneller! Tretet den Tieren in die Seite! Wir müssen den Damm erreichen, bevor der Feind uns eingeholt hat!«

»Er hat recht«, schrie Gyorgibo. »Wir haben noch eine Chance!«

Anigel spürte, wie der Fronler eine schnellere Gangart anschlug. Dann kletterten sie einen mit Schlamm bedeckten Abhang hinauf und tauchten aus dem tödlichen Miasma auf wie aus einem See. Vor dem bewölkten Himmel ragte die Felswand am Rande des Beckens auf. Einer der Sterne war aufgegangen und tauchte die unheimliche Landschaft in sein silbernes Licht.

Gyorgibo führte sie nicht länger an. Er kam den felsigen Pfad wieder heruntergaloppiert und schrie den anderen zu, um ihr Leben zu reiten. Als er an ihnen vorbeikam, versetzte er jedem Fronler mit der flachen Seite seines Schwertes einen heftigen Schlag. Die Tiere brüllten, schüttelten ihr Geweih und machten einen Satz nach vorn. Dann kletterten sie zu einem von Ruß geschwärzten Felsvorsprung, der oberhalb der Gase lag und Sicherheit bot.

Ihre Verfolger waren jetzt deutlich zu sehen – eine Truppe Soldaten in Rüstungen, welche sich auf Tieren durch den Nebel bewegte, die keine Beine zu haben schienen und eher sonderbar geformten Booten als Kriegsfronlern ähnelten. An der Spitze ritten nebeneinander zwei Sternenmänner auf weißen Fronlern. Einer von ihnen schrie etwas und schulterte die Waffe, mit der er bereits das Schloßtor durchgeschnitten hatte.

Gyorgibo riß seinen Fronler herum und hetzte ihn die Böschung hinauf. »Vorsicht! Zurück!« rief er den anderen Fliehenden zu. Als er den Beckenrand erreicht hatte, zügelte er sein Tier so abrupt, daß es sich aufbäumte, und schleuderte sein Schwert in die Senke hinunter.

Die rostige Stahlklinge drehte sich um sich selbst, während

sie fiel, und kam mit einem lauten Klirren auf den Felsen unter ihnen auf.

Nichts geschah, und der Sobranier fluchte verzweifelt. »Ich dachte, es würde Funken sprühen und die Dämpfe entzünden, aber jetzt ...«

Anigel hörte ganz deutlich, wie der Sternenmann mit der Waffe in der Hand zu lachen begann. Er ritt mit seinem Tier vor den anderen und hatte den Fuß der Böschung noch nicht ganz erreicht, als er den Strahl aus rotem Zauberfeuer abschoß.

Die gewaltige Explosion hätte die Flüchtenden fast aus dem Sattel gerissen.

Anigel war einen Moment lang taub und kurz davor, die Besinnung zu verlieren. Ihr Fronler taumelte, aber dann hatte er den ersten Schreck überwunden und fing an, vor Angst zu bocken und sich im Kreis zu drehen. Sie klammerte sich mit aller Kraft an das Geweih des Tieres und brachte es fertig, auf seinem Rücken zu bleiben, bis sie sich wieder etwas erholt hatte. Unterhalb des Felsvorsprunges wütete ein goldenes und blaues Flammenmeer. In das Knistern der Flammen mischten sich die verzweifelten Schreie von Menschen. Nach kurzer Zeit hörten die Schreie auf, das alles vernichtende Leuchten erlosch, und dann brannten wieder die Geysire in dem Becken.

Lange Zeit hatten die Flüchtlinge von Schloß Konflagrant alle Hände voll damit zu tun, ihre hysterischen Reittiere zu beruhigen. Wie durch ein Wunder war niemand abgeworfen worden, und schließlich konnten sich die neun oben auf der Böschung zusammendrängen und einen Blick auf den Boden der Senke werfen.

Entlang des Pfades unter ihnen lagen unförmige, schwarze Hügel. Dünne Rauchfahnen stiegen von ihnen auf, von den flackernden Geysiren rot gefärbt.

»Große Göttin, hab Erbarmen«, flüsterte Königin Jiri und starrte wie versteinert auf das Grauen unter sich. »Sie haben es sich selbst angetan.«

Die anderen schwiegen. Nach ein paar Sekunden wendeten sie die Fronler und ritten langsam davon.

# 20

Kadiya kam als letzte aus dem Viadukt und deaktivierte es rasch wieder. Nach der Stille des Waldes am Fluß Oda empfand sie die ohrenbetäubende Kakophonie des sobranischen Urwaldes wie einen Schlag ins Gesicht. Ihre Gefährten, die ihr vorangegangen waren, hatten sich unter einem der großen, weitausladenden Nestbäume zu einem kleinen Grüppchen versammelt und waren völlig verschreckt angesichts der heiseren Schreie und Krächzer und der schrillen Pfiffe und Triller, die auf ihre Ohren einstürmten.

»Bei den Fußknochen von Zoto!« rief Sir Edinar aus. »Was für großmäulige Bestien leben denn hier in Sobrania?«

»Man hat mir gesagt, das seien nur die berühmten Vögel«, sagte Kadiya. »Ich nehme an, daß wir uns an den Lärm gewöhnen werden.«

Sir Melpotis sah sich argwöhnisch um und griff nach seinem Schwert. »Habt Ihr in dieser Gegend eine Spur der Sternenmänner gefunden?«

Kadiya schüttelte den Kopf. »Nur ihr Emblem, das an diesen Baum dort genagelt war. Wenn sie bei Tagesanbruch hier waren, so sind sie jetzt auf jeden Fall wieder weg. Aber ich vermute, daß die Belohnung nur eine List gewesen ist. Wenn die Glismak versucht hätten, sie einzufordern, wären sie für ihre Mühe wahrscheinlich niedergemetzelt worden.« Auch sie sah sich jetzt um. »Ah. Da ist unser Führer, der wie versprochen auf uns wartet«, sagte sie dann.

Wegen des dichten Blätterwaldes über ihnen hatte sogar Kadiyas außergewöhnlich scharfer Blick die Person nicht sofort erkannt, die keine zehn Ellen von ihnen entfernt vor einem Baumstamm stand. Sie war groß und schlank, und die langärmelige Tunika und die Hose waren mit Federn bedeckt, deren Farbe ein gesprenkeltes Grau war. Der spitz zulaufende Hut auf dem grauen Haar wies vorn eine kurze Krempe auf, von der ein grobmaschiger Schleier herabhing, der den oberen Teil des Gesichts verbarg. Nase, Kiefer und Hals waren mit einer dunklen Masse beschmiert, die die Gesichtszüge verdeckte. Die Gestalt rührte sich nicht, als Kadiya auf sie zuging und ihren Gruß entbot. Sie mußte laut sprechen, um über dem Tumult der Vögel gehört zu werden.

»Ich danke dir, daß du gewartet hast, Kritch. Das hier sind meine Freunde, von denen ich dir bereits erzählt habe. Auch sie haben geschworen, die niederträchtigen Sternenmänner zu bekämpfen.«

Kritch verließ seinen Platz am Baum und hob den Schleier. Sein Gesicht, auf dem jetzt ein Ausdruck tiefen Mißtrauens lag, war so ebenmäßig wie das eines menschlichen Wesens. Nur seine großen goldenen Augen und die Hände mit den drei Fingern, die eine scharfe Hippe mit einem langen Griff umklammerten, verrieten, daß er ein Eingeborener war.

Kadiya stellte ihm die anderen vor, als letzten Prinz Tolivar, der keine Skrupel hatte, die Frage zu stellen, die die anderen nicht stellen wollten: »Zu was für einer Rasse gehörst du, Kritch? Ich würde dich für einen Vispi halten, aber deine Augen sind nicht grün.«

»Ich bin ein Kadun«, erklärte der Eingeborene widerwillig. »Die Vispi sind enge Verwandte von uns, aber da in unseren Adern mehr menschliches Blut fließt, besitzen wir im Gegensatz zu ihnen keine übernatürlichen Kräfte und müssen uns unser Brot mit niedrigeren Arbeiten verdienen.« Er musterte den Prinzen mit finsterem Blick und wandte sich dann an Kadiya. »Sagt mir, warum ein junger Bursche wie er zu einer schwerbewaffneten Spähertruppe gehört – und warum Ihr und dieser Junge Geräte mit euch führt, die große Zauberkräfte besitzen.«

»Ich bin überrascht, daß du es bemerkt hast«, sagte Kadiya.

»Im Gegensatz zu den Vispi ist mein Volk nicht sehr geübt darin, Magie zu erkennen«, entgegnete Kritch, »aber das heißt nicht, daß wir in solchen Dingen so blind sind wie einige andere ... Herrin der Augen, als ich Euch meine Hilfe anbot, glaubte ich, daß Ihr ein gewöhnlicher Mensch wäret. Aber wenn Ihr eine Zauberin seid ...«

»Ich bin nicht sehr gut darin«, sagte sie mit einem bedauernden Achselzucken, »und mein Neffe Tolo noch viel weniger.«

»Ich werde keinen Zauberern helfen – selbst dann nicht, wenn sie unfähig sind!« Kritch zeigte auf das Brett mit dem aufgemalten Stern. »Diese Schurken unterdrücken mein Volk nun schon seit zwei Jahren. Sie haben sogar unschuldige Federjäger der Kadun getötet, die es gewagt hatten, an diesen Ort zu kommen. Hier befanden sich unsere besten Sammelstellen, bis die Sternenmänner vor weniger als einem Mond beschlossen, die Gegend für sich zu beanspruchen. Ich bin heute nur deshalb hier, weil ich durch Zufall gesehen habe, wie die Krieger der Gilde, die diesen Ort sonst bewachen, voller Eile davongeritten sind.«

»Ausgezeichnet!« sagte Sir Melpotis. »Weißt du, wo sie hin wollten?«

»Nein.« Der Eingeborene holte einen großen Tornister hinter einem Baum hervor und wich einen Schritt zurück.

»Waren es echte Angehörige der Gilde, die du gesehen hast«, fragte Kadiya, »die Sternenmedaillons trugen, oder waren es nur Handlanger?«

»Stellt mir keine Fragen mehr! Ich will nichts mit Euch zu tun haben.«

Kadiya streckte in einer beschwichtigenden Geste beide Hände aus. »Mein Freund, ich bin genau das, was ich bereits zu dir gesagt habe – eine Königstochter aus Laboruwenda, einem Land weit im Osten. Ich bin gekommen, um nach meiner Schwester Königin Anigel zu suchen. Sie wurde von den Sternenmännern entführt und wird vielleicht in diesem Land gefangengehalten. Wenn du uns in die Hauptstadt Brandoba bringst ...«

»Ich habe nicht gesagt, daß ich das tun werde«, sagte der Kadun mit trotziger Stimme. »Ich sagte, ich würde Euch *vielleicht* den Pfad zeigen, der lang und beschwerlich ist.«

»Du sagtest auch, daß es noch einen kürzeren Weg gibt – zu Wasser auf deinem Boot.«

»Selbst wenn Ihr keine Zauberer wärt, würde ich zögern, in die Hauptstadt zu gehen. Seit Wochen schon gibt es Gerüchte unter den Eingeborenen, daß während des diesjährigen Vogelfestes, das in zwei Tagen bei Einbruch der Dunkelheit beginnt, etwas Schreckliches in Brandoba geschehen wird.«

»Was sind das für Gerüchte?« wollte Kadiya wissen, die plötzlich sehr aufgeregt war. »Haben sie etwas mit der Sternengilde zu tun? Ist der Kaiser in Gefahr?«

Aber Kritch wollte ihr nicht antworten.

»Bitte überleg es dir noch einmal«, bat sie ihn inständig. »Außer meiner armen Schwester sind noch andere Herrscher von den Sternenmänner entführt worden. Es besteht die Möglichkeit, daß die Zauberer planen, Kaiser Denombo zu entführen oder ihn sogar zu töten. Wir wollen ihn warnen und ihn auch um Hilfe bei der Rettung meiner Schwester Anigel bitten.«

»Das Kadunvolk ist dem Kaiser nicht gerade freundschaftlich gesinnt. Die sobranischen Menschen verabscheuen uns, obwohl sie die Federn begehren, die wir sammeln und an sie verkaufen. Nein ... Ihr werdet Euch schon selbst den Weg nach Brandoba suchen müssen.«

Als Kritch im Unterholz verschwinden wollte, trat Jagun vor. »Warte!« schrie er, um den Lärm der Vögel zu übertönen. »Handle nicht vorschnell. Die Herrin hier ist keine Zauberin, und wir sind keine Schurken. Laß es mich dir erklären!«

Kritch blieb stehen, behielt aber immer noch seine Hippe in der Hand.

Jagun sagte: »Wie du siehst, bin auch ich ein Eingeborener, so wie du. Die Herrin der Augen, die auch Weitsichtige und Tochter der Dreifaltigkeit und Prinzessin Kadiya genannt wird, ist seit ihrer Kindheit meine beste Freundin. In unserem Land ist Kadiya die Große Fürsprecherin und Vertreterin aller Eingeborenenvölker. Seit vielen Jahren hat sie die Nyssomu, die Uisgu, die Dorok, die Wyvilo, die friedlichen Glismak und sogar die Skritek der Irrsümpfe bei deren Disputen mit den Menschen treu verteidigt. Erst vor einem Jahr ist es der Herrin gelungen, Frieden zwischen dem wilden Volk der Aliansa von den Inseln unter dem Verlorenen Wind und den menschlichen Händlern von Zinora zu schließen. Die Vispi aus dem Ohoganmassiv besuchen ihr Haus als Ehrengäste. Der Talisman, den die Herrin Kadiya bei sich trägt, ist kein Instrument schwarzer Magie, sondern eher ein Symbol für ihr hohes Amt. Es schützt uns vor den Blicken der niederträchtigen Sternenmänner.«

»Kannst du beweisen, was du da gesagt hast?« fragte Kritch.

Kadiya verzog das Gesicht. »An einem Ort der Stille, wo es möglich ist, unsere Gedanken zu hören, könnte ich meine zweite Schwester, die Erzzauberin des Landes, in der Sprache ohne Worte anrufen. Sie könnte ihre Vispi-Freunde bitten, für mich zu bürgen.«

Der Kadun zeigte mit dem Finger auf Prinz Tolivar, dessen Krone in den grünen Schatten funkelte. »Und was ist mit ihm?«

Kadiya seufzte. »Er ist ein Problem. Aber ich schwöre, daß er dir nichts tun wird.« Sie wandte sich an ihren Neffen. »Tolo, versprich es ihm.«

»Ich schwöre es«, sagte der Prinz. »Bitte hilf uns. Ich würde mein Leben geben, um meine Mutter, Königin Anigel, zu retten.«

Kritch dachte eine Weile nach und sagte schließlich: »Ich bin hier mit dem Federsammeln fertig und wollte gerade zurück zu meiner Hütte an der Küste gehen. Wenn Ihr mir aus dem Weg geht und mich nicht bei der Jagd stört, könnt Ihr mich begleiten.«

»Wie weit ist es bis zu deiner Hütte?« wollte Kadiya wissen.

Kritch zuckte mit den Schultern. »Ziemlich weit. Wenn wir die Klippen am Meer erreicht haben, werdet Ihr beweisen müssen, daß Ihr wahre Freunde unserer Verwandten, der Vispi, seid. Danach werde ich noch einmal darüber nachdenken, ob ich Euch helfen werde, die Hauptstadt von Sobrania zu erreichen.«

Sie folgten ihm viele ermüdende Stunden lang durch den lärmenden Wald, wobei sie von Zeit zu Zeit haltmachten, während er unter den großen Nestbäumen die zu Boden gefallenen Federn sammelte und in seinen Tornister stopfte. Als die Nacht hereinbrach, hielt er nicht an, sondern ging einfach weiter. Wie alle Eingeborenen konnte auch Kritch in der Dunkelheit sehr gut sehen, so wie Jagun, aber die müden Menschen waren heilfroh, als das Dreigestirn am Himmel aufging und den schmalen Pfad in sein silbernes Licht tauchte.

Im düsteren Halbdunkel vor Anbruch der Morgendämmerung verließen sie den Urwald endlich und gelangten in offeneres Gelände. Dort wuchsen Büsche mit großen Blättern, und die Vogelschreie klangen leiser und melodischer. Plötzlich wies der Kadun sie an, stehenzubleiben und zu warten. Er ging einige Schritte weiter, kniete sich nieder und zog ein Netz aus seinem Gürtel, das kaum größer als ein Taschentuch und an den Enden mit kleinen Steinen beschwert war. Geschickt warf er es unter einen der Büsche, so daß es knapp über dem Boden auftraf. Ein hohes, wütendes Zwitschern ertönte. Vorsichtig holte Kritch seine Beute aus dem Netz, einen winzigen Vogel mit einer einzigen langen Schwanzfeder, die im schwindenden Licht des Dreigestirns funkelte, als wäre sie mit unendlich kleinen Diamanten besetzt.

»Wie schön!« sagte Kadiya.

»Der Witt ist die seltenste Kreatur in ganz Sobrania«, sagte Kritch vergnügt. »Ich habe noch nie einen in dieser Gegend hier gefunden. Gewöhnlich fliegen sie zu den heißen Quellen in das Dickicht im Hochgebirge, aber seit einiger Zeit bleibt der Schnee dort sehr lange liegen, was recht ungewöhnlich ist.«

Mit einer kleinen Schere schnitt er die funkelnde Feder ab und ließ den Vogel dann wieder frei. Wütend hackte dieser nach seiner Hand und versetzte Kritch mit dem spitzen Schnabel einen Hieb, der zu bluten anfing. Der Jäger lachte nur und hielt seine Beute hoch. »Die Federhändler von Brandoba werden mir für das hier so viel bezahlen, daß meine Familie ein halbes Jahr lang davon leben kann. Es sieht so aus, als hättet Ihr mir heute nacht Glück gebracht – oder habe ich das einem Zauber von Euch zu verdanken?«

»Nein, nur deiner Geschicklichkeit«, gab Kadiya zu. »Ist der kleine Vogel jetzt verletzt, nachdem er seine Zierde verloren hat?«

»Nein, nur sein Stolz leidet. Sowohl die sobranischen Gesetze als auch die Religion der Kadun sorgen dafür, daß wir

Federjäger die Vögel nicht verletzen. Die meiste Zeit über sammeln wir Federn, die die Vögel aus natürlichen Gründen verloren haben. Nur wenn wir so seltene Vögel wie den Witt finden, verwenden wir Netze oder klebrigen Vogelleim.«

Sie nahmen ihren Marsch wieder auf, und als der Himmel allmählich heller wurde, kamen sie in felsiges Moorland. Schließlich erreichten sie – Kadiya und ihre ermatteten Gefährten dachten schon, sie würden jeden Moment vor Erschöpfung umfallen – ein zerklüftetes Steilufer, von dem aus eine weite Fläche mit bleigrauem Wasser zu sehen war. An der gegenüberliegenden Küste waren gerade noch sanfte Hügel zu erkennen und hinter ihnen die Umrisse von Bergketten, die sich vor dem Morgenhimmel im Osten als Silhouette abhoben. Vom Meer wehte eine kalte Brise zu ihnen herüber, und unter sich hörten sie das Rauschen der Brandung.

»Das hier ist die größte Meeresbucht an der sobranischen Küste«, sagte Kritch. »Auf der gegenüberliegenden Seite befindet sich Brandoba.«

»Wie viele Stunden braucht man, wenn man hinübersegelt?« fragte Sir Melpotis.

»Mindestens zehn«, erwiderte Kritch. »Leider sind die Winde in dieser Jahreszeit nur schwach und wenig verläßlich.«

»Wir sind völlig erschöpft und müssen zuerst ein wenig schlafen«, sagte Kadiya, »aber wir haben genug Zeit. Sollte es in der Hauptstadt Ärger geben, wäre es für uns am besten, nach Einbruch der Dunkelheit dort anzukommen, wenn das Vogelfest bereits in vollem Gange ist und die Bürger der Stadt weniger Notiz von Fremden nehmen.«

Der Eingeborene hatte seine Hippe schon vor langer Zeit in eine Scheide auf seinem Rücken gesteckt, aber jetzt wurde er wieder mißtrauisch. »Ich werde Euch nirgendwohin bringen, Herrin der Augen, wenn Ihr mir nicht beweist, wer Ihr seid. Ruft wie versprochen die Vispi in der Sprache ohne Worte, sonst werde ich Euch hier verlassen. Der Weg nach Brandoba liegt zu Eurer Linken, hinter der Schlucht. Ihr werdet mindestens zwölf Tage brauchen, um die Stadt zu Fuß zu erreichen, weil Ihr um die Bucht herumgehen müßt, und dann werdet Ihr von den sobranischen Beamten überprüft werden, wenn Ihr die Zollbrücken bei den Inseln von Zandel überquert.«

Sie ignorierte seinen feindseligen Ton. »Können sich meine Gefährten setzen und sich ein wenig ausruhen? Dann werde ich die Weiße Frau, meine Schwester, anrufen, die einen ihrer Vispi-Freunde bitten wird, deine Bedingungen zu erfüllen.«

Kritch nickte und murmelte barsch sein Einverständnis. Kadiya und ihre Gruppe nahmen erleichtert ihre schweren Rucksäcke ab. Die Ritter und Jagun ließen sich auf das Gras zwischen den schützenden Felsen fallen, während Prinz Tolivar stehen blieb und seine Tante voller Neugierde und Sorge beobachtete. Er wußte, daß sie der Erzzauberin sagen würde, daß er das Dreihäuptige Monster besaß und das Dreilappige Brennende Auge gestohlen hat.

Kadiya zog das Zauberschwert aus ihrem Gürtel und hielt es an der stumpfen Spitze. »Talisman«, sagte sie voll Zuversicht in der Stimme, »zeig mir und allen Anwesenden hier ein Bild von Haramis, der Erzzauberin des Landes.«

Eine der schwarzen Kugeln am Knauf des Schwertes öffnete sich und enthüllte ein leuchtendes braunes Auge. Unmittelbar darauf erschien die hochgewachsene Gestalt der Weißen Frau in ihrem schimmernden, perlmuttfarbenen Umhang mit ausgestreckten Armen in der Luft zwischen Kadiya und dem Kadun. Kritch schrie überrascht auf.

»Schwester, ich grüße dich!« sagte Kadiya. »Wir haben wohlbehalten das Land Sobrania erreicht. Ich möchte eine Bitte an dich richten.«

Die Erzzauberin blieb regungslos stehen und antwortete nicht.

»Hara? So sprich doch mit mir!«

*Der Befehl ist unzulässig.*

Bevor die verärgerte Kadiya reagieren konnte, sagte Prinz Tolivar in überheblichem Ton zu ihr: »Das ist nicht wirklich die Erzzauberin, sondern nur ein lebloses Abbild von ihr. Du hast den gleichen Fehler gemacht wie ich und die falschen Worte für den Befehl an den Talisman gewählt.«

»Und warum«, fuhr sie ihn wütend an, »nimmst du dann

nicht dein Dreihäuptiges Ungeheuer und gibst den richtigen Befehl?«

Tolivar wäre am liebsten im Boden versunken. »Ich ... ich kann den Ruf überhaupt nicht aussenden. Das ist eine Funktion des Talismans, die ich bis jetzt nicht beherrsche. Es tut mir leid, Tante. Es war unhöflich von mir, dich zu verbessern.«

Kadiya seufzte. »Das nächste Mal bedienst du dich eines weniger abfälligen Tons, dann werde ich mich über jede Hilfe freuen, die du mir beim Gebrauch dieser verfluchten Dinger geben kannst. Mein Talisman hat vier Jahre lang nicht funktioniert, und ich bin aus der Übung ... Brennendes Auge! Ich will mit der Weißen Frau über große Entfernung hinweg sprechen. Und ich will auch ein lebendes Bild von ihr sehen.«

Das Abbild der Erzzauberin verschwand, und der Talisman sagte laut: *Das ist nicht möglich.*

»Warum nicht?«

*Sie ist nicht in dieser Welt.*

Kadiya spürte, wie ihr das Blut in den Adern gefror. »Was! Willst du damit etwa sagen, daß meine Schwester Haramis tot ist?«

*Sie ist nicht tot.*

»Wo ist sie dann?« rief Kadiya verzweifelt aus.

*Die Frage ist unzulässig.*

Der Kadun betrachtete sie mit wachsendem Mißtrauen, und Jagun und die Lehnsherren starrten sie entsetzt an. Kadiya versuchte, ihre Bestürzung zu unterdrücken, und zwang sich zu einem Lächeln.

»Nun, ich habe euch ja gesagt, daß ich keine richtige Zauberin bin. Mein Zaubertalisman war auch oft widerspenstig und wenig hilfreich, als ich seinen Gebrauch noch gewohnt war.«

»Du könntest versuchen, den Ruf an Magira auszusenden«, schlug Tolivar vor.

»Hm. Das dürfte kein Problem sein, da sie eine Eingeborene ist und die Sprache ohne Worte beherrscht.« Kadiya holte tief Luft. »Talisman! Ich will Magira sprechen und sehen, die Verwalterin im Turm der Weißen Frau. Meine Gefährten sollen sie ebenfalls sehen und hören können.«

Im nächsten Augenblick schien die Vispi-Frau mitten unter ihnen zu sein. Sie stand mit einem verwirrten Ausdruck auf ihrem schönen Gesicht vor Kadiya und trug wie sonst auch das dünne, scharlachrote Gewand mit dem juwelenbesetzten Kragen. Ihr helles Haar, unter dem die hochstehenden Ohren hervorlugten, schien sich im Seewind zu bewegen.

»Herrin der Augen«, sagte Magira. »Wie kann ich Euch dienen?«

»Sag ihm hier« – Kadiya deutete auf Kadun – »wer ich bin, daß ich keine mit den ruchlosen Sternenmännern verbündete Zauberin, sondern die ehrbare Anführerin der Eingeborenen bin, die mit ihren Leuten auf der Suche nach Königin Anigel ist.«

Die Vispi gehorchte und gab eine kurze Beschreibung von Kadiyas hochrangiger Position in Laboruwenda. Sie bestätigte auch die Entführung der menschlichen Herrscher. Während Magira sprach, legte sich die Nervosität des Federjägers. Auch die Ritter und Jagun atmeten auf.

»Ich habe ohne Erfolg versucht, über meinen Talisman mit der Erzzauberin zu sprechen«, sagte Kadiya zu Magira. »Weißt du, was mit ihr geschehen ist?«

»Ich habe Euch wahrlich betrübliche Kunde mitzuteilen, Herrin der Augen! Vor zwei Tagen hat die Weiße Frau das Viadukt betreten, das Königin Anigel verschlungen hat, weil sie glaubte, es würde sie zum Versteck des Orogastus und seiner Gilde führen. Seitdem haben wir nichts mehr von ihr gehört.«

»Haramis ist nicht in Sobrania«, sagte Kadiya ungeduldig, »sonst hätte es mir der Talisman gesagt.«

»Wenn sie von den Sternenmännern gefangengenommen wurde, wird sie vielleicht an demselben verzauberten Ort wie die Königin und die anderen entführten Herrscher gefangengehalten. Der Talisman der Erzzauberin wollte ihr keine Auskunft darüber geben, wo sich die Vermißten befinden, und daher nahm sie an, daß sie von einem mächtigen Schwarzen Zauberer abgeschirmt werden.«

»Das erklärt vermutlich ihr Schweigen. Aber warum sagt mein Talisman dann ›Sie ist nicht in dieser Welt‹?«

Magira stieß einen Schrei des Entsetzens aus. »O nein! Sagt, daß das nicht wahr ist!«

»Haramis ist ganz gewiß nicht tot«, beeilte sich Kadiya zu sagen. »Das Brennende Auge hat es mir versichert. Aber was mögen diese Worte wohl bedeuten?«

Die Verwalterin erwiderte mit zögernder Stimme: »Vielleicht sollte ich es Euch ja nicht erzählen ... Der Zauberer Orogastus hat meine Herrin in ihrem Turm besucht. Sie ... sie liebt ihn immer noch.«

»Ich weiß«, sagte Kadiya kurz angebunden. »Und weiter?«

»Sie dachte, er wäre tot, umgekommen in der Schlucht der Gefangenen, weil ihr Dreiflügelreif sagte, daß er ›nicht in dieser Welt‹ sei. In Wahrheit wurde Orogastus vom Erzzauberer des Himmels gerettet und auf dem Stern des Schwarzen Mannes gefangengehalten, der für uns unerreichbar ist – er ist *außerhalb* dieser Welt. Könnte es sein, daß sich die Weiße Frau dort befindet?«

»Heilige Blume«, flüsterte Kadiya. »Das ist gut möglich. Jene, die in ihrem Gebrauch erfahren sind, können das Ziel der Viadukte ändern. Aber Haramis wäre niemals mit Absicht an einen solchen Ort gegangen, ohne uns vorher darüber in Kenntnis zu setzen! Und warum sollte der Mann im Himmel sie gegen ihren Willen zu sich holen? Angeblich sind ihm die Angelegenheiten der Menschen doch gleichgültig.«

»Wer weiß schon, was ein Erzzauberer denkt?« fragte Magira traurig.

»Ich danke dir für deine Hilfe«, sagte Kadiya. Dann entließ sie die Vispi und wandte sich an ihre Freunde. »Jetzt haben wir noch ein Problem! Und mein Talisman kann mir offenbar nichts dazu sagen.«

»Vielleicht gelingt beiden Talismanen zusammen, was einer allein nicht vermag«, warf Tolivar ein.

Kadiyas Augen leuchteten auf. »Wir wollen es versuchen. Nimm meine freie Hand und leg deine andere Hand mit mir zusammen auf das Brennende Auge.« Aber der Prinz zögerte, weil er Angst hatte, das Schwert zu berühren, nachdem es nun wieder an sie gebunden war. »Ich erlaube es dir! Es wird dir nichts geschehen«, sagte sie.

Er streckte die Hand aus, und allen stockte vor Überraschung der Atem, denn die Frau und der Junge waren plötzlich von einem strahlenden Glanz in allen Regenbogenfarben umgeben. Das Brennende Auge war nicht mehr mattschwarz, sondern leuchtete wie geschmolzenes Silber, während goldene, grüne und weiße Strahlen aus seinen drei Augen schossen. Auch die Krone auf Tolivars Kopf erstrahlte in hellem Glanz, und aus den offenen Mündern der drei Ungeheuer entwichen Strahlen in den gleichen Farben.

»Jetzt!« rief Kadiya. »Stelle die Frage gemeinsam mit mir, Tolo: Wo ist Haramis?« Sie sprachen die Worte gemeinsam uns. Und dann erhielten sie die Antwort.

*Sie weilt bei dem Erzzauberer des Himmels.*

»Noch einmal, Junge! Sie soll mit uns sprechen!«

Aber dieses Mal erhielten sie nur wieder die vertraute, enttäuschende Antwort: *Der Befehl ist unzulässig.*

»Wann wird sie wiederkommen?«

*Die Frage ist unzulässig.*

Jagun und die Lehnsherren stöhnten vor Enttäuschung laut auf.

Kadiya und der Prinz versuchten, noch mehr über Haramis herauszufinden, aber der Talisman weigerte sich zu antworten. »Nun, soviel also zu Haramis«, sagte die Herrin der Augen. »Wenigstens wissen wir jetzt mehr als vorher.«

»Und was ist mit meiner Königlichen Mutter?« fragte Tolivar besorgt. »Vielleicht können wir ja herausfinden, wo sie gefangengehalten wird.«

»Kluger Junge!« antwortete Kadiya. »Warum ist *mir* das nicht eingefallen?« Und wieder arbeiteten sie zusammen und befahlen ihren Talismanen, den Aufenthaltsort von Königin Anigel zu nennen.

*Sie reitet im Forst von Lirda.*

»Bei den heiligen Schienbeinen von Zoto!« rief Sainlat aus. »So ist die Königin also in Freiheit?«

»Tolo«, sagte Kadiya, »wir müssen sie zunächst ohne ihr Wissen beobachten, damit sie uns nicht aus Versehen dem Feind verrät, der sich womöglich in ihrer Nähe befindet. Weißt du, wie man das macht?«

»Vielleicht sogar besser als du, Tante«, entgegnete er. »Laß uns die Augen schließen und den Befehl geben.«

Vor ihrem inneren Auge entstand ein erstaunliches Bild: eine Kolonne Fronler, die bei Sonnenaufgang langsam durch einen düsteren Wald trottete. Die Königin war eingenickt, ihr Kopf auf die Brust gesunken. Ihr Reittier wurde von keinem anderem als dem König der Piraten geführt, und die anderen Reiter waren deutlich als die entführten Herrscher von Galanar, Imlit, Okamis und Engi zu erkennen. Einige schliefen im Sattel wie Anigel, während andere wach waren, aber verhärmt und erschöpft aussahen. An der Spitze der Fronler ritt ein ihnen unbekannter Mann von furchtbarem Aussehen, dessen Haar und Bart kupferrot waren ...

»Hilf mir, deine Mutter anzurufen!« forderte Kadiya ihren Neffen auf. »Sag in Gedanken ihren Namen, mit aller Willenskraft, die du aufbieten kannst.«

Aber obwohl beide versuchten, mit Anigel zu sprechen, nahm diese keinerlei Notiz von ihnen. Sie schlief benommen weiter und antwortete nicht auf den Zauber. Dann fragte Kadiya die Talismane, ob ihre Schwester und die anderen außer Gefahr seien.

*Nein.*

»Könnt ihr uns sagen, wie wir ihnen helfen könnten?«

*Nein.*

»Wohin gehen sie?«

*Nach Brandoba.*

»Großer Gott!« rief Kadiya aus. »Wie kann das sein?

*Die Frage ist unzulässig.*

Sie lachte. »Ja, natürlich ... Sagt uns, ob die Sternenmänner während der Festlichkeiten in Brandoba einen Schurkenstreich planen.«

*Die Frage ist unzulässig.*

»Sagt uns, wo sich Orogastus befindet.«

*Die Frage ist unzulässig.*

Kadiya und Tolivar öffneten die Augen und sahen sich enttäuscht an. »Ich glaube, unsere Talismane wollen nichts über den schändlichen Zauberer und seine Helfer sagen, weil diese vom Stern beschützt werden«, sagte sie. »Aber wenn deine

Mutter erwacht, können wir noch einmal versuchen, mit ihr zu sprechen. Vielleicht gelingt es uns dann.« Ihre Hände lösten sich voneinander, und das geheimnisvolle Leuchten erlosch.

»Herrin«, sagte Sir Edinar, »wie ist das Befinden unserer lieben Königin und ihrer Begleiter? Sind sie wirklich unverletzt?«

Kadiya beschrieb den anderen die Vision. Als sie von dem ungepflegt aussehenden Anführer der Reiter sprach, wurde sie von Kritch unterbrochen:

»Dieser zerlumpte, rothaarige Mann, den Ihr gesehen habt, könnte Erzherzog Gyorgibo sein, der jüngere Bruder des Kaisers. Er verschwand vor vielen Monden bei einem Jagdausflug im Forst von Lirda.«

»Wo ist dieser Ort?« fragte Kadiya.

Der Kadun deutete auf die Silhouette der Bergkette jenseits der Bucht. »Es ist ein kaiserliches Jagdgehege, in dem wilde Bestien und fleischfressende Vögel wie der schreckliche Nyar leben, und liegt inmitten des östlichen Hochlandes auf der anderen Seite von Brandoba. Seit langer Zeit schon ist es Menschen von niederem Stand und allen Eingeborenen verboten, dieses Gebiet zu betreten. Nur die sobranischen Adligen jagen dort – und es sind nicht einmal sehr viele, denn in denn letzten zwei Jahren haben sich im Forst von Lirda immer häufiger Zauberer aufgehalten. Als der Erzherzog verschwand, wurden bis auf einen alle Angehörigen seiner Jagdgesellschaft tot aufgefunden. Der überlebende Jägersmann war schwer verletzt worden, aber bevor er starb, sagte er, daß Sternenmänner unter der Führung der abtrünnigen Erzherzogin Naelore den Erzherzog Gyorgibo verschleppt hätten. Seit damals hat sich mit Ausnahme der abtrünnigen Lehnsherren, die Naelores Anspruch auf den Thron unterstützen, niemand mehr in das Jagdrevier hineingewagt. Wenn eure Königin durch den Forst von Lirda reist, schwebt sie vielleicht in großer Gefahr.«

»Die Reiter in Begleitung meiner Mutter schienen keine Angst zu haben und auch nicht um ihr Leben zu fliehen«, sagte Prinz Tolivar. »Sie wirkten lediglich sehr erschöpft, und die Reittiere machten den Eindruck, als stünden sie kurz vor dem Zusammenbruch.«

Kadiya schüttelte langsam den Kopf. »Ich wüßte nicht, wie wir ihnen helfen könnten. Aber es gibt noch jemanden, mit dem wir jetzt sprechen müssen – König Antar. Du mußt mir noch einmal helfen, Tolo, da es mir noch nie gelungen ist, den Ruf an gewöhnliche Menschen auszusenden wie deine Tante Haramis.«

Sie sandten den Ruf aus, und hinter ihren geschlossenen Augen entstand ein klares Bild von Antar, der in seinen Gemächern in der Zitadelle von Ruwenda aus tiefem Schlaf erwachte. Der König äußerte sich erstaunt, daß Kadiya das gestohlene Brennende Auge wiederhatte und daß es wieder über all seine Zauberkräfte verfügte.

Kadiya unterbrach ihn. »Lieber Schwager, ich habe gute Neuigkeiten für dich.« Und dann erzählte sie dem König, was sie von den Talismanen über Anigel erfahren hatte.

Antars Freude wurde getrübt, als er erfuhr, was mit Haramis geschehen war. »Vielleicht«, so sagte er, »ist die Weiße Frau zum Dreigestirn gegangen, um den Erzzauberer des Himmels um seine Hilfe zu bitten. Womöglich weiß er einen Weg, um diesen niederträchtigen Orogastus ein für allemal zu vernichten.«

»Das könnte sein. Schließlich hat uns Denby schon einmal geholfen ... Aber jetzt muß ich dir erzählen, daß es Gerüchte über bevorstehende Schwierigkeiten in der Hauptstadt von Sobrania gibt. Orogastus und seine Sternenmänner stehen vielleicht kurz vor dem entscheidenden Schritt.«

»Kann ich irgend etwas tun?« sagte Antar. »So weit weg komme ich mir sehr hilflos vor.«

Kadiya dachte einen Moment lang angestrengt nach. »Ich glaube, du solltest mit Hilfe von Immu einige der Vispi in der Sprache ohne Worte zu dir rufen. Wenn es uns gelingt, Ani und die anderen entführten Herrscher zu retten und an Bord eines Schiffes Sobrania zu verlassen, können die Vispi auf ihren Lämmergeiern umherfliegen und den anderen Regierungen die Neuigkeit verkünden.« Sie zögerte kurz. »Wenn wir es nicht fertigbringen, oder wenn Orogastus sein Vorhaben erfolgreich zu Ende führt und Denombo vom Thron stürzt, müssen auch diese Informationen verbreitet werden.«

»Egal, was passiert«, sagte der König, »alle Nationen der Halbinsel werden sofort Kriegsvorbereitungen treffen müssen. Wir können keine Zeit mehr mit Beratungen verschwenden, wie Haramis dies geplant hatte.«

»Ich fürchte, du hast recht.«

»Aufgrund der auseinandergerissenen Straße sind fast alle Angehörigen des Hofes mit mir in die Zitadelle zurückgekehrt«, sagte Antar. »Aber General Gorkain und Marschall Lakanilo sind mit einer kleinen Gruppe tapferer Leute nach Derorguila geritten. Sie werden die Untertanen im Tiefland sammeln, während ich hier eine kleinere Armee zusammenstellen werde, um die Irrsümpfe zu verteidigen. Selbst dann werden wir nur wenig ausrichten können, wenn wir es mit Zauberei zu tun bekommen und die Weiße Frau uns nicht zu helfen vermag. Wir müssen für ihre schnelle Rückkehr beten – und hoffen, daß du dich geirrt hast, als du sagtest, Orogastus sei in den Krieg gezogen.«

»Wenn er Sobrania erobert, wird er sicher die große Flotte aus kaiserlichen Galeeren verwenden, um die östlichen Nationen zu unterwerfen. Ich werde mein Möglichstes tun, um Kaiser Denombo zu warnen, um ihm jede nur mögliche Hilfe mit meinem Talisman geben, sobald Ani und die anderen entführten Herrscher außer Gefahr sind.«

»Mögen die Herrscher der Lüfte dir dabei helfen«, sagte Antar.

Sie sprachen noch eine Weile über strategische Angelegenheiten und verabschiedeten sich dann. Kadiya und der Prinz öffneten die Augen.

»Du hast Vater nicht gesagt, daß ich die Zauberkrone habe«, sagte Tolivar leise.

»Nein. Er soll von deiner Torheit erst erfahren, nachdem du deiner Mutter den Talisman aus freien Stücken zurückgegeben hast. Das wird seinen Zorn etwas lindern.« Dann wies sie Tolivar an, ihr ein letztes Mal die Hand zu reichen. »Wir werden jetzt versuchen, den sobranischen Kaiser vor der drohenden Gefahr zu warnen.«

Sie gaben ihren Talismanen den Befehl und sahen daraufhin eine Vision des Herrschers. Denombo lag in tiefem Schlaf. Er befand sich in einem prächtig ausgestatteten Gemach und war allein, bis auf einen Snitt, der sich auf einem kleinen Teppich am Fuße des Bettes zusammengeringelt hatte. Sein innig geliebte Frau Rekae war vor sechs Jahren gestorben, zusammen mit dem totgeborenen Jungen, der der kaiserliche Erbe hätte sein sollen. Trotz des Drängens seiner Berater und Unterkönige in dem nur lose vereinten barbarischen Kaiserreich hatte Denombo nicht wieder geheiratet.

»Kaiser! Kaiser von Sobrania, wacht auf«, sagte Kadiya leise zu ihm.

Der Schläfer unter dem hoch aufragenden Berg aus Daunendecken rührte sich. Er trug eine goldbestickte Nachtmütze, und sein Gesicht war fast völlig in den Bettüchern vergraben. Als Kadiya ihn erneut anrief, öffnete er langsam ein Auge.

»Wer ist da?« murmelte er durch den ungekämmten, ziegelroten Schnurrbart hindurch.

»Ich bin Kadiya von den Irrsümpfen, die Schwester von Königin Anigel von Laboruwenda. Ich spreche durch einen Zauber mit Euch.«

Mit einem Mal war der Kaiser hellwach und setzte sich im Bett auf. Er ließ den Blick durch sein Schlafgemach schweifen. Niemand war zu sehen. »Hinweg, Traumdämon!« krächzte er. Der aufgeschreckte Snitt, der vor Angst die Schuppen auf seinem Rücken gesträubt hatte, sprang auf und lief an die Seite seines Herrn, wobei er ein leises Heulen ausstieß.

Kadiya versuchte, den Herrscher zu beruhigen. »Ich bin kein Dämon, Kaiser, sondern eine Freundin. Ich bin gekommen, um Euch eine wichtige Nachricht zu überbringen. Ihr braucht keine Angst zu haben.«

Denombo schienen fast die Augen aus dem Kopf zu fallen, und sein Gesicht wurde rot vor Wut. »Sobranier haben vor nichts Angst! Zeig dich, verdammt noch mal!«

Obwohl Kadiya im Gebrauch ihres Talismans geübter war als Prinz Tolivar, war es ihr nie gelungen, ein Bild von sich zu senden, und auch jetzt, wo ihr zwei Talismane zur Verfügung standen, vermochte sie es nicht. Als sie dem Kaiser das zu erklären versuchte, zog der Barbar einen großen Dolch unter den Kissen hervor, schlug die Decke zurück und sprang mit hoch erhobenem Messer aus dem Bett.

»Ich weiß, wer du bist!« rief er. »Du bist ein böser Zauberer – einer dieser verdammten Handlanger meiner verräterischen Schwester, die Sterne um den Hals tragen! Wachen! Zu mir! Wachen!«

»Kaiser, der Zauberer Orogastus hat vielleicht vor, Euch anzugreifen! Hört mir zu ...«

Aber Denombo schrie einfach weiter. Die Tür des Schlafgemaches wurde aufgerissen, und ein Dutzend Krieger, mit Schwertern und Kampfäxten bewaffnet, stürzte herein. Es folgte ein großes Durcheinander, da der Kaiser seinen Männern unzusammenhängende Befehle gab (denn in Wahrheit hatte er große Angst vor der körperlosen Stimme) und die Krieger mit viel Gebrüll herumtrampelten und Truhen, Stühle und Tische umstürzten, die Wandbehänge bei der Suche nach den Schurken in Stücke schnitten und sogar die Kissen und aufgetürmten Bettdecken des kaiserlichen Bettes aufspießten, für den Fall, daß sich die Sternenmänner dort verborgen hatten.

Die Herrin der Augen seufzte und sagte: »Talismane, es reicht ...«

Die turbulente Szene verschwand.

Sie ließ Tolivars Hand los und steckte das Brennende Auge wieder in ihren Gürtel. »Es hat keinen Zweck. Der Kaiser hat viel zuviel Angst vor den Sternenmännern, als daß er einer Botschaft Beachtung schenken würde, die etwas mit Magie zu tun hat. Ich werde ihm die Warnung persönlich überbringen müssen.« Sie wandte sich an Kritch. »Mein Freund, bist du nun davon überzeugt, daß wir nichts Böses vorhaben? Würdest du uns mit deinem Boot in die sobranische Hauptstadt bringen? Natürlich werden wir dich großzügig dafür entlohnen.«

»Ich werde Euch ohne Bezahlung nach Brandoba bringen«, sagte der Kadun, »denn nun bin ich sicher, daß Ihr den Sternenmännern feindlich gesinnt seid. Aber in meiner Hütte gibt es etwas, das Ihr vielleicht gern kaufen möchtet – einige Waren, die ich dieses Jahr aufgrund der beunruhigenden Gerüchte nicht auf den Markt gebracht habe.«

Sir Edinar brach in schallendes Gelächter aus. »Federn? Hah! Das soll doch wohl ein Witz sein! Was würden sie uns denn nützen?«

»Meine Hütte steht in einer kleinen Bucht nicht weit von hier«, sagte Kritch. »Kommt mit und seht euch an, was ich zu verkaufen habe – dann werden wir ja sehen, wer lacht.«

# 21

Im Forst von Lirda war es Tag geworden.

Nachdem er in den kaiserlichen Gemächern der großen Jagdhütte ein leichtes Frühstück zu sich genommen hatte, ging Orogastus zu der Glastür, die auf den Balkon führte, öffnete sie und trat hinaus. Die Hütte lag am Rand eines steil abfallenden Felsens, und in der Schlucht unter dem Balkon waren Stromschnellen zu sehen, da hier das merkwürdig weiß gefärbte Wasser des Flusses Dob über gewaltige Felsblöcke donnerte.

Die Morgenkälte drang durch die gepolsterte Leibwäsche aus Leinen, die der Zauberer angelegt hatte, um später seine Rüstung überzustreifen, aber er nahm keine Notiz davon. Er trat um die Ecke, von wo aus er auf eine offene Fläche auf dem Gelände der Jagdhütte herabsehen konnte, die von riesigen Bäumen umstanden war. Dort hatte seine kleine Armee das Lager für die Nacht aufgeschlagen. Die Soldaten ließen sich viel Zeit damit, im Morgennebel ihre Zelte abzubauen, und packten ihre Sachen nachlässig und unachtsam zusammen. Den Sergeanten, die sie zu mehr Eile antreiben wollten, spuckten sie ins Gesicht. Der Quartiermeister, Sternenkapitän Praxinus von Tuzamen, brüllte wütend die Fronlerknechte an, die einige der Versorgungskarren verwechselt hatten. Es würde Verzögerungen geben, bevor die Truppe endlich zum letzten Sammelpunkt aufbrechen konnte, von wo aus der Angriff auf Brandoba stattfinden würde.

Wieder einmal hob Orogastus den Blick zum Himmel und fragte den Geist von Nerenyi Daral, warum sie ihn ausgerechnet nach Sobrania geschickt hatte, um die große Aufgabe der Gilde zu vollenden. Die Menschen hier waren zwar hinreichend intelligent, aber auch starrköpfig und eigenwillig und neigten dazu, sich über die einfachsten Befehle zu streiten. Und wenn es schon seinen Elitekämpfern an Disziplin mangelte, wie konnte er dann hoffen, die zahlenmäßig größeren

Partisanengruppen, die von den geheimen Anhängern der Erzherzogin Naelore in der Hauptstadt mobilisiert wurden, unter Kontrolle zu halten? Wenn diese Bande aus Draufgängern die Waffen des Versunkenen Volkes in die Hand bekamen, bestand die Gefahr, daß sie in der Hitze des Gefechts Amok liefen. Selbst die Macht des Sterns würde nicht genügen, um Tausende von tobenden Barbaren zu bändigen, die plötzlich die tödliche Wirkung hochtechnischer Waffen entdeckten. Er mußte unbedingt einen Talisman in seinen Besitz bringen, um sicherzustellen, daß der Angriff auf Denombo wie geplant verlief.

Es war an der Zeit, noch mehr Druck auf den Jungen auszuüben.

Orogastus verließ den Balkon und kehrte wieder in das pseudo-rustikale kaiserliche Wohnzimmer mit seinen geschnitzten Dachbalken, glänzenden Holzwänden, juwelenbesetzten Kerzenhaltern und Federteppichen zurück. Er setzte sich an den Tisch, an dem er vorhin sein bescheidenes Mahl aus Ferolbrei und Früchten eingenommen hatte, und verbrachte einige Zeit damit, seine Gedanken zu sammeln. Dann nahm er sein Sternenmedaillon in die Hand und beobachtete damit Prinz Tolivar lange.

Es war jetzt kein günstiger Zeitpunkt, um mit ihm zu sprechen, aber schon bald würde es soweit sein. Orogastus machte sich an die weitaus schwierigere Aufgabe, mit Haramis Verbindung aufzunehmen. Im Gegensatz zu Tolo, dessen zwiespältige Gefühle einen schwachen Punkt im Schutzschild des Talismans darstellten, waren sowohl die Weiße Frau als auch ihre Schwester Kadiya ganz und gar abgeschirmt, wenn er sie mit dem Stern sehen oder sprechen wollte. Es bestand jedoch eine geringe Chance, daß Haramis' Liebe zu ihm bewirkte, daß sie seinen Ruf empfing.

Er nahm wieder seinen Stern in die Hand.

*Mein Liebste! Ich weiß, daß du mich hören kannst, wenn du es nur willst. Antworte mir! Es ist deine letzte Chance, einen Krieg zu verhindern. Sag, daß du zu mir kommen wirst. Zusammen können wir das gestörte Gleichgewicht der Welt wieder in Ordnung bringen und ihre Zerstörung abwenden. Bitte, antworte mir!*

Aber er hörte nichts, nur das Brüllen eines Nyars oder anderen Raubtieres aus einiger Entfernung und die Schreie der Fronler unten, die sich nur widerwillig satteln ließen. Haramis blieb stumm, so wie gestern, als er sie angerufen hatte, bevor er aus Schloß Konflagrant aufgebrochen war.

*Haramis! Du mußt mir glauben, daß ich mich während meines Aufenthaltes im Stern des Schwarzen Mannes geändert habe! Es ist nicht mehr länger mein Ziel, die Welt zu erobern – ich will sie retten! Und ich werde nur Gewalt anwenden, wenn es keine andere Möglichkeit gibt, das Gleichgewicht wiederherzustellen ... Du kannst deine Schwester Kadiya und deinen Neffen Tolivar zwingen, dir die beiden anderen Talismane zu übergeben. Dann werden du und ich das Dreiteilige Zepter zusammensetzen, und gemeinsam werden wir das verwundete Land heilen und das Vorrückende Eis für immer verbannen. Haramis! Sprich mit mir!*

Er war aufgestanden und zu den Fenstern hinübergegangen, die auf das Lager hinauswiesen. Peitschen knallten, und die Wagenführer brüllten ihre Fronler an. Der langsame Versorgungszug und seine berittene Eskorte würden zuerst aufbrechen, während das Gros der Soldaten kurze Zeit später folgen sollte. Orogastus und die anderen Männer der Gilde würden die Hütte als letzte verlassen, nachdem sie noch einen kurzen Kriegsrat abgehalten hatten.

*Haramis ... Ich bin sogar damit einverstanden, daß du das Dreiteilige Zepter gegen das gestörte Gleichgewicht des Planeten einsetzt. Komm zu mir, Geliebte! Laß mich dir erzählen, was ich aus den Schriftstücken in Denbys Archiven des Versunkenen Volkes erfahren habe – ein schreckliches Wissen, das dem Schwarzen Mann offenbar völlig gleichgültig ist.*

Er hielt inne und dachte voll Zorn an die teilnahmslose Reaktion des alten Mannes zurück, als er diesem von seiner Entdeckung erzählt hatte, an das senile Lachen und die verächtliche Handbewegung, mit dem er das Schicksal der Welt abgetan und gesagt hatte: »Laß es gut sein, Junge. Es hat keinen Sinn, sich einzumischen und zu versuchen, etwas an der Richtung zu ändern, in die sich der Kosmos bewegt. Man kann das Unausweichliche vielleicht für eine Weile aufhalten, aber am Ende geschieht doch alles so, wie es geschehen soll ...«

*Selbst wenn Denby etwas von der drohenden Katastrophe weiß, so weigert er sich in seinem Wahnsinn, etwas dagegen zu unternehmen. Sprich mit mir, meine Liebste! Sag, daß du zu mir kommst, und ich werde meine Armee sofort umkehren lassen und mich ins Schloß zurückziehen. Andernfalls muß dieser Krieg wie geplant beginnen, und ich werde keine Möglichkeit mehr haben, ihm Einhalt zu gebieten. Liebste Haramis, so antworte doch!*

Mit geschlossenen Augen saß er da und sah sie in seiner Erinnerung vor sich. Er versuchte mit aller Kraft, seine Liebe zu übertragen, und auch seine Bereitschaft, sich von der Gewalt abzuwenden, wenn sie nur zu ihm kommen würde. Aber er erhielt keine Antwort. Er ließ die Schultern hängen, und die Finger, die den Stern so fest umklammert hielten, daß es fast schmerzte, entspannten sich wieder. Orogastus öffnete die Augen. In ihren dunklen Pupillen leuchteten zwei kalte Lichtpunkte.

*Nun gut. Dann soll alles so geschehen, wie es die schwarze Magie der Sternengilde befiehlt.*

Wie zur Antwort fing die Jagdhütte an, leicht zu zittern. Es war nur eines jener harmlosen, kleinen Erdbeben, die in dieser Gegend ganz alltäglich waren. Von den Einheimischen wurden sie die Seufzer der Matuta genannt und kündeten angeblich von der Nachsicht der Göttin angesichts der schweren Sünden der Menschheit. Als Orogastus zum ersten Mal nach Sobrania gekommen war, hatten ihn die Erdbeben sehr beunruhigt. Aber Naelore hatte erklärt, daß sie noch nie in der Geschichte des Landes ernsthaften Schaden angerichtet hätten und daß die mächtigen Bergketten oberhalb von Brandoba keinerlei Anzeichen für nennenswerte seismische oder vulkanische Aktivität aufwiesen.

Der Zauberer berührte seinen Stern. »Mächte der Finsternis – sind diese unterirdischen Störungen ein Zeichen für das gestörte Gleichgewicht der Welt? Künden sie von der Katastrophe, die uns bevorsteht?«

Er schloß die Augen und stand völlig regungslos da, wobei er alle Gedanken aus seinem Kopf verdrängte, um empfänglicher zu sein für eine Antwort. Aber die Mächte der Finsternis hatten noch nie direkt durch seinen Stern mit ihm gesprochen, und auch jetzt gaben sie ihm keine klare Antwort. Ein zweites Erdbeben, so schwach, daß er es unter normalen Umständen überhaupt nicht bemerkt hätte, ließ den Boden der Hütte unter seinen Füßen vibrieren.

Es war vielleicht nur Zufall, oder vielleicht hatten die Mächte der Finsternis ihr Möglichstes getan, um ihm zu antworten. Er seufzte, weil er wußte, daß er die Wahrheit erst dann erfahren würde, wenn er diese Frage dem Dreihäuptigen Ungeheuer stellte. Dann legte er mit Ausnahme des funkelnden Helms mit dem Strahlenkranz, den er unter dem Arm trug, seine Rüstung an und ging nach unten, um sich mit den anderen Zauberern zu beraten.

Es gab dreißig vollwertige Mitglieder der Sterngilde, aber zwei von ihnen waren im Schloß zurückgeblieben, um die königlichen Geiseln zu bewachen, und Praxinus hatte alle Hände voll damit zu tun, die störrische Armee zu befehligen. Die übrigen hatten sich in der großen Halle der Jagdhütte versammelt, einem Raum mit einem riesigen Kamin – in dem jetzt jedoch nur ein kärgliches Feuer brannte – und bizarren Möbeln. Diese waren aus den Knochen der Tiere gefertigt, die von den kaiserlichen Jägern erlegt worden waren. An den Wänden hingen staubige Tierköpfe und ausgestopfte Vögel, zusammen mit rissigen Lederschilden und anderen primitiven Waffen.

Nachdem sich die Mitglieder der Gilde vor dem Kamin versammelt hatten, ging Orogastus mit jedem von ihnen noch einmal die Rolle durch, die dieser bei dem bevorstehenden Angriff spielen sollte. Als letztes sprach er mit der Erzherzogin Naelore.

»Das Schiff mit den Zauberwaffen wird Brandoba morgen am späten Nachmittag erreichen«, sagte er. »Können wir sicher sein, daß keine übereifrigen Hafenbediensteten an Bord gehen werden?«

Die Sternenfrau lachte zynisch. »Der Hafenmeister und die Steuereinnehmer werden schon nach Hause gegangen sein, um sich auf das Vogelfest vorzubereiten, und ihre Pflichten völlig vernachlässigen. Obwohl das Fest eigentlich erst mit dem Feuerwerk um Mitternacht beginnt, fängt die ganze Stadt an zu trinken, sobald die Sonne untergeht. Keine Angst, Meister. Mein treuer Freund Dasinzin wird unsere Fracht ohne Probleme löschen.«

»Ich habe keine Angst – nur davor, daß uns Unfähigkeit unter Euren Loyalisten den Vorteil der Überraschung zunichte machen könnte«, sagte er mit schneidender Stimme.

»Vergebt mir, wenn ich respektlos gesprochen habe. Es wird alles gutgehen – das schwöre ich. Die Lehnsherren, die mich beim Umsturz des Thronräubers unterstützen, sind zwar ein wilder Haufen, aber nicht dumm. Sie wissen genau, daß ihre einzige Chance, mich auf dem Thron zu sehen, von Eurer Magie abhängt. Sie würden für mich sterben, aber noch lieber würden sie leben und ihre einstige Macht wiedergewinnen«, sagte sie reumütig

»Und was ist mit unserer Tarnung? Mein Stern hat mir bis jetzt noch keinen Hinweis darauf gegeben, daß Eure Leute, die alles zum Sammelpunkt bringen sollen, unterwegs sind.«

»Die Karren werden morgen am späten Nachmittag aus der Stadt gebracht werden, wenn sich die ersten Festteilnehmer aus den ländlichen Gebieten in Brandoba versammeln. Wir werden die Kostüme rechtzeitig bekommen – alle in Schwarz, wie Ihr befohlen habt. Die Truppen der Loyalisten werden Scharlachrot tragen, so daß wir sie ohne Probleme erkennen können.«

Der Zauberer nickte zustimmend. Da es keine weiteren Fragen mehr gab, sagte er zu der Gilde: »Jetzt muß ich nur noch mit unseren Kameraden in Schloß Konflagrant sprechen und sie davon in Kenntnis setzen, daß alles so läuft wie geplant. Ihr könnt euch für unseren Aufbruch bereitmachen.«

Die Zauberer verließen die Hütte, bis auf Naelore, die zusah, wie Orogastus mit seinem Stern die beiden jungen Sternenmänner anrief, die zurückgeblieben waren, um die Geiseln zu bewachen. Aus unerfindlichen Gründen war ein Kontakt zu ihnen nicht möglich. Daraufhin setzte er seine Magie ein, um die gewöhnlichen Menschen im Schoß zu sehen und zu hören, und fand heraus, daß die Gefangenen geflohen waren und ihre Verfolger ein grausiges Schicksal erlitten hatten.

»Mächte der Finsternis, habt Erbarmen!« flüsterte er entsetzt.

Naelore kam zu ihm. »Meister, was ist geschehen?«

»Es hat sich eine schreckliche Katastrophe ereignet!« Mit gedämpfter Stimme erzählte er ihr, was geschehen war. »Das bedeutet, daß wir den Angriff verschieben oder vielleicht sogar auf ihn verzichten müssen.«

»Aber nein! Ihr hattet doch vor, die gefangenen Herrscher erst nach der Eroberung von Sobrania ins Spiel zu bringen. Bis dahin können wir sie leicht wieder einfangen.«

»Aber ich hatte auch damit gerechnet, Königin Anigel als Druckmittel benutzen zu können, um das Dreihäuptige Ungeheuer von Prinz Tolivar zurückzubekommen. Ohne seinen Talisman bricht vielleicht meine ganze Strategie zusammen.«

Die Erzherzogin wollte etwas sagen, aber er gebot ihr mit einer Handbewegung zu schweigen und nahm wieder seinen Stern zur Hand, um nach den Flüchtlingen zu suchen. »Da sind sie ja«, murmelte er, »sie befinden sich auf dem Pfad nicht weit vom Großen Viadukt entfernt. Anigel kann ich nicht sehen, aber sie muß da sein, abgeschirmt von ihrem Drillingsbernstein.« Er fluchte leise. »Von der Jagdhütte aus ist das ein Ritt von mindestens sechs Stunden! Wenn ich eine Truppe Sternenmänner losschicke, um sie zu ergreifen, hat die Armee während der Invasion keine Anführer ... aber ich könnte niemals gewöhnliche Soldaten mit dieser Aufgabe betrauen. Ihre Loyalität gegenüber dem Stern ist mehr als nur zweifelhaft, und den Bestechungsversuchen unserer königlichen Geiseln würden sie wohl kaum widerstehen.« In hilfloser Wut ballte er die Hände in den silbernen Handschuhen zu Fäusten. »Es gibt keine andere Möglichkeit. Wir werden den Angriff verschieben müssen, bis die Flüchtenden wieder gefangen sind. Das bedeutet eine Verzögerung von mindestens einem Tag. Außerdem haben wir dann nicht mehr den Vorteil, während der Kaisergabe angreifen zu können, wenn der Kaiser am verwundbarsten ist.« Er nahm seinen Helm und wollte den Sternenmännern folgen, die die Jagdhütte bereits verlassen hatten.

»Meister, wartet!« rief ihm Naelore mit leiser, aufgeregter

Stimme nach. »Ich habe eine Idee, wie wir die Situation vielleicht doch noch retten können.«

»Welche?« Er drehte sich um.

»Mein Plan gleicht einer Verzweiflungstat«, bekannte sie, »aber ich glaube, es ist einen Versuch wert.« Sie erklärte ihm alles.

Orogastus, der ihr zunächst ungläubig zuhörte, wurde allmählich klar, daß es keine andere Möglichkeit gab. »Nun gut«, sagte er schließlich. »Wenn Ihr bereit seid, Euren Thron bei diesem verrückten Vorhaben zu riskieren, werde ich Euch nicht aufhalten. Aber denkt daran, daß die Armee den Sammelpunkt nicht später als eine Stunde nach Sonnenuntergang morgen verlassen muß, um in Stellung zu sein, bevor das Feuerwerk beginnt.«

»Mein alter Freund Tazor und ich werden es schaffen«, sagte sie mit leuchtenden Augen. »Ich werde Euch Königin Anigel bringen, und er wird dafür sorgen, daß die anderen Geiseln hier in der Jagdhütte bleiben, bis Brandoba gefallen ist.«

Der Zauberer lächelte die Sternenfrau an. »Jetzt wird mir langsam klar, warum Euch Eurer Volk als Kaiserin sehen will.« Er nahm ihre Hand. »Mögen die Mächte der Finsternis Euch helfen.«

»Und Ihr«, sagte sie, wobei sie den Kopf senkte, damit er ihr von Gefühlen der Leidenschaft überzogenes Gesicht nicht sehen konnte. Dann setzte sie ihren Strahlenhelm auf und lief davon, um Tazor zu suchen.

## 22

Die Erzherzogen Naelore musterte die beiden großen, flugunfähigen Vögel, die mit Halsgurten an die Bäume vor der kaiserlichen Jagdhütte gebunden waren, und warf Tazor einen finsteren Blick zu, um die Angst zu verbergen, die in ihr aufstieg. »Mein Freund, wenn unsere Mission nicht entscheidend für unser weiteres Schicksal wäre, könnte mich nichts in der Welt dazu bringen, diese gräßlichen Tiere anzufassen.«

Die fleischfressenden Raubvögel hatten eine Schulterhöhe von drei Ellen. Ihr stahlblaues Federkleid leuchtete im Sonnenlicht. Die Vögel waren vorübergehend durch einen Zauber gelähmt, damit Tazor sie aufzäumen konnte, aber ihre roten Augen starrten die beiden Zauberer wütend an – ein Beweis dafür, daß die Körper der Nyars durch den Zauber bezwungen waren, ihr Geist jedoch nicht.

»Solange wir unsere Sterne tragen und den Kreaturen mit unerschütterlichem Selbstvertrauen befehlen«, sagte Tazor, »werden sie uns gehorchen und weder uns selbst noch die Menschen verletzen, die wir verfolgen.« Er legte den Vögeln das Zaumzeug an, während Naelore ihm angewidert, aber auch fasziniert dabei zusah. Orogastus und die anderen Männer der Gilde waren vor einer Stunde aufgebrochen, um der Armee nachzureiten. So lange hatte Tazor gebraucht, um die Nyars aus den Tiefen des Waldes zu rufen, obwohl er seinen Stern dazu eingesetzt hatte.

»Und du bist absolut sicher, daß die Monster uns nicht angreifen werden?« sagte Naelore.

»Nein, Kaiserliche Hoheit. Ein gewisses Risiko besteht immer. Aber eines, das es wert ist, in Kauf genommen zu werden. Das habe ich auch dem Sternenmeister gesagt.« Vorsichtig streifte er einen Zügel über den mit scharfen Zähnen besetzten Schnabel.

»Nyars! Nur einem Mann, der so verrückt ist wie du, kann es in den Sinn kommen, aus solch schrecklichen Raubtieren

Haustiere zu machen. Ganz zu schweigen davon, sie zum Reiten zu verwenden. Was hast du dir nur dabei gedacht, ein solch bizarres Unterfangen anzugehen?« Tazor hatte ihr erst gestern abend beim Essen davon erzählt, weil er sie von dem bevorstehenden Kampf ablenken wollte.

»Ich habe es als Herausforderung an meinen Stern angesehen«, bekannte er und tätschelte einem der Vögel den Hals. Dieser war so dick wie einer der Baumstämme, aus denen die Wände des Gebäudes bestanden. »Das Pärchen hier ist oft in die Nähe der Jaghütte gekommen, weil ich es mit Salzbrocken gefüttert habe. Als sie nicht mehr ganz so wild waren, kam ich auf die Idee, sie zu zähmen, und ich muß gestehen, daß ich überrascht war, als der Zauber wirkte und die Nyars gefügig wurden. Es war eine Art Zeitvertreib für mich, als ich sechs Monde lang als Proviantmeister für das Schloß an diesem gottverlassenen Ort ausharren mußte und mir Eure Kaiserliche Hoheit nicht mehr die Ehre ihrer Gegenwart erwiesen.«

»Unsinn!« sagte Naelore und sah über seine Schmeicheleien hinweg. Aber sie lächelte ihn an, denn sie waren alte Freunde. Bevor die Ankunft Orogastus' ihrer beider Leben für immer verändert hatte, war Tazor im Landhaus der Erzherzogin vor den Toren Brandobas der Haushofmeister gewesen. Jetzt waren sie Angehörige der Sternengilde und eigentlich gleichgestellt, aber beide wußten, daß dem nicht so war.

»Sollten die Mächte der Finsternis uns hold sein«, sagte Tazor, »werden die Vögel uns dabei helfen, den Schaden wiedergutzumachen, den diese nachlässigen Dummköpfe im Schloß angerichtet haben. Nyars sind so schnell wie der Wintermonsun. Nicht einmal ein Rennfronler mit gestutztem Geweih kann mit ihnen mithalten. Wir dürften die Geiseln innerhalb von drei Stunden erreicht haben.«

»Wenn ich die Schlacht von Brandoba wegen dieser Mission hier versäume«, sagte Naelore grimmig, »werde ich mir die Leber der Geisel braten, die den Fluchtplan ausgeheckt hat!«

»Ich denke, wir wissen beide, wer es gewesen sein muß –

die einzige Person, die der Meister nie mit seiner Magie beoachten kann, weil sie durch ihren Drillingsbernstein geschützt wird.«

»Diese verdammte Hexenkönigin! Wir hätten ihr den Anhänger wegnehmen müssen ... oder sie besinnungslos halten müssen, bis wir sie nicht länger gebraucht hätten und es sicher gewesen wäre, sie zu töten. Aber Orogastus wollte nicht auf mich hören. Jetzt können wir lediglich vermuten, daß Anigel mit den anderen Geiseln zusammen ist.«

»Wo hätte sie sonst hinreiten sollen? Wir werden sie finden, Kaiserliche Hoheit. Macht Euch keine Gedanken – Ihr werdet weder die Schlacht versäumen, noch wird man Euch den Triumph über Denombo nehmen.«

»Ah, was haben wir in zwei kurzen Jahren alles erreicht, alter Freund! Wer hätte gedacht, daß du einen Zauberer einlassen würdest, als es eines Nachts so gebieterisch an meiner Tür klopfte? Und noch dazu einen, der aus unserer bunt zusammengewürfelten Bande politisch Geächteter eine Truppe machen würde, die ein ganzes Kaiserreich stürzen wird.«

»Schon als ich Orogastus zum ersten Mal sah, wußte ich, daß er ein gefährlicher Mann ist«, sagte Tazor trocken. »Und Euch ist es genauso gegangen.«

»Das war der Grund, weshalb ich ihm vertraute.«

»War das auch der Grund, weshalb Ihr Euch in ihn verliebtet?«

»Unverschämter Bastard«, entgegnete Naelore und lachte wieder. Aber ihre Augen strahlten nicht mehr, und er beeilte sich, den zweiten Vogel zu satteln.

Tazor war ein stattlicher Mann – sogar noch größer als die hochgewachsene Erzherzogin – und besaß beachtliche Körperkraft. Über seiner breiten Nase leuchteten engstehende, intelligente Augen. Wie bei den meisten Mitgliedern der Sternengilde – mit Ausnahme der rothaarigen Naelore – war sein Haar weiß geworden, als er in die Magie der Mächte der Finsternis eingeweiht wurde.

»Tazor.« Ihre Stimme klang unsicher, was ungewöhnlich war. »Glaubst du wirklich, daß Orogastus seine Versprechen mir gegenüber halten wird?«

»Ich glaube, daß er Euch zur Kaiserin von Sobrania machen wird«, sagte der ehemalige Haushofmeister. »Was seine hochtrabenden Pläne zur Eroberung der Welt mit Hilfe von Magie angeht und sein Versprechen, Euch als Mitregentin einzusetzen, bin ich weitaus weniger zuversichtlich. Der Stern besitzt außerordentliche Kräfte, aber die Welt ist groß – und die Ereignisse der jüngsten Vergangenheit haben gezeigt, daß es außer Orogastus und unserer Sternengilde noch andere Zauberer gibt.«

»Ich muß zugeben, daß ich tief beunruhigt war, als der Meister uns sagte, daß der junge Prinz einen seiner Talismane der Sumpfhexe Kadiya übergeben hat. Aber indem er zuließ, daß der Junge und die Zauberin durch das Viadukt nach Sobrania gelangen konnten, hat Orogastus beide Teile des Zepters wieder in unsere Reichweite geholt, so daß wir sie mühelos in unseren Besitz bringen können.«

»Mühelos?« Tazor schüttelte den Kopf. »Es wird genausowenig mühelos sein wie unser Vorhaben, Denombo vom Thron zu stürzen.«

»Dazu braucht er nur in die Nähe meines Schwertes zu kommen! Jedenfalls können wir den Gang der Dinge beschleunigen, wenn wir Königin Anigel und die anderen gefangennehmen. Laß uns aufbrechen.«

Sie bestiegen die flügellosen Vögel, die wie Statuen auf dem Vorplatz der Jagdhütte standen. Naelore hob ihr Sternenmedaillon und berührte damit den Hals ihres gefederten Reittieres. Der Nyar riß den mit Zähnen bewehrten Schnabel auf und brüllte laut. Als sie ihm den Befehl gab, schoß er wie ein Meteor über den Pfad zum Großen Viadukt und ließ Naelores Gefährten zurück, der in einer dicken Staubwolke steckte und hustete.

Tazor fluchte und folgte dem Nyar.

Es war reines Glück, daß der Ewige Fürst Widd die Ewige Fürstin auffangen konnte, als diese plötzlich aus dem Sattel fiel, während die Gruppe durch einen schlammigen Fluß watete. »Hilfe!« schrie er verzweifelt. »Mit Raviya stimmt etwas nicht!«

Präsident Hakit Botal riß seinen Fronler zurück, ritt wieder ins Wasser und hielt die Fürstin mit seinem starken linken Arm fest. Sie war besinnungslos und so schlaff wie ein Bündel Lumpen. Ihr faltiges Gesicht war grau. Zusammen mit dem Fürsten Widd brachte der Präsident Fürstin Raviya sicher ans Ufer des Flusses, wo die anderen bis auf Gyorgibo abstiegen und sich um sie scharten. Königin Anigel und Königin Jiri von Galanar betteten die alte Frau vorsichtig auf den Boden.

»Der Dreieinige möge Mitleid mit ihr haben!« Widd fing an zu weinen. »O meine arme Raviya. Die Mühen der Flucht sind einfach zuviel für sie gewesen.«

»Sie atmet noch«, sagte Jiri, nachdem sie Raviyas Mieder gelockert hatte, »und ihr Herzschlag scheint völlig regelmäßig zu sein. Sicher sind ihr vor Erschöpfung und Aufregung nur die Sinne geschwunden.«

Duumvir Ga-Bondies schnaubte empört. »So wird es uns allen gehen! Es ist Wahnsinn weiterzureiten. Unsere Fronler haben sich gestern bei dem Ritt durch die giftigen Gase völlig verausgabt. Sie werden sicher zusammenbrechen, wenn wir sie nicht endlich ausruhen lassen – und ich auch. Jeder Knochen in meinem Körper schreit vor Schmerz, und ich sterbe vor Hunger.«

»Dann sterbt bitte leise«, sagte der König der Piraten roh. Der bucklige Monarch nahm seinen Umhang ab und deckte Fürstin Raviya damit zu. Ihre Augenlider flatterten, dann stöhnte sie.

Fürst Widd seufzte. »Wenn sie doch nur einen Bissen zu essen hätte und eine Weile richtig schlafen könnte.«

Der kärgliche Proviant, den sie sich von den Stallknechten im Schloß für ihre Flucht beschafft hatten, war in der letzten Nacht zu Ende gegangen, bevor sie sich voller Unruhe niedergelegt hatten, vor Angst fast von Sinnen wegen der grauenhaften Laute, die die Bewohner des Forstes Lirda um sie herum von sich gaben. Seitdem hatten sie nur Wasser und einige fade, wilde Früchte zu sich genommen, von denen ihnen Gyorgibo versichert hatte, daß sie eßbar waren.

»Es wäre gefährlich, jetzt anzuhalten und auszuruhen«, warnte der Erzherzog. »Tagsüber besteht zwar nur wenig

Gefahr, von wilden Tieren und Vögeln angefallen zu werden, aber wenn die Sternenmänner inzwischen von unserer Flucht erfahren haben, suchen sie vielleicht nach uns.«

»Ich wünschte fast, es wäre so«, brummte Ga-Bondies.

»Wir reiten nach Westen, aus dem Hochland heraus«, fuhr Gyorgibo fuhrt. »Es dauert gewiß nicht mehr lange, bis wir an Orientierungspunkten vorbeikommen, die mir bekannt sind, dann können wir den Pfad verlassen. In den tiefer gelegenen Ausläufern des Forstes gibt es Abkürzungen nach Brandoba, auf denen wir unseren Verfolgern entkommen können.«

»Nicht, wenn Orogastus uns mit einem Zauber jagt«, bemerkte Prigo.

»Wenn die Sternenmänner kommen, haben wir keine Möglichkeit, uns gegen sie zu verteidigen. Aber ich vermute, daß der Zauberer und seine Truppe zur Zeit mit etwas ganz anderem beschäftigt sind. Vielleicht sind sie schon in der Hauptstadt und stürmen Denombos Palast«, sagte Hakit Botal resigniert.

»Warum sollen wir in diesem mörderischen Tempo weiterreiten?« fragte Prigo. »Es ist uns so gut wie unmöglich, den Kaiser zu warnen. Wir müssen an unsere eigenen Bedürfnisse denken – und an die Bedürfnisse unserer Länder, die durch unsere Entführung ins Chaos gestürzt wurden. Was nützt es uns, dem Zauberer entkommen zu sein, wenn wir hier in dieser schreienden Wildnis elend zugrunde gehen?«

Gestern nacht, nachdem sie das Becken der brennenden Geysire durchquert hatten, waren sie noch zwei Stunden geritten, bis sie die Stelle erreicht hatten, an der sich das Große Viadukt befand. Diese war leicht zu erkennen gewesen, da der Boden in der Nähe völlig zertrampelt war. Anigel hatte den Zauberspruch gesprochen, und die anschließende Reise durch das Viadukt war ohne Zwischenfälle verlaufen. Sie hatten eine unruhige Nacht auf der Lichtung neben dem Ausgang des Viadukts verbracht und waren dann beim ersten Morgengrauen wieder aufgebrochen.

Der breite Pfad war leicht zu erkennen gewesen – zu leicht. Der Erzherzog und König Ledavardis, die besten Reiter in der Gruppe, waren abwechselnd vorausgeritten und hatten die Gegend erkundet, damit sie nicht versehentlich die Truppe des Zauberers überholten. Die anderen waren mühsam weitergetrottet, eingelullt vom Gesang unzähliger Vögel. Von Zeit zu Zeit waren sie durch das heisere Gebrüll eines unsichtbaren Raubtieres aufgeschreckt worden, aber ansonsten hatten sie die ganze Zeit über im Sattel gedöst, bis Raviya vom Fronler gefallen war.

Nun richtete sich die Ewige Fürstin mühsam auf und sagte mit schwacher Stimme: »Ich bin schon wieder in Ordnung. Setzt mich einfach wieder auf den Fronler. Ich werde schon oben bleiben.«

»Nein, meine Liebe«, sagte Anigel mitfühlend. »Das werdet Ihr wohl nicht. Prigo hat recht. Wir sind weit genug gekommen. Jetzt müssen wir rasten.«

»Wenn dieser Forst hier ein kaiserliches Jagdgebiet ist, dann muß es doch auch Hütten oder etwas Ähnliches geben. Wißt Ihr, wo sie sich befinden, Gyor?« fragte Ledavardis.

Der sobranische Erzherzog zuckte hilflos mit den Schultern. »Es gibt eine große Jagdhütte am Fluß Dob, außerdem kleinere Hütten und viele Lagerplätze. Leider kommt mir nichts an diesem Pfad hier bekannt vor. Die Sternenmänner müssen ihn geschlagen haben, um den Verkehr zum Großen Viadukt zu ermöglichen. Dieser Fluß hier – es könnte der obere Lauf des Dob sein, aber das Wasser enthält soviel weißen Schlamm, daß ich mir nicht sicher bin. Der Dob fließt kristallklar von den Collumbergen herab und ist die wichtigste Wasserquelle für Brandoba. Er war noch nie schlammig, nicht einmal während der stärksten Regenfälle.«

»Vielleicht«, sagte Anigel, »weist uns mein Drillingsbernstein den Weg.« Sie nahm ihren Anhänger in die Hand und musterte ihn mit müden Augen. »Heilige Blume, in welcher Richtung können wir eine sichere Zufluchtsstätte finden?«

Der Bernstein leuchtete zwar weiter, aber in seinem Inneren erschien kein wegweisender Funke. »Es gelingt nicht. Vielleicht ist die Gefahr für mein Leben nicht groß genug.«

»Oder vielleicht«, sagte Jiri leise, »gibt es hier keinen sicheren Ort für uns. Fragt Euer Amulett, ob wir anhalten oder weiterreiten sollen.«

Anigel tat es. Sie schrie entsetzt auf, als das Amulett zuerst strahlend hell wurde, dann aber plötzlich erlosch. »Hier stimmt etwas nicht ...«

Der Gesang der Waldvögel um sie herum verwandelte sich in ein schrilles Kreischen. Gyorgibo, der einzige, der noch im Sattel saß, richtete sich mit gezücktem Schwert in den Steigbügeln auf und starrte beunruhigt auf den Pfad, der an den Fluß angrenzte. Doch sie wurden aus einer gänzlich anderen Richtung angegriffen. Aus dem dichten Unterholz schoß eine Wolke aus zahllosen, winzigen Vögeln hervor, die blau, grün und gelb gefedert waren. Sie fingen an, wie toll um die Köpfe der entsetzten Herrscher zu schwirren und prallten mit ihren hektisch schlagenden Flügen gegen deren Gesichter und Körper. Raviya stieß einen schwachen Schrei aus, und einige der Männer fluchten heftig. Sie versuchten, sich vor den scharfen Schnäbeln zu schützen, indem sie die Kapuzen ihrer Umhänge über die Köpfe zogen und vergeblich mit den Armen herumfuchtelten, um die kleinen Vögel zu verscheuchen.

»Genug!« befahl eine laute Stimme.

Der Sturm aus Flügeltieren verschwand so plötzlich wie er gekommen war.

Anigel lugte unter ihrem Umhang hervor und sah kaum einen Steinwurf von ihnen entfernt zwei gespenstische Erscheinungen auf dem Pfad stehen. Es waren zwei riesige Vögel mit langen Hälsen und gewaltigen, von Schuppen bedeckten Beinen, noch größer als der größte Var, den sie je gesehen hatte. Ihr Körper war tiefblau, die mit Zähnen bewehrten Schnäbel standen weit offen, und ihre Augen funkelten wie glühende Kohlen. Auf ihrem Rücken saßen zwei Zauberer, angetan mit dem silberschwarzen Gewand der Sternengilde, stählernen Brustharnischen und eindrucksvollen Helmen mit einer Sternenkrone.

Einer der Reiter kam ein paar Schritte näher und zückte eine Waffe des Versunkenen Volkes. »Gyorgibo von Nambit! Steig ab und ergebe dich mir!«

Anigel erkannte die Stimme und auch das rote Haar, das unter dem Helm der Zauberin hervorlugte. Es war Naelore.

Das schmutzverkrustete Gesicht des Erzherzogs verzerrte

sich vor Haß. Statt sich der Sternenfrau zu ergeben, trieb er seinen Fronler an und ritt im Galopp auf sie zu, das Schwert zum Angriff erhoben. Sie hob ihre Waffe, aus der plötzlich ein goldener Blitz entwich, begleitet von einem sonderbaren, lauten Zirpen. Gyorgibos Reittier schrie auf und brach mit gebrochenem Geweih auf dem Pfad zusammen, wo es liegenblieb und erbärmlich blökte. Er selbst wurde aus dem Sattel geschleudert, überschlug sich und endete schließlich als besinnungsloses Bündel am Fuße eines großen Nestbaumes.

»Möchte noch jemand kämpfen?« Tazor lenkte seinen Nyar neben den Naelores und richtete seine Waffe auf den verwundeten Fronler. Ein scharlachroter Strahl schoß heraus und traf das Tier zwischen den Augen. Es war sofort tot.

»Wir ergeben uns!« rief Präsident Hakit Botal und hob die Hände. »Verschont uns.«

Ga-Bondies fiel auf die Knie und wimmerte. Auch er hatte die Hände erhoben. Prigo stand mit weit aufgerissenen Augen da, immer noch teilweise von seinem Umhang verhüllt. Fürst Widd, König Ledavardis und Königin Jiri, die versucht hatten, die Ewige Fürstin vor dem Angriff der rasenden kleinen Vögel zu schützen, kauerten neben der auf dem Boden liegenden Raviya und starrten die Zauberer wütend an. Anigel ignorierte die Nyars und ihre gefährlichen Reiter, ging zu Gyorgibo und beugte sich besorgt über dessen Körper.

»Laßt ihn!« befahl Naelore. Sie schwang sich vom Rücken ihres Vogels, der regungslos stehenblieb, und ging auf die Königin zu.

»Euer Bruder hat sich den Kopf gestoßen«, sagte Anigel ruhig, »aber er scheint wieder zur Besinnung zu kommen. Laßt mich ihm ...«

»Schweigt. Kommt her.«

Anigel erhob sich würdevoll und ging auf die Sternenfrau zu, die ihre antike Waffe auf sie gerichtet hatte.

»Das reicht«, befahl Naelore. »Nehmt Euer Bernsteinamulett ab und legt es auf die Erde zwischen uns.«

»Nein«, sagte Anigel. »Selbst wenn Ihr mich auf der Stelle tötet, werdet ich meine Schwarze Drillingslilie nicht abnehmen.«

»Dann mach dich bereit zu sterben, dumme Schlampe!«

»Kaiserliche Hoheit!« Tazor stieg ab und ging auf sie zu. Auch sein Nyar blieb regungslos stehen. »Ich habe einen Vorschlag.«

»Sprecht«, sagte die Zauberin.

»Wir haben zwei Duumvirs von Imlit in unserer Gewalt, brauchen aber nur eine Geisel, um uns dieses Landes gefügig zu machen.« Tazor hob seine Waffe und packte Ga-Bondies am Kragen. »Wenn ich dem älteren der beiden einen Arm abschneide ...«

»Nein!« kreischte der Duumvir, der sich vor Angst duckte. »Habt Erbarmen!«

»... würde Königin Anigel ihren Entschluß vielleicht noch einmal überdenken.«

»Tu es«, sagte Naelore.

Ga-Bondies brach in hysterische Tränen aus. Sofort nahm Anigel den Bernstein mit der Kette ab und legte ihn in den Schlamm der Uferböschung. Auf dem Gesicht der Sternenfrau erschien ein sardonisches, zufriedenes Lächeln. Sie richtete ihre Waffe auf den Bernstein. Ein gelber Lichtstrahl blitzte auf, aber das Amulett bleib unversehrt.

Naelore fluchte verärgert. »Tazor! Sieh zu, ob du dieses Ding zerstören kannst.«

Sein tödlicher scharlachroter Strahl vermochte nicht mehr auszurichten als der goldene. »Hoheit, die Magie der Schwarzen Drillingslilie macht es unzerstörbar. Aber ich habe eine andere Idee.« Er nahm das alte Schwert, daß Gyorgibo hatte fallen lassen, und hob damit das Amulett an der Kette hoch. Obwohl das Schwert sofort heiß wurde, gelang es ihm, den Bernstein in den dichten Wald zu schleudern. Tazor ließ das dampfende Schwert fallen und grinste. »Sollen sich doch die wilden Tiere des Nachts über das Zauberamulett wundern.«

Naelore warf den Kopf zurück und lachte. Sie packte Anigel mit hartem Griff an der Schulter und schubste sie zu einem der Nyars. »Tazor, hilf ihr auf meinen Vogel. Ich werde mit ihr zum Sammelpunkt reiten, während du dich um unsere Berühmtheiten hier kümmerst.«

»Der schändliche Zauberer wird uns alle töten!« jammerte Ga-Bondies.

Naelore sah den beleibten Duumvir voller Abscheu an. »Wir haben andere Pläne mit euch Feiglingen. Der Sternenmeister braucht nur diese Hexenkönigin, um sicherzugehen, daß ihr Sohn seinen Talisman ausliefert.«

Anigel erstarrte in den Armen des ehemaligen Haushofmeisters. Ihr stockte der Atem. »Mein Sohn? Von welchem meiner Söhne redet Ihr?«

»Von Eurem Sohn Tolivar natürlich«, sagte die Erzherzogin. »Jener, der das Dreihäuptige Ungeheuer trägt. Er hatte auch die Sternentruhe und den zweiten Talisman – das Brennende Auge –, aber Eure Schwester Kadiya hat ihn gezwungen, ihr diese zurückzugeben.«

»Tolo ... mein Talisman ... Das ist unmöglich! Der Junge ist in Var, Tausende von Meilen entfernt, und Kadi ebenfalls. Tolo hat die Krone nicht.«

Wieder lachte Naelore. »Welche Mutter kennt ihr Kind schon durch und durch? Er besitzt – und benutzt – sie jetzt schon mindestens vier Jahre, ohne daß es jemand weiß, mit Ausnahme des Sternenmeisters, der in den Träumen des Jungen zu ihm spricht. Und Euer feiner Sohn, seine Tante und die noch lebenden Gefolgsleute sind jetzt hier in Sobrania, genau wie Ihr. Ich bezweifle nicht, daß Ihr Euch zu Eurem beiderseitigen Leidwesen bald begegnen werdet.«

Tazor hob die Königin, die von den Neuigkeiten schwer getroffen war, auf den Sattel der Erzherzogin. Dann fesselte er Anigels Hände und wickelte sie in einen Umhang ein. »Ich werde mich um die anderen kümmern und Euch dann nachkommen, Kaiserliche Hoheit«, sagte er zu Naelore. »Aber laßt nicht zu, daß der Meister die Invasion meinetwegen aufschiebt.«

Naelore nickte kurz und stieg auf. Sie hob die Hand in dem schwarzsilbernen Handschuh und verabschiedete sich von Tazor, dann ritt sie auf ihrem Nyar davon.

»Werdet Ihr uns zu Schloß Konflagrant zurückbringen?« fragte Ledavardis von Raktum den Sternenmann. Ledavardis und Königin Jiri waren aufgestanden, während der alte Widd neben Raviya kniete und die Arme um sie gelegt hatte. Beide waren blaß, aber gefaßt.

»Nein«, sagte Tazor, der auf Gyorgibo hinuntersah. Dieser hatte zu stöhnen begonnen und fing an, sich zu rühren, nachdem der Sternenmann ihn mit seinem Stiefel getreten hatte. »Ich werde euch in der kaiserlichen Jagdhütte einschließen, wo unsere Armee die Nacht verbracht hat. Sie liegt etwa zweihundert Meilen flußabwärts von hier, ein Ritt von sechs oder sieben Stunden. Die wilden Bewohner des Forstes von Lirda werden euch in Schach halten, bis wir unsere Angelegenheiten in Brandoba erledigt haben und euch holen.«

Er richtete das Wort an Hakit Botal. »Präsident, Ihr und der Koboldkönig watet jetzt durch den Fluß und fangt Eure streunenden Fronler wieder ein. Beeilt Euch, oder ich werde einer der Damen hier mit meiner Feuerspritze die Ohren abbrennen.« Mit der Waffe an der Schulter wandte er sich an den Duumvir Prigo. »Ihr da! Nehmt das alte Schwert und haut zwei lange Stangen und mehrere Ranken starker Schlingpflanzen zurecht. Wir werden eine Schleppbahre für die Fürstin Raviya bauen.« Und zu Ga-Bondies: »Nehmt dem toten Fronler das Geschirr und die Decke ab, dann löst die Zügel voneinander und macht einzelne Riemen daraus.«

Während die männlichen Geiseln sich an ihre Aufgaben machten, ging Tazor zu Jiri, Raviya und Widd hinüber, die miteinander geflüstert hatten. »Wie geht es der alten Dame?« fragte er recht freundlich.

»Die Ewige Fürstin leidet vor allem an Erschöpfung«, sagte die Königin von Galanar. »Die Bahre ist eine ausgezeichnete Idee. Werdet Ihr auch eine für den armen Erzherzog anfertigen?«

Der Sternenmann lachte spöttisch. »Ich werde ihn zusammengeschnürt wie einen toten Nunschik über meinen Sattel werfen. Es ist sowieso egal. Im Gegensatz zu euch wird er die Thronbesteigung seiner Schwester nicht überleben.«

»Ich darf wohl nicht hoffen«, sagte Jiri schmeichelnd, »daß Ihr etwas Wein für Fürstin Raviya erübrigen würdet? Er würde ihr Kraft geben.«

»Nehmt die Beutelflasche aus meiner Satteltasche.«

Jiri sah den großen Nyar mißtrauisch an. »Du meine Güte! Ich würde es nicht wagen, auch nur in die Nähe dieses furchtbaren Vogels zu kommen ...«

»Ich habe ihn mit meinem Stern verzaubert. Er wird Euch nichts tun, es sei denn, ich befehle es ihm.«

Jiri ging zu dem großen Tier hinüber und fing an, eine der Satteltaschen zu durchsuchen, die fast über ihrem Kopf hing. »Vielleicht ist die Flasche auf der anderen Seite«, sagte sie und ging um den Vogel herum, so daß Tazor sie nicht mehr sehen konnte. Einen Moment später rief sie: »Ich kann sie immer noch nicht finden.«

Murrend ging der Sternenmann zu ihr, um ihr zu helfen. Die rundliche ältere Königin trat zurück und lächelte entschuldigend, wobei sie beide Hände in ihren weiten Ärmeln verborgen hatte. Tazor, der in der einen Hand seine Waffe hielt, drehte sich von ihr weg und griff mit der anderen in die federgeschmückte Ledertasche.

Jiri trat hinter ihn. Zwischen dem unteren Rand des Sternenhelms, den der Zauberer trug, und dem oberen Rand seines Brustharnisches war nur ein etwa zwei Fingerbreit schmaler Streifen unbedeckt. Die Königin zog einen Kriegsflegel aus dem Ärmel, wirbelte die Kette über dem Kopf und ließ das schwere Eisenteil am anderen Ende der Kette genau auf die ungeschützte Stelle in der Panzerung niedersausen. Ein gespenstisches Knacken war zu hören. Ohne einen Laut stürzte Tazor mit gebrochenem Genick zu Boden.

Plötzlich erwachte der Nyar zum Leben, brüllte und machte einen kleinen Satz nach hinten. Er scharrte mit einem seiner riesigen, klauenbewehrten Füße im Schlamm, senkte den Kopf und machte sich bereit, die Königin anzuspringen.

Da kam aus den Büschen eine Gestalt auf Händen und Füßen hervorgekrochen. Es war Erzherzog Gyorgibo, der die Waffe des Versunkenen Volkes aufhob, die Tazor hatte fallen lassen, und damit geradewegs in den weit aufgerissen Schnabel des Ungeheuers feuerte, von dem Jiri bedroht wurde. Der Kopf des Nyars ging in rotem Feuer auf, dann traf sein mächtiger Körper mit einem dumpfen Schlag auf dem Boden auf.

»Bei den Tentakeln von Heldo!« rief König Ledavardis aus. Er und Hakit Botal standen am anderen Ufer des kleinen Flusses und waren höchst erstaunt darüber, was die Königin und Gyorgibo getan hatten.

»Es tut mir wirklich leid um Tazor«, sagte Jiri. »Er war keinesfalls ein so unverbesserlicher Schurke wie Naelore.« Ihre Augen füllten sich mit Tränen, und der Erzherzog legte tröstend den Arm um sie.

Jetzt kamen auch die beiden Duumviri herbei, die den toten Sternenmann und das kopflose Raubtier anstarrten.

»Schwiegermutter«, sagte Prigo mit zitternder Stimme, »ich bin überwältigt. Ich beglückwünsche Euch zu Eurer heldenhaften Tat.«

»Mit was in Gottes Namen habt Ihr den Mann erschlagen?« fragte Ga-Bondies.

»Mit einem alten Kriegsflegel, den ich aus dem Kerker des Schlosses mitgenommen habe.« Sie streifte Gyorgibos Arm ab. »Ich muß zu Raviya. All diese Gewalttätigkeiten müssen ein großer Schock für sie gewesen sein.«

Aber die Ewige Fürstin hatte sich inzwischen aufgesetzt und ordnete gelassen ihr zerzaustes weißes Haar, während Widd neben ihr hockte. »Den Wein habt Ihr wohl nicht gefunden, oder doch?« sagte Raviya zu Jiri.

Die Königin lächelte. »Er war in der ersten Satteltasche, die ich durchsucht habe. Zum Glück ist der Nyar nicht auf sie gestürzt. Es ist auch etwas Proviant da.«

»Wir können alles teilen«, erklärte Raviya, »und dann sollten wir wirklich weiterreiten. Mir wird es schon wieder gutgehen, sobald ich etwas im Magen habe.« Sie legte den Kopf auf die Seite und sah ihren Gemahl an. »Worauf wartest du, alter Mann? Hol den Proviant von diesem toten Tier und verteile ihn.«

König Ledavardis, der den Fluß durchquert und sich der Gruppe wieder angeschlossen hatte, zog Königin Jiri zur Seite. »Glaubt Ihr, daß es Raviya wirklich so gut geht, daß sie reiten kann?«

Jiri überlegte. »Im Augenblick fühlt sie sich etwas besser, aber sie wird sich nicht lange im Sattel halten können. Es wäre am besten, wenn wir sie auf eine Bahre legen würden. Wenn wir den Spuren der Nyars folgen, müßten wir eigentlich die kaiserliche Jagdhütte erreichen, wo der tote Sternenmann uns hinbringen wollte. Dort werden wir sicher etwas Anständiges zu essen finden und uns ausruhen können, da dieser Ort ja als unser Gefängnis gedacht war.«

»Aber vielleicht halten sich in der Hütte noch Helfer des Orogastus auf.«

»Dann werden wir uns eben um sie kümmern müssen«, sagte Jiri freundlich.

Der König der Piraten zwinkerte ihr mit seinem unverletzten Auge zu. »Genau! Ich glaube, wir brauchen uns keine Sorgen zu machen, daß Naelore bald zurückkommt. Sie muß Königin Anigel bewachen, und der Zauberer ist damit beschäftigt, die sobranische Hauptstadt anzugreifen.«

»Anigel ...« Die Königin verzog vor Kummer das Gesicht. »Das arme Kind. Ich fürchte, wir werden ihr Schicksal den Herrschern der Lüfte überlassen müssen.«

»Vielleicht kann ich etwas tun.« König Ledavardis' unschönes Gesicht hellte sich auf, da ihm eine Idee in den Sinn gekommen war. »Wenn Ihr Euch um die Vorkehrungen hier kümmert, werde ich versuchen, das Bernsteinamulett zu finden. Ich glaube nicht, daß es den Freund und zukünftigen Schwiegersohn seiner königlichen Herrin verletzen würde. Wer weiß? Vielleicht geruht die Schwarze Drillingslilie sogar, einem gewissen Piraten dabei zu helfen, Königin Anigel zu retten.«

»Ihr würdet ihr nachsetzen?« Jiri riß erstaunt die Augen auf.

»Das Schwert und die antike Zauberwaffe des Sternenmannes werden sicher für eine gerechtere Verteilung der Chancen zwischen mir und den Wächtern der Königin beitragen.«

»Ledo, Ihr seid ein tapferer junger Mann«, sagte Jiri.

Der König nahm ihre Hand und küßte sie. »Aus Eurem Munde ist dies das größte aller Komplimente.«

# 23

Obwohl er furchtbar müde war, warf sich Prinz Tolivar unruhig in der Hütte von Kritch, dem Kadun, hin und her, wo er auf einem Sack aus weichen Daunen lag. Sie waren bei Tageslicht zu Bett gegangen, aber der obere Bereich der Behausung war dunkel und kühl, da es nur zwei winzige, vergitterte Fenster gab, eines auf jeder Seite unter dem Sims des strohgedeckten Daches. Von den bloßen Holzbalken hingen unzählige Netze herab, von denen jedes Federn in einer anderen Farbe enthielt. Das Schnarchen der vier Lehnsherren, die am anderen Ende des Dachbodens schliefen, mischte sich mit dem schwachen Donnern der Brandung an dem Kieselstrand vor der Hütte und dem Kreischen von Griss und Pothi und anderen Seevögeln.

Kadiya und Jagun hatten gesagt, sie würden sich unten zur Ruhe legen, aber Tolivar hatte sie noch lange mit dem Eingeborenen und seiner Familie reden hören. Das Versprechen, das der Prinz seiner Tante gegeben hatte, hielt ihn davon ab, die Krone zum Lauschen zu benutzen – aber eigentlich konnte es ihm ja völlig egal sein, welche geheimnisvollen Waren die Herrin der Augen für ihre Reise nach Brandoba morgen kaufte. Kadiya hatte deutlich gemacht, daß er mit Jagun und Kritch zusammen an Bord bleiben mußte, während sie und die Ritter in die Stadt gingen, um den Kaiser davor zu warnen, daß die Sternenmänner etwas Übles planten, und Hilfe bei der Rettung Königin Anigels und der anderen Geiseln zu erbitten.

Tolivar hatte die Zauberkrone vom Kopf genommen und sie vorn in sein Hemd gesteckt, wo sie sicher war. Er hatte ihr befohlen, ihn sofort zu wecken, wenn jemand in seine Nähe kam. Während er vor sich hin döste, berührten seine Finger den Talisman durch den Stoff hindurch.

Du gehörst mir, sagte er immer wieder zu ihm.

Und das Dreihäuptige Ungeheuer erwiderte: *Ja*.

Obwohl er sich aus ganzem Herzen wünschte, daß seine Mutter wohlbehalten wieder nach Hause zurückkehrte, zermürbte ihn das Wissen darüber, daß die Erwachsenen ihn sicher dazu zwingen würden, ihr die Krone auszuhändigen.

Es war so ungerecht!

Die Königin hatte den Talisman an Orogastus übergeben – zwar unter Zwang, aber trotzdem aus freien Stücken – und Tolivar wiederum hatte ihn dem Helfer des Zauberers abgenommen. Besaß seine Mutter einen größeren Anspruch auf das Dreihäuptige Ungeheuer als Orogastus? Selbst als die Krone in ihrem Besitz gewesen war, hatte sie diese fast die ganze Zeit über versteckt und sich so gut wie nie ihrer Zauberkräfte bedient, außer wenn sie mit ihren beiden Schwestern über große Entfernung hinweg sprechen wollte.

Der Talisman gehört mir, sagte Tolivar zu sich selbst, er gehört rechtmäßig mir – egal, was die anderen denken oder sagen.

*Aber nur noch für eine kleine Weile.*

Wer ...? Mein Talisman spricht doch gar nicht mit mir!

*Nein. Ich bin der Sternenmeister. Dein Meister, Tolo.*

Nein! Niemals! Verschwindet aus meinen Träumen.

*Du träumst doch gar nicht. Und ich habe dir bereits gesagt, daß ich nicht mit dir sprechen könnte, wenn du es nicht wolltest.*

Das ist eine Lüge ...

*Es ist die Wahrheit, und das weißt du ganz genau. Du bewunderst mich immer noch und sehnst dich danach, meine Macht als mein Adoptivsohn und Erbe zu teilen. Es ist schändlich von dir, das zu leugnen ... so wie es auch schändlich von dir ist zu leugnen, daß du für den Tod von Ralabun dem Nyssomu verantwortlich bist.*

Ralabun! Mein armer alter Freund. Ich wollte doch nicht, daß er stirbt. Es war ein Unfall, auch wenn Tante Kadiya sagt ...

*Verantwortung muß nicht unbedingt auch Schuld sein. Hör mir zu, Tolo: Wenn du Ralabun nicht befohlen hättest, mit dir zu dem Pfad am Fluß Oda zu gehen, wäre er jetzt noch am Leben. Diese Last mußt du akzeptieren, wie jeder Anführer! Aber quäle dich nicht mit Schuldgefühlen. Die grausame Herrin der Augen versucht doch nur, dich zu beherrschen, indem sie dir einredet, daß du schuld am Tod deines Freundes seist. Aber das bist du nicht.*

Wirklich?

*Glaubst du, Ralabun wäre zurückgeblieben und hätte dich allein auf eine solch gefährliche Reise gehen lassen?*

Nein. Er wäre mit mir gekommen, selbst wenn ich es ihm verboten hätte.

*Und wußtest du, daß ein Namp in der Nähe auf der Lauer lag, als du Ralabun befohlen hast, den Pfad zu verlassen?«*

Natürlich nicht!

*Und deshalb ist er auch durch ein Mißgeschick gestorben, nicht durch deine Schuld oder Unachtsamkeit. Verstehst du das?*

Ja. Ich ... ich danke Euch dafür, daß Ihr es mir erklärt habt, Orogastus.

*Tolo, wir waren viele Jahre lang getrennt, und das war zum größten Teil meine Schuld. Aber jetzt ist es für uns an der Zeit, wieder Freunde zu werden. Verlasse diese kaltherzigen, gleichgültigen Menschen, die deine wahre Größe doch gar nicht erkennen. Einst hast du mich als deinen Adoptivvater geliebt. Komm zurück zu mir und nimm deinen Platz an meiner Seite wieder ein. Äußerst wichtige Angelegenheiten haben die Sternenmänner und mich daran gehindert, dich am Viadukt zu empfangen. Aber ich kann mich an einem anderen Ort mit dir treffen ...*

Nein!

*Morgen wirst du mit den anderen zusammen nach Brandoba segeln. Auch ich werde in dieser Stadt sein. Benutze deinen Talisman, um Kadiya zu entwischen, und komm zu mir, aber vergiß nicht, die Sternentruhe mitzubringen. Wir treffen uns dann ...*

Nein! Orogastus, du hast mich schon einmal betrogen, als ich noch ein dummes, verzogenes Kind war. Das wird nicht noch einmal geschehen. Du willst mir doch nur meinen Talisman wegnehmen.

*Ich kann ihn dir nicht wegnehmen. Das weißt du. Aber ich möchte, daß du mir den Talisman aus freien Stücken zurückgibst, so wie du das Dreilappige Brennende Auge zurückgegeben hast, daß du deiner Tante entwendet hattest.*

Das ... war etwas anderes.

*Du kannst die furchtbaren Zauberkräfte der Krone ja gar nicht richtig einsetzen. Sie ist ein Werkzeug, um das gestörte Gleichgewicht der Welt wiederherzustellen, und nicht dazu da, um unbedeutende Zaubertricks aufzuführen. Ich weiß, daß es dir nicht gelungen ist, den Talisman zu beherrschen – daß du in deiner versteckten Grashütte in den Irrsümpfen nur damit gespielt hast.*

Ich verstehe den Talisman besser, als Ihr denkt!

*Tolo, es gibt nur eine Möglichkeit für dich, ein guter Zauberer zu werden – du mußt mir die Krone zurückgeben und dich meiner Sternengilde anschließen. Komm zu mir, mein lieber Junge. Ich werde dir deine Treulosigkeit vergeben und dich wieder als meinen Adoptivsohn und Erben einsetzen. Und wenn ich sterbe, wird das Dreihäuptige Ungeheuer wieder dir gehören – dann wirst du wahrhaftig sein Herr sein und auch der Herr der Welt.*

Orogastus, Ihr habt mich schon einmal als Marionette benutzt. Noch einmal wird Euch das nicht gelingen.

*Tief in deinem Herzen, Tolo, sehnst du dich immer noch danach, mein Sohn zu sein.*

Mag sein. Aber dieser Wunsch ist nur das Hirngespinst eines Kindes. Es ist eine Versuchung, die tief in mir verborgen ist und nur zum Vorschein kommt, wenn ich schlafe. Wenn ich wach und im Vollbesitz meiner Sinne bin, weise ich Euch zurück. Und jetzt weise ich Euch zurück!

*Ich hatte gehofft, daß du aus freien Stücken zu mir kommen würdest – aber nun gut. Ich möchte dir jetzt eine andere Frage stellen: Ist es dir gleichgültig, ob deine Mutter, Königin Anigel, lebt oder stirbt?*

Selbstverständlich nicht!

*Dann benutze die Krone, um ein Bild von ihr zu bekommen. Ihr Schicksal liegt jetzt ganz in deiner Hand. Du wirst darüber entscheiden – was du bei dem armen alten Ralabun nicht konntest.*

Was meint Ihr damit?«

*Die Königin ist die Gefangene meiner Verbündeten, der Erzherzogin Naelore, einer gefährlichen und unversöhnlichen Frau.*

Das ist nicht wahr! Ich habe meine Mutter bereits gesehen. Sie ist frei und reitet in einem Wald oberhalb von Brandoba, begleitet von den anderen Herrschern, die von Euch entführt wurden.

*Königin Anigel ist tatsächlich mit den anderen aus meinem*

*Schloß entkommen, aber sie wurde wieder eingefangen. Deine Krone wird sie dir zeigen, als elende Gefangene in der Gewalt von Naelore. Steh auf und befiehl dem Dreihäuptigen Ungeheuer, die Richtigkeit meiner Worte zu überprüfen.*

Ich ... ich habe Tante Kadiya mein Wort gegeben, die Zauberkräfte des Talismans nicht ohne ihre Erlaubnis einzusetzen.

*Was? Um Erlaubnis bitten? Bist du ein wehleidiger Schuljunge, der seine Amme um Erlaubnis fragen muß, wenn er den Abtritt benutzen will – oder der Besitzer von einem der drei Teile des Großen Zepters der Macht? Du schuldest deiner Tante keine Loyalität. Sie hat deinen Kummer ausgenutzt, um dieses Versprechen von dir zu erzwingen. Es hat keinerlei Bedeutung. Benutze den Talisman, um dich davon zu überzeugen, daß deine Mutter gefangen ist. Jetzt!*

Ich ... ich glaube Euch auch so.

*Törichter Junge. Willst du etwa mit mir spielen?*

Warum sollte ich das tun?

*Vielleicht, weil du noch immer der rührseligen Hoffnung nachhängst, deine Mutter selbst retten zu können! Tolo, ich habe jetzt genug von deinem kindischen Geschwätz. Königin Anigel und ihre drei ungeborenen Kinder, die sie unter dem Herzen trägt, werden eines schrecklichen Todes unter Naelores Schwert sterben, wenn du nicht in aller Eile in die sobranische Hauptstadt kommst und mir das Dreihäuptige Ungeheuer und die Sternentruhe übergibst.*

Ich glaube Euch nicht ...

*Im Zentrum von Brandoba steht der Kaiserpalast, und davor liegt der Lustgarten, eine offene Fläche, wo sich um Mitternacht die Bürger der Stadt versammeln werden, um das Vogelfest zu feiern und sich das Feuerwerk anzusehen. Sei dort, in der Nähe des Goldenen Grissbrunnens! Ich werde dich finden und deine Mutter wohlbehalten in deine Obhut geben, sobald du mir den Talisman und die Truhe ausgehändigt hast.*

Die Krone gehört mir!

*Und das Leben deiner Mutter gehört mir ... Mach keinen Fehler, Junge! Wenn du mir nicht gehorchst, wirst du die Leiche deiner Mutter mit aufgeschlitztem Bauch neben dem Brunnen finden.*

Heilige Blume! Nein!

*Und dann wirst du schuld daran sein, daß sie sterben mußte. Du wirst dein ganzes Leben lang darunter leiden.*

Nein, nein, nein ...

Der Prinz schien das Gesicht seiner Mutter vor sich zu sehen. Tränen strömten ihr aus den Augen. Sie rief immer wieder seinen Namen und flehte ihn an, dem Zauberer die Krone zu geben, damit ihr Leben und das der Kinder in ihrem Leib geschont wurden. Aber Tolivar war plötzlich mit Stummheit geschlagen. Er konnte ihr nicht antworten. Obwohl er es mit aller Kraft versuchte – er konnte das Wort »ja« nicht aussprechen, das seine Mutter befreien würde.

Er konnte seinen Talisman nicht aufgeben.

Nein! Niemals!

Mit einem Mal war er hellwach. Er stützte sich auf den Ellbogen und sah sich rasch auf dem Federdachboden um. Es war schon reichlich spät am Tag. Die Strahlen der Nachmittagssonne fielen auf die herumwirbelnden Staubteilchen. Die vier Ritter waren offenbar aufgewacht und nach unten gegangen. In seinem Kopf hörte er immer noch das Echo von Königin Anigels herrzerreißendem Flehen und seiner schändlichen Weigerung.

Aber vielleicht war es doch nur ein Traum gewesen.

Er würde feststellen müssen, ob es sich wirklich so verhielt. Das Versprechen, das er seiner Tante gegeben hatte, war für ihn jetzt nur noch die Worte eines einfältigen, verschreckten Kindes. Mit welchem Recht verlangte die Herrin der Augen von ihm, sich keiner Magie zu bedienen, gerade jetzt, da das Leben seiner Mutter vielleicht davon abhing, daß er den Talisman benutzte?

»Talisman«, flüsterte er und packte die unter seinem Hemd verborgene Metallkrone noch fester. »Zeig mir Königin Anigel.« Er schloß die Augen, und vor seinem inneren Auge entstand ein Bild. Es schien, als wäre er einer der sobranischen Vögel, die sich aus großer Höhe herabstürzen und dann nur wenige Ellen über der Erde auf dem Ast eines Baumes landen.

Auf einer großen Waldlichtung lagerten mehrere hundert schwerbewaffnete Soldaten. Einige von ihnen waren Sternenmänner, die Brustharnische über ihrem Zauberergewand trugen, außerdem Helme mit spitzen Metallstrahlen. Inmitten der Armee stand ein Pavillon aus Tuch, dessen Seitenwände aufgerollt waren. Darin saß Orogastus, der Wein aus einem goldenen Becher trank. Vor dem Zelt stand Naelore, die eine schwarzsilberne Rüstung trug und triumphierend lächelte, während ihr die Armee zujubelte. In der Hand hielt sie ein Langschwert.

Vor der Zauberin stand ein kleiner Baum, an dem Königin Anigel festgebunden war.

Das Gewand der Gefangenen war schmutzig und zerrissen, ihr blondes Haar zerzaust, ihre Handgelenke und Fußknöchel waren aufgeschürft und bluteten von den Riemen aus Rohleder, mit denen man sie gefesselt hatte. Während Tolivar entsetzt zusah, ließ Naelore das Schwert sinken, bis seine scharfe Spitze zwischen den Brüsten seiner Mutter lag. Ganz langsam fuhr die Erzherzogin mit der Klinge an ihrem Bauch hinunter und deutete dann einen kurzen, waagrechten Schnitt im groben Tuch des Gewandes an.

Wie immer war das Bild des Talismans auch jetzt stumm. Naelore schien die Königin mit Fragen zu überhäufen, aber Anigel blieb völlig gelassen. Ihr Blick war in weite Ferne gerichtet. Die Meute aus Soldaten und Sternenmännern lachte höhnisch.

»Mutter!« stöhnte Tolivar leise. »O Mutter.«

Königin Anigel konnte ihren Sohn nicht hören – ganz im Gegensatz zu Orogastus. Er drehte den Kopf und schien den Prinzen direkt anzusehen. Die Strahlen auf dem Helm des Sternenmeisters waren länger und ornamentreicher als die der anderen Gildemitglieder. Der obere Teil seines Gesichts wurde von einem Visier verdeckt, aber seine grausamen silbernen Augen waren deutlich zu sehen. Obwohl sich die Lippen des Zauberers nicht bewegten, hörte Tolivar ganz deutlich, wie er sagte:

*Erzähl niemandem, was du gerade gesehen hast, oder die Königin und deine ungeborenen Brüder werden auf der Stelle hingerichtet. Vergiß nicht: Sei um Mitternacht am Brunnen vor dem Palast. Ich werde maskiert sein, aber du wirst mich leicht erkennen kön-*

*nen. Bring die Krone und die Sternentruhe mit. Hast du verstanden?*

Jetzt erst konnte Tolivar das Wort aussprechen.

»Ja«, flüsterte er. »Ich werde alles tun, was Ihr sagt.«

Das Bild verschwand, und der Prinz sah nur eine rötliche Leere hinter seinen geschlossenen Augenlidern. Bittere Tränen schossen ihm in die Augen und kullerten dann langsam über seine Wangen. Er beachtete sie nicht, sondern lag einfach da, reglos wie ein Stein, die Hände um den Talisman geklammert, bis aus seiner hilflosen Wut ein dumpfer Schmerz geworden war. Nach langer Zeit rief Tante Kadiya seinen Namen und sagte ihm, er solle zum Abendessen herunterkommen.

»Ja«, sagte er und steckte das Dreihäuptige Ungeheuer wieder in sein Hemd, mit den scharfen Spitzen nach innen, so daß sie ihm in die bloße Haut stachen.

Eine Stunde nach Sonnenuntergang des nächsten Tages lief das kadunische Segelboot, dessen Besatzung scheinbar lediglich aus Kritch bestand, langsam im Hafen von Brandoba ein. Dahinter, jenseits der Bucht in Richtung Westen, türmten sich düstere, pupurrote Wolken am Himmel – ein sicheres Zeichen dafür, daß es noch vor Anbruch der Morgendämmerung regnen würde. Der leichte Wind, der die Überfahrt beschleunigt hatte, drehte jetzt ebenfalls nach Westen, so daß es dem eingeborenen Kapitän leichter fiel, sein kleines Boot durch das Wasser zu lenken, auf dem sich Galeeren, Handelsschiffe mit hohen Masten und zahllose kleinere Boote drängten, die an der Reede geankert hatten. Die meisten Schiffe hatte ihre Takelage aus Anlaß des Vogelfestes mit bunten Öllampen aus Glas geschmückt.

Die sobranische Hauptstadt strahlte im Glanz der Lichter. Feuerkörbe auf hohen Pfeilern säumten die Boulevards und großen Straßen, und von jedem Gebäude hingen Girlanden aus Lampions herab. Auf der Uferpromenade drängten sich Kostümierte, die tanzten und lachten und sogar an den reichgeschmückten Geländern der Kais schaukelten. Auf der großen Treppe zur Promenade standen mehrere Blaskapellen, die offenbar einen musikalischen Wettstreit austrugen und feststellen wollten, wer am lautesten spielen konnte.

Kritchs Passagiere blieben unter Deck, während sich sein Boot dem Ufer näherte, da es Verdacht erregen würde, wenn man Menschen auf einem Eingeborenenboot sähe. Kadiya und die anderen lugten aus den Bullaugen nach draußen und sahen sich das Spektakel an, bis Kritch an einem Kai anlegte, das nur von kadunischen Händlern benutzt wurde und vom eigentlichen Hafengebiet ein Stück entfernt lag.

Der Federjäger betrat kurz das Dock, um mit einigen Eingeborenen aus der Stadt zu sprechen, kam dann wieder an Bord und rief in die Kajüte hinunter. »Ihr könnt jetzt herauskommen und von Bord gehen.«

Jagun und der Prinz kletterten als erste die Treppe zur Kajüte hinauf, gefolgt von jenen, die später an Land gehen würden. Kadiya und die Lehnsherren trugen Kostüme, die sie von Kritch gekauft hatten, und mit denen sie sich unbemerkt unter die Feiernden mischen konnten. Da die Kajüte so dunkel und beengt gewesen war, konnten sie die Kostüme, die sie mit Jaguns und Tolivars Hilfe angelegt hatten, erst jetzt, als sie an Deck kamen, richtig sehen.

Die Herrin der Augen trug einen Mantel und ein Unterkleid aus prächtig schildernden, purpurroten Federn. Auf der dazu passenden Kapuze war ein großer, gelber Kamm befestigt worden, und ein goldener Schnabel auf der Stirn verdeckte ihr Gesicht. Den Talisman mitsamt seiner Scheide hatte sie unter ihrem Mantel verborgen.

»Ihr seht großartig aus, Weitsichtige«, sagte Jagun, woraufhin sie sich lachend vor ihm verbeugte.

Die Brüder Kalepo und Melpotis hatten dunkelblaue Kostüme angelegt, die Nyars darstellen sollten. Die weit ausladenden Kopfdeckungen waren mit aufgerissenen, mit Zähnen bestückten Schnäbeln versehen, durch die sie hinaussehen konnten. Edinars Federkleid war leuchtendrot und hatte einen sonderbaren, flachen Schnabel an seiner Kapuze. Als Melpotis angesichts des possierlichen Aussehens des jungen Ritters zu kichern anfing, drückte Edinar auf das im Kopfstück eingebaute Lärminstrument und gab ein heiseres Quacken von sich, das die beiden Nyars in stürmisches Gelächter ausbrechen ließ.

Als letzter Kostümierter kam schließlich Sir Sainlat an Deck. Aufgrund seiner kräftigen Statur hatten sie lediglich ein Vogelkostüm gefunden, das ihm paßte – das eines Seepothis. Es war hellrosa, mit einem lächerlich weit ausladenden Fächer aus rosafarbenen und schwarzen Federn am Hinterteil. Die gefederte Kapuze ließ Sainlats Gesicht frei, bis auf die Nase, die hinter einem kegelförmigen schwarzen Schnabel verborgen war.

»Ich komme mir wie ein ausgemachter Narr vor«, sagte der hochgewachsene Ritter vergnügt.

»Du siehst noch viel schlimmer aus«, versicherte ihm Edinar.

»Ich gratuliere deiner Familie zu ihrem Geschick«, sagte Kadiya zu Kritch. »Die Kostüme sind hervorragend gelungen. Sie engen uns nicht allzusehr in unseren Bewegungen ein, und unsere Rüstungen und Waffen darunter sind kaum zu erkennen.«

Der Kadun öffnete einen großen Weidenkorb, der an Deck stand, und holte ein Netz mit bunten Kugeln heraus. »Vielleicht möchtet Ihr noch einige hiervon mitnehmen. Es sind ausgeblasene Grisseier, die mit Konfetti und Niessporen gefüllt und dann mit Wachs versiegelt wurden. Es ist eine alte Sitte bei uns, sie zu zerschlagen und den Inhalt auf die anderen Feiernden zu werfen. Die Eier sind Euch vielleicht nützlich, wenn Ihr von der Menge behindert werdet.«

»Ich danke dir«, sagte Kadiya zu ihm, »aber meine Zauberkräfte werden genügen. Ich möchte nicht, daß wir noch mehr mit uns herumtragen. Nun denn: Wenn wir bis zur Morgendämmerung nicht zurückgekehrt sind oder in der Stadt ein Tumult ausbricht, verläßt du mit Jagun und Prinz Tolivar den Hafen und fährst aufs Meer hinaus. Ich werde Jagun mit meinem Talisman anrufen, und er wird dir dann neue Anweisungen geben.«

Sie nickte den Rittern zu, und die Männer gingen das Fallreep hinunter zum Dock, wo sie auf Kadiya warteten. Im Gegensatz zu den lärmenden Massen weiter unten an der Uferpromenade lag der von den Eingeborenenschiffen benutzte Bereich fast gänzlich verlassen da, bis auf einige Matrosen von der Handvoll kleiner Boote, die jenem von Kritch ähnelten und träge auf dem dunklen Wasser schaukelten. Die Kadun nahmen keine Notiz von den seltsam gekleideten Menschen.

Bevor sie aufbrach, ging Kadiya noch zu Prinz Tolivar, der zum Bug geschlendert war und sich dort hingesetzt hatte, um ihm noch einige Worte der Ermahnung zu sagen. Der Junge antwortete ihr demütig und bescheiden. Dann kehrte sie zum Mittelteil des Bootes zurück, wo Jagun und Kritch standen.

»Paßt gut auf den Jungen auf«, sagte sie mit leiser Stimme zu ihnen. »Laßt ihn auch nicht einen Moment allein. Er scheint sehr niedergeschlagen zu sein, und ich glaube nicht, daß er Dummheiten machen wird. Wenn er trotzdem etwas anstellt, sendet sofort den Ruf an mich aus.«

»Wir werden uns um ihn kümmern, Weitsichtige«, versicherte ihr der alte Nyssomu.

Sie wollte schon gehen, als Kritch sie bat, noch etwas zu bleiben. »Herrin, bevor Ihr aufbrecht, muß ich Euch noch einige sonderbare Neuigkeiten erzählen, die mir ein Fährmann meiner Rasse erzählte, mit dem ich beim Sichern der Leinen sprach.« Er deutete auf den Randbereich des Hafens, der im Halbdunkel kaum noch zu sehen war. »Seht Ihr jenes große Schiff dort draußen, mit dem einzelnen roten Licht am Heck?«

Kadiya nickte.

»Es führt die Flagge von Zinora und ist erst heute am Nachmittag angekommen. Der Fährmann hat mir versichert, daß es kein gewöhnliches Küstenhandelsschiff ist, sondern eine Triere mit drei Masten, eines der schnellsten Schiffe, die auf den Meeren unterwegs sind. Die Mannschaft besteht nicht aus Zinorianern, sondern aus Sobraniern, und der Eigentümer ist ein Adliger namens Dasinzin, von dem bekannt ist, daß er ein Sympatisant der abtrünnigen Erzherzogin Naelore ist.«

Kadiya murmelte einen Fluch und holte ihren Talisman hervor. Sie richtete das Schwert auf das geheimnisvolle Schiff, das vor dem dunkler werdenden Abendhimmel kaum mehr als eine Silhouette war, und sagte: »Brennendes Auge, sag mir, ob dieses Schiff dort zu den Sternenmännern gehört.«

*Die Frage ist unzulässig.*

»Zeig mir den Frachtraum.«

*Der Befehl ist unzulässig.*

Mit einem grimmigen Ausdruck auf dem Gesicht steckte Kadiya das Zauberschwert wieder ein.

»Ich glaube«, sagte Jagun, »daß Eurer Talisman die Frage beantwortet hat, indem er nicht geantwort hat.«

»Sternenmänner – oder ich bin die Großcousine einer schielenden Togense!« Kadiya wandte sich an Kritch: »Ist dir bekannt, ob jemand von den Hafenbehörden des Kaisers an Bord des Schiffes gegangen ist?«

»Nein, niemand. Wegen der bevorstehenden Festlichkeiten wurden alle Inspektionen verschoben. Kadunische Fährmänner, unter denen sich auch mein Gesprächspartner befand, haben frischen Proviant und andere Vorräte zur Galeere gebracht, und die Mannschaft hat nicht darauf geachtet, was in ihrer Nähe gesagt wurde – wie so oft, wenn Menschen es mit meinem Volk zu tun haben, da sie uns für dumm und minderwertig halten. Die Fährmänner haben herausgefunden, daß das Schiff nicht von Osten gekommen ist, wo Zinora und die anderen Länder der Menschen liegen, sondern von den weit entfernten nordöstlichen Breitengraden, aus der Gegend hinter dem Land der gesetzlosen Stämme, wo bis auf das Meeresvolk niemand wohnt.«

Kadiyas Augen verengten sich. »Meinst du jene Eingeborenen des Meeres, deren Hüter Iriane, die Erzzauberin des Meeres, ist?«

»Eben jene. Aber man sagt, daß die Blaue Frau tot und daß ihr Volk von der Sternengilde unterworfen worden sei.«

Kadiya und Jagun sahen sich an. Beide wußten, daß Iriane in verzaubertem Eis gefangengehalten wurde und auch, daß Orogastus die Meeresbewohner vermutlich dazu gezwungen hatte, Waffen des Versunkenen Volkes vom Meeresboden zu holen. Wenn die Triere wirklich den Sternenmännern gehörte und solche geheimnisvollen Waffen mit sich führte, war das vielleicht ein Hinweis auf eine bevorstehende Invasion.

»Ich danke dir für diese wichtigen Informationen«, sagte Kadiya zu Kritch. »Du solltest den kadunischen Eingeborenen raten, um dieses Schiff dort einen großen Bogen zu machen. Wem auch immer es gehört – er führt nichts Gutes im Schilde.«

»Ich werde tun, was Ihr sagt.«

»Zur Zeit«, fuhr Kadiya fort, »wage ich es nicht, einen Versuch zu unternehmen, um die Galeere persönlich zu untersuchen. Ich muß zuerst Kaiser Denombo darüber in Kenntnis setzen, auf welche Weise die anderen Herrscher von der Sternengilde entführt wurden, und ihn davor warnen, daß sein Land und sein Leben vielleicht in höchster Gefahr sind. Ich werde dem Kaiser von der Triere erzählen, dann kann er sich darum kümmern.«

»Wir werden das geheimnisvolle Schiff beobachten, Weitsichtige. Wenn die Mannschaft sich daran macht, verdächtige Fracht an Land zu bringen, oder wenn sie ganz offen einen Angriff beginnen, werde ich den Ruf an Euch aussenden«, sagte Jagun.

»Bete, daß die Herrscher der Lüfte heute nacht mit uns sind.« Kadiya befahl ihrem Talisman erneut, sie und ihre Ritter vor den magischen Blicken der Sternenmänner zu schützen. Dann rannte sie das Fallreep hinunter auf das Dock, wo die vier Lehnsherren schon ungeduldig auf sie warteten. Innerhalb von wenigen Minuten waren die kostümierten Eindringlinge zwischen den Lagerschuppen verschwunden. Jagun und Kritch starrten ihnen nach.

»Heute nacht wird es für sie nicht gerade einfach sein, zum Kaiser vorzudringen«, bemerkte Kadun. »Er wird zuerst von zeremoniellen Pflichten im Namen der Göttin Matuta in Anspruch genommen sein, und anschließend muß er sich bei dem großen Feuerwerk zeigen. Rund um den Palastbezirk wird sich eine riesige Menge versammeln, und manchmal kommt es auch zu Straßenkämpfen. Die Wachsoldaten werden in Alarmbereitschaft sein. Aber die Mengen sind in der Regel recht friedlich in der ersten Nacht, besonders, wenn das Feuerwerk gelungen ist und die Kaisergabe, die darauf folgt, großzügig ausfällt.«

»Was ist eine Kaisergabe?« fragte ihn Jagun.

»Ein kleines Geschenk, das Glück bringen soll. Es wird aus Anlaß des Festes vom Kaiser an das gemeine Volk verteilt. Jungfrauen, die in einer Kolonne aus geschmückten Karren fahren, werfen kleine Päckchen unter die Menge. Die meisten Gaben enthalten ein Stück Papier mit einem klugen oder humorvollen Spruch, der um Konfekt oder eine andere Süßigkeit gewickelt ist, aber in einigen sind Silber- oder Goldmünzen – und immer ist auch eine einzige Platinkrone dabei, die der Mensch findet, der am meisten Glück hat.«

Der ausgelassene Lärm wurde immer lauter. Neben der Musik der umherziehenden Blaskapellen war jetzt auch ein rhythmisches Tuten aus unzähligen Vogelpfeifen zu hören, während sich die Menschen spontan zu Paraden zusammenfanden und durch die Straßen marschierten. Kritch wandte sich von dem farbenfrohen Bild an Land ab und starrte niedergeschlagen zu der vor Anker liegenden Triere hinüber.

»Der Wind riecht heute nach kaltem Regen, für den es jetzt gar nicht die Zeit ist – und nach großem Unheil.« Er deutete nach unten auf das Wasser im Hafen. »Und siehst du, von welch sonderbarer Färbung das Meer hier ist? Es ist so grau wie Haferschleim. So etwas habe ich noch nie gesehen, und ich habe auch noch nie davon gehört. Ich wünschte wirklich, ich hätte mich nicht bereit erklärt, euch nach Brandoba zu bringen, Freund Jagun.«

»Aber dadurch hast du es meiner Herrin ermöglicht, vielleicht viele Leben zu retten.«

»*Menschliche* Leben! Wie kannst du nur einer Herrin dienen, die der Rasse unserer Unterdrücker angehört?« murmelte Kritch.

»Im Land der Irrsümpfe«, sagte Jagun, »sind einige meines Volkes schon seit Jahrhunderten enge Verbündete der Menschen und haben sich dadurch ihren Respekt und sogar ihre Liebe verdient. Und seit kurzer Zeit, dank der drei Frauen, die auch die Blütenblätter der Lebenden Drillingslilie genannt werden und von denen meine Herrin eines ist, haben sich die alten Feindseligkeiten zwischen den Menschen und den Eingeborenen fast gelegt. Wir wissen inzwischen, daß in den

Adern unserer beiden Rassen dasselbe Blut fließt, und daher sind wir bestrebt, echte Brüder und Schwestern zu sein, obwohl wir so unterschiedlich aussehen.«

»Die Sobranier denken da ganz anders«, sagte Kritch, »und auch die Kadun. Warum bist du so sicher, daß eure Anschauung die richtige ist?«

Jagun erzählte ihm von der Geschichte des Versunkenen Volkes und von dem Großen Krieg zwischen den Erzzauberern, wie die Welt dadurch fast zerstört worden wäre und wie es den Überlebenden in den zwölfmal zehn Jahrhunderten bis heute ergangen war. Als er geendet hatte, war der Kadun höchst erstaunt – obwohl er eine düstere Befriedigung darüber empfand, daß die Welt aus geheimnisvollen Gründen aus dem Gleichgewicht geraten war, da dies seine eigenen Befürchtungen bestätigte, die jedoch nicht sehr konkret gewesen waren. Danach standen die beiden Eingeborenen noch eine Weile schweigend an der Reeling, bis Prinz Tolivar seinen Platz am Bug verließ, wo er allein und außer Hörweite gestanden hatte, zu ihnen herüberkam und sie ansprach.

»Ich habe letzte Nacht schlecht geschlafen«, sagte der Junge. »Ich glaube, ich werde nach unten gehen und mich ein wenig hinlegen. Es macht nicht sehr viel Spaß, bei einem Fest aus so großer Entfernung zuzusehen.«

»Ich werde mit Euch gehen«, sagte Jagun.

Der Prinz lächelte. »Das brauchst du nicht.«

»Ganz gleich«, beharrte der alter Jäger, »wir gehen zusammen.« Er wartete, bis der Junge die Treppe zur Kajüte hinuntergeklettert war, und folgte ihm dann.

Tolivar half Jagun dabei, die abgelegten Kleidungsstücke und andere Reste von der Kostümierung wegzuräumen. Dann kletterte er in eine der schmalen Kojen des Segelbootes und tat so, als würde er sofort einschlafen. Der Nyssomu saß über eine Stunde in der winzigen Kombüse des Schiffes, dann kroch er leise wieder an Deck, genau wie es der Prinz erwartet hatte.

Keines der Bullaugen im Schiff war breiter als zwei Handspannen, und die Luke achtern war fest verschlossen, daher blieb ihm als einziger Weg nach oben nur die Leiter zur Kajüte. Tolivar war sich sicher, daß Jagun oder Kritch den Niedergang die ganze Nacht über bewachen würden, doch er vermutete, daß keiner von beiden einen ernsthaften Fluchtversuch von ihm erwartete. Sie dachten, er trauerte immer noch um Ralabun und würde sein Wort, keine Magie einzusetzen, nicht brechen. Da sie außerdem glaubten, Königin Anigel wäre immer noch in Freiheit, dachten sie sicher, daß es keinen Grund für ihn gab, sich auf die Suche nach ihr zu machen.

Falsch, sagte der Prinz traurig zu sich selbst, alles falsch.

Leise schlüpfte er aus der Koje und zog sich die Stiefel an. Dann nahm er die Krone aus seinem Hemd und setzte sie auf.

Talisman, befahl er leise, sag mir, wo Jagun die Sternentruhe versteckt hat.

*Sie befindet sich im großen Schrank in der Kombüse.*

Dann befahl Tolivar dem Talisman, ihn unsichtbar zu machen. Er holte die Sternentruhe und steckte sie in einen der Säcke, in denen die Kostüme gewesen waren. Dann schnürte er sich das lange Bündel auf den Rücken. Als Sack und Sternentruhe ebenfalls unsichtbar waren, richtete er einen neuen Befehl an die Krone:

Sag mir, wie ich Jagun und Kritch in einen Zauberschlaf versetzen kann.

*Stellt sie Euch in Gedanken so vor, dann ist der Befehl ausgeführt.*

Wird ... wird ihnen der Zauber schaden?

*Sie werden vor Hunger und Durst umkommen, wenn Ihr sie nicht rechtzeitig wieder aufweckt oder den Zauber ändert.*

Kann ich ihnen befehlen, nur bis Sonnenaufgang zu schlafen?

*Gewiß.*

Prinz Tolivar schloß die Augen und stellte sich vor, wie sich die beiden Eingeborenen niederlegten und friedlich einschliefen. Dann malte er sich aus, wie sie bei Sonnenaufgang wieder erwachten, befahl den Zauber, und öffnete die Augen.

Schlafen sie?

*Ja.*

Der Junge seufzte erleichtert und kletterte dann die Leiter hinauf auf Deck. Die Eingeborenen lagen zusammengerollt auf dem Boden, der eine links, der andere rechts von dem Weidenkorb, der mit den bunten Eiern gefüllt war. Tolivar zog den kleinen Jagun hinüber zu Kritch und deckte beide mit einer Plane zu, damit sie vor Kälte und Regen geschützt waren. Nachdenklich musterte er den Weidenkorb. Dann nahm er eines der Netze mit den Wurfgeschossen an sich, befestigte es an seinem Gürtel und machte es unsichtbar.

»Talisman! Sag mir, wo meine Mutter jetzt ist.«

*Der Befehl ist unzulässig.*

Dem Prinzen blieb fast das Herz stehen. »Wird sie von der Macht des bösen Sterns verborgen?«

*Die Frage ist unzulässig.*

Aber der Prinz wußte, daß dem so war. Vorhin, als Orogastus wollte, daß er um die Gefahr wußte, in der seine Mutter schwebte, hatte er sie deutlich sehen können. »Nun, ich weiß ja, wie ich sie finden kann«, sagte Tolivar zu sich.

Er warf einen Blick auf den Himmel. Die Sturmwolken hatten gespenstisch aussehende Ringe um das Dreigestirn entstehen lassen, und der immer heftiger wehende Wind brach sich in der Takelage des Segelbootes, wo sich sein unheimliches Heulen mit der Musik der Blaskapellen mischte, die aus einiger Entfernung zu ihm herüberdrang. Er hatte keine Ahnung, wie viele Stunden es noch bis Mitternacht waren, dem Zeitpunkt, zu dem er Orogastus treffen sollte.

Tolivar mußte seinem Talisman jetzt nur noch eine einzige Frage stellen – von der alles abhing.

»Wird Orogastus mich sehen können, obwohl ich unsichtbar bin?«

*Ja, denn Ihr seid immer noch unschlüssig, ob Ihr ihn zurückweisen sollt.*

Der Prinz hatte eine solche Antwort erwartet.

Immer noch unsichtbar, ging er das Fallreep hinunter auf das Kai, wobei er sich nicht die Mühe machte, einen Blick auf die Schiffe im Hafen zu werfen. Eines von ihnen, eine große Triere, die im Gegensatz zu den anderen Schiffen nicht mit festlichen Lichtern geschmückt war, schien sich von ihrem Anker losgerissen zu haben und trieb jetzt langsam auf das Ufer zu.

# 24

Am frühen Abend ritt die Armee des Orogastus heimlich nach Brandoba hinein, wobei immer nur wenige Männer durch das kaum benutzte Jägertor am Nordostrand der riesigen Stadt hereinkamen. Die Soldaten und die Mitglieder der Gilde folgten Orogastus Befehlen und mischten sich unauffällig unter die Menge der Festteilnehmer. Zum vereinbarten Zeitpunkt sollten sie sich mit den Partisanen der Erzherzogin Naelore im Lustgarten der Stadt treffen, wo – wenn alles gutging – die Invasoren den Befehl zum Sturm auf den Palast erhalten würden.

Jeder Anhänger des Sterns trug einen weiten Umhang aus glänzenden schwarzen Federn und eine Vogelmaske mit großen goldenen Augen. Die einzige Ausnahme in der finsteren Schar war eine ziemlich kleine Gestalt, die hinter einem der schwarzen Vögel im Sattel saß und die schmucklosen grauweißen Federn eines Meergriss über einem einfachen, wollenen Gewand trug.

»Hört auf zu zappeln«, sagte Naelore zu ihrer Begleiterin, »oder ich werde meinem Stern befehlen, Euch mit Schmerzen zu überziehen.«

»Wenn Ihr doch wenigstens die Fesseln an meinen Handgelenken lösen würdet«, erwiderte Königin Anigel, »dann könnte ich mich am Sattelrand festhalten und wäre nicht ständig in Gefahr, das Gleichgewicht zu verlieren. Es hilft mir auch nicht gerade, daß mir der Kopfputz dieses elenden Vogelkostüms ständig über die Augen rutscht.«

Die Erzherzogin lachte. »Euch losbinden? Wohl kaum, Hexenkönigin! Selbst ohne Eure widerliche Blume seid Ihr zweifellos in der Lage, einen schrecklichen Zauber auszuüben.«

»Ich bin keine Hexe«, sagte Anigel freundlich, »und die Schwarze Drillingslilie, die Ihr so sehr zu fürchten scheint, beschützt lediglich mein Leben. Sie kann niemandem etwas tun.«

»Hah! Erzählt das denn den Gildemännern, die versucht haben, sie Euch vom Hals zunehmen, während Ihr besinnungslos in Schloß Konflagrant lagt. Ihre Finger wurden durch das Zauberfeuer bis auf die Knochen verbrannt, als sie dieses verfluchte Amulett berührten.«

»Wirklich? Ich wußte gar nicht, daß mein Drillingsbernstein so etwas konnte. Ich selbst hätte Eure Leute nicht verletzt.«

»Ich nehme an«, sagte Naelore mit schneidender Stimme, »daß Ihr auch die Männer nicht verletzen wolltet, die Ihr bei Eurer Flucht durch das Becken der brennenden Geysire bei lebendigem Leibe verbrannt habt!«

»Ich bedauere den Tod unserer Verfolger«, sagte Anigel, »aber sie feuerten mit einer antiken Waffe auf uns und brachten mein Leben und das meiner Begleiter in Gefahr. Eben diese Waffe entzündete die brennbaren Gase.«

»Das sagt *Ihr*«, entgegnete Naelore. Als Anigel zu weiteren Erklärungen anhub, befahl ihr die Sternenfrau zu schweigen.

Orogastus, der als letzter das Stadttor passiert hatte, war unmittelbar hinter der Erzherzogin und ihrer Gefangenen geritten. Jetzt trieb er sein Reittier an, bis er sich neben ihnen befand. Seine hellen Augen unter dem schwarzen Schnabel der Vogelmaske funkelten.

»Ich werde ein Stück vorausreiten«, sagte er zu Naelore, »damit ich die Menge besser nach unseren Feinden absuchen kann. Es ist unwahrscheinlich, daß mir der Stern Kadiya zeigen wird, da sie sicher von ihrem Talisman abgeschirmt wird. Aber vielleicht entdecke ich ihre Begleiter, wenn sie sich aus ihrer unmittelbaren Nähe entfernen. Haltet die Augen auf und nehmt Euch in acht, wenn Ihr eine Frau mit einem schwarzen Schwert ohne Spitze seht.«

Der Zauberer trieb sein Reittier durch die immer größer werdende Menschenmenge, und Naelore und Anigel folgten ihm. Bald waren sie in einem Strom kostümierter Menschen gefangen, von denen einige auf Fronlern saßen, während die meisten aber zu Fuß gingen. Sie waren zum Zentrum der Stadt unterwegs, um das Feuerwerk im Lustgarten zu sehen. Gruppen aus Musikern, die in der Menge mitliefen oder auf Balkonen über den Straßen standen, mühten sich ab, das Getöse aus Vogelpfeifen, Lärminstrumenten und trunkenem Singen zu übertönen. Von Zeit zu Zeit warfen Scherzbolde Eier in die Menge, die mit glitzerndem Konfetti und Pilzsporen gefüllt waren, woraufhin lautes Schneuzen und gutmütige Flüche zu hören waren, bis die Belästigung aus der Luft sich wieder aufgelöst hatte. Orogastus und Naelore benutzten die Zauberkräfte des Sterns, um den nasekitzelnden Staub abzuwehren und Festteilnehmer wegzudrängen, die ihnen den Weg versperrten.

Als sie sich dem Kaiserpalast bis auf wenige Straßen genähert hatten, verließen die beiden Zauberer und ihre Gefangene den drängend vollen, lauten Boulevard und bogen in eine ruhigere Seitenstraße ein. Diese war von prächtigen Häusern gesäumt, die alle mit Vogelfiguren und gefederten Flaggen geschmückt waren. In den Zweigen der Bäume und oben auf den hohen Steinmauern, von denen die meisten Häuser umgeben waren, blinkten Laternen in den Nationalfarben Sobranias, grün und gold. Auch hier waren wieder kostümierte Menschen zu sehen, aber diese verhielten sich merkwürdig ruhig. Sie hatten sich zu schweigsamen Gruppen unter den Bäumen zusammengefunden oder saßen nebeneinander auf dem Randstein. Selbst bei dem schwachen Licht in der Straße konnte Anigel sehen, daß alle ohne Ausnahme rote Federn trugen.

Naelore ritt verkrampft und hielt die Zügel fest umklammert. Sie sah sich kein einziges Mal nach Anigel um. Es war klar, daß sie ihr Tier zurückhielt, um ein gutes Stück hinter Orogastus zu bleiben. Plötzlich sagte sie: »Erzählt mir von Eurer Schwester Haramis!«

Die überraschte Königin fing an, über die vielen Pflichten der Erzzauberin des Landes zu sprechen, aber das wollte die Sternenfrau nicht wissen.

»Ist Eure Schwester schön? Beschreibt sie mir.«

»Haramis ist viel größer als ich«, sagte Anigel. »Sie lange schwarze Haare und silberblaue Augen mit großen Pupillen, in deren Tiefe winzige Funken aus goldenem Feuer aufblitzen. Sie ist ganz gewiß schön, aber noch mehr fällt an ihr die achtunggebietende Erscheinung und die Aura übernatürlicher Kraft auf, die sie zu umgeben scheint.«

»Liebt ... liebt sie *ihn* so, wie er sie liebt?«

Anigel war überrascht, aber trotzdem wußte sie instinktiv, was die andere Frau meinte, und sie wußte auch, warum Naelore ihr diese Frage stellte. »Ich glaube, Haramis wünscht sich aus ganzem Herzen, daß sie Orogastus nicht lieben würde. Seine Ziele im Leben widersprechen den ihren völlig. Sie kann nicht umhin, ihn zu lieben, aber sie hat seit langer Zeit jede Hoffnung auf die Erfüllung dieser Liebe aufgegeben.«

Die Haltung der Sternenfrau entspannte sich etwas, als wäre ihr eine Last abgenommen worden. Als sie wieder eine Frage stellte, klang ihre Stimme nicht mehr ganz so mürrisch. »Ich weiß, daß Eure Schwester Haramis das dritte Stück des Dreiteiligen Zepters der Macht besitzt. Wie sieht dieses erstaunliche Instrument aus?«

»Der Dreiflügelreif ist ein kurzer Stab mit einer Art Reifen an einem Ende. Die Flügel selbst sind winzig und sitzen oben auf dem Reif, wo sie einen Drillingsbernstein umschließen, der dem meinen aufs Haar gleicht. Haramis trägt den Stab an einer Kette um den Hals.«

»Kann sie die Zauberkräfte dieses Reifs voll einsetzen – oder weiß sie nur wenig über ihren Talisman, so wie die Hexe Kadiya und Euer verlorener Sohn?«

Anigel überlegte einen Moment, bevor sie antwortete. Sie fragte sich, warum die Sternenfrau diese Frage nicht Orogastus gestellt hatte, dann kam ihr in den Sinn, daß sie es vielleicht schon getan hatte ... Trotzdem schien es keinen Grund zu geben, ihr eine Antwort zu verweigern. »Ich glaube nicht, daß es in unserer Zeit auch nur ein einziges lebendes Wesen gibt, daß die Funktionsweise des Zepters der Macht wirklich versteht. Es ist ein Werkzeug des Versunkenen Volkes, welches angeblich über so gewaltige Kräfte verfügt, daß jene, die es erfanden, am Ende Angst davor hatten, es zu benutzen. Getrennt voneinander verfügen die drei Teile des Zepters, die Talismane genannt werden, über sehr viel weniger Macht. Haramis ist im Einsatz ihres Talismans sicher um einiges geschickter als Kadiya, aber ihre größten Zauberkräfte sind völlig unabhängig vom Flügelreif und stammen aus ihrem heiligen und wohltätigen Amt.«

»Wohltätig? Sie ist doch eine Tyrannin wie die Erzzauberer des Meeres und des Himmels! Der Sternenmeister sagt, daß die drei seit undenklichen Zeiten die Menschheit und die Seltlingvölker manipulieren. Sie widersetzen sich jeglichen wissenschaftlichen und sozialen Fortschritten, weil diese ihre Machtposition gefährden würden.«

»Unsinn«, sagte Anigel. »Ich kann nicht für den Schwarzen Mann sprechen, aber sowohl meine Schwester Haramis als auch Iriane, die Erzzauberin der See, sind freundliche Hüterinnen, denen nicht einmal im Traum einfallen würde, die Völker dieser Welt zu unterdrücken. Sie haben einen feierlichen Schwur getan, niemals Magie einzusetzen, um damit einer lebenden Seele Schaden zuzufügen.«

»Und doch«, sagte Naelore, »hat Haramis einst das Zepter zusammengesetzt und versucht, den Sternenmeister damit zu töten!«

»Nein«, berichtigte Anigel sie. »Haramis, Kadiya und ich haben das Zepter eingesetzt, um die Zauberkräfte von Orogastus auf ihn zurückzulenken, als er uns Drei töten und unser kleines Königreich erobern wollte.«

»Der Meister sagt etwas ganz anderes!«

»Orogastus biegt die Wahrheit oft etwas zurecht, damit sie seiner Sache dienlich wird.«

»Er hat mich und die anderen Mitglieder der Sternengilde noch nie belogen.«

Anigel seufzte. »Hat er Euch versprochen, daß die Gilde die Welt beherrschen wird, wenn Ihr ihm bei seinen hochtrabenden Plänen helft? Haramis hat er einst mit dem gleichen lächerlichen Vorschlag in Versuchung führen wollen ...«

Die Sobranierin drehte sich im Sattel um und sah Anigel wütend an. »Dumme Närrin!« zischte sie. »Was wißt Ihr schon von den bedeutenden Plänen des Meisters? Herrschen ...? Das wird er ganz gewiß! Aber nicht, um einen überspannten persönlichen Ehrgeiz zu befriedigen. Er versucht, die Welt vor der furchtbaren Katastrophe zu retten, auf die sie unwissentlich zusteuert!«

»Was für eine Katastrophe? Wovon redet Ihr da?«

»Wenn Orogastus uns nicht rettet, sind wir alle verloren. Unsere Welt steht kurz vor der Zerstörung, da sie gepeinigt wird von geheimnisvollen inneren Leiden, die vor langer, langer Zeit ausgelöst wurden. Der Sternenmeister hat Näheres über die schreckliche Gefahr herausgefunden, als er vom Erzzauberer des Himmels gefangengehalten wurde. Und nur der Meister weiß, wie wir gerettet werden können.«

»Aber warum«, fragte Anigel mit berechtigtem Zweifel, »bringt er dann seine hehre Aufgabe nicht einfach zu Ende? Statt dessen schickt er Geheimagenten aus, damit diese überall auf dem Kontinent Aufruhr und Zwietracht säen. Er entführt die rechtmäßigen Herrscher von sechs Ländern und hält sie als Geiseln fest. Und wenn ich mich nicht irre, ist er heute nacht nach Brandoba gekommen, um Kaiser Denombo zu stürzen, damit Ihr den sobranischen Thron an Euch reißen könnt! Wenn Orogastus wirklich vorhat, die Welt zu retten, warum hält er sich dann mit einem Eroberungskrieg auf?«

»Die Heilung der Welt erfordert drastische Maßnahmen«, erklärte Naelore mit ernster Stimme, »und verlangt viele Opfer von der Bevölkerung. Darüber hinaus muß ein unsagbarer Zauber ausgeübt werden. Euch selbst überlassen, wärt ihr stolzen, unwissenden Herrscher niemals in der Lage, Eure Völker während der Zeit unter Kontrolle zu halten, in der das Gleichgewicht der Welt wiederhergestellt wird. Ihr seid zu feige, zu undiszipliniert und selbstsüchtig, um zu tun, was getan werden muß. Ihr braucht einen allmächtigen Führer, der Euch dazu zwingt.«

Anigel hätte ihr entrüstet widersprochen, aber Naelore sprach wie in Trance weiter. »Ich selbst bin nur eine willige Dienerin des Sternenmeisters. Wenn ich Kaiserin von Sobrania bin, werde ich alles tun, was er sagt, um seinen großen Plan voranzubringen. Und später, wenn das Werk vollbracht ist und die Himmelslilie über unserem Land erstrahlt – nachdem die Immerwährende Eisdecke für immer gebannt ist und das Versunkene Volk wieder unter uns weilt –, werde ich am Triumph des Meisters teilhaben. Wenn die Mächte der

Finsternis es wollen, werde ich vielleicht sogar seine Liebe gewinnen.«

Anigel war sprachlos.

Die große kontinentale Eisdecke schmolz dahin? Das Versunkene Volk kehrte zurück? Das war einfach lächerlich.

Aber die Welt war *tatsächlich* aus dem Gleichgewicht geraten. Haramis war davon überzeugt gewesen und hatte von den schweren Erdbeben, den heftigen Vulkanausbrüchen und den Unbillen des Wetters gesprochen, von denen viele Gebiete des Kontinents in den letzten Jahren heimgesucht worden waren. Doch die Erzzauberin hatte nie eine Andeutung darüber gemacht, daß diese Ereignisse die ersten Anzeichen für den Untergang des Planeten sein könnten.

Oder hatte sie es doch getan?

Die gefesselten Hände der Königin fuhren unwillkürlich zu ihrem Hals und suchten dort den Trost des Bernsteinamuletts. Aber die Blume war ebenso verschwunden wie Haramis, und es gab niemanden mehr, der ihre Fragen beantworten würde – außer ihr selbst.

Jetzt hielt Orogastus sein Reittier vor einem großen Wohnhaus mit einem stabilen Eisengitter an, wo die sonderbaren Gruppen aus rotgekleideten Feiernden besonders zahlreich waren. Er hob seinen Stern in die Höhe, woraufhin das Tor von einem Pförtner geöffnet wurde. Er winkte Naelore, ihm zu folgen, dann ritt er auf seinem Fronler hinein. Die beiden Tiere trotteten einen kurzen Kiesweg hinunter, der von Gartenanlagen gesäumt war, bis sie schließlich den hell erleuchteten Eingang des Hauses erreicht hatten. Dort warteten neun sobranische Männer in reichverzierter Rüstung und blutroten Federumhängen, die ihre federgeschmückten Helme unter dem Arm hielten.

In der Nähe standen einige livrierte Lakaien. Orogastus stieg ab und übergab einem von ihnen seinen Fronler, dann nahm er seine Maske und seinen Umhang ab und reichte sie einem anderen. Den sobranischen Adligen stockte der Atem, als sie die bizarre Rüstung der Sternengilde zu Gesicht bekamen. Der Zauberer winkte einen dritten Diener beiseite und half Naelore persönlich beim Absteigen. Anigel ließ er einfach im Sattel sitzen.

Mit einer einzigen Bewegung entledigte sich die Erzherzogin ihres schwarzen Vogelkostüms und ließ es zu Boden fallen. Bis auf den Strahlenhelm trug auch sie die silberschwarze Kriegsrüstung der Zaubergilde, aber jedes Teil ihres Panzers war mit Gold und Brillanten geschmückt. Um den Hals trug sie den Stern von Nerenyi Daral an seiner juwelenbesetzten Kette. Ihr feuerrotes Haar war zum Teil unter einer Krone aus Platin und Gold in Form eines Vogels mit herabhängenden Schwingen verborgen, der als Kopf einen riesigen Smaragd aufwies und mit Hunderten von weißen und gelben Diamanten besetzt war. Sie reichte dem Sternenmeister den Arm, und Orogastus senkte ehrerbietig den Kopf und führte sie zu den wartenden Männern.

»Lehnsherren«, rief er, »Eure Kaiserin.«

Die neun Adligen zogen ihre zweischneidigen Schwerter und streckten sie als Zeichen ihrer Treue in die Höhe. »Naelore!« riefen sie. »Lang lebe ihre Kaiserliche Hoheit, die Kaiserin Naelore!« Einer nach dem anderen trat vor und hielt ihr die Klinge seines Schwertes hin, damit sie es berührte. Dann brachten die beiden stattlichsten von ihnen einen prachtvollen Federmantel, dessen Farbschattierungen von kräftigem Scharlachrot an der Kapuze bis hin zu tiefstem Granatrot am Saum verliefen, und legten ihr diesen um die Schultern. Als die kurze Zeremonie vorbei war, begann Naelore zu sprechen:

»Geliebte Vassalen und Lehnsherren! Wir danken euch dafür, daß ihr Uns in dieser Schicksalsnacht beisteht, die niemals in Vergessenheit geraten wird, solange Unsere Nation besteht. Endlich ist die Zeit gekommen, um das große Unrecht wiedergutzumachen. Mit eurer Hilfe und mit der Unterstützung der Truppen, die ihr zusammengestellt habt, werden Wir unseren Bruder, den Thronräuber Denombo, stürzen und Unseren rechtmäßigen Platz auf dem kaiserlichen Thron von Sobrania einnehmen. Nachdem Wir diesen ersten Sieg errungen haben, werden Wir persönlich Unsere kaiserliche Flotte in das Südliche Meer führen, um dort jene Länder für das Kaiserreich zurückzuerobern, die einst von Unserer Ahnfrau, der ersten Naelore, beherrscht wurden.«

»Heil, siegreiche Kaiserin Naelore!« Die neun Lehnsherren schlugen mit ihren Stahlhandschuhen auf ihre Brustharnische. »Heil, Naelore die Mächtige! Heil, Naelore die Eroberin!«

Sie hätten den Jubel und die Kriegsrufe fortgesetzt, wenn nicht plötzlich Orogastus die Hand gehoben hätte, woraufhin jede Stimme abrupt verstummte. Die barbarischen Lehnsherren waren zu Stein erstarrt, unfähig, auch nur einen Muskel zu rühren.

»Feiern können wir später noch«, sagte der Zauberer trocken. »Wem von euch gehört die große Triere, die im Hafen liegt?«

Orogastus machte eine zweite Handbewegung, und die Sobranier konnten sich wieder bewegen. Sie waren verwirrt und entsetzt angesichts der Zauberkräfte des Zauberers, die dieser so beiläufig einsetzte, aber niemand wagte es, sich zu beschweren. Naelore selbst schien keine Notiz davon zu nehmen. Sie legte ihre Hand auf den Unterarm eines Mannes mit einem großen, nach oben gezwirbelten Schnurrbart, dessen Rüstung mit blauem Email geschmückt war. Er war einer der Männer, die ihren rotgefederten Mantel gehalten hatten.

»Sternenmeister«, sagte sie, »das hier ist Admiral Dasinzin, Unser treuer Verbündeter und lieber Freund seit Unserer Jugend. Mit seinem Schiff wurde das Material herbeigeschafft, das für unser großes Unterfangen von so entscheidender Bedeutung ist.«

Dasinzin räusperte sich mit finsterem Gesicht. Seine Finger gingen zum Knauf seines Schwertes, das in seiner Scheide steckte. »Ihr also seid der große Zauberer, der versprochen hat, uns unsere Kaiserin wiederzugeben.«

Orogastus lächelte nur.

»Werdet Ihr Euch dazu herablassen und mit uns Eure Strategie beraten?« erkundigte sich Dasinzin mit gefährlicher Höflichkeit. »Oder erwartet Ihr von uns, daß wir Eurer Truppe aus Zauberern in blindem Vertrauen folgen?«

Orogastus schien die Beleidigung nicht gehört zu haben.

»Admiral, habt Ihr der Mannschaft Eurer Galeere befohlen, die versiegelten Kisten an Land zu bringen?«

»Sie dürften innerhalb einer Stunde hier in meinem Haus eintreffen. Eure Vorhut hat mir mitgeteilt, daß die Fracht heimlich gelöscht und transportiert werden muß, immer nur wenige Kisten auf einmal.«

»Und Eure Hauptmänner und deren Stellvertreter?« wollte der Zauberer weiter wissen. »Stehen auch diese bereit?«

»Sie haben sich im Garten hinter dem Haus versammelt und erwarten dort ihre Befehle.«

Der Zauberer nickte zufrieden. »Nun gut. Ich werde mich sogleich mit ihnen beraten. Ich habe gesehen, daß bereits Soldaten auf den Straßen warten. Wie groß ist die Kampftruppe, die ihr zusammengestellt habt?«

»Über viertausend Mannen. Alle tragen das gleiche Kostüm, wie ihre Kaiserliche Hoheit befohlen hat, und sind schwerbewaffnet. Aber trotzdem werden wir die kaiserliche Garde nicht besiegen können, es sei denn ...«

»Es sei denn, ein mächtiger Zauber hilft uns dabei«, sagte Orogastus leise. »Und so wird es auch sein.«

Nun ergriff ein anderer der Adligen das Wort. »Wir haben alles getan, was man von uns verlangte, obwohl uns nichts von Eurem Schlachtplan bekannt war, weil wir der Kaiserin treu ergeben sind. Aber jetzt ist es an der Zeit für Euch, uns ins Vertrauen zu ziehen, Zauberer. Bevor wir weitermachen, müßt Ihr uns Eure Strategie erläutern und uns demonstrieren, welche Angriffskraft die Waffen der Sternengilde besitzen.«

Naelore antwortete ihm. »Macht Euch keine Gedanken deswegen, Lukaibo. Sobald die Fracht von Dasinzins Schiff hier eingetroffen ist, werdet Ihr mit eigenen Augen sehen, welch wundersame Waffen wir zusammengetragen haben. Und mehr noch, Ihr werdet selbst eine Zauberwaffe bekommen – wie die anderen Lehnsherren und so viele Soldaten eurer Truppen, wie wir ausrüsten können.«

Jetzt fingen die Sobranier an, voller Aufregung miteinander zu reden, aber sie verstummten sofort wieder, als Naelore die Hand hob. »Freunde«, sagte sie, »bewahrt noch einen Moment Ruhe. Laßt uns in Dasinzins Haus gehen, wo Euch der Sternenmeister alles erzählen wird.«

Die Adligen nickten zustimmend. Dasinzin verneigte sich vor der Erzherzogin, dann bot er ihr seinen Arm an, um sie ins Haus zu führen.

Anigel saß immer noch mit gesenkten Augen auf Naelores Fronler, die gefesselten Hände vor sich auf den Sattelrand gelegt.

Der Lakai, der das Tier hielt, richtete unterwürfig das Wort an Orogastus: »Herr, was soll mit dieser Gefangenen geschehen?«

Orogastus sah Anigel einen Augenblick lang an. Dann befahl er, sie zur Herrin des Hauses zu bringen und dafür zu sorgen, daß sie etwas zu essen bekommt und sich ausruhen kann. »Sag deiner Herrin, der Sternenmeister befiehlt ihr, diese Frau so zu bewachen, als hinge ihr Leben davon ab. Denn so ist es auch.«

Als er sich dem Lustgarten von Brandoba näherte, stellte Prinz Tolivar fest, daß es – genau wie in dem nebligen Wald am Fluß – ein mühseliges Unterfangen darstellte, in einer dichten Menge unsichtbar zu sein. Vielleicht lenkte ihn ja der Lärm zu sehr ab, jedenfalls war er nicht in der Lage, die Menschen durch einen Zauber zur Seite zu bewegen, und mußte sich daher wie alle anderen auch seinen Weg durch Schieben und Drücken erkämpfen. Der »leere« Raum, der von seiner unsichtbaren, aber dennoch vorhandenen Gestalt eingenommen wurde, erregte zunehmend Aufsehen, daher kletterte er auf einen der geschmückten Bäume, von denen die Straße gesäumt wurde. Als ihn die Blätter vor den Blicken der unter ihm tobenden Menge verbargen, wurde er wieder sichtbar.

»Talisman«, sagte er, »ich brauche ein Vogelkostüm. Nichts Auffallendes. So eines wie der Junge da drüben.« Er deutete auf einen jungen Burschen, der einen einfachen Umhang und eine Schnabelmaske aus braunen Federn trug, und stellte sich gleichzeitig vor, daß auch er mit einem solchen Kostüm bekleidet war.

Im nächsten Augenblick trug er es auch schon. Der Sack mit der Sternentruhe war immer noch auf seinen Rücken geschnürt, aber die Talismankrone wurde jetzt von dem Kopfputz des Kostüms verborgen. Zufrieden kletterte er vom Baum und ging weiter.

Er hatte nicht erwartet, daß Brandoba so groß und so reich war. Schließlich waren die Leute hier Barbaren, die Menschen von außerhalb sehr mißtrauisch gegenüberstanden und unerschütterlich an ihre Überlegenheit und Unabhängigkeit glaubten. Sobrania und die mit ihm verbündeten Stämme besaßen keine Universitäten, keine Literatur, keine Tradition der Kunst oder klassischen Musik. Sie hielten sich menschliche Sklaven, unterdrückten die im Land ansässigen Eingeborenen und begeisterten sich für grausame, blutige Sportarten. Nur ihre Federarbeiten waren so einzigartig, daß damit im Ausland gehandelt werden konnte, der Rest des Handels mit den zivilisierteren Nationen im Osten bestand aus dem Verkauf von Rohstoffen und einigen Gewürzen. Die sobranische »Kultur« wurde von den zivilisierten Nachbarn als »Eintopf« verspottet: Musik und Theater aus Var, Kunst und Architektur aus Galanar und den Republiken, prächtige Kleidung und Schmuck aus Zinora. Das Kaiserreich hatte den Schiffbau aus Raktum und Engi imitiert und sich die Herstellung von Waffen und andere militärische Wissenschaften aus Labornok angeeignet.

Andererseits, dachte Prinz Tolivar, während er sich die prächtigen Gebäude und die zum größten Teil gutgekleideten Bürger um sich herum ansah, ging es den Sobraniern in Brandoba gar nicht einmal so schlecht. Und auch Orogastus hatte keine schlechte Wahl getroffen, als er die blühende Hauptstadt der Barbaren als erste Station bei der Eroberung der Welt ausgewählt hatte.

Und der Zauberer hatte ihm angeboten, alles mit ihm zu teilen ...

Tolivar fragte sich, ob es dumm von ihm gewesen war, all das zurückzuweisen. Vielleicht würde ihm Orogastus gestatten, seine Meinung zu ändern? Er berührte die versteckte Krone und dachte einen Augenblick lang daran, die Frage zu stellen, aber dann sah er wieder das Bild seiner Mutter vor sich, die ruhig und gefaßt vor Naelores Schwert stand. Er ließ die verräterische Hand sinken und eilte weiter zum Zentrum der Stadt.

Als er den Lustgarten endlich erreicht hatte, war es nur noch eine halbe Stunde bis Mitternacht. Wieder kletterte der Prinz auf einen großen Baum, dieses Mal, um sich einen Überblick über die Gegend zu verschaffen. Unter ihm befand sich eine riesige Menschenmenge auf einem weiten, rechteckigen Platz, der hie und da mit kleinen Grüppchen aus Zierbäumen bepflanzt war. Die Fläche wurde auf drei Seiten von Boulevards begrenzt, welche von Spalieren aus kaiserlichen Soldaten für die Karren und Reittiere der Adligen und anderer privilegierter Bürger freigehalten wurden. Hinter den Boulevards standen reichverzierte öffentliche Gebäude und große Wohnhäuser, die durch Steinmauern vor der wogenden Menschenmenge geschützt waren.

Am östlichen Ende des Lustgartens lag der Kaiserpalast. Ein riesiges Gebäude, das an der Außenseite von zahllosen Feuerbecken beleuchtet wurde und in seiner Architektur trutzige Befestigungsanlagen mit grenzenloser Geschmacklosigkeit vereinte. Die Hauptfassade bestand aus weißem Marmor und scharlachrotem Jaspis, vor der hohe gedrehten Säulen aus grünem Malachit aufragten. Rund um den Säulenteil erhoben sich mit Zinnen versehene Türme und unzählige Nebenflügel, die alle durch Bogengänge und Stützpfeiler miteinander verbunden waren. Auf jedem Winkel des gewaltigen Daches hockte ein Wasserspeicher, der – wie auch die Dachziegel und die große Rotunde des inneren Burgfrieds –, vergoldet war. Auf der leuchtenden Kuppel strebte ein Spitzturm in die Höhe, der von einem goldenen Vogel mit ausgebreiteten Schwingen gekrönt war. Dieses Sammelsurium war mit bunten emaillierten Schilden, gemalten Friesen, ausgefallenen Reliefs und Wandnischen mit Statuen geschmückt. Es gab Hunderte von Flügelfenstern mit vergoldeten Rahmen, in denen brennende Kerzen leuchteten.

Der Palastbezirk war von einer hohen Mauer umgeben, die sieben Ellen hoch und mit verzierten Eisenspitzen, Feuerkörben und Fahnenstangen versehen war, an denen festliche Banner in Grün und Gold flatterten. Die große Freitreppe, die zur Eingangshalle des Palastes führte, war durch vergoldete Eisentore gesichert, vor denen Soldaten in prächtiger Paraderüstung patrouillierten. Rechts und links von dem geschlossenen Tor befanden sich zwei steinerne Wachhäuser, die mit bunten Wimpeln geschmückt waren, und davor lag ein weitläufiger Vorplatz, der von weiteren Truppen abgeriegelt wurde.

Am westlichen Ende des Lustgartens, wo Tolivar in seinem Baum hockte, standen ein Orchesterpavillon, in dem die kaiserliche Blaskapelle gerade mitreißende okamisische und varonische Schlager spielte, ein Glashaus mit seltenen Vögeln und ein Schrein der Nationalgöttin Matuta. Vor dem heiligen Gebäude machte der westliche Boulevard einen Bogen, und in diesem Bereich, der abgesperrt und von Wachen mit Hellebarden und gezückten Schwertern umgeben war, hatte man das pyrotechnische Material für das bevorstehende Feuerwerk aufgestellt.

Tolivar berührte seine Krone und flüsterte, »Zeig mir den Goldenen Grissbrunnen, wo ich Orogastus treffen soll.«

Eine Stimme in seinem Kopf sagte: *Dort*. Gleichzeitig sah er vor seinem inneren Auge etwas Leuchtendes, und zwar inmitten der Menge am anderen Ende der riesigen, offenen Fläche, zwischen zwei der Miniaturparks. Aus einem Zierbecken erhob sich ein hoher Wasserstrahl. Er war von vergoldeten Statuen umgeben, die Wasservögel darstellten und kleinere Fontänen ausspien. Der stärker wehende Wind verteilte den Sprühregen bis in die nähere Umgebung des Brunnens, so daß sich die meisten Menschen von der Seite fernhielten, die am weitesten von ihm entfernt war und an den Vorhof des Palastes angrenzte. Ungewöhnlich viele derer, die der Nässe trotzten, trugen Kostüme von schwarzen Vögeln.

»Dort also wird der Zauberer auf mich warten«, sagte der Prinz zu sich. Er verbannte das Bild aus seinen Gedanken, kletterte vom Baum und eilte so schnell wie möglich auf den Platz hinaus. Weil er so klein war, konnte er sich durch die Menge schlängeln, wobei er Schreie und Flüche ignorierte, während er sich mit angewinkelten Ellbogen den Weg bahnte und rücksichtslos auf Füße und gegen Schienbeine trat.

»Au!« schrie eine wütende männliche Stimme. »Verfluchter Balg! Dich werde ich lehren!« Starke Hände packten Tolivar an der Schulter und schüttelten ihn, bis ihm die Zähne klapperten. Vor lauter Angst wollte er gerade seinen Talisman anrufen, als er durch Zufall einen Blick auf das Gesicht des stämmigen Mannes werfen konnte, der bei dem Tumult den Kopfputz seines Kostüms verloren hatte.

Das Gesicht war breit und furchtbar häßlich. Ein Auge war mit einem Verband bedeckt, das andere funkelte vor Wut. Prinz Tolivar kannte den Mann gut. Er war so überrascht, daß er zu zappeln aufhörte und ausrief: »Was macht *Ihr* denn hier?«

»Vermutlich dasselbe wie du«, entgegnete König Ledavardis.

## 25

Der König und Gyorgibo, die sich auf einem der großen Marktplätze etwa eine halbe Meile nördlich des Lustgartens befunden hatten, hatten feststellen müssen, daß sie von der Menge eingeschlossen waren. Bei den eleganten Geschäften waren die Läden aus Stahl geschlossen, aber Trinkbuden und Essensstände sowie Anbieter von Festartikeln hatten geöffnet und machten glänzende Geschäfte. Im Zentrum des Marktplatzes stand eine Plattform, auf der eine Gruppe von Musikern lustige Weisen auf Hörnern, Dudelsäcken, Flöten und Trommeln spielte. Da nur wenig Platz war, konnten jene, die tanzen wollten, lediglich auf und ab hüpfen und mit den Flügeln ihrer Kostüme schlagen. Eine beleuchtete Uhr, die an der Fassade eines großen Bankgebäudes hing, zeigte noch eine Stunde und eine halbe bis Mitternacht.

»Es hat keinen Zweck, Ledo«, sagte der Erzherzog zum Piratenkönig. »Die Menge wird so dicht, daß wir uns kaum bewegen können.«

»Aber der Funke im Inneren des Amuletts weist in diese Richtung! Gott allein weiß, warum die Königin von den Schurken ins Zentrum der Stadt gebracht wurde, aber es kann nicht anders sein. Seht selbst, Gyor.«

Der Sobranier warf einen Blick auf den Drillingsbernstein, den ihm Ledavardis unter die Nase hielt. »Ja, ja, ich weiß. Aber seht doch – der Boulevard auf der anderen Seite des Marktes ist vollkommen blockiert von den Menschen, die in den Lustgarten wollen. Über diese Straße können wir nicht gehen. Wir müssen einen anderen Weg finden.«

Gyorgibo und Ledavardis hatten die anderen Herrscher in der kaiserlichen Jagdhütte zurückgelassen, zu denen sie Königin Anigels wiedergefundener Drillingsbernstein am gestrigen Tag geführt hatte. Die entkommenen Geiseln hatten den Ort verlassen vorgefunden, und König und Erzherzog hatten einige kostbare Stunden lang wie Tote geschlafen. Sie erwachten kurz vor der Morgendämmerung und nahmen ein herzhaftes Mahl zu sich, das Königin Jiri und Duumvir Ga-Bondies aus den Vorräten in der Speisekammer der Hütte gebrutzelt hatten. Gyorgibo war fast nicht wiederzuerkennen, nachdem er das Gurpsnest aus verfilztem Haar geschoren, sich rasiert und saubere Gewänder angezogen hatte. Die beiden jungen Männer verabschiedeten sich von ihren Gefährten, ermahnten sie, sich nicht allzuweit von der Hütte zu entfernen und brachen auf, um über einen Pfad, der Gyorgibo bekannt war, nach Brandoba zu reiten. Ihre Reise nahm den ganzen Tag und dann noch einen Teil des Abends in Anspruch. Ohne es zu wissen, wären sie fast in die Nachhut der Sternengilde geraten.

Bevor sie das Jägertor passierten, ließen die beiden ihre Fronler zurück, weil sie kein Aufsehen erregen wollten. In Brandoba kauften sie zwei billige Vogelkostüme, die sie mit dem Geld aus der Habe des toten Tazor bezahlten, und näherten sich dem Aufenthaltsort Königin Anigels mit Hilfe des Funkens im Herz des Drillingsbernsteins, bis die Menge ihnen ein Fortkommen unmöglich zu machen schien.

»Wie sollen wir einen anderen Weg finden«, beschwerte sich Ledavardis, »wenn uns die Zauberblume nicht in echte Vögel verwandelt, so daß wir fliegen können?«

»Folgt mir«, befahl der Erzherzog. Er öffnete ein kleines Gatter, das einen schmalen Durchgang zwischen zwei Gebäuden absperrte, und schlüpfte hinein. Die schnurgerade verlaufende Gasse war so eng, daß immer nur eine Person auf einmal hindurchgehen konnte, und sehr dunkel. In ihrer Mitte verlief eine tiefe Rinne. Die Gasse führte ziemlich steil den Hügel hinunter. Ein durchdringender Geruch verriet, daß es sich bei der Rinne um eine offene Kloake handelte, in der sich die Abwässer aus den Latrinenrohren der nebenstehenden Gebäude sammelten.

»Puh!« rief Ledavardis. »Wo zum Teufel gehen wir eigentlich hin? Das ist doch genau die andere Richtung als jene, die vom Drillingsbernstein angezeigt wird!«

Aber der Sobranier eilte ohne jede Erklärung weiter. Nach einer Weile kamen sie zu einem pechschwarzen, kleinen Kanal, in dem sich treibender Müll staute. Hinter einem schmalen Weg neben dem finsteren Kanal ragten fensterlose Wände auf, in denen in großen Abständen Türen eingelassen waren.

»Das hier ist einer der kleinen Kanäle, die den städtischen Müll zum unteren Flußlauf des Dob und dann ins Meer spülen«, sagte Gyorgibo. »Jeden Morgen bei Tagesanbruch fahren Müllkähne auf ihnen entlang, und städtische Müllmänner leeren die Abfalleimer, die auf dem Weg neben dem Kanal abgestellt werden.« Er deute den Kanal hinauf, wo der Himmel am hellsten erleuchtet war. »Wenn wir in diese Richtung gehen, kommen wir zu einem der großen Abwasserkanäle, die zum Palast führen. Als Denombo und ich junge Burschen waren, haben wir die Tunnel benutzt, um unseren Lehrern zu entkommen und inkognito in der Stadt herumzustreifen.«

Der Erzherzog eilte über den schlüpfrigen, gepflasterten Weg, bis er an eine hohe Mauer kam. In Höhe des Wasserspiegels war eine halbrunde Öffnung eingelassen, die etwa doppelt so hoch war wie er und von einem dicken Metallgitter versperrt wurde. »Diese Mauer hier ist Teil der nördlichen Begrenzung des Palastes. Das Gitter über dem Abwasserkanals ist natürlich abgeschlossen. Deno und ich hatten früher einen Schlüssel dazu – aber Ihr habt jetzt etwas viel Besseres!«

König Ledavardis nickte und berührte das Schließblech des Gitters mit dem Bernsteintropfen. Sie hörten ein Klicken, dann öffneten sich die Gitterstäbe, und Gyorgibo ging als erster in die erbärmlich stinkende Dunkelheit hinein. Anigels Amulett wurde heller, bis es wie eine winzige Laterne strahlte.

»Genau oberhalb des Abwassers verläuft ein Sims. Haltet Euch dicht hinter mir und fallt um Himmels willen nicht in den Unrat. Wir müssen nicht weit gehen. Nicht weit vor uns liegt ein Nebenkanal, der als Abfluß für die Gehölze und Brunnen im Lustgarten dient.«

Sie gingen vorsichtig weiter und bogen dann nach rechts in einen kleineren Tunnel ab. Zum Glück war das Wasser hier ziemlich sauber und wies lediglich eine etwas gräuliche Farbe auf, denn es gab keine Simse, so daß sie knöcheltief durch das Wasser waten mußten. Zur Überraschung des Piratenkönigs wurde diese Röhre durch Schächte beleuchtet, die in weiten Abständen in die Decke eingelassen und vergittert waren. Als sie einige hundert Ellen gegangen waren, stellten sie fest, daß sie sich unter dem Lustgarten selbst befanden. Der Lärm der Menge drang wie Donnergrollen zu ihnen in den Untergrund.

»Ich glaube, wir sollten hier herausklettern«, sagte Gyorgibo und wies auf eiserne Sprossen an der Wand, die den Schacht hinaufführten. Er stieg nach oben und hob das Eisengitter hoch. Als Ledavardis hinter ihm hinausstieg, sah er, daß sie sich in einem kleinen Gehölz aus Bäumen und Büschen befanden – einem der kleinen Parks, die den Lustgarten schmückten und mit einem Eisenzaun umgeben waren. Schulter an Schulter standen die Menschen darum herum und warteten auf den Beginn des Feuerwerks. Der Lärm war ohrenbetäubend.

Der Piratenkönig zog den Drillingsbernstein heraus und musterte ihn. Da der Lichtpfeil in seinem Inneren jetzt überaus hell leuchtete, fragte er das Amulett: »Ist deine Herrin in der Nähe?«

Der Funke an der Spitze des Pfeils fing heftig zu blinken an. Ledavardis stieß einen triumphierenden Schrei aus und schrie dem Erzherzog ins Ohr: »Königin Anigel ist irgendwo dort drüben, in der Nähe des großen Brunnens!«

Gyorgibo schüttelte verwundert den Kopf. »Unglaublich! Ich kann mir einfach nicht vorstellen, warum die Sternenmänner sie ausgerechnet hierher bringen.«

»Das spielt keine Rolle. Laßt uns gehen.«

Die beiden Männer konnten sich ihren Weg durch die kostümierten Menschen nur mit roher Gewalt bahnen und kamen erschreckend langsam voran. Eine Uhr auf einem der öffentlichen Gebäude zeigte an, daß es schon fast Mitternacht war.

Und dann trat ein kostümierter Bengel, der offenbar in die gleiche Richtung wollte wie sie, Ledavardis kräftig auf die Zehen, rammte ihm seinen Ellbogen in den Magen und trat ihm dann obendrein noch gegen das Schienbein, woraufhin der

König den Jungen packte, ihn kräftig durchschüttelte und dabei rief: »Verfluchter Balg! Dich werde ich lehren!«

Die beiden stürzten auf den zertrampelten Rasen, und dabei glitten ihnen die Vogelmasken vom Kopf. Als der Junge Ledavardis erkannte, riß er die Augen auf und hörte sofort auf zu zappeln. Ledavardis stellte fest, daß er keinen anderen als Tolivar, den Prinzen von Laboruwenda, ausschimpfte. Der Junge trug eine sonderbare silberne Krone auf dem Kopf, die das sagenhafte Dreihäuptige Ungeheuer sein mußte, der Talisman Königin Anigels.

»Was macht *Ihr* denn hier?« rief Tolivar aus.

»Vermutlich dasselbe wie du«, entgegnete der König. Er und der Junge lagen auf Händen und Knien auf dem niedergetrampelten Rasen, von einem Wald aus Beinen umgeben. Niemand aus der Menge nahm auch nur flüchtig Notiz von ihnen.

»Meine königliche Mutter ...« begann der Prinz.

» ... ist irgendwo hier im Lustgarten«, fuhr der König ihn an, »und du solltest ihre Rettung besser mir überlassen.«

»Ihr versteht nicht«, jammerte der Junge. »Orogastus und die böse Sternenfrau Naelore haben Mutter in ihrer Gewalt und gedroht, sie zu töten, wenn ich ihnen nicht diesen Talisman hier übergebe. Mir wurde befohlen, mich während des Feuerwerks mit dem Zauberer zu treffen, in der Nähe jenes Brunnens dort.«

»Hat er dir gesagt, wo genau?« fragte der König.

»Nein, er sagte, er würde mich schon finden. Wenn ich ihm den Talisman ausgehändigt habe, wird er mir Mutter übergeben.«

Ledavardis dachte kurz nach. »Das bezweifle ich! Der Zauberer hat wohl eher vor, euch beide gefangenzunehmen. Königin Anigel ist eine zu wertvolle Geisel, als daß er sie einfach freilassen könnte. Was meinst du, Gyor?«

Der Erzherzog hockte sich neben den beiden nieder und sagte: »Ich denke genauso wie Ihr.«

»Warum rettest du die Königin nicht mit der Zauberkraft deiner Krone?« wollte der König von Tolivar wissen.

»Dazu kann ich nicht gut genug zaubern«, sagte der Junge

unglücklich. »Ich wollte unsichtbar zu ihr gehen und sie retten, aber der Talisman sagte, daß mich Orogastus trotzdem sehen würde.« Vor lauter Verzweiflung standen dem Prinzen Tränen in den Augen. »O bitte, König Ledo! Mischt Euch nicht ein! Ich bin der einzige, der Mutter retten kann. Selbst wenn die Sternenmänner uns beide ergreifen sollten, so wird sie doch wenigstens am Leben bleiben.«

Ein lauter Trompetentusch drang vom Musikpavillon zu ihnen. Unmittelbar darauf folgte eine weitere Fanfare, die vom Palast am anderen Ende des Lustgartens herrührte. Die Menge brach in Jubel aus.

»Der Kaiser«, sagte Gyorgibo, »er kommt heraus, um das Zeichen für den Beginn des Feuerwerks zu geben.«

Die drei rappelten sich wieder auf. Sie sahen eine Doppelreihe aus Fackelträgern, die aus dem Haupteingang des Palastes herauskam und über die Treppe schritt. Sie wurden von Lakaien begleitet, die einen tragbaren Thron und viele goldene Stühle mit sich führten, kaiserlichen Wachen in reichverzierter Rüstung und einem Zug aus Höflingen, die prächtige Vogelgewänder trugen. Der Kaiser erschien als letzter, angetan mit einer glänzenden Robe aus schillernden weißen Wittfedern und einem Kronhelm aus Platin, dessen Visier wie ein Schnabel geformt und vollständig mit Diamanten besetzt war.

Die Trompeten schmetterten erneut einen Tusch, und dieses Mal antwortete die Menge, indem sie immer wieder Denombos Namen rief. Die Treppe des Palastes lag so hoch über dem Boden, daß die Mitglieder des kaiserlichen Hofes selbst über die Gittertore hinweg deutlich zu erkennen waren. Sie gingen die Stufen hinunter bis zu einer Art Terrasse, von der die Treppe in zwei Absätze unterteilt wurde. Dort wurde auch der Thron abgesetzt, umgeben von den Stühlen für den Hochadel. Der Kaiser hob die Arme, und die Ärmel seiner Robe schienen sich in große, funkelnde Flügel zu verwandeln. Sofort herrschte Stille.

Er deklamierte: »Der Himmel soll von der Herrlichkeit der Göttin Matuta künden – und von der ihres treuen Dieners Denombo!«

Ein ohrenbetäubender Knall ertönte. Vor dem Tempel wurden sechs Raketen gezündet, die in den wolkenverhangenen Himmel schossen und einen Funkenregen hinter sich herzogen. Als sie den höchsten Punkt ihrer Flugbahn erreicht hatten, explodierten sie und überzogen den Himmel mit einem Baldachin aus goldenen und grünen Sternen. Die Menschenmenge brach in wildes Jubelgeschrei aus. Dann setzten die Trompeten und Flügelhörner im Pavillon zu munteren Weisen an, und die Menschen beruhigten sich wieder und wandten ihre Aufmerksamkeit dem Feuerwerk zu.

»Ich habe eine Idee.« Der Erzherzog beugte sich zu Ledavardis hinüber und flüsterte ihm etwas ins Ohr. Die Unterhaltung der beiden Männer, die der Prinz nicht hören konnte, dauerte einige Minuten.

Schließlich sagte der König der Piraten: »Tolo, siehst du das Wäldchen dort drüben – den eingezäunten Park links vom Brunnen?«

Der Junge nickte, und Ledavardis erklärte ihm seinen Plan – und was er, Tolivar, tun mußte, damit er gelang.

Dem Prinzen wich das Blut aus dem Gesicht. »Wenn es mißlingt, wird Mutter vielleicht getötet!«

»Der Zauberer braucht Königin Anigel lebend«, sagte Ledavardis kurz angebunden. »Er hat nie vorgehabt, sie zu töten. Er wollte dich nur einschüchtern, damit du ihm den Talisman aushändigst. Sieh hier!« Der König zog den Drillingsbernstein aus der Tasche und erklärte, wie er ihm und Gyorgibo bei der Suche nach Königin Anigel den Weg gewiesen hatte. »Die Heilige Blume wird deine Mutter beschützen, so wie sie es seit ihrer Geburt getan hat. Du mußt daran glauben, Tolo. Jetzt geh. Aber bevor du gehst, gibst du mir das da.«

Der König zeigte auf das Netz, das am Gürtel des Prinzen hing.

Königin Jiri betrat den großen Salon der Jagdhütte, wo Widd, Hakit Botal, Prigo und Ga-Bondies vor dem lodernden Kaminfeuer saßen und Glühwein tranken.

»Freunde, wir haben ein Problem. Nachdem ich Fürstin Raviya geholfen habe, sich oben zur Ruhe zu legen, bin ich auf den Balkon hinausgetreten, um noch etwas frische Luft zu schnappen. Dabei ist mir etwas aufgefallen, über das ich sehr beunruhigt bin.«

Präsident Hakit Botal seufzte verärgert. »Bitte nicht noch eine Horde Waldungeheuer, die um die Fronlerställe schleicht! Ich versichere Euch, Majestät, daß es diesen Kreaturen unmöglich ist, hineinzugelangen und die Reittiere zu fressen. Auch uns hier in der Hütte können sie nichts tun. Die Gebäude sind sehr stabil.«

»Ich mache mir keine Sorgen darüber, daß wilde Tiere uns oder die Fronler fressen«, sagte die Königin mit scharfer Stimme. »Kommt und seht selbst, was vor sich geht, dann könnt ihr eure eigenen Schlüsse ziehen.« Sie drehte sich um und stieg die offene Holztreppe zum oberen Stockwerk hinauf. Die vier Männer folgten ihr zögernd.

Am Ende des Korridors öffnete sie die großen Türen, die auf den Balkon führten. Die anderen traten hinter ihr in die Dunkelheit hinaus. Die Nacht war kalt, und das Dreigestirn verbarg sich fast die ganze Zeit über hinter dunklen Wolken. »Was haltet ihr davon?« Jiri deutete auf eine Lücke in den Bäumen, wo sich das Massiv der Collumberge als schwarze Silhouette vor einem rötlichen Glühen am Himmel abhob.

»Ein recht düsterer Sonnenuntergang«, sagte Fürst Widd zögernd.

»Die Berge liegen im *Osten*«, wies ihn Jiri zurecht.

»Es kann auch nicht der Aufgang des Dreigestirn sein«, sagte Duumvir Prigo nachdenklich, »da alle drei Himmelskörper schon hoch am Himmel stehen, obwohl sie die meiste Zeit über von den Wolken verdeckt werden. Könnte es sich um einen Waldbrand handeln?«

»Ich sehe keinen Rauch«, sagte die Königin. »Zuerst dachte ich, es würde sich ein gewaltiger Sturm nähern, und das Glühen wären weit entfernte Blitze. Aber der Wind kommt aus der anderen Richtung, und obwohl die Röte einmal stärker und einmal schwächer wird, so ist sie doch viel zu gleichmäßig, als daß es Blitze sein könnten.«

»G-glaubt ihr, es ist M-Magie?« Ga-Bondies stotterte vor Angst. »Orogastus, der die sobranische Hauptstadt mit schauerlichem F-Feuer umgibt?«

»Idiot«, fuhr Hakit Botal ihn an. »Auch Brandoba liegt im Westen, in der entgegengesetzten Richtung.«

»Das Glühen könnte trotzdem magischen Ursprungs sein«, sagte Fürst Widd. »Jetzt verstehe ich, warum Jiri beunruhigt ist.«

»Da ist noch etwas«, sagte die resolute Königin. »Horcht!«

Sie lauschten. Dann verkündete Prigo: »Ich höre nur das Rauschen des großen Flusses, und dieser scheint etwas ruhiger zu fließen als sonst.«

»Die Tiere des Waldes schweigen«, sagte die Königin zu ihnen, »und das ist ganz und gar nicht normal.«

»Hm. Überhaupt keine Schreie von Raubtieren oder Vögeln«, bestätigte der Präsident, in dessen Stimme zum ersten Mal Besorgnis mitschwang. »Ja – das ist eigenartig. Etwas muß sie erschreckt haben.«

»Nur was?« flüsterte Ga-Bondies.

»Ich weiß es nicht«, bekannte Jiri. »Aber es gibt eine weitere, sogar noch bedenklichere Entwicklung, die ich euch zeigen wollte. Man sieht es am besten ein Stück weiter den Balkon entlang.«

Die Männer folgten ihr, bis sie an eine Stelle gelangten, wo das Rauschen des Dob in der Schlucht lauter war. Die Königin bat sie, einen Blick hinunter zu werfen, doch sie konnten so gut wie nichts erkennen, da das Dreigestirn gerade hinter den Wolken verborgen war. Aber nach einigen Minuten riß die Wolkendecke auf, und den Herrschern bot sich im silbernen Licht des Dreigestirns ein erschreckender Anblick.

Die Schlucht des Dob war nicht mehr zweihundert Ellen tief wie heute morgen noch, sondern bis zur Hälfte mit einer hellen Flüssigkeit gefüllt, in der zahllose entwurzelte Bäume schwammen. Das Treibgut bewegte sich außerordentlich langsam flußabwärts, und die Beobachter brauchten eine Weile, bis ihnen klar wurde, daß das Wasser fast so dick wie ein Kuchenteig geworden war.

»Das ist ja Schlamm!« wunderte sich Fürst Widd. »Ein gewaltiger Strom aus grauem Schlamm, der von den Bergen herunterfließt. Was in aller Welt hat das zu bedeuten?«

»Meiner Meinung nach«, sagte Königin Jiri, »hat das zu bedeuten, daß wir so schnell von hier wegreiten müssen, als wären uns die Dämonen der zehn Höllen auf den Fersen.«

# 26

Nachdem das Feuerwerk begonnen hatte und die Menschen stillstanden und vollauf damit beschäftigt waren, nach oben zu sehen, war es viel einfacher, durch die Menge zu schlüpfen. Tolivar kam zu dem Goldenen Grissbrunnen, wo noch viele andere standen. Dann folgte er den Anweisungen, die ihm Ledavardis gegeben hatte und fing an, ganz langsam um das große Brunnenbecken herum auf die nordöstliche Seite zu gehen, wo der Sprühregen der Wasserfontänen dafür gesorgt hatte, daß hier nicht allzu viele Zuschauer herumstanden.

Schwarze Drillingslilie! betete der Junge. Laß nicht zu, daß Orogastus oder Naelore mich jetzt schon finden!

Die Fläche mit den nassen Pflastersteinen war etwa zwanzig Ellen breit. Die nächsten Lampenpfosten mit Feuerkörben standen weiter im Osten bei den Wachhäusern neben dem Tor zum Palast, etwa dreißig Ellen weit weg. Die einzige Lichtquelle an dieser Stelle war das Feuerwerk. In nördlicher Richtung lag das umzäunte Wäldchen, das dicht mit Bäumen und blühenden Büschen bepflanzt war. Tolivar wich dem Sprühregen aus und ließ seine Blicke umherschweifen, als er in der sich lichtenden Menge nach Sternenmännern suchte. Aber er sah nur Menschen in Kostümen: prächtige, bescheidene, komische, furchterregende. Die menschlichen Vögel machten *Oooh!* und *Ahhh!*, wenn die Raketen explodierten, und für besonders schöne Exemplare gab es Jubel, Beifall und Pfiffe. Viele aus der Menge schienen Spirituosen mit sich zu führen; das Pflaster war mit weggeworfenen Bechern und Krügen übersät, und hie und da lag ein trunkener Festteilnehmer besinnungslos auf dem Pflaster.

Als er den Zaun des Parks erreichte, stieß der Prinz einen tiefen Seufzer der Erleichterung aus. Es war seine größte Angst gewesen, daß man ihn zu früh abfing. In seiner Nähe befand sich jetzt nur noch eine kleine Menge kostümierter Bürger, die dem gelegentlichen Sprühregen trotzte. Kaiser

Denombo und sein prachtvoller Hof auf der Palasttreppe genossen das Feuerwerk, während die Kapelle weiterspielte und die Bürger der Stadt ihre Begeisterung immer lärmender kundtaten.

Erst jetzt wurde dem Prinzen bewußt, wie schwer die Sternentruhe auf seinem Rücken wog und wie eng und unbequem ihm die Krone auf dem Kopf saß. Auch sein Körper reagierte auf die Anstrengung, die es ihn gekostet hatte, um den ganzen weiten Weg vom Hafen bis zum Stadtzentrum zu gehen. Er ließ sich auf das feuchte Pflaster fallen, lehnte sich mit dem Rücken an den niedrigen, schmiedeeisernen Zaun und schloß die Augen. »O Talisman!« flüsterte er traurig. »Gehörst du immer noch mir?«

*Ja.*

»Gibt es denn gar keine Möglichkeit, wie ich dich behalten und meine arme Mutter trotzdem retten kann?«

*Die Frage ist unzulässig.*

»Das wußte ich. Aber ich mußte einfach fragen.«

»Tolo!« rief jemand.

Der Prinz öffnete die Augen. Er sah eine hochgewachsene Gestalt vor sich stehen, die das Kostüm eines schwarzen Vogels trug und sich wie eine Silhouette vor dem flammenden Himmel abhob. Bevor Tolivar etwas sagen konnte, zog sich der kostümierte Mann die Kapuze vom Kopf und enthüllte den eindrucksvollen Strahlenhelm der Sternengilde. Seine Augen waren zwei weiße Leuchtfeuer.

»Steh auf«, sagte Orogastus. »Die Zeit ist gekommen.«

Tolivar, der sich so langsam wie möglich bewegte, erhob sich.

Königin Anigel hatte bei dem kurzen Gang zu Fuß von Dasinzins Haus zum Goldenen Grissbrunnen eine seltsame Gleichgültigkeit empfunden, die jenseits von Kummer und Verzweiflung war. Das Feuerwerk am Himmel über ihr war ein Kaleidoskop feuriger Schönheit. Man hatte ihr die Hände losgebunden, aber ihre Arme befanden sich im festen Griff von zwei schweigsamen Sternenmännern namens Zanagra und Gavinno, deren schwarze Umhänge tödliche antike Waffen an ihren Gürteln verbargen. Sie eilten hinter Orogastus her, der den Weg mit einem Zauber freimachte. Die jubelnde Menge schien nicht einmal zu bemerken, daß sie vorbeigingen.

In wenigen Minuten würden sie den Brunnen erreichen, und dort würde der arme, törichte Tolivar die Krone und die so wichtige Sternentruhe an den Zauberer übergeben, weil er glaubte, dadurch ihre Freiheit erkaufen zu können. Aber sie war jetzt sicher, daß Orogastus sie niemals gehen lassen würde, genausowenig wie die anderen gefangenen Herrscher, die irgendwo im Forst von Lirda von dem Sternenmann Tazor gefangengehalten wurden. Das war Königin Anigel klargeworden, als sie wie erstarrt in der Küche von Dasinzins Haus gesessen hatte – eine gemeine Gefangene, die von verängstigten sobranischen Frauen bedient wurde.

Sie und die anderen Staatsoberhäupten waren nicht entführt worden, um eine nebulöse »Zusammenarbeit« ihrer Nationen mit dem Zauberer zu gewährleisten. Orogastus hatte von Anfang an nur ein Ziel gehabt – er wollte Druck auf *Haramis* ausüben, wollte die Erzzauberin dazu zwingen, ihm ihren Talisman im Austausch gegen ihr Leben zu geben.

Und auch Kadiya stand jetzt wohl vor der gleichen furchtbaren Entscheidung.

Dreifaltiger Gott der Blume, betete sie, gib meinen Schwestern Kraft, damit sie standhaft bleiben, und laß uns sterben ...

Sie kamen an den Brunnen, wo Anigel Sprühregen auf ihrem Gesicht spürte, der sich mit ihren Tränen vermischte. Die große Wasserfontäne in der Mitte bewegte sich unabhängig von der Richtung des Windes hin und her, und das Wasser, das über die vergoldeten Ornamente aus Stein in das Becken floß, war trüb, als hätte man ihm Milch zugesetzt.

Orogastus berührte seinen Stern, nickte zufrieden und sagte: »Der Junge ist da. Er sitzt am Zaun des kleinen Parks zur Linken. Haltet die Königin hier in der Menge fest, bis ich euch hole.«

Anigel wollte eine Warnung rufen, aber Zanagras Hand

legte sich über ihren Mund, und sie spürte einen Dolch an ihrem Unterleib.

»Bleibt ganz ruhig stehen«, zischte der Sternenmann, »oder Eure Kinder werden getötet, auch wenn Ihr durch den Zauber des Meisters überleben würdet.«

Sie hörte auf, sich zu wehren. Wenn man ihr doch nur nicht ihren Drillingsbernstein genommen hätte! Aber ohne das Amulett und seine Heilige Blume war sie all ihrer Kraft beraubt. Sie sah, wie Tolivar aufstand und Orogastus gegenübertrat. Was sie sagten, wurde vom Lärm des Feuerwerks übertönt. Dann winkte der Zauberer. Anigel, die immer noch das Grisskostüm aus grauen und weißen Federn trug, wurde zu dem kleinen Zierpark geführt, wo ihr Sohn wartete. Er hatte die Maske seines graubraunen Kostüms abgenommen, so daß das Dreihäuptige Ungeheuer deutlich sichtbar war. Es saß auf seinem blonden Haar, wo es ein silbernes Licht auszusenden schien.

»Mutter«, sagte er nervös. »Haben sie dir etwas angetan?«

»Nein«, sagte sie. »Nur mein Herz ist verletzt ... durch die traurige Entdeckung, daß du seit vier langen Jahren im geheimen meinen Talisman besitzt ...«

Aber Orogastus unterbrach sie. »Königin, genug!« Und zum Prinzen: »Tolo, gib mir die Sternentruhe.«

Der Himmel war mit riesigen Blüten aus violettem, blauem und grünem Licht übersät, zwischen denen flammende Leuchtkugeln weiße und goldene Streifen malten. Die Musik endete mit einem bravourösen Finale. Etwa fünfzig Ellen von ihnen entfernt erhob sich der Kaiser von seinem Thron und stellte sich mit ausgestreckten Armen auf die Treppe. Die Menge begann zu rufen: »Denombo! Denombo! Denombo!«

Prinz Tolivar löste den Riemen, mit dem er sich den Sack auf den Rücken gebunden hatte, und zog den langen, schmalen Kasten mit dem Emblem des Sterns auf dem Deckel hervor.

»Öffne sie«, sagte der Zauberer, »und lege die Krone hinein.«

Der Junge sah ihn entschlossen an. »Erst, wenn Ihr meine Mutter freilaßt.«

Orogastus hob kurz die Hand. Sechs Männer in schwarzen

Federkostümen, aus deren Umhängen Waffen des Versunkenen Volkes herausragten, lösten sich aus der Menge. Sie stellten sich neben die beiden Sternenmänner, die Königin Anigel festhielten, und bildeten einen engen Halbkreis um Tolivar und den Zauberer. Zum ersten Mal fiel dem Prinzen auf, daß viele Festteilnehmer in dem Gebiet des Lustgartens, der dem Palast am nächsten lag, schwarze Kostüme trugen. Natürlich! Das mußten die Helfer des Orogastus sein.

Der Junge hob die Hand und berührte seine Krone. »Laßt die Königin frei!«

Einen Moment lang geschah gar nichts. Dann lächelte Orogastus verächtlich und winkte. Die beiden Sternenmänner ließen die weinende Anigel los, die Tolivar die Arme entgegenstreckte. Er warf sich in ihre Umarmung, und die beiden standen innig umschlungen da, bis eine donnernde Stimme sagte: »Der Talisman! Jetzt!«

Orogastus und die zwei Mitglieder seiner Gilde warteten Schulter an Schulter. Plötzlich blitzten ihre Augen auf, und Anigel taumelte und sank auf die Knie. Sie stöhnte und hielt die Hände auf ihren Unterleib gepreßt.

»Du darfst es nicht tun, Tolo!« rief sie. »Er wird den Talisman benutzen, um die Welt zu erobern! Widerstehe ihm, lieber Sohn! Mach dir um mich keine Gedanken. Er kann dir die Krone nicht mit Gewalt entreißen – *aaah*!«

Als die Königin vor Schmerz aufschrie, rief der Junge, »Laßt sie in Ruhe!« Er riß sich den Talisman herunter und warf ihn in die offene Truhe. Ein kleiner Blitz zuckte auf, der in dem bunten Bombardement des Feuerwerks unterging.

»Nein! O nein«, murmelte Anigel.

»Endlich!« Orogastus bückte sich, um den Kasten aufzuheben. Der Prinz half der Königin auf die Beine und schob sie zu dem Zaun hin, wo ein dichtes Dickicht aus triefendnassen Büschen wuchs. Der Sternenmeister nahm seinen strahlengeschmückten Kopfputz ab und reichte ihn Gavinno. Jetzt war sein Haupt unbedeckt, und sein langes, weißes Haar bewegte sich im Wind. Dann fing er an, die mit Juwelen besetzten Knöpfe in der Truhe zu drücken, um die Krone an sich zu binden.

Mit einem Mal flog ein Dutzend kleine Kugeln aus den Büschen, die auf dem Pflaster zerplatzten und eine Wolke aus glitzerndem Konfetti und Pilzsporen freisetzten. Selbst der Sprühregen aus dem Brunnen konnte nicht verhindern, daß sie sich rasch ausbreitete. Orogastus Wutschrei wurde von einem heftiges Niesen unterbrochen.

Königin Anigel spürte, wie sie von jemandem über den niedrigen Zaun gezogen wurde. Zweige zerkratzten ihr das Gesicht. Sie schrie überrascht auf und versuchte, sich zu befreien. »Still!« sagte jemand mit barscher Stimme zu ihr. »Wir sind Freunde. Seid ruhig!« Sie hörte, wie sich die Sternenmänner und die Soldaten in Schwarz schneuzten und fluchten, und dann wurden ihr die Schultern schmerzhaft zusammengepreßt, als ihr Retter sie mit dem Kopf voraus in eine Öffnung im Boden schob, die mit Eisen eingefaßt war. Hände griffen nach ihr und zogen sie in eine Art waagrecht verlaufende Röhre. Ein zweiter Mann warf sie sich über den Rücken und rutschte mit ihr in die Dunkelheit, bis sie beide mit einem lauten Platschen in seichtem Wasser landeten. Von oben drang etwas Licht herunter, und sie sah, daß Tolivar Eisensprossen herunterkletterte, die in einem hohen Schacht befestigt waren. Der Mann, der sie immer noch festhielt, schrie: »Beeilt Euch! Sprengt den Schacht, bevor sich die Sternenmänner wieder erholt haben!«

»Geht ein Stück zurück!« schrie der Mann oben. Auch er kam die Leiter heruntergeklettert. Anigel wurde durch das Wasser in völlige Finsternis gezerrt und hörte, wie ihr Sohn von irgendwoher in ihrer Nähe beruhigend auf sie einredete. Dann sah sie plötzlich ein blendendes, rubinrotes Licht und davor die Silhouette einer stämmigen, mißgebildeten Gestalt, die etwas im Arm hielt. Sie hörte das Donnern von zusammenbrechenden Mauern. Einige der Steine waren glühend heiß und zischten laut, als sie auf dem Wasser auftrafen. Der Tunnel füllte sich mit heißem Dampf.

»Lauft weiter!« schrie der bucklige Schatten. Er hob den Gegenstand in seiner Hand und löste eine zweite Explosion aus, wobei er versuchte, dem neuerlichen Ansturm der Steine zu entkommen.

Instinktiv zog sich die Königin ihr triefendnasses Kostüm über den Kopf, um besser atmen zu können, und kroch auf Händen und Füßen durch Wasser und schleimige Ablagerungen. Ungläubiges Erstaunen ließ sie aus der Apathie erwachen, die ihre Sinne betäubt hatte. Sie hatte den stämmigen, mißgestalteten Körper des jungen Königs von Raktum erkannt.

»Ledo ... Seid Ihr das? Oh, den Herrschern der Lüft sei Dank!«

»Ja, zukünftige Schwiegermutter. Und dankt auch Erzherzog Gyor hier, der sich an dieses Labyrinth aus Abwasserkanälen erinnert hat, und auch Eurem Amulett mit der Schwarzen Drillingslilie, das uns geradewegs zu Euch geführt hat, und auch dem jungen Tolo her – er hat nämlich die Nieseier mitgebracht.«

Plötzlich wurde sie hochgehoben. Ein goldenes Leuchten, das durch das grob gewebte Federmaterial der Vogelmaske drang, erhellte die Dunkelheit. Wie durch ein Wunder war die Luft jetzt wieder klar. Anigel befreite sich von ihrem nassen Grisskostüm und sah dann, daß sie sich in einem gewölbten Tunnel befand, durch den Wasser strömte. Tolivar und zwei Männer in durchnäßter Kleidung standen vor ihr und lächelten sie an. Sie stieß einen Freudenschrei aus, als König Ledavardis seine antike Waffe wegsteckte, den leuchtenden Drillingsbernstein abnahm und ihn ihr um den Hals hängte.

»Wir können nicht hierbleiben. Die Sternenmänner werden bald entdecken, daß es noch andere Abflüsse im Lustgarten gibt, die zu diesem Tunnel führen. Sie werden uns verfolgen. Wir werden den Tunnel hinter uns Stück für Stück zerstören müssen und hoffen, daß sie uns nicht den Weg abschneiden«; sagte Gyorgibo.

»Aber wohin sollen wir gehen?« fragte Prinz Tolivar, dessen fröhliche Stimmung sich jetzt in Panik verwandelte.

»Seht!« rief Anigel. »Der Bernstein!«

Der Anhänger blinkte, und die Blume in seinem Inneren wurde durch einen Pfeil mit einer leuchtenden Spitze in zwei Hälften geteilt.

»Er zeigt auf den Palast meines Bruders«, sagte Gyorgibo, »der einzige Ort, an dem wir Zuflucht finden werden. Lauft!«

Beladen mit der Sternentruhe und ihrem kostbaren Inhalt, die er instinktiv an seine Brust gepreßt hielt, konnte Orogastus im ersten Moment nur daran denken, das Dreihäuptige Ungeheuer zu schützen. Es hatte sich in dem Moment an ihn gebunden, in dem die teuflischen Eier zerplatzten, und als er sich bei einem Niesanfall hilflos zusammenkrümmte, gelang es ihm, die Krone herauszuziehen und sie sich aufs Haupt zu setzen. Unter dem mittleren Kopf der Ungeheuer strahlte jetzt ein kleines Ebenbild des Sterns auf seiner Brust.

»Talisman!« keuchte er. »Vernichte die verdammten Sporen! Heile mich und meine Männer vom Niesen! Hörst du?«

*Ja. Es ist getan.*

Seine Augen und die Stirnhöhle waren wieder frei, und er rannte zum Zaun des kleinen Wäldchens hinüber, wo er die Büsche auseinanderbog und ein großes Loch zwischen den Bäumen entdeckte, neben dem ein Eisengitter lag. Bevor er seine Sternenmänner rufen konnte, hörte er hohl klingende Stimmen aus dem Untergrund: » ... sprengt den Schacht ... geht ein Stück zurück ...«

»Achtung!« rief der Zauberer, während er zurückwich und mit einem seiner Soldaten zusammenprallte. Die Sternentruhe hielt er immer noch fest an die Brust gepreßt. »Sie haben Zauberwaffen!« Unmittelbar darauf schoß ein Blitz aus rotem Licht aus dem Loch heraus, zusammen mit einem ohrenbetäubenden Donnern und einer Staubwolke. Kurz darauf folgte eine zweite Explosion. Fluchend klärte Orogastus die Luft mit dem Talisman, nur um feststellen zu müssen, daß die Öffnung im Boden mit Geröll blockiert war.

»Talisman, zeig mir Königin Anigel!«

*Der Befehl ist unzulässig.*

»Warum kannst du sie mir nicht zeigen?« tobte er.

*Sie wird von der Schwarzen Drillingslilie abgeschirmt.*

Der Zauberer stöhnte. »Das kann nicht sein! Es sei denn ...« Er brach ab und verlangte ein Bild von Prinz Tolivar zu sehen, aber der Junge war durch die Nähe zu seiner Mutter ebenso abgeschirmt wie Anigels Retter. »Dann zeig mir den Grundriß des Abflußsystems unter dem Lustgarten und die Lage des blockierten Schachtes.«

Dieses Mal gehorchte die Krone, und vor seinem inneren Auge entstand eine deutlich erkennbare Zeichnung der Tunnel, auf der ein blinkender Punkt anzeigte, an welcher Stelle die Königin und der Prinz in den Untergrund gegangen waren. »Zeig mir die Abflußöffnungen, die diesem am nächsten liegen!« Zwei weitere Lichter blinkten, und er schöpfte Hoffnung, als er feststellte, daß der eine von ihnen genau hinter ihm lag, in der Nähe des Brunnens, und der andere keine zwanzig Ellen von dem kleinen Wäldchen entfernt, jenseits des abgeriegelten Boulevards, der an den Lustgarten grenzte.

Aber bevor er seine Männer dort hinschicken konnte, war eine dritte Explosion zu vernehmen, deren rotes Leuchten aus einem Sturmabfluß nach oben drang und durch die Menschenmenge an der Straße nur noch schwach zu sehen war. Die Flüchtenden zerstörten die Einstiegschächte, während sie sich vorwärtsbewegten. Aber er würde ihnen mit Leichtigkeit eine Falle stellen können, wenn er sich die Zeichnung des Abwassersystems noch einige Momente ansah ...

»Meister! Das große Tor des Palastes wird geöffnet. Die Prozession zur Kaisergabe beginnt!«

Erneut stöhnte Orogastus. Er hörte Trompeten und Trommeln. Es war keine Zeit zu verlieren. Die Armee wartete auf den Befehl zum Vorrücken, und Naelore und ihre Adligen erwarteten ein siegreiches Ende der Attacke. Er griff nach seinem Stern und sprach zu den Sternenmännern, die die Truppen anführten: »Macht euch bereit, den Palast zu stürmen, wenn ich euch den Befehl dazu gebe.«

# 27

»Was zum Teufel war das?« schrie Sainlat. »Ich hätte schwören können, daß sich das Pflaster unter meinen Füßen bewegt hat – aber bei diesem infernalischen Lärm bin ich mir nicht sicher.«

»Es ist nur das Feuerwerk, das explodiert ist«, schrie Melpotis zurück.

Edinar lachte. »Oder unsere großen Füße, die die Pflastersteine zermalmen.«

Die vier Lehnsherren drängten sich durch die dicht an dicht stehenden Feiernden auf der Südseite des Lustgartens, mit Kadiya in ihrer Mitte, die den Talisman einsetzte, um die Menge vor ihnen zu teilen. Sie hatte ihren Kopfputz entfernt, um besser sehen zu können, und Sainlat hatte den spitzen Schnabel verloren, den er auf der Nase getragen hatte, aber ansonsten waren ihre Kostüme noch vollständig: Kadiya trug ihr scharlachrotes Federkleid, Edinar war in Rot, Melpotis und Kalepo glänzten in Stahlblau, und den stattlichen Sainlat schmückten pothirosa Federn.

Der Talisman, in dessen Knauf Kadiyas Drillingsbernstein eingebettet war, hatte sie vom Hafen aus direkt zum Audienzportal im Südflügel des Palastes geführt, durch das Besucher in der Regel zum Empfangssaal des Kaisers vorgelassen wurden. Aber dort waren sie nicht weitergekommen. Außer ihn zu töten – was keine Alternative war –, hatte das Dreilappige Brennende Auge wirklich alles versucht, um den kaiserlichen Portier dazu zu zwingen, sie einzulassen. Aber es hatte nichts genützt. Der Mann war unerbittlich gewesen: Denombo würde heute nacht niemanden empfangen, nicht einmal einen Botschafter des Königs und der Königin von Laboruwenda. Kadiya sollte morgen wiederkommen.

Aber morgen würde es zu spät sein.

»In der Nähe des Brunnens mit den goldenen Vögeln ist die Menge nicht ganz so dicht«, sagte Kalepo jetzt. »Wenn wir ihn erreicht haben, dürfte es ein leichtes sein, zum Haupttor des Palastes zu gelangen. Aber ich kann mir nicht vorstellen, daß wir dort mehr Glück haben werden als am Besucherportal. Es ist ganz offensichtlich, daß der Kaiser und sein Hof während der Festlichkeiten nicht gestört werden wollen.«

»Ihr hättet diesen aufgeblasenen Lakaien mit dem Zauberfeuer Eures Talismans braten sollen, als er uns den Eingang verwehrte«, brummte Sainlat. »Oder ein Loch in die äußere Mauer sprengen.«

»Nein«, sagte Kadiya. »Ich sagte euch doch schon, daß das Gelingen unserer Mission von Denombos gutem Willen abhängt. Er würde uns kaum wohlwollend empfangen und unserer Warnung keinen Glauben schenken, wenn wir mit Gewalt in seinen Palast einbrächen oder seine Diener verletzten. Er hat offenbar furchtbare Angst vor Magie. Wenn mir doch nur etwas einfallen würde, um ...«

»Aaaah!« Sainlat konnte sich plötzlich nicht mehr von der Stelle rühren. »Dieses verfluchte Kostüm! Der Schwanz hat sich schon wieder in etwas verhakt. Helft mir!«

»Helft *mir*!« kreischte eine empörte Dame von korpulenter Statur, die sich in Sainlats Hinterteil verfangen hatte und von ihm mitgeschleift wurde. »Dieser Trampel ruiniert mein schönes Kostüm!«

Die anderen Lehnsherren lachten und befreiten ihren rosafarbenen Kameraden von der Dame, deren orangefarbenes Federkleid mit allerlei Firlefanz aus filigranem Gold und übergroßen, spitzen Ziersternen überladen war. Der ausladende Fächerschwanz des stämmigen Ritters war ihm schon den ganzen Abend über lästig gewesen, und als er jetzt endlich wieder befreit war, verlangte Sainlat, daß er sofort abgeschnitten und weggeworfen wurde. Sie mußten warten, bis sie noch etwas näher am Brunnen waren, um Platz genug zu haben, ihm diesen Gefallen zu tun, denn trotz Kadiyas Abwehrzauber wurden sie immer wieder angerempelt. Als sie eine kleine Nische in dem vergoldeten Mauerwerk des Beckens erreicht hatten, nahm Melpotis seinen Dolch und fing an, die Schwanzfedern von Sainlats Kostüm abzuschneiden. Der Sprühregen aus dem Brunnen ging auf sie nieder, die Musik der kaiserlichen Blaskapelle wurde immer lauter, und das Feuerwerk, das sich seinem Höhepunkt näherte, überzog den Himmel mit bunten Flammen.

Der Schwanz war vortrefflich verankert worden, und es würde einige Minuten dauern, ihn zu amputieren, ohne gleich das ganze Kostüm zu zerstören. Kadiya beschloß, ihren Nyssomu-Freund auf dem kadunischen Boot anzurufen und sich nach der geheimnisvollen Triere zu erkundigen.

»Talisman, ich will in Gedanken mit Jagun sprechen.«

*Er kann nicht mit Euch sprechen, da er in einem Zauberschlaf liegt.*

»Was?« rief sie erstaunt aus. »Wecke ihn sofort auf!«

*Der Befehl ist unzulässig.*

»Warum?« wollte sie wissen.

*Ich kann den Zauber nicht brechen, der von einem anderen Talisman auferlegt wurde.*

Kadiya schlug sich an die Stirn, als ihr klarwurde, was das zu bedeuten hatte. »Tolo! Dieses elende Balg!« Sie ignorierte die verdutzten Fragen der Männer, die den Talisman nicht hören konnten, und befahl ihm, ihr jeden Teil des Eingeborenenschiffes zu zeigen. Er gehorchte, was er nicht getan hätte, wenn Tolivar mit seiner Zauberkrone noch an Bord gewesen wäre. Der Prinz war verschwunden, und sie hatte keine Möglichkeit, ihn mit ihrem eigenen Talisman zu finden. Ein verdächtig aussehender Hügel an Deck, der mit einer Plane aus Segeltuch bedeckt war, stellte sich als Jagun und Kritch heraus, die friedlich schnarchten. Als sie ihren magischen Blick in den Hafen schweifen ließ, sah sie, daß die Triere jetzt an einem der großen Handelspiers ankerte. Es gab keine Anzeichen für außergewöhnliche Geschäftigkeit an Bord des Schiffes oder in seiner Nähe.

»Wurde die Fracht des Schiffes inzwischen gelöscht?« fragte sie den Talisman.

*Ja.*

»Was war es?«

*Die Frage ist unzulässig ...*

Während Kadiya dem Brennenden Auge noch andere dringende Fragen stellte (und nur wenige brauchbare Antworten erhielt), halfen Kalepo und Melpotis ihrem Gefährten Sainlat. Der junge Edinar ging um den Brunnen herum, um dem Sprühregen etwas aus dem Weg zu gehen und Kaiser Denombo besser sehen zu können. Das Feuerwerk war jetzt wohl zu Ende, aber hinter dem Haupttor des Palastes, links von der großen Freitreppe schien etwas Merkwürdiges vor sich zu gehen. Fronlergespanne waren herangekommen, die große, vierrädrige Karren mit farbenfrohen Aufbauten zogen. Ein Wagenmeister stellte die Wagen zu einer Parade zusammen – und die Wachen öffneten langsam die großen, goldenen Tore vor der Palasttreppe.

Edinar schlenderte zu einer Gruppe Festteilnehmer hinüber, die wie er in rote Kostüme gekleidet waren. »Hallo! Was kommt denn jetzt?« rief er ihnen fröhlich zu, als eine Messingfanfare und Trommelwirbel erklang.

Lediglich einer der Männer nahm von ihm Notiz, und als dieser sich umdrehte, sah der junge Lehnsherr eine Rüstung unter dem scharlachroten Federumhang schimmern. »Geh zurück auf deinen Post, Dummkopf!« knurrte der Mann. »Das ist die Kaisergabe, und wir werden jeden Moment den Befehl zum Angriff erhalten.«

Edinar rannte zum Brunnen zurück. Sein Herz raste, und in seinem Magen breitete sich ein eisiger Klumpen aus. Bis zu dem Moment, in dem er die schreckliche Wahrheit entdeckt hatte, war ihm nicht aufgefallen, wie viele rotkostümierte Männer sich um den Brunnen versammelt hatten. Aber jetzt stellte er fest, daß sie überall waren – viele Dutzend, vielleicht sogar Hunderte! Sie hatten sich in nervösen Gruppen unter die gewöhnlichen Festteilnehmer gemischt und sahen Denombo und seine Höflinge unverwandt an. Zwischen den roten Vögeln drückten sich noch andere, schwarzgekleidete herum.

»Herrin Kadiya!« rief Edinar und beeilte sich, ihr von seiner Entdeckung zu erzählen. Sie und die anderen hatten die offenen Tore bereits bemerkt und berieten sich eifrig darüber, ob sie nicht einfach unsichtbar hindurchgehen sollten.

Zur gleichen Zeit gab der Kaiser eine hochtrabende Proklamation ab, die Trommeln gingen in ein mitreißendes *rat-a-tat-*

*BUUM* über, und die fronlergezogenen Karren rollten durch die offenen Tore hinaus. Im oberen Teil des Boulevards bogen sie nach rechts ab. Die Menge brach in Pfiffe und donnernden Jubel aus. Jeder Karren, der von Trommlern und Trompetern begleitet wurde, trug die aus Weidengeflecht gefertigte Nachbildung eines Fantasievogels, die mit Federn, glitzerndem Flitter und »Juwelen« aus Glas geschmückt war. Auf dem hinteren Teil jedes Wagens standen vier junge Frauen in spärlicher Bekleidung, die goldene Körbe in Händen hielten, aus denen sie einen Regen aus winzigen Päckchen auf die Menschen zu beiden Seiten niedergehen ließen.

Kaiser Denombo und seinen Höflingen wurden jetzt von ehrerbietigen Dienern Erfrischungen gereicht, während sich die einzelnen Gruppen der roten Vögel zu einer geschlossenen Formation zusammenfanden, die von jenen in den schwarzen Kostümen angeführt wurde. Als Kadiya von Edinars Entdeckung erfuhr, blickte sie sich alarmiert um. Die gewöhnlichen Festteilnehmer wurden mit roher Gewalt zur Seite gestoßen, als sich immer mehr Männer in schwarzen oder scharlachroten Kostümen auf der Fläche zwischen dem Brunnen und den offenen Palasttoren versammelten.

Ein plötzlicher Windstoß blies den Umhang eines roten Vogels beiseite, und Kadiya sah, daß er ein sonderbar geformtes Gerät trug. Auch die anderen, die ihre Hände unter den Umhängen verborgen hielten, schienen bewaffnet zu sein.

»Dreieiniger Gott!« rief sie aus, als sie endlich begriff. »Sie haben Waffen des Versunkenen Volkes! Sie wollen den Palast angreifen, so wie ich es befürchtet habe.«

»Was sollen wir tun?« fragte Melpotis sie verzweifelt. »Können wir es jetzt wagen, uns Denombo zu nähern, selbst wenn wir unsichtbar sind? Er hält uns vielleicht für Attentäter!«

Kadiya stand wie erstarrt da und wußte nicht, was sie tun sollte. Denombo war zu weit weg, als daß sie ihn noch erreichen konnten, und der Platz wimmelte nur so von Sternenmännern. Jeden Augenblick würde ein offener Kampf ausbrechen ... und irgendwo in der Menge steckte der junge Prinz Tolivar, der das kostbare Dreihäuptige Ungeheuer bei sich hatte.

Die Parade der Karren war am Ende der Straße vor dem Palast angekommen und bog jetzt in den Boulevard ein, der an der nördlichen Seite des Lustgartens verlief. Die Musiker, die den Zug begleiteten, spielten weiter, und die Mädchen auf den Wagen fuhren fort, die Gaben des Kaisers zu verteilen. Nur ein kleiner Teil der riesigen Menge hatte erkannt, daß etwas Ungewöhnliches vor sich ging. Die anderen strömten nichtsahnend zu den Spalieren an den Boulevards hinüber, weil sie hofften, beim Vorbeizug der Parade ein Geschenk zu erhaschen.

»Seht euch den Wasserstrahl des Brunnens an!« rief Kadiya erstaunt aus. Die hoch aufragende Wassersäule schwankte hin und her, während gleichzeitig ein deutlich spürbares Zittern den Boden unter ihren Füßen zum Schwanken zu bringen schien.

»Das ist ein Erdbeben«, sagte Kadiya, die immer noch überlegte, »aber ein sehr kleines. Wir brauchen uns deswegen keine Sorgen zu machen ...«

»Naelore!« wurde jetzt auf beiden Seiten von ihnen gerufen, und der Schrei wurde von immer mehr Kehlen aufgenommen, bis der Name von einem Ende des Lustgartens zum anderen widerhallte und die Musik übertönte.

»Naelore! Naelore!«

Der Angriff begann.

Die kostümierten Soldaten neben den Toren drängten sich in geschlossener Formation nach vorn und überwältigten die kaiserlichen Wachen vor der großen Freitreppe. Eine andere Truppe der Angreifer brach aus der Menge der Feiernden hervor und rannte auf den Palast zu, wobei sie sich in zwei Kolonnen aufteilte, als sie den großen Brunnen passierte und sich der Vorhut anschloß. Sie waren mit zweischneidigen Schwertern bewaffnet und hieben auf jeden ein, der sich ihnen in den Weg stellte. Kadiya und ihre vier Ritter drängten sich in der Sicherheit ihrer kleinen Nische zusammen, als die Armee des Orogastus an ihnen vorbeistürmte und sich wie ein schwarzgestreifter Blutstrom in den Palasthof ergoß. Blitze aus farbigem Licht – wie Feuerwerkskörper, die zu tief explodiert waren – schlugen überall an der Fassade des Kaiserpalastes ein. Angreifer, die mit Waffen des Versunkenen Volkes ausgerüstet waren, benutzten diese. Eine zweite Salve auf halber Höhe der Treppe begleitete den Zusammenstoß zwischen den Männern des Zauberers und den kaiserlichen Soldaten, die sich zusammengedrängt hatten, um den Kaiser und seinen Hof zu schützen.

Es dauerte einige Minuten, bevor die verwirrte Menge begriffen hatte, daß ihr Fest eine unerwartete, schreckliche Wendung genommen hatte. Und dann dachten alle nur daran wegzulaufen. Das Spalier aus kaiserlichen Truppen entlang des nördlichen Boulevards wankte und brach auseinander. Die in Panik geratene Menge strömte auf die Straße und brachte den Zug der Karren zum Stillstand. Wie ein brüllendes Tier ohne Verstand versuchte die Menge, aus dem Lustgarten zu entkommen. Die Menschen trampelten sich gegenseitig nieder und schlugen um sich, während sie in die Seitenstraßen flüchteten.

»Herrin, unsere Mission ist fehlgeschlagen! Wir sind nur fünf gegen Tausende ...« rief Sainlat.

Kadiya stand unbeweglich da. Ihre Augen waren glasig, und in den Händen hielt sie den Talisman. *Tolo!* rief sie. *Tolo! Um Gottes willen, sag mir, wo du bist!*

»Die Mannen des Zauberers haben Denombo und seine Verteidiger überrannt!« rief Melpotis aus. »Die Herrscher der Lüfte mögen Erbarmen mit ihnen haben.«

»Und mit uns auch«, fügte Edinar grimmig hinzu. »Wir müssen hier heraus!«

Aber Kadiya ignorierte den Tumult und auch die Ritter. Ihr magischer Blick hatte ihr bereits gezeigt, daß der Kaiser von den Sternenmännern ergriffen worden war, und jetzt stellte sie sich und dem Dreilappigen Brennenden Auge verzweifelte Fragen: *Wo kann der Junge nur sein? Warum hat er sein Versprechen gebrochen und die Zauberkräfte seines Talismans eingesetzt? Ich kann nicht glauben, daß er Jagun und Kritch nur deshalb verzaubert hat, weil er ihnen einen kindischen Streich spielen wollte. Er handelt zwar unbesonnen, aber niederträchtig und ungehorsam ist er nicht. Heilige Blume – könnte es noch einen Grund gegeben haben, weshalb er das Boot verlassen hat?*

Aber da das Zauberschwert keine Gedanken lesen konnte, erwiderte es immer nur: *Die Frage ist unzulässig.*

Und dann begriff sie plötzlich – ob es der Talisman oder die Schwarze Drillingslilie oder ihr eigener Instinkt gewesen war, wußte sie nicht, aber sie war sich plötzlich sicher, daß Prinz Tolivar an Land gegangen war, weil er gehofft hatte, seine Mutter retten zu können.

Laut richtete Kadiya eine Frage an den Talisman. »Brennendes Auge, befindet sich meine Schwester Anigel in Brandoba?«

*Ja.*

»Wo?«

*Sie ist in einem Abwasserkanal unterhalb des Kaiserpalastes.*

Kadiya unterdrückte einen Jubelschrei. »Was tut sie an einem solchen Ort? Ist ... ist sie gefangen?«

*Sie flieht vor Orogastus. Sie ist nicht gefangen.*

»Verfolgt sie der Zauberer im Untergrund? Besteht Gefahr, daß er sie faßt?«

*Orogastus verfolgt sie nicht. Zur Zeit besteht keine Gefahr, daß sie gefaßt wird. Die Situation kann sich ändern, wenn sie den Tunnel verläßt.*

»Das ist einfach unglaublich! Wo geht Anigel hin?«

*Sie geht zum Kaiser Denombo.*

Rasch erzählte Kadiya den Rittern, was der Talisman gesagt hatte. Sie wurden sehr aufgeregt, redeten alle auf einmal und flehten sie an, mit der Königin zu sprechen und sie vor der drohenden Gefahr zu warnen. Die Vorhut der Invasionstruppen strömte jetzt durch den Haupteingang des Palastes, während unter der rasenden Bevölkerung im Lustgarten Panik ausgebrochen war. Aber Kadiya dachte jetzt nur an die Sicherheit ihrer Schwester.

»Sammelt euch um mich«, befahl sie den Lehnsherren. »Ich werde Königin Anigel anrufen müssen. Sie wird zweifellos verängstigt und abgelenkt sein, und es wird sehr schwierig werden, ihre Aufmerksamkeit ohne die Hilfe eines zweiten Talismans zu erregen.« Sie kauerte sich nieder, während die vier Ritter ihre federbesetzten Umhänge über ihr ausbreiteten, dann starrte sie in das geöffnete braune Auge des schwarzen Schwertes ohne Spitze. »Talisman, laß mich meine Schwester Anigel sehen«, betete sie, »und laß mich auch mit ihr sprechen, damit ich ihr Leben retten kann. Darum bitte ich im Namen des Dreieinigen und der Schwarzen Drillingslilie.«

Einen Augenblick lang dachte sie, es wäre ihr nicht gelungen. Lärm und Aufruhr waren plötzlich abgeschnitten, als hätte jemand eine Tür zugeschlagen. Sie sah einen Tunnel, der von dem goldenen Leuchten eines Drillingsbernsteins erhellt wurde und aus behauenen Granitblöcken bestand, die von glänzendem Schimmel überzogen waren. Am Boden floß ein Rinnsal aus grauem Wasser, und in der Luft hing eine sonderbare Staubwolke. König Ledavardis, der Anigel in seinen kräftigen Armen trug, stand stocksteif mit offenem Mund da. Hinter dem König befand sich ein zweiter Mann mit kupferrotem Har, der genauso verblüfft aussah. Und neben ihm verharrte Prinz Tolivar.

»Herrin der Augen!« krächzte der Pirat. »Was macht Ihr denn hier?«

Anigel lächelte zaghaft. »Liebste Kadi! Willst du dir etwa auch das Abwassersystem von Brandoba ansehen? Setzt mich bitte ab, Ledo.«

Jetzt wurde Kadiya klar, daß ihre kühnsten Erwartungen noch übertroffen worden waren. Sie konnte die Königin und ihre Begleiter nicht nur sehen und mit ihnen sprechen, sondern diese sahen auch ihr Bild, das als magische Vision übertragen wurde.

»Wie bist du hier heruntergekommen?« fragte Kadiya ihre Schwester. »Bist du verletzt?«

»Ledo und sein Freund haben mich Orogastus buchstäblich aus den Klauen gerissen«, sagte Anigel. »Ich bin wohlbehalten, bis auf meinen Knöchel, den ich mir bei meiner Rettung verstaucht habe. Deshalb kann ich jetzt kaum laufen.«

»Ihr seid ein willkommener Anblick, Herrin Kadiya – und Euer mächtiger Talisman noch mehr«, sagte der Piratenkönig.

»Ich bin nicht leibhaftig bei euch«, sagte Kadiya bedauernd. »Dies hier ist nur ein Abbild meines Körpers, der über der Erde in der Nähe des goldenen Brunnens geblieben ist. Ich bin mit entsetzlicher Kunde gekommen. Orogastus und seine

Armee haben den Kaiserpalast gestürmt. Ihr müßt sofort umkehren ...«

»Das können wir nicht«, sagte der rothaarige Mann mit ruhiger Stimme. Er führte eine Waffe des Versunkenen Volkes mit sich, die auf seiner Schulter ruhte. »Um unsere Verfolger abzuschütteln, haben wir von Zeit zu Zeit den Tunnel hinter uns mit dem Zauberfeuer dieses nützlichen Instruments hier zerstört. Es ist uns unmöglich, umzukehren.«

»In wenigen Minuten wird der Palast den Soldaten und Sternenmännern des Zauberers gehören«, sagte Kadiya. »Der Kaiser ist bereits gefangen.«

»Armer Denombo!« Der Mann senkte den Kopf. »Meine Schwester wird ihn sicherlich töten. Möge Matuta ihm ewigen Frieden gewähren.«

»Dies ist Gyor, der jüngere Bruder des Kaisers«, erklärte Anigel Kadiya. »Die beiden haben als Jungen in diesem Abwassersystem hier gespielt. Wir sind diesen Weg gegangen, weil wir hofften, Denombo vor dem Komplott des Zauberers warnen zu können.«

»Die Schwester, von der Gyor spricht, ist Erzherzogin Naelore, ein Mitglied der Sternengilde und eine abgefeimte Teufelin. Sie hat sich mit Orogastus verschworen, um den Thron an sich zu reißen«, fügte Ledavardis hinzu.

»Gibt es denn keinen andere Weg aus diesem Abwasserkanal«, fragte Kadiya verzweifelt, »als durch den Palast?«

Der Erzherzog hob sein tränenfeuchtes Gesicht. »Das hier ist ein Sturmabfluß, kein richtiger Abwasserkanal. Die Schächte über uns führen zu den hängenden Gärten und den Fallrohren der Palastdächer. Aber wenn wir unter dem Nordflügel des Palastes sind, können wir in einen anderen Abwasserkanal wechseln. Es ist ein schmutziger und stinkender Tunnel, den ich selbst nie erkundet habe, aber ich weiß, daß er in einem Kanal mündet, der zum Fluß Dob führt. Leider gibt es von diesem Tunnel aus keine Abzweigungen – mit Ausnahme jener im Palast –, bis man den Kanal erreicht hat, der etwa eine Meile von der Festungsmauer entfernt ist.«

»Ihr werdet zu diesem Kanal gehen müssen«, entschied Kadiya. »Meine Männer und ich werden eine Möglichkeit suchen, um ebenfalls in das Abwassersystem zu gelangen. Dann werden wir uns von meinem Talisman führen lassen, bis wir auf euch treffen. Sucht euch eine sichere Stelle und wartet dort auf uns. Zusammen werden wir dann einen Weg finden, um den Fluß hinunter bis zum Meer zu gelangen. Nur Gott allein weiß, was dann geschehen wird. Wir hatten ein Eingeborenenboot zur Verfügung, aber sein Kapitän wurde in einen Zauberschlaf versetzt ...«

Sie hatten Prinz Tolivar ganz vergessen, der Kadiya jetzt unterbrach und sagte: »Jagun und Kritch werden bei Tagesanbruch aus dem Zauberschlaf erwachen, Tante Kadi. Dann kannst du das Boot rufen, und es wird uns alle in Sicherheit bringen.«

Kadiyas Bild starrte den Jungen einen Moment lang an, ohne etwas zu sagen. Dann fragte sie: »Tolo, wo ist dein Talisman?«

Plötzlich sagte Königin Anigel mit lauter Stimme: »Mein lieber Sohn hat ihn als Lösegeld für mein Leben und für das Leben seiner ungeborenen Geschwister hingegeben! Orogastus besitzt das Dreihäuptige Ungeheuer jetzt, aber es hat keinen Sinn, darüber zu klagen. Wir werden nicht mehr davon sprechen.«

»Nun gut«, sagte die Herrin der Augen, die sich nur mühsam beherrschen konnte. »Ich wage nicht, noch länger zu bleiben. Möge die Heilige Blume euch beschützen und führen, bis wir uns wiedersehen.«

Das Bild verschwand.

Kadiya erzählte den Lehnsherren, was sie im Tunnel erfahren hatte. Sie jubelten, da sowohl Königin Anigel als auch Prinz Tolivar wohlbehalten waren, und erklärten, daß sie bereit seien, sich an Kadiyas Seite ihren Weg aus dem Lustgarten heraus zu erkämpfen, wenn sie die Zauberkräfte des Dreilappigen Brennenden Auges auf ihre Feinde richten würde.

»Es sind die armen Bürger von Brandoba«, wies sie die Ritter zurecht, »und nicht die Helfer des Orogastus, die uns an der Flucht hindern. Seht euch doch um: Fast alle der Männer, die rote oder schwarze Kostüme tragen, haben sich dem Angriff auf den Palast angeschlossen. Die tobende Menge um uns herum besteht aus gewöhnlichen Bürgern der Stadt.«

Sie kauerte sich wieder nieder und hielt ihren Talisman fest. Die Nacht um sie herum war von Schreien und einem schrecklichen, polternden Geräusch erfüllt – die Menschen trampelten sich gegenseitig nieder, während sie versuchten zu fliehen. »Wir müssen in das Abwassersystem, wie Anigel und ihre Begleiter, und uns dann im Untergrund vorwärtsbewegen, bis wir einen Kanal erreichen, der in den Dob fließt. Dort werden wir Anigel und die anderen treffen. Laßt mich das Brennende Auge fragen, wie wir es anstellen sollen.«

Die Ritter warteten mit grimmiger Miene, während Kadiya ihre Fragen murmelte und den Antworten zuhörte, die für gewöhnliche Menschen nicht zu hören waren. Aber als sie den Kopf hob, stand ein hoffnungsloser Ausdruck auf ihrem Gesicht. »Die Teile des Tunnels, die uns am nächsten liegen, wurden von den Rettern meiner Schwester mit Absicht zerstört, um eine Verfolgung durch die Sternenmänner zu verhindern. Um die Hindernisse zu umgehen, müssen wir bis zum nördlichen Boulevard dort drüben gehen und dann noch zwei Straßen weiter. Wir gelangen in den Abflußschacht, indem wir im Vorgarten eines Hauses ein Gitter entfernen.«

»Das bedeutet, daß wir zum Zentrum des Aufruhrs vordringen müssen«, warnte Melpotis. »Es wird vielleicht nicht mehr möglich, die Menschen einfach so beiseite zu scheiben, wie Ihr dies vorhin vermocht habt. Sie werden keinen Platz haben, wo sie hinkönnen.«

»Wenn ich doch nur mehr Erfahrung in der Zauberkunst hätte«, jammerte Kadiya.

»Herrin«, drängte Melpotis, »Ihr werdet uns mit dem Feuer Eures Talismans einen Pfad sprengen müssen. Es gibt keine andere Möglichkeit, um durch dieses wahnsinnige Gedränge zu kommen.«

»Ich kann doch keine unschuldigen Menschen töten!« rief sie.

Sainlat stieß einen verzweifelten Fluch aus und riß sich sein lächerliches rosa Kostüm herunter, auf dem er dann befriedigt herumtrampelte. Dann zog er sein Schwert. »Wir können nicht länger unschlüssig hier herumstehen! Ich für meinen Teil bin bereit, uns den Weg zum Eingang des Tunnels mit Gewalt zu schlagen.«

»Ich auch«, sagte Melpotis, der ebenfalls sein Kostüm auszog und sich den Helm aufsetzte.

»Ich hab's!« Edinars bartloses, junges Gesicht erhellte sich. »Herrin, bittet Euren Talisman, die Menschen, die uns im Weg stehen, in einen Zauberschlaf zu versenken, so wie es Prinz Tolivar mit Jagun und dem Kadun gemacht hat! Sie werden hinfallen, und wir können über sie springen.«

Kadiya war skeptisch. »So etwas habe ich noch nie getan, aber laßt es mich versuchen.«

Und wieder, wie bei der unerwarteten Übertragung ihres Bildes, setzte Kadiya ihre ganze Kraft ein, um sich zu konzentrieren. Sie zuckte zusammen, als aus dem Palastgelände eine Explosion ertönte und Flammen aus den Fenstern im oberen Stockwerk loderten, was unter der Menge lautes Angstgebrüll auslöste. Aber dann wappnete sie sich und lenkte ihre Gedanken auf einen einzelnen der Festteilnehmer, der mit zerissenem Federkleid auf dem Rand des Brunnens nur wenige Ellen von ihnen entfernt hockte und bitterlich weinte.

*Schlafe, und wache erst bei Tagesanbruch wieder auf*, sagte sie zu ihm, wobei sie den Talisman erhob und gleichzeitig die Augen schloß, um ihn sich im Schlaf vorzustellen. Als sie die Augen wieder öffnete, lag der Mann in einer Pfütze aus grauem Wasser auf dem Bauch, ein leichtes Lächeln auf den Lippen.

»Es ist mir gelungen!« jubelte sie. Sie versuchte es noch einmal und nahm sich jetzt zwei Raufbolde vor, die sich in sinnloser Wut prügelten. Dieses Mal behielt sie die Augen offen, während sie sich vorstellte, wie beide besinnungslos auf den nassen Pflastersteinen sanken. Wieder formulierte sie den Befehl. Das Paar schlief so sanft ein wie Kinder, die ins Traumland reisen.

»Ritter«, sagte Kadiya und holte tief Luft, »wir können gehen.«

Sie entledigte sich ihres Kostüms, unter dem der ihr Brustharnisch mit dem Augenemblem zum Vorschein kam, und setzte den Helm auf, den sie in einem Beutel an ihrem Gürtel mitgeführt hatte. Dann hob sie den Talisman. Der zwischen den Kugeln eingesetzte Tropfen aus Drillingsbernstein leuchtete.

»Bleibt dicht bei mir«, befahl sie den Rittern. »Ich werde versuchen, die Gasse so breit zu machen, daß wir nicht auf die Schläfer treten müssen.«

Sie gingen durch den Sprühnebel des Brunnens auf eben jenes Wäldchen zu, wo Anigel und Tolivar in den Untergrund gegangen waren, wobei es zunächst recht einfach war, durch die Randzone der Menge zu gelangen. Kadiya schwenkte den Talisman vor und zurück, und ihr Blick blieb immer nur für den Bruchteil einer Sekunde an der Person hängen, die ihnen im Weg stand. Randalierer, die hysterisch geschrien oder in wahnsinniger Wut um sich geschlagen hatten, sanken zu Boden. Jene, die aufrecht stehenblieben und von ihrem Zauber nicht berührt wurden, wichen entsetzt zurück, während die anderen um sie herum einfach umfielen. Jemand rief: »Eine Zauberin!« Ein großes Geschrei hub an, in das sich noch mehr Schreie wie »Zauberei! Nehmt euch in acht!« mischten. Auf allen Seiten wich die Menge vor Kadiya zurück. Die Menschen versuchten verzweifelt, ihr aus dem Weg zu gehen, weil sie glaubten, daß die zu Boden Gesunkenen durch einen Zauber getötet worden wären.

Kadiya und die Lehnsherren marschierten weiter, indem sie über die Körper stiegen. Sie mußte ihre gesamte Konzentration aufwenden, um den Zauberschlaf zu bewirken, und verließ sich darauf, daß die Ritter sie schon in die richtige Richtung führen würden. Nachdem sie an dem kleinen Wäldchen vorbeigekommen waren, strebten sie auf den Boulevard zu, wo die Menge dichter und übler gelaunt war. Die Karren der Kaisergabe waren umgestürzt worden, was die Zugtiere in panische Angst versetzt hatte. Plünderer hatten sich der Kisten mit den kaiserlichen Geschenken bemächtigt und stritten jetzt darum. Überall flogen die bunten Päckchen herum, während sie mit den Fäusten aufeinander einschlugen. Eines der Mädchen, welche die Geschenke verteilt hatten, lag blutüberströmt und reglos an der Stelle, an der sie von einem durchgegangenen Fronler niedergetrampelt worden war. Überall waren jetzt Verletzte oder Tote zu sehen, aber Kadiya und ihren Rittern blieb nichts anderes übrig, als über den drängend vollen Boulevard zu gehen, besinnungslose Menschen hinter sich zurückzulassen und gelegentlich einen verwirrten Angreifer abzuwehren.

Das Haus, zu dem sie wollten, war jetzt keine dreißig Ellen mehr von ihnen entfernt, genau hinter einer Seitenstraße, die von einer lärmenden Menge blockiert wurde. Paradoxerweise wollten jene, die sich auf den kleineren Straßen befanden, jetzt wieder zum Lustgarten zurück. Zunächst gab es keinen Hinweis darauf, was der Grund dafür war.

Als Kadiya und die Lehnsherren versuchten, sich dieser Menschenmenge entgegenzustellen, geriet ihr bis jetzt so erfolgreiches Manöver ins Wanken, da es einfach zu viele waren. Egal, wie viele Menschen zu Boden sanken, es rückten immer andere nach, die ihren Platz einnahmen. Der unaufhaltsame Druck der vorwärtsrückenden Menge machte es Kadiya unmöglich, ihren Zauber auszuüben. Ihre Konzentration wurde von der berechtigten Angst zunichte gemacht, daß die verzauberten Schläfer zu Tode getrampelt wurden.

Edinar und Sainlat, die rechts von ihr gingen und dem stärksten Ansturm ausgesetzt waren, stellten fest, daß selbst ihre Schwerter nutzlos waren, um die menschliche Flut abzuwehren. Sie kamen nicht weiter voran. Völlig hilflos wurden sie über den Boulevard und zurück in den Lustgarten mitgerissen.

Aus der vollen Seitenstraße im Norden drang das Zirpen und Brummen der antiken Waffen zu ihnen herüber. Sie sahen Blitze aus buntem Licht und hörten die verzweifelten Schreie der verbrannten Opfer. Da wußte Kadiya, daß eine zweite Truppe der Invasoren aus dieser Richtung vordrang und die hysterischen Menschen vor sich hertrieb, wobei sie jene, die zu langsam waren, mit grausamer Beflissenheit aus dem Weg räumten.

»Sternenmänner!« schrie Edinar seiner Herrin ins Ohr. »Und noch andere Schurken in Rot, die auf Fronlern reiten! Schleudert die tödlichen Blitze Eures Talismans auf sie ...«

Die Worte des jungen Ritters gingen in einem Schrei unter.

Er wurde von Kadiyas Seite weggerissen und verschwand in einer dunklen Flut aus Körpern. Einen Augenblick später war auch Sainlat fort, und die Brüder Kalepo und Melpotis strauchelten und wurde zu Boden gerissen.

»Talisman!« schrie Kadiya in höchster Verzweiflung. »Hilfe!« Sie hielt das Schwert ohne Spitze in die Höhe, spürte aber im selben Augenblick, wie sie fiel. Das Dreilappige Brennende Auge entglitt ihren Fingern. Sie sah ein blendendes grünes Leuchten und hörte jemanden schreien. Hin und her geworfen wie ein Blatt in einem Wildbach, schwanden ihr die Sinne, bevor sie auf die Pflastersteine sank.

Als sie wieder zu sich kam, lag sie halb erstickt unter einem großen Gewicht und konnte sich nicht bewegen. Der unerträgliche Lärm der randalierenden Menge hatte sich gelegt, und die einzigen Geräusche, die sie in ihrer Nähe hörte, waren schwache Hilferufe, das Schnauben von Fronlern und das Ächzen und Stöhnen von Männern, die sich gewaltig anstrengten.

Sie zogen Leichen von ihr herunter.

Eines ihrer Knie pochte, aber ihre Rüstung – oder die Magie des Talismans – schien sie vor Schlimmerem bewahrt zu haben. Sie trug immer noch ihren Helm und lag mit dem Gesicht auf etwas. Oder jemandem.

»Ritter!« konnte sie hervorstoßen. »Ich bin es, Kadiya. Wie geht es euch?«

»Eure Krieger können Euch jetzt nicht helfen«, sagte eine volle, weibliche Stimme.

Bevor Kadiya noch etwas sagen konnte, wurde die letzte Leiche weggezerrt, und kräftige Hände in gepanzerten Handschuhen packten sie und stellten sie grob wieder auf die Füße. Ein Schwindelanfall trübte ihren Blick, ihr Knie stach vor Schmerz, und sie wäre zusammengebrochen, wenn die beiden sobranischen Soldaten sie nicht festgehalten hätten.

Langsam hob sie den Kopf. Als sie wieder klar sehen konnte, stellte sie fest, daß die Menge fast gänzlich vom Boulevard verschwunden war und riesige Haufen übel zugerichteter Leichen zurückgelassen hatte. Sie wurde von einer Gruppe Fronler mit Decken aus juwelengeschmücktem Damast eingekreist, die nervös den Leichen auswichen. Die Reiter waren von Kopf bis Fuß mit barbarischen Prunkrüstungen angetan und in scharlachrote Federumhänge gehüllt. Ihre Anführerin, die mit einem grimmigen Lächeln auf Kadiya hinuntersah, trug eine herrliche Krone in Form eines Vogels. Ihre Rüstung war schwarz und silber, und um ihren Hals hing ein Platinstern.

Sie sagte: »Fesselt die Hexe, Lukaibo, und dann kümmert Euch um den Talisman. Tut genau das, was ich Euch gesagt habe, es sei denn, Ihr wollt so enden wie Kiforo, Tedge und all die anderen glücklosen Wichte.«

Einer von Kadiyas Wächtern fesselte ihre Handgelenke und Fußgelenke, während der andere sie festhielt. Dann löste der Mann namens Lukaibo die Scheide von ihrem Gürtel und legte sie auf das Pflaster. Als Kadiya zu Boden sah, fiel ihr Blick auf das Dreilappige Brennende Auge, das inmitten einer offenen Fläche auf den mit Blut getränkten Steinen lag. Der Bernstein im Knauf war dunkel. Rund um das Schwert lagen ein stämmiger, toter Mann mit weitaufgerissenen Augen und fünf verkohlte Hülsen, die einmal Menschen gewesen waren. Offensichtlich hatten feindlich gesinnte Leute versucht, das magische Schwert zu berühren, und dafür mit ihrem Leben bezahlt. Aber die Leiche, die nicht verbrannt war ...

Tiefe Trauer überfiel Kadiya, als sie festellte, daß es Sainlat war. Der Ritter war nicht totgetrampelt worden – man hatte ihm ein zweischneidiges sobranisches Schwert in den Hals gerammt.

»Gute Reise, mein Freund«, flüsterte sie. Sie spürte, wie ihr die Tränen über die Wangen liefen.

Sie bemerkte kaum, wie Lukaibo seinen stahlbewehrten Stiefel dazu benutzte, um die Scheide über die stumpfe Klinge des Talismans zu streifen. Dann hob er das Brennende Auge auf und band es Kadiya auf den Rücken, die er danach mit so vielen Ellen Seil umwickelte, daß ihre Oberarme fest gegen ihren Körper gepreßt waren.

»Und jetzt legt sie über Euren Sattel«, sagte die Frau mit der

Krone, »wir werden zum Palast reiten, wo schon alles bereitsteht.«

»Wo sind meine anderen drei Ritter?« fragte Kadiya mit leiser Stimme. »Und wer seid Ihr?«

»Eure Lakaien sind tot, Hexe, zertrampelt von der Menge. Ich bin Kaiserin Naelore. Ihr werdet die Ehre haben, mir bei meiner Thronbesteigung zusehen zu dürfen – nachdem ich Orogastus Euren Talisman übergeben habe.

# 28

Der Erzzauberer des Himmels hatte Haramis in einer hübschen Wohnung untergebracht, die in der Nähe seiner gewaltigen Bibliothek lag. Er versicherte ihr, daß sie freien Zugang zu der Bibliothek habe. Darüber hinaus stellte er ihr die verschiedenen Sindona vor, die sich um jeden ihrer Wünsche kümmern würden – Träger, Boten, Diener, Tröster und Wächter –, und zeigte ihr die fest eingestellten Viadukte, mit denen sie von einem Stern zum anderen reisen konnte. Dann sagte er, daß er zurückkomme, wenn die Zeit reif sei, und hastete in Richtung seines Arbeitszimmers davon.

»Reif für *was?*« wollte Haramis wissen und lief hinter ihm her durch den Korridor. Der alte Mann kicherte nur und schlug ihr die Tür seines Arbeitszimmers vor der Nase zu.

Als sie den Drillingsbernstein in ihrem ansonsten nutzlosen Talisman einsetzte, um sich Zugang zu verschaffen, befand sich Denby nicht mehr in dem Raum. Offensichtlich war er durch das Viadukt in seinem Arbeitszimmer mit unbekanntem Ziel verreist. Das Zaubertor wollte sich nicht aktivieren, als sie den Befehl dazu gab. Der Bernstein hielt das Viadukt wohl nicht für eine richtige Tür.

Kochend vor Wut kehrte Haramis in die Bibliothek zurück und suchte dort nach einem Hinweis, der ihr die Flucht ermöglichen würde. Drei Tage vergingen, aber sie fand keine Informationen, die sich auf die Funktionsweise der Viadukte bezogen. Dafür entdeckte sie ein altes Schriftstück, welches zu bestätigen schien, was Orogastus zu ihr gesagt hatte, als sie die Angaben darin mit der Zeichnung verglich, die ihr der Schwarze Mann gegeben hatte: Zusammengesetzt waren die drei Talismane in der Lage, die Welt wieder in ihren ursprünglichen, nicht vereisten Zustand zu versetzen, wenn das Zepter richtig geführt wurde. Unglücklicherweise würde die Wiederherstellung des Gleichgewichts von solch entsetzlichen Veränderungen im Klima und der kontinentalen

Landmasse begleitet sein, daß die Zivilisation ganz gewiß zusammenbrechen würde – es sei denn, jemand beherrschte die verängstigte Bevölkerung mit eiserner Hand und unbesiegbarer Magie.

Ein Tyrann – wie Orogastus.

Als sie sich der schrecklichen Wahrheit bewußt war, floh Haramis wieder in den Todesstern und rief dem Versunkenen Volk, das dort in der Luft schwebend schlief, verzweifelt zu: »Gibt es denn keine andere Hoffnung? Muß es denn die Wahl sein zwischen dem Vordringenden Eis und der grausamen Herrschaft der Sternengilde?«

Die wunderschönen Gestalten, die in ihren goldenen Kugeln schwebten, nannten ihr keine andere Lösung, und auch ihre herzzerreißenden Bitten an die Schwarze Drillingslilie blieben erfolglos. Ihre Weisheit und ihr gesunder Menschenverstand schienen sie verlassen zu haben.

»Wenn ich doch nur auf den festen Boden zurückkehren könnte, der meine Zauberkräfte nährt! Solange ich hier gefangen bin, habe ich keine Möglichkeit, das furchtbare Schicksal abzuwenden, das Denby der Welt bestimmt hat.«

Oder gab es doch eine Möglichkeit?

Der Schwarze Herr des Himmels war schließlich ein Erzzauberer und genauso an den Schwur seines Amtes gebunden wie sie selbst. Keiner von ihnen konnte einem denkenden Wesen bewußt etwas zuleide tun ...

Ihr kam eine Idee in den Sinn, über die sie lange Zeit nachdachte. Der Erfolg würde davon abhängen, ob sie die Aufmerksamkeit des alten Mannes erringen konnte, und dafür schien es nur eine Möglichkeit zu geben. Sie lief zur Grotte der Erinnerung im Gartenstern und setzte sich auf die Bank vor die leuchtende Kugel der Welt, wo sie stumm betete. Nach vielen Stunden erschien ein Tröster der Sindona, ein Wesen in Gestalt einer Frau, die eine lange, goldene Tunika trug. Ihr Körper war so hart und glatt wie Elfenbein, aber auf wundersame Art bewegte sie sich so anmutig wie ein menschliches Wesen. Die Maschine war freundlich und besorgt und wollte Haramis dazu bringen, in ihre Wohnung zurückzukehren, etwas zu essen und sich zur Ruhe zu begeben.

Aber diese weigerte sich. »Wenn du mich wirklich trösten willst«, sagte sie zu der lebenden Statue, »gehst du zu Denby und sagst ihm, daß er mich von diesen Sternen hier entlassen soll. Er soll mich zurückkehren lassen, so daß ich meine Pflichten wiederaufnehmen und der Bevölkerung dort als Führerin dienen kann. Sonst werde ich in dieser Grotte bleiben und weder essen noch trinken, bis ich sterbe. Und Denby wird an meinem Tod schuld sein, denn er hält mich zu Unrecht gefangen.«

Die Sindona beugte den Kopf mit den goldenen Haaren. »Ich werde dem Erzzauberer des Himmels mitteilen, was Ihr gesagt habt.« Sie verschwand durch ein Viadukt an der Rückseite der kleinen Höhle, das Haramis erst jetzt auffiel.

Drei weitere Tage hielt Haramis an dieser Stelle Wacht. Sie wurde schwächer und schwächer von ihrem Fasten und litt unter schrecklichem Durst. Als sie schließlich mit dem Gesicht nach unten auf dem moosbewachsenen Boden der Höhle lag, hörte sie, wie der Schwarze Mann vorwurfsvoll ihren Namen rief.

Sie hob den Kopf und flüsterte mit schwacher Stimme: »Ihr kommt zu früh, Schwarzer Mann. Ich bin noch nicht tot, und der Talisman, den Ihr haben wollt, ist noch an mich gebunden.«

»Was meint Ihr damit, meine Liebe?« Denbys Stimme zitterte vor verletzter Unschuld.

Sie setzte sich mühsam auf. »Können wir nicht ehrlich zueinander sein? Es ist doch wohl offenkundig, daß Ihr mich hier gefangenhaltet, bis ich Euch den Dreiflügelreif übergebe – oder bis ich sterbe und er nicht mehr an meine Seele gebunden ist. Aus welchem Grund hättet Ihr mich sonst hierherbringen sollen?«

Seine dunklen Lippen verzogen sich zu einem verschmitzten Lächeln. »Vielleicht, um Euch ein wenig besser kennenlernen zu können ... Vielleicht, um Euch beizubringen, wie man die Welt rettet! Für einen Verrückten ist es nicht so einfach zu wissen, welche Beweggründe er hat.«

Sie wandte sich ab, als wäre sein Anblick zu abstoßend für sie. »Ich glaube nicht, daß Ihr verrückt seid. Ihr seid nur alt und furchtbar müde und fest entschlossen, das Ende des schrecklichen Spiels zu erleben, daß Ihr und Eure Erzzaubererkollegen vor so langer Zeit begonnen habt.«

»Wie kommt Ihr denn darauf?«

»Ich habe den Bericht in Eurer Bibliothek gefunden – jenen, den auch Orogastus gelesen hat. Seit zwölftausend Jahren manipuliert Ihr nun schon das Schicksal der Eingeborenen und der Menschen, weil ihr vergeblich versucht, die Katastrophe ungeschehen zu machen, die Ihr im Zauberkrieg ausgelöst habt. Vielleicht lag Euch am Anfang ja wirklich das Wohl der Welt am Herzen. In letzter Zeit jedoch, seid Ihr, glaube ich, ungeduldig geworden. Ihr habt Euch immer rücksichtsloser und launenhafter eingemischt, mit dem Ergebnis, daß das gestörte Gleichgewicht der Welt – das bereits langsam wieder heilte – plötzlich immer mehr aus den Fugen geriet. Und jetzt ist die Welt dazu verdammt, völlig vom Eis eingeschlossen zu werden – und schuld daran ist Eure überhebliche Pfuscherei.«

»Ihr habt mit allem recht, bis auf das letzte«, entgegnete Denby ruhig.

Mühsam erhob sich Haramis und trat ihm gegenüber. »Binah und Iriane verstanden nicht, daß *Ihr* der Grund für den neuerlichen Verfall der Welt wart. Diese beiden Erzzauberinnen waren wirklich selbstlos und wohltätig. Ihr Plan sah vor, daß die Drei Blütenblätter der Lebenden Drillingslilie das Zepter der Macht erheben und dadurch einen gewaltigen Heilungsprozeß auslösen. Sie glaubten, daß die katastrophalen Naturereignisse, die mit der Wiederherstellung des verlorenen Gleichgewichts einhergehen, durch den gütigen Einfluß der Blume gemildert werden könnten.«

Denby machte eine abfällige Handbewegung. »Ihr Plan war einen Versuch wert.«

»Aber Ihr habt nur so getan, als würdet Ihr diesem Plan zustimmen«, warf ihm Haramis vor. »Ihr hattet Euch bereits eine drastischere Lösung ausgedacht – Orogastus! Ihr habt Euch die finstere Philosophie des Sterns zu eigen gemacht, die freie Seelen dazu zwingen wird, sich einem Despoten zu unterwerfen, und das angeblich zu ihrem eigenen Besten.«

»Wenn man auf den Dreieinigen wartet«, sagte der alte Mann nüchtern, »muß man vielleicht ewig warten. Ich habe jetzt schon zwölftausend Jahre gewartet. Ich kann nicht noch länger warten.«

Haramis sah ihn an. Plötzlich war ihr alles klar. »Ihr werdet bald sterben.«

»Ja. Und bevor ich gehe, will ich die Welt wieder im Gleichgewicht sehen – oder dem Ganzen ein Ende machen! Ihr und Eure tapferen Schwestern seid meiner Sache dienlich gewesen, da es Euch gelungen ist, die verlorenengegangenen Teile des Zepters zu finden. Trotz meiner Macht vermochte *ich* es nicht zu tun. Die Talismane waren von den Sindona versteckt worden, damit kein Mensch sie jemals wieder als Angriffswaffe einsetzen konnte. Als die Magie der Blume Euch den Weg zu ihnen gewiesen hat, war ich sehr überrascht. Ich hatte eigentlich geplant, daß Orogastus den Polarstern der Sternengilde benutzt, um die Talismane zu finden. Statt dessen mußte ich den Polarstern einsetzen, um ihn vor *Euch* zu retten.«

»Wir haben uns nur gegen seine schwarze Magie verteidigt ...«

»Genug geredet! Warum sollte ich mich vor einem jungen Emporkömmling rechtfertigen? Ihr und Eure Schwestern seid so feige wie die alte Schule der Erzzauberer. Als die Welt zum ersten Mal aus dem Gleichgewicht geriet, lösten sie dieses Problem, indem sie den Menschen befahlen, in den äußeren Himmel zu fliehen! Da auch Ihr Angst davor habt, das Zepter einzusetzen, seid auch Ihr nicht mehr wichtig. Nur Orogastus zählt jetzt noch.«

»Meine Schwestern und ich verstanden nicht, was das Schicksal uns bestimmt hatte, und auch die Talismane haben wir nicht völlig beherrscht. Aber mit etwas mehr Zeit wären wir vielleicht zu der Auffassung gekommen, daß das Zepter die einzige Hoffnung für die Welt ist, und hätten einen Weg gefunden, um es gefahrlos einzusetzen.«

»Zeit!« bellte der alte Mann verächtlich. »Wir *haben* keine Zeit! Orogastus besitzt das Brennende Auge und das Dreihäuptige Ungeheuer jetzt. Er braucht den dritten Teil des Zepters – und er muß es benutzen. Die Erdbeben, die das Ende verkünden, haben bereits eingesetzt. Neugeborene Vulkane werden Staub speien, der die Sonne verdunkeln und das gefrorene Meer für immer vergiften wird. Nur die Immerwährende Eisdecke wird bestehen bleiben!«

Nachdem er diese schreckliche Prophezeiung ausgesprochen hatte, taumelte er und schien von einer großen Müdigkeit übermannt zu werden. Schwach winkte er mit einer seiner knotigen Hände, und aus dem Viadukt im Inneren der Grotte kamen zwei Wächter des Todesurteils. Die lebenden Statuen mit ihren Kronhelmen und den Gürteln aus schimmernden, blauen und grünen Schuppen, würdevoll und todbringend, stellten sich nebeneinander. Beide trugen einen golden Totenschädel unter dem linken Arm.

»Haramis«, flüsterte Denby, »gebt mir den Dreiflügelreif. Befehlt ihm, mir nichts zu tun, und ich werde Euch sofort freilassen, damit Ihr Eure Schwestern Anigel und Kadiya retten könnt. Wenn Ihr Euch weigert, werden beide einen schrecklichen Tod sterben.«

Haramis berührte den Drillingsbernstein ihres Talismans, der an seiner Kette um ihren Hals hing. »Nein. Ich glaube, Ihr macht mir nur etwas vor.«

»Wirklich? Seht selbst.« Denby trat zu der Weltkugel und berührte sie. Die geographischen Umrisse verschwanden, und die große Kugel füllte sich mit perlmuttfarbenem Dunst. In dem Nebel waren Bilder zu erkennen, und Haramis sah eine düstere Kammer mit unzähligen Folterinstrumenten. Auf einem Strohhaufen erkannte sie Kadiya, die an der Wand angekettet war. Ihr Gesicht war eine Maske der Hoffnungslosigkeit. Sie beobachtete, wie eine Gruppe Wächter, die von einem Sternenmann angeführt wurden, vier besinnungslose Gefangene hereinschleppten. Einer der Gefangenen war ein rothaariger Mann, der Haramis unbekannt war, der zweite König Ledavardis von Raktum, der dritte Prinz Tolivar, und schließlich Anigel, deren schmutziges Gewand ihr in Fetzen am Leib herunterhing. Der Schurke mit dem Stern stieß die Königin grob auf das Stroh und legte ihr dann rostige Handfesseln an.

Haramis schrie entsetzt auf. Im nächsten Augenblick war das Bild in der Kugel verschwunden.

»Sie sind in Sobrania«, sagte Denby ungerührt, »Gefangene der neuen Kaiserin, Naelore, die den Thron dieses Landes an sich gerissen hat, nachdem sie höchstpersönlich ihren Bruder Denombo enthauptet hat. Vielleicht interessiert es Euch zu wissen, daß Eure Schwestern und deren Gefährten morgen früh zu Tode gefoltert werden – es sei denn, Orogastus hält bis Sonnenaufgang Euren Talisman in Händen.«

»Er ... er würde so etwas niemals tun!« rief Haramis. »Nicht einmal für den Dreiflügelreif.«

»Das könnte sein«, gestand der Erzzauberer des Himmels. »Aber ich versichere Euch, daß die liebreizende Naelore es liebend gern tun würde, nachdem eine geheimnisvolle Zauberstimme ihr dies eingeredet hat. Die Kaiserin ist höchst verärgert, weil Orogastus weder bei ihrer Krönung anwesend war, noch auf sonst eine Weise dazu beigetragen hat, ihre Macht nach dem Umsturz zu festigen. Statt dessen hat er sich mit den beiden Talismanen in einem Gemach des Kaiserpalastes eingeschlossen. Er will sich wieder mit ihrer Funktionsweise vertraut machen – damit er Euch findet.«

*»Mich?«*

»Euch.«

»Um ... um mich dazu zu zwingen, ihm meinen Talisman zu übergeben?«

»Wenn es nur das wäre. Dieser verliebte Trottel will nur wieder Süßholz mit Euch raspeln und seine vergeblichen Versuche fortsetzen, Euch zu seinen Ansichten zu bekehren, durch etwas, was er für Logik hält. Und Liebe.« Denby schnaubte verächtlich. »Puh – wie hat er mich doch enttäuscht! Er ist ein sentimentaler Narr, der auf den richtigen Weg zurückgebracht werden muß. Darum wird sich Kaiserin Naelore kümmern – mit meiner Hilfe.«

»Ich ... ich verstehe nicht.«

Der alte Mann brach in zügelloses Gelächter aus, und erst als seine Heiterkeit in einem Hustenanfall endete, konnte er sich wieder beherrschen. »Oh, diese Ironie ist einfach herrlich. Naelore ist von unerwiderter Leidenschaft für Orogastus erfüllt, so wie er für Euch, meine Liebe! Die Kaiserin hat ihrem geliebten Zauberer bereits Kadiyas Talisman zum Geschenk gemacht. Armes Mädchen – sie war furchtbar niedergeschlagen darüber, daß er so kühl reagiert hat. Und jetzt denkt sie, daß Orogastus viel dankbarer wäre, wenn sie ihm auch noch Euren Talisman verschaffen könnte. Besonders, wenn diese Dankbarkeit eine Bedingung dafür ist, daß er sein Geschenk überhaupt bekommt – wie es ihr die geheimnisvolle Stimme in ihrem Kopf einflüstert.«

»Niederträchtiger Manipulator!« rief Haramis haßerfüllt aus. »Behandelt Ihr eigentlich alle wie Spielfiguren?«

»Eigentlich ja. Es ist ziemlich langweilig.« Denby streckte ihr seine dunkle Hand entgegen. »Den Reif. Gebt Ihn mir jetzt, oder übernehmt die Verantwortung für das endgültige Vordringen des Eises.«

»Ihr seid ein überheblicher Tyrann!« rief sie. »Ich glaube nicht, daß Orogastus die einzige Hoffnung der Welt ist – und ich glaube, daß auch Ihr Eure Zweifel habt. Ihr seid so stolz und so von Schuld zerfressen, daß Ihr Euch einfach weigert, einen anderen Plan als den Euren in Betracht zu ziehen!«

»Gebt mir den Reif«, wiederholte er, »oder ich befehle den Wächtern, ihn Euch abzunehmen. Ihr wißt ganz genau, daß sie in der Lage sind zu töten.«

»Ihr würdet Euren Schwur als Erzzauberer brechen?« fragte Haramis mit ruhiger Stimme, obwohl sie die Antwort bereits kannte.

»Seid nicht albern. Ich würde alles tun, was notwendig ist«, sagte er.

Plötzlich stürzte sich Haramis mit ausgestreckten Armen auf den alten Mann. Sie gab ihm einen kräftigen Stoß, so daß er rückwärts taumelte und den Wächtern in die Arme fiel, die vor Überraschung quietschten. Bevor er etwas tun konnte, um sie aufzuhalten, rannte sie tiefer in die Grotte hinein und sagte: *»Viaduktsystem aktivieren!«* Sie stieg in den schwarzen Kreis und war verschwunden.

»Du wirst dich mir nicht widersetzen!« schrie Denby. »Nicht so wie *sie*!« Er hinkte auf das Viadukt zu und stieg hinein, wobei er den beiden Sindona zurief, ihm zu folgen.

Er hatte das Zauberportal so programmiert, daß es in sein Arbeitszimmer im Stern des Schwarzen Mannes führte. Als er dort ausstieg, sah er, wie Haramis auf eine runde Tür neben dem großen Aussichtsfenster zulief. Es war jene Tür, vor der er sie bei ihrer ersten Begegnung gewarnt hatte, die inzwischen sechs Tage zurücklag. »Halt!« schrie er.

»Mein Drillingsbernstein wird jedes Schloß öffnen«, sagte sie und sah ihn an. »Selbst dieses hier.« Sie hob den Reif, und der goldene Tropfen zwischen den Flügeln leuchtete auf.

»Nein!« wimmerte Denby. Er stand wie erstarrt zwischen den beiden Wächtern. »Die Luke dort ist ein Überbleibsel aus den Tagen des Versunkenen Volkes und führt in die luftlose Leere zwischen den Sternen. Wir werden beide sterben, wenn Ihr sie öffnet, und der Talisman wird für immer verloren sein!«

»Dann soll es so sein«, sagte Haramis. »Wenigstens hat dann Euer teuflisches Spiel ein Ende. Der Welt soll das Schicksal beschieden sein, das ihr der Dreieinige zugedacht hat – und nicht eines, das Ihr diktieren wollt.«

»Haltet sie auf!« rief Denby den Wächtern zu.

Bevor Haramis der Tür befehlen konnte, sich zu öffnen, bewegten die Sindona den rechten Arm nach oben und zeigten mit dem Finger auf sie. Sie sah, wie zwei Strahlen aus fast unsichtbarem Licht auf sie zukamen, kaum eine Handbreit vor ihr anhielten und zurückgeworfen wurden, während ihr Drillingsbernstein aufblitzte. Eine gewaltige Explosion ließ den Raum erzittern. Geblendet und heftig hustend, weil sie plötzlich von einer Staubwolke eingehüllt wurde, stürzte sie gegen die geschlossene Luke. Instinktiv schlug sie die Hände vors Gesicht, als könnte sie sich dadurch schützen. Sie erwartete ihren Tod. Eigentlich hätten die Wächter ihren Körper zu Asche verbrennen müssen, so daß nur noch ihr versengter Schädel übrig geblieben wäre. Aber statt dessen hörte sie ein heftiges Klappern, als würde ein Hagelsturm durch den Raum toben. Dann herrschte abrupt Stille, die nur von einem leisen Stöhnen unterbrochen wurde.

Als Haramis die Hände sinken ließ, sah sie durch den Staub hindurch, daß das Arbeitszimmer in Trümmern lag, bis auf einen kleinen Bereich direkt um sie herum. Die Lederstühle waren zerfetzt, Tisch und Schrank nur noch Kleinholz. Die Bücherregale waren umgestürzt und die antiken wissenschaftlichen Instrumente zu unförmigem, verbogenem Metall geworden. Auf dem Boden lagen große Schutthaufen aus scharfen, elfenbeinfarbenen Scherben, die mit farbigen Splittern aus blauem und grünem Mosaik gemischt waren. Ein unversehrter goldener Schädel war ihr vor die Füße gerollt.

Denby lag halb unter dem Schutt begraben und blutete aus unzähligen Wunden. Haramis ging zu ihm und kniete sich nieder. Sie hob seinen Kopf. Bis auf den Mund hatte der staubig, blutige Kopf vor ihr keine erkennbaren Gesichtszüge mehr.

»Ich werde einen Tröster rufen«, sagte sie, »einen der Sindona-Heiler ...«

»Zu spät.« Seine Worte waren kaum zu verstehen. »Die Schwarze Drillingslilie ... Ich hätte es wissen müssen ... älter als die Schule der Erzzauberer, älter als der Stern ... Drei Blütenblätter, die das Zepter führen, und der Erzzauberer des Himmels, der es lenkt, wenn Ihr es so wollt, Haramis ... Liebe ist gestattet, Hingabe jedoch nicht ... ich wollte sie doch nur retten ... die arme Welt.«

»Das weiß ich.« Sie hielt ihn in ihren Armen. Der Bernsteintropfen leuchtete strahlend hell. »Sagt mir, wie ich wieder zurückkomme.«

»Nerenyis ... Viadukt«, ächzte er mit seinem letzten Atemzug. Und dann starb Denby Varcour, der letzte Held des Versunkenen Volkes und Erzzauberer des Himmels.

Haramis rief einen der Sindona-Tröster, um sich von den Nachwirkungen des Fastens heilen zu lassen. Aber es war zwangsläufig eine unvollständige Heilung, denn jetzt hatte sie vor allem erholsamen Schlaf nötig. Danach konnte sie etwas essen und trinken und als Vorbereitung für ihren Aufbruch die weiße Tunika mit der Hose und den weiten Mantel ihres Amtes anlegen. Als sie die Wohnung verließ, stellte sie überrascht fest, daß in der Halle draußen noch andere lebende Statuen auf sie warteten. Es waren siebzehn Servierer, zwölf Träger, fünf Boten, ein weiterer Tröster und zweiundzwanzig Wächter.

»Diese Diener hier«, sagte der Tröster, der sich um sie gekümmert hatte, »sind bereit, Euch bedingungslos zu gehorchen, nachdem der Erzzauberer des Himmels nicht mehr ist.«

»Könnt ihr mir die Funktionsweise des Viadukttransportssystems erklären«, fragte Haramis, »so daß ich beim Eintreten das Ziel wählen kann?«

Einer der Boten der Sindona trat vor. »Das kann ich, Erzzauberin, vorausgesetzt, Ihr benutzt ein Viadukt, das programmiert werden kann. Einige Systeme haben eine feste Streckenführung. Es dauert etwa zwanzig Stunden, bis Ihr den Programmierprozeß gelernt habt.«

»So lange?« rief Haramis bestürzt. »Aber ich muß meine armen Schwestern und die anderen retten, bevor im Land Sobrania die Sonne aufgeht!«

»Das Viadukt in der Kammer von Nerenyi Daral ist eines der Systeme, die fest programmiert sind«, sagte der Bote. »Ihr braucht es nur zu betreten, um an Euer Ziel zu gelangen. Und wenn Ihr mich mitnehmt, kann ich andere Viadukte nach Euren Wünschen umprogrammieren.«

»Der Blume sei Dank!« Sie seufzte erleichtert und dachte einen Augenblick lang angestrengt nach. Dann sagte sie: »Bis auf diesen Boten hier werden alle hierbleiben, bis ich euch befehle, mir zu dienen.« Die Köpfe mit dem sanften Lächeln nickten. »Und du«, sagte Haramis zu dem Boten, »führst mich jetzt sofort zum Viadukt von Nerenyi Daral.«

# 29

Das Zauberportal öffnete sich in einem kleinen Wäldchen. Als Haramis, gefolgt von dem Boten, ins Freie trat, sah sie eine unbefestigte Straße, die an der Steilküste am Meer entlangführte. Über ihr strahlte das Dreigestirn, das von schnell dahinziehenden Wolken eingerahmt war, und ein heftiger Wind vom Meer trug die ersten Regentropfen mit sich. Auf dem Meer draußen waren Blitze zu sehen, und sie hörte auch ein leichtes Donnergrollen. Die Landschaft um sie herum war felsig und einsam, sah man von einem kleinen, unbeleuchteten Haus aus weißen Steinen ab, das auf einem Felsvorsprung jenseits der Straße stand. Unterhalb des Hauses lagen Kiesstrände, an denen sich Wellen brachen, die ungewöhnlich schwerfällig waren und irgendwie zu leuchten schienen.

»Wo genau sind wir?« fragte Haramis ihren Dreiflügelreif. Der Bote der Sindona hatte lediglich gewußt, daß das Viadukt nach Sobrania führte.

*Dies ist das ehemalige Landhaus der Kaiserin Naelore,* antwortete der Talisman. *Es liegt zehn Meilen südlich der Hauptstadt Brandoba.*

»Wohnt hier jemand?«

*Es steht seit zwei Jahren leer, seit sich Naelore und ihr Haushofmeister Tazor der Sternengilde angeschlossen haben.*

Haramis nickte zufrieden und sagte zu dem Sindona: »Dann werden wir jetzt Besitz davon ergreifen.«

Sie befahl ihrem Talisman, das Haus vor den Blicken von Orogastus oder anderen Feinden zu verbergen, schloß dann die Tür auf und trat ein. Im Inneren roch es muffig. Nur wenige, einfache Möbelstücke waren zurückgelassen worden. Das Wohnzimmer ging auf das Meer hinaus, und von einer Seite aus sah man, ein Stück die Küste entlang, Brandoba. In mehreren Stadtteilen schien Feuer ausgebrochen zu sein, denn die Wolken darüber waren rot und orange gefärbt. Darüber hinaus war am östlichen Himmel ein pulsierendes, rotes Glühen zu sehen, daß zu unregelmäßig war, als daß es die Morgendämmerung hätte sein können.

Bestürzt musterte Haramis das Bild, das sich ihr bot, einige Minuten lang an, dann griff sie nach ihrem Talisman. »Warum brennt Brandoba?«

*Während der Unruhen, die auf die Invasion des Orogastus folgten, sind Feuer ausgebrochen.*

Sie stellte dem Reif noch mehr Fragen, bis sie einen Überblick über den erfolgreichen Staatsstreich erhalten hatte und wußte, wie Kadiya, Anigel und die anderen gefangengenommen worden waren. Es waren nur noch drei Stunden bis Sonnenaufgang. Die Hauptstadt stand unter der Kontrolle von Naelores Loyalisten und der Sternengilde. Denombo, die Adligen und fast alle Angehörigen der kaiserlichen Garde waren getötet worden, und bei den Unruhen, die sich inzwischen fast vollständig wieder gelegt hatten, waren viele tausend Zivilisten ums Leben gekommen. Es gab keinen organisierten Widerstand gegen die Eroberer. Die neue Kaiserin war in aller Eile gekrönt worden, und Unterkönige und Stammesanführer aus Sobrania, die sich wegen des Vogelfestes in der Stadt aufgehalten hatten, überschlugen sich beinahe in ihren Anstrengungen, sie hochleben zu lassen.

Die schlimmen Neuigkeiten überraschten Haramis nicht. Sie versuchte nicht, Orogastus zu beobachten, nachdem ihr wieder eingefallen war, daß er bei der Belagerung von Derorguila – als er das erste Mal zwei Talismane in seiner Hand gehalten hatte – ihren Aufenthaltsort hatte feststellen können, wenn sie ihn mit ihrem Talisman beobachtet hatte. Die Zeit war noch nicht gekommen, um ihm gegenüberzutreten.

Als sie herauszufinden versuchte, wo genau ihre Schwestern gefangen waren, wurde Haramis von der Magie des Sterns daran gehindert, die immer noch den Kaiserpalast abschirmte – genau wie damals, als sie versucht hatte, Denombo vor der Sternengilde zu warnen. Bedauerlicherweise gab es innerhalb der Palastmauern oder in deren Nähe kein Viadukt, das sie hätte benutzen können, und daher würde es dem Sindona auch nicht möglich sein, ihr bei der Rettung zu helfen. Sie würde sich selbst in den Palast transportieren müssen, um ihre Schwestern und deren Gefährten zu retten. Es war ihr zwar möglich, sie fortzutragen, aber das würde ihre Zauberkräfte aufs Äußerste beanspruchen. Und wenn Orogastus sie entdeckte, würde er die Rettung sicher vereiteln können, wenn er seine zwei Talismane einsetzte.

Aber es schien keine andere Möglichkeit zu geben.

Beinahe nachträglich fiel Haramis noch ein, den Dreiflügelreif nach dem geheimnisvollen Glühen am östlichen Himmel zu fragen. Die Antwort erstaunte sie.

*Es ist der Widerschein geschmolzener Lava, die sich aus einigen Kratern in den Collumbergen ergießt, über dreihundert Meilen entfernt von hier. Die Berge sind vulkanischen Ursprungs und ihre Hänge mit einer dicken Schicht aus Asche bedeckt, auf der zuvor Eis und Schnee lagen. Die Hitze der aufsteigenden Lava hat das Eis geschmolzen und gewaltige Schlammlawinen ausgelöst, die mit jeder Stunde größer werden.*

»Wird ... wird die Lawine Brandoba erreichen?« flüsterte Haramis.

*Sie folgt dem Bett der Flüsse. Der Fuß Dob, der die Stadt in zwei Teile schneidet, bringt den meisten Schlamm mit sich. Der Schlamm wird die Senke, in der Brandoba liegt, fünfzig Ellen tief auffüllen.*

»Und wann ...?«

*In weniger als vier Stunden.*

»Großer Gott! Weiß Orogastus, was vor sich geht?«

*Nein.*

»Zeig mir die Schlammlawine, von der die Stadt bedroht wird.«

Haramis schloß die Augen und sah ein bewaldetes Tal vor sich, das vom Licht des Dreigestirns erhellt wurde. Viele der Bäume schwankten und stürzten in die zähflüssige graue Flut, von der ihre Stämme umspült wurden. Einer der Bäume fiel ihr besonders auf, ein riesiges Exemplar, dessen untere Zweige zwei Ellen dick waren. Obwohl sein Stamm von der Flut umgeben war, blieb er stehen, während kleinere Bäume links und rechts von ihm im Schlamm versanken.

Oben in diesem Baum klammerten sich Menschen an die Äste.

»Heilige Blume«, murmelte die Erzzauberin und fragte

sich, wer die Flutopfer wohl waren. Sie ging näher heran und erkannte Fürstin Raviya und Fürst Widd von Engi, Königin Jiri von Galanar, Präsident Hakit Botal von Okamis und die beiden Duumvirs von Imlit, Prigo und Ga-Bondies. Plötzlich erzitterte der große Baum, in dem sie alle Schutz gesucht hatten, und neigte sich ächzend zur Seite. Seine Wurzeln wurden von der Schlammlawine unterspült.

Haramis ließ den Talisman aus der Hand fallen und starrte aus dem Fenster des Hauses. Wenn sie ihre Zauberkräfte einsetzte, um die in Lebensgefahr schwebenden Herrscher in Sicherheit zu bringen, blieb ihr vielleicht nicht mehr genug Kraft, um ihre Schwestern zu retten. Aber der Baum würde jeden Moment umfallen, während Ani und Kadi zumindest noch bis Sonnenaufgang sicher waren ...

Sie holte tief Luft und verschwand wie die Flamme einer Kerze, die von einem Windstoß ausgelöscht wurde.

Das kristallartige Bild, das bei einem magischen Transport immer entstand, wurde dunkler und verwandelte sich in belaubte Zweige, die vom Sturmwind gegeißelt wurden. Haramis stellte fest, daß sie mitten in der Luft neben einem Baum schwebte. Sie hob die Arme, und ihr Erzzauberinnenmantel leuchtete wie sonnenbeschienener Schnee, strahlendweiß mit funkelnden, blauen Schattierungen. Der Drillingsbernstein in ihrem Talisman war ein winziger, goldener Stern, den sie wie ein Leuchtfeuer in die Höhe hielt.

»Meine Freude!« Die Stimme der Erzzauberin dröhnte wie eine große Glocke. »Ich bin gekommen, um euch zu retten.«

Die Staatsoberhäupter schrien vor Erleichterung auf. Bis auf Ga-Bondies, der wirr vor sich hinbrabbelte, bestürmten sie Haramis alle mit Fragen.

»Wir haben keine Zeit für Erklärungen«, sagte sie. »Ich muß euch aus der Gefahr bringen, dann nach Brandoba zurückkehren und alles in meiner Macht Stehende tun, um die kurz bevorstehende Katastrophe abzuwenden.«

»Gott möge Euch dabei helfen«, rief Königin Jiri aus. »Der Schlamm fließt genau auf die Stadt zu. Wir haben versucht, nach links auszuweichen, solange wir noch auf dem Rücken unserer Fronler waren, aber ein anderer großer Fluß mit Schlamm hat uns den Weg abgeschnitten.«

»Werdet Ihr uns mit einem Zauber wegtragen, meine Liebe?« fragte Fürstin Raviya.

»Ja«, sagte Haramis. »Immer zwei auf einmal. Ihr und Widd zuerst. Stellt euch nebeneinander, damit ich euch mit meinem Mantel bedecken kann.«

Das ältere Paar stellte sich auf einem der größeren Äste aufrecht hin, ein Unterfangen, das doppelt gefährlich war, denn es wehte ein heftiger Wind, und der Baum schwankte immer stärker hin und her. Haramis schwebte heran, legte die Arme um den Fürsten und die Fürstin, und alle drei verschwanden. Einige Minuten verstrichen, dann kehrte die Erzzauberin allein zurück. Ihre magische Aura war schwächer geworden, und ihr angespannter Gesichtsausdruck zeugte von der großen Anstrengung.

»Jetzt Jiri und Ga-Bondies«, befahl sie.

»Wo bringt Ihr uns hin?« fragte der beleibte Duumvir nervös.

»Zu einem Haus am Meer, südlich von Brandoba. Das ist das Beste, was ich zur Zeit tun kann. Es beansprucht meine Zauberkräfte aufs Äußerste, wenn ich andere mit mir nehme.« Sie legte die Arme um die beiden rundlichen Gestalten und verschwand erneut.

Dieses Mal dauerte es viel länger, bis sie wiederkam, und als sie endlich wieder auftauchte, schwebte sie mit gesenktem Kopf in der Luft und betete um Kraft, während der heftige Wind ihren Mantel aufblähte und der Baum sich immer mehr zur Seite neigte. Die beiden noch verbliebenen Männer, die Angst hatten, sich zu bewegen, hockten nebeneinander auf einem Ast, kaum eine Elle über der reißenden Flut.

»Seid Ihr sicher, daß es Euch gelingen wird, Erzzauberin?«, rief Prigo.

»Nein«, gab sie zu. »Und wenn ich mitten auf dem Weg versage, besteht die Möglichkeit, daß wir alle drei in einem unbekannten Reich der Finsternis umkommen.«

Der Baum machte einen gewaltigen Ruck, als seine Wurzeln schließlich losgerissen wurden. Er begann sich zu drehen und wegzutreiben. Die Füße der Männer steckten in dem grauen Schlamm.

»Nehmt uns mit«, schrie Hakit Botal. »Jeder Tod ist besser, als hier im Schlamm zu ertrinken!«

Haramis packte sie wie ein Var, der sich auf seine Beute stürzt. »Talisman! Bring uns zum Haus am Meer.«

Die Glocke erklang, die den Beginn der magischen Reise signalisiert, aber sie war mißtönend und schrill. Haramis versuchte, in Gedanken das kristallene Bild ihres Ziels entstehen zu lassen, aber das Zauberbild zitterte, fing an zu zerfließen und löste sich dann zu einem formlosen Gebilde auf. Viele Herzschläge lang schwebten Haramis und ihre Passagiere inmitten eines regenbogenfarbenen Leuchtens. Ihre Lungen konnten nicht atmen, und das stürmische Läuten wurde so laut, daß es schmerzte. Prigo und Hakit spürten, wie der Erzzauberin die Kräfte schwanden. Das gespenstische Bild wurde immer schwächer. Sie entglitten ihr und fielen nach Luft ringend in einen Abgrund, der mit grauenhaftem Lärm gefüllt war.

*Heilige Blume, beschütze mich und gib mir Kraft!*

Licht! Ein Haus aus Regenbogen, das auf einem riesigen, funkelnden Diamanten stand, und sich langsam veränderte, bis es wirklich war .... Die beiden verzweifelten Herrscher konnten endlich wieder atmen. Sie rochen Seetang, spürten den Regen auf ihrem Gesicht, sahen die nassen Steinwände des Hauses in der vom Wind umtosten Dunkelheit schimmern. Ihre Stiefel berührten felsigen Boden. Sie waren in Sicherheit und stützten sich gegenseitig, um nicht zusammenzubrechen.

Die Tür des Hauses wurde geöffnet. Eine hochgewachsene Gestalt stand im Türrahmen, und ein Blitzschlag ließ erkennen, daß sie nichtmenschlich war – es war eine aus Elfenbein und Gold gemeißelte Frauenstatue, die sich bewegte. Während Prigo und Hakit Botal vor Angst zitterten, trat das Ding hinaus in den Regen, beugte sich nieder und hob mit seinen schimmernden Armen die besinnungslose Erzzauberin auf.

»Seid ihr verletzt?« fragte die Trösterin die Herrscher. Sie schüttelten stumm den Kopf. Die lebende Statue trug ihre

Last ins Haus, wobei sie einen Blick über die Schulter warf und sagte: »Tretet ein. Im Haus warten Speis und Trank und warme Kleidung auf euch. Habt keine Angst. Ich bin eine Sindona, eine Dienerin der Weißen Frau.«

»Wird ... wird sie wieder gesund?« fragte Prigo furchtsam, während er der Trösterin folgte.

»Sie wird beizeiten erwachen und sich an die Arbeit machen«, erwiderte die Trösterin. »Alles Weitere ist ungewiß.«

*Geliebte ... sprich mit mir!*

*Die Talismane haben mir gesagt, daß du nicht mehr länger im Stern des Schwarzen Mannes weilst, aber sie wollen mir nicht sagen, wo du bist, nur, daß du dich hier in Sobrania befindest. Ich weiß, daß Denby tot ist. Ich weiß, daß du den Dreiflügelreif noch immer hast. Wie geht es dir? Hat dir dieser Verrückte etwas getan, als er dir deinen Talisman wegnehmen wollte?*

*Haramis, sag ein Wort, nur ein einziges Wort!*

*Rufe mich an, und ich werde zu dir kommen. Wir können nicht mehr länger warten. Der Boden unter dem Palast bebt, und es gelingt mir nicht, ihn mit einem Zauber zu beruhigen. Ich bin mir nicht sicher, ob diese kleinen Erdbeben ein Zeichen für den Beginn der letzten Katastrophe sind. Die Talismane in meinem Besitz weigern sich, darüber zu sprechen.*

*Wenn du die Wahrheit kennst, dann sage sie mir!*

*Du weißt, was der alte Zauberspruch sagt: Der Dreiflügelreif, dein Talisman, ist der Schlüssel und der Vereiniger des Zepters. Ohne den Reif sind das Brennende Auge und das Dreihäuptige Ungeheuer machtlos.*

Ich *bin machtlos.*

*Komm zu mir, in den Palast der gefederten Barbaren – oder laß mich zu dir kommen! Du und ich müssen das Zepter der Macht zusammensetzen und es einsetzen, bevor es zu spät ist.*

*Haramis! Haramis, meine einzige Liebe ... sag etwas.*

»Die Morgendämmerung ... Sagt mir, daß es noch nicht Morgen ist!« Mühsam erhob sich Haramis von ihrem improvisierten Lager. Königin Jiri kniete an ihrer Seite und wischte ihr mit einem feuchten Tuch die Stirn. Eine Trösterin der Sindona stand mit unbewegtem Gesichtsausdruck hinter ihr, eine Schüssel mit Wasser in den Händen haltend. Am Himmel vor dem Fenster türmten sich bleiche, malvenfarbene Wolken.

»Sie werden bei Tagesanbruch getötet!« rief Haramis. »Laßt mich ...«

»Ruhig, meine Liebe!« Die Königin von Galanar legte den Arm um sie. »Es dauert noch eine halbe Stunde, bis die Sonne aufgeht. Eure ... eure seltsame Dienerin hier hat uns von dem verhängnisvollen Schicksal Eurer Schwestern erzählt. Sie sagte auch, daß Ihr so lange wie möglich schlafen müßt, um Eure Kräfte wiederherzustellen, sonst hättet Ihr keine Chance, sie zu retten.«

Die Erzzauberin wurde ruhiger. »Eine halbe Stunde. Ja ... es wird genügen.« Sie setzte sich langsam auf und sagte zu der Trösterin: »Bring mir meinen Mantel.« Als die Sindona den Raum verlassen hatte, trank Haramis einen Schluck von dem Wein, den ihr Jiri anbot. »Wo sind die anderen Herrscher?«

»Eine andere dieser Statuen hat sie zu einem Viadukt jenseits der Straße gebracht«, erzählte ihr die Königin. »Er sagte, daß er sie wohlbehalten in ihre Länder zurückbringen werde. Ich habe beschlossen, bei Euch zu bleiben, auch wenn diese weibliche Statue versucht hat, mich daran zu hindern. Sie sagte, daß es ein großes Erdbeben geben werde, wenn die Schlammlawine Brandoba erreiche, und daß dieses Haus hier von einer Flutwelle weggespült werde – zusammen mit den Stadtteilen, die nicht im Schlamm versinken würden. Ist das wahr?«

Haramis strich sich mit einer zitternden Hand über die Stirn. »Diese entsetzlichen Ereignisse werden geschehen ... es sei denn, ich kann sie verhindern.«

Jiri setzte sich auf die Fersen und sah die Erzzauberin an. »Könnt Ihr das?«

Soll ich es ihr sagen? fragte sich Haramis. Ihr sagen, daß nicht nur Brandoba, sondern die ganze Welt kurz vor der Zerstörung steht?

Ihre Finger griffen nach dem Talisman um ihren Hals. Die

Flügel des Reifs waren geöffnet, und der Bernsteintropfen mit der fossilen Schwarzen Drillingslilie pulsierte im Rhythmus ihres Herzens.

Heilige Blume, kannst du mir nicht einen Rat geben? Wenn ich Orogastus den dritten Teil des Zepters bringe, wird er vielleicht verhindern können, das die Welt völlig das Gleichgewicht verliert. Er könnte die tödliche Schlammlawine sicher ablenken. Ist es mein Schicksal, mich dem Stern zu ergeben? Schwarze Drillingslilie, ist es das, was ich tun muß?

Aber die Blume in ihrem Amulett blieb stumm, wie immer, und Hamaris hatte Angst davor, diese Fragen dem Talisman zu stellen.

Mit feuchten Augen suchte sie Trost bei der älteren Frau, die an ihrer Seite kniete. Auf dem mütterlichen Gesicht der Königin von Galanar lag ein schmerzliches Lächeln, das aber von unerschütterlicher Hoffnung zeugte. Dieses Lächeln, das sie durch einen Schleier aus Tränen wahrnahm, erinnerte Haramis an eine andere Frau, die schon seit langer Zeit tot war, jene Frau, die ihr und ihren Schwestern die magischen Amulette geschenkt, diese auf die Suche nach ihren Talismanen geschickt und Haramis schließlich ihren kostbaren Mantel gegegeben hatte.

*Tochter der Dreifaltigen, verliere nicht den Mut.*

»Binah?« flüsterte Haramis ungläubig.

Die Weiße Frau, die Patin der Blütenblätter der Lebenden Drillingslilie gewesen war, sagte: *Die Jahre kommen und gehen. Was stolz ist, kann fallen, was verehrt wird, kann vergessen werden, was verborgen ist, muß schließlich enthüllt werden. Und ich sage dir, daß alles gut werden wird. Glaube daran, Tochter! Denke an die letzten Worte des Erzzauberers. Denke daran …*

Haramis wischte sich die Tränen aus dem Gesicht. Königin Jiri sah sie besorgt an. Die Trösterin der Sindona, die den schimmernden weißen Mantel der Erzzauberin in den elfenbeinfarbenen Händen hielt, fragte: »Erzzauberin, seid Ihr wohlauf?«

»Ja«, erwiderte Haramis. »Helft mir auf.«

Jiri und die Sindona halfen ihr aufzustehen. Haramis legte ihren Mantel um, dann sagte sie zu der lebenden Statue:

»Bring diese gute Frau hier in ihr Königreich Galanar zurück.« Dann küßte sie Jiri auf die Wange. »Liebe Freundin, was immer auch mit mir geschieht, seid gewiß, daß Eure Untertanen schon bald Euren Mut und Eure Weisheit brauchen werden. Enttäuscht sie nicht. Wenn der Dreieinige es will, werde ich bald kommen, um Euch zu helfen. Lebt wohl.« Sie griff nach ihrem Talisman und verschwand.

»Was hat sie damit gemeint?« fragte Jiri die Sindona. Zum ersten Mal schien sie Angst zu haben.

»Sie meint damit, daß für die Welt der Tag der Himmelslilie gekommen ist«, erwiderte die lebende Statue, »aber was ihre Blüte verheißt, wissen nur die Herrscher der Lüfte. Kommt, Königin. Ich werde Euch nach Hause zu Eurer Familie und Euren treuen Untertanen bringen. Was verborgen ist, wird schließlich enthüllt werden.«

# 30

Ein Rasseln und Klirren in einiger Entfernung verkündete, daß die äußere Tür des kaiserlichen Gefängnisblocks entriegelt wurde. Königin Anigel regte sich und öffnete mit einem kleinen Gähnen die Augen. »Ah, meine lieben Freunde – ist es denn schon Morgen?«

»Ich fürchte ja«, antwortete König Ledavardis. Sie waren alle in einer Reihe angekettet und lagen auf stinkenden Strohbündeln an der Wand. Hoch über ihnen waren schmale Fenster in die Decke der Folterkammer eingelassen, durch die sie dunkle, purpurfarbene Wolken sehen konnten.

Anigel setzte sich auf und fing an, ihre zerrissenen Kleider zu ordnen. »Dann werden wir unser Bestes geben müssen, um mutig zu sterben ... Ich bedauere nur, daß man Kadi und mir unsere Drillingsbernsteine abgenommen hat. Die Heilige Blume hätten meinen spärlich vorhandenen Mut sicher gestärkt.«

»Ganz zu schweigen davon, daß sie uns auch von unseren Fesseln befreit hätte«, sagte Kadiya trocken. »Nun gut. Dann müssen wir uns eben damit trösten, daß unser Tod nicht umsonst sein wird.«

Anigels blaue Augen schienen von einer tröstlichen, inneren Vision verschleiert zu sein. »Früher oder später müssen wir alle einmal sterben. Aber nur den Glücklichsten unter uns ist es gestattet, bei der Verteidigung einer Welt zu sterben. Mögen die Herrscher der Lüfte sich beeilen, uns zu holen.«

Der König und Erzherzog Gyorgibo sowie Kadiya murmelten zustimmend. Im Gegensatz zur Königin, die ruhig und beinahe verzückt erschien, konnten die anderen den Blick nicht von der Sammlung teuflischer Folterinstrumente abwenden, die man an der gegenüberliegenden Wand aufgehängt hatte. Immer wieder sahen sie auch zu dem blutbefleckten, etwa drei Ellen langen Tisch aus Granit hinüber, der in der Mitte der Kammer stand. Die Platte des Tischs war geneigt, und am unteren Ende hingen Fesseln für Fuß- und Handgelenke, während sich auf der anderen Seite ein großer Kasten aus Mauersteinen befand, der einer Schmiede ähnelte. Ein Blasebalg, der nach Gyorgibos Worten über ein hölzernes Gestänge mit einer Windmühle verbunden war, hatte die ganze Nacht lang Luft in den Feuerofen geblasen und die Glut am Leben erhalten. Von Zeit zu Zeit war ein rußgeschwärzter Knecht hereingekommen, um Kohle nachzulegen und das Feuer zu schüren. An etwas, das zwischen den Kohlen vergraben war, hingen zwei dicke Ketten. Sie bildeten ein auf dem Kopf stehendes V und vereinigten sich dann zu einer Kette, die über einen Flaschenzug an einem Eisenbalken an der Decke lief. Gyorgibo hatte sich beharrlich geweigert, darüber zu sprechen, was im Feuer verborgen war.

Sie hörten Stimmen, die näher kamen, und das laute, schallende Gelächter einer Frau hallte von den Wänden des hohen Korridors vor der Folterkammer wider.

»Meine kaiserliche Schwester ist gekommen, um unsere Folterung zu beaufsichtigen. Sie scheint blendender Laune zu sein«, sagte der Erzherzog.

»Vielleicht nicht mehr lange«, knurrte Kadiya. »Es könnte sein, daß die Erzzauberin Haramis immer noch von dem Schwarzen Mann festgehalten wird und überhaupt nichts von unserer Gefangennahme weiß. Ich würde alles geben, um Naelores Gesicht sehen zu können, wenn sie feststellt, daß sie das Leben ihrer wichtigsten Geiseln für nichts und wieder nichts vergeudet hat.«

Ledavardis seufzte. »Ich nicht.« Er wandte sich an Anigel. »Es sieht so aus, als würde ich nun doch nicht Euer Schwiegersohn werden, liebe Königin. Darf ich Euch jetzt wenigstens um Euren Segen bitten, und um Vergebung für alles, was ich Eurer Familie und Eurem Königreich vor so langer Zeit angetan habe?«

»Ich gewähre sie gern. Und ... ich habe meine Meinung über Euch geändert, Ledo. Wenn es das Schicksal anders gewollt hätte, wäre ich glücklich darüber, Euch meine Tochter Janeel zur Frau zu geben.«

Prinz Tolivar, den ein mitfühlender Wärter zwischen Anigel und dem König angekettet hatte, war die ganze Zeit über so ruhig gewesen, daß die erwachsenen Gefangenen dachten, er schliefe noch. Jetzt sagte er zu Ledavardis: »Ich wäre auch stolz darauf gewesen, Euer Bruder zu sein. Wie Ihr Mutter und mich gerettet habt – einfach sagenhaft!«

»Auch du bist dem Zauberer höchst tapfer gegenübergetreten, Tolo.« Der König ballte seine rechte Hand zur Faust, mit Ausnahme des kleinen Fingers, den er dem Prinzen wie einen Haken entgegenstreckte. »Greif mit deinem kleinen Finger nach dem meinen – so! Komm schon, zögere nicht. Ich habe ein letztes Geschenk für dich ... Tolivar von Laboruwenda, ich ernenne dich hiermit zum Korsaren von Raktum, und verkünde feierlich, daß du fortan mein Bruder und Schiffskamerad auf allen Meeren sein wirst! So. Jetzt haben wir geschworen.«

Ehrfurcht und Freude breiteten sich auf dem Gesicht des Prinzen auf, während er auf ihre ineinander verhakten Finger starrte. »Ich bin jetzt ein richtiger *Pirat*?«

»Natürlich! Aber du darfst nicht vergessen, daß wir Raktumianer uns gebessert haben, und daß der Titel nur ehrenhalber verliehen wird.«

»Ich ... ich werde versuchen, ehrenhaft unter der Folter zu sterben«, sagte Tolivar mit zitternder Stimme. »Aber haltet es bitte nicht für Feigheit, wenn ich viel Lärm dabei mache.«

»Piraten leiden niemals still! Mach so viel Lärm wie du willst, Junge – und ich werde noch lauter schreien, denn ich bin der Piratenkönig.«

Die eisenbeschlagene Tür wurde aufgestoßen. Vier Männer, die bis zum Gürtel unbekleidet waren und schwarze Ledermasken trugen, marschierten herein. Ihnen folgte Kaiserin Naelore, deren kastanienbraune Samtrobe mit silberblauem Diksufell verbrämt war. Auf ihrem lockigen Haar saß eine einfache Platinkrone, und um den Hals trug sie den Stern von Nerenyi Daral.

»Guten Morgen«, sagte sie. Als ihr niemand antwortete, warf sie den Kopf zurück und lächelte leicht. »Ihr werdet sehr bald lernen, höflich zu sein! Es sei denn, eine gewisse Erzzauberin beschließt, daß Ihr euer armseliges Leben mehr wert ist als ihr Talisman.« Sie nickte den Folterknechten zu. »Macht alles bereit.«

Die Männer machten sich ans Werk. Einer von ihnen steckte einen Schürhaken ins Feuer, zwei drehten an einer Winde hinter dem Feuerofen, und der vierte überprüfte die Fesseln an dem schauerlichen Steintisch.

Die Kaiserin stellte sich vor die Gefangenen, hob die Hände zum Himmel und rief mit lauter Stimme: »Haramis, Erzzauberin des Landes! Ich weiß, daß du uns hören und sehen kannst. Auch ich habe meine Freunde im Reich der Magie! Einer von ihnen, der mir heimlich ins Ohr flüsterte, hat mir gesagt, wie ich den Dreiflügelreif in meinem Besitz bekommen kann. Kommt, Erzzauberin! Erniedrigt Euch vor mir und gebt mir Euren Talisman, und diese Gefangenen hier werden verschont werden. Wenn Ihr das nicht tut, werden sie eines schrecklichen Todes sterben.«

Die Folterknechte drehten immer noch an der Winde, mit der sie etwas aus den Kohlen holten. Langsam tauchte eine weißglühende Eisentrommel auf, die etwa eine Elle in der Länge und vielleicht zwei Handspannen im Durchmesser maß. Durch die Trommel verlief eine waagrecht stehende Stange mit Ringen an ihren Enden, über die sie mit den zwei Ketten verbunden war. Nachdem der Zylinder an den Fuß des Tisches gehievt worden und etwas abgekühlt war, konnten die Gefangen sehen, daß es sich um eine Art Walze handelte. Ihre glühende Oberfläche war mit unzähligen, scharfen Stacheln besetzt.

»Bei den Tentakeln von Heldo!« stöhnte Ledavardis fassungslos. Die anderen – bis auf Gyorgibo, der gewußt hatte, was sie erwartete – waren viel zu entsetzt, um etwas sagen zu können.

»Haramis!« Naelore hob ihren Stern. »Zögert nicht! Die Sonne geht auf. Die Frist, die ich Euch gesetzt hatte, ist abgelaufen.«

Nichts geschah.

»Kaiserin, weiß der Sternenmeister von dieser Folter, und heißt er sie gut?« fragte Kadiya.

»Seid still, Hexe!« befahl Naelore.

Aber Kadiya gab nicht auf. »Ich sagte Euch gestern nacht, daß sich meine Schwester Haramis auf dem Dreigestirn befindet. Sie kann einem magischen Ruf gar nicht folgen. Ich selbst vermochte nicht, mit ihr zu sprechen, obwohl ich gleich zwei Talismane einsetzte. Euer Plan ist sinnlos.«

»Schwester, warum tust du das?« rief Gyorgibo beschwörend. »Töte mich, wenn du willst, aber die anderen haben dir doch nichts getan.«

»*Sie* aber!« kreischte die Kaiserin. »Die hochmütige Weiße Frau! Und wenn sie lebt, wird sie ihre Schreie hören, egal, ob sie auf dem Dreigestirn weilt oder sich in der untersten der zehn Höllen versteckt.« Wieder rief sie nach Haramis, und ihre Stimme wurde immer wütender und rasender.

Der Erzherzog schüttelte den Kopf. »Die Spielerei mit der Zauberei hat ihren Geist zerrüttet.«

»Nein«, sagte Anigel traurig. »Sie ist von einer anderen Art des Wahnsinns befallen.«

»Seid still!« brüllte Naelore. »Oder ich werde euch die Zungen herausreißen lassen!«

Die Gefangenen verstummten. Einer der maskierten Männer sagte: »Kaiserliche Majestät, es steht alles bereit.«

Schweißtropfen standen der Kaiserin auf der Stirn, und ihr Gesicht war gerötet. Sie begann, vor den fünf gefesselten und liegenden Gefangenen hin- und herzugehen, wobei ihre rastlose Hand mit dem Stern an der Kette spielte. »Wer von euch soll der erste sein, der mit der glühenden Walze Bekanntschaft macht? Der häßliche, verwegene Piratenkönig? Nein, ich glaube nicht. Er wird von der Weißen Frau zuwenig geliebt. Warum sollte sie ihren Talisman gegen das Leben eines einäugigen, buckligen Piraten eintauschen? Und das ist auch der Grund dafür, warum ich nicht dich wähle, meinen nichtsnutzigen kleinen Bruder, obwohl mir deine Schmerzensschreie viel Vergnügen bereitet hätten.« Sie brach in lautes Lachen aus.

Gyorgibos Gesicht war zu einer Maske aus Stein geworden. Er sagte kein Wort.

Die Kaiserin blieb vor Anigel stehen. »Soll es diese heruntergekommene, schmutzige Königin sein? Was für eine jämmerliche Gestalt! Ah – Ihr habt Euch doch den Knöchel verstaucht, als Ihr zu fliehen versuchtet, nicht wahr, und seid schon in Ohnmacht gefallen von dem bißchen Schmerz, das meine Kriegsherren Euch zugefügt haben, als sie Euch hierherbrachten. Ich fürchte, Ihr würdet unter der Folter unziemlich rasch sterben, noch bevor die Erzzauberin überhaupt von Euren Schreien Notiz genommen hätte.«

»Versucht es doch mit mir, Skritek-Brut«, zischte Kadiya, die an ihren Ketten riß.

Naelore tat so, als würde sie über den Vorschlag nachdenken. »Die tollkühne Hexe, die unsere Invasion vereiteln und mir meinen Thron vorenthalten wollte! Aber Ihr habt geweint, als ich dem Sternenmeister Euren Talisman gegeben habe. Ihr habt gewinselt wie ein getretener Snittwelpe! Ich glaube, ich würde gern wieder sehen, wie Ihr weint und mich um Gnade anfleht« – sie trat vor und packte Prinz Tolivar am Haar – »wenn dieser verräterische Balg hier endlich dafür bezahlt, daß er euch so großen Kummer bereitet hat.«

»Wir haben ihm alle vergeben!« schrie Kadiya.

Aber Naelore winkte herrisch, woraufhin zwei der Folterknechte kamen und den Prinzen von den Ketten an der Wand befreiten. Sie zerrten Tolivar, der kein Wort des Widerspruchs sagte, zu dem langen Tisch. Die maskierten Männer fuhrwerkten herum und hatten Schwierigkeiten damit, die Fesseln so einzustellen, daß sie Tolivars kleinen Körper aufnahmen, aber schließlich lag der Junge festgeschnallt auf dem unteren Ende der geneigten Platte.

Die Kaiserin trat an den Tisch und strich dem Prinzen eine blonde Locke aus dem Gesicht, die ihm in die Augen gefallen war. »Du mußt doch alles sehen können, mein tapferer Junge«, gurrte sie. Und dann schrie sie zur Decke: »Und die Erzzauberin Haramis muß auch alles sehen können! Seht Euch sein Gesicht an, Weiße Frau, wenn die glühende Walze ihn von Fuß bis Kopf zerquetscht.«

Sie schnippte mit den Fingern. Zwei der Folterknechte beugten sich wieder über die Winde, aber dieses Mal wickelten sie die Kette ab. Die anderen beiden packten ein dickes Seil, mit dem der Flaschenzug nach vorn gezogen wurde, bis die schwere, rotglühende Trommel genau auf dem unteren Ende des Tisches aufkam, weniger als eine und eine halbe Elle von den Füßen des Prinzen entfernt. Der stachelbewehrte Zylinder berührte die geneigte Oberfläche des Steins und fing an, aus eigener Kraft und qualvoll langsam auf den Jungen zuzurollen, während sie ein gellendes Kreischen auf der Achsstange hervorrief. Die Männer an der Winde ließen die Hände sinken und traten erwartungsvoll einen Schritt zurück, während die anderen am Seil die Bewegung der Walze kontrollierten, damit sie ihre Aufgabe nicht zu schnell erledigte.

»Haramis!« rief Naelore. Sie stand am anderen Ende des Tisches, genau hinter Tolivars Kopf. »Siehst du zu?«

Der Steinboden der Folterkammer bebte.

»Ein Erdbeben!« rief Ledavardis, aber niemand nahm von ihm Notiz – schon gar nicht die Kaiserin. Sie starrte auf die sich nähernde Walze. Ihre Hände packten den Rand des steinernen Folterbetts.

Der glühende Zylinder an den Ketten rutschte zur Seite, als die Folterkammer schwankte, aber Naelore stützte sich nur an dem Tisch ab und wartete. Die Stacheln kratzten über den roh behauenen Stein und sprühten Funken in alle Richtungen, als alle vier Folterknechte an dem Seil zogen und die rauchende Walze geraderückten. Jetzt rollte sie wieder auf Prinz Tolivar zu.

Ein zweites Erdbeben begann, das viel stärker war als das erste.

Die Folterknechte fluchten und prallten gegeneinander, während sie versuchten, das Seil festzuhalten und gleichzeitig den glühenden Kohlen auszuweichen, die sich aus dem auseinandergebrochen Feuerofen ergossen. In der Wand, die den angeketteten Gefangen gegenüber lag, bildete sich ein großer Spalt, und die Folterinstrumente, die dort hingen, fielen mit lautem Klirren zu Boden. Aus der Erde unter der Folterkammer drang ein tiefes Grollen, das sich mit einem Knarren und einem unheimlichen Ächzen mischte.

Der stachelbewehrte Zylinder auf dem Tisch wurde schneller. Die vier Männer ließen das Seil los und rannten trotz der wütenden Schreie der Kaiserin aus der Folterkammer. Tolivar spürte, wie die Hitze die Sohlen seiner Stiefel verbrannten, und stieß einen Schrei aus, der wie jener eines verängstigten Säuglings klang.

Da erschien über ihm plötzlich eine strahlende, weiße Gestalt. Er sah, wie die Erzzauberin Haramis ihren Talisman auf ihn richtete. Die Fesseln fielen von ihm ab und sein hilfloser Körper wurde hochgehoben und flog zur Seite, als die glühende Trommel, die jetzt nicht mehr durch das Seil gehalten wurde, über die Stelle rollte, an der er gelegen hatte.

Am Ende des Tisches schwang die Walze wie ein glühendes Pendel an ihren Ketten weiter. Kaiserin Naelore versuchte ihr auszuweichen. Aber sie war so von panischem Schrecken erfaßt, daß sie die Magie des Sterns nicht anrufen konnte. Die Walze traf sie mitten ins Gesicht. Tolivar, der jetzt nach seiner Mutter schrie, spürte, wie er langsam auf den Boden herabgelassen wurde. Unter dem hin und her schwingenden glühenden Zylinder lag etwas, das sich unablässig krümmte und zuckte.

Als ihm ein übler Geruch nach versengter Kleidung und verbranntem Fleisch in die Nase stieg, krampfte sich sein Magen zusammen. Er fiel auf die Knie und übergab sich, dann versuchte er sich zusammenzureißen, als er hörte, wie die Erzzauberin seinen Namen rief. Sie hatte die anderen Gefangenen befreit und drängte sie auf die Tür zu.

»Tolo! Beeil dich!«

Als er zögerte, weil etwas ihn zwingen wollte, auf den Schrecken zurückzublicken, der ihm selbst zugedacht gewesen war, eilte Haramis zu ihm und faßte ihn an der Hand. In einem der Stockwerke über ihnen brach etwas mit einem lauten Donnern zusammen, dann stürzte die gewölbte Decke der Folterkammer ein. Der Prinz flog über den Steinboden, durch die Tür und dann hinaus auf den Korridor, mitgerissen von dem schimmernden weißen Umhang vor sich.

Als er wieder auf den Boden gestellt wurde, schwankte dieser nicht mehr. Die Erdbeben schienen aufgehört zu haben, und die Balken des Korridors hielten stand. Fast alle der in die Mauer eingelassenen Kohlepfannen waren aus ihren Nischen gefallen, aber sie flackerten immer noch. Dicker Staub hing in der Luft. Königin Anigel riß Tolivar an sich. Die anderen standen da und husteten.

Als alle wieder zu Atem gekommen waren, sagte Haramis: »Schwestern, ich habe etwas für euch.« In jeder Hand hielt sie einen leuchtenden Tropfen aus Drillingsbernstein, die an einfachen Riemen hingen. Anigel und Kadiya nahmen ihre Amuletts, küßten sie und hängten sie sich um den Hals.

Aus der zerstörten Folterkammer drang kein Laut, aber aus der anderen Richtung waren schwache Schreie zu vernehmen.

Ledavardis, der sich nur zu gut an das Erdbeben erinnerte, das sich während der Eroberung von Derorguila ereignet hatte, sagte mit drängender Stimme: »Wir müssen so schnell wie möglich ins Freie. Wenn noch ein Erdbeben losbricht, stürzt der Palast vielleicht über uns zusammen.«

Kadiya wandte sich an die Erzzauberin. »Kannst du uns mit einem Zauber von hier wegtragen?«

»Es tut mir leid. Das würde viel Kraft erfordern, und die meine ist erschöpft, nachdem ich die anderen entführten Herrscher gerettet ...«

»Sie sind in Sicherheit?« rief Anigel. »O Hara! Gott sei Dank!«

»Dann müssen wir wohl zu Fuß gehen«, entschied Kadiya.

»Dort entlang.« Gyorgibo wies den Weg. »Die Treppe hinauf. Wir können zwischen den Baracken der kaiserlichen Garde hindurch in das nördliche Querschiff der großen Rotunde gelangen und von dort aus in einen der Hofgärten entkommen.«

»Ich kann uns immer noch verteidigen. Nur der magische Transport geht momentan über meine Kräfte«, sagte Haramis.

»Ani, kannst du laufen?« fragte Kadiya die Königin.

»Die heilige Blume hat meine unbedeutende Wunde geheilt. Ich bin wieder gesund – und so glücklich, daß ich am liebsten in Tränen ausbrechen würde!«

»Beherrsche dich«, murmelte die Herrin der Augen, »zumindest so lange, bis wir draußen sind. Dann kannst du weinen, soviel du willst. Vielleicht schließe ich mich dir sogar an ...«

Sie rannten die schmale Treppe hinauf und gelangten in den Vorraum einer Baracke, der erheblich beschädigt war. Mehrere Dachsparren waren heruntergefallen und ein Teil der langen Wand eingestürzt. Vorsichtig suchten sie sich ihren Weg zwischen dem Geröll hindurch. Der Raum war leer, bis auf einen einsamen Soldaten der kaiserlichen Garde, einen grauhaarigen Mann in einer Halbrüstung, der mitten in einem Haufen aus Backsteinen saß. Er war über und über mit Staub bedeckt und hielt sich den Unterschenkel.

»Sie sind alle davongerannt«, krächzte er, als Haramis und Gyorgibo ihn entdeckten. »Die Wand da ist auf mich gefallen. Meine Kameraden müssen mich wohl für tot gehalten haben. Die Folterknechte, die hier vor ein paar Minuten durchgerannt sind, haben mich gar nicht beachtet. Und jetzt sitze ich hier mit meinem gebrochenen Bein.«

Die Erzzauberin kniete sich neben ihn und berührte mit ihrem Talisman sein Bein. Die Wache stieß einen überraschten Fluch aus und tastet dann an der Stelle herum, an der die Wunde gewesen war. »Gesegnete Matuta! Ihr habt mich geheilt, Zauberin!« Er sprang auf und sah sie verwirrt an. »Aber wenn ihr eine von denen seid – wo ist dann Euer Stern?«

»Sie braucht keinen«, sagte eine ruhige, männliche Stimme.

Haramis erhob sich und drehte sich langsam um. Im Türrahmen des zerstörten Vorraumes stand Orogastus. Er trug die silberschwarzen Gewänder seiner Gilde und das Sternenmedaillon, aber den furchterregenden Strahlenhelm hatte er nicht angelegt. Sein Gesicht war von Sorge zerfurcht, sein langes, weißes Haar floß ihm den Rücken hinunter, und auf seinem Kopf leuchtete das Dreihäuptige Ungeheuer. In einer Scheide am Gürtel des Zauberers steckte das Brennende Auge, auf dessen Knauf seine rechte Hand ruhte.

»Geh!« befahl er der erschrockenen Wache.

»Jetzt hast du uns gefunden, Orogastus. Ich dachte mir schon, daß es dir gelingen würde«, sagte Haramis.

»Ich wußte von deiner Gegenwart in dem Augenblick, in

dem du in der Folterkammer erschienen bist. Ich hatte dich schon seit Stunden gesucht.«

»Dann weißt du, daß Naelore tot ist.«

Seine wohlgeformten Lippen wurden zu einem schmalen Strich. »Diese Närrin! Glaube mir, ich wußte nicht, was sie vorhatte. Ich nehme an, sie wollte dich dazu zwingen, ihr den Talisman zu geben.«

»Sie wollte ihn dir zum Geschenk machen«, sagte Haramis, »und auf diese Weise deine Liebe gewinnen.«

Er gestikulierte aufgebracht. »Liebe? Zu *ihr*? Völliger Unsinn! Seit ich die beiden Talismane an mich gebunden habe, habe ich nur noch daran gedacht, dich zu finden.«

»Damit du mich mit deinen eigenen Mitteln zwingen kannst? Und doch ... ich bin erleichtert darüber, daß du die Folterung nicht gutgeheißen hast.«

»Den Mann, der so etwas getan hätte, gibt es nicht mehr, Haramis. Warum kannst du das nicht glauben?« Der Zauberer kam mit ausgestreckten Armen auf sie zu. »Warum kannst du nicht verstehen ...«

»Ich verstehe sehr gut, genauso gut, wie ich auch diesen hochmütigen Kerl verstanden habe, Denby Varcour, der dich geschaffen hat! Ihr manipuliert beide menschliche Gefühle und Taten und seid voller Arroganz und Dünkel.«

Orogastus ließ die Arme sinken. Der Ausdruck von Zärtlichkeit auf seinem Gesicht verwandelte sich in Verzweiflung. »Meine Liebe zu dir ist ehrlich, und ich habe keine Angst davor, mich zu ihr zu bekennen. Du liebst mich auch, und doch weist du mich zurück und gibst mir keine Chance, dir alles zu erklären.«

Kadiya unterbrach ihn. »Das liebevolle Wiedersehen – und die gegenseitigen Vorwürfe – muß warten. Ihr beide solltet euch darüber im klaren sein, daß jeden Moment ein weiteres großes Beben ausbrechen kann. Vielleicht wird sogar die Stadt selbst zerstört! Ihr müßt etwas unternehmen.«

Die hellen Augen des Orogastus wichen ihrem Blick aus. »Ich vermag es nicht, die Bewegungen der Erde mit meinen Talismanen zu kontrollieren. Ich habe es bereits versucht, als die Beben noch nicht so stark waren, aber ohne Erfolg.«

»Das liegt daran, daß die Erdbeben nur ein Zeichen für das gestörte Gleichgewicht der Welt sind«, sagte Haramis, »so wie die gewaltige Schlammlawine, die sich aus den Bergen ergießt.«

»Was für eine Schlammlawine?« fragten der Zauberer, Kadiya, Ledavardis und Gyorgibo wie aus einem Munde. Anigel und Tolivar standen mit offenem Mund da und warten sprachlos.

Haramis hob ihren Talisman. »Brandoba liegt genau auf ihrem Weg. Seht!«

Die Hälfte des zerstörten Raumes schien zu verschwinden, und ihnen war, als stünden sie auf einem hochgelegenen Felsvorsprung über dem Forst von Lirda. Der Morgenhimmel war von tiefhängenden Sturmhängen verborgen, die auch die bewaldeten Ausläufer der Berge verhüllten, wie ein Vorhang, der nicht ganz heruntergelassen worden war. Unter diesem Vorhang floß eine schäumende Masse hervor, die das Tal des Dob füllte, als wäre es eine Wanne, und aus der Entfernung wie grauer Haferschleim aussah.

»Mächte der Finsternis steht uns bei!« flüsterte Orogastus. »Ich hatte keine Ahnung ... Talismane! Wie weit sind die ersten Ausläufer der Flut von Brandoba entfernt?«

*Achtzehn Meilen.*

»Die Schlammlawine wird in weniger als einer halben Stunde hier sein«, stellte Haramis fest. »Und dann wird sie die Stadt unter sich begraben.« Sie bewegte den Talisman, und das Bild verschwand.

Gyorgibo stöhnte. »Mein armes Volk. Mein armes Land.«

König Ledavardis warf ihm einen Blick zu. »Ja ... jetzt seid Ihr der Kaiser.«

»Kaiser des Vergessens!« Er hatte die Hände in die Seite gestützt und starrte sowohl Orogastus als auch Haramis böse an. »Was geschieht jetzt? Werdet Ihr die Angehörigen Eurer Gilde aus der Gefahr tragen, Sternenmeister? Und wird die Erzzauberin Haramis ihre Lieben auf die gleiche Art und Weise retten, und Sobrania und seine nichtswürdigen Barbaren dem Ansturm des Schlamms überlassen?«

»Werden wir?« sagte Orogastus zu Haramis.

Der Blick der Erzzauberin ging zu ihren Schwestern und den anderen hinüber, die in stummer Besorgnis warteten. Sollte sie ihnen die ganze Wahrheit sagen? Sie würden sie bald erfahren müssen, aber vielleicht noch nicht jetzt. Nicht, wenn es noch einen Funken Hoffnung gab, egal, wie klein dieser auch war.

Sie sagte: »Orogastus und ich müssen unter vier Augen darüber sprechen. Bitte entschuldigt uns.« Dann bedeutete sie dem Zauberer, sie zu begleiten und ging außer Hörweite der anderen – aber nicht aus ihrem Blickfeld.

»Dann werden wir uns also für immer trennen?« fragte er sie. »Mein sobranisches Abenteuer ist zu Ende. Ich werde anderswo noch einmal beginnen müssen, wenn das überhaupt möglich ist. Du wirst deinen Talisman haben und meine. Voneinander getrennt sind sie nicht unbesiegbar – nur außergewöhnlich –, besonders, da ich so unerfahren im Gebrauch der meinen bin. Ich nehme an, daß du jetzt ebenfalls Zugang zu den Viadukten besitzt?«

Sie nickte.

»Dann können wir nach Belieben damit reisen, solange die Ausgänge nicht blockiert sind. Du brauchst nur deine Freunde zu sammeln, und dann wird es nichts mehr geben, das dich in diesem zum Untergang verurteilten Land noch hält. Die Sternenmänner und ich können zu meinem alten Haus in Tuzamen gehen. Wenn du versprichst, mich dort nicht anzugreifen, werde ich dir sagen, wie du die Erzzauberin Iriane aus ihrem Gefängnis aus blauem Eis befreien kannst. Dann können wir beide darauf warten, daß die Welt in eisiger Stille versinkt – du bei dir und ich bei mir –, während unsere Anhänger immer noch nicht klüger sind. Bis zum Ende. Ist es das, was du tun willst, Haramis? Weglaufen?«

»Es gibt nichts, wohin wir fliehen könnten, selbst wenn wir es wollten«, erwiderte sie.

»Wovon redest du da?«

»Der Erzzauberer des Himmels, der größte Zauberer, der jemals gelebt hat, erzählte mir, daß das Ungleichgewicht *jetzt* seinen Höhepunkt erreichen wird. Die sobranische Katastrophe, so furchtbar sie auch sein mag, markiert nur den Beginn von unzähligen solcher Ereignisse, die über alle Nationen der Welt hereinbrechen werden. Es gibt nirgendwo eine Zuflucht für uns, Orogastus, und kein Entkommen. Von hier aus geht es nur noch abwärts, bis unsere Welt im Immerwährenden Eis eingeschlossen ist.«

»Also doch! Ich war mir nicht sicher ...«

»Denby Varcour glaubte, daß nur ein Despot, der das Dreiteilige Zepter der Macht führt, dieses planetare Verhängnis abwenden könne. Er verlangte, daß ich ihm meinen Talisman aushändige, damit er ihn dir geben kann. Ich habe mich geweigert.«

»Und du weigerst dich immer noch«, stellte der Zauberer fest.

»Ja.«

»Du würdest die Welt lieber in Trümmern sehen, als von mir gerettet und unterjocht?«

»Ich würde sie lieber gerettet sehen – auf eine andere Weise.« Sie holte tief Luft. »Gibst du *mir* die beiden Talismane, damit ich das Zepter zusammensetzen und die Heilung ohne Sklaverei versuchen kann?«

»Niemals!« sagte er. »Ich weiß, daß es vergebens wäre. Die Heilung selbst ist ein entsetzlicher Prozeß. Die einfache Bevölkerung dieser Welt und ihre naiven Herrscher würden nicht wissen, wie sie überleben können. Deine sanfte Überzeugung würde sie nicht retten. Sie würden vor Angst wahnsinnig werden.«

»Ich glaube, daß ich darauf eine Antwort gefunden habe.«

»Dann sage sie mir!« Er packte sie an den Oberarmen. Aber sie entzog sich ihm und schüttelte den Kopf. Er versuchte nicht, sie davon abzubringen.

»Du hast einmal geschworen«, erinnerte sie ihn, »mich das Zepter führen zu lassen.

»Nur wenn ...« Er brach ab, unfähig, die Worte auszusprechen.

»In seinen letzten Momenten hat Denby Varcour seine Meinung über diesen tyrannischen Plan geändert«, sagte Haramis. »Als er starb, rief er die Schwarze Drillingslilie an, und er sprach mit Ironie und einer sonderbaren Resignation von der Blume. Dann sagte er zu mir: ›Liebe ist gestattet, Hingabe jedoch nicht.‹«

»Dieser verdammte, rätselhafte Satz!« rief Orogastus aus. »Du hast ihn in deinem Turm gesagt, damals, als du mich zurückgewiesen hast ... Wo liegt der Unterschied?«

»Beim ersten«, sagte sie, »bleiben die Liebenden wirklich sie selbst. Sie vereinen sich ohne Einbußen, ohne Unterwürfigkeit. Keiner von beiden wird geschwächt, im Gegenteil, sie werden zusammen stärker.« Sie brach ab und schlug die Lider über die Augen, die von der gleichen Farbe waren wie die seinen. »Ich liebe dich. Aber der Stern verlangt Überlegenheit über seine Anhänger. Die Blume nicht.«

Er stand mit düsterem Gesicht vor ihr, und seine langen Finger berührten das Medaillon, das er um den Hals trug. »Ich muß tun, wozu ich geboren wurde. Denby spielt keine Rolle. Er hat seinen Teil beigetragen, als er zuließ, daß ich die Wahrheit über meine Rolle entdeckte, und es mir ermöglichte, die törichten Ansichten meiner jungen Jahre aufzugeben und mich auf den einzigen Grund zu konzentrieren, aus dem ich in diese Welt gekommen bin. Ich werde meine Bestimmung nicht aufgeben, für niemandem und nichts. Haramis – meine geliebte Haramis! –, das mußt du verstehen.«

Sie lächelte leise. »Ich verstehe es. Aber vielleicht muß die wahre Erkenntnis in dir noch wachsen. Denby sagte außerdem zu mir: ›Drei Blütenblätter, die das Zepter halten, und der Erzzauberer des Himmels, der es lenkt‹ ... wenn ich es so will.«

Orogastus war sprachlos. Fast hätte er gelacht angesichts ihrer Vermessenheit. »Du? Wenn *du* es so willst? Was soll das bedeuten? Glaubst du etwa, der alte Mann hat dir und deinen Schwestern die Verantwortung für das Zepter des Versunkenen Volkes übertragen?«

»Es könnte so gewesen sein. Binah und Iriane waren überzeugt davon, daß wir in der Lage wären, es einzusetzen. Ich war mir da nie sicher, und vielleicht ist mein Zögern der Grund dafür, warum Denby einen vierten vorgeschlagen hat, der unser Führer sein soll.«

»Der Erzzauberer des Himmels ist tot«, entgegnete Orogastus verärgert. »Wie soll er helfen, das Zepter zu führen? Denby Varcour war wahnsinnig. Selbst am Ende hat er noch fantasiert.«

»Es gibt noch einen anderen Hinweis darauf, daß die Drei Blütenblätter der Lebenden Drillingslilie das Zepter zusammen einsetzen müssen – ein altes Lied, das Denby gesungen hat:

*›Eins, zwei, drei: drei in einem.*
*Eins, die Krone der Gemeinen, Geschenk der Weisheit,*
*Förderer des Geistes.*
*Zwei, das Augenschwert, Gerechtigkeit und Gnade*
*bringend.*
*Drei, der Flügelstab, Schlüssel und Vereiniger.*
*Drei, zwei, eins: eins in drei.*
*Komm, Drilling. Komm, Allmacht.‹*

Er hat mich verspottet, als er es mir vorsang. Aber ich habe das Lied schon früher gehört, bei den Uisgu in den Irrsümpfen. Sie sagen, es stammt aus der Zeit, in der ihre Rasse entstanden ist.«

Orogastus schüttelte den Kopf. »Es ergibt keinen Sinn. Es ist sinnloses, magisches Geschwätz.«

»Da mein Dreiflügelreif der wichtigste Teil des Zepters ist, der Schlüssel, würde ich befehlen müssen – nicht als Erzzauberin, sondern als eine der Drei mit meinen Schwestern. Wenn ich wählen könnte, würde ich mir wünschen, daß die Lebende Drillingslilie durch einen beherzten Freund gestärkt und geleitet wird – sowohl beim Zusammensetzen des Zepters als auch während der schrecklichen Nachwirkungen. Aber wir Drei könnten niemals von einem Sternenmann geleitet werden.«

»Du hast mit mir gespielt, Haramis.« Dieses Mal lag kein Zorn in Orogastus' Stimme, nur Verzweiflung. »Ohne den Stern bin ich nichts! Du und deine Blume, ihr würdet mich herabsetzen, Hingabe von mir verlangen, während ihr euch weigert, euch zu unterwerfen.«

Sie nahm seine Hand und führte sie zu dem Dreiflügelreif,

der an seiner Kette um ihren Hals hing. Er wurde starr, weil er Angst hatte und sich immer noch widersetzte. »Ich liebe dich wirklich«, sagte er. »Und ich würde dich niemals verletzen. Es käme mir auch nie in den Sinn, den neuen Erzzauberer des Himmels herabzusetzen.«

»Den neuen ...«

»Es liegt an mir, dieses Amt zu vergeben. Ich bin das letzte aktive Mitglied der Schule. Ich bin sicher, daß Iriane einverstanden wäre. Und ich glaube, die schlummernden Angehörigen des Versunkenen Volkes ebenfalls. Wir stammen beide von ihnen ab, du und ich.«

»Haramis ... kann es sein?«

»Es hängt, glaube ich, von dir ab. Von deiner Liebe.«

Sie preßte seine Finger auf die Blume. Er spürte, wie sich die winzigen Flügel auf ihrem Talisman öffneten. Darin befand sich etwas, daß sein Herz in Flammen aufgehen ließ, als er es berührte. Er verlor das Gleichgewicht und wäre gefallen, wenn er sich nicht an sie geklammert hätte.

»Natürlich liebe ich dich! O Haramis, ich liebe dich mehr als mein Leben! Mehr als ...« Seine Stimme erstarb zu einem leisen Stöhnen. Er fing sich wieder, und ihre halb wahnsinnige Umarmung ließ nach. Sie wurde ehrerbietig und gab ihnen beiden Kraft.

Als sie sich schließlich voneinander trennten, flüsterte sie: »Die Krone!«

Verblüfft nahm er sie vom Kopf und sah sie an. Der mittlere Kopf der Ungeheuer, der von einer winzigen Nachbildung des Sterns gekrönt gewesen war, trug jetzt ein neues Wappen, auf dem das Dreigestirn zu sehen war. Bei dem Dreilappigen Brennenden Auge war dasselbe geschehen.

Der Stern lag mit zerrissener Kette auf dem von Trümmern übersäten Boden zu ihren Füßen.

Ein neuerliches Erdbeben ließ den Palast erzittern.

Anigel und Kadiya verließen die anderen und näherten sich ihnen. »Hara«, sagte die Königin. »Du mußt sofort entscheiden, was wir jetzt tun sollen.«

Haramis und Orogastus sagten es ihnen.

# 31

Auf der goldenen Kuppel des Palastes stand ein hoher Turm aus rotem Jaspis, in dem eine Wendeltreppe zu der riesigen, vergoldeten Vogelstatue auf seinem Dach führte. Die drei Schwestern und Orogastus gingen zu dem kleinen Plateau am höchsten Punkt des Turms und sahen zu der Statue mit den weit ausgebreiteten Flügeln hinauf.

»Das ist ja ein Lämmergeier!« sagte Kadiya überrascht. »Der Vogel, den das Versunkene Volk als Helfer und Gefährte für die Vispi erschaffen hat. Ich dachte, in diesem Teil der Welt wären sie ausgestorben.«

»Das sind sie auch«, erklärte Orogastus. »Deshalb werden sie als heilige Tiere verehrt.«

»Er ist für unseren Zweck geeignet«, sagte Haramis. Dann bat sie den Zauberer, sie alle auf den Rücken der Statue zu bringen. Er zog das stumpfe Schwert, hielt es in die Höhe und gab den Befehl. Die drei Kugeln verwandelten sich in Augen, und aus den aufgerissenen Mündern der Ungeheuer drangen Strahlen aus weißem, grünem und goldenem Licht.

Sie schwebten durch die Wolken und landeten auf einer weiten Fläche aus vergoldetem Stein.

»Jetzt müssen wir das Zepter zusammensetzen«, sagte Haramis. Sie bat ihren Drillingsbernstein, seinen Platz zwischen den Flügeln zu verlassen, und befestigte ihn an ihrer Kette, nachdem sie den Stab mit dem Reif abgenommen hatte.

Plötzlich erzitterte die gewaltige Statue unter ihren Füßen. Sie erstarrten, verloren aber nicht das Gleichgewicht. Der Vogel schwankte ganz langsam hin und her. Teile der Stadt unter ihnen brannten immer noch, und in vielen Bereichen waren Gebäude eingestürzt, aber der größte Teil der Verwüstungen in Brandoba war durch Rauch und Nebel vor ihren Blicken verborgen. Sie sahen nicht hinunter.

»Sag deinen Talismanen, daß wir drei Blütenblätter der Lebenden Drillingslilie sie ungehindert berühren dürfen.«

Orogastus folgte mit zusammengebissenen Zähnen. Dann nahm er die Krone in die rechte und das Schwert in die linke Hand. Königin Anigel und Kadiya stellten sich rechts und links neben ihn. Auf den Befehl der Erzzauberin hin legten sie ihre Hände auf die Talismane, die sie einst besessen hatten. Die Amulette um ihren Hals leuchteten golden, und aus dem Bernstein auf Haramis Brust drang das gleiche Leuchten.

Haramis steckte den Stab in eine Furche in der Schwertklinge, dann führte sie das Dreihäuptige Ungeheuer in den Reif, so daß dieser Talisman und die Krone einen Meridian und einen Äquator bildeten. Die Flügel auf dem Reif öffneten sich und wurden größer, und in ihrer Mitte strahlte eine große Schwarze Drillingslilie, die in einem leuchtenden, faustgroßen Bernstein eingeschlossen war. Haramis nahm das zusammengesetzte Zepter und hob es hoch, während die anderen sich um sie stellten und jeweils eine Hand auf die ihre legten.

»Komm, Drilling«, sagte die Erzzauberin des Landes. »Komm, Allmächtiger.«

Das Zepter schien von einer gelben Flamme eingehüllt zu sein. Die einzelnen Teile waren nicht mehr länger silbern oder schwarz – sie strahlten golden. Kadiya, Anigel und Orogastus spürten, wie sich eine wunderbare Wärme von ihren Fingerspitzen auf ihre Arme bis in ihr Herz übertrug.

»Zepter!« Haramis' Stimme jubelte, und die anderen wußten, daß auch sie die magische Wärme spürte. »Trage uns sicher in den Himmel, hoch über diesem Ort. Und vertreibe alle Wolken, damit wir den Boden deutlich sehen können.«

Der vergoldete Vogel wurde nicht lebendig. Sie sahen keine schlagenden Flügel, spürten keine Bewegung, ja nicht einmal Zugwind. Und trotzdem fanden sie sich plötzlich in großer Höhe unter einer weiten, blauen Fläche wieder. Sie waren immer noch auf dem Rücken der Statue, die schließlich anhielt. Die Morgensonne stand über den Collumbergen, aus denen unheilvolle Rauchwolken aufstiegen. Flüsse aus Schlamm wälzten sich aus dem Hochland nach unten und schlängelten sich durch die Wälder. Der größte von ihnen hatte schon fast die Außenbezirke der Stadt an der Wassersperre des Dob erreicht. Das ausgedehnte Brandoba, das verwundet in seinen Mauern lag, rauchte wie ein ausgetretenes Lagerfeuer. Im großen Hafen ankerten immer noch viele Schiffe. In Küstennähe war das Meer bleigrau, in den äußeren Bereichen der Meeresbucht jedoch von einem leuchtenden Aquamarinblau.

Im Westen hing das Dreigestirn am Himmel, das kurz vor seinem Untergang stand. Der Rauch in der Luft hatte die drei Himmelskörper in ein düsteres Orangerot getaucht.

»Jetzt«, sagte Haramis zum Zepter, »rufen wir die Fülle deiner Magie an. Zapfe die Urquellen dieser Welt an, ihre Pflanzen und Tiere und all ihre Bewohner. Wende die Schlammlawine ab, die Brandoba bedroht, beruhige die unruhige Erde darunter und laß – wenn der Dreieinige es will – die zerstörten Teile der Stadt wieder ganz werden. Dabei soll kein einziges eingeborenes oder menschliches Leben zu Schaden kommen.«

Das Leuchten des Zepters wurde stärker, bis es fast so hell war wie die Sonne im Osten. Die vier Menschen, die es führten, wichen vor der strahlenden Kraft zurück, die aus ihm strömte, und schlossen ihre Augen. Ein furchtbarer Lärm drang an ihre Ohren, ein Knirschen, Reißen und Brüllen, aber ihr Griff auf dem Knauf blieb fest, wie auch ihr sicherer Stand auf dem goldenen Vogel, der wunderbarerweise in der Luft schwebte. Als der Lärm etwas schwächer wurde, nahmen alle bis auf Haramis die Hände vom Zepter und wagten einen Blick nach unten.

Um die landseitig gelegenen Randbezirke der Stadt bildete sich ein hoher Schutzwall. Erde und Felsen brachen aus dem Boden hervor und bildeten einen Damm, der den heranfließenden Schlamm nach Norden umlenkte, wo er ein anderes Flußtal erreichen und schließlich ins Meer fließen würde. Andere Erddbewegungen, die wie das unterirdische Graben eines riesenhaften Tieres aussahen, verwandelten Hügel in Täler und änderten den Verlauf der kleineren Schlammflüsse. Das Gelände hob und senkte sich wie ein Teppich, der ausgeschüttelt wurde. Begleitet war alles von einem gewaltigen

Donnern. Und dann herrschte plötzlich Stille. Die Stadt unter ihnen schimmerte. Der Rauch, der darüber lag, verzog sich langsam.

»Zeig uns jetzt ein Bild von Brandoba aus geringerer Entfernung«, befahl Haramis. Sie schienen nach unten zu stoßen, bis sie schließlich über dem Lustgarten und dem Palast schwebten. Der Kaiserpalast und alle Gebäude um ihn herum leuchteten unversehrt im Sonnenlicht. Straßen und Boulevards waren nicht mehr länger durch Geröll blockiert.

Aber die Körper jener, die bei den Tumulten und den Erdbeben getötet oder verletzt worden waren, lagen immer noch auf den Straßen.

»Zepter«, flüsterte Haramis. »Kannst du Menschen nicht heilen?«

*Nicht die Toten. Nur jene, die leben, können geheilt werden, wenn sie einzeln mit meinen Teilen berührt werden.*

»Dazu ist keine Zeit«, sagte Orogastus. »Wenn wir das Gleichgewicht nicht wiederherstellen können, waren jene, die gestorben sind, die Glücklichen.«

»Er hat recht«, gab Kadiya nur ungern zu.

»Wir werden den Verwundeten später helfen«, sagte Anigel. »Wenn wir können.«

»Nun gut.« Haramis wandte sich an das Zepter. »Laß unseren goldenen Vogel höher schweben.« Und dann: »Höher! Höher noch, und bewahre uns vor Schaden!«

Sie stiegen in solche Höhe auf, daß der Himmel tiefblau wurde. Die Sterne waren zu sehen, zusammen mit der Sonne und dem Dreigestirn. Keine Kälte oder Atemnot plagte sie. Der Weltkontinent mit seiner leuchtend weißen Immerwährenden Eisdecke, wunderschön und todbringend, krümmte sich über einem azurblauen Meer, das mit Wolken durchsetzt war. Sonderbarerweise waren keine Wolken über dem Land zu sehen.

»Wenn das Zepter versucht, das Gleichgewicht wiederherzustellen, und es ihm mißlingt«, sagte Orogastus zu Haramis, »werden wir hier oben vielleicht sterben, während unser goldenes Reittier vom Himmel stürzt. Aber du hast den richtigen Ort gewählt, um den Zauber zu versuchen – wir werden sofort wissen, ob die Welt geheilt und das Eis besiegt ist.«

Er stand vor ihr, mit Anigel und Kadiya an der Seite, und sie lächelte ihn an. »Ob es uns nun gelingt oder nicht«, sagte Haramis, »ich bin froh, daß die Blume unsere Liebe am Ende doch gesegnet hat.«

»Ich würde dich heiraten«, sagte er. »Ich würde für immer mit dir leben und arbeiten, wenn es möglich wäre.«

»Ich wünsche es mir aus ganzem Herzen, Geliebter, aber wir können jetzt nicht an diese Dinge denken.«

»Aber ich wollte, daß du es weißt.«

Haramis nickte. Am westlichen Horizont hinter Orogastus schwebte das Dreigestirn eng beieinander. Sie bat die anderen, ihre Hände wieder auf die ihre zu legen, hob das Zepter und sprach zu ihm. »Jetzt vollbringe das, wofür du geschaffen wurdest! Erfülle die Hoffnungen jener, die seit langer Zeit tot sind, jener, die in den äußeren Himmel gereist sind, jener, die in der Luft schweben und schlafen, jener, die dafür gesorgt haben, daß wir geboren wurden. Erfülle auch unsere Hoffnung und heile unsere verwundete Welt mit der Zeit. Bekämpfe das Ungleichgewicht, das uns dem vordringenden Eis ausliefern würde. Rufe alles Magische, Schöne und Wahre aus unseren Herzen und aus dem Land unter uns. Tu es jetzt! Komm, Drilling! Komm, Allmächtiger!«

Dieses Mal gab es keinen Sturm aus Licht und Lärm, nur ein Flüstern, als würden die Sterne seufzen, das dann wieder verstummte. Das Gefühl magischer Anspannung, von der das Zepter durchdrungen war, ebbte ab. Es hörte auf zu leuchten, als sich die Flügel über dem großen Bernsteintropfen schlossen und zu ihrer normalen Größe schrumpften. Das Zepter war leer. Die drei Augen im Knauf schlossen sich, die bizarren Fratzen sahen matt und leblos aus.

Gleichzeitig erschien am tiefblauen westlichen Himmel eine andere Lichtquelle.

Haramis riß vor Erstaunen die Augen auf. Als die anderen drei dies bemerkten, nahmen sie die Hände von dem leeren Zepter und drehten sich um, weil sie wissen wollten, was geschehen war.

Das Dreigestirn hatte seine Farbe geändert, von fahlem Ocker zu reinem, leuchtenden Silber. Und um die Kugeln waren in kräftigen Regenbogenfarben drei riesige Blütenblätter gezeichnet. Das mittlere erstreckte sich fast bis zum Zenit, während die anderen beiden den Horizont zu umfassen schienen.

»Lieber Gott«, flüsterte Anigel. »Was ist das?«

»Eine Himmelslilie«, sagte Kadiya.

»Ist das alles?« stieß Orogastus hervor.

»Wir haben«, sagte Haramis, »darum gebeten, daß die Heilung mit der Zeit vonstatten geht ... Seht hinunter zur Eisdecke.«

Sie sahen, wie überall auf der schimmernden Fläche kleine Dampfwolken nach oben stiegen. Unter ihren Blicken wurden diese größer und bildeten eine ausgedehnte Wolkendecke, die das Innere des Kontinents vor ihren Blicken verbarg. Die weiße Masse wurde immer länger, und dann, als sie von den Winden erfaßt wurde, bewegte sie sich langsam in Richtung Osten.

»Was geschieht da?« fragte Anigel.

»Ich bin mir nicht ganz sicher«, erwiderte Haramis. »Aber ... ich glaube, sie beginnt zu schmelzen.« Sie sprach zu dem Zepter. »Kannst du uns sicher zum Kaiserpalast von Brandoba zurückbringen?«

*Ja. Wir werden etwas langsamer fliegen.*

Sie schwebten nach unten. Der Rücken der Vogelstatue war fast so breit wie der Boden eines kleinen Hauses. Voller Neugierde sahen Orogastus, Anigel und Kadiya auf die Welt unter sich hinunter, während Haramis, deren Kräfte erschöpft waren, im Zentrum saß.

»Vielleicht«, sagte Orogastus, als sie tiefer kamen und die Randbereiche des Eises besser sehen konnten, »haben sich die Feuer im Inneren der Welt, die bei einem gestörten Gleichgewicht durch Vulkane herausbrechen würden, nun auf gemäßigtere Art und Weise unter dem kontinentalen Gletscher konzentriert. Die Dampfwolken dort – aus ihnen werden Regenwolken entstehen. Obwohl sie fast ihre gesamte Feuchtigkeit über dem Meer verlieren, wird es dennoch heftige Stürme und Überschwemmungen in den Ländern im Osten geben – besonders in meiner alten Heimat, Tuzamen, und in Raktum.«

»Armer alter Ledo«, sagte Kadiya. »Aber sein Land hat sowieso zu viele Schiffe. Und hier im westlichen Teil der Welt gibt es genügend leeres Land, in dem sich die Piraten ansiedeln können. Was Tuzamen betrifft, so ist es nur spärlich bevölkert und ein recht abgelegener Ort zum Leben. Ich glaube nicht, daß es den Leuten dort schwerfallen wird, das Land zu verlassen.«

»Dann werden die Nachwirkungen vielleicht gar nicht so schlimm werden«, sagte Anigel.

»Das Meer wird ansteigen«, meinte Orogastus und schüttelte den Kopf. »Es wird langsam die Küstenstädte in jedem Land der Welt unter Wasser setzten und auch die tiefliegenden Inseln überfluten. Viele Menschen und Eingeborenen werden gezwungen sein, ihre Dörfer zu verlassen. Die Flüsse werden ihren Verlauf ändern und das alte Ackerland überschwemmen. Dort, wo einst das vordringende Eis war, werden riesige Seen entstehen. Eure Irrsümpfe, Königin Anigel, waren einmal ein solcher See.«

»Oh«, sagte sie. »Oh ...«

»Neue Berge werden sich erheben, wenn das Land im Zentrum des Kontinents von der Last des Gletschers befreit ist«, fuhr er fort. »Und dadurch verändern sich die Jahreszeiten. Für die Bevölkerung wird es eine furchtbare Zeit werden, vielleicht sogar ein Finsteres Zeitalter, obwohl wir ihnen erklären werden, was geschieht, und daß es nur zu ihrem Besten ist. Ein weltumspannender Despotismus hätte die Bevölkerung unter Kontrolle gehalten und den Wiederaufbau beaufsichtigt. Ohne ihn ... wer weiß?«

»Ich bin sicher«, sagte Königin Anigel zuversichtlich, »daß Ihr, Hara und Iriane euer Bestes tun werdet.«

»Vielleicht werden wir feststellen müssen, daß unsere Kräfte nicht ausreichen«, murmelte Orogastus mit einem Seufzer.

»Wir werden Helfer haben«, rief Haramis plötzlich.

Sie drehten sich überrascht zu ihr um. Der goldene Vogel schwebte über Brandoba, und wie schon zuvor hatten jene, die sich auf ihm befanden, nicht den Eindruck, durch die Luft zu fliegen.

»Was für Helfer? Meinst du die Sindona? Es sind nicht mehr sehr viele von ihnen übrig« sagte Kadiya.

»In einem der drei Sterne«, sagte Haramis, »liegen fast eine Million Menschen in einem Zauberschlaf. Es sind die, die nicht mehr gehen konnten, unsere Vorfahren, Vertreter einer Zivilisation, die viel weiter fortgeschritten ist als die unsere. Denby Varcour brachte es nicht fertig, sie aufzuwecken. Ihre große Zahl und ihre überlegenen Fähigkeiten hätten unser einfache Art zu Leben unwiederbringlich zerstört. Er wußte, daß es ungerecht und grausam gewesen wäre, sie in einer Welt wie der unseren aufzuwecken. Schließlich war es ihr Krieg, der die Erde aus dem Gleichgewicht gebracht hatte.

Aber Denby verlor nie die Hoffnung, daß er eines Tages in der Lage sein würde, den Schaden wiedergutzumachen. Er wußte, daß uns diese schlafenden Genies nach dem Zeitalter der Immerwährenden Eisdecke – falls dieses jemals zu Ende gehen sollte – eine unerläßliche Hilfe bei der Heilung von Land und Meer sein würden. Und das werden sie auch, geführt von einem neuen Erzzauberer des Himmels, einer alten Erzzauberin des Meeres und einer Erzzauberin des Landes, die zur Zeit todmüde ist, aber glaubt, daß sie sich morgen schon viel besser fühlen wird.«

»Ja!« rief Orogastus jubelnd und riß sie in seine Arme.

Der goldene Vogel berührte die Spitze des Palastturms und wurde wieder eins mit dieser. Anigel und Kadiya rutschten von seinem Rücken herunter und standen vor König Ledavardis, Kaiser Gyorgibo und Prinz Tolivar, die auf das Dach des Turms geklettert waren, um ihre Rückkehr zu erwarten.

»Mutter!« rief der Junge. »Du wirst nicht glauben, was passiert ist!«

»Doch, das werde ich«, sagte Anigel und strich ihm liebevoll über die Wange. »Es hat ein Wunder gegeben, und uns stehen viele Mühen bevor, aber am Ende wird alles gut werden.« Sie berührte ihren Unterleib und spürte eine schwache Bewegung. Ihre drei Kinder würden in eine sonderbare Welt geboren werden, wo Magie und Wissenschaft Verbündete waren. Würden die Jungen Prinzen sein – oder etwas ganz anderes?

Nun, das hatten die Herrscher der Lüfte zu bestimmen. Sie bot Ledavardis ihren Arm an und machte sich auf den langen Weg nach unten.

Kadiya warf einen belustigten Blick auf Haramis und Orogastus, die immer noch auf dem Rücken des Vogels standen. »Ich glaube, wir überlassen sie besser ihren Zaubersprüchen«, sagt sie zu dem neuen Kaiser. »Ich muß meine eingeborenen Freunde Jagun und Kritch finden, die wir auf einem kleinen Boot im Hafen von Brandoba zurückgelassen haben. Glaubt Ihr, Ihr könntet mir einen Fronler leihen?«

Gyorgibo verbeugte sich vor ihr. »Herrin der Augen, ich werde Euch selbst im kaiserlichen Streitwagen fahren – wenn mich jemand in den Ställen erkennt.«

»Und wenn nicht«, sagte Kadiya spitzbübisch zu ihm, »werden wir das verdammte Ding eben stehlen.«

Nachdem sie gegangen waren, half Orogastus Haramis dabei, von dem Vogel zu klettern. Sie hielt immer noch das Zepter in der Hand, als sie nebeneinander dastanden und auf die Stadt hinuntersahen. »Es sind so viele verletzt, und alle müssen versorgt werden.«

»Rufen wir Sindona vom Ort der Erkenntnis und den Sternen herbei«, schlug Orogastus vor. »Sie können durch das Viadukt vor dem Landhaus am Meer kommen. Benutze das Zepter, um sie hierherzubringen ...«

»Nein, Geliebter«, entgegnete Haramis. »Die Sindona sollen nach Brandoba laufen, um dort ihre Arbeit zu verrichten. Das Zepter muß auf der Stelle auseinandergenommen werden. Es darf nie wieder benutzt werden.«

Er nickte traurig. »Du hast natürlich recht. Und dann mußt du die drei Talismane in Verwahrung nehmen.«

Sie zog das magische Instrument auseinander und steckte ihren Bernstein in die Flügel des Reifs, die jetzt wieder leer waren. »Ich habe eine bessere Idee.« Sie reichte ihm die Krone. »Du behältst das Ungeheuer, Erzzauberer des Himmels.« Ein schelmisches Lächeln spielte um ihre Lippen. »Aus mehr als einem Grund!«

»Ich danke dir.«

»Wir werden das Dreilappige Brennende Auge später an Iriane binden. Sie ist ein so liebenswürdiger Mensch, daß die Bevölkerung vielleicht ab und zu einmal an ihre Autorität erinnert werden muß.«

Er setzte sich die Krone aufs Haupt. »Ich werde die Sternentruhe holen. Ich hoffe, die Blaue Frau wird mir verzeihen, daß ich sie eingefroren habe und daß meine Sternenmänner ihr kleines Meervolk so schändlich behandelt haben.«

»Wir werden zusammen zu den Hohlen Inseln gehen, Iriane befreien und ihr alles erzählen. Ich glaube, sie wird mit uns mitkommen wollen, um die Sindona zu beaufsichtigen, und auch, um mit ihrem neuen Talisman beim Heilen zu helfen. Du und ich werden uns diese Arbeit teilen – aber zuerst müssen wir zum Dreigestirn.«

»Um mit dem Aufwecken zu beginnen?«

Sie lächelte ihn an. »Unter anderem.«

Er nahm ihre Hand. Seite an Seite sahen sie zum Himmel im Westen. Die Himmelsblume ging gerade unter, aber sie hatten keine Zweifel daran, daß sie am nächsten Tag wieder aufgehen würde, und an jedem der darauffolgenden Tage, bis es vollbracht war.

HEYNE
BÜCHER

# Anne McCaffrey

*Der Drachenreiter (von Pern)-Zyklus*

*06/5540*

*Eine Auswahl:*

**Drachengesang**
*Band 3*
*06/3791*

**Drachensinger**
*Band 4*
*06/3849*

**Der weiße Drache**
*Band 6*
*06/3918*

**Drachendämmerung**
*Band 9*
*06/4666*

**Die Renegaten von Pern**
*Band 10*
*06/5007*

**Die Weyr von Pern**
*Band 11*
*06/5135*

**Die Delphine von Pern**
*Band 12*
*06/5540*

Heyne-Taschenbücher

HEYNE BÜCHER

# Barbara Michaels

*»Einfach die beste lebende Autorin von unheimlichen Geschichten und Thrillern.«*

*Marion Zimmer Bradley*

*01/10091*

Das Haus der dunklen Ahnungen
*01/10091*

Die Spur der Rose
*01/10555*

Heyne-Taschenbücher

HEYNE
BÜCHER

# Marion Zimmer Bradley

*Die großen Romane der Autorin, die mit »Die Nebel von Avalon« weltberühmt wurde.*

*01/10389*

**Trommeln in der Dämmerung**
*01/9786*

**Die Teufelsanbeter**
*01/9962*

**Das graue Schloß am Meer**
*01/10086*

**Das graue Schloß am Meer**
**Die geheimnisvollen Frauen**
*Zwei romantische Thriller – ungekürzt!*
*23/98*

Marion Zimmer Bradley
Mercedes Lackey/Andre Norton
**Der Tigerclan von Merina**
*01/10321*

Marion Zimmer Bradley
Julian May
**Das Amulett von Ruwenda**
*01/10554*

Marion Zimmer Bradley
Julian May/Andre Norton
**Die Zauberin von Ruwenda**
*01/9698*

Marion Zimmer Bradley
Andre Norton
**Hüter der Träume**
*01/10340*

Marion Zimmer Bradley und »The Friends von Darkover«
**Die Tänzerin von Darkover**
*Geschichten*
*01/10389*

Heyne-Taschenbücher